BASTEI
LÜBBE

Von Gerald Seymour erschienen bei BASTEI-LÜBBE:

12 300 Heimkehr in den Tod

GERALD SEYMOUR
TOD DER SCHMETTERLINGE

Aus dem Englischen
von Fred Künzel

BASTEI LÜBBE

BASTEI-LÜBBE-TASCHENBUCH
Band 12 628

Titel der englischen Originalausgabe:
The fighting man

Lizenzausgabe: Bastei Verlag Gustav H. Lübbe GmbH & Co.,
Bergisch Gladbach
Printed in Germany, März 1997
Einbandgestaltung: K. K. K.
Titelfoto: Bavaria
Satz: KCS GmbH, Buchholz/Hamburg
Druck und Bindung: Ebner Ulm
ISBN 3-404-12628-9

Für Gillian, Nicholas und James

Prolog

Er sah die Schabe über den gefliesten Boden huschen und beachtete sie nicht.

Sein Vater sah die Schabe und schlug mit seinem Stock nach ihr und fluchte, weil sie unter einem Stuhl Deckung genommen hatte.

Er saß am Tisch und blätterte die Morgenzeitung durch. Er hörte das trockene Husten seines Vaters und wie seine Schuhe über die Fliesen schlurften und wie der Stock, auf den er sich stützte, aufschlug. Die Schabe hatte den Winkel zwischen Fliesenboden und Wand erreicht und lief Richtung Sofabett in Sicherheit. Das Bett war noch nicht gemacht, und der Boden war nicht gewischt, und die Wände waren von Feuchtigkeit gesprenkelt, und die Farbe bröckelte ab. Es war ein Zimmer, um das sich keine Frau kümmerte, das Zuhause für einen Vater und seinen Sohn. Hinter ihm ächzte sein Vater, die innere Tür wurde geschlossen und die schwerere Außentür zugeschlagen. Jeden Vormittag um die gleiche Zeit ächzte sein Vater und ging durch die Türen, und dann kam das schreckliche Geräusch, wie er seinen verletzten Fuß über die Treppe schleppte, die auf die Straße führte.

Er rollte die Zeitung so eng zusammen, daß sie zu einer Waffe wurde. Er ging katzengleich durch das Zimmer. Er redete mit seinem Vater nie über die Schaben im Zimmer. Mit einer Bewegung zog er das Sofabett von der Wand weg. Wenn er mit seinem Vater über die Schaben gesprochen hätte, wäre es gleichsam gewesen, wie ihn zu kritisieren. Sie stoben auseinander, weil ihnen ihr Schutz genommen war. Er hätte seinen Vater nie kritisiert, nicht nach dem Leben, das er gelebt hatte, nicht nach dem Leid, das er ertragen hatte. Er schlug mit der zusammengerollten Zeitung auf die Schaben ein, bis sie zu einem Brei verschmiert auf den Fliesen lagen. Ihr Zuhause war eine Zweizimmerwohnung am Südende der Altstadt, mit einer Kochnische hinter einem Vorhang im Wohnzimmer, in dem er schlief, und einer Dusche und einer Toilette draußen vor der Tür. Er schob das Bett an die Wand zurück; die Ameisenkolonnen würden sich um die Überreste der zertrümmerten Schaben kümmern.

Er rollte die Zeitung auseinander, warf sie auf den Tisch, wo sie die benutzten Tassen und die schmutzigen Teller traf. Quer über die Rede, mit der ein Minister die beendete Zuckerrohrernte feierte, zogen sich Blutspuren.

Er trat ans Fenster.

Sie warteten im Café auf seinen Vater. Sie, das waren die anderen alten Männer, die Exilanten. Sie saßen, wo sie Mitte des Vormittags immer saßen und auf das Eintreffen seines Vaters warteten. Sie saßen an zwei aneinandergeschobenen Tischen, und in der Mitte war ein freier Plastikstuhl, der für ihn bereitstand. Er sah die fetten Bäuche und die kraftlosen Arme und die kahlen, sonnenverbrannten Schädel. Sie zählten immer ihr Geld durch, so daß jedem genug für zwei Tassen dünnen Kaffee und eine Packung Zigaretten blieb. Sie waren die Träumer.

Sein Vater blieb immer im Flur im Erdgeschoß stehen und sprach mit Marta, die, fast blind und ein bißchen taub, mit grimmiger Hingabe das Treppenhaus bewachte und jeden Morgen die Medaille an ihr Kleid steckte, die man ihr dafür verliehen hatte, daß ihr Mann bei der Revolution gefallen war. Er rümpfte die Nase wegen des stechenden Geruchs der Auspuffgase. Die Straße vor ihrer Wohnung mußte nun den ganzen Verkehr von der breiteren Parallelstraße aufnehmen, die gesperrt worden war, damit ein Kanal langsam ausgebessert werden konnte. Er sah, wie sein Vater auf den Gehsteig trat und seinen Stock zum

Abschied schwenkte. Der Straßenlärm flutete durch das geöffnete Fenster. Es war der Morgen der Woche, an dem er immer ihre Hemden und Unterhemden und Unterhosen und Socken zusammenraffte und die fadenscheinige Baumwolle schrubbte, bis sie sauber war.

Jetzt bahnte sein Vater sich einen Weg über die Straße. Die Männer im Café, sie hatten sich erhoben, denn er war ihr Anführer. Er lächelte, wie er jeden Vormittag lächelte, wenn er sie so stramm stehen sah, wie es ihnen der Rücken erlaubte, um seinen Vater zu grüßen. Die Träume von alten Männern. Er drehte sich um. Die Wäsche lag in einem Korb neben der Kommode, in der die zwei Makharovpistolen verschlossen waren, zusammen mit dem Kampfanzug seines Vaters und den Stiefeln, an denen noch der Schlamm aus einer längst vergangenen Zeit klebte. Er hörte, wie die Hupe ertönte.

Es zog ihn ans Fenster zurück. Er stolperte die letzten drei Schritte. Er starrte auf die Straße hinunter.

Sein Vater war in der Mitte der Straße. Es war, als ob sein Vater auf einer Insel in der Mitte eines Flusses ausgesetzt wäre, und er winkte mit seinem Stock zu dem Bus, der auf ihn zuraste. Er verstand. Sein Vater hatte den Stock seit nunmehr drei Jahren gebraucht, um sein arthritisches Knie zu entlasten. Der Fahrer hatte die Kontrolle über den Bus verloren – es war einer von denen, die vor vielen Jahren aus Ungarn eingeschifft worden waren.

Er hörte die Warnschreie von den Männern im Café und dann nur noch die Hupe des Busses.

Er rannte los.

Er riß hastig die innere Tür auf, dann die äußere. Er stürmte die zwei Stiegen im Treppenhaus hinunter. Er rempelte an der guten Marta vorbei, die nichts mitbekommen hatte. Auf dem Gehsteig blendete ihn das Sonnenlicht. Dann der Aufprall, als der Bus zum Stehen kam, nachdem er zwei geparkte Autos gerammt hatte. Er sah seinen Vater.

Er hatte seinen Vater immer für einen starken Mann gehalten, aber der Anprall des Busreifens hatte ihn schrumpfen lassen. Sein Vater lag auf der Straße, neben der müllverstopften Abflußrinne, so klein und so regungslos.

Sein Gesicht wurde bleicher, die Blässe des nahenden Todes, der Atem ging stoßweise. Anscheinend fühlte er keinen Schmerz. Er kniete sich neben seinen Vater und schob die Arme unter seine Knie und Schultern. Einige von denen, die an den Tischen gewartet hatten, riefen ihm zu, daß sein Vater nicht bewegt werden dürfe, und er hörte und achtete nicht auf den Zuruf, daß jemand losgeschickt worden war, um ein Telefon zu suchen und die Ambulanz zu holen. Weiter vorn sah er, wie andere die Fahrerkabine des Busses aufbrachen. Er trug seinen Vater, der so klein war und so regungslos und so leicht, über die Straße und über den Gehweg. Die Menge machte ihm Platz. Als er zurückschaute, sah er, wie Stiefel und Fäuste auf den Busfahrer einhagelten.

Das Treppenhaus hinauf, die Füße seines Vaters schlugen gegen das unlackierte Geländer. Durch die offene Außentür, durch die innere Tür und quer durch das Wohnzimmer und in den Raum, in dem sein Vater schlief.

Sie kamen schweigend hinter ihm her, die alten Kumpel seines Vaters. Er legte seinen Vater auf die zerwühlten Laken. Er kauerte sich neben das Bett und hielt die Hand seines Vaters.

Es war das Zimmer eines vergangenen Lebens.

An der Wand über dem Bett hing ein Farbbild aus einer Zeitschrift mit dem strengen, hängebackigen Gesicht von Leonid Breschnew. Es war das Zimmer, in dem sein Vater geweint hatte, als er aus dem Radio vom Ende der Partei erfuhr. Auf dem Tisch neben dem Bett stand eine Fotografie in einem Rahmen aus Pappe, von vergilbtem Cellophan bedeckt, mit einer Gruppe von Männern in Kampfanzügen und mit Maschinengewehren. Es war das Zimmer, in dem sein Vater die ausgefransten Karten ausgebreitet und die Rückkehr in seine Heimat geplant hatte. Auf der Kommode neben dem offenen Fenster stand in einem blinden Silberrahmen die schwarzweiße Zeichenskizze von einer

Frau in mittleren Jahren, die ein Mädchen über der Hüfte trug und einen Jungen im Teenageralter an der Hand hielt. Es war das Zimmer, das sein Vater jedes Jahr mit Blumen in einem wassergefüllten Krug schmückte, zur Erinnerung an ein hastig geschaufeltes Grab hinter dem Verteidigungsgraben eines Dorfes, das weit von hier entfernt lag.

Er hörte die Sirene der Ambulanz, die im Verkehr festsaß.

Hier endete es. Hier endete das Leben eines Kämpfers. Hier hatten sich die letzten Jahre eines Verrats im Exil dahingezogen. Hier herrschten nur noch die Träume. Der Atem ging jetzt ruhig, und die Augen rollten langsam zur Seite, um die Quelle des Trostes zu finden, die seine knochige Hand hielt. Sie waren hinter ihm, die alten Männer, die mit seinem Vater geflohen waren, als die Kampfhubschrauber das Dorf zerstört hatten, und sie waren still, als ob sie es nicht wagten, den Zauber jenes Friedens zu stören, wenn ein Sohn die Hand seines Vaters hält. Die Füße der Sanitäter polterten über den Boden. Er sah sich nicht um, er schüttelte den Kopf. Keiner von ihnen, von den alten Männern, hatte den Mut einzugreifen. Es war das Schwinden der Kraft, die Weitergabe von Autorität, die Führungsrolle ging vom Vater auf den Sohn über. Er hörte die Stimmen hinter sich, die den Sanitätern mitteilten, daß sie nicht gebraucht wurden, daß für das Opfer des Verkehrsunfalls jede Hilfe zu spät kam. Sie waren nur Fremde, es war den Sanitätern egal, wenn sie mit einer leeren Trage abfuhren.

Es waren wenige Worte.

»Du mußt zurückgehen …«

Schleim war an den Lippen seines Vaters.

»… bevor es zu spät ist, mußt du zurückgehen …«

Er holte ein schmutziges Taschentuch hervor.

»… du mußt zurückholen, was sie uns genommen haben …«

Er wischte den Schleim vom Mund seines Vaters.

»… Gewalt gegen Gewalt …«

Er hielt die Hand fest umschlossen.

»… hier ist alles tot, vorbei. Du mußt zurückgehen, und sie

werden dir folgen, denn du bist mein Sohn. Die Massen werden dir folgen ...«

Er fühlte das letzte Aufbäumen.

»... du wirst einen Krieger brauchen. Ohne einen Mann, der weiß, wie man sie bekämpft, hast du keine Chance, keine. Nimm einen Mann mit dir, der kämpfen kann, einen Mann, der die Gedanken unseres Feindes versteht. Laß sie um Gnade heulen, wenn du durch die Dörfer und Städte marschierst, und gib ihnen nichts ...«

Er hörte das schwächer werdende Flüstern.

»... ich werde über dich wachen. Feuer gegen Feuer ... Nimm einen Krieger ...«

Nach der Stille und so sanft, als würde er den Körper eines Mädchens berühren, schloß Rodolfo Jorge Ramírez die Augen seines Vaters. Er richtete sich auf. Davon hatten sie alle geträumt, die alten Männer, die seinem Vater ins Exil gefolgt waren. Er war dreiundzwanzig. Er drehte sich um und sah sie an. In seiner Stimme lag Autorität.

»Ich werde zurückgehen. Es war der Wunsch meines Vaters. Ich bin sein Sohn. Die Massen werden mir folgen, wie sie meinem Vater gefolgt sind. Ich kehre zurück.«

Er konnte es sehen, das Zögern in ihren Blicken. Sie waren zu lange im Exil gewesen, fast zehn Jahre, hatten zu lange von einer Rückkehr über das Meer in ihr Dorf im Gebirgsdreieck geträumt. Er war der Sohn seines Vaters. Sie waren fett, nervös, ohne Rückgrat. Sie sehnten sich nach einem, der sie führte, sehnten sich, ihre Jugend wiederzufinden. Er stand neben dem Bett, auf dem sein toter Vater lag. Keiner hatte den Mut, ihm zu sagen, daß die Zeit verstrichen war und die Vergangenheit vertan. Sie blickten in sein entschlossenes Gesicht.

»Ich werde zurückgehen.«

1

Genausogut hätten sie den Geruch und Geschmack von totem Fisch mit in die Bar bringen können.

Der Geruch und Geschmack war so stark wie vor etwas über zwei Stunden, als sie in die Bar gekommen waren. Die Zugluft von dem armselig eingezimmerten Fenster und das Bier, das in ihrem Mund schäumte, hatten ihn nicht vertreiben können. Die Ausdünstung von totem Fisch umgab sie, und sie ging von ihnen aus. Wenn noch andere Gäste in der Bar gewesen wären, hätte der Wirt vielleicht vorgeschlagen – nur vorgeschlagen –, daß sie sich erst einmal waschen und ihre Arbeitsklamotten wechseln sollten. Er ließ sie in Ruhe, weil sie die einzigen Trinker in einer widerwärtigen Nacht waren. Der Regen kam von Westen und vermengte sich manchmal mit Hagel, wenn der Wind schärfer blies. Der Regen, manchmal der Hagel und ständig der Wind schlugen gegen das Fenster, und kleine Ströme rannen über die Tapete darunter auf die zusammengefalteten Zeitungen, die die Feuchtigkeit auffangen sollten. Jemand sei bestellt, der die Fensterrahmen herrichten und das verfaulte Holz erneuern sollte, sagte der Wirt jeden Abend, wenn er sich bückte, um die Zeitungen auf den Boden zu legen, und er sagte es seit letztem Winter. Sie waren beide bei ihrem fünften Bier, extra stark, hoher Alkoholgehalt, und der größere der beiden Männer bestellte zu jedem Bier noch einen Whisky zum Nachspülen. Sie waren nicht lautstark betrunken. Sie waren erbärmlich betrunken. Sie waren direkt von den Käfigen der Lachsfarm auf der gegenüberliegenden Seite des Loch gekommen. Sie waren draußen auf den sich hebenden und senkenden Planken rund um die Käfige gewesen, im Licht der Taschenlampen, manchmal die Sicherheitsgurte benutzend, manchmal nicht, und sie waren mit Hosen in die Bar gekommen, die vor Nässe trieften, weil ihnen das Seewasser in die Stiefel gelaufen war, und ihre Hände waren noch glitschig von den Schuppen der Fische. Die Schuppen, die ihren schimmernden Glanz verloren hatten, hatten sich auf den Tisch abgerieben, an dem sie nahe beim Kamin saßen, die Schuppen waren stumpf und glanzlos, und sie trieben zwischen den fleckigen Bierdeckeln hin und her. Es war ein doppeltes Dilemma. Da war die Zunahme an Läusen, unreifen und ausgewachsenen, die sich an den Körpern der Fische festsetzten. Und da war die Wirkung der Chemikalien, die sie in die Fischgehege warfen, um die Läuse zu töten, und die auf Dauer die Fische umbrachten. Zu viele tote Fische auf dem Grund von jedem Käfig. Zu viele verlorene Fische, zuviel verlorenes Geld, zuviel verlorene Zeit. Sie brauchten sich nicht lange den Kopf darüber zu zerbrechen, was es bedeutete, daß so viele tote Fische in den Absauglöchern am Grund der Käfige gefunden wurden. Es lag auf der Hand ... Es lag verdammt noch mal auf der Hand. Die Farm stand zum Verkauf, die Besitzer, die einmal geglaubt hatten, es wäre eine nette, kleine Investition, sich eine Lachsfarm in den Highlands und auf den Inseln zu halten, hatten Geduld und Nerven verloren. Kein Käufer in Sicht, der Markt übersättigt. Das Geschäft ging runter durch den Ausfluß, so schnell wie die neugezüchteten Lachse, die mit den räuberischen Läusen und der chemischen Belastung nicht fertig wurden.

Das Kaminfeuer brannte hell. Solange der Mann ausblieb, der versprochen hatte, das Fenster zu richten, gab es immer ein gutes Holzfeuer. Hin und wieder pfiff der Wind dünn durch die Schlitze im Holzrahmen. Der Wind war stark genug, um die Vorhänge neben ihnen zu bewegen, um aufzublähen, was einmal schwerer Samt gewesen war. Sie saßen über den Tisch gebeugt. Seit einer ganzen Viertelstunde hatte keiner von beiden ein Wort gesprochen. Sie zündeten Zigaretten an, sie tranken, sie zogen an den Zigaretten, sie rutschten halb vom Stuhl, sie drückten die Kippen in einem vollen Aschenbecher aus.

Auf dem Kies draußen vor dem Fenster war das Geräusch eines Wagens, der langsam fuhr, als ob er sich seinen Weg durch die stürmische Nacht tastete. Der kleinere Mann blickte auf. Vielleicht war er darauf trainiert, den Wagen eines Fremden zu erkennen. Ein Einheimischer wäre mit Vollgas auf den Parkplatz gedonnert und abrupt stehengeblieben. Jahrelang hatte man ihm beigebracht, auf alles zu achten, was außer der Reihe war. Vor der Ferienzeit kamen hier keine Fremden spätnachts bei schlechtem Wetter zu einer Bar. Seine Augen schienen klarer zu werden. Er schaute vorbei an dem Hirschkopf mit dem räudigen Fell am Hals, der über dem breiten Kamin hing, und vorbei an dem rauchgeschwärzten Glas, das den präparierten Wildlachs schützte, der vor achtunddreißig Jahren gefangen worden war und den erfolglosen Sportlern Mut machte, die von London heraufgefahren kamen, und vorbei an den ausgebreiteten Schwingen des ausgestopften goldenen Adlers, der die meisten seiner Schwanzfedern bei der Silvesterparty vor drei Jahren eingebüßt hatte. Er sah die abdrehenden Scheinwerfer zwischen den sich blähenden Vorhangfalten.

Der größere Mann – derjenige, der immer noch einen Whisky nachspülte und der sich Rocky nannte – brummelte: »Was wirst du machen?«

Der kleinere Mann wandte den Blick von den angeleuchteten Vorhängen ab. »Mir was anderes suchen.«

Rocky schnaubte verächtlich. Er war aus Glasgow. Sein Akzent war rauher als der von den Männern und Frauen, die von Geburt an in den Hütten und Bungalows rund um den Loch gelebt hatten. »Das wird nicht so einfach sein.«

»Wem sagst du das.« Er hörte, wie Autotüren zugeschlagen wurden, und dann das Geräusch, wie der Wagen schnell davonfuhr.

»Du nimmst noch einen, klar doch. Gibt nichts zu tun, als sich vollaufen zu lassen …«

Der kleinere Mann nickte. Es schien ihm egal zu sein, ob er noch was trank oder nicht. Er rümpfte die Nase wegen dem Geruch von totem Fisch, und er fuhrwerkte mit der Zunge im Mund herum, um den Geschmack von totem Fisch loszuwerden, aber ohne Erfolg. Er beobachtete den Eingang zur Bar.

Er war darauf trainiert, immer den Eingang zu beobachten, wenn Fremde hereinkamen. Aber dieses Training war für ein Leben bestimmt gewesen, das vorbei war.

Rocky stand torkelnd auf und nahm geräuschvoll die leeren Gläser weg. »Du bist ein verdammt blöder Hund, weißt du das …?«

Der kleinere Mann beobachtete die Tür.

Es war sieben Tage her, seit sie das Campecheviertel in der Altstadt von Havanna verlassen hatten. Es würde der letzte Ort sein, an dem sie nachfragten, und wenn sie wieder enttäuscht würden, dann würden sie unverrichteter Dinge nach Kuba zurückfliegen. Einer von ihnen – der Mann, der vorausging in dem dunklen Korridor, welcher hinter der Rezeption des Hotels zur Bar führte – steckte die Rechnung des Taxifahrers in seinen kleinen Geldbeutel. Die drei Gesichter blieben ausdruckslos, keines zeigte einen Anflug von Erwartung oder Angst vor einer weiteren Enttäuschung. Für jeden von ihnen war es eine weite Reise gewesen, viel weiter, als sie es sich vor dem Begräbnis hätten vorstellen können. Sie waren einen Tag nach der Beerdigung des Mannes aufgebrochen, dem sie vor so langer Zeit ins Exil gefolgt waren. Und weil Rodolfo Jorge Ramírez es jedem von ihnen einzeln und dann noch einmal allen zusammen gesagt hatte, wußten sie, daß sie für die wichtige Mission ausgewählt worden waren, weil ältere Männer, die herumgekommen waren, *ladinos*, bezweifelten, daß sie finden würden, was sie suchten, und Hände gerungen und Entschuldigungen gemurmelt und sich davongeschlichen hatten. Der Mann, der sie führte und am besten Englisch konnte, blieb vor der Tür stehen, die mit BAR beschriftet war. Sie waren alle im gleichen Stil gekleidet, schmale Schuhe aus dünnem, schwarzem Leder, weiße Hemden, grelle Krawatten und Anzüge, die aussahen, als wären sie ihnen zu groß. Jeder trug einen breitkrempigen Hut ... Sie waren von Kuba nach Madrid geflogen und abgewiesen worden. Sie hatten eine zweite Maschine genommen, hatten steif und angeschnallt einen stürmischen und turbulenten Flug nach Frankfurt über sich ergehen lassen, waren zu der Adresse gegangen, die man ihnen gegeben hatte, und wieder abgewiesen worden. Sie waren mit einem Bus nach Louvain in Belgien gefahren und in einem Büro gesessen, das mit Fotografien verziert war, auf denen lächelnde weiße Männer in Kampfanzügen und mit Gewehren und Maschinengewehren über den Leichen von schwarzen Männern standen, und sie wurden erneut abgewiesen. Sie hatten eine Fähre genommen, die sie über eine graue See nach England brachte, und waren seekrank geworden, bevor Land in Sicht kam, und waren nach London gekommen, und sie wurden ausgelacht, bevor sie wiederum abgewiesen wurden. Als sie aus dem Büro in London gingen, hatte man sie zurückgerufen, und man hatte ihnen einen Namen auf ein Stück Papier gekritzelt und den Namen eines Dorfes und den Namen der nächstgelegenen Stadt. Jeder von ihnen hatte nach der Zurückweisung bei sich gedacht, daß der breitschultrige Mann mit dem eintätowierten Fallschirmspringerabzeichen auf den Unterarmen sie nur foppen wollte.

Aber sie hatten trotzdem den Namen des Mannes genommen, den Namen des Dorfes, den Namen der nächstgelegenen Stadt.

Einen ganzen Tag lang waren sie von London mit dem Zug in den Norden nach Schottland gefahren. Ein kleinerer Zug hatte sie von Glasgow nach Fort William gebracht, durch kahle Berge, verhangen von Wolken, Regen und Dämmerung.

Ein Taxi hatte sie von Fort William zu dem Dorf gefahren, zu einem verdunkelten Schuppen an einem Kai, wo das Wasser in Sturmwogen hochgepeitscht wurde. Der Taxifahrer hatte sich ihrer erbarmt und das Stück Papier mit dem handgeschriebenen Namen genommen und an die Tür eines kleinen Hauses geklopft und einer Frau den Namen gezeigt und Anweisungen erhalten.

Die Scheinwerfer des Taxis hatten einen Wohnwagen ausfindig gemacht, in dem kein Licht brannte, und wieder hatte der Taxifahrer das nächste Haus gefunden und an die Tür gehämmert und den Namen wiederholt.

Die drei Männer waren zusammengepfercht auf dem Rücksitz des Taxis gesessen und hatten durch den Regen, der über die Fensterscheibe rann, gesehen, wie sie gestikulierten.

Sie waren vor dem Hotel abgesetzt worden. Sie hatten bezahlt, sie hatten die Quittung genommen.

Es war die letzte Chance. Die Tür der Bar vor ihnen war geschlossen. Sie waren nach Madrid gereist und nach Frankfurt und nach Louvain und nach London, um einen Krieger zu finden. Es war die letzte Chance, oder es war ein Fehlschlag.

Die Tür ging auf. Weil Rocky an der Bar stand, weil Rockys massige Gestalt nicht zwischen ihm und der Tür war, flog Gords Hand, von einem antrainierten Instinkt geleitet, an seinen Gürtel. Nur Instinkt. An seinem Gürtel war kein Halfter, keine Pistole. Seine Faust landete auf seiner feuchten Jeans und wirbelte noch mehr vertrocknete Fischschuppen hoch.

Gord sah sie hereinkommen.

Wie auf Kommando nahmen sie ihre Hüte ab. Sie standen in der Bar. Sie sahen alle gleich aus. Kurzgeschnittenes, schwarzes Haar, große Ohren, platte Nasen, die aussahen, als würden sie gegen eine Fensterscheibe gedrückt, breiter Mund mit starken Lippen, hohe, hervorstehende Backenknochen. Sie könnten vom Fließband sein, dachte Gord. Sie waren alle klein an Wuchs, aber ihre Brustkörbe glichen Ölfässern. Die Bräune in ihren Gesichtern war wie Milchschokolade. Sie standen alle drei in der Bar und hielten die Hüte vor ihre Geschlechtsteile und blickten mit ihren Schlitzaugen umher.

Er sprach breites, angelerntes Englisch mit spanischem Akzent. Es war der hintere Mann, der sprach. »Bitte, Mr. Brown? Mr. Gordon Brown …?«

Rocky schwankte an der Bar. »Wer will was von ihm?«

»Man hat mir gesagt, daß wir hier Mr. Gordon Brown finden würden …«

Da war der hinterhältige Blick in Rockys Augen. Der kleine Bub, der große Tyrann, Spaß auf dem Schulhof. »Nun, Sie haben ihn gefunden.«

Gord kicherte trocken in sich hinein. Ein grauenhafter Tag, mitten in einer grauenhaften Woche. Er freute sich auf den Spaß. Er machte es sich in seinem Stuhl bequem und wartete auf die Show. Rocky stellte das volle Glas vor Gord hin, dann drehte er sich um und sah sie an. Gord fand, daß er sich eine kleine Aufmunterung verdient hatte.

Der Mann in der Mitte, der kleinste, nicht viel größer als eins fünfzig, sagte: »Wir sind aus Guatemala. Wir sind aus dem alten Dorf Acul, das im Ixil-Dreieck im Quiché-Bezirk liegt. Wir leben jetzt in Havanna. Rodolfo Jorge Ramírez hat uns geschickt, um Sie zu suchen, Mr. Gordon Brown …«

Der Mann im Vordergrund, ein paar Zentimeter größer und älter – er hatte graue Strähnen im schwarzen Haar – sagte: »Wir wollen Hilfe, Mr. Brown. Wir wollen, daß Sie mit Rodolfo Jorge Ramírez marschieren, wenn wir ins Dreieck zurückkehren.«

Der Mann im Hintergrund trug einen kleinen Diplomatenkoffer, Lederimitation, das Billigste überhaupt, vor Nässe triefend, und er sagte: »Wir sind gekommen, um einen Krieger zu finden, Mr. Brown. Einen, der die Gedanken unserer Feinde kennt. Dürfen wir mit Ihnen reden, Mr. Brown …?«

»Bitte sehr«, lallte Rocky.

Gord schaute zu. Er fragte sich, was für ein Ort Acul war, was für ein Dorf … Sie achteten nicht auf Gord, taten, als ob er gar nicht da wäre. Sie steuerten auf den hintersten Winkel der Bar zu, und sie blieben respektvoll stehen, bis Rocky auf einen Stuhl gesackt war. Gord hörte gelegentlich ein paar Worte – die, die ihnen am schwersten über die Lippen kamen und die sie am lautesten zu sprechen schienen. Einmal schaute Rocky zu Gord hinüber und zwinkerte heftig. Die Worte, die Gord hörte, waren »Greueltaten« und »Völkermord« und »Massaker« und »Revolution«. Gord wußte ein wenig über Guatemala Bescheid. Er war zwar nicht auf der Dschungel-Kriegsschule in Belize gewesen, die weniger als fünfzig Meilen von der Grenze zu Guatemala entfernt war, aber er hatte die gekannt, die dort waren; und deren Aufgabe es gewesen war, die Stärke der guatemaltekischen Streitkräfte in Erfahrung zu bringen. Er wußte, was diese Streitkräfte für einen Ruf hatten. Nach dem, was er gehört hatte, waren »Greueltaten« und »Völkermord« und »Massaker« nicht übertrieben; wohl aber »Revolution«. Das hatte er jedenfalls gehört damals … Der Kleinste saß kerzengerade vor Rocky und redete, als ob er seinen Vortrag auswendig gelernt hätte, und Rocky konnte sich nicht zurückhalten und prustete als Antwort einen halben Mundvoll Bier und Whisky auf den Tisch, und der Mann mit den grauen Strähnen im Haar wischte den Tisch mit dem Ärmel seines Jacketts ab. Rocky lachte ihnen ins Gesicht, und sie zeigten sich nicht schockiert, keiner von ihnen. Der Mann mit dem Diplomatenkoffer öffnete ihn und zog einen Stapel Fotografien heraus, und Gord reckte den Hals, um sie zu sehen. Er hörte Rockys schallendes Gelächter, und soweit er auf der anderen Seite des Raumes erkennen konnte, zeigte die oberste Fotografie die Leiche einer nackten Frau. Er glaubte Narben an ihrem Körper zu sehen.

Dann Rockys bellende Stimme. »Warum nicht? Kinderspiel, oder? Wir marschieren einfach rein, peng, peng, peng, alles vorbei. Wir haben gewonnen und den Widerlingen den Arsch aufgerissen. Ich bin dabei …«

Er dachte, jetzt wäre es ihnen klar. Sicher hatten sie jetzt erkannt, daß jemand sich nur einen Jux mit ihnen erlaubt hatte. Er schämte sich.

Er stand auf.

Er hatte sich selbst gedemütigt.

Gord sagte ruhig durch den Raum: »Geh heim, Rocky …«

Er war etwa zehn Zentimeter kleiner als sein Freund, er war fünfzig Pfund leichter.

»… Scher dich einfach nach Hause, Rocky. Das Spiel ist vorbei.«

Er sah die Verwunderung auf dem Gesicht des großen Mannes und dann die Verärgerung, die um seine Mundwinkel spielte. Gord wartete ungerührt, die Hände leicht an die Hüften gelegt.

Rocky ging. Er ließ ein Drittel von seinem Bier stehen und die Hälfte von seinem Whisky, aber er verließ die Bar, und Gord hörte, wie er im Flur ausrutschte und hinfiel, und dann hörte er den kräftigen Fluch, als er die Außentür öffnete und in das Unwetter hinaustrat.

Gord ging zu dem Tisch, an dem sie saßen.

»Ich entschuldige mich … Ich bin Gord Brown.«

Sie schüttelten ihm alle die Hand. Ihm war nicht wohl in seiner Haut. Sie schienen nicht verärgert. Er bat sie, ihm die Fotografien zu zeigen. Ihre Würde ernüchterte ihn. Er nahm Rockys Stuhl, schob Rockys Drink zur Seite, säuberte den Tisch mit seinem Taschentuch.

Der Kleinste schob das oberste Foto zu ihm hinüber. Eine Frau, die nackt in ihrem eigenen Blut auf einer Bahre in einem Leichenschauhaus lag. Ihre Arme waren noch im Tod schamhaft über den Brüsten gekreuzt, aber eine Hand war vom Handgelenk abgetrennt worden. Über ihre Leisten war ein kleines Tuch gelegt worden. Die blasse Haut ihres Körpers war mit Quetschungen, Einstichen und Prellungen übersät. Gord atmete schwer.

Er schob die oberste Fotografie zur Seite. Er sah das Bild von einem Mann, der auf einem Lehmboden lag, und ein Teil seines Gesichts wurde von dem knienden Umriß einer Frau verdunkelt, und die Kamera war scharf genug eingestellt gewesen, um die Tränen auf ihren Wangen einzufangen. Das Hemd des Mannes war geöffnet worden, um seine Wunden freizulegen, die, wie Gord annahm, von Messern oder Bajonetten herrührten. Ein Einschußloch war mitten auf seiner Stirn. Er fühlte, wie ihm übel wurde, er hatte heute abend noch nichts gegessen, nur getrunken.

Da war das Bild eines Kindergesichts, in Nahaufnahme, todesstarr. Er konnte nicht wegsehen, weil er seinen Spaß mit diesen Leuten getrieben, sich einen Jux mit ihnen erlaubt hatte.

Er war es ihnen schuldig, sich das Bild einzuprägen. Die Augen des Kindes waren ausgestochen worden, er sah blutgeschwärzte Augenhöhlen. Man hatte dem Kind die Ohren abgeschnitten. Und weil der Mund des Leichnams offenstand, konnte er sehen, daß man ihm auch die Zunge abgeschnitten hatte …

Er drehte sich weg. Er übergab sich auf den Fußboden.

Von der Theke aus beobachtete ihn der Wirt, sagte aber nichts.

Ein weiteres Foto wurde ihm hingeschoben.

Er kotzte erneut, seine Drinks vom Abend und sein Sandwich vom Mittag, und er schmeckte das Fleisch von totem Fisch.

Ein Foto von einem frisch ausgehobenen Grab mit Leichen, die nur halb vom Schlamm gesäubert waren, und einer Frau, die auf einen Körper zeigte, und Männern, die, auf langstielige Spaten gelehnt, darum herumstanden …

Er wußte, wo sie waren. Er stand vom Tisch auf, ging durch die Bar auf den Flur draußen und hinter die Hotelküche in die Spülküche. Er ließ in der Spüle Wasser in den Kübel laufen, und er nahm den Mop mit. Sie saßen schweigend da, während er den Boden rund um den Tisch unter Wasser setzte. Kein Wort vom Wirt an der Theke. Es war Gords Job. Er schüttete Dettol aus einer Plastikflasche auf den Linoleumboden und dosierte es so, daß der Gestank nach Erbrochenem und totem Fisch überdeckt wurde. Er brachte den Mop und den Eimer und das Desinfektionsmittel in die Spülküche zurück und schüttete den Inhalt des Eimers, so weit er konnte, in die Nacht hinaus. Er kam zurück in die Bar und setzte sich auf seinen Stuhl.

»Ich bin Gord Brown. Was wollen Sie von mir?«

Die Morgendämmerung kam als grauer Schleier aus dem Meereswasser des Loch. Er ging auf dem weißen Sand am Strand. Wo die hereindrückende Flut sie nicht überdeckte, zeigten seine Fußabdrücke die lange Wanderung, die er – immer hin und her – im Dunkeln von den Felsklippen im Westen zu der schwarzen Masse des Seegrasfeldes im Osten zurückgelegt hatte.

Der Wind brach die Wellenkronen, die sich strahlend weiß

gegen den dunklen Hintergrund abhoben. Wofür stand Gord Brown ein?

Man hatte ihm von einem Indianervolk erzählt, das von einer Militärdiktatur mit Stiefeln getreten wurde.

Die Wolke zog rasch von der Küstenlinie über die Straße zum Fuß der Berge dahinter. Wohin steuerte das Leben von Gord Brown? Man hatte ihm von einem jungen Mann erzählt, dem ein sterbender Vater auferlegt hatte, zu den Seinen zurückzukehren und einen Krieger mitzunehmen, der die Gedanken ihrer Feinde verstand.

Sein Anorak blähte sich über dem durchnäßten Hemd, das an seiner Brust klebte. Hatte Gord Brown eine Zukunft? Man hatte ihm von den proletarischen Massen erzählt, die nur darauf warteten, zu den Waffen zu greifen und sich zu erheben, und von einem Sieg, der unausweichlich war.

Jedesmal, wenn er an einem Ende seiner Wanderung angelangt war, sah er sie. Sie standen auf dem windgepeitschten Riedgras zwischen dem Ufersand und der Straße vor dem Hotel. Bevor sie die Bar verlassen hatten, um mit dem Wirt über eine Unterkunft zu verhandeln, und er herunter an den Strand gelaufen war, um sich die Nacht mit Spazierengehen zu vertreiben und ihren Vorschlag zu überdenken, hatten sie auf eine Weise mit ihm gesprochen, die halb komisch und halb feierlich gewirkt hatte. Komisch und feierlich, weil »proletarische Massen« und »revolutionärer Kampf« und »die Macht des Volkes« veraltete Parolen waren, tot und begraben. Aber da waren ihre Würde und ihre Lauterkeit gewesen, über die man nicht gut spotten konnte.

Sie standen an der Straße vor dem Hotel und warteten auf seine Entscheidung.

Wenn sie eine Woche früher gekommen wären, bevor die Fische durch die Überbelastung tot in das Ausflußrohr gerutscht waren … Wie würde Gord Brown sich entscheiden?

Wenn sie sechs Wochen früher gekommen wären, bevor die Farm auf einem gesättigten Markt zum Verkauf angeboten wurde … Wohin steuerte das Leben von Gord Brown?

Wenn sie drei Monate früher gekommen wären, bevor sich die ersten Anzeichen von Meeresläusen auf der Unterseite der Lachse bemerkbar gemacht hatten … Hatte Gord Brown eine Zukunft?

Wenn sie früher gekommen wären, hätte er sie angehört, gelächelt, ihnen die Hand geschüttelt und ihnen gesagt, daß sie ohne ihn nach Acul im Ixil-Dreieck im Quiché-Bezirk verschwinden sollten – oder sonst wohin.

Er war oder war es gewesen: ein Krieger.

Er war vierunddreißig. Er war unschlüssig. Er konnte zum Westende des Strandes marschieren und die Granitfelsen hinaufklettern und in sein Wohnmobil zurückkehren, er konnte durch das Seegras am Ostende schlüpfen und zum Caravan gehen und die Tür abschließen und seine Kleidung abstreifen und so lange schlafen, bis es Zeit war, zur Farm zu gehen und die Saugpumpen anzustellen, mit der die verlorenen Fische aus dem Abflußloch gesaugt wurden … Es war drei Jahre her, seit er ein geschlagenes Volk gesehen und ihm den Rücken gekehrt hatte, es der Gnade der Feuerkraft einer Armee überlassen hatte.

Er ging auf sie zu.

Es war lächerlich.

Als er nahe genug war, sah er, daß sie nicht im mindesten davon überrascht waren, daß er zu ihnen kam. Es war, als ob sie eine ablehnende Antwort gar nicht in Erwägung gezogen hätten.

Gord sagte brüsk: »Was bezahlt ihr?«

Der kleinste Mann sagte: »Wir haben kein Geld.«

Gord lachte verächtlich: »Ihr bezahlt nicht?«

Der Mann mit der Aktentasche lispelte: »Was ist der Preis der Freiheit? Wieviel kostet die Ehre?«

Sanft nun: »Sie glauben, ich mache es umsonst?«

Der älteste Mann lächelte: »Mr. Brown, Sie hätten unseren Dank.«

Es war fünf Tage her, seit er zuletzt den Gipfel des Sidhean Mor hatte sehen können, wo die Adler flogen, wo er im letzten Jahr hinaufgeklettert war, um nahe an das Nest zu kommen, in dem die großen Vögel ihre Jungen auf einem Vorsprung des Steilhangs aufzogen. Er hätte sie gern noch einmal beobachtet, die großen Vögel. Er konnte die steilen Abhänge des Sidhean Mor nicht sehen.

Gord Brown war stehend k.o. Er hatte den ganzen vorausgegangenen Tag bis in den Abend hinein gearbeitet, dann hatte er getrunken und sich übergeben, und dann war er die ganze Nacht lang am Strand hin und her gelaufen. Nichts kam ihm jetzt mehr lächerlich vor.

Er machte sich auf den Weg zu seinem mobilen Heim, die drei Indianer aus Guatemala im Schlepptau.

Der Wirt des Hotels am Loch war seit über einer Stunde wach gewesen.

Sein Hund hatte ihn aufgeweckt, das Jaulen aus der Küche, um seine Aufmerksamkeit zu erregen, und er hatte gehört, wie die Eingangstür zum Hotel geöffnet worden war, wie die Riegel zurückgeschoben wurden. Er stand an dem Fenster im Westflügel, während seine Frau hinter ihm schlief. Er hatte sich einen Sweater und seinen schweren, wollenen Morgenmantel übergezogen, und er nahm das Fernglas, das er neben dem Fenster liegen hatte, um fast jeden Morgen nach Ottern im Seegras am östlichen Ende des Strandes Ausschau zu halten. Er hatte die drei sehen können, wie sie auf dem Grasstreifen zwischen der Straße und dem Strand standen, und er konnte beobachten, wie Gord Brown ruhelos auf dem Sand hin und her rannte. In der Bar hatte er nur wenig hören können, aber der Wirt hatte genug Grips, um zu begreifen, daß diese kümmerlichen kleinen Bettler von woher auch immer dem Mann, der so tat, als ob er Arbeiter auf einer Fischfarm wäre, ein Angebot gemacht hatten. Er hatte gesehen, wie Gord zu ihnen gegangen war, kurz mit ihnen gesprochen hatte, und nun beobachtete er, wie Gord sie nach rechts führte, wo der Caravan im alten Steinbruch geparkt war. Wenn er geglaubt hätte, daß seine Frau mehr über Gord Brown wüßte als er, hätte er sie aufgeweckt, aber das war nicht der Fall; niemand im Dorf wußte etwas über den Außenseiter, der vor fünfzehn Monaten gekommen war und bei ihnen lebte, außer, daß er eine Vergangenheit hatte. Der Wirt wußte, daß Gord eine Vergangenheit hatte, die im dunkeln bleiben sollte, denn der Mann lenkte jede Unterhaltung weg von seiner Lebensgeschichte vor dem Zeitpunkt, als er hierher in den Nordwesten gekommen war, auf die Halbinsel, die in Richtung der Inseln vor der schottischen Küste hinausragte. Die Dorfbewohner – und er zählte sich zu ihnen – glaubten, eine seltene Begabung dafür zu besitzen, die Geschichte eines jeden zu erforschen, den es zu ihnen verschlug; aber alle hätten eingestanden, daß sie bei Gord Brown einen völligen Fehlschlag verbuchen mußten. Er war nicht unhöflich, nicht aggressiv, er beharrte einfach nur darauf, daß die Vergangenheit seine Sache war und bleiben sollte.

Wenn man ihn gefragt hätte, hätte der Wirt gesagt, daß er Respekt vor dem schweigsamen Engländer hatte. Typisch für ihn, was er in der Bar gemacht hatte. In die Bar gekotzt, nicht als erster und wohl auch nicht als letzter – aber der erste und letzte, der hinaus in die Küche gegangen war, einen Mop, einen Eimer und eine Flasche Desinfektionsmittel geholt und die Sauerei aufgewischt hatte. Er hatte nie Ärger mit dem Engländer gehabt, und er hatte gestern abend seine Autorität bemerkt, als Gord Brown dem großen Rocky gesagt hatte, daß der Spaß nun vorbei sei, und der große Rocky konnte einen Mann krankenhausreif schlagen, und er war gegangen wie ein Lamm, und Gord hatte gar nicht die Stimme erhoben. Gord war beim Wohnwagen angekommen. Durch das Fernglas sah er, daß die kleinen Burschen zurückhingen. Der Wirt stellte das Glas wieder scharf auf Gord Brown ein. Die Umrisse seines Körpers waren unter dem nassen, am Körper klebenden Hemd und der Hose sichtbar, kein Pfund zuviel. Leicht rollte er beim Gehen über die Fußballen ab, als ob viel Arbeit und kein Schlaf etwas wären, womit er fertig werden konnte. Der Wirt hätte nicht sagen können, was ein gutaussehender Mann war, aber seine Frau hatte gemeint, daß ein Mann mit diesem Aussehen schon einen guten und triftigen Grund haben mußte, wenn er ohne Frau lebte. Dunkles Haar, das flach zurückgekämmt war. Die Augen waren klar, die Ohren lagen eng an. Auf den Wangen war er wettergebräunt. Gute, gepflegte Zähne. Er konnte in der Vergrößerung die Stoppeln auf einem kräftigen Kinn sehen … Gord ging in den Caravan.

Der Wirt hätte, ohne sich zu genieren, zugegeben, daß er eine Wocheneinnahme dafür geben würde zu erfahren, welches Angebot Gord Brown so aufgewühlt hatte, daß er nicht ins Bett kam, obwohl er es so nötig gehabt hätte. Er überlegte, wie er es eines Tages erfahren könnte. Er würde mit der Postbeamtin reden. Die Postbeamtin war die Schwägerin des Fahrers, der die Bestellungen vom Dorfladen lieferte. Der Fahrer ging mit dem Polizisten auf die Jagd. Wenn der Polizist etwas erfuhr, dann kam es auf dem Weg über den Fahrer und die Postbeamtin wieder zu ihm zurück. Aber die Postbeamtin würde er heute morgen erst in einer guten Stunde sehen.

Gord kam aus seinem Wohnwagen … Er trug einen schwarzen, zum Bersten vollen Müllsack. Er sah, wie Gord die Caravanschlüssel in den Briefkasten an der Straße warf. Der Wirt preßte das Fernglas fest gegen seine Augen. Gord öffnete die Beifahrertür des Nissan Pickup, und der schmächtigste von den kleinen Bettlern stieg hinauf. Gord nahm einen von den anderen hoch, den einzigen, der eine Tasche trug, und hob ihn mühelos auf die offene Ladefläche des Pickup, und der Wirt glaubte, vom Wind getragen, ein schrilles Lachen zu hören; und dann kam der letzte an die Reihe, und Gord warf den großen Sack hinter den beiden drein. Der Wirt sah, wie Gord in dem roten, schlammbespritzten Nissan auf der Straße am Hotel vorbeifuhr, um die Ecke bog und verschwand. Weg, ohne großes Aufheben. Soweit der Wirt sich erinnerte, war er vor fünfzehn Monaten auch ohne viel Wirbel angekommen.

Er ging den Flur hinunter zu den Gästezimmern, zu dem Zimmer, dessen Tür offenstand. Gestern hatte er spätnachts noch mehr als zwanzig Minuten damit verbracht, zwei Klappbetten und Leintücher und Bettwäsche aus der Lüftungskammer zu holen. Er hatte darauf bestanden: zwei Klappbetten und das Doppelbett für die drei. Kleine Bettler, dreckige kleine Bettler, denn nur das Doppelbett war benutzt worden.

Es mußte eine Vergangenheit geben. Hätte es keine Vergangenheit gegeben, wäre Gord Brown niemals mit ihnen weggefahren.

»... Feuer gegen Feuer ...«

Der Schnellzug ratterte nach Süden.

Er verstand, was es hieß, Feuer mit Feuer zu erwidern, denn auf der Suche nach neutralem Terrain, nach einem unverfänglichen Gesprächsthema, hatte der verlegene junge Offizier davon geredet, der Offizier, der den Auftrag hatte, auf ihn aufzupassen; vor dem Rückflug nach England im Basislager in Dhahran, wo er unter Kasernenarrest stand. Sie hatten ihm einen strengen Arrest erspart, aber er durfte nie außer Sichtweite seines Aufpassers sein, ganz gleich, ob er aß, herumhing, schlief oder schiß. Der Aufpasser, ein Infanterieoffizier, der zu spät nach Saudi-Arabien gekommen war, um sich seiner Einheit beim großen Vormarsch in den Irak anzuschließen, hatte eines Abends über den Mangel an Flammenwerfern geschwafelt, den sein Bataillon zur Kenntnis nehmen mußte, als es auf die betonierten Verteidigungsstellungen der Republikanischen Garden gestoßen war. Der Infanterist hatte gesagt, nach dem, was ihm die erzählt hätten, die im Nahkampf gewesen waren, wären Flammenwerfer die beste Antwort auf die Maschinengewehrstellungen gewesen; so hatten sie auf eine Panzerschwadron warten müssen, die ihnen die nötige Schlagkraft verlieh, um die Maschinengewehre zum Schweigen zu bringen. Es war mehr als drei Jahre her, und Gord konnte sich immer noch an das Geschwätz des jungen Infanterieoffiziers erinnern, und an die Befriedigung des nervösen jungen Mannes, weil er ein akzeptables Gesprächsthema gefunden hatte.

Er hatte den Nissan ins Zentrum von Glasgow gefahren, ihn im absoluten Halteverbot unter einem Schild stehengelassen, das mit Parkkralle oder Abschleppen drohte. Der Waggon donnerte mit hoher Geschwindigkeit durch einen Bahnhof und verwischte die Gesichter der Leute, die am Bahnsteig standen und auf den langsameren Zug dahinter warteten.

Er saß tief in seinen Sitz zurückgelehnt. Die Flammenwerfer, von denen man Gord erzählt hatte, stammten alle aus alten sowjetischen Beständen. Er hatte ein gutes Gedächtnis, damit war er von Kindheit an gesegnet gewesen. Seine Armeezeit vor dem Golfkrieg und seiner unehrenhaften Entlassung war eine endlose Reihe von Kursen gewesen, man hatte sie mit Wissen vollgestopft, es war eine Möglichkeit, die Männer vor Langeweile zu bewahren. Das Wort kreiste in seinem Kopf, Unehrenhaftigkeit, und es schmerzte tief. Es war das Wort, das der Disziplinarausschuß gebraucht hatte, inoffiziell … Alle Flammenwerfer, die er kannte, waren sowjetischer Herkunft. Die Marktführer, die zuletzt gebauten, waren der LPO-50 und der TPO-50. Er konnte sich an die Besprechung mit dem Instrukteur erinnern, draußen tröpfelte der Regen, an einer Tafel in einem Schulungsraum des Camps hingen Fotografien und Pläne von den Funktionsteilen. Der LPO-50 wurde mit einem Schulterriemen auf dem Rücken getragen, Reichweite etwa fünfzig Meter, mit etwas Spielraum, gut für den Straßenkampf. Und es gab den schweren Verwandten, der TPO-50, der auf einen zweirädrigen Karren montiert war, ein großes, böses Biest, das verdickten Brennstoff fast zweihundert Meter weit schleuderte. Verdammt dreckige Waffen …

Ein Feuerstrahl kam langsam näher. Gord döste. Er zwinkerte mit den Augen. Vor ihm blitzte eine Flamme auf. Der kleinste von ihnen zündete sich eine Zigarette an. Das Feuer wurde dem Mann mit dem Aktenkoffer vor die Nase gehalten und dann über den Tisch in der Mitte an den ältesten weitergereicht, der neben Gord saß. Die dreifache Rauchwolke wehte auf ihn zu. Sie schienen es für lustig zu halten, und alle grinsten, und sie gluckster hohl. Die Zigaretten waren scheußlich wie sonstwas und stanken furchtbar. Er lachte selbst. Ihr Grinsen wurde breiter und ihr

Gekichere lauter, und sie nebelten ihn wieder ein. Er lachte, weil er das Ticket mit seiner Karte bezahlt hatte, zweite Klasse, einfach, und in vier oder fünf Wochen würde die Postbotin die Rechnung der Kreditkartengesellschaft in den Briefkasten vor seinem Caravan werfen, und dort würde sie verfaulen, weil Rocky todsicher nicht seine Schulden übernahm. Er hatte Rocky eine Nachricht im Kasten hinterlassen, zusammen mit den Caravanschlüsseln und den Zweitschlüsseln für den Nissan und seine Anweisungen, daß Rocky den Nissan verkaufen und losschlagen sollte, was er im Caravan zurückgelassen hatte, alles, was nicht in dem schwarzen Plastiksack in der Ablage über ihm war; dafür sollte er kassieren, soviel er konnte, und alles in der Hotelbar versaufen. Viel würde Rocky für den Nissan nicht mehr bekommen, wenn er die Abschleppgebühr bezahlt hatte, nicht mit dem rostigen Rahmen; aber genug, um sich blöd zu saufen.

Sein Entschluß war gefaßt. Gord Brown ging nicht davon aus, daß er an den Loch und zu der gescheiterten Fischfarm zurückkommen würde. Er hatte dem Adlernest am Sidhean Mor den Rücken gekehrt …

Wenn er nicht zurückkam, wußte Gott allein, wo er hinging.

Er döste weg. Im Geist sah er die Flamme, die auf die Schlitze in einem Maschinengewehrnest zuraste. Er wurde nicht von Zweifeln geplagt. Das Zögern war in den dunklen Stunden am Strand zurückgeblieben. Zu lange her, seit irgendein Bastard ihm mit Respekt begegnet war. Sie waren das Beste, was er hatte, drei kleine Teufel mit Anzügen, die ihnen nicht paßten, und Hüten, die bis über die strahlenden Augen heruntergezogen waren, aber sie waren zu ihm gekommen, weil sie ihn brauchten. Es war ein gutes Gefühl für Gord Brown, daß man ihn haben wollte. Ihr Rauch hing über seinem Gesicht, war in seinem Mund, stieg ihm in die Nase, sickerte in seine geschlossenen Augen. Er hatte sich danach gesehnt, gebraucht zu werden.

Der Zug hielt ruckartig an. Die Menschenmenge wogte auf dem Bahnsteig und dann in der Bahnhofshalle um ihn her. Er dachte: Jeder hier, dem er erzählt hätte, zu welchem Unternehmen er unterwegs war, hätte ihn für verrückt erklärt, genau wie Big Rocky und der Wirt, wenn sie die Gelegenheit dazu gehabt hätten.

Die ganze verdammte Bande lag falsch.

Ihre Namen waren für ihn nur Kauderwelsch. Er gab ihnen die Namen der drei besten Männer, die er gekannt hatte. Francis und Vernon und Zachary. Sie waren mit ihm in dem Land Rover gewesen, so verdammt lang her, Eff und Vee und Zed.

Gord hielt in der Bahnhofshalle und setzte den schwarzen Sack ab. Er kickte eine leere Fastfoodschachtel zur Seite und öffnete den Sack auf der Oberseite und zog seine zerschrammten Stiefel heraus und wühlte, bis er gefunden hatte, wonach er suchte. Er händigte Vee den Paß aus. Alle betrachteten das Foto, den angespannten Gesichtsausdruck und das Leuchten und die Augen, die ins Blitzlicht blinzelten, und sie lachten hell auf.

Er sagte Eff, wo er sie am nächsten Tag treffen würde, und er schlug Vee auf den Rücken und spürte seine Kraft, und er kniff Zed in die Wange und sah die Freundschaft in den Augen des Mannes leuchten.

Es war, weil sie zu ihm gekommen waren und ihn haben wollten.

2

Der Angestellte war an diesem Abend sehr beschäftigt, wie an jedem Tag und jedem Abend seiner Arbeitswoche in der abgeschiedenen Welt seines Aktensystems. Sein Territorium war ein kleiner Nebenraum beim Eingang des langen, rechteckigen Kellerraums, der die Registratur beherbergte. Der Angestellte war Herr über dieses Kellerterritorium und wachte mit der ganzen leidenschaftlichen Bösartigkeit des Jaguars auf dem Zeitschriftenfoto darüber, das mit Klebeband über seinem persönlichen Schreibtisch im gekachelten Nebenraum angebracht war. Jeder Offizier, egal wie hochrangig, selbst die Colonels und die Brigadekommandeure und der General persönlich, wurde vom Angestellten aufgefordert, an der eisenverriegelten Tür auf die Erlaubnis zum Eintritt in diesen Teil des Kellers zu warten, sich auszuweisen, sich einzutragen und später wieder auszutragen. Egal wie hochrangig der Offizier war, er war verpflichtet, seine Aktentasche auf dem Boden neben dem Papierkorb und dem Tisch, auf dem der Reißwolf stand, abzustellen. Es war das Reich des Angestellten. Die israelischen Instrukteure hatten das IBM-Computersystem installiert, aber der Angestellte bestimmte, wieviel Information auf die Disketten gespeichert wurde, und die große Mehrheit seines Materials war, wie seit zehn Jahren, noch immer in den Aktenhaltern aus Pappkarton aufbewahrt und stand in den Regalen, die den Kellerraum in schmale, hochwandige Korridore teilten. Seine Macht war dem Angestellten schrittweise zugefallen, und nun schwelgte er in dem Bewußtsein, daß er für das reibungslose Funktionieren der G-2-Abteilung der militärischen Aufklärung unverzichtbar war. Er traf jeden Morgen kurz vor sieben an seinem Schreibtisch ein, und er schloß nie vor elf Uhr abends ab und löschte das Licht, und wenn es eine Krise gab und in den kurzen, dunklen Nachtstunden Zugang benötigt wurde, dann war der Angestellte innerhalb von fünf Minuten zur Stelle. Nur fünf Minuten, um in seinen Drillich zu schlüpfen und auf seinem Moped durch die leeren Straßen von dem Zimmer, das er hinter dem McDonald's an der Ecke Calle I und Avenida 4a gemietet hatte, hinüberzufahren. Das brachte ihm die Achtung der Leute ein, die die Akten in der unauffälligen, hinter dem Palacio Nacional versteckten G-2-Abteilung nutzten.

Der Angestellte kannte den Leutnant mit dem glatten Gesicht unter dem Namen Benedicto.

Die Aktentasche des Leutnants befand sich auf dem Boden neben dem Papierkorb und dem Tisch, auf dem der Reißwolf stand.

Der Angestellte vermutete, daß Benedicto ein Deckname war. Der Leutnant kam immer nur spätabends in das Kellerareal, er trug nie Uniform.

Hinter sich hörte der Angestellte das kratzende Geräusch, mit dem eine Thermosflasche geöffnet wurde, und roch frisch aufgebrühten Kaffee. Er wandte sich von den Fotografien ab, die seinen Schreibtisch bedeckten. Er hatte sie in zwei Stapeln geordnet. Einen für die Gesichter, die er identifizieren konnte, und einen für die anderen. Er würde Überprüfungen und Nachforschungen anstellen müssen, um alle Gesichter der Männer auf den Fotos mit Namen versehen zu können. Er sah in die verkniffenen, angespannten Gesichtszüge des Leutnants.

Manchmal rasierte sich der Angestellte, bevor er in den Keller kam, manchmal scherte er sich nicht darum. Es war sein Zeichen von Unabhängigkeit, daß er als bescheidener Angestellter, der weniger als fünfhundert Quetzals im Monat verdiente, unrasiert in der Registratur erscheinen konnte und Macht über die manikürten Offiziere hatte, die nach Lotion und Puder rochen.

Der Angestellte dachte, daß es den Leutnant jeden Morgen mindestens zwanzig Minuten kosten mußte, um diesen schmalsten aller Oberlippenbärtchen herumzurasieren.

Der Angestellte sah – und wenig entging seiner Aufmerksamkeit – die deutlichen Linien der Kratzspuren auf dem rechten Unterarm des Leutnants. Nicht, daß er sich dazu geäußert hätte … aber er bemerkte sie, die Kratzer von den Fingernägeln eines Mannes oder einer Frau, wahnsinnig vor Schmerzen.

Es irritierte den Angestellten, daß er drei Gesichter unter den Trauernden nicht identifizieren konnte. Zweimal ging er in die Gänge zwischen den Aktenregalen und rückte die Stehleiter an die richtige Stelle und kletterte hinauf, unbeholfen wegen der alten Verletzung, um weiter hinten Akten aus den oberen Regalen zu holen. Er bürstete immer die Spinnweben von den Akten, schüttelte die kleinen Spinnen herunter und trat auf sie und brachte die Akten zu seinem Schreibtisch. Die Akten, die die kleinen, grünen Spinnen beherbergten, enthielten Dossiers über die Bevölkerung von Guatemala und jene, die im Exil waren, und diese Dossiers waren weitaus wertvoller als die Disketten des IBM-Computers, den die israelischen Berater installiert hatten. Solange er über den Keller herrschte, würde der Angestellte dieses Verhältnis bewahren.

Eine weitere Akte wurde schweigend auf seinen Schreibtisch gelegt.

Er sah in die ruhigen Augen des Leutnants. Man hatte ihm nie etwas gesagt, aber für ihn war es offensichtlich. Der Leutnant war ein Vernehmungsbeamter. Es war spät am Abend. Die Kombis, Marke Cherokee Chief, waren jetzt draußen im Einsatz und fuhren kreuz und quer, um jemanden zu schnappen. Ein Verdächtiger wurde an einen sicheren Ort gebracht. Natürlich war es notwendig, daß sich der Vernehmungsbeamte auf seine Arbeit vorbereitete.

Der Leutnant sah über die Schulter auf die vergilbten Blätter aus den Akten, auf die neuen Fotografien, die heute nachmittag aus Havanna gekommen waren.

Er mochte den Burschen. Er respektierte die Einstellung des Leutnants zur Arbeit.

Der Zeigefinger des Angestellten, bei dem das oberste Gelenk abgetrennt war, tippte auf ein Foto, das einen Sarg auf einem Gerüst neben einem Grab zeigte. Er spähte in das Gesicht des Leutnants und lächelte.

»Das Ende des alten Hurensohns Ramírez. Es wurde vor acht, neun Tagen aufgenommen, in Havanna ... Haben Sie von dem Hurensohn Ramírez gehört, Leutnant ...?«

Der Kaffee, den der Leutnant in seiner Thermosflasche mitgebracht hatte, war gut. Er konnte die Qualität riechen. Er sah, wie der Leutnant den Kopf schüttelte.

»... Aus Acul, aus dem Ixil-Dreieck. Er war ein *ladino*, er hat ein Eisenwarengeschäft im Dorf geführt. Er war der große Boß dort. Hielt sich selbst für den Anführer der Indianer im Dorf. Er hatte ein Gift in sich, und er verbreitete das Gift über die Dörfer um Acul, bis in die Städte im Dreieck. Ein gerissener alter Hurensohn, denn er hatte gelernt, sich zu verteidigen. Die Armee kam, um ihn zu vernichten, aber mit unzureichenden Kräften, sie konnten das Dorf nicht einnehmen. Er behauptete sich gegen Victory '82. Überstand auch Firmness '83. Erst beim Institutional Re-encounter '84, als man Kaibiles gegen das Dorf einsetzte, wurde er besiegt. Das Dorf von dem Hurensohn war das letzte im Dreieck, das erobert wurde. Es war eine große Schlacht, sie dauerte einen Tag und fast eine ganze Nacht, der Hurensohn hatte ihnen beigebracht zu kämpfen. Das war, wo mein Fuß ...«

Der Angestellte verzog das Gesicht. Immer am Abend, wenn die kaputten Muskeln rund um die Schrapnellwunde steif geworden waren, spürte er den größten Schmerz. Es war eine kleine Mine gewesen, im Dorf hergestellt, abseits der Straße neben einem Pfad versteckt, ein guter Platz. Es waren die rostigen Nägel in der Mine, die, durch die Explosion herausgeschleudert, sich in den Oberschenkel seines rechten Beines gebohrt und den Wundbrand verursacht hatten. Er hatte auch die Spitze seines Zeigefingers verloren.

»… Man erinnert sich immer noch an ihn, ein bißchen von dem Gift ist noch übrig. Er ging ins Exil. Er ging zu den Komikern nach Kuba. Ich habe es hier …«

Der Angestellte tippte auf die engbeschriebenen, teilweise mit Tinte ausgebesserten Seiten einer Akte, die halb von dem Doppelstapel Fotos bedeckt war.

»… Es heißt, der alte Hurensohn träumte nur davon, ins Dreieck zurückzukehren, saß in den Cafés im Campecheviertel der Altstadt von Havanna und spielte das Spiel, wie er sich zurück ins Dorf durchschlug – eben der Traum eines alten Hurensohns. Wissen Sie, wie der Traum endete? Nicht an der Spitze einer Marschkolonne, nicht im Dschungel von Petén, nicht in den Bergen der Cuchumatanes. Nein, der Traum endete, als er von einem Bus angefahren wurde, bei dem die Bremsen ausgefallen waren; als er gerade die Straße überquerte, um seinen Kaffee mit den anderen Narren zu trinken, die daran glaubten, daß er sie zurückführen würde. Ich nehme an, in dieser Drecksstadt Havanna war es möglich, daran zu glauben, daß er eines Tages zurückkommen würde und daß die Indianer, die dummen Wichser, ihm wieder folgen würden. Er hatte ein schönes Begräbnis …«

Der Angestellte spürte den Atem des Leutnants in seinem Nacken. Die Hand des Leutnants ruhte leicht auf seiner Schulter.

»… Die ganzen alten Männer, die mit ihm ins Exil gegangen waren, waren da. Schauen Sie sie an, gerötet, zerknittert, keine Haare mehr, lauter Kretins. Es sind nur drei, die ich nicht unterbringen kann; zu alt, zu verändert. Ich sage Ihnen, was ich glaube: Ich glaube, es wäre ein schlimmerer Tod, in Havanna im Exil zu leben, als den Gewehren der Kaibiles gegenüberzustehen. Schauen Sie sie an: Im Petén, im Dschungel, wären sie nach achtundvierzig Stunden erledigt. Sie sind bemitleidenswert …«

Der Leutnant streckte die Hand aus und schob die Fotos an den Ecken zur Seite, so daß eines offen lag. Der Angestellte zuckte mit den Achseln.

»… Sein Sohn. Das ist Rodolfo Jorge Ramírez. Es gab noch eine Tochter, aber sie war schon früher abgehauen; sie lebt in

Europa. Die Frau des Hurensohns wurde getötet. Er nahm den Jungen mit, als er floh. Sie gingen im letzten Licht des zweiten Tages der Schlacht … Ja, ein gutaussehender junger Mann, ich gebe es gern zu. Vielleicht geht er jetzt, da er von den Fesseln des alten Hurensohns befreit ist, zu seiner Schwester nach Europa.«

Der Leutnant schüttete den Rest des Kaffees in den Plastikbecher des Angestellten und nahm seine Aktentasche vom Boden. Der Angestellte schlurfte hinter ihm drein, das beschädigte Bein nachziehend, und ließ ihn durch die verriegelte Außentür des Kellers hinaus. Es stand ihm nicht zu, nach den Angelegenheiten des Leutnants zu fragen, nun, da die Nacht über der Stadt hereingebrochen war; es stand ihm nicht zu, sich daran zu erinnern, welche Akte der Leutnant zur Einsicht erbeten hatte. Er warf die Tür wieder zu. Fröhlich rief er dem Leutnant hinterher.

»Es war ein richtiger Krieg damals. Nicht der Scheißdreck wie heute. Es gab eine Zeit, als man glaubte, sie könnten gewinnen, die Kommunisten, sie könnten tatsächlich auf die Plaza Mayor und direkt in den Palacio Nacional marschieren. Wissen Sie, die ganzen Flugzeuge nach Miami, sie waren voll damals, jeden Tag … lang ist's her. Gute Nacht.«

Nur der Klang leichtfüßiger Schritte, die sich die Kellertreppe hinauf entfernten.

Er lachte gackernd. Er hatte vor keinem von ihnen Angst, nicht vor den Generälen, nicht vor den Kommandanten, nicht vor den Vernehmungsbeamten. Sie alle mußten anerkennen, daß das Material, das er zusammengetragen hatte, Gold wert war.

Der Angestellte kehrte an seinen Schreibtisch zurück. Er packte die Akte eines Vaters zusammen, der im Exil gestorben war und wickelte eine Schnur zweimal darum und verknotete die Enden. Aus der Schreibtischschublade nahm er einen neuen Aktendeckel und schob die Fotografie des jungen Mannes auf der Beerdigung hinein, und er beschriftete die Akte sorgfältig: RODOLFO JORGE RAMIREZ.

Die Stille des Kellers umgab ihn. Seine Gesellschaft waren die

Akten der Toten und der Lebenden. Er trank den Kaffee, den man ihm übriggelassen hatte.

Er läutete.

Der Eingang war neben dem Schaufenster.

Vom Hafen her stieg Nebel auf, aber der Regen hatte aufgehört. Die enge Straße lag verlassen da. Gord fröstelte. Er läutete noch einmal, und diesmal kam eine Reaktion. Hinter den Vorhängen, die vor das Schiebefenster über der Ladenfront gezogen waren, tauchte ein Licht auf. Im Fenster war ein Schild, mit Kugelschreiber auf Pappkarton geschrieben, das besagte, daß der Laden in der Pfingstwoche wieder öffnen würde. Das Schaufenster war leer, und die Regale im schwach schimmernden Innern waren nackt. Auf dem Schild über dem Schaufenster stand »Torbay Crafts«, und die Schrift blätterte ab. Er war mit dem Bummelzug gekommen, der die Post und die Zeitungen aus London brachte, hatte sich für zwei Stunden auf einer Bahnsteigbank in Newton Abbot für ein Schläfchen zusammengerollt und den ersten Morgenzug nach Paignton genommen und dann ein Taxi. Er war zweimal um den Hafen spaziert, hatte zugesehen, wie sich die Fischereiflotte zum Auslaufen bereit machte, und war dann die Treppe zur Straße hochgestiegen, zu dem Geschäft mit der darüberliegenden Unterkunft.

Er war schon einmal hier gewesen, ebenfalls im Morgengrauen: der Besuch, bevor er an den Golf flog. Zwölf Stunden frei, und die meiste Zeit damit verbracht, nach Torbay und zurück zu kommen.

Gord stand auf diesem verdammt feuchten Türaufgang, weil er glaubte, daß sein Vater es so gewollt hätte.

Ein Schlüssel drehte sich im Schloß. Nicht der richtige Augenblick, um seiner Mutter Blumen zu kaufen. Oder ein Geschenk.

Ein Mann im Eingang. Der Mann hatte graues, dünnes Haar, das ungekämmt wegstand, und er trug ein Unterhemd unter einem Morgenmantel für Frauen, der nur über dem Bauch zugebunden war, und die Füße an seinen langen, dürren Beinen steckten in ausgelatschten Pantoffeln. Das verschlafene Gesicht wurde zornig. »Was, zum Teufel, wollen Sie …?«

Gord stand in seiner Arbeitskleidung von der Fischfarm da, die er in der Bar am Loch getragen hatte und im Zug nach London.

»… Haben Sie eine Ahnung, wie spät es ist?«

Gord wußte nicht, daß seine Mutter mit jemandem zusammenlebte. Er hatte sie nicht mehr besucht, hatte es nicht gewollt, seit er vom Golf zurück war.

Gord sah seine Mutter im Schatten hinter dem Kerl. Sie trug ein Nachthemd, das wie ein Zelt aussah.

»Hallo, Mum.«

Sie war verlegen, stellte ihn vor. Er war Bill, er war der Untermieter. Er half im Geschäft. Ging ihn nichts an, wenn seine Mutter mit jemand pennte. War nicht seine Sache, daß der Untermieter den Morgenmantel seiner Mutter trug und in einem Geschäft half, das seit sieben Monaten geschlossen war.

Er sagte ihr, daß er fortging.

»Du hättest anrufen können …«, sagte sie tadelnd.

Er sagte ihr, daß er nicht wüßte, wann er zurückkommen würde.

»Du hättest nicht einfach so hereinschneien müssen …«

Er sagte ihr, daß er von dort, wo er hinging, nicht Kontakt halten konnte.

»Machst du Witze – wie lange ist es her, seit du zuletzt Kontakt gehalten hast?«

Er sagte, sie solle auf sich aufpassen.

»Du redest schon komisch daher. Du glaubst, du kannst dir Leute einfach nehmen und sie wieder fallenlassen. Zum Teufel, du bist genau wie dein Vater …«

Er hatte zweihundert Meilen zurückgelegt, um hierher zu kommen, und es waren zweihundert Meilen zurück. Er fragte nicht, ob er auf einen Kaffee hereinkommen dürfte, und es wurde ihm auch keiner angeboten. Man hatte ihn nicht gefragt, wohin er ging und wann und warum. Er hätte es ihr auch nicht gesagt. Er drehte sich um. Er ging die enge Straße hinunter. Er war hingefahren, weil sein Vater es so von ihm erwartet hätte. Er hörte sie rufen, vielleicht war es Angst, vielleicht verspätete Freundlichkeit. Er blieb nicht stehen. Er winkte nicht.

Er ging die Treppe hinunter, die zum Hafen führte. Er mußte aufpassen, daß er nicht in die Hundescheiße und die zerbrochenen Flaschen trat. Seine Schwester war irgendwo im Norden von England und unterrichtete an einer Grundschule, und wahrscheinlich trug sie immer noch ein Abzeichen der Bewegung für atomare Abrüstung, und sie verachtete ihn. Seine Mutter hatte sich einen Kerl ins Bett geholt, der sie todsicher ausnahm und ihr das Geld abknöpfte, das ihr der Verkauf in London eingebracht hätte. Das war ihre Sache und einzig ihre, und in ihrem Leben war kein Platz für ihn.

Er war nur wegen seines Vaters gekommen.

Der letzte öffentliche Abschied von seinem Vater war der Gedenkgottesdienst in St. Bride, der eingekeilten Kirche in Fleetstreet, gewesen. In den Bänken hinter ihm waren die alten Kumpel von Theo Joseph (Teejay) Brown gesessen, und sie hatten auf ihre Uhren geschielt und sich ausgerechnet, wie lange es noch dauern würde, bis sie hinausgehen und sich eine anzünden konnten, und wie lange, bis sie ins Pub gehen und die erste Runde Doppelten kippen konnten. Sie hatten falsch gesungen, in einer falschen Tonart, und er hatte sie im stillen gepriesen, weil er gehört hatte, wie sich die alten Halunken schneuzten und den Tränen nahe waren. Da waren der trockene Husten und die rotgesichtigen Männer in ihren dunklen Anzügen gewesen, vom Regionalkommando und vom Flugkommando und vom Drogenkommando, und da waren die Angestellten der Gerichtsanwälte gewesen und die Rechtsanwälte, die nicht gern eine Bank mit einem Detective geteilt hätten. Die Lesung, die der stellvertretende Polizeipräsident hielt, der bei derselben Nachrichtenagentur wie Teejay angefangen hatte, und die Ansprache des letzten Chefredakteurs, der ihn gefeuert hatte. Gord hätte nicht sagen können, ob sein Vater den Gottesdienst gutgeheißen hätte; aber wo immer er hingegangen war, er hatte todsicher geflucht, weil er die Sauferei hinterher in der Kneipe ums Eck verpaßte.

Gord Brown hatte nichts mehr, was ihn zurückhielt.

Er würde mit den Männern fliegen, die ihn haben wollten.

So verdammt allein. Er ging schneller und eilte zu dem Taxistand neben der Busstation.

Als Colonel Arturo hörte, daß zwei der *subversivos* erschossen worden waren, befahl er, die Leichen zur Abschreckung ins Dorf hinunterzubringen.

Vor der kleinen, weißgetünchten Kirche, die nahe beim Militärgelände lag, beobachtete er, wie sie von den Männern der Zivilpatrouille getragen wurden, wie sie vom Waldrand, der sich an den steilen Untergrund klammerte, auf die Rodung heruntergebracht wurden, auf der die neue Gemeinde Acul angesiedelt war. Er konnte die Statistiken aufsagen, denn jedesmal, wenn irgendein Bastard von Gringo aus New York oder Washington oder Los Angeles herunterkam, um einen verlogenen und entstellenden Artikel zu schreiben, wurden sie aufgegriffen und im *International Herald Tribune* nachgedruckt, der in der Offiziersmesse des *estado mayor* auflag. Alle höheren Offiziere, die dem Militärischen Hauptquartier angeschlossen waren, lasen in der Messe den *International Herald Tribune*. Die Statistiken, die immer benutzt wurden, besagten, daß 100 000 Zivilisten, die Colonel Arturo *subversivos* nannte, von der regulären Armee und den paramilitärischen Streitkräften getötet worden waren. Aber die Leichen von *subversivos* waren jetzt schwerer zu bekommen, denn der Krieg war gewonnen, der Scheißfeind war tief im Dschungel, hoch in den Bergen und geschlagen. Der Scheißfeind war nicht viel mehr als eine kleine Belästigung … Man hatte ihm erzählt, daß diese beiden Männer, die auf der Suche nach Nahrung vom Hochland heruntergekommen waren, zur Ejercito Guerrillero de los Pobres gehörten, der Gruppe, die immer noch den hintersten Winkel des Ixil-Dreiecks unsicher machte. Er hob seinen kurzen Feldstecher, sah, wie die Prozession am entgegengesetzten Ende des Dorfes einzog.

Nachdem der Krieg gewonnen war, konnte es nicht schaden, die Leute im Modelldorf des Entwicklungspools, dem neuen Siedlungsprogramm, mit dem die Indianer überwacht und kontrolliert werden konnten, daran zu erinnern, daß sie von der Armee und von ihren eigenen Männern, die in den Zivilpatrouillen dienten, beschützt wurden. Er gedachte, eine kleine, improvisierte Ansprache zu halten und vielleicht dem Capitán der Dorfgarnison vorzuschlagen, am Abend eine kleine Fiesta abzuhalten, mit massenhaft zu saufen für die Viecher. Sobald die Leichen am Rand des Dorfes waren, wurden sie in die Seitenstraßen getragen, auf die Schlammpfade, die zwischen den Reihen blechgedeckter Häuser verliefen. Die Calzada de Libertad hinauf, die Avenida de Republica de China hinunter, die Avenida Soldado Guatemalteco entlang. Es war richtig, daß möglichst viele Dorfbewohner die Leichen sahen.

Er war heute morgen nach Acul gekommen, weil der Ort in der Geschichte seines Militärdienstes eine Rolle spielte.

Die Leichen wurden auf den offenen Platz vor der weißgetünchten Kirche getragen. Je ein Mann von der Zivilpatrouille trug ein Ende der langen, durchgebogenen Stange mit der Last auf seiner Schulter.

Zehn Jahre zuvor hatte Colonel Arturo, damals noch Major, die Angriffstruppen der Kaibiles befehligt, die das ehemalige Acul eingenommen hatten.

Die Fuß- und Handgelenke der beiden *subversivos* waren mit Seilen zusammengebunden, und die Stangen waren darunter durchgeschoben, so daß die Leichen herunterhingen und beim Tragen hin und her schaukelten, und die schlammverschmierten und blutbefleckten Köpfe rollten von einer Seite auf die andere.

Colonel Arturo war für den Angriff auf das ehemalige Dorf Acul vom Präsidenten der Republik ausgezeichnet worden. Er trug das Ordensband, zusammen mit anderen, an seinem Kampfanzug.

Die Leichen wurden vor ihm abgeladen. Er sagte dem Capitán, daß alle Dorfbewohner auf die Plaza gebracht werden sollten – zwangsweise. Er sagte, die Leichen sollten nackt ausgezogen werden. Es war nötig, eine Show abzuziehen.

Er hatte heute morgen vom Tod des alten Hurensohns Ramírez in dem Kommunistennest Havanna gehört. Er hatte sich überlegt, daß es interessant wäre, mit eigenen Augen zu sehen, wie die Neuigkeit im Dorf aufgenommen wurde … Eine harte Schlacht war es gewesen, Verluste in seiner Kompanie, und der alte Hurensohn Ramírez hatte gute Verteidigungslinien organisiert … es war der Schlag aus der Luft gewesen, der den Widerstand gebrochen hatte … keine überlebenden Gefangenen … er konnte sich noch erinnern, wie er geflucht hatte, als er schließlich herausfand, daß Ramírez, der alte Hurensohn, nicht unter den Männern war, die in der Kirche des ehemaligen Dorfes Acul zusammengetrieben worden waren … da war dieser Geruch gewesen, als das Feuer von der Kirche Besitz ergriffen hatte, er roch ihn immer noch.

Er konnte sehen, daß der Priester gegenüber auf die Plaza gekommen war, um dazustehen und ihn anzusehen, ihn herauszufordern. Er war umringt von Frauen und verdammte ihn mit seinem Schweigen. Er haßte die Priester. Die Dorfbewohner wurden von den Zivilpatrouillen vorwärts gestoßen. Sie sollten nahe an die Leichen herantreten, auf sie spucken, über sie lachen. Weil die Leichen nackt waren, konnte er sehen, wie die Rippen hervorstanden. Sie waren halb verhungert da oben in den Bergen. Colonel Arturo kannte seine Lehrbücher, er wußte, was es hieß, dem Fisch die Freiheit des Meeres zu nehmen.

Colonel Arturo stand auf einer Holzkiste. Er wurde von den Gewehren seiner Eskorte beschützt.

»Sie sind die Sorte Abschaum, die eure Saat vernichtet oder stiehlt, was ihr angebaut habt. Sie bringen Gewalttätigkeit in euer Dorf. Sie machen euch das Leben schwer. Zeigt, was ihr von ihnen haltet …«

Er blickte in ihre Gesichter. Dreckige Untermenschengesichter. Schweine und Hunde suchten zwischen den Behausungen hinter der Menge nach Abfällen. Ausdruckslose Gesichter blickten ihn an. Er sah die offene Verachtung des Priesters. Als ihnen der Befehl zugerufen wurde, traten weitere Dorfbewohner in Reihe nach vorn und spuckten rituell auf die Leichen. Leise fragte er den Capitán. Was würden sie vom Tod des alten Hurensohns Ramírez halten? Der Capitán zuckte mit den Achseln. Wie sollte er das wissen? Was erzählten sie ihm schon? Colonel Arturo hatte das leise Gefühl einer Niederlage, und das kam selten bei ihm vor.

Später würden die Leichen hinunter zum Fluß gebracht und beerdigt werden. Sie würden nicht aus Pietät beerdigt werden, sondern in flachen Gräbern, gerade tief genug, daß die Hunde und Schweine nicht an den Überresten herumnagen konnten.

Seine Niederlage war, daß er nicht erfahren hatte, was sie über den Tod eines Mannes in der Altstadt von Havanna dachten.

Und er dachte, daß er auch nichts mehr darüber erfahren würde, bevor der Helikopter in zwei Stunden zurückkam und ihn wieder nach Guatemala City brachte.

Sie würden zu spät an ihren Tisch kommen, und das erfreute ihn nicht gerade.

Benny saß jetzt seit zwanzig Minuten an der Bar, sein zweiter Gin ging zur Neige, er kannte keinen von den älteren Männern um ihn herum, und es blieb ihm wenig übrig, als Däumchen zu drehen und zu warten. Benny kam zweimal im Jahr von dem Abenteuer-Trainingslager im mittleren Wales, das ihm zusammen mit dem Bankmanager gehörte, nach London; und jedesmal, wenn er kam, zahlten er und Sebastian abwechselnd das Mittagessen in ihrer gemeinsamen Zapfstelle. Es war ein Ort, der außer in Gesellschaft von Mitgliedern nie erwähnt wurde, eine Adresse, die nie aufgeschrieben wurde, und eine Telefonnummer, die nirgends verzeichnet war. Zumeist waren es alte Haudegen, die sich mitten am Tag hier im Special Forces Club zusammenfanden, Veteranen, mit nostalgischen Erinnerungen an den Nordafrikafeldzug oder die Malaysiakrise ... Sebastian saß nahe am Fenster und steckte den Kopf mit einem Kerlchen zusammen, das aussah, als hätte es dringend ein Bad nötig und eine Rasur und einen Haarschnitt und einen Besuch beim Schneider. Benny war auf die Minute pünktlich gekommen, hatte Sebastian in Begleitung gesehen und war beiläufig weggewunken worden. Verdammt merkwürdige Gesellschaft, wegen der Sebastian ihn stehenließ, und das Kerlchen hatte sogar einen vollen Müllsack bei sich, der zusammengeknotet unter seinen Füßen lag. Er schaute zum Barkeeper und deutete mit den Augen auf den Mann bei Sebastian, und der Barkeeper lächelte gequält und streckte den Daumen nach oben, was besagte: keine Panik, Überprüfung positiv. Er entspannte sich, hörte wahllos bei Gesprächen mit. Dumm von ihm anzunehmen, daß irgendein »Unerwünschter« am Türsteher in der Halle vorbeigekommen wäre. Die Gespräche in Bennys Nähe waren die gleichen wie vor einem halben Jahr und wie ein halbes Jahr vorher. Sie änderten sich nie ... Was sollte man in Ulster tun. Was sollte man in Bosnien auf keinen Fall tun. Was hätte im Irak getan werden sollen. Was war auf den Falklands getan worden ... Wurde auch verdammt noch mal Zeit. Sebastian war aufgestanden und schüttelte die Hand von dem Kerlchen und schien ihm alles Gute zu wünschen. Benny drehte sich zum Barkeeper um und bestellte einen Campari Soda, Bennys Drink. Verdammt noch mal, es war wirklich höchste Zeit. Er sah das Kerlchen aus der Bar watscheln.

»Tut mir leid.«

»Wohltätigkeitsarbeit? Bringst du Penner von der Straße hier rein?« grinste Benny.

»Eigentlich nicht. Ich nehme nicht an, du weißt, wer das war ...?«

»Muß ich passen.«

Sebastian, den Benny so ziemlich für den größten Spaßvogel hielt, den er kannte, zeigte im Moment keine Spur von Humor. Machte eher ein verdammt ernstes Gesicht. »Nach deiner Zeit, aber bevor ich rauskam. Die Sache hinterließ seinerzeit einen üblen Nachgeschmack. Wenn er nicht so starrköpfig gewesen wäre …«

Benny fragte: »Doch nicht etwa der Bursche, der …?«

»›Bullshit‹ Brown, genau der. Auch nicht gerade das tollste Etikett, ›Bullshit‹. Es macht mir nichts aus, daß es bekannt wurde, aber ich habe mich mit dem Seniorenausschuß hier angelegt, damit er seine Mitgliedschaft behält …«

»Soviel ich weiß, hätte es nicht sein müssen.« Sebastian, vor vierzehn Monaten mit dem ansehnlichen Dienstgrad eines Majors ausgeschieden, nun Sicherheitsberater für jeden Scheich oder Emir, dessen Scheckheft dick genug war, schnaubte. »Er hätte sich nur entschuldigen müssen, für ein paar Minuten zu Kreuze kriechen, dann wäre alles vergessen gewesen. Widerspenstig, wie er ist, hat er's nicht getan. Hast du gewußt, daß er sogar für eine Medaille vorgeschlagen war, für Tapferkeit, nicht bloß, weil er eben dabei war? Die ehrenvolle Erwähnung haben sie zerrissen. Um es mild auszudrücken, man hat ihn nicht gut behandelt.«

Benny bestellte noch einen Gin und einen zweiten Campari Soda. »Also, worum ging's bei eurem Rendezvous?«

»Scheißernste Sache …«

»Was?«

»Kam zu mir, weil ich zuletzt in Belize stationiert war, weißt du ja … Ich war an der Grenze zu Guatemala. Moskitos, Malaria, Tag und Nacht Dünnschiß, grauenvoller Ort. Er wollte über Guatemala reden …«

Sie bestellten. Man würde sie rufen, wenn der Tisch bereit war.

»Warum, zum Teufel, Guatemala?«

Sebastian verzog das Gesicht. »Wollte einen Schnellkurs über die Stärke der guatemaltekischen Streitkräfte.«

»Und …«

»Hab' ihm einen gegeben … beste Kampftruppen in Mittelamerika, wahrscheinlich besser als alles andere in ganz Lateinamerika. Sehr hart, ziemlich skrupellos, schwer motiviert. Wir haben sie weiß Gott ernst genommen, als wir dachten, sie könnten nach Belize kommen. Nicht so gut ausgerüstet, aber einfach rücksichtslos. Ich tat mein bestes, um es ihm auszureden. Verstehst du, er quatschte nicht davon, da hinüberzufliegen und die Regierungstruppen zu beraten. Viel zu einfach für ›Bullshit‹. Er sprach davon, bei irgendeiner Guerillagruppe mitzumachen. Ich hab' es ihm offen ins Gesicht gesagt, sagte, daß er seinen letzten Rest Verstand verloren hat ... Sie sind wirklich sehr gut, die Guatemalteken, und arrogant. Sie haben ihren kleinen Krieg gerade gewonnen, ohne amerikanische Hilfe, und sind folglich eingebildet. Ich habe ihn gewarnt, aber ich glaube nicht, daß er mir überhaupt zugehört hat. Das ist das Problem in seinem Leben, er weiß nie, wann er einen Schritt zurück machen muß. Ich sagte ihm, daß die Armee von Guatemala eine kleine Gruppe mit zerlöcherten Hosen zu Hackfleisch machen würde. Er sagte, ich sollte es mir im Radio anhören ...«

Ihr Tisch war bereit. Ein Ober winkte ihnen, ihm zu folgen. Benny nuschelte in sein Ginglas. »Es ist wahr, oder? Brown hat zu diesem Yankeewichser gesagt, daß er Bullshit redet?«

»Allerdings, aber Brigadegeneräle stehen nicht besonders auf diese Art Unterhaltung ... also, wie geht's in der alten Welt?«

»Kann mich nicht beklagen ...«

Sie gingen in den Speiseraum.

»... der arme Brown.«

»Vergiß ihn. Wenn er nach Guatemala geht, ist er innerhalb von einem Monat tot. Oder, noch schlimmer, gefangen. Vergiß ihn lieber. Ich geb' ihm einen Monat, höchstens, keinen Tag und keine Stunde länger. Wenn er Glück hat, ist er dann tot ...«

Der Hubschrauber, der tief über dem früheren Dorf eingeschwebt war, war längst verschwunden.

Das hohe Gras, das von den Rotorblättern flachgelegt worden war, stand wieder aufrecht.

Das frühere Dorf war ein trauriger Ort, verlassen vom Ixilvolk, das jetzt im Musterdorf Acul untergebracht war. Zehn Jahre nach der Schlacht, und das Gras war hoch gewachsen, und das Unkraut war gewuchert, und die kleinen Maisfelder, auf denen die Frauen gearbeitet hatten, waren nicht mehr zu sehen. Von der Luft aus konnte man die Überreste des früheren Dorfes klarer erkennen, aber wenn sich jemand durch die Vegetation gekämpft hätte, wäre nicht mehr viel davon zu sehen gewesen, daß hier einmal die Heimat von tausend Menschen gewesen war. Die Straßen des Dorfes, auf denen die Schweine zusammen mit den Hunden, den Hühnern, Enten und Truthähnen im Dreck herumgewühlt hatten, waren im Dickicht versunken. Der Platz in der Mitte des früheren Dorfes, wo die Männer an Festabenden die Marimba gespielt hatten, war unter dichtem, grünem Laubwerk verborgen.

Die Soldaten und die Zivilpatrouillen hätten die Leute weggejagt, wenn sie versucht hätten, in das frühere Dorf zurückzukehren.

Es war nicht notwendig …

Die Kirche, aus weißen Ziegeln erbaut, stand noch, hohe Außenmauern erhoben sich über die sprießenden Bäume und die blühenden Sträucher und das hochschießende Gras. Das Dach war verschwunden, aber der Turm, der die Glocke beherbergt hatte, war noch intakt. Die Außenmauern und der Turm, jedes Jahr unter der Anleitung des Paters vom Jesuitenorden weiß getüncht, waren von dem Feuer, das die Kirche zerstört hatte, schwarz versengt. In der Nähe, beim hinteren Eingang, weder vom Boden noch aus der Luft sichtbar, lag der Brunnen. Es war wegen des Brunnens und seinem Inhalt, warum die Männer und Frauen, die vor zehn Jahren die Schlacht überlebt hatten, nicht in ihr einstiges Dorf zurückkehrten. Denn in den Brunnen waren die verbrannten Leichen aus der Kirche geworfen worden. Der Brunnenschacht war zu tief gegraben für die Lebenden, um die Toten herauszufischen, und die Soldaten hätten es ohnehin nicht erlaubt.

Auf der anderen Seite des offenen Platzes, vor der verwüsteten Fassade der Kirche, waren die Umrisse eines massiven

Gebäudes zu sehen, das aus Betonblöcken um einen Innenhof errichtet worden war. Das Gebäude war von Sprengsätzen durchlöchert, und die Kletterpflanzen verbargen mit einer Fülle von roten Blüten die inneren und äußeren Mauern. Das Gebäude war das Universal- und Eisenwarengeschäft des früheren Dorfes Acul gewesen, einst das Zuhause eines gemischtrassigen Latinos und seiner Frau, die gelernte Krankenschwester war, und seiner Tochter und seinem Sohn, der Rodolfo Jorge Ramírez hieß. Wo man die Mauern sehen konnte, unterhalb der Höhe, auf der die Fenster gewesen waren, erkannte man die Einschläge der Kugeln. Das Gebäude war der letzte Stützpunkt im früheren Dorf gewesen.

Rund um das Dorf, deutlich sichtbar für den Passagier in dem tieffliegenden Hubschrauber, verliefen die Verteidigungsgräben, nun vom Grün zugedeckt ... Nur ein Pfad führte noch zum alten Dorf, nahe den Verteidigungsgräben auf der Südseite. Der Pfad war deutlich ausgetreten, schien jedoch abrupt im wild wuchernden Dickicht zu enden. Die alten Gräber waren nun überwachsen. Auf einem Grab, das von Gras und Unterholz bedeckt war, lagen frische Blumen, und wenn die verwelkt waren, würden neue gebracht und so hingelegt werden, daß sie weder aus der Luft noch vom Boden zu sehen waren.

Ein Ort des Todes und der Erinnerungen.

Ein Ort der Stille, nachdem der tieffliegende Hubschrauber davongedonnert war, ein Ort streng gehüteter Geheimnisse.

Gord bezahlte das Taxi und betrat das Terminal.

Bevor er nach ihnen suchte, ging er in den Waschraum und spülte noch einmal seine rauhen Knöchel in einem Becken mit Wasser, so heiß, wie er es gerade noch ertragen konnte. Eine Stunde vorher hatte er seine Hände in der Toilette eines Pub im Zentrum von London geschrubbt.

Er rieb seine Hände trocken, stöhnte über den stechenden Schmerz.

Sie hatten ihm von dem Mann erzählt, den sie in London aufgesucht hatten, und wie man sich über sie lustig gemacht hatte. Sie hatten ihm in vorsichtigen Formulierungen von dem Hohn und Spott des Mannes erzählt, der Verträge mit Söldnern verkaufte. Sie hatten ihm von der Art erzählt, wie sie zurückgerufen worden waren – wie Hunde: Bei Fuß! –, um einen Namen und eine Adresse zu erhalten. Gord verstand. Noch ein Arschloch, das seinen Spaß mit ihnen getrieben und sich einen Jux daraus gemacht hatte, das gestrandete Trio nach Schottland zu schicken; und sie hatten den Zug nach Norden genommen, weil es ihre letzte Chance war, wenn sie nicht mit leeren Händen zurückkehren wollten. Sie hatten genug erzählt ... Er war in das Büro eines Mannes gegangen, der Söldner vermittelte, wenn es ein Angebot und eine Prozentbeteiligung gab ... Es war neunzehn Monate her, daß der entlassene Oberfeldwebel von Para 2 ihn aufgespürt und ihm Vorschläge gemacht hatte, und er hatte geantwortet, daß er sie sich in den Arsch stecken könne. Gord verstand. Sie waren nach Schottland geschickt worden, weil der Mann sicher war, daß sie doppelt so schnell wieder zurückgeschickt würden. Toller Spaß ... Er hatte das Büro zertrümmert, die Akten durcheinandergewirbelt, und er hatte dem ehemaligen Oberfeldwebel in die Fresse gehauen, bis ihm das Grinsen vergangen war.

Gords Hände schmerzten, aber er fühlte sich nur um so besser.

Er ging zu einer Telefonzelle und wählte aus dem Gedächtnis eine Nummer und hörte den Piepton eines Anrufbeantworters und legte auf.

Er sah sie.

Sie waren mit einem vierten Mann zusammen, groß und elegant gekleidet, Anzug und leichter Regenmantel. Der vierte Mann war Latino und schaute zweimal auf seine Armbanduhr. Gord ging auf sie zu.

Erleichterung auf ihren Gesichtern, weil er gekommen war. Überraschung auf dem Gesicht des Latinos, weil er so gekommen war, wie sie gesagt hatten. Vee stellte sie vor. Gord schätzte, daß der Latino, ein Kubaner, vom Büro des Militärattachés war. Nicht der Attaché selbst, weiß Gott nicht, der Oberboß machte sich die Finger nicht schmutzig. Er vermutete, daß der kubanische Militärattaché routinemäßig in London von den Spitzeln des Secret Service beobachtet wurde. Sie gaben ihm alle die Hand. Er spürte die rauhen Schwielen von Arbeiterhänden, die die seine fest umklammerten. Nein, sie konnten nicht wissen, daß er kommen würde … Der Latino gab ihm den Ausweis zurück, schaute ihn fragend und verwundert an … Gord lächelte ihm zu, half ihm nicht. Er blätterte den Paß durch und kam zu dem Visum für Havanna.

Kein Zweifel. Es gab keine Zukunft für ihn.

Kein Zögern. Es gab nichts, was ihn zurückhielt.

Sie waren wegen ihm gekommen …

»Also los.«

Zed gab ihm das Ticket. Er ging getrennt von ihnen durch den Abflugschalter. Sie hatten noch vierzig Minuten bis zum Abflug nach Madrid.

Kein Mensch sonst, nur sie, schätzten ihn. Er wurde gebraucht.

Was er zuerst sah, was seine Aufmerksamkeit als erstes von der Straße vor ihm ablenkte, war der Hund, der am Arm der Leiche zerrte.

Den Fuß auf die Bremse, und der Lärm einer Hupe hinter ihm, und noch eine, ein Mißklang. Er konnte beschleunigen, oder er konnte auf das Bankett schwenken.

Ein Mann warf einen Stein nach dem Hund. Der Hund heulte auf und ließ den Arm los.

Autos und ein Lastwagen rauschten an seinem Chevrolet Kombi vorbei. Er schaute die anderen Fahrer an, und keiner schien einen Hund gesehen zu haben, der am Arm einer Leiche zerrte. Der erste Flug mit dem Hubschrauber war nicht mehr gegenwärtig. Der Hund hatte sich zurückgezogen, den Schwanz unter den eingefallenen Bauch geklemmt. Die Aufregung über den ersten Flug war dahin … Um Gottes willen, ein verdammter Hund an einer verdammten Leiche, neben der Straße. Er hielt an.

Er sprang vom Fahrersitz und schlug die Tür hinter sich zu. Der Verkehr schoß an ihm vorbei, als ob sich kein anderer Fahrer darum scherte.

Der Mann, der den Stein nach dem Hund geworfen hatte, sah ihn feindselig an. Anscheinend hatte er die anderen Leute, die nahe um die Leiche standen, nicht bemerkt. Es waren Männer, Frauen und Kinder, und hinter ihnen waren die niedrigen Dächer der Barackensiedlung, die auf dem abschüssigen Gelände neben dem Highway errichtet worden war. Sie schauten nicht mehr auf die Leiche; er zog ihre ganze Aufmerksamkeit auf sich. Auf dem Highway hinter ihm fuhren die Autos mit einem Höllentempo. Seine Vermutung, die Vermutung, die er daheim in St. Louis angestellt hätte, war die, daß der Bursche versucht hatte, einen sechsspurigen Highway zu überqueren, und es nicht geschafft hatte. Und der Schweinehund, der ihn überfahren hatte, war nicht stehengeblieben und hatte ihn am Straßenrand für die verdammten Hunde liegengelassen.

Tom Schultz hatte die Sprache auf der staatlichen Schule in San Diego gelernt.

»Kann ich helfen? Ich möchte helfen.«

Als er einen Schritt auf die Leiche zuging, wichen sie alle zurück, als wäre er eine Gefahr für sie.

Weit unten auf dem Highway hörte man eine Sirene, die näher kam.

Kein Gesichtsausdruck, den er deuten konnte, bei den Männern und Frauen und Kindern, die vor ihm zurückwichen. Er ging zur Leiche. Der Hund hatte bereits das Hemd nach oben gezerrt. Der Hosenbund war halb über das Gesäß gerutscht. Ein Schuh war am Fuß, der zweite lag ein paar Schritte weiter. Er bückte sich, um die Leiche genauer zu betrachten. Er konnte die Abschürfungen am Rücken und am Gesäß erkennen. Er dachte, der arme Kerl hatte es fast über die sechs Fahrbahnen geschafft, war gerannt, als er erfaßt wurde, verlor seinen Schuh, als er auf den unratübersäten Rand des Highway geschleudert wurde. Die Sirene hinter ihm brach ab.

Er stand auf und drehte sich um.

Er sah den Feuerwehrwagen, die Männer stiegen langsam herunter. Hinter dem Feuerwehrfahrzeug war ein Polizeiauto, und nur einer von der Besatzung stieg aus.

Er trat zurück. Er kannte die Vorgehensweise bei tödlichen Verkehrsunfällen; nicht sehr gut, aber die Grundzüge. Der Streifenbeamte hatte kein Notizbuch gezogen. Zwei von der Feuerwehrmannschaft waren nun bei der Leiche, und sie drehten sie herum, legten sie auf den Rücken. Ein Mann, jung, Latino. Einer faßte die Arme, einer die Beine. Tom Schultz schaute zu. Die Leiche wurde fortgezogen, das nackte Gesäß schleifte über den Schotter und den Abfall am Rand des Highway, Richtung Feuerwehrwagen. Ein Zettel war am Hemd befestigt. Er las. Er konnte nur die am größten geschriebenen Worte entziffern: *El Buitre Justiciero.* Er las es als »Der Falke der Gerechtigkeit«. Er sah die Wunden. Er hatte den Kurs über Mord gemacht. Er wußte, wie eine Schnittwunde aussah, und er wußte, wie eine Schußwunde aussah. Er sah Schnittwunden auf der Brust und quer über die Wangen, und er sah eine blutige Masse in der Leiste. Er sah die Ameisen im Blut. Es gab ein Einschußloch in der Mitte der Stirn. Er wußte die Zeichen zu deuten, denn das war ein Teil des Lehrgangs in Quantico, und da war ein Pulverfleck um das Einschußloch, was bedeutete, daß der Schuß aus nächster Nähe mit einer Pistole abgegeben worden war. Der Tote war gefoltert und dann exekutiert worden. Tom Schultz brauchte sich verdammt noch mal nichts darauf einzubilden, daß er das erkennen konnte.

Die Leiche wurde durch die Luke hinten in den Feuerwehrwagen geworfen. Der Wagen fuhr davon. Er hörte, wie die Tür des Polizeiautos zugeschlagen wurde. Er sah, wie sich die kleine Menschenmenge verzog, wie die Leute den steilen Abhang zur Barackensiedlung hinunterkletterten.

Er sah zurück zu der Stelle, wo er die Leiche zuerst gesehen hatte. Nur der Rand eines Highway, mit losen Steinen und Abfall.

Zurück in seinem Chevrolet, blickte er ein letztes Mal hinüber, wo der Hund wieder herangekrochen war und am alten Blut des jungen Mannes auf dem Boden schnüffelte.

Er war der Neue in der Stadt. Seine Fingernägel kratzten an der Narbe auf einer Seite seines Gesichts, wo die Stoppeln nicht wuchsen. Nur eine Rückfahrt von der militärischen Sektion des La Aurora Airport, wo er den Huey zum ersten Mal geflogen hatte, seit er nach Guatemala City gekommen war. Nur der Neue in der Stadt … Er konzentrierte sich während des ganzen Rückwegs zum Botschaftsgelände nur auf den Verkehr.

Bei einem anderen Lehrgang, am Hauptquartier in Washington, D. C., war er belehrt worden, daß man ihn nicht dafür bezahlte, Urteile über die Verhältnisse an seinen Einsatzorten abzugeben … Großartig, und die Belehrung war Scheiße gewesen.

Er zeigte dem Marine seinen Paß und nahm den Aufzug hinauf in die dritte Etage und ging den Flur entlang und drückte den Sicherheitscode und ließ sich selbst in das vollgestopfte Büro ein, in dem die Agenten der Behörde zur Drogenbekämpfung untergebracht waren.

»Hallo, Tom, wie war's?«

»Kein Problem, der Vogel hat sich anständig benommen.«

Eine Iberia-Maschine setzte auf der Landebahn von Havanna International auf und rüttelte Gord Brown wach.

3

Sie waren umringt von Touristen, als sie aus dem Bus stiegen und ins Terminal gingen.

Deutsche und Spanier und Portugiesen und Italiener, die Touristen waren die Gläubigen, die aus Gewissensgründen nach Kuba reisten, bevor der Arbeiterstaat unterging. Sie hatten dieses Leuchten in den Augen, so wie Pilger wahrscheinlich, wenn sie sich zum ersten Mal Gott dem Allmächtigen näherten. Gord war nicht religiös, es war nur, wie er es sich vorstellte. Und er war auch nicht politisch, hatte nie bei einer Wahl in Großbritannien seine Stimme abgegeben, aber das Leuchten in ihren Augen war Anbetung. Es gab nicht viel, woran er glaubte, nicht an Politik und nicht an Religion. Vor der »Unehrenhaftigkeit« hatte er immer gemeint, daß er an sich selbst glaubte, an seine Qualitäten und an seine Fähigkeiten, und seit der »Unehrenhaftigkeit« hatte er an gar nichts mehr geglaubt – bis drei Ixil-Indianer aus Guatemala in das Hotel am Loch gekommen waren.

Eff und Vee und Zed bahnten ihm einen Weg durch die Menschenmenge. Ratten, die schnell ein Abflußrohr hinaufhuschten. Sie schoben und stießen und gebrauchten ihre Knie und Ellbogen und manövrierten ihn auf den dritten Platz in der Schlange vor der Paßkontrolle und grinsten ihn an. Der schwarze Plastiksack drückte gegen seine Beine und platzte langsam auf. Er hatte den Sack in die Passagierkabine mitgenommen und den Protest der Stewardessen, daß er zu groß wäre, nicht beachtet. Der Andrang war fürchterlich. Nur drei der Abfertigungstische waren besetzt. Es mußte ein schlimmes Unwetter gegeben haben, denn an der Decke über ihm waren feuchte Flecken, und die Urlaubsposter an der Wand waren von der Feuchtigkeit gewellt. Er zeigte seinen Paß.

Das Hemd des Beamten war am Kragen schmutzig. Der Mann hatte sich nicht rasiert, nicht für diese Schicht und nicht für die davor. Die Nägel an den Fingern, die langsam, und als ob das ein besonderer Gefallen wäre, den Paß entgegennahmen, waren schmutzig.

Er sprach langsam, mit bemüht amerikanischem Akzent: »In welcher Angelegenheit besuchen Sie Kuba?«

Er hatte angenommen, warum auch nicht, daß man ihn abholen würde. Keine Einreise- und Zollformalitäten, durchgeschleust, als ob er wichtig wäre. Gord improvisierte.

»Um mich zu erholen …«

»Erholung ist Tourismus. Das ist kein Touristenvisum.«

»Man hat mir das gegeben.«

Der Beamte studierte den Ausweis, suchte sich einen Reim auf die Stempel und handschriftlichen Eintragungen des Visums zu machen. Gord schaute umher. Vee zuckte die Achseln, nicht seine Schuld. Eff verdrehte die Augen, nichts zu machen. Zed ließ den Kopf hängen, fühlte sich persönlich schuldig. Er wurde gebeten mitzukommen. Er ließ die drei hinter sich. Er wurde in einen kleinen Raum gesperrt, und es dauerte fünfundzwanzig Minuten, bis die Tür wieder geöffnet wurde. Der Eingang war voller Leute. Der Beamte gab ihm mit säuerlicher Miene seinen Paß zurück, und ein Mann in einer sauberen Uniform von besserer Qualität zischte dem Beamten etwas ins Ohr, und da waren noch drei Männer, ältere, in weiten Hosen und Hemden, im Hintergrund. Er lächelte den heruntergeputzten Beamten süßlich an und hoffte, daß er einen gehörigen Anschiß bekommen hatte, dann brachte man ihn zum Zolltisch. Er leerte seinen Beutel darauf aus. Unterhosen und Unterhemden, ausgebleichte grüne Hemden, eine Tarnhose, dicke Wollsocken, ein Paar alter Wanderstiefel. Ein Stoffsack, der auf den Tisch knallte und mit einer Schnur oben zugebunden war. Er öffnete ihn und zeigte die Flaschen und Sprays und Pillenschachteln. Die Zollbeamtin hätte ihre Nase hineingesteckt, wenn der Beamte in der sauberen Uniform sie nicht angeschnauzt hätte. Der Beamte stolzierte davon. Gord stellte sich auf die Zehenspitzen und schaute sich um, konnte aber Eff und Vee und Zed nicht sehen.

Um ihn waren die drei Männer. Er hörte ein Durcheinander von Namen, schnell gesprochen, zu schnell für ihn, und er konnte nicht anders, als sie zu unterbrechen und ihnen zu sagen, sie sollten noch mal von vorn anfangen, nur langsamer.

Komische Burschen …

Zeppo trug breite Hosenträger, die seine ausgebeulten Hosen bis zum Magen hochzogen und sich über einen ausgeprägten Bauch spannten.

Harpo war der größte, und die Deckenlampen spiegelten sich in den Schweißtropfen auf seiner Glatze wider.

Groucho entblößte beim Lächeln seine Stahlkronen und wrang seine schwitzenden Handflächen.

Während der langen Flugstunden hatte er sich vorgestellt, daß ihn durchtrainierte junge Männer empfangen würden. Gut, die jungen Männer hätten den Kopf voll mit Unsinn und der Ideologie des bewaffneten Kampfes gehabt, aber sie wären bereit gewesen, von einem Krieger zu lernen. Sie gingen hinaus in die Schwärze der Nacht, und er trug seinen Sack und erlaubte Groucho nicht, ihn zu nehmen. Harpo sprach anständiges Englisch. Harpo sagte, es gäbe einen Stromausfall, und der Flughafen hätte seinen eigenen Generator. Er wurde zu einem Wagen geführt, der ziemlich betagt aussah, wahrscheinlich über dreißig Jahre alt, ein Pontiac, so groß wie ein kleiner Bus. Er saß mit Zeppo hinten und hörte das Keuchen seines schweren Atems. Bevor sie aus dem Flughafengelände herausfuhren, kamen sie an einer Bushaltestelle vorbei und Gord sah Eff und Vee und Zed ganz hinten in einer langen Schlange. Er fragte Harpo, warum sie nicht mit ihnen nach Havanna fuhren, warum sie an einer Bushaltestelle warteten? Keine Antwort. Er fragte, wie oft es in der Hauptstadt

Stromausfälle gab. Keine Antwort ... Nur wenige Autos auf der breiten Avenue, und die, die er sah, waren so alt wie das, in dem er fuhr, Chrom und Flügel. Groucho fuhr und mußte sich konzentrieren wegen der Motorradfahrer, die undeutlich aus dem Dunkeln auftauchten und aus dem Gleichgewicht gerieten, wenn sie vorbeirauschten. Harpo hatte sich eine Zigarette angezündet und eine an Zeppo weitergereicht und Gord keine angeboten, und niemand hatte ihn gefragt, ob er einen guten Flug gehabt hatte ... Verdammt guter Anfang, Gord, geht ja wunderbar los. Er schloß die Augen. Gab auch keinen besonderen Grund, sie bei einem Stromausfall in Havanna offenzuhalten. Er mochte diese drei nicht, hauptsächlich weil sie die drei Indianer, Eff und Vee und Zed, an der Bushaltestelle stehengelassen hatten.

Der Wagen hielt. Die Türen wurden zugeschlagen. Der Eingang zu einem Hotel aus Betonwänden, und er konnte in den Fenstern die Kerzen brennen sehen.

Harpo brüllte an der Kasse herum, Groucho flehte, und Zeppo knallte seine breite Faust auf den Tisch. Gord nahm an, sie verhandelten über den Zimmerpreis. Das Foyer des Hotels war mit Marmor gefliest. Er trug seinen Plastiksack drei Stockwerke hoch. Kein Marmor mehr übrig für den Flur. Ein scheußlich enges, kleines Zimmer, und das Bettzeug roch muffig. Das Fenster zur Straße war offen, und die schwach brennende Kerze, die Zeppo anzündete, flatterte vom Luftzug und warf zuckende Schatten.

Sie machten die Tür hinter sich zu, und er fiel auf das Bett; und keiner von ihnen hatte die Hoffnung geäußert, daß er sich wohl fühlen würde, keiner hatte ihm eine gute Nacht gewünscht. Sein Mut sank. Auf dem schmalen Kissen liegend, verfolgte er den Riß, der auf der Wand vor ihm von der Decke bis zum Boden ging.

Früher war er immer zum Freiwilligen bestimmt worden. Hatte nie einen Offizier gehabt, der ihn fragte – willst du mitkommen? Macht nichts, wenn du nicht willst. Könnte ein bißchen rauh werden da draußen. Mach mal Pause, wenn es dir lieber ist – möchtest du eine Militärmaschine nach Belfast oder Deutschland oder in den Süden nach Dhahran nehmen? War ein angenehmes Leben gewesen, als die Entscheidungen für ihn getroffen wurden ... Es war Gord Browns Entscheidung gewesen, Eff und Vee und Zed zuzuhören.

Könnte ein Fehler gewesen sein, ihnen zuzuhören. Er lag auf dem Bett und fragte sich, wie lange die Kerze noch brennen würde.

Sie fuhr den Landrover von der Straße weg und parkte nahe beim Haupteingang des gerichtsmedizinischen Leichenschauhauses der Stadt.

Sie half den beiden Frauen und dem Mann herunter und hielt die Hand der älteren Frau fest umklammert. Sie rief dem Hund, der im Heck des Fahrzeugs angebunden war, zu, daß sie nicht lange wegbleiben würde.

Es war der dritte Morgen hintereinander, an dem Alex Pitt die Mutter und den Vater und die Schwester zum gerichtsmedizinischen Leichenschauhaus gebracht hatte. Es war der einzige Ort, an dem man nach dem »verschwundenen« Studenten suchen konnte. Sie war seit neun Monaten in Guatemala und bereits mit dem einheimischen Jargon vertraut. Sie dachte in der Sprache der Stadt, in der sie lebte. Das Wort war eine guatemaltekische Erfindung, das mittlerweile auch im restlichen Mittel- und Lateinamerika zum feststehenden Ausdruck geworden war: Eine vermißte Person war ein »Verschwundener«. Der Verschwundene war Student an der Universität San Carlos, von der mathematischen Fakultät. Es gab Zeugen dafür, daß ihn ein Wagen mitgenommen hatte. Der Student hatte den Campus spät verlassen und seinen Freunden gesagt, daß er vorhatte, auf der Hauptstraße in die Stadt zurückzulaufen, und daß er versuchen würde, ein Auto anzuhalten. Zwei andere Studenten, die später auf einem Motorrad vorbeikamen, hatten den großen Kombi gesehen, der neben dem dahinmarschierenden Studenten hielt. Die beiden anderen Studenten hatten gesehen, wie die Männer aus dem Kombi sprangen, wie sie ihren Freund schnappten, bevor er daran denken konnte wegzulaufen, und ihn hineinstießen. Dann hatten sie gesehen, wie der Kombi in die Nacht davonfuhr.

Sie war größer als die anderen in ihrer Familie. Sie war kräftig gebaut, stark in den Hüften und Schultern. Wenn sie sich die Mühe gemacht hätte, es zu pflegen, wäre ihr Haar, das blond wie reifer Weizen war, attraktiv gewesen, aber sie trug es ungekämmt, mit einem Gummiband im Nacken zusammengebunden. Sie beherrschte die Sprache gut, wie nicht anders zu erwarten, denn sie hatte ihre Abschlüsse von der Schule und von ihrem ersten Universitätsjahr, und auf dem Weg in das einstöckige Flachdachgebäude suchte sie die ganze Zeit die Mutter des Verschwundenen zu beruhigen. Der Hund, der angebundene deutsche Schäferhund, bellte wütend im Innern des Landrover, während sie die Familie in das Leichenschauhaus begleitete.

Jedesmal, wenn sie kam, mußte sie den Atem anhalten.

Der Gerichtsmediziner, fast schon ein Freund, hatte ihr erzählt, daß sie damals, in den schlimmen, dunklen Tagen, durchschnittlich ein Dutzend Leichen täglich bekommen hatten, so viele, daß sie auf dem Fliesenboden gestapelt wurden. Nun kam alle paar Tage eine Leiche herein. Jeder Leichnam wurde in der Kühlung aufbewahrt, bis eine Familie kam und ihn abholte. Sie wußte nicht, ob sie die Kraft gehabt hätte, in den schlimmen, dunklen Tagen in das Leichenschauhaus zu kommen.

Flüsternde Stimmen.

Ein Schiebewagen wurde herausgezogen.

Die Gestalt unter dem Leichentuch kam zum Vorschein.

Der Assistent, der rauchte, ließ seine Zigarette auf den Boden fallen und trat sie aus. Die Familie war gefaßt, und Alex hielt die Hand der Mutter und die Hand der Schwester. Der Assistent hob das Leichentuch vom Gesicht. Sie sah das Einschußloch in der Mitte der Stirn. Die Schwester brach zusammen. Sie hörte den Vater wimmern und spürte, wie er sich abwandte. Es war die Mutter, die ihre Fassung bewahrte. Sie zog mit ihrer freien Hand das Leichentuch weiter herunter. Die Abschürfungen, Stichwunden und Verbrennungen an dem geschundenen Körper zeichneten sich auf der blassen Haut deutlich ab. Sie spürte, wie sich die Hand fester um ihre eigene schloß und wie sich die Fingernägel in ihr Fleisch gruben.

Bevor sie nach Guatemala gekommen war, hatte man Alex Pitt in den Seminaren der Friedensbrigaden davon unterrichtet, was sie sehen würde und wie sie darauf reagieren sollte. Sie war der Ansicht, daß nichts in den Seminaren sie auf das vorbereitet hatte, was sie wirklich vorfand.

Sie schluckte schwer. Der Schiebewagen wurde in den Stahlschrank zurückgeschoben. Der Assistent zündete sich die nächste Zigarette an.

Die Mutter starrte auf die geschlossene Tür des Schrankes.

Eine hohe Stimme: »Kann man denn nichts unternehmen ...?«

Der Gerichtsmediziner gestikulierte mit den Händen, hilflos. »Sie genießen Immunität.«

»Wann wird etwas unternommen werden ...?«

Der Gerichtsmediziner ging zu seinem Schreibtisch und holte eine durchsichtige Cellophanmappe aus der Schublade. Er hielt sie der Familie hin. Er zeigte der Familie die Botschaft der Todesschwadron: »Der Falke der Gerechtigkeit« ... Alex Pitt regelte, wie sie es früher schon getan hatte, die Abholung des Leichnams zur Beerdigung. Nachdem sie die Familie zu ihrem Heim in Zona 4 zurückgebracht und abgesetzt hatte, alle der Reihe nach geküßt, das Auto mit den verdunkelten Fenstern am Ende der Straße gesehen hatte, fuhr sie zum Zoo Park. Sie hielt neben der Straße, im Schatten der Bäume. Sie kroch ins Heck des Landrover und schmiegte sich an die Hintertür, und das Gewicht des Hundes lag auf ihren Beinen, und sie hielt den Körper des Hundes umfaßt und zog Trost aus der Wärme des Hundes.

Der Hund, sein Gewicht und seine Wärme, war ihr Schwachpunkt. Alex Pitt, die für die Friedensbrigaden in Guatemala arbeitete, glaubte aufrichtig und leidenschaftlich an die Bibel, nach der man die andere Wange hinhalten sollte. Sie verachtete

Gewalt, aber der Hund war das Symbol für Schutz und Vergeltung. Gegenüber ihren Kollegen gab sie vor, der Hund wäre einfach ihr Begleiter, und das war die kleine Lüge in ihrem Leben.

Nachdem sie sich heftig geschneuzt hatte, nachdem sie sich mit dem Taschentuch die Augen getrocknet hatte, umarmte sie den Hund noch einmal, dann kletterte sie nach vorn auf den Fahrersitz.

Es war ein verdammt guter Wagen, der Landrover, mit 103 000 Meilen auf dem Tacho, aber damals hatte man ihr beigebracht, wie man einen Wagen in Betrieb hielt, der eigentlich auf den Schrottplatz gehörte. Sie versuchte, etwas wie eine Melodie zu pfeifen, um ihre Gedanken von der Leiche eines Studenten abzulenken, der »verschwunden« gewesen war. Es war nötig, daß sie ihre Kraft wiedergewann, bevor sie in das Friedenshaus zurückkam.

»Wann wird etwas unternommen werden …?«

Er verfolgte sie …

Als sie vom Zoo Park wegfuhr, sah sie jedesmal, wenn sie in den Rückspiegel schaute, den Wagen mit den verdunkelten Scheiben hinter sich. Er hielt Abstand, aber er folgte ihr.

»Es wird nicht darum gehen, Mr. Brown, was Sie verlangen«, sagte Zeppo. »Es wird darum gehen, was Sie brauchen.«

»Was ich sagen will …«

»Wir wissen, was verfügbar ist«, sagte Harpo. »Wir wissen, was wir mitnehmen können.«

»Ich habe lediglich eine Liste mit den notwendigen Sachen angefertigt …«

»Die können wir selbst schreiben«, sagte Groucho. »Wir sind fähig, unsere eigene Liste zu machen.«

Er hatte kaum geschlafen. Gord war erst kurz vor Morgengrauen eingenickt, und er war in dem Bett überall gestochen worden. Er war hinunter in den Speiseraum des Hotels gegangen und hatte über eine Stunde darauf gewartet, mit dünnem Kaffee, gutem Orangensaft und Brötchen bedient zu werden. Er war zurück in sein Zimmer gegangen, hatte die Laken von seinem Bett herausgerissen und sie am Fenster so fest ausgeschüttelt, wie er nur konnte. Er war in den Flur gegangen und hatte, ohne zu fragen, den beiden plaudernden Zimmermädchen Mop und Eimer weggenommen. Er hatte den Fußboden und die kleine Dusche und das WC geschrubbt, und danach hatte er die Wände gereinigt. Dann hatte er das Bett gemacht und den Mop und den Eimer den Zimmermädchen zurückgegeben. Er war mit Papier und Bleistift auf dem Bett gesessen und hatte eine Liste mit den Dingen angefertigt, die man seiner Meinung nach brauchte, um eine Revolution anzuzetteln. Er kannte sich mit Revolutionen aus. Wenn er nicht mit eigenen Augen das Scheitern einer Revolution, das Gemetzel, mit angesehen hätte, dann hätte er nicht zu einem Brigadegeneral in einer frisch gestärkten Paradeuniform gesagt, daß der Brigadegeneral Scheiße redete.

Er zerriß das Stück Papier, auf das er die Liste geschrieben hatte, in kleine Fetzen.

Die Liste auf der Vorderseite des Blattes lautete: Sturmgewehre, Maschinengewehre, schwere Mörser, Raketenwerfer, Sprengmittel und Granaten und ein TPO-50, ein fahrbarer Flammenwerfer.

Er warf die Papierfetzen auf den Boden, den er geschrubbt hatte. Die Liste auf der Rückseite des Papiers hatte tragbare Funkgeräte, Notrationen, Antimoskitosprays, Malariatabletten, Feldanzüge und grundlegende Sanitätsausrüstung enthalten. Alles auf den blitzblanken Boden geschmissen …

»Viel Spaß damit.«

Nein, er hatte nicht mit einem roten Teppich gerechnet, nicht mit einer Kapelle und auch nicht mit einem kleinen Mädchen im Sommerkleid, das ihm einen Blumenstrauß überreichte. Aber er hatte sehr wohl damit gerechnet, daß seine Sachkenntnis respektiert würde, allerdings, verdammt noch mal.

Harpo sagte: »Nicht alle in unserer Gruppe waren der Ansicht, daß es notwendig ist, einen Fremden nach Havanna zu bringen. Wir wissen, wie man kämpft, wir können es.«

Zeppo sagte: »Wir brauchen keinen Fremden, der uns sagt, was wir mitnehmen müssen. Wir haben in den Bergen und im Dschungel gekämpft. Wir sind Kriegsveteranen.«

Er sagte nichts. Er hielt seine Augen auf die Papierfetzen am Boden gerichtet. Sie gingen hinaus. Groucho blickte verstohlen zu ihm zurück, bevor er die Tür schloß. Er setzte sich wieder aufs Bett.

Es war nicht nur einfach dumm gewesen, es war ein Fehler gewesen … Da war etwas, das sein Vater immer zu ihm gesagt hatte, etwas darüber, daß man Fußabdrücke auf dem Pfad des Lebens hinterlassen müsse. Es war die Art Dinge, die sein Vater sagte, wenn er betrunken war. Es war wichtig, Fußabdrücke zu machen, eine Spur zu hinterlassen. Das letzte Mal, als sein Vater heimgekommen war und nicht mehr allein aus dem Taxi kam und über Fußabdrücke geredet hatte, war Gord auf einem Achtundvierzig-Stunden-Besuch da und hatte die halbe Nacht darauf gewartet, ihn zu sehen. Das war nach dem letzten Rauswurf gewesen. Gute Geschichte, die sein Vater erzählt hatte, gut erzählt nach all den Drinks. Das neue Computersystem, und der alte Haudegen war einen Monat vorher auf dem Einführungswochenende gewesen, um den neuesten Stand der Technik zu lernen, und irgendein Arsch hatte auf »Löschen« gedrückt, und er hatte eine ganze, wahnsinnig starke Geschichte verloren, eine wirklich große, und der Druck lief an, und er hatte keine Kopie. Wie sein Vater es erzählte, hatte er den Monitor auf seinem Schreibtisch abgekabelt und konnte das Fenster nicht öffnen, weil das Nachrichtenbüro nach dem neuesten Stand der Technik Aircondition hatte. Sein Vater hatte den Monitor geradewegs durch die Fensterscheibe geworfen, und das Nachrichtenbüro lag im neunten Stock. Sein Vater war gefeuert worden, hinunter in den Pub gegangen und war heimgekommen, um seinem Sohn zu erzählen, daß man Fußabdrücke hinterlassen müsse. Ein Jahr später war sein Vater tot gewesen … Gord dachte, daß er in Havanna über Beton lief. Keine Fußabdrücke, keine Spur auf dem Pfad des Lebens.

Er zog die Schranktür auf, mußte fest ziehen, weil die Scharniere klemmten. Er holte den schwarzen Plastiksack heraus.

Er hörte es an der Tür klopfen, schwach.

Er sah die Risse in dem Plastiksack. Er würde einen neuen brauchen, bevor er den Heimflug antrat.

Es klopfte wieder an der Tür.

Es war ein Fehler gewesen.

»Ja?«

In der offenen Tür buckelte Groucho und knetete die Hände.

»Was wollen Sie?«

»Es gibt so viel, was Sie begreifen müssen, Mr. Brown.«

»Ich denke, ich begreife sehr gut.«

»Bitte hören Sie mir zu.«

Gord sagte: »Ich bezweifle, daß es noch viel zu sagen gibt.«

»Bitte … Wir haben hier mit einem Traum gelebt. Der Traum war, daß wir in unsere Dörfer im Dreieck zurückkehren würden, das ist die Gegend in den Cuchumatanes, zwischen den Städten Nebaj, Chajul und Cotzal. Es war nur ein Traum. Wir waren Ramírez in den Kampf gefolgt, und wir folgten ihm ins Exil. Er lag im Sterben, vielleicht war es das Delirium, vielleicht auch sein letzter Scherz. Er sagte zu seinem Sohn, Rodolfo Jorge, daß er zurückkehren und kämpfen und siegen solle. Bis zum Tag der Beerdigung stritten sie, keiner der alten Männer wollte nach Europa fliegen, wie es Rodolfo Jorge verlangte. Deshalb wurden die Indianer geschickt … Wie kann es jetzt noch ein Traum bleiben, jetzt, da Sie gekommen sind? Sie sind ein Krieger, nehme ich an. Der Traum ist nun Wirklichkeit. Das Leben im Exil ist behaglich. Es gibt einige, die gewünscht haben, Sie wären nie gekommen …«

Groucho kniete sich auf den Boden und begann die Schnipsel aufzusammeln, die einmal die Liste gewesen waren.

Er hatte den Plastiksack in der Hand. Gord sagte brüsk: »Ich denke, ich sollte heimfliegen. Das ist das beste.«

»Ich war Geschichtsprofessor. Mein Forschungsgebiet war die Geschichte der Eroberungen. Ich habe mich nicht behaglich gefühlt. Ich möchte wieder durch die Flure der Universität gehen. Ich möchte wieder an der San-Carlos-Universität unterrichten. Ich möchte ein Leben in meiner Heimat kennenlernen, wo meine Studenten nicht verschleppt, gefoltert und getötet werden ... Bitte, Mr. Brown, gehen Sie nicht zurück.«

»Es muß besser werden, und zwar bald«, sagte Gord.

Sie hatten die Flucht aus dem dritten Stock der Botschaft ergriffen.

Das Mittagessen wurde im Amerikanischen Club serviert. Seit Tom Schultz' Ankunft in Guatemala war es das erste Mittagessen, das nicht aus Cola und Sandwiches bestand, welche während einer Besprechung am Schreibtisch gegessen wurden. Es war der Geburtstag des Geheimdienstmannes. Sie waren zu fünft und aßen alle dasselbe, kauten an Roggenbrot und Salat mit Stilton Dressing über den Krabben und Shrimps und Thunfisch. Tom war froh, aus den Büroräumen im dritten Stock herauszukommen, die immer trübgrau schimmerten, wegen des schweren Maschendrahts, der von außen an die Fenster geschraubt war. Tom und der Geheimdienstmann, der Chemiker, der Fiskalbeamte und der Verbindungsoffizier vom Kommando Süd, der Berufssoldat und von Panama abgestellt worden war, alle mit Stilton Dressing und Krabbenstückchen und halben Shrimps und Thunfischbrocken auf ihren Hemden und Krawatten. Sie saßen von der Tür entfernt und waren rechtzeitig gekommen, um einen Tisch zu finden, an dem sie nicht eingezwängt waren. Sie konnten reden, wie sie wollten, ohne die Großmäuler der amerikanischen Handelskammer.

Es war ein freundliches Geplauder, und Tom lernte die Art der Männer kennen, mit denen er arbeiten würde. Alle gleichberechtigt und jeder mit einem eigenen Spezialgebiet. Das freundliche Geplauder drehte sich um einen neuen Flugplatz, der dazu benutzt wurde, die leichten Maschinen aufzutanken, die das Kokain von Bolivien über Kolumbien nach Guatemala brachten, und von dort aus weiter in die Karibik, um es in ein Schnellboot umzuladen; freundliches Geplauder über die neuen Möglichkeiten, die sie mit dem Staubsauggerät hatten, das ihnen das Hauptquartier zur Verfügung gestellt hatte und das Mikropartikel aus dem Innern eines Flugzeugs saugen konnte und einem Chemiker nicht nur verriet, daß Cocapräparate darin gewesen waren, sondern auch, wo sie herkamen; freundliches Geplauder darüber, daß sich Washington so wegen des Geldes anstellte, das man für die V-Männer ausgab, und über die Kopfschmerzen eines Fiskalbeamten im Außendienst; freundliches Geplauder darüber, wann sie am besten das Schreiben losschickten, um vom Kommando Süd die Flugschreiber und die Parabolantennen für Satellitenverbindung zu bekommen. Er wollte dazugehören. Vielleicht war er gerade dabei. Keiner von ihnen hatte ihn gefragt, woher die breite Narbe kam, die sich auf seiner rechten Gesichtshälfte vom Ohr bis zum Kiefer hinzog. Sie taten, was alle taten und woran er sich langsam gewöhnte, sie starrten darauf und schauten weg. Er dachte, daß er vielleicht dabei war, zu ihnen zu gehören, weil die verstohlenen Blicke nicht mehr so häufig kamen wie an den beiden ersten Tagen im Bürobereich. Für ihn war es lebenswichtig dazuzugehören. Toms eigenes freundliches Geplauder drehte sich um den UH-IH, den Hueyvogel, der draußen auf der Airbase La Aurora stand, und wieviel er schätzungsweise an Reichweite und Geschwindigkeit aus ihm herausholen konnte.

Er hatte mitbekommen, daß sie zwölf Stunden am Tag arbeiteten, und es war gut, so eingespannt zu sein.

»Hallo, Sie sind Tom …?«

Er redete gerade über Nachtflüge, nächtliche Navigation über dem Dschungel … Er drehte sich um.

»… Schön, Sie bei uns zu haben.«

Eine Hand wurde ihm zur Freundschaft gereicht. In der Sprache der Drogenbekämpfungsbehörde, der DEA, war der schmächtige Mann mit dem schütteren Haar, den ruhigen Augen und dem leichten Anzug der Attaché. Er schüttelte die Hand seines Bosses und fand den Griff erstaunlich fest.

Ein offenes Lächeln. »Hoffe, Sie haben ihre Tischmanieren nicht übernommen. Jesus, sogar meine Kids essen anständiger …«

Großes Gelächter rund um den Tisch, und alle griffen zur Papierserviette.

»… Tut mir leid, ich war nicht da, als Sie ankamen, wir setzen uns zusammen, wenn man Ihnen das Essen abgekratzt hat. Also, Jungs, Washington sendet viele Grüße und möchte wissen, wann wir aufhören zu pennen und endlich mal ein bißchen was arbeiten …«

Tom hatte schon von ihm gehört. Jeder im dritten Stock hatte seine Geschichte über den Attaché erzählt, der zu einem Treffen im Hauptquartier gewesen war. Green Beret in Vietnam, die letzten Jahre, bevor sie sich verdrückt hatten. In geheimer Mission in Teheran, während des Fiaskos von Desert One, und dann zwei Wochen gebraucht, um über die irakische Grenze herauszukommen. War zur Drogenfahndung gegangen. Hatte sich in Bolivien bewährt, bevor er den Posten in Guatemala City bekam. Alle im dritten Stock sagten, daß er wußte, wie man ein Team führte.

»… Jungs, ich denke, ihr könnt euch von unserem ersten Treffen noch an Colonel Mario Arturo erinnern, unseren neuen Verbindungsoffizier. Sorgt für militärische Unterstützung, wenn wir sie brauchen. Ab morgen im Einsatz …«

Der Mann war klein und untersetzt. Seine Jacke war für seinen Brustkorb zu eng. Er war der Eindringling. Er richtete sich auf, stand für einen Moment stramm und zog dann den Kopf ein. Mit dem freundlichen Geplauder beim Essen war es vorbei.

Es ging zu schnell.

Tom Schultz wurde überrumpelt und dachte nicht mehr, wie er hätte denken sollen.

»… Colonel, ich glaube, Sie haben bereits alle hier bei der Besprechung im letzten Monat kennengelernt, außer unserem neuen Flieger: Schultz, Tom Schultz …«

Er wurde überrumpelt, und er dachte nicht nach, und er sah anscheinend nur noch die Kälte und die Verachtung in dem

Gesicht von dem kleinen Dreckskerl. Er hatte dem Colonel die Hand gereicht.

»Freut mich sehr, Sie kennenzulernen, Mr. Schultz. Ich hoffe, Sie genießen die Gastfreundschaft unserer Hauptstadt. Was haben Sie bisher von den Annehmlichkeiten Guatemalas genossen?«

»Nun«, sagte Tom laut, »ich würde sagen, der Höhepunkt meines Sightseeing war ein Hund, der den rechten Arm einer Leiche davonzuzerren versuchte. Das Interessanteste an der Leiche war, daß sie Stichwunden, Verbrennungen von Zigaretten, Spuren von Schlägen und ein Einschußloch am Kopf aufwies …«

Sie standen einen knappen Meter auseinander.

»… Zweitens war es sehr interessant, daß die Polizisten, die die Leiche abholten, nicht die geringsten Anstalten machten, den Mord zu untersuchen. Drittens hatten die ›Falken der Gerechtigkeit‹ ihre Visitenkarte hinterlassen …«

Er ließ die Hand des Colonels los.

Um ihn herum Schweigen. Stille an allen Tischen. Die Bedienungen wie erstarrt.

Der Attaché fuchtelte herum: »Ich wollte Ihnen noch etwas zeigen, Schultz.«

Er wurde aus dem Raum geführt. Der Attaché stieß die Schwingtür mit dem Fuß auf. In den Flur. Zurück an die Wand gedrängt. Der Finger des Attachés bohrte sich in sein Hemd und hämmerte auf einen Fleck Stiltonkäse, aber seine Stimme wurde nie laut.

»Machen Sie nie wieder so einen Mist, Schultz. Kommen Sie hier nicht her und spielen den Klugscheißer gegenüber den Einheimischen. Wir leben und arbeiten hier, und ohne ihre Unterstützung können wir nicht leben und arbeiten. Verstehen Sie mich? Wir sind verloren ohne sie … Ich will keine Amnestyscheiße hören und keinen Mist über Amerikas Aufpasserrolle. Unser Job in Guatemala, und vergessen Sie das nie, ist es, soviel Kokain wie möglich auf dem Weg zu uns nach Hause abzufangen. Und damit hat sich's … Menschenrechte? Nicht mein Problem und auch nicht Ihres. Was die sich hier gegenseitig antun, ist ihre Sache. Im Hauptquartier erzählen sie mir immer, und bedauerlicherweise kamen sie nicht dazu, es Ihnen auch zu sagen, daß der Preis für erstklassiges Kokain auf den Straßen bei uns zu Hause in den Keller fällt, daß das Angebot weit über der Nachfrage liegt, wir werden von dem verdammten Zeug überschwemmt. In dem Bericht, den ich mir gestern vormittag anhörte, hieß es, die Lebensqualität in Amerika, oder das Leben selbst, würde quer durch alle Schichten zerstört … Das hat für mich Vorrang. Der Mann, mit dem Sie da gerade Ihr Spiel getrieben haben, ist ein Colonel der Kaibiles, das ist das Beste, was sie im Kampf gegen die Rebellen haben. Das ist die Sorte Burschen, die etwas ausrichten können. Verstehen Sie mich recht, ich gebe einen Dreck auf die Politik hier und auf Leichen am Straßenrand … ich kümmere mich nur darum, wieviel Kokain auf dem Weg zu uns nach Hause ich abfangen kann. Wir wollen diese Regierung, weil wir traditionell, und es ist eine schrecklich beschissene Tradition, mit ihnen arbeiten können, und die Leute hier zu verprellen bringt mich nicht voran. Wenn Ihnen das nicht gefällt, können Sie wieder heimfliegen, von mir aus gleich morgen. Haben Sie mich verstanden, Schultz?«

»Ich entschuldige mich.«

»Ich weiß nicht, ob es damit zu tun hat, daß Ihnen das Gesicht aufgeschlitzt wurde, aber ich nehme keine Leute mit Verhaltensstörungen, ich brauche teamfähige Männer. Kapiert? Danke für Ihre Entschuldigung.«

Er litt, während sie ins Zimmer zurückgingen. Er setzte sich wieder an den Tisch. Der Colonel hörte aufmerksam dem Geheimdienstmann zu, und er würdigte Tom keines Blickes. Jeder am Tisch wußte, daß der Neue einen Tritt in den Hintern bekommen hatte, und zwar einen kräftigen. Er hatte sein großes Maul aufgerissen und eine Geburtstagsparty ruiniert.

Er kratzte mit dem Fingernagel an der Narbe in seinem Gesicht. Gott segne Amerika.

»Das ist nur noch verrückt, wissen Sie das, verrückt ...«

Gord wartete, bis Groucho übersetzt hatte. Gord sagte aus dem Mundwinkel heraus: »Ich will nicht seine Meinung wissen. Ich will haben, was auf der Liste steht.«

Der Kubaner hatte seinen Stift auf dem Papier. Die erste Seite der neuangefertigten Liste. Er machte Striche. Das PK 7.62 mm Vielzweck-Maschinengewehr, zweibeinig abgestützt, blieb. Das dreibeinig abgestützte PKMB 7.62 mm Maschinengewehr wurde gestrichen. Die M-1937 82 mm Geschütze blieben, nicht die M-1943 120 mm Geschütze.

»Sie bekommen das, was ich nicht haben will. Verrückt ...«

»Sagen Sie ihm«, erwiderte Gord, »daß ich unbedingt das brauche, was auf der Liste steht.«

Er hörte hinter sich das Gekicher von Zeppo. Harpo saß an der Längsseite des Tisches und hatte die Arme vor der Brust verschränkt. Keiner von den beiden Mistkerlen rührte einen Finger, um zu helfen. Gord dachte, daß sich überhaupt nur deshalb etwas tat, weil Groucho ihn gestern mit dem schwarzen Plastiksack gesehen hatte.

Die alte Version der AK-47er blieb, ihre Zahl wurde halbiert. Die neuen AKMs wurden gelöscht.

Sie hatten den ganzen Vormittag im Hotel vertrödelt, während Groucho herumgerannt war und darauf gewartet hatte, bis der Anruf mit dem Okay gekommen war. Harpo hatte geschlafen. Zeppo hatte Süßigkeiten gemampft. Als das Okay gekommen war, waren sie in dem großen alten Pontiac auf Schleichwegen aus der Stadt gefahren, vorbei an Getreidefeldern, auf denen gearbeitet wurde. Sie hatten zwei altertümliche Stahlbrücken überquert und Geier hoch am Himmel kreisen sehen. Sie waren eine Stunde gefahren, bis sie das Armeelager erreicht hatten. Eine halbe Stunde Wartezeit im Wachraum, vierzig Minuten Warten in einem Büro. Gord hatte zu Groucho, Zeppo und Harpo gesagt, daß dies der größte Sauhaufen sei, den er je gesehen habe, und er habe einiges gesehen. Und wo zum Teufel steckte dieser Superheld Rodolfo Jorge Ramírez? Und wenn das ihre Auffassung von einer dringlichen Sache wäre, sollten sie besser daheim bleiben und sich hinterm Ohr kratzen.

Der kubanische Offizier schien sich einen Dreck um sie zu scheren.

Dynamit, abgehakt. Sprengkörper, abgehakt. Die RPG-7 40 mm Raketenwerfer, ein paar. Die RPG-75 73 mm Raketenwerter, keine.

Funktelefone, nein. Kampfanzüge, ja. Operationsausstattung, fraglich. Tabletten, Pillen, Sprays, Salben, nein …

»Ihr bekommt keine Funkgeräte, weil ich keine habe, die funktionieren. Ihr bekommt Kampfanzüge, weil ich ein halbes Warenlager davon habe. Ich weiß nicht, ob ich die Operationsgeräte habe. Und was Medikamente angeht – unsere alten, verlorengegangenen Freunde schicken uns keine mehr … Ihr könnt von Glück reden, daß ihr nie die Annehmlichkeit russischer Freunde hattet … Das hier, nein.«

Der Finger des Kubaners lag auf dem Wort TPO-50, ganz unten auf der Liste, die Groucho sorgfältig abgeschrieben hatte.

»Ich muß ihn haben.«

»Nein.«

»Ich will ihn.«

»Sie bekommen ihn aber nicht …«

Der Knackpunkt. Entweder er bekam den Flammenwerfer, oder er ließ es bleiben. Es war einzig der Flammenwerfer, rotes brennendes Ölfeuer, das vorwärts schoß, was ihn von der Gewißheit ablenkte, einen Fehler gemacht zu haben.

»Warum nicht?«

Der Kubaner sprach schnell. Groucho übersetzte. »Sie sind Soldat. Man sagt mir, daß Sie in einer regulären Armee gedient haben. Sie sind ein Mann, den ich gerne respektieren möchte. Ich selbst war im Kampf. Ich war zweimal in Angola. Die Armee von Südafrika ist hart. Ich habe am Cuvelai River und am Benguela Airport gekämpft. Ich weiß, was es heißt, an der Seite von Nieten zu kämpfen … Was ich nicht weiß, ist, warum ein Mann wie Sie, ein Profi, diesen kleinen Arschlöchern hier helfen will?«

Gord sah, wie Zeppo die Zornesröte ins Gesicht stieg. Er sagte ruhig: »Ich will den Flammenwerfer.«

Der Kubaner zuckte die Achseln. Er strich wieder das Wort TPO-50. »Ich sage Ihnen ganz offen, ich habe zwei. Meine Anweisungen lauten, Sie mit Überschußbeständen auszurüsten und mit überflüssigem Kram. Diese Marke Flammenwerfer ist weder überschüssig noch überflüssig. Sie bekommen ihn nicht …«

Gord unterbrach ihn. »Dann steige ich aus.«

»Ist mir völlig gleichgültig. Und es ist mir völlig gleichgültig, ob Sie mit diesen Flaschen nach Guatemala gehen, wo Sie keine Woche durchhalten und umgebracht werden, für nichts und wieder nichts.«

Gord rückte seinen Stuhl nach hinten und stand auf. »Danke, daß Sie sich die Zeit genommen haben.«

»Es wird das beste sein, wenn Sie aussteigen. Fliegen Sie heim, wo Sie hingehören. Vielleicht tue ich Ihnen einen Gefallen.«

Es war ein Rückhandstopball, der den Satz und das Match entschied.

Rings um den Platz gab es dünnen Applaus.

Das Mädchen lief nach vorn, umrundete das Netz und schüttelte ihrem Gegner die Hand.

Er war dazu dressiert worden, förmlich zu sein, das war in ihrer Gesellschaft so üblich. Er küßte seine Verlobte nicht auf die Wange, reichte ihr nur taktvoll die Hand. Sie gewann immer, wenn er gegen sie Tennis spielte. Der junge Mann geleitete seine Verlobte durch das Drahtgittertor des Platzes und führte sie an den Tisch ihres Vaters. Der junge Mann, der den Codenamen Benedicto benutzte, rückte seiner Verlobten den Stuhl zurecht, damit sie sich setzen konnte. Er dachte, daß sie eine verwöhnte, dumme Kuh war.

Seine Verlobte rief beiläufig über die Schulter nach einem Drink. Ihr Vater war ein großer Mann, nicht sehr kräftig, die gestriegelten grauen Haare auf seinem Kopf waren nach hinten gekämmt, und er war reich. Wegen des Reichtums der Familie war der junge Offizier dazu bereit, die Tochter zu ehelichen, die er für eine dumme und unwissende Gans hielt ... Eine Bedienung brachte den Drink, der nicht beachtet wurde. Seine Verlobte, die Kuh, die dumme Gans, redete eifrig mit ihrer Mutter, wegen der neuen Kleider, die aus Europa in die Boutiquen auf der Avenida 6 a gekommen waren.

Für den jungen Offizier würde es eine gute Partie sein, finanzielle Sicherheit. Die Familie besaß Tausende Hektar gerodetes Land in der Nordachse der Petén-Region. Der Krieg lag in den letzten Zügen, die gegnerischen Streitkräfte waren zerschlagen, für einen Vernehmungsbeamten blieb nicht mehr viel zu tun. Wenn er verheiratet war, wenn er die Armee verlassen konnte, würde er nicht mehr arbeiten müssen. Es war eine gute Partie, auch wenn sie verwöhnt und dumm war und den Babyspeck an den Hüften noch nicht verloren hatte.

Er redete mit dem Vater seiner Verlobten über den Preis für Rindfleisch in den USA und darüber, was die McDonald's-Kette im Moment pro Kilo zahlte. Eine geschlagene Stunde hörte er sich das Gejammer und die Klagen über den Preisverfall für Rindfleisch in den Vereinigten Staaten an, bis die Familie Gott sei Dank in ihrer Mercedeslimousine aus dem Guatemala Club davonrauschte, hinten und vorne von den bewaffneten Leibwächtern eskortiert, die sie privat engagiert hatten ... zum Glück war ihm das Gerede über die Kosten für die Leibwächter, die Gefahr, gekidnappt zu werden, erspart geblieben ... er winkte, als ginge es um sein Leben, hinter dem sich entfernenden Konvoi her, bis er im Staub verschwand.

Er fuhr zurück zu seinem Schreibtisch in G-2. Sein Schreibtisch war leer.

Mit dem Krieg war es vorbei.

Es war ein Fehler gewesen. Fehler bestanden nach Gords Überzeugung darin, daß man Zeit vergeudete.

Er hatte sich ein Taxi ins Zentrum genommen. Er hatte seine Karte benützt, um das Ticket zu kaufen. Zu allem Unglück ging der erste Flug nach draußen heute abend mit dieser gottverdammten Aeroflot nach Shannon Airport in Irland. Er hatte ein Taxi zurück ins Hotel genommen. Er hatte noch genug Geld übrig, weil er seine wenigen Pfundnoten bei den Kids hinter den Küchen auf der Rückseite des Hotels umgetauscht hatte. Genug für ein Taxi zum Büro der Luftfahrtgesellschaft und genug für den Bus zum Flughafen. Nicht genug für einen Drink während des Flugs … und das war hart, weil es Aeroflot war … es war ein Fehler gewesen.

Er ging, weil man ihn nicht haben wollte, weil dieser gottverdammte Rodolfo Jorge Ramírez nicht einmal die Höflichkeit besessen hatte, bei ihm vorbeizuschauen.

Er gestand sich einen Fehler ein und ging, und das war richtig so.

Er hatte sich schon einmal abgewandt. Er hatte das Volk der Shia in Karbala im Stich gelassen, als die Panzer von Süden aus Bagdad anrollten, und das war falsch gewesen. Schmerzte ihn immer noch, daß er davongegangen war, als das Volk der Shia, die mit nichts als Gewehren bewaffnet hinter ihren Barrikaden saßen, sich Panzern gegenübersahen. Noch immer der Schmerz über das Volk der Shia, so brennend wie er gewesen war, als er dem amerikanischen Brigadegeneral auf der Landebahn in Dhahran begegnet war.

Aber kein Schmerz diesmal, denn es war ein Fehler gewesen.

Das Ticket lag auf dem Bett.

Er hörte das Geschrei auf dem Flur, vom Treppenaufgang her.

Neben seinen Füßen stand der schwarze Plastiksack, der mit Klebeband, das er sich im Aeroflotbüro erbettelt hatte, wieder zusammengeflickt war und wieder gepackt.

Er hörte des langsame Quietschen auf dem Flur, ungeöltes Metall auf Metall.

Das Geräusch endete vor seiner Tür. Gord war angespannt. Er saß aufrecht. Es war Instinkt, daß er sofort seine Wehrlosigkeit spürte. Er hatte keine Waffe. Es klopfte leise an der Tür. Er hatte nur leichte Turnschuhe an den Füßen, er würde sich die Zehen brechen, wenn er hart damit zutrat. Es klopfte wieder leise. Seine rechte Hand starr und ausgestreckt; er konnte mit einem Faustschlag jemanden töten. Er schlich lautlos zur Tür. In einer Bewegung sperrte er die Tür auf und öffnete sie.

Sie kamen hereingeflutet.

Und mit ihnen ihr Gelächter.

Sie quietschten vor Vergnügen.

Gord ließ die Hand sinken.

Sie strömten in das Zimmer. Eff und Vee und Zed, jeder von ihnen trug die gleichen Röhren. Die Röhren waren etwa einen Meter lang. Sie waren mattgrün bemalt, die Mündung nach vorn gerichtet. Hinter ihnen war ein junger Mann, und er rollte das Fahrgestell in das Hotelzimmer.

Der junge Mann sagte: »Ist es das, was Sie haben wollten …? Das, was Sie verlangt haben … ? Sie wollten den TPO-50. Sie haben den Flammenwerfer verlangt.«

Gord blickte in das jugendliche Gesicht.

Der junge Mann sagte: »Eins kann ich Ihnen sagen, Mr. Brown, das Ding ist nicht dafür gebaut, daß man es Treppen hinaufschleppt …«

Schwarzes Haar, glatt und zum Scheitel gekämmt, haselnußbraune Augen, glattrasiert, mit einer makellosen Haut, die von einem Mädchen hätte sein können, weiße Zähne, die bei seinem Lächeln zum Vorschein kamen.

»… Ich bin Jorge, Mr. Brown. Ich bin Rodolfo Jorge Ramírez. Bitte entschuldigen Sie die Unhöflichkeit, daß ich mir bisher nicht die Zeit genommen hatte, Sie zu treffen. Bitte nehmen Sie meine Entschuldigung an.«

Das Ticket lag offen auf dem Bett, der volle Plastiksack stand auf dem Boden.

Ganz gegen seine Art stotterte Gord: »… Macht nichts …«

»Mr. Brown, ich habe gehört, Sie waren im Aeroflotbüro … nach meiner Meinung, was man mir so erzählt hat, würde ich lieber mit nur einem Motor unter Beschuß auf einer löchrigen Sandpiste in Guatemala einfliegen, als mit Aeroflot über den Atlantik – nur was ich so gehört habe …«

Er hatte seine Fassung wiedergewonnen. Gord sagte kühl: »Ich akzeptiere Ihre Entschuldigung. Ich akzeptiere auch, daß ich einen Fehler gemacht habe. Es gibt wirklich nicht mehr viel zu bereden.«

Gord sah ihre Fröhlichkeit schwinden. Eff und Vee und Zed hielten die Röhren schlaff in den Händen.

»Darf ich sprechen, Mr. Brown?«

»Sie können tun, was Sie wollen.«

»Dürfen wir es uns bequem machen, Mr. Brown?«

»In einer Stunde muß ich zum Aeroflotbüro.«

Der junge Mann kauerte sich auf den Boden. Gord setzte sich auf das Bett. Eff und Vee und Zed legten die Röhren sanft auf den Boden und lehnten sich in einer Reihe an die Wand.

»Ich kann nur Schulenglisch. Sie entschuldigen, wenn es nicht angemessen ist … Mein Land, Mr. Brown, ist ein Militärlager. Das Regime in Guatemala überlebt durch Terror. Für Freiheit einzutreten, für Rechte, die für Sie selbstverständlich sind, heißt die Aufmerksamkeit der Todesschwadronen auf sich zu ziehen. Für Freiheit zu kämpfen heißt, die Vergeltung der Armee auf sich zu ziehen. Freiheit, Mr. Brown, besitzen in meinem Land nur die Generäle, und die Politiker, denen sie zur Macht verholfen haben …«

Gord hörte zu. Rodolfo Jorge Ramírez sprach über Einzelheiten der bewaffneten Streitkräfte in Guatemala. Ihre Struktur, ihr Aufbau, ihre Feuerkraft. Er sah auf seine Uhr. Die Zeit wurde knapp.

»Mein Land ist in vielerlei Hinsicht gespalten, Mr. Brown. Es ist gespalten durch Privilegien und Einflußmöglichkeiten, so daß eine herrschende Oligarchie, eine winzige Minderheit, den größten Teil des Reichtums kontrolliert. Es gibt eine Spaltung in der Gesundheitsfürsorge, eine Spaltung, was die Bildung und was die Menschenrechte betrifft. Und es gibt eine rassistische Spaltung. Die Unterdrückung einer ethnischen Mehrheit steht im Mittelpunkt des Alptraums, den mein Land durchmacht. Die ethnische Mehrheit in Guatemala ist das Volk der Maya-Indianer. Wenn diese Mehrheit ihren Anteil am Reichtum Guatemalas erhalten würde, wären die Privilegien der Minderheit bedroht. Höre ich mich wie ein Kommunist an, Mr. Brown, oder wie jemand, der Rechte fordert, wie sie für Sie selbstverständlich sind? Das indianische Volk und seine Kultur haben ein andauerndes Programm des Völkermordes, der Qual, der Kränkung erlitten, und es ist immer herumgestoßen worden ...«

Gord hatte das früher schon gehört. Er hatte es im Souk, in der Moschee und in den Cafés von Karbala gehört, bevor er abmarschiert war, bevor die Panzer gekommen waren.

»... Mein Vater und meine Mutter waren, was man *ladinos* nennt, sie waren latinischer Abstammung, aber sie entschieden sich, mit den Indianern im Ixil-Dreieck zu leben. Mein Vater genoß ihr Vertrauen, er betrog sie nicht. Meine Mutter wurde geliebt, sie pflegte sie. Der Krieg kam, mein Vater war einer der Anführer. Er war ein bescheidener Mann, er hätte sich nie für ein Genie gehalten, aber er hatte ein natürliches Gespür für den Krieg. Er führte eine Rebellion an. Zwei Jahre lang war diese Rebellion zu stark für die Militärs. Nach zwei Jahren kamen die Militärs mit Luftangriffen und Hubschraubern und dem Kaibilbataillon ...«

Gord hatte dieses Bild schon früher gesehen. Die waffenstrotzenden Kolonnen, die die Barrikaden der Männer und Frauen der Shia überrannten, denen er den Rücken gekehrt hatte. Es wurde dunkel im Raum.

»... Am zweiten Abend, nachdem meine Mutter getötet worden war, nachdem die Munition erschöpft war, nachdem er in unser Geschäft und unser Heim zurückgedrängt war, dem letzten Stützpunkt, gaben die Militärs über Lautsprecher durch, daß allen Männern, die sich ergeben würden, nichts geschehen würde, außer meinem Vater. Es war seine Entscheidung. Diese Entscheidung lastete für den Rest seines Lebens auf ihm. Er nahm mich, ich war dreizehn, und er nahm seine ältesten und vertrautesten Freunde. In der Dunkelheit war es für ein paar wenige möglich, zu entschlüpfen. Die ganze Zeit während wir rannten konnte ich ihn weinen hören. Als wir einige Meilen entfernt waren, auf höhergelegenem Gebiet als das Dorf, sahen wir, wie die Kirche von Acul brannte. Alle Männer, die sich ergeben hatten, wurden lebendig verbrannt, Mr. Brown. Wir lebten …«

Gord wußte, was in Karbala geschehen war. Er hatte es später erfahren. Er wußte von den Exekutionen durch Erschießen und Hängen. Er wußte von dem Terror, der von den Security Teams, die den Panzern folgten, über die Stadt gebracht worden war.

»… Ich habe meinem Vater versprochen, daß ich zurückkehren werde. Ich habe es ihm versprochen, als er im Sterben lag. Ich will nach Guatemala zurückgehen, Mr. Brown, und die Schweine fortjagen, die es fertigbringen, Männer in einer Kirche zusammenzutreiben und sie anzuzünden. Ich will zurückgehen, Mr. Brown, um die Schweine auszurotten, die am Tag der Armee dienen und in der Nacht den Todesschwadronen. Ich will zurückgehen, Mr. Brown, um die Würde einer indianischen Gesellschaft wiederherzustellen, die schon fünfhundert Jahre vor Christus eine Kultur hatte. Ich glaube, daß es in meinem Land ein Volk gibt, das mir folgen wird …«

Gord schaute auf die Uhr, sah die Leuchtzeiger. Die Aeroflotmaschine mußte jetzt zum Einstieg bereit sein.

»… Ich will Sie an meiner Seite haben, Mr. Brown. Ich hoffe, ich habe den gesunden Menschenverstand meines Vaters, aber ich habe keine militärische Ausbildung. Ich möchte Ihre Fähigkeiten, Ihre Erfahrung und Ihr Wissen. Das Volk wird uns folgen, das Regime wird zusammenbrechen, es ist korrupt und verdorben, und es wird stürzen. Ich weiß nicht, was Sie zu Hause haben, Mr. Brown, was Sie haben, das wichtiger ist … Sie könnten es gerade noch schaffen, Ihre Maschine zu erwischen …«

Er war von dem jungen Mann eingefangen worden, eindeutig. Wie Motten vom Licht, wie Nägel von einem Magneten. Etwas in seiner Stimme, etwas in seiner Demut und etwas in seinem

Optimismus. Die Aeroflotmaschine flog ohne ihn. Es war nicht seine Art, die Hand eines Mannes zu ergreifen oder ihn zu umarmen, aber er gehörte nun zu Jorge, der ihn gefangen hatte.

Ruhig sagte Gord: »Gut, daß Sie den Flammenwerfer besorgt haben.«

Das Gekichere vom Boden in dem dunklen Zimmer. »Der Flammenwerfer, das war gar nichts, die zwei Flugzeuge waren das Problem.«

Etwas, das sein Vater gesagt hatte, darüber, daß man Fußabdrücke hinterlassen muß.

Unter dem Licht von Bogenlampen wurden die Lattenkisten mit den Waffen und den Munitionsbehältern und dem Karren des TPO-50 mit den Brennstoffröhren in die zwei Flugzeuge verladen.

Zehn von ihnen würden fliegen.

4

Sie flogen in Funkstille, ohne Navigationslichter und dicht über der Wasseroberfläche. Kein getürkter Flugplan war an die Flugleitstellen in Tegucigalpa oder Managua oder San José oder Guatemala City übermittelt worden.

Aus Südwesten blies ein böiger Sturm, und die Wettervorhersage hatte den schnellen Aufbruch von dem Flugplatz östlich von Havanna nötig gemacht. Es war anzunehmen, daß jeder Flugplan, der über Funk in Honduras oder Nicaragua oder Costa Rica oder Guatemala empfangen wurde, vom Kommando Süd im Quarry Heights Basislager in Panama aufgezeichnet und an die Drogenfahndung und die Zollteams in der mittelamerikanischen Region weitergegeben wurde.

Der Sturm würde die Funktionsfähigkeit der Radarüberwachung außer Gefecht setzen, die von der Drogenfahndung und den Zollbehörden über die Karibik gelegt war, sie würden die zwei Maschinen nicht identifizieren. In Stille und Finsternis flogen die beiden Flugzeuge, die mit Echo Foxtrott und Whisky Alpha bezeichnet waren, mit ihrer maximalen Geschwindigkeit von 120 Meilen pro Stunde. Gegen sie eingesetzt – und zu umgehen – waren feste Radareinrichtungen auf dem Land, das luftgestützte Radarsystem E-3 AWAC, das auf den Rumpf der Boeing 707 montiert war, und das Radar, das mit den aerostatischen Ballons trieb. Alle waren bei miserablem Wetter anfällig. Der karibische Luftraum lag unter ständiger Überwachung, Teil des Milliarden-Dollar-Programms, um die heiße Ware aus Kolumbien aufzuspüren und sicherzustellen, die mit Flugzeugen auf raschem Weg nach Norden zu den Umschlagplätzen gelangte.

Sie waren die alten Arbeitspferde der kubanischen Luftwaffe. Sie waren das Wunder an Wartung und Einfallsreichtum der Bodenmechaniker, die stöberten und ausschlachteten und improvisierten, jetzt, da die Ersatzteile aus der Sowjetunion und Polen in barer Münze bezahlt werden mußten. Zwei alte Maschinen, geflogen von zwei Paar altgedienter Cockpitbesatzungen, deren Karrieren seit langem zum Stillstand gekommen waren, schlingerten keuchend und hustend über das Karibische Meer.

Sie hatten die schwachen Lichter der Isla de la Juventud hinter sich gelassen, überquerten den 21. Breitengrad und flogen über das Yucatanbecken, wo die Wassertiefe unter ihnen bis zu 4000 Metern betrug. Sie nahmen Kurs auf den Westen der unter britischer Verwaltung stehenden Kaiman-Inseln, waren aber zu weit weg, um die Lichter von Georgetown zu sehen, und überquerten dann den Kaiman-Graben. Die Maschinen flogen über den 84. Längengrad, und wieder zeigten die Finger der Navigatoren im Strahl ihrer Stablampen den Piloten an, daß sie den 18. Breitengrad passiert hatten. Sie würden wieder westlich drehen, nahe bei den leeren Pusteln mitten im Ozean, die Swan Islands hießen. Die Treibstoffsituation war dramatisch. Jeder Pilot hing völlig vom Geschick seines Navigators ab.

Die Flugzeuge waren Antonovs. Die An-2-Colt-Reihe. Whisky Alpha war 1961 frisch vom Montageband in der Sowjetunion nach Kuba geliefert worden. Echo Foxtrott war vier Jahre später gekommen. Das, was sie übrig hatten. Das, was sie nicht vermissen würden, falls der Treibstoffanzeiger zu tief sank, falls schlechtes Wetter sie hinunterzwang. Es war keine angenehme Landung, mit der sie sich trösten konnten. Weiter hämmerten sie durch die Finsternis zu der Küste der mittelamerikanischen Landbrücke, die sie erreichen würden, wenn die ersten Schmierer der Morgendämmerung den Horizont hinter ihnen erhellten ... Es waren Zweidecker. Sie wurden beide von einer einzigen 1000 PS Shvetsov 62-R Neunzylinder-Radialmaschine angetrieben. Es gab keinen Spielraum für einen Irrtum für die Piloten von Whisky Alpha und Echo Foxtrott. Die Maschinen waren bis an die Obergrenze beladen und darüber hinaus, weil die Piloten nur die Schultern gezuckt hatten, mit Männern, Kriegsmaterial und Treibstoff für den Rückflug.

Es war das letzte Aufbäumen eines dem Untergang geweihten Regimes. Früher, unter der schützenden Hand von Chruschtschow und Breschnew, hatte das Regime die Kämpfer in Nicaragua, El Salvador und Guatemala, in Argentinien, Chile und Peru unterstützt, hatte sie mit der Ermutigung durch das Glaubensbekenntnis der Partei versorgt, und mit der Feuerkraft, die in den Arsenalen der Insel lagerte. Damit war es vorbei.

Eine scheußliche Nacht, um tief über das Wasser zu fliegen, aber eine scheußliche Nacht bot Schutz vor dem Radar.

In einer Stunde würden sie die Küstenlinie von Honduras überqueren, in der Nähe von Puerto Cortés, dann noch im Norden über die Grenze von Guatemala fliegen und dann die Plankoordinaten der Landebahn suchen ... vorausgesetzt, man konnte sich auf die Treibstoffanzeiger verlassen ...

Vee übergab sich neben Gord.

Ihm war übel vor Angst, und weil er in der Zeit zwischen dem Beladen und dem Abflug zuviel getrunken hatte.

Gegenüber Gord im Flugzeugrumpf saß Zed in seinem Gurt festgezurrt und zitterte vor Angst.

Weiter hinten im Rumpf, einander gegenübersitzend, zogen Zeppo und Groucho pausenlos gierig an ihren Zigaretten, ignorierten das NO SMOKING-Zeichen über ihrem Kopf. Zwischen ihren Beinen hatten sie Munitionskisten. Sie zündeten eine Zigarette mit der anderen an und traten die Kippen auf dem Stück Metallboden zwischen den Munitionskisten aus. Die Brennstoffkanister waren hinten im Rumpf verstaut, aber, wie Gord dachte, viel zu nahe für diese Dauerqualmerei.

Eff versuchte, die Kotze von Gords Bein zu wischen.

Hat keinen Sinn, laß es bleiben, kommt noch mehr.

Wenn der Wind das Flugzeug erfaßte, entweder gegen den Rumpf schlug oder gegen das Cockpit, dann stampfte und schlingerte die Antonov, und es hatte diese Schrecksekunden gegeben, als sie scheinbar im freien Fall waren, und die Momente, in denen sie scheinbar nach oben gezogen und geschleudert und wieder fallen gelassen wurden. Es war sein schlimmster Flug bisher, denn er war allein. Höllisch, wie sie damals in einer großen Puma in den Westen des Irak eingeflogen waren, durch einen gewaltigen Sandsturm, der einen großartigen Schutz bot – aber da hatte er Kerle bei sich gehabt, die zu ihm gehörten, und der Pilot damals hatte nicht getrunken, wie der Blödmann, der sie jetzt flog. Sie hatten alle getrunken, nachdem das Beladen vorbei war, sie hatten alle den Rum mit zu wenig Orangensaft hinuntergestürzt, bevor sie abflogen. Soweit Gord sehen konnte, hatte der andere Pilot mehr getrunken. Er fragte sich, wie es ihnen wohl ging, den anderen beiden Passagieren in Whisky Alpha, denen er bis dahin nicht begegnet war, die vielversprechender als Zeppo und Harpo und Groucho wirkten … Gord hatte seine Berechnungen angestellt, wußte, daß der Treibstoff zu Ende ging, und hatte das Bild der Treibstoffkanister, die geladen worden waren, im Kopf. Verdammt an der Kippe. Er konnte im Schein der Zigaretten von Zeppo und Harpo den Umriß von Groucho ausmachen, und er sah, daß Groucho den Kopf in den Händen verbarg, als ob es die Erschütterungen erträglicher machte, wenn er im Dunkeln die Augen bedeckte.

Gord glaubte, war sich aber in der Dunkelheit des Innenraums nicht sicher, daß Jorge schlief.

Gord glaubte, war sich aber bei dem Geratter der Sparren und Tragflächen nicht sicher, daß er Jorge schnarchen gehört hatte,

Er hatte vor dem Abflug mit dem Piloten gesprochen, und der Kubaner sprach amerikanisches Englisch. Gord mochte den drolligen Humor des Mannes. Für diesen Humor wäre er jetzt noch dankbarer gewesen. Der Pilot hatte eine Geschichte über Fidel erzählt, eine gute … Eine Frage für Clinton, Jelzin und Fidel an Jesus. Wie werden die Antidrogenprogramme für die

Großstädte laufen? – Gut, aber Clinton würde die Ergebnisse nicht mehr erleben. Wie würde die Reform hin zur Marktwirtschaft verlaufen? – Gut, aber Jelzin würde das Resultat nicht mehr erleben. Fidel fragte: »Wie steht's mit der Kampagne gegen Ineffizienz und Korruption?« Jesus sagte: »Wird alles gut werden, aber du wirst es nicht mehr erleben, genausowenig wie ich.«

Nun ja, der Pilot kannte den Wetterbericht. Der Pilot hatte den Wetterbericht für sich behalten. Witze über den Revolutionsführer zu reißen war die geringste Sorge des Piloten. Während er im Flugzeugrumpf hockte, in seinem Sitz herumgebeutelt wurde und die Riemen des Gurts in seine Schultern schnitten, verstand Gord, warum der Pilot Rum und Orangensaft getrunken hatte, warum er eine halbe Flasche in einen silbernen Flachmann gegossen hatte.

Gord hielt die Griffe des Karrens, der zwischen ihn und Zed eingeklemmt war und immer davonrollen wollte, so fest wie möglich. Er war vor einer halben Stunde bei einer Turbulenz seinem Griff entwischt und gegen Harpos Knie gedonnert … Und Vee neben ihm war von seinem Sitz gehoben worden und auf die Griffe gefallen und hatte gewimmert.

»Nun, mein Freund …«, ertönte Jorges ruhige Stimme über dem Dröhnen der Maschine, »was denken Sie?«

»Zeit, mir eine Ausrede einfallen zu lassen und zu verschwinden …«

»War das ernst, als Sie sagten, Sie steigen aus?«

»Zu dem Zeitpunkt schien es die richtige Antwort …«

Sie sackten ab. Gord umklammerte die Griffe des Karrens. Groucho schrie vor Angst auf.

Das Zischen der Frage an seinem Ohr. »Warum sind Sie gekommen? Warum haben Sie Ihre Heimat verlassen?«

Die Antonov schnellte hoch, und die Maschine zog an.

»Spielt keine Rolle mehr. Vorbei …«

»Warum?«

Gord schrie: »Weil ich darum gebeten wurde. Weil mich sonst niemand um etwas gebeten hat. Man kommt soweit, daß man um etwas gebeten werden will.«

»Das ist eine dumme Antwort.«

»War auch nicht die klügste Frage.«

»Warum?«

»Ich beantworte Ihre Frage, dann beantworten Sie mir meine.«

Kichern. »Einverstanden.«

Gord sagte: »Ich war unten am Golf, Fernaufklärung tief im irakischen Gebiet und so weiter. Der Waffenstillstand kam. Es war die Zeit, als die Amerikaner die Minderheit der Shia dazu drängten, gegen das sunnitische Regime in Bagdad zu revoltieren. Ich befehligte eine Einheit von sechs Mann, und wir standen vor einer Stadt namens Karbala. Wir arbeiteten mit den Leuten dort, versuchten, ihnen Organisation beizubringen und wie sie sich selbst verteidigen konnten. Der Waffenstillstand hatte zuviel von dem militärischen Potential des Irak intakt gelassen. Die Politiker hatten, verdammt noch mal, zu früh die Nerven verloren, zu früh Einhalt geboten. Und, Himmel, die Shia in Karbala brauchten Hilfe. Wir taten für sie, was wir konnten, und wir erhielten den Befehl, uns zurückzuziehen. Ein Scheißcolonel brüllte mich über Funk an. Ich hätte ihm sagen sollen, daß er sich einen runterholen soll … Wir marschierten ab. Ich folgte den Befehlen. Gut, ich weiß nicht, was wir erreicht hätten, wenn wir länger geblieben wären, aber ich weiß, daß die Shia in Karbala, nachdem wir abgezogen waren und die Panzer kamen, in Stücke gehackt wurden. Unsere verdammten Politiker hatten dieses Volk benutzt und es dann fallengelassen. Wir waren für sie verantwortlich … Antwort: Wie ein verdammter Narr habe ich wieder auf irgendeinen kleinen Kerl gewartet, dem ich beistehen kann … Frage: Worauf soll das hier hinauslaufen?«

Der Motor setzte aus. Scheiße. Momentane Stille. Scheiße. Der Motor fing sich wieder. Schweiß auf seiner Stirn.

Sie stiegen wieder, und gegen die Bullaugenfenster hinter Gord prasselte der Regen.

»Danke.«

»Es war eine beschissene Antwort.«

»Und eine idiotische Frage … Die Antwort für Sie: Das Ziel ist der Sieg.«

Gord sprach schnell. »Ja, ja, aber wie weit? Stürmen wir ein Dorf? Beschießen wir eine Kaserne? Lassen wir sie wissen, daß wir da sind? Eine Woche, dann wieder raus?«

»Um zu siegen, Mr. Brown, müssen wir nach Guatemala City. Wir werden sie aus dem Palacio Nacional jagen. Das meine ich mit Siegen …«

»War auch eine beschissene Frage.«

Da waren nur er und Jorge, der ihm freudig auf die Schulter schlug, und da waren Eff und Vee und Zed und Harpo und Zeppo und Groucho, und da waren noch zwei Männer an Bord von Whisky Alpha … Aber warum nicht?

»Wir werden siegen.«

VON: Pol. Präs. Fort William, Lochaber Distrikt
AN: Pol. Präs. Strathclyde, Glasgow
BETR.: A/0800/79Y/4
Z. HD.: Spezialeinheit

Lokale Meldung, daß 3 (drei) eingeborene Indianer aus Guatemala, Wohnort Havanna, Kuba, letzte Woche Region Loch Ailort besuchten, um Gordon Benjamin BROWN zu suchen, ohne feste Anschrift. Soviel wir wissen, früher Special Air Service-Offizier, keine weiteren Einzelheiten, gegenwärtig auf einer Fischfarm tätig.
Vermutung, daß BROWN vorgeschlagen wurde, militärische Hilfe für geplante Invasion in Guatemala zu leisten (Anzeigeerstatter). Kein Vergehen in unserem Wirkungsbereich. Vielleicht möchten Sie der Sache nachgehen.
Ende.

Gord war nach vorne gegangen.

Der Flug war jetzt ruhig. Eff und Vee und Zed konnten auf den Karren zwischen ihnen aufpassen.

Er stand, aber gebeugt und gekrümmt, im hinteren Teil des Cockpits und stützte sich auf die Rücklehnen des Piloten und des Navigators.

Sie schienen nichts gegen seine Anwesenheit zu haben. Vielleicht erkannten sie in ihm den Berufssoldaten. Vielleicht waren sie so verdammt froh, aus dem Sturmtief heraus zu sein. Der Navigator hatte die Flugkarte auf den Knien ausgebreitet, und manchmal deutete sein Zeigefinger auf eine bestimmte Position: als sie die honduranische Küste überquerten, als sie die Grenze zu Guatemala überquerten. Sie waren westlich an Puerto Cortés vorbeigeflogen, dann südlich an der guatemaltekischen Stadt Puerto Barrios. Er konnte die Landmasse unter ihnen erkennen, dunkel, mit dem ersten Schimmer am Horizont. Die Dämmerung brach an, und sie brach schnell an. Über ihnen war aufgelockerte Bewölkung. Sie hatten den Schutz der Dunkelheit und des schlechten Wetters verloren. Zweimal zeigte der Pilot auf die Treibstoffanzeige, wo die Nadel am Rand des roten Bereichs angekommen war. Gord begriff, daß sie den weiten Bogen um den Luftraum von Belize machen mußten, denn in Belize gab es modernes Radar und ein Geschwader Harrier-Jets auf der Rollbahn, die als Abfangjäger aufsteigen würden, wenn sie ihren Argwohn erregten. Von den Harriers drohte keine Gefahr mehr, denn sie befanden sich über Guatemala.

Er hätte es eingestanden, hätte es auch nicht verbergen können, die Aufregung fraß an ihm. Es war die Aufregung, die seinen Körper hochzog und Adrenalin in sein Blut pumpte, aber es war seine Privatsache, mit niemandem geteilt ... Der Landepunkt wurde ihm auf der Karte gezeigt. Sie waren tief über dem Wasser des Lago de Izabal, vielleicht vierzig Meter, sie würden sofort, wenn sie das Ufer überflogen, hochsteigen, über Hochland und einen Nationalpark, sie würden den schmalen Strich der Straße überqueren, die die Hauptverbindung von Cobán zur Grenze von Belize bildete, und dann lagen vor ihnen nur noch sumpfige Dschungelwildnis und die Landebahn.

Die Erregung kochte in ihm, wie jedesmal, wenn er in den

Kampf flog. Es war der wahre Grund, warum er gekommen war, diese Erregung wiederzufinden … Über dem Park, einem dichten Teppich von dreifach übereinander wachsenden Bäumen, deutete der Navigator wieder auf die Position der Landebahn und gestikulierte mit den Händen. Fünfzehn Minuten bis zum Ziel. Die Nadel war tiefer im roten Bereich am Rand der Treibstoffanzeige. Kein Wort wurde im Cockpit gesprochen. Um sie herum wurde es hell. Gord beugte sich vor, um den Himmel unter den Wolkenfetzen nach der zweiten Maschine abzusuchen. Er konnte Whisky Alpha nicht sehen. Er klopfte dem Piloten auf die Schulter, er deutete nach Backbord und Steuerbord, er gestikulierte – wo war Whisky Alpha? Der Pilot zuckte nur die Achseln. Sie hatten Funkstille, woher zum Teufel sollte er es wissen, blöde Frage. Die ersten Sonnenstrahlen vor ihnen. Er schaute hinunter, alles flach und endlos bis zu einem dunstigen Horizont. Das erste Sonnenlicht fiel auf das üppige Grün des Dschungeldachs. Sie überflogen die Straße. Der Dschungel war jungfräulich, keine Spur menschlichen Eingriffs. Keine Schneisen, keine Rauchsäulen, keine Siedlungslichtungen. Man hätte eine ganze Armee hier unter Echo Foxtrot verstecken können, und niemand hätte sie je gefunden.

Und die Landepiste war vor ihnen.

Er hörte den Pilot fluchen.

So verdammt kurz … Eine Piste für ein leichtes Flugzeug … Es war ein Band helleres Grün als der Dschungel, der sich ringsherum ausbreitete.

Ein Alarmsignal läutete im Cockpit.

Die Nadel des Treibstoffanzeigers stand am Anschlag.

Sie flogen in einem Halbkreis zum Nordende der Landebahn. Glänzend geflogen, glänzend navigiert, dachte Gord. Er fragte sich, wie eine Cockpitcrew, die so zu fliegen verstand, zu so einer Scheißmission kam, mit einem leeren Treibstofftank, und er erinnerte sich an die Fidel-Story – die Scheißjobs für die Energiebündel, genau, wie es ihm auch immer gegangen war, die Scheißjobs für die Männer, die dann »unehrenhaft« entlassen wurden – und es lag ein leises Lächeln auf seinem Gesicht, und der verdammte Alarmton schrillte.

Ein Halbkreis und sie schwebten ein.

Keine Geländeerkundung, kein gemütliches Kreisen, um die Landepiste auszuforschjen. Waren einmal darüber geflogen und hatten nichts von Hindernissen, Löchern gesehen. Kein Treibstoff mehr zu vergeuden.

Sie kamen runter auf das ungemähte Gras, vielleicht dreißig Zentimeter hoch, vielleicht einen Meter. Sie kamen runter.

Sie setzten auf.

Der Schlag beim Aufsetzen zog an seinen Armsehnen. Gord stützte sich ab. Der Stoß. Unten. Der Wechsel der Maschinenlaufrichtung, der Gegenschub. Schlingern, langsamer werden, auf die Baumreihe vorne zurasen. Herumschwenken, anhalten. Die Baumreihe dicht neben sich. Angehalten. Gord fühlte die Taubheit, und seine Hand ruhte auf der Schulter des Piloten und drückte sie, um seine Anerkennung auszudrücken. Er hörte den Beifall von hinten. Alle klatschten. Und bei Gott, sie hatten verdammt noch mal das Recht zu klatschen. Der Pilot setzte seinen Helm ab und zog sich das seidene Gesichtstuch herunter, das er trug wie ein alter Grand-Prix-Rennfahrer, und er setzte den Flachmann an den Mund, und der Rum tröpfelte von seinen Lippen, bevor der Navigator ihn sich schnappte.

Gord sprang aus der Seitentür der Antonov.

Die warme Morgenluft umfing ihn, und die Schmetterlinge stoben aus dem Gras hoch, das bis an seine Knie reichte.

Am Ende der Piste, unter den Bäumen, war eine kleine Holzhütte, gut zehn Meter von der Stelle entfernt, wo die Echo Foxtrot zum Stehen gekommen war.

Nichts wie raus. Die Munitionskisten wurden herausgehoben. Die Leinensäcke mit den Sturmgewehren wurden herausgereicht. Ein tiefes, dröhnendes Geräusch war zu hören, hinter den Baumgipfeln, außer Sichtweite. Sie bildeten eine Kette, um die Benzinkanister aus dem Flugzeugrumpf zu holen. Sie schmissen die Medikamentenkiste hinunter und die Pappkartons mit der

Verpflegung, Fertiggerichte. Sie manövrierten den Karren und die Röhren des Flammenwerfers durch den Einstieg. Das Dröhnen der Maschine von Whisky Alpha kam näher. Ein Drunter und Drüber, um den kleinen Haufen Munition und Waffen und Medizin und Essen aus der Landebahn und in die Hütte zu schaffen und den Karren zur Tür der Hütte zu schieben und die Benzinkanister an den Rand der Landebahn zu bringen. Sie hatten mit vereinten Kräften begonnen, die Echo Foxtrot auf die Seite der Landebahn zu schieben, als das Motorengeräusch von Whisky Alpha, das anschwellende Dröhnen, erstarb. Ein letzter Schnaufer, und weg war es.

Gord sah das Flugzeug. Es war tief über den Bäumen und schlingerte, als ob der Pilot die Kontrolle verloren hätte.

Alle schwiegen, alle beobachteten den lautlosen Kampf von Whisky Alpha, die die Landebahn zu erreichen versuchte.

Der Hauptaufschlagspunkt, nachdem die Baumwipfel die Flügel abrasiert hatten, lag fünfzig Meter vor der rettenden Landebahn.

Es gab eine Explosion. Natürlich gab es eine verdammte Explosion. Dann brannte es. Natürlich brannte es, verdammt.

Whisky Alpha stürzte mit zwei Passagieren ab und mit der Mehrzahl der Maschinengewehre und der Mehrzahl der Munitionsgürtel und den Raketenwerfern und den Granatengeschossen und mit den meisten AK-47 und der halben Munition und dem Reservetreibstoff für den Heimflug.

Gord schaute zu, wie die Flammen zwischen den Bäumen loderten. Sie liefen die Landebahn hinunter.

Die Morgendämmerung breitete sich strahlend über die Skyline der Hauptstadt der Republik Guatemala.

Keine alte Stadt. Eine Stadt ohne Geschichte. Die erste Hauptstadt Guatemalas, von den spanischen Conquistadoren unter der Führung von Pedro de Alvarado gegründet, liegt unter Schlamm und Felsen begraben, die das Erdbeben von 1541 auf seine grobschlächtigen Gebäude schleuderte. Das Land um diese Hauptstadt, das das moderne Guatemala werden sollte, war einer hochentwickelten Zivilisation von lediglich 120 Berittenen und 300 Fußsoldaten entrissen worden. Eine zweite Hauptstadt wurde in Antigua errichtet, auf einem Gelände unterhalb der Zwillingsvulkane Fuego und Agua; sie wurde von Lavaströmen zerstört. Die dritte Hauptstadt wurde im letzten Jahrhundert im La-Ermita-Tal auf einer Höhe von 1600 Metern erbaut, wo eine spanischstämmige Oberschicht vor der Cholera und vor den Krankheiten sicher war, die sie aus Europa eingeschleppt hatten und die nun die geringgeachtete Arbeitskraft der eingeborenen Maya-Indianer dezimierten.

Rund um die Hauptstadt ist die Landschaft von seltener Schönheit, ein Land der Berge und Täler, mit Seen und schäumenden Flüssen, großartigen Wäldern und fruchtbaren Feldern. Aber es herrscht Finsternis. Jenseits der Schönheit, verborgen in dieser Finsternis, liegt die heutige Hauptstadt von Guatemala.

Seit dem Bau dieser Hauptstädte ist das Leben der indianischen Mehrheit fast versiegt.

In den Nachtstunden gehören die Hauptstraßen der Stadt den langsam patrouillierenden Polizeiautos und den Dieben und Räubern und Zuhältern, die ihre Beutezüge der Dummheit von Touristen verdanken, welche die Warnungen nicht gelesen und befolgt haben. Bei Sonnenuntergang leeren sich die breiten Gehsteige.

In den Tagesstunden ersticken die großen *avenidas* und die *calles*, die sie gitterförmig kreuzen, an der Verschmutzung durch ratternde Motorgefährte. Die großen Mercedesse donnern vorbei, um Männer bei den Büros von Import-Export-Firmen und ihre Frauen vor den schicken Läden und Hotelrestaurants abzusetzen, die aus Nordamerika importiert wurden. Die Bettler sind am Tag unterwegs, wie die Straßenhändler und die Taschendiebe.

Die Morgendämmerung ist die schönste Zeit des Tages in Guatemala City, wenn sich das klare Licht in den leeren Straßen spiegelt. Die Verbrecher sind verschwunden, die Bettler noch nicht da. Nur bei Tagesanbruch herrscht Frieden in Guatemala City.

105 Meilen Luftlinie von der Hauptstadt entfernt, über Berge und Vorberge und sumpfigen Dschungel hinweg, war ein Flugzeug gelandet und ein Flugzeug abgestürzt, und die Stadt wußte nichts davon.

Die Stadt erwachte mit der Dämmerung.

Ein Feuerwehrmann kleidete sich so lautlos wie möglich in dem stickigen Raum an, den er mit seiner Frau und seiner kleinen Tochter teilte; in einem Haus, das er mit seinem Vater und seiner Mutter und seiner Schwester teilte. Er ließ seine Familie weiterschlafen, als er mit dem Fahrrad zur Arbeit fuhr …

Ein amerikanischer Archäologe, ein Lehrbeauftragter auf einem einjährigen Studienurlaub von der University of Minnesota, zog sich hastig an, denn er mußte um sieben am Flughafen sein, um die Maschine zurück zu der Ausgrabungsstätte im Petén zu erwischen …

Ein Doktor der Mathematik suchte in seinem Kleiderschrank nach einem sauberen weißen Hemd, das er am nächsten Tag zu seinem dunkelgrauen Anzug tragen konnte, und als er sich für die Universität angekleidet hatte (ältere und schlampigere Klamotten), schlich er in Strümpfen aus dem Schlafzimmer, ohne seine Frau zu küssen, weil sie ihn, wie am Abend zuvor, angeschrien hätte, daß es idiotisch sei, seine Sicherheit aufs Spiel zu setzen, um der Beerdigung eines Studenten beizuwohnen …

Ein Straßenjunge, dreizehn Jahre alt, erwachte auf seinem Lager auf dem Gehsteig, nahe dem Ritz Continental, und begann rhythmisch sein Vierzoll-Springmesser an der Betonkante zu schärfen. Er brauchte sich nicht anzuziehen, da er alle Kleider, die er besaß, zum Schutz gegen die Kälte der Nacht getragen hatte …

Ein katholischer Priester kleidete sich in der Zelle an, die man ihm am staatlichen Seminar für die Nacht gegeben hatte, und packte seine Tasche und sorgte sich, daß er den Bus verpassen könnte, der ihn zurück nach Nebaj bringen würde …

Ein Angehöriger der Zivilpatrouillen, aus dem Hinterland der Hauptstadt, zog sich vor dem Sacktuch an, das als Tür vor der Wellblechhütte hing, schwankte wegen des Alkohols, den er nach der Hochzeitsfeier seines Bruders intus hatte, und fiel hin; und er wußte, er würde rennen müssen, um den Bus zu erwischen, der ins Ixcán im Norden ging …

Ein älterer Kanadier zog sich, drei Wochen nach seiner Ankunft aus Kingston in der Provinz Ontario, sorgfältig in einem Pensionszimmer an, und plante einen weiteren Tag auf der Suche nach dem Grab eines ermordeten Enkels …

Die Hauptstadt von Guatemala regte sich, ohne zu wissen, daß 105 Meilen über Berge und Hügel und sumpfigen Dschungel entfernt, ein Flugzeug gelandet und ein Flugzeug abgestürzt war.

Gord begriff. Niemand übersetzte für ihn. Er wäre ein Idiot gewesen, wenn er nicht begriffen hätte.

Zeppo wollte raus.

Es war nicht ganz fünfzehn Minuten her, seit sie gelandet waren, und gut zehn Minuten, seit sie den Absturz beobachtet hatten. Sie waren nahe an der Explosionsstelle gewesen, und nahe zu sein war ein Risiko, wegen der Munition und der peitschenden Leuchtspurgeschosse. Sie waren auf dem Bauch so nahe wie möglich herangekrochen. Das Flugzeug war vernichtet, ihre Kameraden waren vernichtet, die Fracht war vernichtet.

Zeppo wollte raus.

Gord nahm an, falls Zeppo in die wiederaufgetankte und startbereite Echo Foxtrott einstieg, würde Harpo ihm folgen, und Groucho würde vielleicht versuchen, auf einen Flügel aufzuspringen, um wegzukommen.

Zeppo wollte raus, und er stand vor Jorge und er hatte getobt und geschrien und mit den Armen gefuchtelt. Gord hatte sich beherrscht, und er hatte Vee nicht gebeten, für ihn zu übersetzen. Gord hatte nichts beizutragen. Die Wirklichkeit stand deutlich genug vor ihm, sie war eine hohe Dunstsäule, die später am Tag als Wolke Regen bringen mochte, und speiste sich aus den Detonationen der Munition, die sich gelegentlich noch ereigneten. Wer eingegriffen hatte, war der Pilot gewesen. Er war aus seinem Cockpit gekommen, ließ seinen Propeller rotieren und sagte vielleicht zwei Dutzend Worte. Zeppo schrie immer noch Jorge an, und Jorge stand vor ihm, die Hände locker in die Hüften gestützt, und als Zeppo geschlagen war, als er Tränen in den Augen hatte, sprach er mit ihm.

Gord wandte sich von ihnen ab.

Er fing an, die weggeworfenen, leeren Treibstoffkanister unter den Tragflächen des Flugzeugs einzusammeln, und er brachte sie, immer vier auf einmal, an den Rand des Dschungels und warf sie, so weit er konnte, so daß sie außer Sichtweite landeten.

Er ging zu der Baumreihe hinüber, als die Antonov zum Start ansetzte. Er schaute nicht zurück, um die Beschleunigung durch das gepeitschte Gras zu sehen. Er ging geradewegs zu der Baumreihe hinüber und schleuderte die Kanister mit aller Wucht, so weit er konnte. Als er für die letzte Ladung umkehrte, hob das Flugzeug ab, so plötzlich wie ein aufgescheuchter Vogel, und streifte die Baumwipfel. Gord bückte sich, um die letzten vier Kanister aufzuheben. Die Tragflächen senkten sich abwechselnd links und rechts, ein letzter Gruß. Es war hinter der Baumreihe verschwunden.

Nur Leere um sie herum. Nur Vogelgezwitscher, und das Geschnarre von Insekten. Die Sonne stieg rasch.

Zeppo saß im Gras und ließ den Kopf hängen, und neben ihm kniete Harpo und flüsterte ihm offenbar Trost zu.

Der erste Tag, die Sonne war noch nicht ganz aufgegangen, und er fragte sich, ob sie nicht bereits geschlagen waren. Er riß sich zusammen, straffte seinen Rücken. Am liebsten hätte er in das heller werdende Licht und die Wand von Bäumen um ihn herum hineingeschrien. Gord schritt zu der Hütte am Ende der Landebahn, und Jorge ging mit ihm.

»Warum haben Sie sie nicht gehen gelassen?«

»War nicht meine Entscheidung. Er war ohnehin knapp mit Treibstoff, er hätte kein zusätzliches Gewicht mitgenommen.«

»Alles, von dem wir sagten, daß wir es brauchen, war schon das Minimum.«

Jorge sagte: »Er sagte, er wolle gehen, aber er ist wichtig für mich. Er ist Ingenieur. Glauben Sie, ich ziehe ohne Ingenieur los … ? Ich sagte, er könne gehen. Ich sagte, jeder könne gehen, aber ich würde bleiben. Ich sagte, ich würde selbst dann bleiben, wenn ich allein, mit einem Gewehr und einer Kugel dastünde, aber ich würde bleiben.«

»Ich verstehe.«

Sie kamen an der Hütte an. Die Munition und die Waffen wurden vor der offenen Tür gestapelt, wo sie auch den Karren für den Flammenwerfer abstellten. Jorge nahm Gords Arm und führte ihn in das Dunkel der Hütte. Er sah das Essen auf dem Boden und die zerwühlten Laken.

Er ging hinaus. Er nahm ein Gewehr von dem Stapel und ein Magazin, und er brach eine Munitionskiste auf und begann das Magazin zu laden, und sein Blick suchte die grüne Linie der Baumreihe ab.

Sie erwachte in dem kleinen Zimmer.

Ihr Zimmer lag auf der Rückseite des Friedenshauses.

Alex Pitt wachte auf, weil der deutsche Junge den Flur entlang zum Klo gestolpert war.

Sie schüttelte den Kopf und fuhr sich durch die Haare. Es kam nicht oft vor, daß die Freiwilligen ihre eigene Party schmissen, ohne Fremde. Der Geschmack nach Alkohol war in ihrem Mund und sein Geruch auf ihrem Körper. Der Schwede hatte die Party versaut, der mit der Brille und dem Sonnenbrand und den Pickeln im Gesicht. Der Schwede war taktlos geworden, lallte von der Mischung aus *aguardiente* von den Zuckerrohrfeldern und dem Gallo-Bier. Sie hatte ihm keine geschmiert oder ihn geboxt, aber sie hatte ihn hart zurückgestoßen, als er ihr unter die Bluse faßte. Er war hingefallen, hatte sich den Kopf aufgeschlagen, er brauchte zwei Stiche. Ende der Party.

Der deutsche Typ war mit der Amerikanerin verschwunden,

hinten im Flur. Der Amerikaner war mit dem spanischen Mädchen zusammen. Blieben nur noch sie und der Schwede, die allein schlafen würden. Und Alex Pitt wollte verdammt noch mal selbst entscheiden, wen sie mit ins Bett nahm …

Ein Fiasko.

Sie würden ihr die ganze Schuld anlasten.

Sie zog sich schnell an.

Sie zog ihr bestes T-Shirt und ihren besten Rock an. Es war das blaue T-Shirt und der geblümte Rock von dem Foto, das sie letzten Monat mit dem Brief an ihre Eltern geschickt hatte. Sie hatte herzlich wenig Kleidung und würde ihr bestes T-Shirt und ihren besten Rock am nächsten Tag auch bei der Beerdigung tragen.

Es würde eine üble Woche im Friedenshaus werden. Der amerikanische Junge und der deutsche Junge würden sich mit dem Schweden solidarisieren, der seine Narbe wie eine Anklage gegen sie zur Schau stellen würde. Das amerikanische Mädchen und das spanische Mädchen würden nicht verstehen, warum sie nach einer Party nicht das getan hatte, was alle taten – mit dem nächstbesten ins Bett zu gehen. Bevor sie ihr bestes T-Shirt und ihren besten Rock anhatte, hatte sie bereits beschlossen, daß sie diese Woche lieber wegfuhr, daß sie den Landrover nehmen und in die Berge fahren würde. Die weit entfernten Vorberge der Cuchumatanes, dort waren sie am glücklichsten, sie und ihr Hund.

Sie würde gleich nach der Beerdigung fahren.

Alex Pitt war in ihrem zweiten Jahr als Freiwillige bei den Internationalen Friedensbrigaden. Sie versorgte sich selbst. Sie schrieb an ihren Vater, wenn sie Geld brauchte für den Landrover. Sie nahm keine Spesen vom Hauptquartier in Toronto an. Die Arbeit, für die sie sich freiwillig gemeldet hatte und an die sie leidenschaftlich glaubte, war gewaltloser Schutz für die Schwachen und Mißbrauchten in einer grauenhaften Gesellschaft. Die Freiwilligen kümmerten sich um diejenigen, die von den Zivilpatrouillen und den Todesschwadronen bedroht waren, standen jenen zur Seite, die am meisten in Gefahr waren. Ein Mann, der sich beschwerte, eine Frau, die protestierte und deren Leben deshalb gefährdet war, wurde von einem Freiwilligen begleitet. Ihre Anwesenheit war ihre Stärke, denn sie trug keine Waffe. Durch ihre Anwesenheit, körpernah an einem Mann oder einer Frau, konnte sie hoffen, die Armee oder die Zivilpatrouillen oder die Todesschwadronen von Gewalt abzuhalten. Diejenigen, die Armee, Zivilpatrouillen und Todesschwadronen befehligten, waren nicht geneigt, sich den Zorn einer ausländischen Regierung aufzuhalsen, falls ein Freiwilliger geschlagen, erstochen oder von einer Maschinengewehrsalve getötet wurde. Es war ein zerbrechlicher Schild, hinter dem sie ging. Es war ein Bluff, und Alex Pitt wußte es. Jeder in ihrem Tcam war häufig zu Besuch in seiner Botschaft. Die Leute, die sie und ihre Kollegen in den verdunkelten Kombis verfolgten, wußten, daß ihre Botschaften sie einerseits wegen ihrer Einmischung verfluchten, aber auch für ihren Einsatz bewunderten. Der Tag hatte nicht genug Stunden, die Woche nicht genug Tage, daß die Freiwilligen den vielen, die in Gefahr waren, beistehen konnten.

Allein in der Küche, zwischen den leeren Flaschen *aguardiente* und Gallo-Bier, zwischen den schmutzigen Tellern, aß sie ihr Frühstück.

Sie hörte, wie sich das Bett im Zimmer des deutschen Jungen bewegte.

Das Schlimmste für sie, in ihrer Welt der Nicht-Vergeltung und Gewaltlosigkeit, war es, hinnehmen zu müssen, daß die Männer der Todesschwadronen Immunität genossen.

Sie hatten eine Spur gefunden, die ein Wildschwein getrampelt hatte. Die Spur schlängelte sich zwischen den breiten Baumstämmen hindurch und umging die dicksten Geflechte der Kletterpflanzen. Die Sonne stieg, aber die Dichte des Blätterdachs filterte das Licht, und sie bewegten sich in einer Schattenwelt. Die Hitze blieb ihnen erhalten. Kein Luftzug drang vom Himmel, der ihnen verborgen blieb. Es war gut zu marschieren, solange sie der

Spur folgen konnten, die das Wildschwein getreten hatte, aber am ersten Fluß, der von Norden nach Süden lief, hatte das Wildschwein entlang des Ufers abgedreht. Sie konnten durch den Fluß waten, der jetzt, kurz vor der Regenzeit, niedrig stand, die Wasserhöhe ging nicht weit über Gords Schenkel und nicht weit über die Hüften von Eff und Vee und Zed. Sie waren zwei Stunden unterwegs gewesen, als sie den Fluß erreichten, die Durchquerung dauerte über eine halbe Stunde, und mit dem Karren war es mörderisch gewesen, und dann machten sie eine Viertelstunde Pause, bevor sie wieder alles aufluden. Sie hatten sich nicht beratschlagen müssen. Der Turnus, in dem sie arbeiteten, lag auf der Hand. Als sie den Fluß verließen, war es nötig, einen Pfad zu finden. Es war nicht möglich, sich einen Pfad zu schlagen, denn ein solcher Pfad wäre von einer nachfolgenden Militärstreife zu leicht entdeckt worden.

Gord und Jorge wechselten sich darin ab, sich vorzuschlängeln und vorzukriechen, und die Kletterpflanzen und das dichte Gestrüpp zur Seite zu biegen, einen Weg für den Karren zu bahnen. Es bestand durchaus die Möglichkeit, daß ihnen eine Militärstreife folgen würde, denn sie hatten eine ausgebrannte Antonov zurückgelassen und eine Hütte, aus der indianische Siedler geflohen waren. Gord und Jorge wechselten sich in der Rolle des Vordermannes und der Rückendeckung ihrer kurzen Krokodilskolonne ab.

Es gab eine Straße, ein schmaler roter Strich auf ihrer Karte, Westsüdwest auf dem Kompaß, die zwölf Meilen von der Landebahn entfernt lag. Die Straße war ihr erstes Ziel.

»Schießen Sie los.«

Der Attaché lehnte sich zurück, hüllte sie mit dem Rauch seiner Stumpen ein.

»Es gibt eine Vieh-*finca* tief im Petén. Südlich von Sayaxché, nahe dem Pasiónfluß ...« Der Geheimdienstmann stand an der Karte und deutete darauf. »... Die Briten hatten heute morgen eine Radarspur in Belize, glaubten, es wären zwei Flugzeuge, die vom honduranischen Luftraum herüberkamen und im Tiefflug nach Guatemala hineinflogen. Die Gegend dort oben ist mit Landepisten übersät. Wir haben einen V-Mann auf der Santa-Amelia-*finca*, er hörte Flugzeuge, sah sie aber nicht. Sagte, es war ein Landeanflug, möglicherweise zwei. Es gibt eine zweite Landepiste, südöstlich ...«

»Lohnt sich, mal nachzusehen.« Der Attaché rückte seinen Stuhl zurecht.

Der Chemiker sagte: »Ist eine Scheißgegend da oben, wäre ein guter Platz für sie.«

»Wir sollten da mal rauf, ein bißchen herumfliegen, die Gegend besser kennenlernen.«

Der Fiskalbeamte sagte: »Wir bezahlen diesem Arschkriecher in Santa Amelia zuviel, viel zuviel. Würde gern mal sehen, was er wert ist. Wenn da kein Flugzeug war, wird er von der Gehaltsliste gestrichen.«

»So? Zu viele Leute halten uns für Spesenritter ... Können Sie uns da raufbringen, Tom?«

Tom sagte: »Kein Problem. Es sind ungefähr hundert Meilen bis dahin. Ich habe eine Reichweite von 250 Meilen und kann auf dem Rückflug jederzeit zwischenlanden ...«

Der Geheimdienstmann sollte mitfliegen, und der Fiskalbeamte und der Verbindungsmajor vom Kommando Süd. Zwei böse Nächte war er in seinem Appartement auf dem Botschaftsgelände festgenagelt gewesen, weil er dachte, weil er wußte, daß er im American Club alles vermasselt hatte.

»Und ich werde Arturo bitten, mit euch zu fliegen.«

Auf dem Gesicht des Attachés lag ein Lächeln, eiskalt.

»Ich werde ihn nicht einladen, ein Bataillon mitzubringen, nur er selbst, auf diese Weise sehen wir, wie er sich macht ...«

Und der Attaché räumte seinen Schreibtisch auf, machte einen Termin mit dem Zollattaché geltend und entließ sie.

Sie waren draußen im Flur.

Der Attaché schloß seine Tür. Er rief ihnen nach, als sie in das Großraumbüro marschierten, von dem aus sie operierten.

»Ach, Tom … einen Augenblick noch, wenn es Ihnen nichts ausmacht … Das, was passiert ist, habe ich vergessen. Können Sie mir glauben, im Ernst, aber ich werde mich daran erinnern, wenn Sie noch mal aus der Reihe tanzen. Schönen Tag noch.«

Tom Schultz würde hinausfahren zum militärischen Bereich des Flughafens, und er würde den Rest des Tages und den halben Abend mit Arbeit an dem Huey-Vogel zubringen. Er würde bis spät arbeiten. Er hatte seine Ausrede bereits vorgebracht, sich von der Einladung freigemacht. Eine Grillparty im Garten des Chemikers. Die kleinen Frauen und die kleinen Kinder, die mit den Männern der DEA gezogen waren, und man hatte beabsichtigt, das schmächtige, ernste Mädchen aus der Handelsabteilung mit dem Einzelgänger, dem Neuen, zusammenzubringen. Er war ihr einmal begegnet, war vorgestellt worden, und er hatte sich in ihrer Gesellschaft wohl gefühlt … Vielleicht hatte das Mädchen aus der Handelsabteilung nicht neben einem Flieger plaziert werden wollen, dessen rechte Gesichtshälfte verbrannt und abgekratzt war. Die Einladung war einfach fallengelassen worden, und das war er gewohnt. Sie konnten ihre texanischen Steaks essen und ihre Dosen Budweiser trinken und mit dem Softball herumschmeißen, und er würde bis in die Nacht an dem Huey arbeiten. Er würde jeden einzelnen Niet überprüfen, Treibstoffleitung, Kontrollschalter, Fußpedal, Navigationslicht, Filter … Nur zu wahr … All die anderen aus dem Großraumbüro wußten bestimmt, daß er zurückgepfiffen und verwarnt worden war.

Sie legten an diesem ersten Tag zwei Meilen zurück, die Hälfte davon auf der Wildschweinspur.

Gord übernahm die erste Wache.

Er kauerte mit an die Brust gezogenen Knien, und das Gewehr lag in seinem Schoß. Sie waren alle todmüde umgefallen, der Rest von ihnen, sie schliefen. Es war noch nicht richtig dunkel gewesen, schon waren sie hinüber. Er fragte sich, wie es wohl aussah in Guatemala City, im Palacio Nacional. Er überlegte und versuchte wach zu bleiben, denn es war seine Wache.

Wenn es ein Fehler gewesen war, dann war es jetzt zu spät, sich darüber den Kopf zu zerbrechen.

Er hörte die Geräusche ihres totenähnlichen Schlafs und versuchte, die Moskitos aus seinem Gesicht zu scheuchen.

5

Gord hatte Ordnung hergestellt.

Sie hatten im tiefen Dschungel campiert, und nur seine Armbanduhr sagte ihm, daß nun die Sonne über das Blätterdach der dreifachen Baumschicht stieg. An einer Stelle vor ihnen, wo ein Baum umgestürzt war, konnte er zwischen den Baumstämmen und dem Spalier aus Kletterpflanzen einen einzelnen Lichtstrahl erkennen. Das war vor ihnen. Dort, wo sie campiert hatten, leuchtete es mattgrün. Er war geweckt worden, als die Geschöpfe des Dschungels auf das erste Sonnenlicht reagierten, und mit ihm war eine Kakophonie an Lärm losgebrochen. Er war von den Rufen der Vögel und dem Kreischen der Papageien und dem Geschnatter der Affen aus dem Schlaf gerissen worden. Die Moskitos spielten um seine Handgelenke und seinen Hals und sein Gesicht, sie setzten aus der geräuschvollen Masse, die immer ein paar Zentimeter vor seiner fuchtelnden Hand entfernt war, zu ihren Angriffen an. Der Geruch verwesender Vegetation umgab ihn. Er hatte das Kommando übernommen, wie es ihm entsprach, und wollte gerne glauben, daß er Autorität genoß und man auf ihn hörte.

Er hatte seine eigenen Mittel dabei, seine eigenen Tabletten und Pillen und Salben, die ihm für einen Monat reichen würden, aber nicht, wenn er sie teilte. Wenn er sie teilte, würden sie drei Tage reichen … Das waren keine Vorschläge gewesen, sondern Befehle …

Jorge war es überlassen, die Karte zu studieren, den Weg vorwärts festzulegen. Gord hatte seinen Vortrag gehalten und ihn von Groucho für Zeppo und Harpo übersetzen und von Vee für Eff und Zed dolmetschen lassen. Der Vortrag ging über Körperhygiene und Selbstschutz.

Jorge hatte die Karte auf dem Dschungelboden ausgebreitet und manövrierte mit dem Kompaß zwischen den Ameisenkolonnen, die darüber hinwegliefen.

Er hatte über die Hauptgefahr – die Moskitos – referiert, über Malaria und Denguefieber und über den Wurm, der von den stechenden Moskitos unter die Haut gepflanzt wurde. Die drei Indianer waren ausgeschickt worden, um in der Umgebung des Camps nach wildem Knoblauch zu suchen. Sie sprudelten über, Eff und Vee und Zed, denn nach den Jahren im Exil atmeten sie wieder den Geruch des Landes, ihres Landes. Gord fand ihre Begeisterung so ansteckend wie die verfluchten Moskitos.

Er konnte sehen, wie der Schweiß an Harpo hinunterrann. Das Hemd des großen Mannes war schweißgefleckt. Er atmete schwer. Harpos Job war es, das Lager aufzuräumen. Er mußte die Schlafsäcke zusammenrollen, alles packen, den Boden von jedem Stück Abfall säubern und zum Schluß, bevor sie weiterzogen, hatte Harpo Anweisung erhalten, Laub und kleine Zweige über den Lagerplatz zu verstreuen. Am Rande der Lichtung klatschte Zeppo nach den Insekten und lehnte über dem kurzgriffigen, zusammenklappbaren Spaten. Das Ausheben des Loches hatte ihn bereits erschöpft, den Mann mit seinem Bauch, der so schlapp war und der versuchte, mit dem Ärmel die Schweißbäche von seiner breiten Stirn zu wischen. Zeppos Arbeit war es, das Loch für den Abfall zu graben und dann noch eines, ein tieferes für die Latrine. Ihre Augen trafen sich, Gords und Zeppos, über die ganze Breite der Lichtung, Gord fordernd, und Zeppo verschüchtert und haßerfüllt.

Grouchos Aufgabe war es, das Mahl zuzubereiten und eine Verpflegungsliste aufzustellen und Wasser aufzuspüren, das von den Bäumen gespeichert wurde. Er war kleiner und schmächtiger als Zeppo und Harpo und grinste oft, so daß man die Stahlkronen in seinem Gebiß sah, und er litt weniger.

Wenn er Zeppo und Harpo und Groucho nicht antrieb, würden sie mit ihm machen, was sie wollten.

Sie waren zu acht.

Sie hatten neun AK-47-Gewehre, es gab sechzig Schuß 7.62-mm-Munition für jedes Gewehr. Sie hatten drei Makharov-pistolen, achtzehn Schuß für jede Pistole. Sie hatten zwölf Pfund Militärsprengstoff und fünfzehn Sprengkörper. Sie hatten zwei RPG-7-Raketenwerfer und neun Gefechtsköpfe. Sie hatten ein Maschinengewehr und 800 Schuß Munition auf dem Gürtel ... Sehr beeindruckend! Der Lärm, mit dem die Munition in der Whisky Alpha in die Luft geflogen war, klang ihm wie Hohn. Es war verdammt kläglich ... Sie hatten den TPO-50 Flammenwerfer, alle drei Tanks gefüllt und unter Druck.

Ein Streichholz flammte auf.

Gord blickte hoch.

Zeppo hatte eine Zigarette im Mund und die Hand schützend vor das Feuer gehalten.

Gord rief ruhig: »Ich habe euch gesagt, keine Zigaretten.«

Zeppo schaute zurück. Die Hand ging zur Zigarette. Eine kleine Rauchfahne.

Gord sagte: »Mach sie aus.«

Zeppo hielt den Spaten locker in der Hand und zog kräftig an der Zigarette. Der Rauch kräuselte sich vor seinem Gesicht.

Gord stemmte sich hoch. Er überquerte die Lichtung. Zeppos Hand umklammerte den Spatengriff. Schnell, mit einer plötzlichen Bewegung, hielt Gord den Hemdkragen von Zeppo in der rechten Faust, und mit der linken hatte er ihm die Zigarette weggeschnappt. Gord trat auf die Zigarette, und dann beutelte er Zeppos massigen Körper, als wenn er ein schwer erziehbarer Hund wäre.

»Ich habe euch befohlen, keine Zigaretten zu rauchen. Und wenn ich euch das sage, dann tut ihr es auch nicht ...« Gord wartete Grouchos Übersetzung nicht ab. »... Ihr sollt nicht rauchen, weil der Tabakgeruch hier unten eine Woche hängenbleibt.«

Er ließ Zeppos Kragen los. Er wandte sich von ihm ab.

Als die Indianer zurückkamen, befahl Gord allen, die Knoblauchzehen zu schälen und sie zu kauen. Er versuchte einen Scherz daraus zu machen, meinte, daß sie alle stinken würden, aber daß der Knoblauch die Moskitos fernhielt. Er überwachte das Aufladen, nachdem sie mit Grouchos Mischmasch kalter Fertiggerichte à la Moskau gefrühstückt und sich alle über die Latrine gehockt hatten.

Jorge führte sie an, und die Indianer schleppten mehr Gewicht, als fair war, und Zeppo haßte ihn, und Harpo verachtete ihn, und Groucho mied ihn, und so verließen sie die Lichtung. Gord erlaubte ihnen abzurücken, dann überprüfte er den Boden und die aufgefüllten Löcher und fluchte, als er sah, daß die zerdrückte Zigarettenkippe in dem eingestampften Dreck noch zu sehen war. Groucho war es, der ihn enttäuschte, nicht der Fettsack und nicht der Kahlkopf, aber Groucho war zu ihm ins Hotelzimmer gekommen und hatte gebettelt, schmieriges Gewäsch … er verbrachte noch einige Zeit auf dem Platz, bevor er zufrieden war.

Er folgte ihnen, vor sich das leise Quietschen der Räder des Flammenwerferkarrens.

VON: Strathclyde Pol. Präs., Glasgow
AN: Spezialabteilung, Metropolitan Police, London
BETR.: A/0200/79Y/4/BLJ
Z. HD.: Auslandsabteilung.

Siehe Anhang aus Fort William. Näheres zu Gordon William BROWN – Er ist männlich, 1,70, kräftig gebaut, Haarfarbe hellbraun (kurz), gebräunte Gesichtsfarbe, Augen grau-blau, einziges besonderes Kennzeichen: ein Zentimeter lange Narbe unter dem Kinn.
Kein Interesse von uns.
Wo ist Guatemala, Frage. Geht es uns was an, Frage.
Viel Spaß.
Ende.

Der Pilot lag auf dem nassen Handtuch am Sandstrand. Das Wasser der steigenden Flut umspielte seine Zehen. Er schlief sich aus nach der Anstrengung des Fluges von seiner Heimatbasis zu der Dschungellandebahn in Guatemala und zurück. Er schlief in der wärmenden Sonne, weil er all seine Kräfte benötigt hatte, bis zur totalen Erschöpfung, um Echo Foxtrot heimzubringen. Er hatte sie heimgebracht wie ein Baby. Er war dicht über den Wellen mit verminderter Geschwindigkeit geflogen, um Treibstoff zu sparen. Draußen in der Tiefe des Kaimangrabens lagen die Sitze der Antonov Colt, die der Navigator herausgerissen hatte, und die Toilette, die mit einem Brecheisen herausgehebelt worden war, und die Haltebügel, die mit einem Schraubenzieher abgenommen worden waren. Er hatte die Echo Foxtrot als leere Hülse zurückgebracht.

Er hatte den späten Nachmittag und den frühen Abend mit dem Wartungsmann der Bodencrew zugebracht und die halbe Nacht mit der Frau des Piloten von Whisky Alpha und den Rest der Nacht mit der Familie des verunglückten Navigators.

Der Pilot war allein außerhalb der Umzäunung der Basis. Die Stelle am Strand lag nahe der SAM-Raketenbatterie, die immer bemannt war und immer auf die Landmasse Floridas hinter dem Horizont zielte. Die Männer der Raketenbatterie hatten ihn am späten Nachmittag beobachtet, wie er hereingekommen war, es gerade noch über den Zaun und mit knapper Not bis zur Rollpiste geschafft hatte. Überall auf dem Stützpunkt wurde darüber gesprochen, wo er gewesen war, was er geleistet hatte.

Er schlief. Er träumte, während das Meer um seine Knöchel spielte. Er sah das Gesicht und den Körper und spürte den Griff des Engländers, der die letzten Meilen vor dem Aufsetzen im Petén im Cockpit mitgeflogen war.

Zu seinem Stützpunktkommandanten hatte er gesagt: »Es war verrückt. Sie hatten nichts. Sie sind losgezogen, um sich umbringen zu lassen …«

VON: Auslandsabteilung, SE, Met Pol, London
AN: Sicherheitsdienst, Gordon St., London
BETR.: A/1100/79Y/4/BLJ/ARK(3)
Z. HD.: Mittelamerikaabteilung

Siehe Anhang aus Fort William und aus Strathclyde. Blitznachfrage ergibt: BROWN, Gordon Benjamin, UK-Paß C796217, ausgestellt 03.05.76, von Heathrow nach Madrid.
Drei Indianer aus Guatemala mit kubanischen Papieren auf demselben Flug.
Illegal, Revolution in Guatemala zu inszenieren? Bekannt, wo Guatemala liegt? Euer Baby, ja?
Ende.

Er war davon ausgegangen, sie würden bei ihrer Zusammenarbeit von Anfang an versuchen, ihn herumzukommandieren.

Colonel Arturo ließ sich freiwillig von niemandem herumkommandieren.

Er hatte eine Show abgezogen.

Er trug seine beste Felduniform, den in Tarnfarbe gehaltenen Waffenrock und die dazugehörigen Hosen, die er zur Parade am Tag der Armee auf dem Campo de Marte trug, die Uniform der Kaibiles, das Abzeichen mit Bajonett und Flamme auf dem Oberarm des Waffenrocks. Er trug sein kastanienbraunes Barrett. Seine Dschungelstiefel waren auf Hochglanz poliert. Der Gurt über seinen Schultern und um seine Hüfte war wie neu. Eine Pistole hing im Halfter am Gurt, dazu eine Wasserflasche und Zusatzmagazine für die israelische Uzi-Maschinenpistole, die mit einem Riemen an seiner Hüfte befestigt war. Er saß steif, aufrecht auf dem Beifahrersitz des offenen Jeeps, und er wartete.

Colonel Arturo wartete volle zwanzig Minuten am militärischen Flügel des Flughafengebäudes von La Aurora, bis der Pilot kam. Die Abflugzeit war für 8.00 Uhr angesetzt, der Termin, der ihm bei dem beiläufigen – wie er fand, herablassenden – Telefonanruf des Attachés mitgeteilt worden war. Er hatte die Überraschung des Piloten, weil er bereits da war und wartete, gespürt, seine Unbehaglichkeit, die sich zu Verlegenheit auswuchs. Es war, als ob er es geplant hätte. Er hatte dem Piloten kurz zugenickt, ihn mit keinem anderen Gruß bedacht, dem Mann erlaubt, seine Checks vor dem Flug zu beginnen. Er hatte die tiefe Narbe bemerkt, die die plastischen Chirurgen auf dem Gesicht des Piloten zurückgelassen hatten. Er nutzte seinen Vorteil, er saß inmitten seiner Eskorte Kaibiltruppen im Jeep.

Sie kamen sieben Minuten nach der angegebenen Abflugzeit.

Der große Kombi raste über die Rollbahn, als ob diese Leute die Rollbahn für ihr Eigentum hielten, die Bremsen kreischten, und sie strömten heraus.

Er konnte sich Gesichter merken, darin war er immer gut gewesen. Da war der eine, der unter dem Titel Geheimdienstanalytiker lief, ruhig und überlegen. Der, den sie Fiskalbeamten nannten, Brille und streng, wie der Banktyp für sein Konto in Florida. Der Verbindungsoffizier vom Kommando Süd, der zu glauben schien, daß ein amerikanischer Infanterieoffizier etwas Besseres sei. Der Pilot ging zu ihnen und deutete auf seine Uhr.

Er ließ sie zu sich kommen.

Sie hatten alte Kampfanzüge an. Ihre Mützen waren von der DEA, unförmig aufgesetzt. Der Fiskalbeamte und der Geheimdienstanalytiker waren nicht rasiert. Sie trugen Colt-Karabiner.

Er dachte, daß es ihnen Spaß machte, Soldaten zu spielen, sich wie Militärs anzuziehen. Er hörte sich die unterwürfig vorgebrachten Entschuldigungen an. Irgend etwas von dem Verkehr, wenn man Richtung Süden aus der Stadt wollte. Er nahm an, daß es ihnen zuwider war, sich bei jemandem entschuldigen zu müssen, besonders bei einem guatemaltekischen Offizier.

Colonel Arturo lächelte liebenswürdig. »Nun, wenn Sie dann soweit wären, Gentlemen …?«

Er ging zum Helikopter. Er kannte den Huey UH-IH. Die Luftwaffe von Guatemala hatte fünf UH-IH-Maschinen, deren Wartung jetzt schwierig war, nachdem die Liberalen in Washington wegen sogenannter Menschenrechtsverletzungen ein Embargo für alle militärischen Güter durchgesetzt hatten. Sie verhängten ein Embargo für Ersatzteile von alten guatemaltekischen Hueys und ließen ihre Muskeln spielen, um das Recht einzufordern, ihre eigenen Hubschrauber und ihr Drogenfahndungspersonal auf dem Hohheitsgebiet von Guatemala zu stationieren. Er fühlte Wut in sich hochsteigen … Sie folgten hinter ihm. An der Einstiegsluke des Hubschraubers bat er, den Flugplan einsehen zu dürfen. Er bat, den Zeitplan mitgeteilt zu bekommen.

Er spielt den letzten Trumpf aus. Er überprüfte seine Pistole und seine Uzi, überzeugte sich, daß sie ungeladen waren, und schaute dann herausfordernd in die Gesichter des Piloten und des Geheimdienstmannes und des Fiskalbeamten und des Verbindungsoffiziers.

»Es tut mir leid, aber es ist eine Regel bei den bewaffneten Streitkräften von Guatemala, daß Feuerwaffen immer überprüft werden müssen, bevor sie in einen Helikopter oder ein Flugzeug mitgenommen werden. Entschuldigen Sie, wenn das nicht die Vorgehensweise der Amerikaner ist …«

Sie entleerten ihre Waffen. Er würde sich nicht herumkommandieren lassen.

VON: Sicherheitsdienst, London.
AN: Verteidigungsministerium, Aufklärung, London.
BETR.: BREN/Rm129B/Zentr. Am./932.
Z. HD.: Persönlich.

Siehe Anlage. Möglichst bald Hintergrundinfo zu BROWN, Gordon Benjamin.
Brennard G.
Ende.

Sie waren weit entfernt von dem Teil des Friedhofs, wo die großen Steine in Paradeaufstellung aneinandergereiht waren, die Kreuze und die Marienstatuen der Erinnerung. Der Beerdigungsplatz für den verschwundenen Sohn eines Straßenverkäufers war ein unbearbeiteter Fleck im hintersten Winkel des Friedhofs, wo ein Stück hüfthohes Gras abgemäht worden war.

Alex bedeckte ihre Augen. Ihr bestes T-Shirt war unter den Achseln feucht, und Ströme von Schweiß flossen ihren schmalen Rücken hinab und endeten an ihrem engen Rock. Bevor sie nach Guatemala gekommen war, hatte sie nur den Beerdigungen ihrer Großeltern beigewohnt; ihre Erfahrungen mit Beerdigungen stammten hauptsächlich aus Guatemala.

Der Priester sprach schnell. Nur eine kleine Zuhörerschaft. Wenn der Student bei einem Verkehrsunfall gestorben wäre, wenn eine Krankheit ihn dahingerafft hätte, dann wäre die ganze Straße, in der er gewohnt hatte, zur Beerdigung gekommen. Er war gestorben, nachdem er von den Todesschwadronen ergriffen und gefoltert worden war, und nur wenige hatten den Mut, hier zu sein.

Sie war der Meinung, daß der Priester seinen Gottesdienst herunterleierte; reines Pflichtgefühl hatte seine Angst vor den möglichen Folgen besiegt.

Der Mann neben ihr, müde, mittleren Alters, roch nach Schweiß. Sie stand in der dritten Reihe hinter der Grabstelle, und die erste Erde war gerade hinuntergeworfen worden und auf den Sarg aus billigem Holz geprasselt. Der Mann neben ihr trug ein weißes Hemd, eine passende Krawatte und einen Anzug, dem man ansah, daß er zu lange im Schrank gehangen hatte, und er betupfte seine hohe Stirn mit einem Taschentuch.

Der Vater des verschwundenen Studenten wurde von seiner Frau und seiner Tochter gestützt. Alex dachte, daß die Kraft dieser Mutter bewundernswert war, ehrfurchtgebietend. Der Mann neben ihr fluchte mehrmals keuchend, und sein Gesicht war von Wut verzerrt. Die Frau und die Tochter des Verschwundenen führten den Vater von der Grabstelle weg, und der Priester eilte davon.

Die Totengräber schaufelten die Erde mit langstieligen Spaten in das Loch.

»Woher kannten Sie ihn?«

»Ich habe ihn unterrichtet, ich habe ihn in dem staatsgefährdenden Fach Mathematik unterrichtet. Ich habe ihm auch gesagt, daß es dumm von ihm sei, zu Demonstrationen zu gehen, naiv, zu glauben, daß sich etwas in Guatemala geändert hätte, nur weil ein Zivilist im Palacio Nacional sitzt. Er war nur ein Junge, der Transparente trug und vor der Polizei davonrannte, wenn sie Tränengas abfeuerten und schrien. Er war keine Bedrohung für sie … Sie sind von den Friedensbrigaden, nicht wahr? Ihr seid die Leute, die Gewaltlosigkeit predigen? Gewaltlosigkeit, kann ich Ihnen sagen, ist Unsinn. Ohne Gewalt wird sich in Guatemala nichts ändern. Man wird sie ausmerzen müssen, die Generäle und die Colonels und die Männer der Todesschwadronen … Meine Frau wird heute vormittag vor Angst in unserem Haus weinen, weil ich die kleine, unbedeutende Geste gemacht habe, zur Beerdigung meines Studenten zu gehen. Mein liebes Fräulein mit den noblen Absichten, es dürfte schwer für Sie sein, die Angst zu verstehen, in der wir leben.«

Alex sagte nur: »Es gibt niemanden, um sie auszumerzen.«

Er antwortete etwas. Sie konnte ihn nicht hören. Ein Hubschrauber flog tief über sie hinweg. Er schien in Schräglage zu fliegen, wie um der Crew und den Passagieren eine bessere Sicht auf eine sich auflösende Versammlung in einem städtischen Friedhof zu gewähren. Sie verfolgte den Flug des Helikopters, schaute zu, wie er aufstieg und Richtung Norden davonflog.

Sie glaubte daran, es gab keine Alternative dazu, auch die andere Wange hinzuhalten.

Er war nicht mehr neben ihr.

Sie ging zurück zum Landrover.

Sie sah die gefletschten Zähne ihres Hundes.

Ein flacher Umschlag steckte unter einem der Scheibenwischer. Sie zog ihn heraus, knüllte ihn zusammen und warf ihn auf den Boden vor dem Beifahrersitz.

Weiter hinten auf der Straße stand der Wagen mit den abgedunkelten Scheiben und dem laufenden Motor.

VON: Sicherheitsdienst, London.
AN: Geheimdienst, London
BETR.: BREN/Rm129B/Zentr. Am/934.
Z. HD.: Zentralamerikaabteilung

Siehe Anlage. Benötigen schnellstmöglich Einschätzung der Stabilität des gegenwärtigen Regimes in Guatemala. Welche Chance von Aufstand?
Von welcher oppositionellen Gruppe könnte BROWN, Gordon Benjamin, angeheuert worden sein? Rolle Kubas?
Brennard G.
Ende.

Der Hubschrauber flog über sie hinweg. Vee war weiter vorne, und Zed war weiter hinten, aber die anderen waren auf einem Haufen und kauerten und saßen und lagen ausgestreckt da, Ruhepause nahe bei dem breiten Wurzelwerk eines Ceibabaums. Die Schmetterlinge flatterten um sie herum, aber es gab weniger Moskitos, die Biester würden gegen Ende des Nachmittags wieder dasein, und Gord hatte gesehen, wie sich Zeppo an Hals und Knöcheln kratzte … Er hatte während des ganzen Vormittags weder mit Zeppo noch mit Harpo gesprochen, bei keiner der Ruhepausen. Er hatte beobachtet und gelernt. Jorge sprach mit ihnen, schalt sie und ermutigte sie und bekam mißmutige Antworten. Jorge konnte mit ihnen umgehen … Der Hubschrauber, dachte er, mußte auf einer Höhe von wenig mehr als dreihundert Metern sein, aber möglicherweise dämpfte das Blätterdach das Rotorengeräusch, vielleicht war er auch höher. Der Motorenlärm schwoll an. Aller Augen waren, sinnloserweise, auf das Gerüst aus Gewehren gerichtet, die wie ein Wigwam aufgepflanzt waren. Das Geräusch eines Rotors war eine Bedrohung, das erkannten sie alle. Groucho fuhr sich mit der Zunge über die Lippen, befeuchtete sie nervös. Zeppo spähte nach oben zum Blätterdach der Bäume. Der Hubschrauber war direkt über ihnen. Harpo ballte immer wieder die Fäuste.

Die Gewalt des Rotors schlug durch das Blätterwerk. Eff hatte gekichert und mit den Händen so getan, als würde er nach oben schießen. Jorge grinste, seine Zähne leuchteten. Der Hubschrauber entfernte sich. Ihre Welt war der Dschungel, und die Dichte der Bäume und Pflanzen und Ranken, und es war die Welt der Moskitoschwärme, und es war die Welt der wunderbaren, flatternden Schmetterlinge. Und außerhalb ihrer Welt war der Kampf …

Gord rappelte sich auf.

Er sagte es grimmig: »Zeit, daß wir aufbrechen.«

Er stand auf und zwängte die Riemen seines Rucksacks über die Schultern. Er konnte beobachten, und er war lernfähig. Jorge zog Zeppo hoch und lachte, und dann hievte Jorge Harpos Gepäck hoch und half ihm, dessen Gewicht aufzunehmen. Er sah, wie Groucho auf Jorge blickte, schiere Bewunderung. Gord verspürte fast so etwas wie Eifersucht. Der verdammte Jorge, der hübsche Junge, gewann alle Herzen, gewann Freunde und beeinflußte Leute, und all die gewonnenen Freunde und beeinflußten Leute verachteten den aufgeblasenen, brutalen Kerl, der Gordon Benjamin Brown hieß. Jetzt bekam er ein paar Streicheleinheiten von dem hübschen Jungen.

»Alles klar, Gord?«

»Sicher …«

»Haben Sie ein bißchen Angst?« Ganz ruhig, vertraulich.

»Ich habe keine Angst«, zischte Gord.

Jorge sagte: »Dann sind Sie der einzige. Glück für Sie, wir haben alle Angst wegen des Hubschraubers. Vielleicht waren es Touristen oder Erdölarbeiter oder ein Rancher, oder vielleicht war es ein Militärhubschrauber. Wir wissen es nicht, deshalb haben wir alle Angst – außer Ihnen. Sie sollten sehr glücklich darüber sein, Gord, daß Sie keine Angst haben …«

Er war platt. Gords Anschauung von Führung schrieb vor, daß der Mann an der Spitze nie Schwäche oder Zweifel zeigen durfte. Dieser junge Mann zertrümmerte seine festbetonierte Anschauung. Gord hielt um so mehr von ihm. Er war seiner

Menschlichkeit auf den Leim gegangen, aber eigentlich wußte er einen feuchten Dreck von Menschlichkeit.

»Wir müssen sehen, daß wir vorwärts kommen,« sagte Gord.

Er konnte den Hubschrauber nicht mehr hören, nur die quietschenden Fahrgestellräder des Flammenwerfers.

VON: BREN, Rm129B
AN: HOBBES, Lateinamerikanische Angelegenheiten, Rm93A

Bitte um Treffen, wann es Ihnen recht ist.
Danke.
Brennard G.
Ende.

Es gab Kurse über fast alles Erdenkliche in Quantico, dem Trainingslager in Virginia. Aber sie hatten keine Vorlesungen darüber gehalten, wie man einem ranghohen guatemaltekischen Offizier den Arsch aufriß. Der Bursche grinste so arrogant, als ob der Plan ein Kinderspiel wäre, als ob sie ihm die Identität ihres V-Manns telegraphiert hätten.

Ein schneller Rundgang durch die Gebäude der *finca* und die Viehpferche und die Futterscheunen und die Schuppen für die Traktoren, und dann waren der Geheimdienstmann und der Fiskalbeamte verschwunden, und der *caporal*, der Vorarbeiter, der mit ihnen gegangen war und hinter dem Verwalter zurückhing, er war auch weg. Was Tom sehen konnte, war das smarte, zufriedene Lächeln des Colonel. Sie hatten im Büro des Verwalters Tee getrunken und Sandwiches gegessen und waren gerade mit dem Essen fertig, als der Geheimdienstmann und der Fiskalbeamte wieder auftauchten.

»Es gibt südöstlich noch eine Landepiste. Die würde ich mir gern ansehen, Tom ...«

»Kein Problem.«

Tom signalisierte dem Geheimdienstmann achselzuckend seine Zustimmung. So, als hätte man ihn höflich gebeten, sie zur nächsten Landepiste zu bringen. Aber er war nur der Fährmann. Er war der Pilot, und er sorgte für den Transport, und sein Vogel war sein Arbeitspferd. Er bemerkte den Frust des Geheimdienstmannes, der nervös herumzappelte, rauchte und nicht willens war, dem V-Mann, dem *caporal*, zu glauben, bevor die zweite Landepiste überprüft worden war.

Tom hatte am Vortag zusammen mit dem Fiskalbeamten im Speiseraum der Botschaft zu Abend gegessen. Der Fiskalbeamte hatte gesagt, dies sei mit Abstand das korrupteste Land, in dem er je Dienst geleistet hätte, schlimmer als Peru, die Brasilianer wirkten dagegen wie Chorknaben. Bis jetzt sei er noch keinem Guatemalteken begegnet, dem er getraut hätte. Der Fiskalbeamte saß nun betreten da, als gingen gerade einige Dollars den Bach runter.

Sie hatten alle ihre Waffen mitgenommen, als Tom Schultz den Vogel abgesetzt hatte, und sie überprüften sie nun, bevor sie wieder einstiegen.

Er brachte sie vorsichtig nach oben.

Der Colonel war neben ihm, aber die Jungs hinten waren ruhig. Es sah nach einem üblen Tag aus … Die Leute bei der DEA waren nicht auf Männer und Frauen aus, die sich auf einem Kreuzzug fühlten, wenn sie im Ausland nach Drogen jagten. Kreuzritter waren unzuverlässig und wurden normalerweise in der Generalüberprüfung ausgesondert. Sie hatten ihre Aufgabe, und schlechte Tage waren nicht gefragt … Er flog tief. Wolken zogen sich in geringer Höhe zusammen. Er blieb die wenigen Meilen bis zur Laufbahn südöstlich der *finca* unter den Wolken.

Es war aus der Luft klar erkennbar.

Es war, als ob ein Kind einen braunen Malstift auf dem Grün der Landepiste benutzt hätte. Es gab zwei Reihen brauner Schienen. Er sah den Verlauf der Räder bei der Landung und beim Start … Der Colonel stieß seinen Arm an, und der Vogel bockte, weil der Schlag seine Hand am Steuerknüppel erschütterte … Arschloch … Wütend drehte er sich um … Arschgesicht … Der Colonel deutete nach unten. Tom sah es.

Hinter dem Ende der Piste war ein schwarzes Loch in die Baumreihe gemeißelt.

Er hielt im Schwebeflug. Er rief. Er gestikulierte den Jungs hinten. Er spürte ihr Gewicht, als sie sich gegen seine Schultern nach vorne reckten.

Er brachte sie herunter. Kaum hatten die Kufen den Boden berührt, war der Colonel abgeschnallt, hinausgesprungen und losgerannt.

Er stellte den Motor ab. Der Fiskalbeamte wurde zurückgelassen, um auf die Huey aufzupassen.

Er stapfte durch das hohe Gras, und die Schmetterlinge spielten im Flug um ihn herum, und er ging mit dem Geheimdienstmann und dem Verbindungsoffizier den Rest der Piste entlang. Sie gingen zwischen den zwei Reihen von Reifenspuren, wo ein Flugzeug gelandet war und wo es zum Abheben beschleunigt hatte. Es war ein schweres Flugzeug gewesen, aber gut für kurze Landungen und Starts geeignet. Es mußte gut dafür geeignet gewesen sein, wegen der Länge der Piste. Am Ende der Piste fanden sie Stellen, wo das Gras von Stiefeln flachgetrampelt war. Sie gingen zwischen die Bäume.

Bevor sie durch waren, roch Tom die Leichen. Er hatte das verbrannte Fleisch, das narbenübersäte Fleisch am Golf gerochen, aber nicht daran erinnerte er sich jetzt. Sein Vater hatte ihn einst zu einem Spanferkelessen mitgenommen, und irgendein Idiot hatte aus einem unmarkierten Kanister Benzin auf das Fleisch gegossen, statt Speiseöl. Es war dieser Geruch. Er hielt sich das Taschentuch vor die Nase. Sie kamen zu dem geschwärzten, gelichteten Platz. Nahe beim Rumpf, eng an der Backbordseite, wo die Flügelstümpfe abrasiert worden waren, lag das flache Grab. Er schätzte, daß es nur einen halben Meter tief gegraben worden war, wahrscheinlich in Panik, wahrscheinlich ohne Zeremonie. Neben dem Grab waren Erdhaufen und verdorrtes Gras, und er glaubte, daß Hunde daran gescharrt hatten. Der Geheimdienstmann schluckte, kämpfte gegen Übelkeit an. Er ging um das Flugzeugwrack. Auf der Steuerbordseite waren der obere und untere Flügel abgetrennt, dasselbe auf der Backbordseite. Er murmelte etwas zu sich selbst, fast ein Gebet. Ein Pilot, der versucht hatte, seine Lady über die letzten Wipfel hinweg in der Luft zu halten, und gescheitert war. Dasselbe Gebet, das er einst hinausgebrüllt hatte, als der Vogel getroffen wurde, als das Feuer sich ausbreitete.

Abseits vom Rumpf, am gegenüberliegenden Ende der gelichteten Fläche, bewachte der Colonel drei kauernde Männer. Der Colonel hielt die Männer mit seiner Maschinenpistole in Schach. Die Männer waren Indianer. Auf dem Akklimatisationslehrgang, unter der kalifornischen Sonne von San Diego, hatte er etwas über die Indianer in Guatemala gelernt. Wie eine Uniform trugen sie karierte Hemden, Jeans und breite Strohhüte. Er sah, daß die Hand von einem, dem Jüngsten vielleicht, am Handgelenk abgetrennt war.

Er ging zum Rumpf, er kniff die Augen zusammen, um in das Dunkel zu spähen, und er schob seine Brille hoch über die Stirn.

Der Colonel rief von hinten. »Einer von ihnen hat sich an der Ladung zu schaffen gemacht, hat seine Hand dabei verloren.«

Ein paar Sekunden vergingen. Er gewöhnte sich an das Dunkel. Sah mehr. Der Geheimdienstmann war bei ihm, wollte auch etwas sehen. Tom zeigte auf die skelettartigen Formen der Maschinengewehre und auf die Umrisse der Raketenwerfer. Er zeigte auf die Sprenkel der Löcher im Rumpf, wo die Kugeln explodiert waren. Er zeigte auf die Gewehre, in Leinensäcken verpackt, von denen nur noch die Verschnürungen übrig waren.

Er ging zurück.

Tom sagte: »Es war eine Antonov, An-2, wir nennen sie Colt. Sie war vollgepackt mit Kriegsgerät. Ein Flugzeug hat es bis zur Landebahn geschafft, das andere hat sie verfehlt. Ich glaube kaum, daß es etwas mit Drogen zu tun hat, sieht nach Ausrüstung für einen Aufstand aus …«

Er schaute hinüber zum Colonel. Der Colonel dachte das gleiche.

Der Verbindungsoffizier fragte: »Wer bringt solchen Scheißdreck hierher?«

»Fragen Sie ihn.«

Der Colonel gab dem Verbindungsoffizier keine Antwort. Mit den Stiefeln scheuchte er die Indianer auf die Beine. Er ließ sie vor sich her zum Hubschrauber gehen. Es war ein Ort des Todes gewesen, und keiner von ihnen, weder Tom noch der Analytiker vom Geheimdienst oder der Verbindungsoffizier, hatten den Nerv für die geplante Tour, um das Gelände zu inspizieren. Am Hubschrauber bandagierte der Verbindungsoffizier die Wunde des jüngsten Indianers. Tom hatte das Gefühl, daß es dem Colonel egal war, ob die Wunde versorgt und mit einem Feldverband versehen wurde.

Sie waren alle eingeschüchtert, jedem war der Mut geraubt worden, und der Geruch des Fleisches schien an ihren Kampfanzügen zu haften.

Der Colonel nahm die hinteren Sitze im Vogel in Beschlag, und er redete heftig auf die Indianer ein, in einem Dialekt, der in San Diego nicht unterrichtet worden war, aber alles umsonst. Der Verbindungsoffizier nahm auf dem Sitz links von Tom Platz, und der Geheimdienstmann und der Fiskalbeamte saßen zwischen Tom und dem Colonel …

Der Starter winselte los, die Rotoren begannen sich müde zu drehen, die Turbine heulte mit immer mehr Kraft auf, die Nase hob sich … Als er nach Guatemala City gekommen war, hatte man ihm erzählt, daß der Guerillakrieg beendet sei, aus und vorbei. Davon redeten alle im Speiseraum der Botschaft, der Verbindungsoffizier, die Angestellten und der Stab des Militärattachés. Sie alle sagten, daß es mit den Kämpfen vorbei wäre, daß die Guerilleros im Arsch waren. Tja, irgendwem hatte man es anscheinend nicht gesagt.

Er konnte die Huey im Schlaf fliegen.

Die Konzentration war wie seine zweite Natur. Seine Gedanken schweiften ab. Unter seinem Flughelm war er allein. Mann, ein paar arme Schweine da unten hatten auf eine Ladung Kriegsmaterial gewartet und hatten vielleicht etwas von dem erfolgreichen Flug ausgeladen und geheult und geschrien und waren ausgerastet, als sie eine Ladung abstürzen sahen …

Die Bewegung hinter ihm.

Eine Schulter stieß in seinen Rücken.

Herrgott noch mal …

Tom drehte sich um, zog an seinem Gurt, um nach hinten sehen zu können.

Hey, lassen Sie das verdammte …

Er sah den Colonel. Der Colonel starrte geradeaus auf Tom. Die zwei älteren Indianer kauerten hinter dem Colonel in ihren Sitzen. Der Sitz neben der Luke war leer, die Gurte hingen lose herunter. Er riß den Steuerknüppel herum, legte den Vogel in die Kurve.

Er war noch schnell genug. Tom sah den Körper mit ausgebreiteten Armen auf den grünen Teppich der Bäume zustürzen.

Er schaltete den Sprechfunk ein. »Was zum Teufel ist passiert?«

Der Fiskalbeamte brüllte ihm ins Ohr: »Er ist hinausgefallen. Arturo sagt, er ist hinausgefallen.«

»Aber …«

»Das ist das, was Arturo sagt. Er ist hinausgefallen.«

Er brachte den Vogel zurück nach Guatemala.

»Ich meine, wenn wir die Sache weiterverfolgen, verschwenden wir nur unsere Zeit.«

Das war Gary Brennard, der stromlinienförmige Neuzugang bei der Abteilung Fünf, und er mochte es, wenn man ihn Bren nannte. Seit seiner Rückkehr aus Belfast war er kometenartig in der Hierarchie des Sicherheitsdienstes aufgestiegen, und er konnte sich bei dem neuen Besen dafür bedanken, der von der Topetage aus kräftig kehrte. Wilkins war im Ruhestand, Carthew und Forster hatte man nahegelegt, sich nach einer anderen Beschäftigung umzusehen, Charles und Archie und Bill waren abgesprungen, bevor man sie hinausschob, viele andere, die er nicht gekannt hatte, waren ausgemustert, um eine verschlankte Fünf zu schaffen. Ein neuer Stil, der unverbrauchtes Personal erforderte, so die Botschaft vom Generaldirektor.

Er hatte das Papier auf Hobbes' Tisch gelegt. Die Nachrichten aus Fort William und aus Glasgow und von der Metropolitan Police (Spezialabteilung) wurden ausgebreitet, und die Antworten von der Abteilung Aufklärung im Verteidigungsministerium (persönlich) und vom Geheimdienst (Mittelamerikaabteilung).

»Ihre Meinung?«

»Wieder nur einer von diesen untergetauchten Idioten, mit einem Komplex, so groß wie ein ganzer Bus. Mr. Brown wurde aus der Spezialeinheit entlassen, nachdem er am Golf verrückt spielte. War da unten für einen Orden empfohlen worden, aber das wurde klugerweise revidiert. Er war nur Captain, einer von denen, die glauben, sie wären Gottes Geschenk an das Soldatentum. War auf zwei Einsätzen in Nordirland, und meine Erfahrung ist, daß die Provinz den Hereford-Leuten ein mächtig übertriebenes Gefühl von ihrer eigenen Wichtigkeit vermittelt. Ein ausdrückliches Fragezeichen hinter einer Schießerei bei seinem ersten Einsatz, der Observation eines Waffenlagers, aber er schlüpfte durch das Netz der Untersuchung, wie es die Bande immer tut. Diente in Deutschland vor der Wiedervereinigung. War Ausbilder, Sie wissen schon, für das Seelenheil irgendwelche Berge raufrennen. Es ist das übliche Karrieremuster, bevor er an den Golf hinunterging und sich total zum Narren machte. Unverheiratet. Scheint mir eine ziemlich unausgeglichene Persönlichkeit zu sein … Wie auch immer, eine Verbindung zu Guatemala ist einfach lächerlich. Der Konflikt dort unten ist beendet, seit mindestens drei Jahren schon. Die Gegner der rechtmäßigen Regierung sind geschlagen. Jede Wette, daß er ein paar Hirten ausnimmt, ihnen irgendwelchen Schrott vormacht und sich die Taschen vollstopft. Vergessen Sie's.«

»Ihre Empfehlung?«

Bren holte seinen Parker hervor, ein Geschenk, das er sich nach dieser letzten Beförderung zur kürzlich geschaffenen Zentralamerikaabteilung selbst gemacht hatte. Über jedes Blatt Papier, das vor Hobbes auslag, schrieb er in wuchtiger Handschrift »Kein weiterer Handlungsbedarf«. »Dachte nur, ich sollte mich mit Ihnen darüber abstimmen.«

Hobbes lächelte. »Und seien Sie so freundlich, Ihre Initialen darunterzusetzen, Sie wissen schon ...«

Er tat es. Bren setzte seine Initialen auf jedes Blatt Papier, das nun dem Archiv unter »Kein weiterer Handlungsbedarf« anvertraut wurde. Er kannte diese Typen wie BROWN, Gordon Benjamin, und hielt sie für die letzten Arschlöcher.

Gord war im Hintergrund der Gruppe, bei den Bäumen, die die Lichtung umgaben.

Ein harter Tag ging zu Ende.

Es war wahrhaftig der Beginn ihrer Mission, und er wußte es, so wie sie es alle wußten, aber er hielt sich zurück.

Zum letzten Mal instruierte Jorge Eff und Vee und Zed, und Zeppo und Harpo und Groucho standen dicht bei ihm und den Indianern, alle redeten sie durcheinander. Drei Stunden, seit der Hubschrauber über sie hinweg zurückgeflogen war. Er hatte gehofft, daß kein Hubschrauber oder Flugzeug auftauchen würde, nicht so bald nach der Landung, nicht bevor die schnell wuchernde Vegetation des Dschungels dazu gekommen war, nachzuwachsen und sich über das Wrack der Antonov zu schlingen. Er verstand nicht, was Jorge leise redete, auch nicht die derben Einwürfe von Harpo, aber er sah, wie Groucho Eff auf den Rücken klopfte, wie einem Kind, dem man Mut machen mußte. Zeppo grinste die drei Indianer an, zwinkerte ihnen zu und hielt Zeds Hand, wie um ihm Kraft zu geben. Es war der Beginn der Mission.

Das erste Dorf, die erste Siedlung, die sie finden konnten, und ihre Aufgabe war es, in ein Dorf oder eine Siedlung zu schlüpfen, die Zivilpatrouillen zu umgehen und die geheime Nachricht zu verbreiten, daß Rodolfo Jorge, der Sohn des Ramírez aus Acul, wieder in Guatemala war und Männer suchte. Ohne Männer, die sich ihnen freiwillig anschlossen, waren sie erledigt.

Er haschte nach einem Moskito. Seine Hand schnappte schnell genug zu. Er sah das verschmierte Blut in seiner Handfläche.

Über dem Blätterdach der Bäume würde bald die Dämmerung anbrechen.

Die Indianer waren gegangen.

Sie gingen lautlos.

Innerhalb von Sekunden war das Geräusch ihrer Schritte nicht mehr zu hören.

Gord saß zusammengekauert am Rande der Lichtung. Zeppo hatte die erste Wache, Harpo sollte ihm folgen, und dann wollte Harpo Gord wecken. Er hatte Zeit, um die Gedanken schweifen zu lassen. Zeppo war hinten am Pfad, den sie hinterlassen hatten, als sie sich der Lichtung näherten. Da waren die murmelnden Stimmen von Harpo und Groucho und Jorge. Sie waren zu Hause.

Er saß neben dem Flammenwerfer, und seine Finger berührten die Röhren und Schläuche und Drähte, die daran befestigt waren. Ein leichter Regen hatte eingesetzt, ein gleichmäßiges Trommeln weit oben, und die Tropfen fielen sporadisch auf seinen Kopf und seinen Nacken und seine Schultern und seine Knie. Schweifende Gedanken, die einen Platz als sein Zuhause auszumachen suchten … wenn es ein Zuhause gegeben hätte, würde er nicht zusammengekauert und still auf den Ameisenpfaden im Dschungel von Petén sitzen. Es mußte ein Zeichen geben … Zuhause war eine Vorortstraße und eine Doppelhaushälfte gewesen, Rauhputz im Tudorverschnitt, in das sein Vater zurückgekommen war, wenn die Gerichte nicht mehr tagten und die Detectives nicht mehr weitersaufen wollten … Zuhause war in den Gräben in Hereford gewesen, wo er ein Zimmer hatte und eine Messe zum Essen und für Geselligkeit und einen Schießstand und eine Duschanlage nach den langen Märschen auf den Brecons … Zuhause war das Appartement eines Mädchens in Battersea, London, gewesen, nahe am Fluß, wo er einst einen Schlafplatz auf dem Boden bekommen hatte, wo ein Telefon mit Anrufbeantworter gewesen war, den er zu bedienen gelernt hatte, wo er einen letzten Brief hingeschickt hatte, der mit dem Vermerk »Empfänger unbekannt verzogen« zurückgekommen war … Zuhause war eine Hotelbar an einem Loch nahe dem Berg Sidhean Mor gewesen, wo die Adler flogen …

Es gab kein Zuhause.

Alles, was er besaß, war um ihn herum. Seine Kleidung und seine Stiefel, sein Rucksack samt Inhalt, das AK-47-Gewehr und drei geladene Magazine und der Flammenwerfer, der auf den Karren geschraubt war. Seine Finger fuhren über den metallenen Rahmen des Karrens. Ihm war nicht nach Schlafen zumute. Er glaubte, daß keiner von ihnen diese Nacht gut schlafen würde, weil Eff und Vee und Zed weggegangen waren und weil es der Beginn der Mission war. Er fand sich blind in seinem Rucksack zurecht, und er holte die Seifenschale aus Plastik ziemlich weit unten heraus, erkannte sie an der Berührung. Er fädelte den starken Baumwollzwirn, den er in der Seifenschale aufbewahrte, in eine Nadel. Er flickte die schlimmsten Risse von den Dornen in den Ärmeln seines Dschungelhemdes.

Jorge setzte sich neben ihn. »Wollen Sie nicht schlafen?«

Gord sagte rauh: »Wenn ich die Risse im Hemd lasse, haben die Moskitos mehr Angriffsfläche, um mich aufzufressen.«

»Das ist eine große Zeit für uns. Wissen Sie das, Gord?«

»Ich weiß.«

»Ich habe mir überlegt, selbst zu gehen, aber ich kenne die Sprache im Petén nicht.«

»Ihre Zeit kommt noch.«

»Ich weiß nicht, wieviel Macht mein Name und der Name meines Vaters hat.«

»Sie müssen es abwarten, wir alle müssen warten … War eine Bedienungsanleitung dabei?«

»Was?«

Gord fragte, als ob er sich schämte. »War eine Bedienungsanleitung für den Flammenwerfer dabei?«

Kichern, Lachen, Jorges Heiterkeit. »Sie verlangen ihn, sie brauchen ihn unbedingt, und Sie wissen nicht, wie er …«

»Ich weiß verdammt noch mal nicht, wie er funktioniert.«

»Ich liebe Sie, Mr. Brown. – So korrekt. So streng. So logisch. Sie sind der Profi. Der Profi verlangt, braucht unbedingt einen Flammenwerfer. Wir finden einen Flammenwerfer. Wir bringen den Flammenwerfer mitten in den Dschungel von Petén. Die ganze Zeit braucht es zwei Leute, um den Flammenwerfer vorwärts zu bewegen – und Sie wissen nicht, wie er funktioniert.«

»Es ist nicht nötig, der ganzen Welt zu erzählen, daß ...«

»Es ist nötig zu erfahren, daß Sie auch nur ein Mensch sind. Gott segne Sie, Mr. Brown. Fragen Sie den Ingenieur, wenn er mit seiner Wache fertig ist ...«

Gord hörte wieder das Kichern. Er hatte Zeppo die Zigarette aus dem Mund gerissen. Er würde sich an Zeppo heranmachen. Er würde kriechen. Er würde um Hilfe bitten.

»Ja.«

»Haben Sie getötet, Gord?«

»Ja.«

»Weil es Ihnen befohlen wurde?«

»Ja.«

»Ich kann es Ihnen nicht befehlen. Würden Sie für mich töten, für uns?«

»Ja.«

»Warum?«

Er schaute auf die bläßliche, reine Haut unter dem leichten Bartflaum in Jorges Gesicht, in die Tiefe und Tapferkeit seiner Augen. Er sah die Demut. Es ging ein Zauber von ihm aus, aber er würde den Teufel tun, und es ihm sagen ...

»Weil es in der Lage, in die ich mich gebracht habe, entweder um mein Leben oder um Ihres geht, und mein Leben ist es mir wert, dafür zu töten.«

Er hörte Zeppo zurückkommen und auf Harpo hinabknurren, und er hörte Harpo davonschlurfen und fluchen, wenn sich seine Kleidung in den Dornen verhakte. Er schlug nach den Moskitos. Das Regenwasser tröpfelte an seinem Gesicht hinunter. Er wollte schlafen, bevor er mit der Wache dran war.

6

Eine Mauer aus weißgetünchtem Beton umgab die Villa. Die Mauer und die Blechtore waren zu hoch, als daß ein Fußgänger auf dem brüchigen Gehsteig mehr von dem Gebäude als den Giebel des Ziegeldachs sehen konnte. Alle Villen in der Straße im Westen der Hauptstadt sicherten sich ihre Ungestörtheit durch die Höhe der Mauern und Tore. Wenige Autos, wenige Besucher kamen tagsüber zu der Villa. Zur Rechten der Villa wohnte ein Agrarberater, der für die Zuckerrohranbauer an der pazifischen Küste tätig war. Zur Linken lag das Haus einer Baufirma, die sich auf die Errichtung der Entwicklungsbüros der Modelldörfer im Landesinnern spezialisiert hatte. Hinter der Villa, von der Mauer und den immergrünen Bäumen abgeschirmt, lag die Residenz eines pensionierten Offiziers der guatemaltekischen Marine. Keiner von ihnen, nicht der Berater, nicht der Händler, nicht der pensionierte Offizier, hätten eingeräumt, etwas über die Besitzer der Villa zu wissen.

Hinter dem Tor spritzte ein Gärtner planlos Wasser über die bunten Geranienbeete. Auf der überdachten Veranda lümmelte ein Mann auf einem Stuhl und las die Tagesausgabe der *La Prensa Libre* und betrachtete die Fotos der Mädchen aus der höheren Gesellschaft. In der Eingangshalle hatte ein Mann die Bodenmatten zurückgeschlagen und kehrte mit einem Strohbesen den Dreck zur Vordertür und hörte Latin Rock auf Radio Conga, 99,7 FM.

Der Gärtner, der Mann im Stuhl und der Mann, der den Boden fegte, hörten alle den Schrei.

Der Schrei kam erstickt aus dem Kellergeschoß der Villa und drang durch die geschlossene Tür im Keller und die geschlossene Tür zum Erdgeschoß und den Korridor entlang, der zur Küche und in das Foyer führte. Colonel Arturo schwitzte, nicht weil er sich wegen des verzweifelten Schreis schuldig fühlte, sondern weil die geschlossenen Türen und der Mangel an Belüftung die Luft im Keller heiß und stickig werden ließen. Er lehnte an der Wand, und zu seinen Füßen befand sich ein Körper, ein Bündel abgerissener Kleidung und Glieder, die verdreht dalagen. Der Körper atmete immer noch, stoßweise und unregelmäßig. Er beobachtete die Arbeit des jungen Mannes, den er als Benedicto kannte. Zum vierten Mal bei dieser Sitzung hatte Benedicto dem zweiten Indianer, der ausgestreckt auf dem Boden lag, die Kapuze übergezogen. Sie hatten immer noch nicht erfahren, was sie wissen mußten. Jedesmal, wenn die Kapuze vom Kopf des Indianers gezogen wurde, kam die gleiche Frage, und jedesmal sahen sie sich dem gleichen dumpfen Schweigen entgegen, und wenn sie ihn an den Haaren packten, um seinen Kopf zu heben und ihn wieder mit der Kapuze zu bedecken, kam der Schrei.

Es waren drei gewesen, einer davon verwundet. Der Verwundete war nun ein verschwundener Kadaver im Blätterwerk des Regenwaldes zwischen den Cuchumatanes-Bergen und dem Dschungel von Petén.

Es waren zwei gewesen, aber den, der jetzt an der Wand lag, konnte man nichts mehr fragen.

Die verbliebene Kreatur war wichtig für Colonel Arturo. Er hatte den Bericht der Truppen, die am Nachmittag zuvor am Schauplatz eines Flugzeugabsturzes abgesetzt worden waren. Die Flügel des Flugzeugs, abgetrennt und nicht verbrannt, waren untersucht worden. Die neue Übermalung war abgekratzt worden, aber es gab keine Kennzeichen, die übermalt worden wären. Es war für Colonel Arturo wichtig, die Aussage der Indianer zu haben, die Zeugen der Landung gewesen und dann hingegangen waren, um das Flugzeugwrack zu durchstöbern. Er hatte angenommen, daß der Anblick eines Mannes, der von einem Hubschrauber zu Boden trudelte, die Überlebenden ermutigen würde, zu sagen, was sie gesehen hatten, aber in dieser Annahme hatte er sich getäuscht. Sie nannten die Kapuze *la capucha*. Die Handgelenke des Indianers, der mitten auf dem Boden im Keller lag, waren auf dem Rücken zusammengebunden. Seine Fußgelenke waren gefesselt. Wenn die Kapuze aus Latexgummi über seinem Kopf war, dann schnürte der junge Mann, Benedicto, ein Band um den Hals der Kapuze und drosselte die Luftzufuhr, und er trat in den Rücken des Indianers, um seine Lungen nach Sauerstoff schnappen zu lassen, den es nicht mehr gab. Wenn der junge Mann, Benedicto, glaubte, daß der Indianer das Bewußtsein verlor, dann lockerte er das Band um den Hals der Kapuze und zog sie herunter und drehte den Kopf des Indianers herum und spritzte Wasser aus einem Eimer in das Gesicht des Indianers. Wenn der Indianer sich erholt hatte, wenn er wieder atmen konnte, wurde die *capucha* wieder eingesetzt. Wenn Colonel Arturo wissen wollte, wer gelandet war, was sie aus dem Flugzeug geholt hatten, das erfolgreich aufgesetzt hatte, dann mußte der Indianer auf dem Boden, prustend wegen der Wassergüsse, am Leben bleiben.

Der Indianer an der Wand sabberte aus den Lippen.

Es gab einen Termin, für den er schon zu spät dran war.

»Sie wissen, wie wichtig …?«

»Natürlich.«

»Die Information, die wir brauchen, ist …«

Ein sorgloses Lächeln von dem jungen Mann, der Benedicto genannt wurde. »Sie werden bekommen, was Sie wissen müssen, ich verspreche es.«

Die Kapuze war abgenommen. Das Wasser war in die rauhe Blässe im Gesicht des Indianers gespritzt worden. Der junge Mann kniete im Wasser und flüsterte dem Indianer die Frage ins Ohr. Colonel Arturo ging durch die Kellertür hinaus und schloß sie hinter sich. Er stieg die Treppen hinauf und schloß die Tür zum Korridor, der zur Küche führte, hinter sich. Er hörte den Schrei, als er an dem Mann vorbeiging, der den Boden in der

Halle fegte, und er hörte den Schrei wieder, als er in das Sonnenlicht der Veranda trat, wo die Wache von ihrem Stuhl schnellte und strammstand, und er hörte den Schrei ein letztes Mal, als er über den Teer zu seinem Wagen ging und über den Schlauch stieg, den der Gärtner zum Bewässern benutzte.

Zwei Tage waren vergangen, an denen er zu Zeppo hätte gehen können, aber Zeppo hatte die Honigwabe in einem Baum gefunden. Der große Mann, dem der Bauch über den Gürtel hing, mit dem er seine Hose hielt, hatte die Honigwabe in der Krümmung eines Baumes gefunden.

Gord hätte es ihm sagen können. Gord hätte es ihm sagen sollen.

Zeppo war zwei Tage in der Decke gelegen, die sein Bettzeug war, mit einer Regenplane umwickelt, während der Regen leicht auf ihn tröpfelte und sein Magen vom Durchfall rebellierte. Er war die beiden Tage regungslos und jammernd dagelegen, außer wenn er die Kraft fand, in den Bäumen rund um die Lichtung unterzutauchen, wo Groucho das tiefe Loch nur für Zeppos Gebrauch gegraben hatte.

Gord hätte ihm sagen können, daß eine Honigwabe ein sicheres Mittel war, sich Dünnschiß und Krämpfe einzufangen, er hätte es ihm sagen sollen.

Zwei Tage nachdem er Jorge gestanden hatte, daß er nicht wußte, wie man mit dem Flammenwerfer umging, nach zwei Tagen Herumsitzen und Brüten im Lager, nahm Gord drei kostbare Pillen aus seinem Vorrat.

Er überquerte die Lichtung.

Er verließ seine Seite der Lichtung, wo seine Sachen fein säuberlich in seinem Rucksack verpackt waren, der an den Rädern des Karrens lehnte, und ging auf die Seite, auf der sich Zeppo und Harpo und Groucho niedergelassen hatten. Er hatte gedacht, daß Jorge die Wunden heilen, die Aussöhnung bewerkstelligen würde, und Jorge hatte sich von dem Problem abgewandt, als ob es etwas wäre, wofür Männer groß genug sein sollten, um es unter sich auszumachen. Jorge war aus dem Lager gegangen, hatte Essen für einen Tag mitgenommen, war vorausgegangen.

Sie sahen zu, wie er die Lichtung überquerte. Zeppo saß aufrecht, Harpo kauerte neben ihm, Groucho öffnete eine Dose Fertigmahlzeit. Zeppos Magen rumpelte grollend.

Die Ameisen marschierten in Kolonnen über Zeppos Beine, trippelten über die Regenplane, die ihren vorbestimmten Weg blockierte. Er hatte die Affen nicht gesehen, die über ihnen waren, konnte sie aber in den hohen Wipfeln herumschaukeln hören. Glänzende, rasengrüne Fliegen schwirrten um den stinkenden Koloß Zeppo. Er brachte die Pillen, weil sie aufgeschmissen waren, solange Zeppo Durchfall hatte, und am Morgen mußten sie weiter, und sie konnten sich keinen Passagier leisten, und sie konnten einen Mann nicht allein zurücklassen. Er hätte Zeppo sagen können, daß er die Honigwabe nicht essen sollte, und er hätte es ihm sagen sollen. Sie beobachteten ihn.

Er kauerte sich neben Zeppo. Er sah die Blässe und die Müdigkeit im Gesicht des Mannes. Er legte die drei Pillen, dreifache Dosis, auf Zeppos Zunge und spülte sie mit Wasser aus seiner eigenen Wasserflasche hinunter ... Sie hätten nicht mitkommen sollen, keiner von ihnen. Sie alle, Zeppo und Harpo und Groucho, waren für einen Coffeeshop in Havanna, für eine Hotelbar geeignet. Aber keiner von ihnen, nicht Zeppo, nicht Harpo, nicht Groucho, war für einen Marsch unter den Bedingungen des Dschungels geeignet. Er murmelte etwas davon, daß eine Pille einen Fluß in seinem Lauf aufhielte und daß drei davon einen Wasserfall stoppten.

»Sie sind Ingenieur. Ich bin Soldat. Ich weiß nichts von Überdruck, Ventilen, Zündungen. Ich weiß, daß der Flammenwerfer eine außerordentliche Waffe ist, die Verteidigungspositionen räumt, und was noch wichtiger ist, Angst verbreitet. Ich kenne die Umstände, unter denen man ihn einsetzt, und weiß, wie man den größten Nutzen aus ihm zieht, aber ich weiß nicht, wie er funktioniert ... Ich will, daß Sie mir helfen ...«

Zeppo schluckte und lächelte.

»Hören Sie, bitte, ich bin hierhergekommen, weil ich versuchen will zu helfen ...«

Zeppo grinste höhnisch und kalt.

»Hören Sie, bitte, wenn wir nicht zusammenhalten, werden wir scheitern ...«

Zeppo schloß die Augen, als sei er müde und wolle ruhen. »Hören Sie, bitte, ihr Typen seid die dümmsten Scheißkerle, mit denen ich je versucht habe zu arbeiten. Ihr seid außer Form, ihr habt Übergewicht, ihr seid halsstarrig wie Esel ...«

Harpo spuckte auf den Boden.

»Glaubt ihr, das macht mir was aus? Mir macht es nichts aus. Ich kann gehen ...«

Groucho faßte ihn am Ärmel. »Wenn Sie uns den Beweis geliefert haben. Dann ...«

Er drehte sich um. Er ging über die Lichtung. Er trat mit dem Fuß gegen den Karren des Flammenwerfers.

Eine Stunde später kam Jorge zurück ins Lager. Jorge sagte, daß die Straße eine Meile vor ihnen liege und daß auf der Straße eine Sperre sei. Jorge sagte, daß er sieben Soldaten gezählt habe, die sie besetzt hielten.

»Ja oder nein ...?«

Es war das dritte Mal, daß die Frage gestellt wurde. Tom kannte ihn noch nicht lange genug, um es sicher zu wissen, aber er schätzte, daß der Attaché es nicht mochte, eine Frage ein drittes Mal zu stellen und auf eine Antwort zu warten. Es hätte gleich am ersten Abend geschehen müssen, als die Sache noch heiß war, aber am ersten Abend war der Attaché weg gewesen, unten in Bogotá. In Bogotá, wie Tom erfahren hatte, verbrachte der Attaché fast genau soviel Zeit wie in Guatemala City. Von dort kam das Kokain, dort wurden die Ladungen zusammengestellt, dort hoben die Flugzeuge ab, dort war die beste Aufklärung über Flüge, die durch seinen eigenen Abschnitt geschleust wurden.

»Ist er gestoßen worden, oder ist er hinausgefallen? Haben Sie gesehen, wie er gestoßen wurde, ja oder nein?«

»Ich habe ihn angegurtet«, sagte der Geheimdienstler unbeholfen. »Ich habe die Schnalle festgemacht.«

Tom hätte nicht hier sein müssen. Er war den Vogel geflogen. Tom hätte nicht im Büro des Attachés sein müssen. Es war Gefälligkeit, eine Geste gegenüber dem Geheimdienstmann, daß er mitgekommen war. Der Attaché hatte einen üblen Flug von Bogotá herauf gehabt, einen verspäteten Abflug und dann Turbulenzen, die über dem Küstenstreifen von El Salvador ziemlich heftig waren. Seine Laune verriet, daß es ihn durchgeschüttelt hatte wie einen Cocktail.

»Die Schnallen können von einem Kleinkind geöffnet werden, sie sind so gebaut. Ich frage Sie zum allerletzten Mal – haben Sie gesehen, wie Arturo ihn hinausgestoßen hat?«

»Der Trick ist ein alter Hut«, sagte der Geheimdienstmann. »Wenn du mehrere Gefangene hast, wirfst du einen aus dem Hubschrauber, um den anderen die Zunge zu lösen … Er hatte eine verletzte Hand, er war fest und sicher angeschnallt, und er ging über Bord.«

»Sie haben nicht gesehen, daß er gestoßen wurde.«

»Scheiße, ja. Ich habe nicht gesehen, daß er gestoßen wurde.«

Es lief so ab, wie Tom erwartet hatte. Er hätte einiges darauf gesetzt, daß Arturo das Hubschrauberspiel gespielt hatte, über das die Veteranen in seinem alten Fliegerteam sagten, daß es in den schlimmen, finsteren Tagen von Vietnam übliche Praxis war. Er hätte darauf gewettet und hätte es nicht beweisen können. Der Geheimdienstmann ließ den Kopf hängen. Tom hielt ihn für einen ehrenwerten Mann, für einen gewissenhaften Mann, der im Regen stehengelassen wurde. Es ging nicht um »Menschenrechte«, nicht um diesen Studentenjargon. Es ging, verdammt noch mal, um Anstand. Er dachte, es ging um die amerikanische Mitte, um das Amerika der weißgestrichenen Vorgartenzäune, um das steuerzahlende Amerika, um das Amerika, das die Fahne respektierte und versuchte, anständig zu sein, und er wurde niedergemacht wie ein Collegeschüler mit einem Plakat, und das war einfach nicht recht.

Tom sagte: »Ich möchte noch hinzufügen ...«

Der Zorn des Attachés loderte auf. »Sie wollen mich korrigieren, mir sagen, daß ich nicht recht habe. Wenn Sie einen Hubschrauber fliegen, dann schauen Sie nach vorn und haben nicht die Passagiere im Auge, die hinter Ihnen eingezwängt sind. Sie wissen einen Scheißdreck von dem Ganzen, Schultz, es ist für uns alle besser, wenn Sie das nicht vergessen ... Ich gehe nicht zum Botschafter und schlage Alarm wegen einer Sache, die nicht bewiesen ist. Jungs, das ist ein rauher Ort hier, ein beschissenes Land. Colonel Arturo ist unser Verbindungsoffizier, und das bleibt er, weil ich ohne Fakten nicht Himmel und Hölle in Bewegung setzen kann. Danke für eure Zeit, Jungs, und lernt, mit dem Arschloch umzugehen.«

Tom folgte dem Geheimdienstler aus dem Büro des Attachés.

Er ging an seinen Schreibtisch. Er hatte die Listen vor sich. Keine Gedanken mehr an Kokainpräparate, auch nicht an vorbereitete Chemikalien und nicht an die Bankkonten der Drogenhändler auf den Kaimanen und in Miami.

Viel Arbeit vor ihm, hochgradige Arbeit.

Die Inspektoren der Regierung kamen nächste Woche, um das Inventar des DEA-Postens in Guatemala City zu überprüfen. Wie er in St. Louis gesehen hatte, konnte ein Inspektor der Regierung, der mit der Inventur unzufrieden war, einen Missionschef zu Fall bringen wie einen vertrockneten Baum. Er saß über der Ersatzteilliste für die Maschine, die in dem abgeschlossenen Bereich draußen in La Aurora aufbewahrt wurde. Ein Inspekteur der Regierung war wichtiger als die Frage, ob ein Junge aus der offenen Luke eines Huey-Vogels gestoßen wurde oder gefallen war, keine Diskussion.

Er war in seine Inventurlisten vertieft.

Der Fiskalbeamte hatte ihm erzählt, daß sie alle im Schlamassel steckten, wenn einer einen Fehler machte. Der Fiskalbeamte wollte über jede einzelne Büroklammer Bescheid wissen, für die es keine Rechnung gab, um seine Stellungnahme anzufertigen. Offenbar war vor zwei Jahren der älteste Jeep des DEA-Teams, schlechte Steuerung und noch schlechtere Bremsen, dreißig Meter über den Rand einer Schlucht gestürzt, von einer regenunterspülten Straße oben im Totonicapánbezirk. Tom nahm an, daß der Jeep bis an den Rand mit Büroklammern und anderem Zeug beladen war, für das es in den Inventurlisten keine Rechnung gab. So lief der Dienst für die Regierung …

»Nehmen Sie es nicht persönlich.« Der Geheimdienstler stand hinter ihm.

Tom sagte leise: »Es ist nur ein Job …«

»Er kann die Hölle sein, und er kann großartig sein.«

»Der Schweinehund hat ihn hinausgestoßen.«

»Das sonnige Guatemala, Tom, wo ein Menschenleben spottbillig ist. Man sagt, daß man für fünfundzwanzig Dollar einen Mann hier umlegen lassen kann. Das ist hier nun mal so … Hören Sie, und es ist nicht unfreundlich gemeint, es war nicht nötig, daß Sie sich in die Sache haben hineinziehen lassen, es war nicht klug. Am besten fliegen Sie einfach nur.«

»Wenn Sie mich bitte entschuldigen, ich habe einen Berg Papier vor mir.«

Der Regen hatte aufgehört. Der Dschungel dampfte vor Feuchtigkeit. Es war ein kurzes und überwältigendes Gewitter gewesen, grellweiße Blitze.

Harpo war besser, als Gord ihn eingeschätzt hatte.

Sie hatten auf einem großen Felsblock Stellung bezogen, und sie waren unter den Ranken und dem Efeu, der den Felsen bedeckte, vorwärts gekrochen, und sie schauten vom Rand der Klippe auf die Straße hinunter. Es war eine Schotterstraße, und sie lief schnurgerade von links nach rechts, so weit das Auge reichte, und in den Schlaglöchern standen Pfützen. Die Straßensperre war nicht direkt vor dem Felsen, sondern etwa siebzig Meter zur Rechten. Der Felsen bot ihnen den günstigsten Angriffspunkt und genügend Höhe, um die Sperre im Blick zu haben und zu sehen, was sich von Norden oder Süden näherte. Harpo war besser, als Gord ihn eingeschätzt hatte, weil er sich die letzten hundert Meter ruhig und gleichmäßig vorwärts bewegt hatte, als sie auf die Straße zukrochen. Das war beachtlich für einen Mann seiner Größe und seines Alters. Sie lagen auf dem Bauch, und das Netz von Ranken und Efeu filterte das Sonnenlicht, das auf sie fiel. Sie waren nicht mehr unter den Bäumen und vertrauten auf die Ranken und den Efeu als Deckung.

Auf beiden Seiten der Straße war das Gelände auf zwanzig Metern Breite mit Bulldozern gerodet worden. Es war eine Standardmaßnahme zum Schutz gegen die Aufständischen, die Bepflanzung an der Seite einer militärisch genutzten Straße zu roden. Er nahm an, daß die Soldaten, sieben an der Zahl, von einem Lastwagen abgesetzt worden waren und für ein paar Tage an der Straße allein sein würden, denn sie hatten Zelte auf dem gerodeten Gelände aufgeschlagen, und sie hatten kein Fahrzeug. Die Soldaten ruhten in der Sonne aus. Ihre Sorglosigkeit war mit Händen zu greifen. Es waren keine Wachen an der Straße aufgestellt, weder nördlich noch südlich und auch nicht an der Waldgrenze. Das Transistorradio spielte laut Latin Music. Durch einen offenen Zeltverschlag sah Gord das Funkgerät, und aus dem Dach des Zeltes ragte eine Antenne. Drei der Soldaten, die auf der Straße herumschlenderten, trugen israelische Galil-Gewehre. Es gab ein leichtes Maschinengewehr, auf zwei Stützen montiert, es gab ein kleines Geschütz, und weitere Gewehre lagen verstreut nahe bei den Zelten auf dem Boden. Sie hatten eine Nagelkette quer über die Straße gelegt.

Von seinem hohen Felsen aus hörte Gord das Motorgeräusch vor den Soldaten. Schmetterlinge tanzten dicht vor seinem Gesicht, Papageien riefen in den Bäumen hinter ihm.

Er überprüfte den Ort auf seine Eignung zum Schlachtfeld. Das war Gords Art, sein Training. Er hatte so einen Ort im South-Armagh-Bezirk in Nordirland gekannt und einen im Innern des Irak, und er hatte versucht, den Shia in Karbala zu helfen, das beste Gelände auszuwählen, um tödlich zuzuschlagen.

Er hielt es für den Motor eines Busses. Von Süden kommend, rüttelte er das Lager wach. Die Lethargie fiel von den Soldaten ab. Ein Soldat lag hinter dem leichten Maschinengewehr. Zwei Soldaten nahmen eine theatralische Stellung in der Mitte der Straße ein, Autorität heischend.

Gord sah den Bus.

Der Bus war altertümlich und bunt, und eine Wolke von Auspuffgasen folgte ihm. Als er hundert Meter von der Nagelkette auf der Straße entfernt war, als die Soldaten auf der Straße dem Fahrer mit ihrem autoritären Gehabe signalisierten, langsamer zu fahren und anzuhalten, wurde einem aus der Truppe von dem Soldaten, der den Streifen eines Corporals trug, bedeutet, zum größten Zelt zu kommen. Der Bus hielt in der Mitte der Straße. Ein Soldat rief durch das Fenster auf der Fahrerseite. Die Passagiere, Männer, Frauen und Kinder, quollen aus der Bustür heraus auf die Straße. Die Passagiere waren alle Indianer. Gord sah das Durcheinander von Strohhüten und hellen Blusen und Hemden, und er hörte Kinder schreien. Die Passagiere mußten sich in eine Reihe am Straßenrand aufstellen. Ein Mann in Zivilkleidung war aus dem größten Zelt gebracht worden.

Er war mit einer Kapuze verhüllt, aber Gord konnte gerade noch die Augenschlitze in der Kapuze erkennen. Zwei Soldaten waren im Bus und durchsuchten ihn. Der Mann mit der Kapuze wurde von dem Corporal an der Reihe der Passagiere entlanggeführt, und kurz vor dem Ende der Reihe blieb er stehen und zeigte auf jemanden, und Gord sah, wie der Mann, der erkannt worden war, einen Augenblick, bevor die Soldaten ihn aus der Reihe zogen, zusammensackte. Er hielt es für Routine. Der Bus wurde durchsucht, die Passagiere überprüft. Der Bus füllte sich wieder. Die verhüllte Gestalt wurde zum Zelt zurückgebracht. Die Nagelkette wurde weggezogen, und der Bus fuhr langsam davon, wobei er eine Dieselwolke ausstieß. Der Mann, der ausgesondert worden war, wurde getreten, während er neben der Straße kniete, dann wurde er über das gerodete Gelände an den Waldrand geführt. Der Mann, der denunziert worden war, wurde keine vierzig Schritte von dem Felsen, auf dem Gord und Harpo lagen, erschossen.

Am Abend, als die Dämmerung sich über der Lichtung ausbreitete, sprachen sie es durch.

Gord sagte: »Wir sollten die Sperre umgehen. Wenn wir erst einmal anfangen zu schießen, sind wir auf der Flucht. Wir geben den ersten Schuß ab, und dann beginnt die Belastung. Es ist nicht der richtige Zeitpunkt dafür.«

Harpo sagte: »Das Volk wird sich erst erheben, wenn sie von uns hören. Jedesmal, wenn sie hören, daß wir zugeschlagen haben, werden mehr kommen.«

Jorge sagte: »Wo wir sie antreffen, töten wir sie. Wir eröffnen das Feuer.«

Er war der Außenseiter, der Eindringling. »Also gut.«

Gord kratzte mit einem Stock in den Boden der Lichtung einen Lageplan: die Straßensperre und die Zelte und die Position des Funkgeräts und der Standplatz des Maschinengewehrs.

Am nächsten Morgen würde es mit dem So-als-ob vorbei sein.

Er lag auf den Boden und weinte.

Das erste Mal, daß er Tränen vergoß, seit das Kaninchen, sein Streicheltier, von Mrs. McFarlanes Katze geschnappt und aufgefressen worden war.

Der Archäologe schleppte sich von den Leichen weg in das hohe Gras und brüllte in den Dschungel um ihn herum, schrie seine Qual hinaus. Er war neunundzwanzig. Es war das erste Mal, daß er Tränen vergossen hatte, seit die Katze über den Zaun und in den Hof des immer sauberen Hauses in Garden City bei Ames gekommen war, der Stadt an der Chicago- und North-Western-Eisenbahnlinie, die den Staat Iowa von Osten nach Westen durchschnitt. Er war elf Jahre alt gewesen, als er zuletzt Tränen vergossen hatte.

Der Ort war nicht wie Tikal. Es gab keine Führer und keine Souvenirläden und keine Hamburgerstände und keine Touristen rund um die Tempelpyramide. Es war der Ort, an dem er in seinem ganzen Leben am glücklichsten gewesen war. Es war der Ort der verschütteten Zivilisation der indianischen Maya-Dynastien, der ein Jahrtausend lang vergessen, in keiner Karte verzeichnet und unerforscht geschlummert hatte. Bäume, die zum Licht emporwuchsen, hatten sich über die Pyramide getürmt, verbargen sie vor Luftaufnahmen, schützten sie vor dem Mißbrauch durch die Neue Welt. Er hatte den Ort entdeckt.

Der Archäologe hatte die Universität von Minnesota für ein Studienjahr verlassen.

Sechzig Meilen südwestlich von Flores, der zentralen Stadt in der Region Petén, nahe dem Dorf Chinajá, in einem Café, das mit Fliegen übersät war, hatte ein alter Indianer mit zahnlosem Mund dem Archäologen von dem Ort tief im Dschungel erzählt.

Es war sein Ort. Er war es bis zu diesem Morgen gewesen.

Mit zwei Indianern, guten und zuverlässigen Männern mit der Kraft von Büffeln, hatte er Ende des letzten Jahres das Lager gebaut. Er hatte gelebt wie die Einheimischen, gegessen, was seine Arbeiter aßen, sich gekleidet wie sie, die Kleidung mit den amerikanischen Etiketten im Rucksack gelassen, ihre Sprache gelernt. Der Einfluß neuzeitlicher Regierungen war an diesem verlassenen Winkel unter dem hohen Blätterdach der Bäume spurlos vorbeigegangen. Es war sein erster Besuch in Guatemala City gewesen, seit er die Pyramidenanlage entdeckt hatte, und er hatte die Aufzeichnungen über sieben Monate archäologischer Forschungen an seine Abteilung an der Universität von Minnesota geschickt, dann war er zurückgekommen. Er wußte nicht, wer oder was das Geheimnis seines versteckten Lebens verraten hatte: eine markierte Karte, die er in einem schäbigen Hotel in einer Seitengasse in Guatemala City zurückgelassen hatte; der Fahrer des Mitsubishi-Jeeps, der ihn von Flores heruntergebracht und an einer Kilometermarke an der Straße abgesetzt hatte; die Indianer, die mit ihm arbeiteten und in ihre Dörfer zurückgekehrt waren, während er in die Stadt gefahren war.

Sie waren im Morgengrauen in sein Lager gekommen. Sie hatten Armeeuniformen getragen. Er hatte sie aus den Augenwinkeln gesehen, als sie sich dem geebneten Grund näherten, auf dem er neben seinen indianischen Arbeitern schlief. Hochgerissene Gewehre, die langen Feuerstöße. Zwei Körper, über seinen gewälzt. Er hatte seine Finger ausgestreckt, ganz langsam und ganz vorsichtig, in die feuchte Wärme ihres fließenden Blutes und seine eigene Brust, sein eigenes Gesicht beschmiert. Er war dagelegen wie tot. Sie hatten Brecheisen und Spitzhacken benutzt, um die beschrifteten Stelen von den Vorderwänden im höhlenartigen Eingang der Pyramide zu meißeln. Sie hatten gegrunzt, gelacht, sich abgemüht, um die Platten mit den Hieroglyphen wegzuhebeln ... Angst, sich zu bewegen. Die Fliegen verflucht, die um seine Nasenlöcher spielten. Den Tod gerochen ... Alles, was sich tragen ließ, wurde mitgenommen. Alles, was er so liebevoll verglichen hatte, wurde mitgenommen. Sein Professor daheim in Minnesota hatte ihm eingehämmert, alle unberührten Stätten geheimzuhalten, weil die Händler in New York fette Preise für unbeschädigte Stelen zahlten, weil die heimlichen Sammler, die die Kunstwerke in geheimen Kellern hinter elektronischen Lichtschranken versteckten, keine Einzelheiten über Besitzverhältnisse und Herkunft verlangten. Geld sprach für sich in der Welt der privaten Sammler. Mehr als alle anderen Leute auf der Welt verachtete der Archäologe die alternden Sammler, die Kellertreppen hinunterhumpelten, um sich anzusehen, was sie nicht hätten besitzen dürfen.

Noch lange nachdem sie gegangen waren, lag er bewegungslos im Gras vor der Pyramide.

Sein Vater war Lehrer in Ames, und jedes erste Wochenende im Monat richtete seine Mutter die Blumen für die Kirche. In seiner Jugend und als Erwachsener hatte er nie einen Mitmenschen geschlagen, und er hatte gehofft, daß er nie den Wunsch haben würde, eine lebende Person zu verletzen. Er hatte nie freiwillig Football gespielt, auch nicht Baseball oder Eishockey. Er war ein Leichtgewicht, hatte keine muskulösen Schultern. Er war kein Narr und kein Idiot, er erkannte den tiefen Wandel, der seine Seele erfaßt hatte. Es war, als ob der Anstand in ihm mit dem Mord an den Indianern gestorben wäre, als ob jedes Mitleid durch den Diebstahl der Stelen aus ihm getilgt worden war. Nur einen Tag zuvor hätte er es noch nicht für möglich gehalten, daß er Anstand und Mitgefühl verlieren könnte. Er wollte zuschlagen und verletzen …

Er wollte töten … Er schämte sich nicht dafür.

Es waren die Stimmen, die Gord weckten. Er lag halb aufgerichtet in seinem Schlafsack und streifte ärgerlich das Moskitonetz aus dem Gesicht und wollte gerade zischen, daß sie ruhig sein sollten. Er sah sie im Licht von Jorges Taschenlampe. Eff und Vee und Zed waren zurück. Das Licht wanderte weiter, und da waren vier Männer, die schüchtern hinter ihnen standen.

Es hatte begonnen …

Er drehte sich weg, um weiterzuschlafen.

Es hatte begonnen, und in der Morgendämmerung würde der erste Angriff stattfinden.

Er kannte sie nicht, und er haßte sie nicht. Gord beobachtete die jungen Soldaten, deren Tod er geplant hatte.

Er versuchte, nur an den Plan zu denken.

Zeppo hatte widersprochen. Die Pillen hatten seinen Darm verstopft. Zeppo hatte vorne sein wollen, und es war ihm verweigert worden, und er hatte behauptet, daß der Plan Schrott wäre. Eff und Zed und die Rekruten aus dem Dorf, Unbekannte, waren hinten. Jorge war nahe bei Gord auf dem Felsen, Harpo war nördlich von der Sperre, und Groucho südlich. Sie waren angewiesen worden, nicht zu schießen, bevor er schoß. So hatte er es ihnen beigebracht. Wenn einer von ihnen vor ihm schoß, würde er dem Schweinehund eigenhändig den Hals umdrehen.

Sie hatten wohl Frauen und Mütter und Geliebte. Über Kimme und Korn des Maschinengewehrs konnte er die Soldaten verfolgen. Zwei rauften aus Spaß in der Mitte der Straße. Es waren lauter Wehrpflichtige, zwangsweise eingezogen, außer dem Corporal. Gord hatte den Corporal noch nicht gesehen, und die Eingangsplane des Zeltes mit dem Funkgerät war noch nicht geöffnet.

Sie hatten ihm nichts getan.

Einer war am Waldrand, kauerte in Deckung.

Sie hatten ihm nichts angetan.

Die beiden, die den Fahrgast aus dem Bus getötet hatten, beugten sich über ein niedriges Feuer und erhitzten eine Büchse.

Sie hatten ihm nichts Schlechtes getan.

Der Informant, ohne die Kapuze mit den Sehschlitzen, saß auf der Straße, mit rundem Rücken, den Kopf gesenkt, und warf kleine Steinchen auf die Nägel der Kette. Sie waren alle zum Tod verurteilt. Einer brachte einen Eimer Wasser von dem dahinsickerndem Bach auf der gegenüberliegenden Seite der Straße zurück. Die Rufe der Vögel, die sich über den Sonnenaufgang freuten, ertönten rund um Gord.

Der keuchende Atem von Jorge war neben Gord.

Die Eingangsplane des Zeltes mit dem Funkgerät öffnete sich und wurde zurückgeschlagen.

Der Corporal trat heraus ins Licht, zog den Reißverschluß seiner Hose zu und hustete über seiner Zigarette.

Der Beginn des Angriffs. Gord hatte das Gewicht des Maschinengewehrs fest auf seiner Schulter. Der Anfang. Er schwenkte den Lauf von rechts nach links, und er hatte den Corporal und das Funkgerät im Visier. Er drückte auf den Abzug, wartete auf den Knall in seinen Ohren. Er drückte fester …

Ein Tukan im oberen Blätterwald stob in panischer Flucht davon.

Eine Affenfamilie kreischte auf und sprang im Gleichklang, um das Weite zu suchen.

Nur die Schmetterlinge in seiner Nähe wirkten sorglos.

Die Geräusche der Schießerei stürzten wie ein Wasserfall in das Ohr des Archäologen. Es zog ihn vorwärts. Er hätte kehrtmachen und davonlaufen sollen, wie der Tukan und die Affenfamilie. Er war die ganze Nacht auf dem Bauch gelegen, ein gefundenes Fressen für die Moskitos, und beim ersten Tageslicht war er wieder in die Richtung losmarschiert, wo er glaubte, daß die Straße den Dschungel durchschnitt. Er hätte gewußt, wo die

Straße verlief, wenn er nicht in der Dämmerung blind von der Pyramidenanlage davongestürzt wäre. Es war Ekel, der ihn vorwärts zum gerodeten Streifen am Rand der breiten Straße trieb.

Er sah die Leichen. Querschläger wirbelten Staub von den Steinen auf der Straße und pfiffen durch die Luft, und einer von den Körpern bäumte sich auf und sackte zusammen.

Auf der gegenüberliegenden Straßenseite war eine Klippe aus rötlich-braunem Fels. Er hörte einen scharfen Ruf. Auf englisch. »Feuer einstellen.« Es folgte noch eine längere Salve aus einer Automatik. Er sah die Leichen der Soldaten, und er sah zwei weitere Soldaten mit erhobenen Händen kerzengerade auf der Straße stehen. »Ich sagte, Feuer einstellen.« Ein Mann stand oben auf dem Felsen, er trug eine schmutzige und zerrissene Tarnhose und eine Kampfweste mit einem grün-braunen Muster, das nicht zur Hose paßte. Ein Stück Khakistoff war als Stirnband um seinen Kopf geknotet. Der Mann trug ein Maschinengewehr auf Hüfthöhe, als ob es ein Spielzeug wäre. Wenn er ihn nicht hätte rufen hören, hätte der Archäologe ihn für einen Amerikaner gehalten, aber er hatte den Akzent gehört, den er als Englisch identifizierte. Ein zweiter, jüngerer Mann, Lateinamerikaner, trat, mit einem Gewehr bewaffnet, neben den Engländer und schien seine Schulter zu knuffen, als wolle er ihm gratulieren.

Andere kamen auf die Straße, einer war alt und fett und kahl und grinste, und einer war alt und klein und zögerte, und ein Indianer rannte zu den beiden Soldaten mit den erhobenen Händen.

Der Archäologe schaute in ungläubigem Staunen zu.

Gord war an der Straßenseite.

Die Führung lag bei Jorge.

Er beobachtete den jungen Mann. Er hatte die Zelte durchsucht – leer. Es gab jetzt keine Bedrohung mehr auf der Straße.

Jorge hatte zwei Finger im Mund und pfiff schrill in den Dschungel hinein. Die Leichen des Corporals mit der zerknitterten Zigarette zwischen den Fingern und des Informanten und von vier der Soldaten lagen da. Er sah, wie Groucho die zwei Wehrpflichtigen, die sich ergeben hatten, in Schach hielt, wobei er sein Gewehr dramatisch an der Schulter hielt, und er sah, wie Zeppo auf die Gefangenen zustolzierte und dem nächststehenden der beiden die Beine unter dem Körper wegschlug, so daß er auf die Straße fiel. Jorge bewegte sich flink, wie es Gord von ihm erwartet hatte, und beeilte sich, die Waffen der Soldaten einzusammeln, und Vee war bei ihm und räumte das leichte Maschinengewehr auf und die Röhre des Mörsers, und dann verstaute er die Mörserpatronen in seinem Gürtel und zwängte seinen Leib in die Munitionsgürtel des Maschinengewehrs. Das Licht nahm zu, und auch die Hitze. Die Straße nach Norden schimmerte, nach Süden bog sie in einem Winkel ab. Gord lauschte angestrengt nach Fahrzeuggeräuschen. Es war Zeit zu tun, was zu tun war … Jorge ging zu den Gefangenen. Sie lagen nun beide flach auf dem Gesicht. Gord war weit genug von den Gefangenen entfernt, um von dem Flehen in ihren Gesichtern nicht gebannt zu werden, aber er sah es. Er wußte, was zu tun war, und er spürte eine Kälte in sich. Jorge kam zu Gord. Jorge sagte, daß sie sich nicht mit Gefangenen aufhalten konnten, aber die Gefangenen wären nur Dorfburschen; daß man ihnen nicht trauen konnte, daß sie aber noch halbe Kinder wären; daß man sie nicht allein zurücklassen konnte … Gord wußte, was getan werden mußte … Harpo erschoß den ersten Gefangenen, und Groucho den anderen. Es war Jorges Entscheidung gewesen, und es war die richtige Entscheidung, und Gord hoffte, daß Jorge es nicht zum Vergnügen tat.

Jorges Pfiff hatte diejenigen zum Vorschein gebracht, die nicht gekämpft hatten. Zeppo hatte sie über den gerodeten Streifen auf die Straße geführt, und Eff schob den Karren, und Zed zog, und die neu rekrutierten Männer wurden unter der Last der ganzen Rucksäcke zusammengedrückt, die zurückgelassen worden waren, und sie hatten noch die Waffen und die Verpflegung und das Transistorradio von der Straßensperre. Sie überließen die Leichen den Fliegenschwärmen und den Ameisen. Sie stießen gegenüber dem Felsen in den Dschungel vor.

Noch keine hundert Meter weit, und schon fluchte Gord, der nach hinten absicherte, daß sie vorn mehr Tempo machen sollten.

Vier Stunden nachdem die Straße durch den Petén, die nördlich nach Sayaxché führte, zu einem Kampfplatz geworden war, traf der Entsatzlastwagen von der Garnisonsbasis in Chinayá dort ein. Die frischen Soldaten, genauso jung wie ihre wehrpflichtigen Kollegen, die in dem leichten Regen lagen, der nun fiel und auf ihre Uniformen prasselte, bestrichen den Dschungel am Rande des gerodeten Streifens mit angsterfülltem Gewehrfeuer. Sie luden die Leichen und die zerfetzten Zelte und die zertrümmerte Funkanlage über die hintere Ladeklappe ihres Lastwagens. Sie fuhren mit Hochgeschwindigkeit, von ihrer Angst getrieben, nördlich nach Sayaxché davon.

Er war nicht mit dem Marschtempo zufrieden. Er konnte Jorge keinen Vorwurf machen, denn Jorge war nicht fit genug, um in einem verschärften Tempo anzuführen, und er hatte nicht das entsprechende Training. Gord hielt ihnen bei der fünften Rast einen Vortrag.

Ab jetzt würde er führen.

Er würde die Ruhepause von fünfzehn auf zehn Minuten pro Stunde verkürzen.

»Sie werden verwirrt sein, weil sie dieses Gebiet für sicher gehalten hatten, aber sie sind militärisch ausgebildet, und sie werden nur ein paar Stunden brauchen, spätestens bis morgen, um Leute in dieses Gebiet zu bringen. Sie werden vielleicht versuchen, einen Kordon um diesen Sektor zu ziehen, schwierig, aber sie werden es versuchen, und sie werden den Kordon in einer Entfernung bilden, von der sie annehmen, daß sie außerhalb unserer möglichen Marschleistung liegt. Aber wir müssen außerhalb des Kordons sein. Wir müssen schneller marschiert sein, weiter gekommen sein, als sie für möglich halten, jeder, der das Tempo verlangsamt, gefährdet nicht nur sich, sondern uns alle. Das war die Wahl, die ihr getroffen habt, als ihr die Sperre angreifen wolltet. Wir gehen jetzt nicht zurück, und wir ruhen nicht. Es ist zu spät, um zurückzugehen …«

Vee dolmetschte flüsternd den neuen Rekruten. Es waren schmächtige Männer, aber sie konnten das Tempo halten, das er wollte, und sie hielten die Waffen, die sie bekommen hatten, als ob es goldene Teller wären, und einer von ihnen hatte Zeppos Rucksack an den langen Riemen umgehängt, so daß er tief bis zu seinem Gesäß reichte. Er nahm an, daß Harpo anfangen würde zu reden …

»Keine Diskussion. Ihr könnt streiten, wenn ihr in Guatemala City seid. Wir werden heute abend eine Stunde zusätzlich marschieren, bis es zu dunkel ist, um noch etwas zu sehen. Auf dem Marsch wird nicht gesprochen. Richtung und Entfernung sind kritisch. Aufladen …«

Er spürte eine verzweifelte Müdigkeit in seinen Beinen und ein Stechen in seinen Lungen, und die Fliegen schwirrten um sie herum, und sie hatten keine Zeit, einen von den Indianern loszuschicken, um Knoblauchwurzeln zu suchen. Er stand abrupt auf. Er mußte mit seinem Beispiel vorangehen. Er hatte Jorge die Sache nicht aus der Hand nehmen wollen, denn Jorge war der Anführer, aber es mußte sein. Und Jorge sah zu ihm hinauf und nickte zum Einverständnis.

Das Knacken von Holz hinter ihnen.

Seine Hand fuhr rasch zum Boden, wo das Gewehr neben dem Maschinengewehr lag. Sie waren auf einem Wildpfad, möglicherweise von einem Wildschwein. Er benutzte Zeichensprache. Die Handfläche vorgestreckt: keine Bewegung. Den Finger auf die Lippen: kein Wort.

Es war ein Kümmerling von Mann.

Er war klein und schmächtig.

In dem Augenblick, in dem er die Gewehre sah, die auf ihn gerichtet waren … »Nein, nicht … helft mir … erschießt mich nicht«, stieß er hervor.

Es war Englisch, wie es ein Amerikaner spricht. Gord sagte: »Was um alles in der Welt …?«

»Bin euch gefolgt … wollten mich umbringen … hätten sie auch. Ich hab' gesehen, was ihr getan habt. Hab' es an der Straßensperre gesehen … Wo geht ihr hin?«

»Wer will das wissen?«

»Sie haben die Stelen geraubt … Ich habe gesehen, wie ihr die Soldaten getötet habt. Ich brauche eure Hilfe … Wo geht ihr hin?«

Gord grinste. »Soweit ich weiß, zum Palacio Nacional, Guatemala City. Das hat man mir jedenfalls erzählt.«

»Warum?«

»Soweit ich weiß, geht es um eine Revolution.«

»Ich bin dabei …«

»Hören Sie mit dem Geschwätz auf …« Das Grinsen war aus Gords Gesicht gewichen. Mehr als genug gespielt. »Wenn Sie schlau sind, hauen Sie ab. Sie haben nichts gesehen, Sie haben nichts gehört, Sie wissen nichts. Gehen Sie und trampen Sie nach Guatemala City, kaufen Sie sich ein Ticket raus von hier. Vergessen Sie, Mr. Stranger, was Sie gesehen und gehört haben.«

»Bitte …«

Gord sagte kalt: »Fahren Sie heim und schreiben Sie einen Artikel an Ihre Lokalzeitung und teilen Sie den Lesern mit, daß Guatemala ein unerfreulicher Ort ist. Lassen Sie es dabei bewenden.«

»Ich will Rache für das, was sie getan haben.«

Gord sagte: »Ich hab' keine Zeit mehr, eins kann ich Ihnen noch sagen …«

Der Mann funkelte zurück. »RACHE.«

»Ich versuche, es so zu sagen, daß es ein Schwachsinniger versteht. Sicherer Tod, kapiert? Schlechte Gesellschaft, kapiert? Hohe Wahrscheinlichkeit, daß es Leid und Tränen gibt, kapiert? Also tun Sie mir den Gefallen und drehen um und verschwinden so schnell wie möglich.«

Die hervorgekeuchte, trotzige Antwort: »Ich will Ihnen helfen, sie zu töten.«

Er blieb beharrlich. Er war nicht zurückgewichen. Gord war es, der nachgab.

»Können Sie schießen?«

Es war lächerlich. Er sah die zerrissene Kleidung des Mannes. Es war grotesk. Der Mann hatte keine Kraft, und das rechte Glas seiner Brille war gesprungen, und der linke Bügel war verbogen, so daß das Gestell schief auf seiner Nase hing. Es war kläglich. Seine Segeltuchschuhe waren zerfetzt. Auf seinem Gesicht war eingetrocknetes Blut verschmiert.

»Ich bin Archäologe von der Universität von Minnesota. Ich habe in meinem ganzen Leben noch keinen Schuß abgefeuert …«

»Wenn Sie uns reinlegen, brech' ich Ihnen das Genick, das ist nicht nur wahrscheinlich, sondern sicher.«

Gord führte.

Beim nächsten Halt würde es drei Minuten weniger Ruhezeit geben.

»Sie sind ein dreckiges Miststück, wissen Sie das?«

»Es gibt keinen Grund für Beleidigungen, Capitán«, sagte Alex ruhig.

»Sie sind ein Scheißweib, das hierherkommt, um sich einzumischen.«

»Ich begleite die Dame. Die Einmischung besteht darin, daß man sie behindert.«

»Sie sind ein beschissenes, stures Weib. Sie haben in Playa Grande nichts verloren, Sie haben in Guatemala nichts verloren.«

Sie war hartnäckig. »Die Dame sucht nach einer Information, von der Ihre Regierung sagt, daß sie frei verfügbar ist. Die Dame sucht nach der Information …«

»Sie sind ein dreckiges Miststück, weil Sie studiert haben, und sie kommen hierher unter diese einfachen Leute und bringen sie durcheinander. Sie bringen nur Ärger.«

»Sie sucht nach der Information, Capitán, wo das Grab ihres Mannes ist …«

Der Capitän hielt mit beiden Händen einen Stock vor seinen Oberschenkeln, einen kurzen und polierten Stock. Er hielt ihn fest und umklammerte ihn, daß man das Weiße auf seinen Knöcheln sah. Der Capitán hatte sie stur genannt. Er lag richtig mit seiner Einschätzung von Alex Pitt.

»Sie sollten in fünf Minuten vom Gelände der Basis verschwunden sein, aus Playa Grande innerhalb dreißig Minuten. Sie Schweißweib, verstehen Sie, Playa Grande könnte ein gefährlicher Ort sein ...«

»Sie brauchen Ihren Beleidigungen nicht noch plumpe Drohungen hinzufügen, Capitán. Alles, worum ich Sie bitte, ist Ihre Hilfe, um das Grab des Mannes dieser Frau ausfindig zu machen. Das ist eine vertretbare Bitte ...«

»Fünf Minuten, habe ich gesagt.«

Sie wich nicht zurück. Der Capitán schaute sie finster an. Hinter ihm waren bewaffnete Männer. Die Witwe zerrte an ihrem Handgelenk. Die Witwe wollte weggebracht werden. Der Ehemann der Frau war seit vier Jahren verschwunden. Sie hatte die Geschichte gehört: Männer waren nach Einbruch der Dunkelheit in ihr Haus aus Holz und dünnem Blech gekommen und hatten ihren Mann mitgenommen und waren mit ihm weggefahren, ließen ihn verschwinden. Einen Tag später – oder eine Woche später, einen Monat später – war er wohl umgebracht worden. Sie war mit der Geschichte des Falles vertraut. Der Mann hatte den Mut gehabt, dagegen zu protestieren, daß Land, das er bewirtschaftete, enteignet worden war, damit sich eine Rinder-*finca* ausdehnen konnte, er hatte sich beim Besitzer der *finca* beschwert. Sie spürte, wie sich die knochigen Finger in ihren Arm bohrten. Sie glaubte, daß es nichts mehr gab, was sie noch tun konnte. Sie drehte sich um. Ihr Haß gegen sie bohrte sich wie ein Speer in ihren Rücken. Sie versuchte aufrecht zu gehen, um ihnen nicht die Genugtuung zu geben, sie eingeschüchtert zu haben. Sie stieg von der Veranda des Kommandozentrums der Militärbasis Playa Grande hinunter. Sie ging über den Paradierplatz, an den Soldaten vorbei und vorbei an den gepanzerten Wagen mit ihren geladenen Maschinengewehren und vorbei an der Sandsackmauer der Wache. Sie durfte nie Angst zeigen. Sie hielt die Hand der Witwe und spürte das angstvolle Zittern der kleinen Faust. Sie ging an dem spiralförmigen Stacheldraht des Umgrenzungszauns vorbei. Der Hund im Landrover bellte ihr entgegen und stieß gegen die Heckscheibe. Die Witwe ließ den Arm von Alex los und huschte, elfenzart, zu anderen Frauen, die außerhalb des Lagertores warteten. Sie kannten sich alle gut, die farbenfroh gekleideten Frauen, sie redeten und gestikulierten. Sie versuchten die Haltung zu bewahren. Ihre Sicherheit war ein Bluff. Wenn sie die ganze Zeit an ihre eigene Sicherheit dachte, hätte sie gleich das nächste Flugzeug nach Miami nehmen und Guatemala, dieser Witwe und den anderen Witwen den Rücken kehren können. Sie goß Wasser aus einer Plastikflasche in die Hundeschüssel und ließ ihn trinken und kraulte seinen Nacken. Die Witwe kam zu ihr zurück.

»Es war nicht der richtige Tag, um zu kommen …«

»Kein Tag ist das. Was wäre der Unterschied?«

Es war das dritte Mal, daß Alex die Witwe bei dem Versuch, das namenlose Grab des Verschwundenen zu finden, in die Militärbasis begleitet hatte. Beim ersten Mal hatte der Capitán auf die Bitte nach Auskunft nur gelacht. Beim zweiten Mal hatte er sie erst fünf Stunden warten lassen und dann kühl erklärt, daß die Morde das Werk von subversiven Kommunisten wären. Sie hoffte, sie hatte sie verborgen, ihre Angst.

»Nicht der richtige Tag. Es hat eine Schlacht gegeben. Viele Soldaten wurden getötet. Die Schlacht war im Dschungel von Petén. Viele getötet, deshalb sind sie so zornig, Miss 'Lex. Nicht der richtige Tag.«

Sie stellte die Wasserflasche weg. Sie beruhigte den Hund. Sie half der Witwe auf den Beifahrersitz des Landrover und startete zur Fahrt zurück über die nasse, unbefestigte Straße zum Dorf.

Sie sprach. »Es ist völlig idiotisch von den Guerilleros, weiterhin Soldaten zu töten. Es ist vollkommen unsinnig. Es macht das Leben für Leute wie Sie, Ihre Familie, Ihre Freunde so viel härter. Wenn Soldaten von Guerilleros getötet werden, dann sind

Sie es, Ihre Familie und das restliche Dorf, die darunter leiden. Guerillagewalt erzeugt nur Armeegewalt ...«

Die Witwe schien ihr nicht zuzuhören. »Sie sagen, Miss 'Lex, daß viele Soldaten getötet wurden.«

»Das ist keine Lösung«, sagte Alex scharf, ungeduldig.

»Darüber haben die Frauen gesprochen.«

»Sie sind Schultz, oder? Tom Schultz? Haben Sie einen Augenblick Zeit?«

Tom schwang in seinem Sessel herum. Er war fast durch. Er hatte Kopfweh vom Kaffee. Vor ihm lag das Büro des Attachés, hinter dem mattierten Glas oben an der Tür war kein Licht mehr zu sehen, und die anderen Schreibtische im Arbeitsbereich der DEA waren leer. Sie waren heimgegangen zu ihren kleinen Frauen und ihren kleinen Kindern. Es gab keine kleinen Frauen im Leben von Tom Schultz und keine kleinen Kinder, und wenig Chancen dafür, solange sich eine Narbe mit geröteter Haut von einem Ohr bis zum Kiefer zog, das Beste, wozu ein Feldchirurg in der Lage gewesen war ... Er bedeutete dem Mann, sich zu setzen. Ihm fehlten zwei Kufen für den Huey ... Also, wie um alles in der Welt konnte ein Pilot, sein Vorgänger, zwei Kufen bei einer Bruchlandung verlieren und sie ersetzen und vergessen, es aufzuschreiben? Letzte Woche im Speiseraum hatte der Chemiker ihn auf Kramer vom CIA hingewiesen.

»Bitte sehr.«

Er hielt Kramer für einen Collegetyp. Sah eher wie ein klassischer Lehrer aus, vielleicht Mathematik/Physik, als wie ein Mann, der vom CIA ins Feld geschickt wurde. Leichenblasse Haut und Augen, die von dicken Brillengläsern vergrößert wurden.

»Wie ich höre, waren Sie oben im Petén. Wie ich höre, haben Sie ein abgestürztes Flugzeug entdeckt. Wäre dankbar, wenn Sie mir durchgeben könnten, was Sie gesehen haben.«

»Wir haben einen Geheimdienstmann, wir haben einen Fiskalbeamten und einen Chemiker und einen Verbindungsoffizier. Sollten Sie nicht lieber zu denen gehen?«

»Hey, kommen Sie runter von Ihrem hohen Roß. Die haben nicht soviel Zeit für mich. Bitte, erzählen Sie mir einfach, was Sie gesehen haben.«

Tom tat es. Kramer hatte einen Minirecorder auf dem Schreibtisch, unterbrach ihn nicht. Die Antonov, das Feuer, die offenkundige Art der Ladung, die Spuren des zweiten Flugzeugs, die Gefangenen …

»… Da waren die Gefangenen. Ich hätte gedacht, wenn Arturo sie zu Tee und Kuchen eingeladen hätte, hätten sie ihm erzählt, was sie gesehen haben.«

Kramer gluckste, in einem hohen Ton, als ob das Schwachsinn wäre. Er schaltete den Recorder aus.

»Danke. Ich weiß es zu schätzen.«

»Warum interessiert es Sie?«

Achselzuckend. »Es ist nur so, daß da oben heute eine Kampfhandlung stattfand. Seit eineinhalb Jahren hat sich in dem Gebiet kein Furz mehr getan, und dann kommt ein Flugzeug angeflogen, und ein paar Regierungssoldaten werden ziemlich fachmännisch zu ihrem Herrn und Schöpfer geschickt … und natürlich, wenn ich loslege, dann sehen die in Langley, daß ich ein fleißiger kleiner Junge bin … Es war gute Arbeit, wie man hört, ein professioneller Angriff. Gute Nacht.«

7

Seine Meinung war nicht gefragt. Tom Schultz war der Spielball. Der Attaché hatte ihm erzählt, daß der Botschafter flotte Partys gab und die Angewohnheit hatte, jeden jungen aufstrebenden Bundesangestellten, der nach Guatemala City abkommandiert war, einfach einmal einzuladen. Sie kamen zu dem kugelsicheren Fenster, an dem er stand, belehrten ihn über irgendwas und gingen weiter.

Ein Rinderfarmer mit vierundzwanzig Quadratmeilen Weideland im entfernten Franja Transversal del Norte.

»… Ich glaube, euch Amerikanern ist etwas gedämmert, und es wurde auch Zeit. Früher habt ihr uns ewig erzählt, wie wir leben sollen. Das habt ihr jetzt aus eurem Weltbild gestrichen. Die ›America First‹-Politik ist auch viel angemessener, kümmert euch um euren Kram, und wir kümmern uns um unseren. Wir sind ein demokratisches Land, das die Bedrohung durch einen kommunistischen Aufstand überwunden hat, und wir hatten keine Hilfe aus Washington. Das gibt uns die Berechtigung, als Gleichberechtigte nebeneinander zu stehen, die Vereinigten Staaten von Amerika und Guatemala. Gegenseitige Achtung führt zu sehr viel besseren Resultaten. Was ich damit sagen will, ist, daß eure Administration in Washington uns weiterhin in Ruhe lassen und uns nicht im Nacken sitzen sollte. Wissen Sie, wen Sie einmal kennenlernen sollten? Meinen zukünftigen Schwiegersohn, ist in der Armee, ein hervorragender junger Mann, ein wahrer Patriot …«

Die Frau des Botschafters strahlte in einem schulterfreien Kleid.

»Sie haben keine Familie hier, Mr. Schultz? Schade. So ein wunderbares Land für Ehefrauen und Kinder. Herbie und ich, wir waren schon überall, aber ich sage ihm immer, daß das hier das schönste Land ist, in dem wir das Vergnügen hatten, akkreditiert zu sein. Sie sollten zum Lake Atitlán hinauffahren, so friedlich, so eine Ruhe. Und so freundliche Leute ...«

Der Evangelistenprediger war aus Louisiana und trug polierte Cowboystiefel, einen Gürtel mit einer breiten Schnalle und 150-Dollar-Jeans.

»... Sie sind wahrscheinlich noch nicht lange genug hier, um es erkannt zu haben, aber das ist ein großartiges Land für missionarische Arbeit. Die Katholiken konnten fünfhundert Jahre frei über die Indianer verfügen, und sie haben ihnen Subversion und Widerspenstigkeit beigebracht. Ihre Zeit ist um, und wir haben eine Regierung hier, die klug genug ist zu erkennen, daß dieses Land die evangelistische Bewegung braucht. Wir lehren den Indianern das wahre Wort der Bibel, nicht diesen liberalen Unsinn, mit dem die katholische Kirche hausieren geht. Was die Indianer brauchen, ist Gott, nicht katholische Politik. Ich sage Ihnen, Mr. Schultz, das hier ist eine gute Regierung. Das ganze Gerede von Menschenrechtsverletzungen beruht nur auf den Lügen der Jesuiten und Liberalen daheim. Die Indianer sind ganz liebe Menschen, alles, was sie wollen, ist ein Dach über dem Kopf und genug Mais, um Tortillas daraus zu machen, dieses Gerede von Freiheit ist nur kommunistisches Geschwätz, das sie verwirrt. Meine Kirche ist der Bethel Tempel, mein Wahlspruch ist ›Jesus liebt dich‹, wir sind oben in Chichicastenango, Sie sollten an einem Sonntagmorgen einmal vorbeischauen, und Sie werden sehen, was für ein großartiges kleines Land das ist ...«

Der uniformierte General hatte die Brust voller Ordensbänder und stellte sich als Kommandeur G-4 (Logistik) vor.

»... Es ist die Stärke dieses Landes, Mr. Schultz, daß wir eine von Kommunisten angezettelte Revolution abgewendet haben, ohne daß wir um amerikanische Hilfe bitten mußten. Sie können in jedem mittel- oder lateinamerikanischen Land fragen, und man wird Ihnen sagen, daß wir die am besten ausgebildete und motivierte bewaffnete Streitmacht haben, wir sind die Besten. Wir haben den Kampf auf dem Schlachtfeld gewonnen, und wir haben ihn in der politischen Arena gewonnen. Wir haben die Guerilla militärisch geschlagen und wir haben diesen Scheiß – entschuldigen Sie den Ausdruck – vom ›Freiheitskampf‹ im Mülleimer der Geschichte versenkt. Ich stelle fest, daß wir nun die Unterstützung der Vereinigten Staaten haben, weil Ihre Regierung schließlich klug genug war, ihre wahren Freunde in dieser Region zu erkennen. Ich frage Sie, was wäre passiert, wenn die Kommunisten in Guatemala gesiegt hätten? Nein, ich kann es Ihnen sagen, es hätte hier ein zweites Kuba gegeben. Soviel ich weiß, ist Mario Arturo Ihr Verbindungsmann, ein ausgezeichneter Offizier, ein äußerst pflichtbewußter Mensch …«

Der Anzug des Geschäftsmannes sah aus, als ob er aus New York stammte, sehr teuer, und er mischte den Sekt mit Orangensaft aus dem Krug der Bedienung.

»… Ich mag Amerikaner. Ich habe einige sehr gute Freunde im Lenkungsausschuß der AmCham, das ist die Amerikanische Handelskammer. Sie müssen wissen, als es für uns hier schwierig war, als wir uns einer prinzipienlosen Isolationspolitik aus Washington gegenübersahen, war es die AmCham, die uns standhaft weiter unterstützte. Sie hat begriffen, daß dieses ganze liberale Gerede über Gewerkschaften und Arbeitnehmerrechte nur unser Land zerstörte. Wir zahlen großzügige Löhne in Guatemala, wir haben gute Arbeitsbedingungen. Leute, die nie in Guatemala waren, werden Ihnen erzählen, daß unsere Indianer ausgebeutet werden und in Armut leben. Was will der Indianer? Er will Arbeit, ein Dach über dem Kopf und was zu essen im Bauch. Kennen Sie Florida, Mr. Schultz? Ich fahre mit meiner Familie zweimal im Jahr nach Florida, im Frühling wohnen wir im Sheraton in Key Largo, im Herbst im Hyatt Regency in Grand Cypress …«

Niemand von ihnen, weder der Rinderfarmer noch die Frau des Botschafters, weder der Evangelistenprediger noch der General oder der Geschäftsmann hatten nach seiner Narbe gefragt. Sie hatten keine große Sache daraus gemacht, aber sie hatten es ihm auch nicht leichter gemacht. Sie hatten verdammt genau hingeschaut, sie mit den Augen seziert. Ihm war danach, zwei Gläser gegeneinander zu schlagen, um den Salon zum Schweigen zu bringen. »Hört mal her. Ich wurde von einer schultergestützten SAM vom Himmel gepustet, habe eine Apache Cobra verloren und einen Bordschützen. Verdammt scheußliche Landung, fürchterliches Feuer. Du kommst nicht groß raus, wenn du abgeschossen wirst, du hast verdammt noch mal versagt ... und was dieses Versagen so schmerzhaft macht, ist die Narbe, und ihr Scheißtypen schaut daran vorbei.«

Es regnete, als Tom Schultz ging, und er mußte zum hinteren Teil des Parkplatzes auf der Rückseite der Botschaft rennen, vorbei an der Reihe der Limousinen und den wartenden Chauffeuren und den waffenstarrenden Leibwächtern.

Am ersten Abend nach dem Gefecht, als sie im Wirrwarr der Dunkelheit ihr Lager aufgeschlagen hatten, hatte Gord die neue Zuversicht in der Gruppe bemerkt.

Es hatte über ihnen gedonnert, und manchmal waren die grellen Blitze so nahe gewesen, daß sie ein fahles Licht auf die kleine Lichtung warfen, die sie für ihr Biwak ausgesucht hatten. Gord hatte sich abseits von der Gruppe gesetzt, das war seine Art, und hatte das aufgeregte Flüstern von Harpo und Groucho gehört, als sie Zeppo erzählten, was sie ausgerichtet hatten. Und er hatte das Gefühl, daß Jorge sich zum ersten Mal aufgeplustert hatte, als ob die Eitelkeit an ihm nagte. Der Archäologe wollte mit ihm reden, doch Gord achtete nicht auf ihn, er war zu müde, und ihm ging zuviel im Kopf herum; er hätte gesagt, daß der Archäologe unter der Last, die man ihm aufgebürdet hatte, gut marschiert war, und er hatte sich im Geist vorgemerkt, Stiefel für ihn zu besorgen, wenn sie wieder auf besiedeltes Gebiet stießen, aber er konnte sich nicht aufraffen, mit dem Mann zu reden.

Am nächsten Morgen, als sie aufbrachen, nachdem der Lagerplatz gesäubert und die Latrine zugeschüttet und der Müll vergraben worden war, sah Gord, daß die Marschleistung abnahm. Er hatte die Rolle des Antreibers übernommen. Er wechselte sich darin ab, mit Eff und Vee und Zed zu führen, einen Weg zu bahnen, wenn es keinen Pfad gab und wenn sie nicht unter niedrigem Gewächs durchkriechen konnten, und das Schlußlicht zu machen, wo er Zeppo und Harpo und Groucho schubsen und antreiben konnte.

Er glaubte, daß ihr Widerwille gegen ihn wuchs.

Zeppo hatte sich hingesetzt, als sie vorne aufgehalten wurden, und als sich die Kolonne wieder in Bewegung gesetzt hatte, war er sitzengeblieben, hatte seinen dicken Bauch massiert, ihn gestreichelt wie den Rücken einer Katze und sich bei Gord beschwert, daß es Zeit für die Ruhepause wäre, und laut dem Zeitplan waren es noch vier Minuten und achtundzwanzig Sekunden bis zur nächsten Ruhepause. Er zog Zeppo hoch und trieb ihn vorwärts.

»… Wir hätten Sie nicht gebraucht. Wär' besser gewesen, Sie wären nicht gekommen.«

Mitte des Vormittags, und Harpo hatte mitten im Marschieren seinen Rucksack abgeschnallt und über die offenen Wundstellen auf seinen Schultern gemeckert und nach den neu rekrutierten Indianern gerufen, damit sie seinen Rucksack für ihn trugen, während er mit einem dreckigen Tuch über die kahle Breite seines Schädels wischte, und ein lautstarker Streit hatte sich entwickelt, weil Gord es nicht duldete und Eff und Vee und Zed und die neuen Rekruten ohnehin bereits über ein faires Maß hinaus beladen waren und auch noch den Flammenwerfer hatten.

»… Sie glauben, Sie wissen alles. Sie wissen nichts. Wir sind ohne Sie besser dran …«

Früher Nachmittag, und Groucho blieb stehen und verzog schmerzverzerrt das Gesicht, und der teilnahmsvolle Archäologe war bei ihm, und er jammerte über Magenkrämpfe, und Gord hatte ihm das abgekauft und zwang sich zu Kälte, denn es gab keine andere Möglichkeit, als Druck zu machen, und er fauchte den Archäologen an, sich um seine eigenen Angelegenheiten und um seine Last zu kümmern, und stieß Groucho in den schmalen Rücken, um ihn wieder in Trab zu bringen.

»... Sie treiben uns zu hart an, und Sie machen uns fertig, und was ist damit erreicht? Wir haben beim Gefecht gezeigt, daß wir kämpfen können ...«

Es würde irgendwann knallen, er wußte es. Sie stolperten vorwärts in dem schummrigen, grünen Licht und dem Schatten, und der Regen fiel beständiger.

Immer wenn sie weiterzogen, war das quietschende Rädergeräusch von der Achse des Karrens da.

Jedesmal wenn sie anhielten, zusammensackten, um zu trinken, ging Gord zu Jorge und bat um die Karte, und er verbrachte die zehn Minuten damit, sie zu studieren und mit seinem Kompaß zu vergleichen, und jedesmal fuhr sein Zeigefinger die imaginäre Route entlang, die von der Limonenfarbe des Dschungels zum Blaßgelb führte, wo das Gelände von 150 Meter über Meereshöhe zu dem Ocker der Vorberge anstieg, das bei 300 Metern über der Küstenlinie der Karibik begann, und weiter zu den braunen und malvenfarbenen Cuchumatanes, wo die Gipfel 3000 Meter und höher waren. Dort lag sein Gral, es ging darum, das kühlere Bergland zu erreichen, das stinkende, stickige, klebrige, beschissene Durcheinander des Dschungels von Petén hinter sich zu lassen.

Sie hatten zwölf Meilen in zwei Tagen geschafft, und Gord hielt das für ein Wunder. Und am nächsten Tag würde es schlimmer werden. Während sie am Abend das Lager aufschlugen, steckte Jorge mit Eff und Vee und Zed die Köpfe zusammen. Bevor die Zeltplane ausgerollt war, bevor die Moskitos sie heimsuchten, bevor Groucho in seinem sich leerenden Verpflegungssack gewühlt hatte, bevor das Loch für die Latrine gegraben worden war, gingen die drei Indianer davon.

Ein Treffpunkt war vereinbart worden. Sie würden vierundzwanzig Stunden weg sein. Sie waren losgezogen, um nach Rekruten zu suchen.

Der Regen rann über ihre Köpfe und Schultern und sammelte sich in ihrem Schoß, er fiel schwer von den oberen Blättern. Sie saßen in einem kleinen Kreis zusammen, während sie ihre Schleimsuppe aus Trockenpulver, mit Regenwasser vermischt, aßen. Es war unmöglich, daß Jorge die Spannung, die wie in einem Vulkan anstieg, nicht bemerkte, aber er hielt sich heraus. Jorge sprach ruhig von seinem Vater, von der Legende. Eine sanfte Stimme, die an das Geheimnisvolle rührte, und sie hörten ihm schweigend zu.

Gord ließ es geschehen, bis das Essen vorbei war. Er konnte ihre Gesichter nicht sehen …

Er gab ihnen die Peitsche.

»O.k., so weit, so gut, bis jetzt wurdet ihr verwöhnt, und durch Verwöhnung wird man fett und faul. Wenn jemand von euch glaubt, daß irgendwas, was wir bisher erreicht haben, von Bedeutung ist, liegt er völlig falsch. Wir sind nirgendwo, und wir haben nichts erreicht. Wir haben jetzt die ersten Regenfälle, und ich schätze, die Regenzeit ist unsere beste Chance. Die Regenzeit bietet uns zwei Vorteile. Wir kommen in höhere Lagen, und der Regen und die tiefen Wolken werden die Zahl der Stunden verringern, in denen Flugzeuge und Hubschrauber operieren können. Es ist wichtig für uns, daß sie wetterbedingt am Boden bleiben, ganz besonders, wenn wir den Dschungel verlassen. In höheren Lagen werden die Straßen bei schlechtem Wetter aufweichen, weggespült werden, sie werden Probleme haben, mit gepanzerten Fahrzeugen vorwärts zu kommen … Wir sind unter Druck. Wir müssen ihnen immer weiter voraus sein, als sie uns zutrauen. Darauf basiert die ganze militärische Operation …« Er hörte das verächtliche Schnauben von Harpo.

»… Und nun zu mir persönlich. Ich kann auf der Stelle umkehren. Ich kann euch hier und jetzt verlassen. Ich kann durch den Petén gehen und über die Grenze nach Belize. In Belize bekomme ich von meiner eigenen Armee ein schönes Bad und ein richtig gutes Essen und so viele Dosen Bier, wie ich trinken kann. Ich kann einen Flug zurück nach Großbritannien nehmen, wann immer ich will. Wenn ich nicht von jedem einzelnen von euch höre, daß ihr mich wollt, daß ihr auf mich hört, dann bin ich weg. Ich will es hören …«

Der Archäologe murmelte nervös: »Nicht mein Bier, aber das ist ja eine tolle Art, eine Revolution zu führen …«

Schweigen. Die Moskitos schwirrten summend um ihn. Jorge sagte: »Wir wollen Sie.«

Der heisere Schrei eines wilden Truthahns.

Zeppo sagte säuerlich: »Sie sollten bleiben.«

Die panikartige Flucht eines Fasans.

Harpo sagte widerwillig: »Wir können zusammenarbeiten.«

Der tropfende Regen schlug wie ein Trommelrhythmus.

Groucho sagte zögernd: »Wir sind wie ein Mann.«

Sechs Guerilleros schlossen sich ihnen am Morgen an. Sie waren bis auf ihr Skelett abgemagert, ihre Kleidung waren Lumpen, und sie verschlangen das Essen, das Groucho ihnen gab.

Gord übernahm die Führung, erhöhte das Tempo.

Er las die Zusammenfassung vom Bericht des Vernehmungsbeamten.

Der Beobachtungspunkt war hinter Bäumen gelegen, ihre Sicht war unvollständig gewesen.

Colonel Arturo überflog die eine, maschinengetippte Seite.

Das erste Flugzeug war gelandet, zwei Flügel auf jeder Seite. Es waren acht Männer gewesen, die aus dem Flugzeug gekommen waren. Sie hatten Kisten abgeladen. In den Kisten waren Gewehre. Es waren drei Indianer unter den Männern gewesen, und drei weitere, die alt waren und Latinos, und einer, der jung war und auch Latino. Es hatte einen letzten Mann gegeben, einen, der sich am meisten ins Zeug legte, die Kisten aus dem Flieger zu schaffen. Der letzte Mann war ein weißer Europäer. Die vernommene Person hatte gewußt, daß er Europäer war, weil sie einmal in der Nähe von Sayaxché unter einem deutschen Ingenieur bei einer Ölbohrung gearbeitet hatte. Die vernommene Person konnte einen weißen Europäer von einem Latino unterscheiden. Ein zweites Flugzeug war beim Landeversuch abgestürzt.

Die Faust von Colonel Arturo lag geballt auf dem Blatt Papier. Er fragte sich, wie der Mann, den er gesehen hatte, naß gespritzt, das Bewußtsein wieder erlangend, befragt, wieder unter die *capucba* gesteckt, stoßweise atmend, es fertiggebracht hatte, so eine sachliche und chronologische Aussage zu machen.

Er rief ein Büro im G-2 hinter dem Palacio Nacional an. Nein, wurde ihm beschieden, es war nicht mehr möglich, die vernommene Person weiter zu verhören.

Er rief das Büro des Generalstabschefs an, aber der war zu einer Party in ein Restaurant gegangen, weil seine Frau Geburtstag hatte. Er rief das Büro des Geheimdienstchefs an, der war im Armeeklub, Tennis spielen. Er rief das Hauptquartier des Armeekommandos Peténregion an, und man sagte ihm, daß der Brigadegeneral nicht erreichbar sei.

Er schwenkte in seinem Stuhl herum. Sein Kinn ruhte auf seinen verschränkten Fingern. Er blickte auf die Wandkarte mit den verschlüsselten Symbolen, die die Standorte der Streitkräfte des Landes anzeigten. Er hatte auf der Karte mit einer orangefarbigen Stecknadel einen Punkt südöstlich der *finca* Santa Amelia markiert und einen zweiten auf der Straße von Sayaxché nach Chinajá.

Die Aufregung hatte sich gelegt.

Der Archäologe mühte sich, das vorgegebene Tempo zu halten. Der Engländer war unbarmherzig zu ihm. Wenn er zurückfiel, wenn die Indianer, die die Last des Karrens mit den Röhren beförderten, ihn passierten, wenn die Latinos ihn mit dem Ellbogen zur Seite stießen, wenn er am Ende der Kolonne war, dann spürte er, wie ihn der Engländer anstieß oder ihm in den Hintern trat. Er hatte immer gedacht, daß er gut in Form sei, aber er hatte sich geirrt.

Ein Impuls hatte ihn in den Dschungel geführt, um der Gruppe zu folgen, und er war sechs Stunden lang auf ihrer Spur geblieben, während er um den Mut rang, zu ihnen aufzuschließen. Der Impuls war längst weg. Der Atem blieb ihm aus, die Muskeln an seinen Waden und Oberschenkeln schmerzten, seine Arme und sein Körper waren wund gekratzt. Mit jedem Schritt, den er unter der Last der Gewehre und der Mörsergranaten machte, wurde die Entscheidung, die aus seinem Impuls gefolgt war, zwingender. Es gab kein Zurück mehr … Die Riemen der drei Gewehre schnitten in seine Schultern, und die Last der Mörsergranaten zog ihn hinunter. Während sein eigener Antrieb immer schwächer wurde und das aufregende Gefühl nachließ, fühlte sich der Archäologe immer mehr zu dem schweigsamen Engländer hingezogen, der die Kolonne brutal vorwärts trieb.

Bei jeder Ruhepause ließ er sich neben den Engländer plumpsen.

Bei jedem Halt saß er nahe bei dem Engländer, ein Hund zu Füßen seines Herrn, wie damals, als er jung gewesen war; seine Eltern hatten eine Mischung aus Labrador und Spaniel gehabt, und der Hund hatte sich an den Winterabenden an ihn geschmiegt. Er ließ sich immer neben dem Engländer nieder und beobachtete ihn bei der Arbeit, wie er seine Rucksackriemen prüfte, seine Waffe reinigte, in die verschlissene Karte vertieft war, Stiefel und Socken ausgezogen hatte und seine Füße massierte.

Er platzte mit seinen Fragen heraus.

»Es würde mich wirklich interessieren, warum Sie hier sind, Gord …«

»… Hat es politische Gründe, Gord, sind Sie wie ein Liberaler …?«

»… Acht Männer dahinten auf der Straße getötet, belastet Sie das, Gord …«

»Ihre Familie daheim, wissen die, daß Sie in Guatemala sind? Was halten sie davon …?«

»… Eine Revolution und schnurstracks ins Zentrum von Guatemala City marschieren, war das Ihr Ernst oder nur ein Witz …?«

»... Gord, das ist ein Militärstaat. Könnt ihr gewinnen? Ist ein Sieg tatsächlich möglich ...?«

»... Ist es deshalb, weil Sie etwas erlebt haben, das ungerecht war, und es ändern wollten ...?«

Nie eine Antwort. Manchmal ein leises Lächeln, manchmal nur ein gereizter Schlag nach einer Fliege, manchmal ein leiser Fluch über die Belästigung. Er hatte eine Freundin, eine gute, aber auf Eis gelegte Beziehung, an der psychologischen Fakultät der Universität von Minnesota. Sie sprachen immer über ihre Studien ... aber er wurde aus dem Mann nicht schlau, und er glaubte nicht, daß seine Freundin mehr Erfolg gehabt hätte. Er würde ihn schon noch knacken, ganz bestimmt ... mit der Zeit würde er die Mauer des Schweigens brechen ...

Mit dem letzten Marschabschnitt des Tages, als sie sich bei schwindendem Licht vorwärts kämpften, erreichten sie die gerodete Fläche.

Groucho erzählte Gord, daß es ein Ort der »Gemeinden des Widerstands« war. Über die Fläche waren kleine Hütten aus roh bearbeitetem Holz mit breiten Blättern, die zu Dächern aufgeschichtet worden waren, verteilt. Keine Menschenseele war zu sehen, kein Vieh, keine Hühner, und die Stille hing in der Dämmerung, und der Regen fiel schwerer durch das Blätterdach.

Groucho erzählte Gord, daß es das Lager einer Gemeinde war, die vor der Armee geflohen war und sich ein neues Zuhause in der Verborgenheit des Dschungels geschaffen hatte. Jorge war vorausgegangen, nur von Zed begleitet. Mit Handzeichen signalisierte Gord hinten am Waldrand den anderen in der Kolonne, auszuschwärmen. Sie waren alle wachsam. Jorge hatte seine Waffe bei Zeppo zurückgelassen und ging unbewaffnet in die Mitte der Lichtung. Vor einer Hütte schwelte ein halb ausgetretenes Feuer. Es gab ausgetrampelte Pfade. In der Nähe von Jorge standen gefüllte Wassereimer. Kinderkleidung hing von einer geflochtenen Leine und triefte noch vor Nässe. Es waren ein Dutzend Hütten, die Gord sehen konnte, vielleicht noch mehr, die seinem Blick verborgen blieben, es gab Pferche aus abgeschnittenem Dornengestrüpp, um Vieh darin zu halten, es gab kein Geräusch und keine Bewegung.

Wenn die Flugzeuge den Ort fanden, erklärte Groucho Gord, wurde er mit Napalm bombardiert, wenn ihn die Soldaten fanden, würden sie ihn dem Erdboden gleichmachen und die Gemeinde in die neuen, sicheren Dörfer zurücktreiben.

Gord bedeutete den anderen zurückzubleiben. Er hielt die Maschinenpistole über der Hüfte. Er bewegte sich leichtfüßig auf Jorge zu. Noch ein paar Minuten, und die Dunkelheit hatte den Platz eingehüllt, und sie waren den letzten Teil des Tages tüchtig marschiert und brauchten ihr Essen und ihren Schlaf. Er war fast ärgerlich darüber, daß sie zufällig auf diesen Ort gestoßen waren und das Essen und der Schlaf nun warten mußten.

»Jorge, wir haben keine Zeit mehr. Wir sollten durchmarschieren. Wir sollten weitergehen. Wir sollten …«

Er fiel.

Es ging abwärts. Der Boden sank unter ihm weg. Um ihn herum ertönten schrille Schreie. Panikartige Bewegung, Trippeln und Taumeln. Die Schreie gellten in seinen Ohren.

Die Maschinenpistole wurde ihm aus der Hand gerissen, als er mit dem Ellbogen gegen den Rand des Loches krachte.

Die Schweine flohen, krabbelten aus der Grube, scheuerten an seinem Körper und sprangen aus dem Loch, und im Gesicht traf ihn der Flügelschlag der Hühner. Er hörte das Gelächter rund um die gerodete Fläche hallen. Wann hatte er zuletzt Gelächter gehört? Das laute Lachen von Zeppo und Harpo und das Gekichere von Groucho und das schrille Quieken der Indianer. Er kochte vor Wut. Die Wut kam von seiner Demütigung. Das Gelächter schallte in seinen Ohren, lauter und fröhlicher. Er schrie um Ruhe. Das war ein Bruch der Disziplin, das war der Verlust der Autorität. Die Schweine waren geflohen, die Hühner davongeflogen. Er holte die Stablampe aus seinem Kampfanzug. Er bückte sich unter die hastig aufgeschichteten Zweige, über die ein Zentimeter Erde geworfen worden war, um den Tunneleingang zu verbergen. Er leuchtete mit der Taschenlampe in die Nische auf dem Boden der Höhle. Er sah das Kind, das ein Ferkelchen, nicht älter als eine Woche, in den Armen hielt. Er sah die weit geöffneten Augen von weiteren Kindern. Er schwenkte die Taschenlampe herum. Ein zusammengekauerter Mann hielt ein Messer in der Hand. Eine Frau zog ein Wickelkind enger an ihre Brust. Gord schwenkte die Lampe wieder. Er leuchtete ihnen voll ins Gesicht, und er lächelte über ihre Furcht. Er reichte dem Mann mit dem Messer die Hand. Er schwang sich aus dem Loch und streckte den Arm hinunter, um dem Mann mit dem Messer herauszuhelfen.

Es gab Rufe in einer Sprache, die er nicht verstand, und es gab schrille Pfiffe, die Dschungelvögel nachäfften.

Die Lichtung füllte sich im letzten Abendlicht mit Männern, Frauen und Kindern, die aus den Tunneln auftauchten, und Tieren, die in Gruben versteckt worden waren, und Hühnern, die vom Boden hochstoben.

Groucho kam zu Gord, und er grinste immer noch, und er wischte sorgfältig die Erde von Gords Hosen.

Der Archäologe war neben Gord. »Wegen diesen Menschen und Menschen wie ihnen, sind Sie deshalb gekommen?«

In der Garnison in Playa Grande saß der Capitán in seinem Büro und blätterte gelangweilt in einer Zeitung und dachte an sein Mädchen in Guatemala City und wartete auf eine Antwort auf den Funkspruch, den er an das Büro der G-2 gesendet hatte. Der Funkspruch erbat Befehle, wie er auf die Aktivitäten von einem Scheißweib der Friedensbrigaden reagieren sollte. Der Capitán wußte, in welchem Dorf sich Alex Pitt heute nacht aufhielt.

Der Major vom G-2 murmelte: »Wenn es niemand sehen würde …«

»Auf offener Straße«, soufflierte Benedicto.

»Wenn es eine Stelle ohne Zeugen wäre …«

»Allein auf offener Straße.«

»Wenn es in einer Gegend wäre, wo es nachweislich Angriffe von Aufständischen gibt …«

»Ausländer werden gewarnt, die Dörfer um Playa Grande zu besuchen.«

Der Major vom G-2 kratzte sich leicht am Ohrläppchen. »Wenn eine Vernehmung möglich wäre, wenn wir die Linien der Kontakte verfolgen könnten, tiefer in das Netzwerk der Verschwörung eindringen …«

Ein kaltes, dumpfes Lachen. »Eine Person, die in Haft genommen und verhört wird, ist ein Zeuge.«

»Wenn …«

Gord hatte zu dem Archäologen ruhig gesagt, er möchte so freundlich sein, ihn allein zu lassen.

Er saß am Rand der gerodeten Fläche, mit dem Rücken zum Dschungel, und die Maschinenpistole lag quer über seinem Schoß, und der Karren stand hinter ihm, und seine Kanten drückten in seine Schultern.

Ein Feuer mit lodernden Zungen brannte auf einem hohen Holzstoß in der Mitte der gerodeten Fläche. Ein Schwein war geschlachtet worden, seine Kehle war ihm nach einer wahren Hetzjagd mit einem Messer durchschnitten worden. Scheiben von Fleisch wurden an einem langen Spieß gebraten. Sie hatten das gegorene Maisgebräu getrunken. Gord dachte, das war die Atmosphäre, die Jorge gesucht hatte. Eine Marimba wurde gespielt, die angeschlagenen Röhren machten eine hämmernde und drängende Musik, anders als alles, was er je gehört hatte.

Er saß für sich allein und schaute zu.

Sie waren in einem Halbkreis versammelt, mit dem Gesicht zum Feuer.

Unter sie gemischt, unter die Männer und Frauen und Kinder gestreut, waren die Guerilleros, die sich ihnen angeschlossen hatten, und Eff und Vee und Zed und die Dorfhirten, die sie dazu gebracht hatten, mit ihnen zu marschieren.

Jorge stand auf der entgegengesetzten Seite des Feuers, so daß die Flammen um ihn zu züngeln schienen und sein Gesicht in ihrem Schein lag. Das Tarnmuster seines Uniformrocks war hell erleuchtet, und seine Hände, die mit dem Gewehr gestikulierten, warfen hüpfende Schatten auf die niederen Wände der Häuser hinter ihm. Es war ein indianischer Dialekt, und Gord verstand kein Wort. Aber es war die richtige Bühne für Jorge. Es war die erste bravouröse Vorstellung, und es schien Gord, als habe der junge Mann die Erschöpfung, die er mit ihnen allen teilte, abgeworfen. Er fesselte sein Publikum so, daß es wie gebannt schwieg. Er konnte mit einer weichen Resonanz sprechen, die von der Helligkeit der Feuerseite, über den halberleuchteten Mittelgrund, bis an den Rand der Finsternis trug, wo Gord saß.

Gord schaute zu, wie Jorge den Rekrutierungsoffizier spielte, und war nicht stolz darauf, daß er selbst die Männer dieser versteckten Gemeinde auf ihre Fitneß und ihre Muskeln hin gemustert und abgeschätzt hatte, was sie tragen konnten und wie sie kämpfen würden. Am Ende sprach Jorge von der Zukunft, er kniete dicht am Feuer und sprach mit der Überzeugung eines Missionars. Gord überkam eine Traurigkeit, denn er konnte nicht sagen, wohin irgend jemand von denen, die sich ihnen anschlossen, geführt werden würde; und er fühlte keinen Stolz, denn die einzige Gewißheit waren Gewaltmärsche und Schlachten und noch mehr Gewaltmärsche und tödliche Kämpfe auf dem Weg nach Guatemala City. Es folgte der abschließende Appell, Jorge stand wieder, groß und mit geradem Rücken, und seine Stimme hob sich am Ende, als er ihre Hilfe forderte. Es war gute Arbeit …

Der Morgen würde zeigen, wie gut. Am Morgen würden sie wissen, wie viele von den Männern mit den breiten Schultern und den Muskeln und der Fähigkeit zu lernen, wie man kämpfte, sich ihrem Marsch anschließen würden. Auf der Karte waren Guatemala City und der Palacio Nacional zweiundachtzig Meilen entfernt – Luftlinie.

Es gab donnernden Applaus.

Die Musik hämmerte, und die Krüge mit vergorenem Mais

kreisten schneller um den Halbmond, und das Feuer wurde höher geschichtet, und das nasse Holz prasselte wie Gewehrfeuer.

Die Kinder tanzten.

Die Kinder hielten sich bei den Händen. Gord glaubte, den Jungen zu sehen, der das Ferkel im Arm gehalten hatte. Sie lebten im Schlamm, und sie lebten im Dschungel, und ihre Mütter hatten ihnen ihre beste Kleidung angezogen, geschrubbte Hemden und saubere Kleider. Die Kinder hielten sich bei den Händen, und sie bewegten sich zur Musik der Marimba in einer schlangenartigen und geschlossenen Reihe. Sie wogten nahe ans Feuer und waren im Licht, und weg vom Feuer und waren im Schatten. Einmal drehte sich die Reihe vom Feuer weg und kam an Gord vorbei, und die kleinen Füße der Kinder, nackt und schlammbedeckt, hopsten über seine Beine. Tanzende Füße und tanzende Augen, Lächeln. Ein Junge streckte die Hand aus und versuchte, Gord auf die Beine zu ziehen, und er löste sich aus dem Griff des Kindes und schloß seine Hände um den Lauf und den Schaft des Maschinengewehrs. Er schaute zu, wie die Reihe der tanzenden Kinder als Silhouette vor dem Feuer von ihm wegschlängelte.

Groucho war neben ihm.

»Bezaubernd, wunderschön – sie sind die Zukunft.«

»Wenn Sie das sagen.«

»Dafür kämpfen wir, für die Zukunft dieser wunderschönen Kinder.«

»Gefühle helfen Ihnen nichts.«

»Wenn Sie nichts haben, woran Sie glauben können, Gord, können Sie dann kämpfen und siegen?«

Er starrte auf den dunklen Lauf des Maschinengewehrs hinunter, und für einen Moment beleuchtete das Licht des Feuers den Munitionsgürtel.

Groucho fragte: »Darf ich Ihnen ein Gedicht vortragen, Gord?«

»Ich habe nie viel Zeit für Poesie gehabt.«

Er rezitierte.

Ich,
ein Mann, kämpfend
in der Mitte des Jahrhunderts,
sage euch: am Ende
des Jahrhunderts
werden die Kinder
glücklich sein.
Sie werden lachen,
wiedergeboren in Gärten.

Es waren nur Worte. Worte waren leer. Es hatte Kinder gegeben, die in den Straßen von Karbala spielten, und es hatte Kinder gegeben, die in diesen Straßen standen und weinten, als sie in ihrem Landrover in die Wüste davonfuhren, und es würde Kinder gegeben haben, die sich in den Kellern duckten, als die Panzertruppen der Republikanischen Garden wieder in die heilige Stadt der Shia eingefallen waren.

Aus
meinem bittern Dunkel
geh ich hinaus
über meine Zeit
und sehe
am Ende des Wegs
glückliche Kinder!
nur glückliche!
Sie fliegen auf
zur Sonne
wie Schmetterlinge
nach dem Sturm.

Er dachte an die Schmetterlinge, die sie an diesem Tag gesehen hatten, nach einigen hatte er in seiner Ungeduld geschlagen, wenn sie in sein Gesicht geflattert waren. An das Gold, Ocker und Bernstein und Scharlachrot ihrer Flügel.

Das Feuer brannte herunter. Die Party ging zu Ende.

Groucho sagte: »Das Gedicht hat Otto René Castillo geschrieben. Er wurde 1967 von den Regierungstruppen gefangengenommen. Ich war damals fünfundzwanzig, machte gerade meinen Doktor und war verliebt in meine Studienbücher. Er wurde gefangengenommen und gefoltert, und er wurde von den Regierungstruppen bei lebendigem Leib verbrannt. Nachdem ich das Gedicht gelesen hatte, ließ ich meine Bücher liegen und ging in die Berge und fand den Vater von Rodolfo Jorge Ramírez. Es war für die Kinder.«

»Ich verstehe«, sagte Gord.

Und Groucho war von seiner Seite verschwunden. Er wiegte das Maschinengewehr in den Armen. Er betrachtete die Kinder in der zunehmenden Dunkelheit, die Kette ihrer Hände war gerissen, und die Schmetterlinge im Licht gingen ihm durch den Kopf.

Der Feuerwehrmann schaute auf die Leichen herab.

Die Leichen lagen in einem Graben, und sie waren so gefallen, daß sie einen Damm bildeten, und rechts von ihnen hatte sich ein Wasserbecken angestaut.

Der Feuerwehrmann und die Männer seines Teams bekamen den Befehl. Sie planschten hinunter in den Graben. Sie zogen die oberste Leiche zuerst heraus und legten sie achtlos an der Straßenseite auf den Boden. Es regnete unablässig. Die Regenzeit hatte früh begonnen in Guatemala City, mehr Regen heute als am Tag zuvor, mehr Regen in dieser Woche als in der vergangenen. Die erste Leiche war nicht gezeichnet, keine Prellungen und keine Schnitte im Gesicht, nur die Drosselspur am Hals. Es war fast ein Jahr her, seit der Feuerwehrmann das Todeszeichen der Kordel gesehen hatte, die um die *capucha* gebunden wurde. Er kletterte mit einem zweiten Mann in den Graben hinunter. Dort, wo die Augen der zweiten Leiche gewesen waren, waren leere Höhlen. Er konnte die Zeichen lesen. Der erste war zu früh gestorben, und der zweite hatte dem Verhör zu lange widerstanden. Er stellte sich ein Messer vor, das sich langsam der Augenbraue, dem Augenlid, dem Augapfel näherte. Vielleicht eine Augenbraue, ein Lid, ein Augapfel herausgenommen, und dann das Geständnis für den Vernehmungsbeamten. Vielleicht war das Geständnis erst nach dem zweiten Auge gekommen … Er hob die Leiche heraus.

Andere trugen die beiden Leichen zur hinteren Ladetür des Feuerwehrautos.

Er bekam eine Zigarette von einem Polizisten. Der Polizist war gesprächig, nervös wegen dem, was er gesehen hatte.

Der Polizist erzählte ihm die Geschichte, die erzählt wurde; was er von einem Freund gehört hatte, der einen Bruder hatte, dessen Frau als Serviererin im Speisesaal der Offiziere im *estado mayor* arbeitete. Die Serviererin im Offiziersspeisesaal des Oberkommandos hatte es ihrem Mann erzählt, der es seinem Bruder erzählt hatte, der es seinem Freund erzählt hatte; sie hätte gehört, wie die Colonels und Brigadekommandeure über die Landung eines Flugzeugs im Petén sprachen und über eine Kampfhandlung auf der Straße von Sayaxché nach Chinajá, bei der viele Soldaten gestorben seien. Das war die Geschichte, die der Polizist mit den Zigaretten dem Feuerwehrmann offerierte …

Als die Leichen im Leichenschauhaus abgeladen waren, als sein Dienst zu Ende war, ging der Feuerwehrmann heim. In dem Zimmer, in dem er mit seiner Frau und seiner Tochter schlief, in dem Haus, das er mit seiner Mutter, seinem Vater und seiner Schwester teilte, packte er eine kleine Tasche. Der Feuerwehrmann erzählte seiner Frau, was er gehört hatte. Er küßte seine Frau in der Abgeschiedenheit ihres Schlafzimmers. Er ließ sie betäubt und mit dem Baby im Arm zurück. Er ging zum Busbahnhof in Zona 4 und kaufte eine einfache Fahrkarte.

Weil sich neun Männer ihnen anschlossen, starteten sie erst spät, und es hatte die ausgedehnten Abschiede gegeben und die Streitigkeiten, und Frauen hatten sich an ihre Söhne gehängt, und Kinder hatten sich an ihre Väter geklammert. Sie hatten neun

Rekruten, dank Jorge und der Rede, die er in der Nacht vor dem Feuer gehalten hatte … Sie brauchten die Männer, und sie brauchten Tempo, und beides zusammen vertrug sich nicht.

Seine Därme waren von dem derben Getränk und dem reichhaltigen, frischen, gekochten Schweinefleisch in Aufruhr. Es war eine Demütigung für Gord, daß er einmal, nachdem der Marsch begonnen hatte, stehenbleiben, ein kleines Loch graben und sich darüber hocken mußte.

Er trieb sie an, und er machte Druck, und er redete auf sie ein. In der vierten Ruhepause des Vormittags wurde er nach vorne gerufen. Zed, der vorausging, hatte die Straße erreicht und die Männer gesehen.

Die Karte zeigte Gord und Jorge, daß die Straße von Playa Grande nach San Benito ging und dann weiter nach Chinayá.

Zed führte Gord und Groucho vom Rastplatz zur Straße.

Dort, wo sie an die Straße kamen, war eine scharfe Linkskurve. Wie bei der Straße von Sayaxché nach Chinayá waren die Ränder gerodet. Es gab keinen guten Aussichtspunkt. Sie lagen auf dem Bauch im nassen Gras, und der Regen tropfte von den Blättern auf sie herab. Gord konnte die Stimmen der Männer hören, und er konnte den oberen Teil des blaugrauen Kombis sehen. Sie sprachen wie Männer, die auf etwas warten, gedämpfte Stimmen, als ob sie die ganze Zeit lauschen würden, kurzes Gelächter, als ob sie sich die ganze Zeit auf die Arbeit, die vor ihnen lag, einstellen würden. Das Fahrzeug zeigte mit der Nase die Straße zurück, dorthin, wo Playa Grande lag, wie Gord der Karte entnahm. Es waren vier Männer, und der Regen strömte auf sie herab, und sie trugen keine Hüte, und ihre Hemden klebten ihnen am Körper, und ihre Jeans waren dunkelblau von der Nässe. Zwei trugen Uzi-Maschinenpistolen, und einer hielt ein entsichertes Gewehr vor der Brust, und der vierte hatte etwas, was Gord als Colt erkannte, locker im Gürtel stecken. Gord preßte seine Hand durch das Gras auf die Erde darunter, und er grub seine Hand in den Boden, bis der Dreck an seinen Handflächen klebte, und er wischte die Dreckschmiere über sein Gesicht und seine Hände, und er machte dasselbe für Groucho, und er robbte zwei, drei Meter weiter nach vorne. Er gab Zed ein Zeichen, zurückzubleiben. Er war besorgt ... wenn die Männer lange dort bleiben sollten, wo sie neben ihrem Fahrzeug warteten, dann mußte er zur Kolonne zurückkehren und sie auf einen Umweg führen und würde Zeit verlieren, die ihm so kostbar war. Er wollte am Abend außerhalb von Playa Grande lagern, denn das war das Dorf und die Garnison, die sie ausgesucht hatten. Er lag ganz still, wozu er trainiert war, und einmal drückte er seine Faust in Grouchos Schulter, weil der Mann unruhig war.

Er hätte den Klang überall erkannt. Ein Mann, der in der britischen Armee gewesen war, vergaß nie das Motorgeräusch eines Landrover.

Die Männer auf der Straße waren auf dem Posten. Sie bewegten sich schnell. Er schätzte, daß es Soldaten waren, vielleicht paramilitärische Polizei. Er dachte, daß sie ihren Job beherrschten. Zwei hatten hinter der Hecktür des Fahrzeugs Stellung bezogen, und einer kauerte hinter dem Vorderrad in Deckung. Der vierte Mann, der mit dem Colt im Gürtel, schlenderte in die Mitte der mit Pfützen übersäten Straße. Der Landrover kam um die Biegung. Er schwenkte hin und her, um den Schlaglöchern auszuweichen, und fuhr langsam, weil die Kurve so eng war, und der Mann mit dem Colt verstellte den Weg und winkte ihm lässig stehenzubleiben. Der Schrei stieg in Gords Kehle hoch und wurde unterdrückt, und das Gewicht seiner Hand lastete auf Grouchos Schultern und forderte Schweigen. Der Landrover hielt. Er konnte das breite Lächeln auf dem Gesicht des Mannes sehen, sein entspannter Arm verdeckte den Knauf des Revolvers. Der Mann öffnete die Tür des Landrover. Alles explodierte in Bewegung. Der Mann hinter dem Vorderrad des Fahrzeugs riß seine eigene Tür auf. Die beiden Männer hinter dem Wagen sprinteten hervor. Gord sah das Haar der jungen Frau aufleuchten, und er hörte sie schreien. Sie wurde vom Sitz gezogen. Von einem Mann an jedem Arm wurde sie eilig zum Kombi gebracht, der Mißklang des Gebells aus der Tiefe des Landrover, ihre Tür wurde hinter ihr mit dem Fuß zugeschlagen. Er sah den eingesperrten Hund an die Fenster des Landrover springen und scharren. Blitzschnell hatte Gord seine Handfläche vor der Mündung von Grouchos Kalaschnikow. Sie würden nicht schießen. Seine andere Hand lockerte sich um seine eigene Waffe. Sie würden nicht eingreifen. Seine Entscheidung war gefallen. Er beobachtete. Der Motor des Kombis wurde gestartet. Die junge Frau mit den blonden Haaren schrie in den Himmel und den Waldrand und die Kurve in der Straße. Ein verzerrter Schrei um Hilfe. Er hörte das Durcheinander der Worte, Englisch, unzusammenhängend, *Englisch.* Sie wurde in den Rückraum des Kombis geworfen, und zwei der Männer drängten nach ihr hinein, und der Kombi beschleunigte an dem Landrover vorbei und bestrich ihn mit einer langen Garbe Automatikfeuer.

Der Kombi verschwand um die Biegung.

Das Motorgeräusch war schwächer. Der Hund tobte im geschlossenen Innenraum des Landrover. Er nahm seine Hand vor der Mündung von Grouchos Gewehr weg. Er sah den bitteren Zorn in Grouchos faltigem Gesicht.

»Sie haben es geschehen lassen.«

»Es war nicht der richtige Ort …«

»Sie haben zugelassen, daß die Todesschwadron sie entführte.«

»Ich bin nicht bei einem Verhör …«

»Sie war Engländerin, eine Landsmännin.«

»Das ist nicht wichtig …«

»Haben Sie gar kein Herz?«

Gord sagte grimmig: »Es hätte uns alles vermasselt …«

Er ging vor. Er setzte sich neben die Fahrertür des Landrover auf die Straße. Er sprach ruhig mit Groucho, sagte ihm, was er tun mußte, und Groucho kletterte über die Kühlerhaube des Landrover und streckte den Arm aus, um die Fahrertür zu öffnen, und legte sich dann auf die Kühlerhaube. Der Hund kam herausgeschossen und umkreiste Gord, und sein Gebell hämmerte ihm in die Ohren. Er sang dem Hund leise vor, wie er es getan hatte, als er zum ersten Mal dem Rottweiler begegnet war, der die Fischfarm bewachte, als sie noch von dem Verwalter geführt wurde, der von Big Rocky ersetzt worden war. Das Gebell erstarb. Der Hund kam zu ihm. Er hatte keine Angst vor dem Hund. Er hielt seine Hand vor die Nasenlöcher des Hundes und fühlte den heißen Atem auf der Haut über seinen Knöcheln. Der Hund winselte. Er hielt den Hund in den Armen und versuchte, die Angst des Tiers mit seiner freundlichen Stimme zu besänftigen. Er saß auf der Straße, und der Hund schien zu weinen, und er wies Groucho an, den Landrover auszuräumen. Auf dem Boden war eine Handtasche und ein zerknülltes Kuvert mit der Seite eines Briefs darin; und ein halber Sack von in Amerika hergestelltem Hundefutter und ein Blechnapf. Es gab einen grellfarbigen Camper-Rucksack, und als Groucho darin herumwühlte, fand er Blusen und T-Shirts und zwei Jeans und ein zweites Paar Stiefel und einen Satz Damenunterwäsche. Er befahl Groucho, die Kleidung und den Rucksack im Landrover zu lassen.

Dreißig Minuten später überquerte die Kolonne die Straße. Der Hund war neben ihm. Gord war hinten, fluchte auf sie, weil sie langsamer gingen, um den verlassenen Landrover anzustarren, und trieb sie voran Richtung Playa Grande.

8

Sie trauten ihm nicht. Colonel Arturo spürte ihr Mißtrauen.

»Sie akzeptieren die Information, die ich Ihnen anbiete, oder nicht …«

Er verstaute die Karte sorgfältig zusammengefaltet in seinem Aktenkoffer. Mit den meisten höheren Offizieren des guatemaltekischen Offizierskorps teilte er eine glühende Abneigung gegen Amerikaner.

»… Sie machen von meiner Information Gebrauch und handeln entsprechend, oder Sie lassen es bleiben …«

Er hätte an seinen wulstigen Fingern abzählen können, wann diese Abneigung in seinem Leben begonnen hatte. Sein Vater, der eine junge Familie zu ernähren hatte, an die Luft gesetzt vom amerikanischen Manager einer Bananenplantage von United Fruit, weil er die Portokasse bestohlen haben sollte … Ein amerikanischer Ranger Sergeant an der Escuela Politecnica, dem Ausbildungslager für Offiziere in San Juan Sacatepéquez, einer der letzten, bevor sie abgezogen wurden, hatte ihn vor allen anderen Lehrgangsteilnehmern gedemütigt, weil er es nicht geschafft hatte, mit verbundenen Augen ein Gewehr zusammenzusetzen … In den Bergen, nördlich von Huehuetenango, konnten die amerikanischen Hubschrauber in einem schweren Gefecht nicht mit Nahkampfraketen fliegen, weil die Versorgung mit Ersatzteilen unter ein Embargo gefallen war … Der Besuch einer »Ermittlungskommission« des Amerikanischen Kongresses auf dem Kaibilstützpunkt seines Bataillons im Bezirk Quetzaltenango, und die hartnäckige und ungläubige Fragerei wegen der Lügengeschichten über Menschenrechtsverletzungen … Am Flughafen von Miami, wo er mit Frau und Tochter landete und der Grobheit und den Hinhaltemanövern von amerikanischen Einwanderungsbeamten ausgesetzt war … Bei der Parade am Tag der Armee, als hinten in der VIP-Loge die in Zivil gekleideten Offiziere der amerikanischen Militäreinheit der Botschaft lachten und kicherten, während die Truppen vorbeimarschierten; gähnten und sich unterhielten, als der Oberbefehlshaber eine Rede hielt … Colonel Arturo hatte nichts übrig für Amerikaner, und er nahm an, daß sie seine Gefühle kannten.

Er glaubte jetzt aber, daß er sie verwirrt hatte.

Sie saßen in einem Halbkreis um ihn. Rechts an den Schreibtisch des Attachés waren zwei Stühle gestellt worden, auf denen die beiden saßen, die er als Chemiker und Fiskalbeamter kennengelernt hatte. Auf der linken Seite des Attachés saßen mit gefurchter Stirn der Verbindungsoffizier vom Kommando Süd in Panama und hinter ihm der Flieger. Sie schienen abzuwägen, was er sagte, und wirkten unschlüssig.

Colonel Arturo strotzte vor Selbstvertrauen. »Ich verstehe nicht, warum Sie zögern. Der Generalstabschef persönlich hat mir die ausdrückliche Anweisung gegeben, mich vierundzwanzig Stunden täglich zu Ihrer Verfügung zu halten. Ich verstehe Ihre Zurückhaltung nicht, meine Herren … Ich biete Ihnen Informationen, die Ihnen mit Sicherheit helfen können, die Flut von Kokain, von dem Ihr Land so abhängig zu sein scheint, ein Stück weit einzudämmen. Ich biete Ihnen eine völlig diskrete Operation an. Ich würde nur der Führer sein. Sie würden die *finca* suchen. Sie würden das Labor vernichten. Sie würden alle gerechtfertigten Verhaftungen vornehmen. Wenn Sie daran nicht interessiert sind, dann sagen Sie es …«

Der Attaché zuckte mit den Achseln, als hätte er keine Wahl. »Es ist einen Versuch wert …«

Colonel Arturo klatschte in die Hände. Nach der Absicht der

Leute, die ihn bestellt hatten, sollte er sich das Vertrauen der Agenten von der Drogenbekämpfungsbehörde, die in Guatemala Dienst taten, erschleichen. Es war schwer für die G-2, aus der Arbeitsweise des mißtrauischen und verschlossenen Geheimdienstmannes der DEA klug zu werden. Kleine Gefälligkeiten, kleine Geschenke. Das sanfte Aufbrechen einer Tür, abgehörte Gespräche und beiläufig fallengelassene Worte. Jenseits der DEA, hinter dieser Tür, waren die Männer des CIA, und dahinter waren die Männer vom Büro des Militärattachés. Er lächelte strahlend.

»Ausgezeichnet ... Ich hoffe, wir haben Erfolg ...«

Er erklärte ihnen die Lage einer verlassenen *finca* im äußersten Südosten des Franja Transversal del Norte. Nach den Koordinaten lag die *finca* auf halbem Weg zwischen dem Dorf Playa Grande und der Stadt Cobán. Er gab ihnen, um ihren Argwohn zu verscheuchen, nachrichtendienstliche Informationen über ein Laboratorium für die Umwandlung von roh angerührter Coca-Paste in pulverisiertes Kokain. Es war sein Ziel, sie in der Hand zu haben.

Der Flieger zögerte. »Das Wetter ist nicht besonders.«

»Ich bin sicher, daß ein amerikanischer Militärpilot mit den meteorologischen Bedingungen in Guatemala zurechtkommt ...«

»Abflug um sieben?«

Colonel Arturos Lachen schallte durch das Büro des Attachés. »Wenn Sie erst so spät los wollen ...«

Der Hund war immer nahe bei ihm, und das Tempo, das Gord vorlegte, war grausam.

Er kannte keine Nachsicht an diesem Tag.

Gord Brown hatte gelernt, wie man einen Marsch beschleunigte. Er hatte es in den Brecon-Bergen in Wales am eigenen Leibe erlebt, als er beim Grundwehrdienst getestet wurde, und er war in denselben Bergen gewesen, um Rekruten zu testen, die sich um Aufnahme in das Regiment bemühten. Wie damals hörte er das erschöpfte Keuchen von Männern, die bis zur Schmerzgrenze vorwärts getrieben wurden. Beim Grundwehrdienst und später bei der Auswahl der Rekruten hatte es Männer gegeben, die zurückgefallen waren und es vorgezogen hatten, auf dem Lastwagen zum Basislager zurückzukehren und die kurze Fahrt in die Kaserne zu machen, zu duschen und sich umzuziehen und die Rückfahrkarte zu den Einheiten, die sie eigentlich verlassen wollten, zu benutzen. Die Ausfälle hatten eine Woche lang Blasen, einen Monat lang Muskelkater und ihr Leben lang das Gefühl, versagt zu haben, aber sie hatten die Möglichkeit gehabt auszufallen. Diese Wahl hatten Zeppo und Harpo und Groucho, die von der Last ihrer Rucksäcke gebeugt waren, nicht, auch nicht der Archäologe, der in seinen zerrissenen Turnschuhen daherlief und manchmal vor Schmerz aufschrie, auch Jorge, der die Zähne zusammenbiß und keinen Klagelaut über seine Lippen kommen ließ, hatte keine Wahl, ebensowenig wie die Dorfbewohner und Guerilleros auf Zeit und die Männer und Jugendlichen aus dem Buschcamp. Es gab keine Wahl; ein Mann, der zurückfiel, war ein verlorener Mann. Er spielte ein Spiel mit ihnen. Gord erzählte ihnen von der unausweichlichen militärischen Reaktion. Es würde Kordons hinter ihnen geben und Suchgebiete, es würde Straßensperren geben und Vernehmungsbeamte des Geheimdienstes und die Folterkeller ... Es war dieses Spiel, das die Angst anheizte und sie vorwärts trieb.

Playa Grande, wo eine Garnison war, lag vor ihnen.

Er drängte und forderte das Marschtempo, weil er das angsterfüllte Gesicht der jungen Frau gesehen hatte. Er trieb sie an und schleifte sie vorwärts, weil er ihren Hilfeschrei gehört hatte. Es quälte ihn. Keine Einbildung, kein Alptraum, der Beweis war der Hund zu seinen Füßen. Das Gesicht und der Schrei hielten seine Gedanken gefangen, und die Wut kochte in ihm.

Er hatte gesehen, wie Groucho mit Zeppo gesprochen hatte, ein gekeuchtes Flüstern bei einer Ruhepause, und er hatte Groucho mit Harpo gesehen und Groucho mit Jorge.

Gord durfte sie zwingen und beschimpfen, wenn sie langsamer wurden. Niemand sagte etwas dagegen.

Bei der Rast Mitte des Nachmittags, doppelt so lange wie die stündlichen Pausen, während die meisten einfach umfielen, während Groucho sich beeilte, das Essen zu machen, durchwühlte er die Handtasche. Der Hund lag an seinen Körper gepreßt. Der halbvolle Sack mit Futter und die stählerne Hundeschüssel waren obenauf in seinem Rucksack verstaut. Die Schnauze des Hundes war dicht an seinen Händen, während er die Tasche durchsuchte. Er nahm an, daß der Hund so an ihm hing, weil er die Handtasche hatte … Eine Plastikkarte der Internationalen Friedensbrigaden, und er las den Namen Alexandra Clementine Pitt … Ein Paß mit einem Foto, das das trotzige, aufmüpfige Gesicht eines Teenagers mit Schulkrawatte zeigte. Aus dem Geburtsdatum konnte er ersehen, daß sie sechsundzwanzig war, und der Paß war ausgestellt worden, als sie siebzehn war, und er stellte sich einen Schulausflug nach Frankreich vor, und es gab einen Visastempel für die Einreise in La Aurora, Guatemala, der auf vergangenen August datiert war … Ein Schlüsselbund … Ein Brief von zu Hause …

Es war ein unerlaubtes Eindringen.

Er las den Brief.

Der Brief ging ihn nichts an.

Ein schöner Briefkopf, die Adresse eines Dorfes bei Taunton in Somerset. Unter der Adresse standen die Namen von Hugh Pitt, Dr. jur., und Jennifer Pitt, Friedensrichterin, und seine Augen huschten an den unteren Rand der Rückseite … »Paß auf Dich auf, Daddy läßt Dich grüßen. Ich natürlich auch. Wir sind sehr stolz auf Dich. Ich küsse Dich, Mummy« … Gord las den Brief, den eine Friedensrichterin geschrieben hatte, die mit einem Anwalt auf dem Land verheiratet war. Die verdammte Mission erlaubte nicht, daß man sich blöden Gefühlen, sentimentalem Unsinn hingab. Das hatte er in dem verdammten Regiment gelernt. Die Mission hatte Vorrang. Er las, wer zum Abendessen gekommen war, wo sie nach der Kirche auf einen Drink gewesen waren, über den Gesundheitszustand des Mannes, der ihren Rasen mähte, die blühenden Narzissen an ihrer Auffahrt, die Genesung einer Tante. Groucho kam mit dem Eimer Essen zu ihm, pampiges Schleimzeug, und erwischte ihn beim Lesen. Er steckte den Brief in den Umschlag zurück, verstaute ihn mit den Schlüsseln, dem Paß und der Karte tief in der Handtasche und zog den Reißverschluß zu. Während er sein Essen hinunterwürgte, hatte der Hund die Vorderpfoten zu beiden Seiten der Handtasche gelegt.

Gord sah, daß Zeppo ihn beobachtete. Zeppo schleckte den Rand seiner Schüssel ab.

Es hatte ein anderes Mädchen gegeben, lange her, die einen gefährlichen Job hatte, und in ihrer Wohnung waren sorgloserweise Briefe von einer Mutter zurückgelassen worden, die die prosaische Routine des Alltags beschrieben hatte, als ob das ein Schutz vor der Wirklichkeit wäre …

»Auf geht's. Los, auf die Beine, beeilt euch und packt zusammen. Aufladen.«

Sie gingen weiter. Vor ihm, quietschend und klagend, die Räder des Flammenwerferkarrens, den Vee und Zed schoben und zogen und zerrten. Sie lernten von ihm. Alle hatten ihn beobachtet und machten es ihm nun nach. Sie bahnten sich ihren Weg um Hindernisse, anstatt zu versuchen sie niederzureißen, sie drehten und duckten sich, um nicht in den Schlingpflanzen hängenzubleiben, sie zerrten das Dornengestrüpp nicht mehr von sich, sondern versuchten die Stacheln herauszupicken, sie hielten aufmerksamer nach Wildpfaden Ausschau. Es ging besser voran, und es ging schneller …

Es gab Narzissen entlang einer geteerten Einfahrt, die zum Heim einer jungen Frau führte, deren Angst er gesehen und deren Hilfeschrei er gehört hatte.

Zeppo war vor ihm und wartete auf ihn, und der Schweiß glitzerte feucht auf seinem Körper …

... Der Schweiß tropfte von seinem Gesicht und rann über seine Wangen und seine Nase und seine Lippen und sein Kinn.

An diesem Morgen hatte er sich zum ersten Mal auf die Suche nach einer Schnur gemacht, und die Schnur war nun um seine Hüfte gebunden und hielt die Hose fest. Es schien, als ob sein Bauch geschrumpft wäre.

Und er konnte das eingeschlagene Tempo halten.

Er ließ den Engländer auf gleiche Höhe kommen.

»Gehen wir zusammen.«

»Wenn Sie meinen.«

»Man hat mir gesagt ...«

»Ja.«

»... Man hat mir gesagt, daß Sie die Schweine von der Todesschwadron hätten abschießen können.«

»Ja.«

»Ich habe gehört, daß sie eine Frau mitgenommen haben.«

»Ja.«

»Es war eine Engländerin.«

»Ja.«

»Ich habe gehört, daß Sie nicht geschossen haben, weil das unseren Marsch gefährdet hätte.«

»Ja.«

Sie konnten jetzt nur einzeln hintereinander gehen. Er war vor dem Engländer. Er blieb stehen, wenn der Engländer stehenblieb und sich bückte und den Hund aus dem Dornengestrüpp befreite.

»Was Sie getan haben, haben Sie für uns getan.«

»Ja.«

»Und jetzt tut es Ihnen weh.«

»Ja.«

»Sie fühlen sich uns gegenüber verpflichtet.

»Ja.«

Sie hasteten weiter.

Zeppo sprach.

»... Ich war Ingenieur, und ich lebte in Guatemala City. Ich war verheiratet. Wir hatten einen Sohn. Wir lebten bescheiden, weil wir jeden Pfennig für die Ausbildung unseres Sohnes verwendeten. Wir schickten unseren Sohn auf das Colegio Americano, weil wir das Beste für ihn wollten, die Hälfte des Lehrerkollegiums stammte aus Amerika. Nach dem Colegio Americano schrieben wir unseren Sohn an der Universität Francisco Marroquin ein. An der Universität Francisco Marroquin ging es nicht so radikal zu wie in San Carlos. Es war ein Ort, an dem man wirklich studierte ... Mein Sohn war mit den klügsten und privilegiertesten jungen Leuten des Landes zusammen. Er machte ein Diplom in Sozialwissenschaft, mit Auszeichnung. Er hätte in den öffentlichen Dienst gehen können ... Wir hatten große Opfer für seine Ausbildung gebracht. Ich kann Ihnen nicht sagen warum, aber zwei Wochen nach seinem Abschluß ging er weg, und wir haben nichts mehr von ihm gehört oder gesehen, solange er lebte. Sechs Monate nachdem er uns verlassen hatte, kamen die *judiciales* in unser Haus. Es ist jetzt zwölf Jahre her, aber ich erinnere mich daran, als ob es heute morgen gewesen wäre. Die Sicherheitspolizei kam in unser Haus, nachdem sie die Tür mit Äxten aufgebrochen hatten. Wir mußten, von Polizisten in Schach gehalten, in unseren Nachthemden dasitzen, während sie unser Haus durchsuchten. Er hatte sich der Guerillabewegung angeschlossen. Er war einer der compañeros der Ejercito Guerillero de los Pobres, der aufständischen Armee der Armen, geworden. Der Offizier der *judiciales* eröffnete uns, daß er der Kommandant einer Einheit gewesen war und gefangengenommen wurde. Erst später habe ich erfahren, wie mein Sohn starb. Die kleine Einheit, die er befehligte, hatte ihr Lager im Bergwald in der Nähe von Cotzal, das liegt im Ixil-Dreieck, aufgeschlagen. Er wurde in Cotzal festgehalten, und sie schnitten ihm seine Finger ab, und sie zogen ihm Teile seiner Haut vom Körper, und dann wurde er an einen Baum am Lagertor gebunden. Er blieb fünf Tage und vier Nächte lang an den Baum gebunden, und die Fliegen und Moskitos und Insekten krochen in seine Wunden und in sein Fleisch, wo ihm die Haut abgeschält worden war.

Später hat mir eine Frau in Cotzal erzählt, daß, nachdem mein Sohn tot war, ein Offizier in seinen Mund urinierte. Er war mein Sohn … Ich hatte vorher nie die revolutionäre Bewegung unterstützt. Ich war unpolitisch. Ich arbeitete als Ingenieur in der Zigarettenfabrik der Marlborogesellschaft. Politik spielte keine Rolle in meinem Leben. Wir sind nicht verantwortlich für unsere Kinder, wir können nicht für sie entscheiden, welchen Weg sie gehen wollen, aber er war mein Sohn … Meine Frau wurde verrückt darüber. Ich hörte in Cotzal vom Vater von Rodolfo Jorge Ramírez. Ich ging in die Berge und kam in das Dorf Acul, und ich sagte dem Vater von Rodolfo Jorge Ramírez, daß ich an seiner Seite kämpfen würde bis zu meinem Tod … Nur Worte, denn wir gingen zusammen ins Exil. Ich bin achtundfünfzig Jahre alt. Ich habe das Glück, daß ich die Chance habe, mein Versprechen gegenüber dem Vater von Rodolfo Jorge Ramírez zu erfüllen. Er war ein guter Kerl …«

Gord meinte Tränen zu sehen, die mit dem Schweiß von der Wange des Ingenieurs rannen.

»… Er war ein guter Kerl. Er brachte das größte Opfer seines Lebens, weil er daran glaubte, daß der bewaffnete Kampf gerechtfertigt sei.«

»Ja.«

»Wir sollten heute abend früher haltmachen. Ich brauche Tageslicht, um mir den Flammenwerfer anzusehen. Ich werde Ihnen helfen, ihn zu zünden.«

»Ja.«

Der Engländer streckte die Hand aus, und er beachtete sie nicht.

Gefühl schwang in seiner Stimme. »Ich toleriere Sie, weil Sie nützlich für uns sind, und weil ich sie brennen sehen will.«

Es war nur zu leicht, zu weinen …

Seit sie sie gefangen hatten, war sie in Dunkelhaft gewesen. Während der holprigen Fahrt in dem Kombi war ein Sack über ihren Kopf gestülpt gewesen, der nach verdorbenen Maiskolben stank. Sie hatte die Rufe gehört, als der Kombi endlich anhielt, militärische Befehle. Sie glaubte, daß sie sie in das Militärlager von Playa Grande gebracht hatten. Raus aus dem Kombi und mitten in die Dreckpfützen fallen gelassen. Auf die Füße gezogen, die Arme auf den Rücken gefesselt, vorwärts gestoßen. Hände, die nach ihr griffen, damit sie schneller ging, Finger, die an ihrem dünnen T-Shirt zerrten und einmal am Hosenbund ihrer Jeans. Rennen, straucheln, über eine Stufe stolpern. Einen Flur entlang, der von dem Kratzen ihrer Stiefel widerhallte. Betontreppen hinuntergestoßen, ihre Knie aufgeschürft, ihre Unterlippe aufgeplatzt. Sie hatten ihr die Kapuze abgenommen und mit einer Taschenlampe in ihr Gesicht geleuchtet, und sie hatten ihr die Fesseln abgenommen, mit denen ihre Handgelenke zusammengebunden waren. Sie schmeckte ihr Blut, als die Tür zuschlug. Immer noch Dunkelheit um sie. Sie begriff. In diesem Land gab es keine Unfälle. Alles wurde durch Befehle von einer höheren Ebene in Gang gesetzt. Ein Befehl, sie festzunehmen, ein Befehl, sie in Haft zu halten, ein Befehl an einen Vernehmungsbeamten, von Guatemala City anzureisen, ein Befehl, sie verschwinden zu lassen, ein Befehl, in der Nacht ein Grab auszuheben. Sie begriff. Sie hatte die Leichen gesehen.

Nur zu leicht, zu weinen …

Gerade als sie den Schutz des Dschungels verließen.

Allein mit seinen Gedanken …

Gord bildete die Rückendeckung. Der Hund knurrte.

Seine Gedanken sprangen hin und her zwischen der jungen Frau mit den flachsblonden Haaren, ihrem Schrei nach Hilfe – und dem Angriff von morgen. Der Hund knurrte und schaute auf den Pfad zurück, den sie benutzt hatten, und Gord folgte seinem Blick. Der Hund stand wie festgewurzelt, aber den Schwanz hatte er unter den Bauch geklemmt.

Sie wurden verfolgt.

Er kauerte sich nieder, so daß seine Brust an die Schulter des

Hundes stieß und das Gewicht des Maschinengewehrs über seinem gebeugtem Knie lag. Er kraulte den Hund im Nacken, um ihn zu beruhigen. Er wartete … Die Geräusche der anderen, die voraus marschierten, verstummten. Die Nackenhaare des Hundes sträubten sich … Er sah die Katze. Der Hund knurrte tief, und der Jaguar fauchte. Seine Ohren waren eng angelegt, und sein Schwanzende zuckte. Der Jaguar kam näher. Gord nahm an, daß sie auf seinen Pfad eingedrungen waren. Es war eine alte Katze, männlich, und sie hatte keine Angst vor ihnen, sie war nur verärgert, daß sich jemand auf ihrem Hoheitsgebiet bewegte. Sie kam auf ein Dutzend Schritte heran. Die Muskeln spielten in ihren Schultern. Er nahm an, der Hund war die Ursache, daß die Katze ihnen auf dem Pfad hinterhergepirscht war. Sie war stehengeblieben. Er sah das bernsteinfarbene Gold ihrer Augen. Er konnte den fauligen Atem der Katze riechen. Sie war genauso lang wie der Hund und genauso hoch. Wenn sie gesprungen wäre, hatte Gord sich überlegt, hätte er den Gewehrlauf benutzt, um ihr Gewicht abzuwehren. Er sah den Stolz des Tieres und seine Überheblichkeit, und er sah die Reißzähne. Und bei Gott, es war wundervoll …

Und weg war sie.

Sie war verschwunden, in das Dickicht neben dem Pfad geschlüpft.

Es schüttelte ihn, und er eilte vorwärts, um zu der Marschkolonne aufzuschließen, und neben ihm zitterte der Hund.

Sie verließen den Schutz des Dschungels.

Die letzte Stunde des Marsches bewegten sie sich schnell vorwärts. Sie gingen am Rand der Maisfelder entlang, die abgeerntet und für die neue Aussaat umgepflügt waren. Sie sahen Rauchsäulen vor sich. Außerhalb des Schutzes, den der Dschungel bot, fiel der Regen heftiger auf sie, und der Rauch vermengte sich schnell mit den ausgedehnten, tief hängenden Wolken. Einmal erstarrten sie alle gleichzeitig, und der Hund stand bewegungslos zwischen den Bäumen, als Frauen auf einem Lastwagen vorbeikamen, die unter ihren schwarzen Regenschirmen ihre Bündel von nassem Holz beförderten. Sie sahen die roten Ziegeldächer von festeren Gebäuden und die Blechdächer der Hütten. Dort, wo Jorge zum Halten aufrief, konnte man zwischen Bäumen das schwache Flattern der rot-weiß-blauen Fahne von Guatemala ausmachen.

Der Regen war gut für sie.

Sie konnten in das Dorf Playa Grande hinuntersehen. Der Regen würde den Wachposten, die um das Garnisonslager verteilt waren, die Sicht nehmen und Männer, Frauen und Kinder in den Häusern halten. Auf der Straße, die ins Dorf führte, sahen sie einen Militärlastwagen vorbeifahren, und sie sahen einen Arbeitstrupp mit geschulterten Spaten und Pickeln zurückkommen.

Sie aßen, was Groucho ihnen gab.

Sie aßen schweigend.

Man mußte keinem der Männer erzählen, daß er am Morgen um sein Leben kämpfen mußte und gegen das Leben seines Feindes. Gord ließ sein Kochgeschirr mit Fertigmahlzeit stehen, so daß es hineinregnen konnte, während er in seinem Rucksack nach der halben Packung Hundefutter und der Metallschüssel wühlte.

Im letzten Abendlicht band er den Hund an ein Rad des Karrens, und er ging mit Jorge und Zed davon. Um das Lagertor der Garnison war ein Lichtschein, der sie vorwärts leitete. Sie hatten in Luftlinie, achtundvierzig Meilen von der Landepiste, wo die Antonov aufgesetzt hatte, zurückgelegt, und es war erst der Anfang … Die Guerilleros reinigten ihre Waffen, und er hörte, wie sich Groucho und der Archäologe über Geschichte stritten, und die Dorfbewohner hatten die Wache ringsherum übernommen, und die *campesinos* räumten die Essensreste weg, um sie in einem Loch zu vergraben, und später würden sie das Latrinenloch ausheben, und Zeppo kniete neben dem Karren, den Hund dicht bei sich, und nahm die Schraubenzieher, die Harpo ihm reichte.

Als sie weggingen, die leisen Geräusche hinter sich lassend, konnte Gord hören, wie Zeppo leise vor sich hin pfiff, vielleicht ein Kirchenlied, vielleicht eine Hymne, fleißig bei der Arbeit.

Jorge flüsterte: »Wir werden hier ein Feuer entfachen, Gord, und man wird es in ganz Guatemala sehen …«

Er hatte ein Bild im Kopf, er selbst und ein Sergeant und ein Hühnerhaufen von Soldaten aus dem Regiment, vielleicht in den Dünen am Golf, vielleicht in den Hecken von Armagh County, vielleicht bei einer Übung auf einer dunklen Straße in Deutschland … Er, der Offizier, der murmelte, daß er Feuer gesehen hatte und Feuer entzünden würde, und der Sergeant rülpste höhnisch und die Soldaten machten sich einen Spaß daraus. Das Blut stieg in ihm hoch. Bei dem jungen Jorge war nichts Falsches dabei. Kein Hohn, kein Spott …

Nur der Anfang.

Manchmal gebückt laufend, manchmal im glitschigen Schlamm kriechend, näherten sie sich den Lichtern am Eingang des Garnisonslagers.

Natürlich war in der *La Prensa Libre* oder in *El Grafico* nichts zu finden, aber die zensierten sich aus Überlebensgründen selbst und waren deshalb nutzlos für ihn. Natürlich auch nichts auf Radio Conga, 99,7 FM, oder auf Radio Fiesta, 98,1 FM, aber in deren Nachrichten gab es nur Militärstorys, die vom Oberkommando genehmigt waren. Es war nur ein Gerücht, und er wollte es glauben.

Der Professor saß in seinem riesigen Büro in der mathematischen Fakultät der Universität San Carlos, und auf seinem Schreibtisch lag neben der Computerkonsole ein einzelnes kopiertes Blatt Papier. Die Lichter brannten matt im Büro, und hinter den Fenstern eilten die Schatten der letzten Studenten davon, die den Campus verließen. Das Gerücht war dem Professor von einem jungen Lehrbeauftragten mitgeteilt worden, der sich auf Mathematik und theoretische Physik spezialisiert hatte und ein Jahrzehnt zuvor sein Student gewesen war. Er hatte das Papier oft gelesen, und die Asche der Zigaretten, die er fortwährend rauchte, war auf der Nachricht verstreut. Dem jungen Lehrbeauftragten war das Gerücht von seiner Freundin mitgeteilt worden, deren Schwester mit einem Arzt verheiratet war, dessen Bruder beim Stab des Militärischen Kommandos Petén arbeitete. Er wünschte sich verzweifelt, dem Gerücht Glauben schenken zu können. Der Professor konnte sich noch daran erinnern, wie ein junger Mann zum letzten Mal zusammen mit drei anderen Studenten aus dem Oberseminar in den abgewetzten Lehnstühlen gegenüber dem Schreibtisch gesessen hatte, und er hatte ihm zu seiner Arbeit gratuliert, hatte ihn gelobt, und er war zu seiner Beerdigung gegangen. Der Offizier vom Stab des Militärischen Kommandos Petén hatte seinem Bruder, der es seiner Frau erzählt hatte, die es ihrer Schwester erzählt hatte, die es ihrem Freund erzählt hatte, von einem Angriff auf der Straße von Chinajé nach Sayaxché berichtet, bei dem viele Soldaten getötet worden waren. Er glaubte dem Gerücht, und er glaubte dem weiteren Gerücht, daß nachfolgende Operationen durch widriges Wetter schwer behindert wurden. Er glaubte dem Gerücht, wollte es glauben, wegen dem Papier auf seinem Schreibtisch.

»... Wir warnen Sie. Jede Ihrer Handlungen wird von den Kommandos unserer heroischen Front genau beobachtet, und Sie haben strikten Befehl, Ihrem Leben ein Ende zu setzen. Wir wollen Ihren Kopf. Es sind nur noch ein paar Stunden bis zu der großen Demonstration an unser geliebtes Volk, die zeigt, daß unsere Front der Gerechtigkeit Genüge tut und den Terrorismus besiegen wird. Unsere Waffen schweben bereits über Ihnen ...«

Ein Foto von ihm, das im vergangenen Jahr bei der Abschlußfeier aufgenommen worden war, war mit durchsichtigem Klebeband unten an das Blatt geheftet. Als er von seinem letzten Kurs an diesem Tag in sein Büro zurückgekommen war, war das Papier auf dem Boden gelegen, unter der Tür durchgeschoben. Er glaubte das Gerücht ... Er zerriß das Blatt in kleine Fetzen, warf sie in seinen Aschenbecher und drückte seine letzte Zigarette aus. In der krakligen Schrift eines Mannes, der mehr mit Computern vertraut war, schrieb er eine Notiz für seinen Assistenten, bot ihm die ständige Nutzung seiner Bibliothek und seiner Forschungsarbeit an und schloß mit der Floskel einer Entschuldigung für alle Unannehmlichkeiten, die er verursachte. Er sperrte ein letztes Mal sein Büro ab. Er ging über den Campus und ersuchte einen Wachmann höflich, ihm das Vorhängeschloß an der Tür zur juristischen Fakultät aufzuschließen. Während er einen leeren Korridor entlangging, überlegte er, welche Kleidung er mitnehmen sollte und wie er seiner Frau erklären sollte, daß sie den Morgenzug nach Puerto Barrios nehmen sollte und dann den Bus an die honduranische Grenze. Er tadelte sich selbst, daß er nicht logischer war. Ein trauriges Lächeln. Erst mußte er seiner Frau einschärfen, zu ihrer Zweigstelle der Banco Guatemala in Zona 13 zu gehen. Die Wände der juristischen Fakultät waren mit Slogans beschmiert. Er war gekommen, um das Gedicht von Otto René Castillo, *subversivo*, zu lesen. Er las das Gedicht, das an die Wand gemalt war, weil es ihm helfen sollte, den Mut zu finden.

Eines Tages
werden die unpolitischen
Intellektuellen
meines Landes
von den einfachen
Leuten
unseres Volkes
befragt werden.
Sie werden befragt werden,
was sie getan haben,
als
ihre Nation langsam
ausgelöscht wurde,
wie ein süßes freundliches Feuer,
klein und einsam …
… Unpolitische Intellektuelle
meines geliebten Landes,

ihr werdet keine Antwort haben.
Ein Schweigen wird sich
in eure Eingeweide fressen.
Euer eigenes Elend
wird an eurer Seele nagen.
Und ihr werdet still sein,
beschämt über euch selbst.

Er dankte dem Wachmann, gab ihm zwei Quetzal und hörte, wie die Tür der juristischen Fakultät hinter ihm zuschlug und verriegelt wurde. Bevor der Professor wegfuhr, schaute er noch einmal sehnsüchtig auf die im Dunkel liegenden Gebäude der Universität San Carlos zurück. Er hatte dem Gerücht geglaubt.

Das Licht strahlte ihr in die Augen.

»Guten Abend, Miss Pitt. Tut mir leid, wenn Sie geschlafen haben. Entschuldigung, wenn ich Sie geweckt habe. Es lag am Wetter. Ich konnte nur bis Cobán fliegen. Fürchterliche Bedingungen. Ich sag' es Ihnen ganz ehrlich, ich habe um mein Leben gebangt. Dann auf der Straße ging es nur mit Vierradantrieb weiter. Jedenfalls habe ich sechzehn Stunden von Guatemala City hierher gebraucht ... Damit wir uns nicht mißverstehen, Miss Pitt, darf ich Ihnen ein paar Kleinigkeiten erklären. Die Männer, die Sie gefangengenommen haben, erklären kategorisch, daß es keine Zeugen gab. Sie waren in einem Gebiet nahe der mexikanischen Grenze unterwegs, einem der letzten, in denen die Guerillagruppen der EGP operieren. Sie, Miss Pitt, waren ein Opfer dieser Guerilleros, wahrscheinlich, um ihre sexuellen Bedürfnisse zu befriedigen. So wird es der Minister Ihrem Botschafter erklären, und sie werden ein Glas Sherry zusammen trinken und beide ihrem Erstaunen darüber Ausdruck verleihen, wie Sie so verrückt sein konnten, sich allein in einem Problemgebiet herumzutreiben ...«

Ihre Augen tränten vom Licht. Die Stimme eines jungen Mannes, den sie nicht sehen konnte, der sie streichelte.

»… Noch ein paar Dinge, die ich Ihnen erklären muß, Miss Pitt. Sie kamen nach Guatemala, um sich einzumischen. Wir sind ein stolzes Volk, und wir erlauben keinen Außenstehenden, uns zu sagen, wie wir unser Leben regeln sollen. Ich sagte, wir sollten uns unterhalten, Miss Pitt, und ich hoffe aufrichtig, daß das möglich ist. In Ihrer Unwissenheit, Miss Pitt, haben Sie sicher mit einer unzurechnungsfähigen Minderheit Kontakt aufgenommen, die den Staat umzustürzen versucht. Ihnen wird ihre Aufmerksamkeit geschmeichelt haben, sie werden dankbar für Ihr Interesse gewesen sein. Ich möchte über sie sprechen, Miss Pitt. Es gibt viele Organisationen, die nach außen hin respektabel wirken, aber in Wahrheit nicht mehr sind als die Laufburschen und Kuriere für den brutalen subversiven Feldzug, der gegen das Volk von Guatemala geführt wird. Ich will die Namen der Leute haben, die Sie getroffen haben, ich will die Tage und die Uhrzeit Ihrer Zusammenkünfte, ich will die Adressen der konspirativen Treffs, die benutzt wurden …«

Sie blinzelte wieder ins Licht. Sie bohrte ihre Fingernägel in ihre Hüften, versuchte ihre Gedanken von der glatten Sanftheit der Stimme wegzulenken.

»… da gibt es bestimmt Ärzte, die Aufständische behandeln, wenn sie verwundet worden sind, da werden Gewerkschafter sein, die mit Lügen und falschen Versprechungen zu Streiks aufrufen, welche die wirtschaftliche Entwicklung Guatemalas behindern, da wird es Rechtsanwälte geben, die darüber beraten, wie unsere Verfassung manipuliert werden kann, da wird es Frauen geben, die behaupten, daß ihre Männer von Regierungstruppen getötet wurden, obwohl wir wissen, daß sie Opfer der Aufständischen wurden. Ich will die Namen, Miss Pitt, von all denen, die Sie getroffen haben, die meineidig wurden und unser Land diffamiert haben. Ich hoffe, wir werden eine angenehme Unterhaltung haben, Miss Pitt …«

Die Angst stieg in ihr hoch. Das Licht brannte ihr in den Augen.

Sie hatte die Wunden an den Leichen gesehen und das Blut.

Tom Schultz war für solche Flüge ausgebildet worden.

Das Wetter war so, daß die Veteranen unter den Ausbildern in der Flugschule für Hubschrauberpiloten im Speisesaal darüber geredet und Witze gerissen hätten. Bei der Grundausbildung in Fort Wolters in Texas und später bei der Ausbildung für Fortgeschrittene in Fort Rucker in Alabama ängstigten die Alten gerne die Rekruten mit Geschichten über schlechtes Wetter.

Vom ersten Aufheulen des Anlassers und dem Dröhnen der großen Rotoren an waren sie in sehr durchwachsenem Wetter. Und wenn nicht Colonel Arturo mitgeflogen wäre, hätte Tom den Flug abgeblasen, hier auf dem Vorfeld von La Aurora, und der Geheimdienstler und der Chemiker hätten sich nicht beschwert. Es wäre vernünftig gewesen, den Flug abzublasen, und er konnte sich bei dem kleinen, untersetzten Bastard dafür bedanken, daß sie oben waren und vom Wind durchgeschüttelt wurden. Er war für diese Art Flüge ausgebildet; Fliegen war Freiheit, Herausforderung, die Schönheit in seinem Leben und seine Leidenschaft, der einzige verdammte Lichtblick, den er kannte.

Die Straßen verliefen in den Tälern, und er mußte in den Tälern bleiben, weil die gottverdammten Berge von den Regenwolken verhangen waren. Er flog etwa dreißig Meter über der Straße von Guatemala City nach Salamá im Norden, und sie waren tief genug über der Stadt, daß er die Indianer ameisengleich auf dem Gerüst an der Fassade der alten Kirche sah. Von Salamá nach Cobán und tiefer, weil die Wolken dichter wurden, wo die Schotterstraße endete. Er schwebte eine ganze Minute über der Plaza von Cobán, und seine Rotoren waren unterhalb der Turmspitzen der Kathedrale. Scheußliche zwölf Meilen von Cobán aus über die Kaffeeplantagen, dicht am Boden, wie bei einem Kampfflug, und der Wind wurde stärker, und die Wischer spritzten den Regen von der Scheibe. In das Tal des Chixoy eingebogen und hinabgetaucht und flach über das hochstehende Wasser.

Er würde den untersetzten Bastard dorthin bringen.

Und kein Mucks von dem untersetzten Bastard, nichts, und sie waren vom Wind hochgeschleudert worden, und Regen war durch die Fensterluken und die geschlossenen Seitentüren getrieben worden.

Er setzte den Vogel auf.

Er war nicht mehr bei so schlechtem Wetter geflogen, seit er die Armee verlassen hatte. In drei Jahren bei der Drogenfahndung hatten sie ihn nicht in die Nähe eines regierungseigenen Hubschraubers gelassen, und er mußte für seine Flugstunden bei dem Club außerhalb von St. Louis bezahlen. Der Typ, dem der Club gehörte, hätte eine Herzoperation gebraucht, wenn Tom Schultz den Vogel bei so einem Wetter gestartet hätte.

Die Piste lag auf halbem Weg zwischen dem, was auf der Karte Region Ixcán hieß, und dem Dorf Playa Grande.

Er setzte auf.

Es war eine beschissene Landung für einen Copiloten, Armeegespräch bei einem qualifizierten Flieger, und die Kufen gingen zu Bruch.

Er schaute hinüber auf den linken Sitz, und der Chemiker hatte sich bekreuzigt und sich nicht geschämt. Er schaute zurück, und der Geheimdienstmann beugte sich vor, um ihn zu umarmen. Er schaute dem untersetzten Bastard ins Gesicht, und da war ein leichtes Grinsen, keine Angst. Sie waren alle in Kampfausrüstung. Sie rannten vom Huey zu dem niedrigen Komplex aus Holzgebäuden. Der Regen durchnäßte sie. Er schätzte, daß Arturo älter war als jeder von ihnen, und er war schneller als sie. Er war hinter Arturo, und seine Beine schmerzten vom Druck auf die Fußpedale, und seine Fäuste, in denen er den Colt-Karabiner hielt, schienen wund vom Festhalten des Steuerknüppels. Offenbar wußte Arturo, wo sie hin mußten, welche Tür sie einzutreten hatten ... Verdammt noch mal, zu einfach für den untersetzten Bastard.

Arturo führte sie hinein. Sie blieben dicht an den Wänden, schußbereit. Sie durchkämmten jedes Gebäude.

Da waren das Laboratorium und die Becken. Da war das Lagerhaus mit den Chemikalien. Da war das Wohngebäude mit Betten und einer Küche. Da war die Fernmeldestation.

Die Flucht war hektisch gewesen. Ungemachte Betten, zerknüllte Decken. Essen auf dem Tisch. Er war nur einmal darübergeflogen vor der Landung, Selbstmord, eine Landezone nicht zu überprüfen. Es roch nach einer abgekarteten Sache ... Tom dachte, daß Colonel Arturo sie zu Marionetten machte, aber es war zu gute Arbeit, um darüber zu spotten ... Der untersetzte Bastard saß auf einem Stuhl, die Uzi auf dem Schoß, und sah zu, wie sie das Gefundene sichteten. In den Laborbecken waren neunundvierzig Kilo Coca-Paste. Im Lagerraum waren die Vorräte an Schwefelsäure und wasserhaltigem Kaliumpermanganat und Ammoniumhydroxid, zusammen mit den Gläsern mit Äther und Salzsäure. Im Funkraum gab es ein HF-Funkgerät, es war noch warm. Im Wohnbereich fanden sie zwei Gewehre und einen Granatwerfer und eine Pistole mit Perlmuttgriff.

»Gut, oder?«

Der Geheimdienstmann schrieb seine Inventurliste. »Sehr nützlich.«

»Das können wir erreichen, wenn wir zusammenarbeiten.«

Tom sagte: »Ich sage euch, Jungs, ich möchte hier nicht länger herumhängen.«

Der Regen hämmerte auf das Dach des Gebäudes, spülte den Dreck von den Fenstern.

Colonel Arturo rief zu ihm hinüber: »Sie sollten nicht so ungeduldig sein, Mr. Schultz. Oder fangen Sie jeden Tag neunundvierzig Kilo Coca-Paste auf dem Weg in Ihr schönes Land ab ...?«

Sie saßen in den Startlöchern.

Mittags würden sie gleichzeitig losgehen.

Es war für Gord nur ganz natürlich, daß er die Aufstellung machte, sie einteilte. Ob sie ihn brauchten, war nicht mehr die Frage, Tatsache war, daß sie ihn brauchten.

Sie waren in den Feldern hinter den abgelegensten Blechhütten des Dorfes Playa Grande. Er saß zusammengekauert. Er beobachtete den Sekundenzeiger seiner Armbanduhr. Zeppo war rechts von ihm mit den Guerilleros und den Mörsern. Harpo war links mit den Dschungelleuten und dem Maschinengewehr. Groucho war zwischen Gord und Harpo, mit den Dorfbewohnern und dem Raketenwerfer. Jorge war zwischen Gord und Zeppo, zusammen mit Eff und Zed.

Den ganzen Morgen war er den Plan mit jeder Gruppe durchgegangen, und zuletzt hatte er mit Eff und Zed gesprochen und mit der Faust in die Handballen gedroschen, um es zu unterstreichen, und ihnen erklärt, daß sie für die Sicherheit von Rodolfo Jorge Ramírez verantwortlich waren.

Immer die Erregung, immer die Angst, das Warten, bis der Sekundenzeiger einer Uhr den richtigen Augenblick anzeigte … und immer der Kämpfertyp, der die Erregung und die Angst verbarg …

Eine Minute bis Mittag. Sie waren zweihundert Meter vom Garnisonstor entfernt. Ein langer Vormittag war es gewesen, sie hatten seit dem Morgengrauen das Lager beobachtet, waren den Plan durchgegangen, bis ihn alle aufsagen konnten, hatten die Waffen überprüft, sich eingeprägt, was Zeppo ihnen erzählt hatte, sich die Route ins Gedächtnis gerufen, die bei der Erkundung benutzt wurde. Ein scheißlanger Vormittag, weil sie alle im ersten Morgenlicht los wollten, und er hatte darauf beharrt, daß Mittag in jedem Garnisonslager die Zeit des großen Ausruhens war.

Er beobachtete den Sekundenzeiger, kontrollierte seine Aufgeregtheit und seine Angst.

Auf den Beinen, den Griff des Karrens gepackt und losgerannt.

Gord führte die Kletterei aus dem Abflußgraben an, zog den Karren hinter sich her auf den Weg, mitten durch die auseinanderstiebenden Hühner und vorbei an den quiekenden Schweinen. Der Archäologe spurtete, um ihn einzuholen, und winselte vor Schmerz, als sein zerfledderter Turnschuh gegen einen Feuerstein stieß. Vee war neben ihm und griff nach der Haltestange des Karrens. Der warme Regen rann über Gords Gesicht und über seine Arme, und seine Hände rutschten vom Griff des Karrens ab, und wenn Vee ihn nicht gehalten hätte, wäre er vornübergestürzt. Er schlitterte und suchte nach Halt in dem aufgeweichten Schlamm des Weges zwischen den Blechhütten, und er sah die staunend offenen Münder in den Eingängen und die Kinder, die vor ihm davonliefen, um sich zu verstecken. Der Karren hüpfte, holperte, raste vor ihnen her, und die Räder kreischten. Die Hälfte geschafft, und der Schwenk auf den richtigen Weg, durch weitere Irrgärten aus Holzwänden mit Blechdächern, und der Geruch von Essen und schreiende Frauen und betrunkene Männer, die zur Seite taumelten. Die ganze Zeit begleitete sie das Geholpere der Räder, die gegen Steine rumpelten. Er hörte die erste Granate aus den Mörsern explodieren. Er drehte sich um, um den Arm des Archäologen zu packen, der erlahmte, er schleifte ihn vorwärts. Der zweite Mörsereinschlag dröhnte in seinen Ohren. Er hörte das Knattern des Maschinengewehrs, dann den Einschlag der Granate aus dem Raketenwerfer. Er wandte sich nach links und rutschte und stemmte sich in den Boden, um festen Halt zu finden. Das Tor lag vor ihnen.

Er glaubte zu hören, daß hinter seiner Schulter der Archäologe nach Gott schrie.

Er sah zu seiner Rechten, daß Zeppo dicht hinter ihm am Tor sein würde.

Die Schranke am Tor war offen. Ein Wachposten war auf einen Sandsack gefallen, die Brust auf seinem Maschinengewehr, und der Wachposten mit dem Poncho, der den Verkehr am Eingang regelte, krümmte sich in der Einfahrt. Gord rannte auf den Exerzierplatz. Vor ihm lag das Hauptgebäude aus Beton mit den erhöhten Stufen. Er konnte sehen, wie Kugeln die Wände des Gebäudes übersäten. Es war so, wie Zeppo es ihm gesagt hatte.

Die ganze Nacht, den ganzen Morgen, den ganzen Vormittag hatte Zeppo mit ihm gesprochen und ihm alles gezeigt. Er brachte den Karren ruckartig zum Stillstand. Lag hinter dem Karren auf dem Boden. Ließ sich ein paar Sekunden Zeit, um sich wieder mit dem Zündungsabzug und dem Hebel für Feuer vertraut zu machen. Er zielte auf das Gebäude, er drehte den Karren so, daß die gebündelten Ventile an den Röhren auf die Tür des Gebäudes zeigten. Seine geschlossene Faust zog den Feuerhebel zurück. Erst nur ein Tröpfeln, ein plötzlicher Ruck, dann kroch ein Strom schwarzen, stinkenden Öls vor ihm her, quer über den Exerzierplatz, auf die Stufen des Gebäudes und durch die Tür.

Er sah die Überraschung und die Verwirrung des Offiziers, der im Türrahmen stand und nach der Pistole in seinem Halfter fummelte, während der Ölfilm ihn erfaßte, seine Beine bedeckte, dann seinen Körper und dann sein Gesicht, das halb von der umgebundenen Sonnenbrille verdeckt war.

Kaltblütig, als ob es nur eine Übung wäre, als ob er auf dem Schießstand wäre, drückte Gord auf den Feuerabzug.

Feuer folgte dem Öl.

Orangerotes Feuer züngelte auf den Eingang des Gebäudes zu. Es schien sich langsam zu bewegen, aber das war eine Täuschung. Der Offizier wurde erfaßt. Das Feuer warf ihn um. Das Feuer schleuderte ihn zur Seite, als ob es ein Gewicht hätte, und es strömte ins Innere des Gebäudes. Er fühlte, wie jemand an seinen Schultern zog und beachtete es nicht. Er bewunderte die Kraft des Feuers, das er an das Gebäude gelegt hatte. Was er zuerst hörte, waren die Schreie. Die Schreie aus dem Gebäude waren es, die die Mauer des Schweigens um ihn brachen. Vee stieß ihn und deutete wie wild zu dem einstöckigen Holzgebäude auf der Linken. Gord sah die Männer herausströmen, manche bewaffnet, manche schutzlos, und sie rannten in Panik davon.

Er packte sie, hielt sie, durchtränkte sie. Und dann das Feuer, das dem Ölfilm folgte.

Die Entsetzensrufe, die Todesschreie.

Es war Gord Browns Werk. Sein Werk war das Feuer, das in Rauchsäulen über dem Dach des Hauptgebäudes hochstieg, und das Feuer, das durch die Fenster und den Eingang der Unterkunft schlug, und das Feuer, das schwankende und keuchende Männer einhüllte. Sein Werk …

Sie hörte gedämpft, wie die Mörser und die Granaten explodierten. Er war gegangen. Sie hörte das Rattern des Maschinengewehrs. Alex Pitt hörte den Lärm des Gefechts und lag auf dem Bauch in der Dunkelheit und der Feuchtigkeit ihrer Zelle.

Sie lag starr vor Schmerzen. Sich zu bewegen, hieß den Schmerz zu spüren, den er ihr in der Schwärze der Zelle zugefügt hatte. Immer die Sanftheit und Wärme in der Stimme; und immer die Tritte und Schläge.

Sie hatte ihm nichts erzählt. Es wäre ein Triumph für sie gewesen, wenn er Ungeduld gezeigt hätte, aber da war nur das widerliche Gesäusel seiner Stimme, die ihr sagte, daß er Zeit habe und wiederkommen werde und daß es später noch mehr weh tun werde.

Sie konnte ihn nicht sehen, aber der Rauch drang in ihre Zelle, breitete sich aus und stieg hoch, kroch unter der Tür durch und sammelte sich in ihrem Mund und ihrer Nase und ihrer Kehle.

Er hatte dem Flieger, Schultz, gesagt, daß sie in Playa Grande die Tanks mit Treibstoff auffüllen konnten.

Der Flieger hatte gemeint, daß sie bei diesem Wetter die Tanks für den Rückflug auffüllen sollten. Der Flieger hatte gesagt, es wäre ein beschissener Tag, um mit Treibstoff knapp zu sein.

Hinter ihnen auf der Landepiste hatten sie die Chemikalien ausgeschüttet, die man brauchte, um die Reaktion zwischen Paste und Pulver in Gang zu setzen, und die vernichtete Funkanlage lag dort. Im Hubschrauber, zwischen den Beinen des Chemikers und in Säcke verpackt, um den unangenehmen Geruch zurückzuhalten, lagen die neunundvierzig Kilo Coca-Paste. Die Waffen, die sie gefunden hatten, waren gebündelt und an der Sitzhalterung unter dem Geheimdienstmann festgeknotet worden. Colonel Arturo hatte den linken Vordersitz eingenommen. Er dachte, daß er dank ihrer zähneknirschenden Anerkennung das Recht hatte, den Pilotenhelm mit den eingebauten Kopfhörern und dem daran befestigten Mikrophon zu tragen.

Sie waren knapp über den Wipfeln der Bäume.

Rauch war das erste, was Arturo sah. Schwarz sich auftürmend stieg er vom Boden empor und breitete sich flach aus, als er gegen die Wolkendecke stieß.

Er war nie in Playa Grande stationiert gewesen, aber er hatte eine Nacht dort verbracht, ein Zwischenstopp während der Operation »Entscheidung 88«. Soweit er sich erinnerte, war Playa Grande ein Kommandogebäude, zwei Hütten mit Schlafsälen für die Wehrpflichtigen, ein getrennter Block für die Berufsoffiziere und die Unteroffiziere, ein unterirdisches Waffenlager und ein Treibstofflager neben dem Hubschrauberlandeplatz. Vierzig Wehrpflichtige, fünf Unteroffiziere und zwei Offiziere, wenn er sich richtig an die Garnison erinnerte.

»Gehen Sie ran.«

»Was meinen Sie …?«

»Woher soll ich das wissen?«

»Was wollen Sie …?«

»Nahe ran.«

»Ich trage die Verantwortung für diesen Vogel …«

Er packte den Flieger am Arm. Es schüttelte sie. Er umschloß den Arm des Fliegers und zeigte nach vorn, es war ein Befehl.

»Dicht ans Lager ran.«

Sie kamen schnell herein. Er hatte sich schon gedacht, daß der Flieger Kampferfahrung hatte. Ein scharfer Anflug und dann eine plötzliche Drehung, die ihn zur Seite warf, und er wurde vom Schultergurt abgefangen. Die Garnison lag dreißig Meter unter ihnen. Er sah alles. Der Flammenwerfer vor ihm stieß Feuer aus und erfaßte eine von den beiden Hütten für die Wehrpflichtigen, eine große Raupe von dahinschießendem Feuer. Er hatte die Uzi im Gurt auf seinem Schoß, aber der Helikopter flog zu schnell, er verlor das Gleichgewicht und konnte das Klappenfenster nicht öffnen, um hinunterzuschießen. Für einen Augenblick sah er das Gesicht des Mannes, der hinter dem Flammenwerfer lag. Er sah den MG-Schützen und die bogenförmige Geschoßspur, die in die Wände der Unterkünfte für die Unteroffiziere und Offiziere einschlug, wo er in der einen Nacht bei der

Operation »Entscheidung 88« geschlafen hatte. Die Feuerblitze der Schüsse. Verkohlte Männer, die mit verdrehten Körpern mitten auf dem Exerzierplatz lagen. Die Maschinengewehrsalve stieg zu ihnen empor, jagte sie davon. Eine ruhige Stimme …

»Beschuß. Wir sind unter Beschuß.«

Die Ruhe eines Kampffliegers. Sie waren über dem Begrenzungszaun. Vor ihnen sah Arturo den Mann. Der Mann war im Zaun hängengeblieben und strampelte. Der Mann winkte zum Hubschrauber empor. Der Rumpf des Hubschraubers wurde von unten wie von einem Vorschlaghammer getroffen. Der Vogel ruckte …

»Es hat uns getroffen. Wir werden getroffen.«

Er sah das Gesicht des Mannes, der in den Stacheldrahtrollen gefangen war. Er erkannte es, konnte es aber nicht einordnen. Er sah die Villa in einem Vorort von Guatemala City vor sich … einen Gärtner, der die Blumen besprühte, und eine Wache, die Zeitung las, und einen gefliesten Boden, der geschrubbt wurde … er sah das flehende Gesicht des Vernehmungsbeamten aus dem Keller der Villa.

»Gehen Sie runter …«

»Nie im Leben.«

»Nehmen Sie ihn mit.« Er schrie es ins Mikrophon, es schallte in den Kopfhörern im Pilotenhelm.

Die ruhige Stimme in seinem Ohr: »Vergessen Sie's, Colonel.«

Sie waren über den Begrenzungszaun hinweggeflogen. Der sich abkämpfende Mann im Zaun geriet im Seitenfenster aus dem Blickfeld. Er drehte seinen Körper bis zum Äußersten, um zurückzuschauen. Als er sich wieder umdrehte, deutete der Flieger auf die Cockpitarmaturen.

Der Flieger pochte mit dem Finger auf die Treibstoffanzeige, der Zeiger fiel rapide zurück.

Die Schießerei war zu Ende.

Gord stand in der Mitte des Exerziergeländes.

Er war wie betäubt, und er hielt seine Hände fest um den Griff des Karrens geschlossen und versuchte, das Zittern seiner Arme unter Kontrolle zu bringen.

Links von ihm saßen die Gefangenen auf dem Boden, die Hände über dem Kopf. Vor ihm, vom züngelnden Feuer des Kommandogebäudes eingerahmt, lagen die Leichen, einige verkohlt, einige von Schrapnell- und Kugelwunden bizarr zugerichtet. Rechts von ihm waren die Verwundeten, manche lagen, manche saßen, manche standen, und ein Soldat mit einem roten Kreuz auf einer weißen Armbinde ging zwischen ihnen umher. Und dazustehen und zuzuschauen war purer Luxus. Er war so müde …

»Jorge, ihr müßt die Waffenkammer aufbrechen. Ich muß jede Waffe haben, die verfügbar ist, und die Munition für jede Waffe.«

Er hatte ihn losgeschickt wie einen kleinen Jungen, und Gord biß sich auf die Zunge, aber da war es schon passiert. Er sah, wie der Zorn in Jorge hochstieg, aber wie ein kleiner Junge trabte er los, um zu tun, was ihm aufgetragen worden war.

Zeppo kam zu ihm. Zeppo fragte, ob er ihm zeigen sollte, wie man die Tanks am Flammenwerfer wieder auffüllte.

»Machen Sie's selber«, schnauzte Gord zurück.

Harpo kam. Harpo grinste, und er hatte Pulverspuren auf seiner hohen Stirn, und er trug das Maschinengewehr locker über der Schulter, und Harpo sagte, er hätte den Hubschrauber getroffen, ganz bestimmt.

»In dieser Höhe war er auch schwer zu verfehlen«, blaffte Gord zurück.

Der Archäologe kam mit geröteten Augen bei ihm an. Ein Dorfbewohner sei tot. Ein Guerillakämpfer sei in die Kniekapsel getroffen worden. Ein Mann aus dem Dschungellager wäre im Becken getroffen worden, es sei schlimm.

»Was haben Sie erwartet?« gab Gord zurück.

Der Regen strömte über sein Gesicht. Der Regen rann über seine Wangen und seine Nase und seine Lippen … Die einzige Chance war, die Führung zu übernehmen … Die Tür des Waffenlagers barst unter den wuchtigen Schlägen des Vorschlaghammers. Es schien, als ob nur er begriff, worin ihre einzige Chance lag.

»Jorge, lassen Sie das, hören Sie auf ... Gehen Sie ins Dorf. Setzen Sie Ihre Redekunst ein. Wir wollen Männer ... Jorge, wir ziehen in einer Stunde weiter.«

Er sah Groucho. Groucho umging das brennende Kommandogebäude, kam von der Rückseite. Lustiger kleiner Typ. Groucho boxte in die Luft, als ob er das entscheidende Tor erzielt hätte, als ob er ein Kind wäre. Lustiger kleiner Typ ... Sie war hinter ihm. Zed hielt sie und stützte sie. Ihr Gesicht war rauchgeschwärzt. Groucho führte sie näher zu Gord. Sie hatte eine aufgeplatzte Lippe und ein zugeschwollenes Auge. Er fühlte, wie seine Knie schwach wurden, und sein Gewicht lastete auf dem Griff des Karrens. Alle beobachteten ihn. Sie wußten, was für ihn Vorrang hatte. Er sah das goldene Blond ihrer Haare vor dem Dunst. Der Regen trommelte herunter. Es war die einzige Chance ...

»Jorge, wir brauchen Männer aus dem Dorf. Eine Stunde, und wir sind weg. Ich will, daß die Waffen aus dem Lager geholt werden. Ich will alle Nahrungsmittel, die wir finden können. Ich will jedes Funkgerät. Ich will Medikamente, Verbandsmaterial. Eine Stunde, und wir ziehen weiter. Bringt die Gefangenen da rauf, wo wir vorhin waren, sie sollen unsere Rucksäcke heruntertragen. Los ...«

Er sah die Wunden in ihrem Gesicht.

Er bat Vee darum. Ob Vee, bitte, so freundlich sein würde, ihm zuliebe, und wie der geölte Blitz zurück durch das Dorf laufen würde, zurück durch die Felder, zurück zum Waldsaum, zurück zum Hund. Ob Vee, bitte, Miss Alex Pitt den Hund bringen könnte.

»Eine Stunde, und wir ziehen los ...«

9

Die Wucht des Aufpralls, der sein Rückgrat erschüttert und seine Schultern in den Sicherheitsgurt gezerrt hatte, ließ ihn schlurfend und unbeholfen um den Vogel herumtappen. Tom kam an dem Geheimdienstmann vorbei, der mit dem Hintern schon in einer Regenpfütze saß und leise vor sich hin zu wimmern schien. Der Chemiker lag der Länge nach im Schlamm, als ob der Boden Abrahams Schoß wäre. War wohl schlimmer für sie gewesen, denn sie hatten nur den Alarmton gehört und das Abtauchen, bevor der Rotor sich wieder stabilisierte, es hatte ihnen wahrscheinlich die Gedärme bis zum Hals hochgeschoben, und das Feld, auf das er zusteuerte, dürften sie auch nicht gesehen haben. Er hatte den Vogel auf ein abgeerntetes Maisfeld gesetzt. Teils mit Glück, teils mit Geschick war er am oberen Ende des Feldes gelandet, einer kleinen Oase zwischen Bäumen. Am unteren Ende wäre es feuchter gewesen, und er war mit einem Aufprall heruntergekommen und ohne Maschinenleistung, und wenn er am unteren Ende des Feldes gewesen wäre, dann wären die Kufen versunken.

Wenn er Zeit dazu gehabt hätte, aber die hatte er nicht, dann wäre er wohl stolz auf diese Landung gewesen.

Sie hatten die Garnison vielleicht eine Meile hinter sich gelassen. Tom schätzte, daß es nicht mehr war.

Die erste Einschätzung der Lage war so kritisch, denn bei der ersten Einschätzung der Lage ging es um Feuer. Während des ganzen Anflugs, während der endlosen Sekunden der Erinnerung, hatte er versucht, die Angst vor Feuer auszublenden. Es war die Erinnerung an einen Cobra-Kampfhubschrauber, den gräßlichen Einschlag einer schultergestützten Rakete, er hatte keine Kontrolle mehr, der Steuerknüppel reagierte nicht, das Feuer breitete sich von den Tanks hinter dem Cockpitsitz aus, und der Boden raste auf ihn zu. Es war die Erinnerung. Wie sich das Feuer nach dem Landeaufprall ausbreitete und die Hitze an der Gurtschnalle größer wurde und wie er sich durch das Fenster zog, weil die Tür klemmte, und wie das gezackte Plexiglas eine Seite seines Gesichtes aufschlitzte, als er sich ins Freie warf. Es war die Erinnerung an die verzehrende Scham darüber, daß er hinter den feindlichen Linien abgeschossen worden war, und es war die Erinnerung an das Blut, das aus der Wunde kam, die von seinem rechten Ohr bis zu seinem Kiefer verlief …

Er ging vorsichtig um den Vogel herum.

Kein Feuer, kein Rauch.

Tom ging näher an den Rumpf heran.

Alle Huey-Vögel, die der DEA zur Verfügung gestellt wurden, waren aus überschüssigen Armeebeständen ausgemustert worden. Die Befestigungen für die Maschinengewehre links und rechts und die Behälter für die Raketen waren entfernt worden. Die Panzerung war geblieben. An der Panzerung des Rumpfes, zwischen den Kufen, sah Tom die Dellen auf dem gehärteten Stahl, wo die Maschinengewehrkugeln aufgetroffen und abgelenkt worden waren. Es hätte schon ein Glückstreffer sein müssen. Der letzte Treibstoff tropfte auf den Boden, Technicolor in den Regenbächen. Eine beschissene Chance hätte vielleicht bestanden, als er das Ausweichmanöver gemacht hatte. Eine gottverdammte Chance. Die Technicolorspur führte zu dem Tankstutzen hinter der Passagierluke … wenn er nicht abgedreht hätte … es war ein durchsichtiger Plastikschlauch, und er war sauber durchschnitten.

Er kletterte durch die Passagierluke wieder hinein. Er holte zwei Gewehre heraus.

»Hey, meint ihr nicht, daß wir eine Wache bräuchten …?«

Er warf dem Geheimdienstmann, dort wo er saß, ein Gewehr zu und das zweite dem Chemiker, dort wo er lag. Er warf die Gewehre heftig in den Schlamm des Feldes. Er schaute zu, wie sie sich abmühten, die Waffen herauszufischen. Er begann, in dem Werkzeugkasten hinter den rückwärtigen Passagiersitzen herumzuwühlen. Er suchte nach einem Schneidewerkzeug, um die Treibstoffleitung sauber einzupassen. Er wollte …

Er erschien in der Luke. Sie bewegten sich so langsam wie Betrunkene.

»Hey, wo ist eigentlich Arturo …?«

Gord drängte sie, trieb sie an, piesackte sie, bis sie die Waffen aus dem Arsenal geräumt hatten. Er ließ die Lebensmittelvorräte aufschichten, er ließ die medizinische Ausrüstung einpacken. Er schaute auf die Uhr. Eine Stunde, hatte er gesagt, und er würde keine Verzögerung in dem Zeitplan dulden, den er aufgestellt hatte. Das Feuer loderte hell aus den hölzernen Schlafbaracken. Er spürte die Mattheit, die ihn immer nach der aufgeputschten Stimmung des Kampfes überkam, wie damals am Golf, wie in Irland, immer die Leere danach. Im Funkraum, zwischen der verbrannten und zertrümmerten Ausrüstung, halb darüber zusammengesackt, war die verkohlte Leiche eines Technikers gewesen. Gord hatte genug. Er zwang sich selbst, die Leere zu verscheuchen, indem er sie drängte, antrieb, piesackte.

Fünfzehn Minuten bis zum Rückzug, und Groucho zeigte ihm die sorgsam angefertigte Liste der Lebensmittelvorräte und der medizinischen Ausrüstung.

»Schön, ladet es auf …« Gord hastete davon.

Zehn Minuten bis zum Ende der bewilligten Stunde, und Zeppo kam über das Exerziergelände zurück, und ein Zug von Männern, Dorfbewohner, Leute aus dem Dschungel und Guerilleros, schob den Karren und eine Schubkarre. Zeppo berichtete ihm stolz, daß die Tanks voll seien, und zeigte ihm den Sauerstoffzylinder und die Reservekanister mit Brennstoff und die Plastikbehälter mit Motoröl in der Schubkarre. Zeppo berichtete ihm, daß der Zylinder das Brennstoff-Öl-Gemisch in den Röhren des Flammenwerfers komprimieren würde …

»Großartig …« Gord ging weg.

Fünf Minuten bis zum Abmarsch, und Harpo war neben ihm und zählte den Bestand an Gewehren und Maschinengewehren auf, die Einzelmunition und die Munition in Gürteln und die Mörser und Maschinenpistolen, und was es wiegen würde, und wie viele Männer sie brauchten, um das zusätzliche Gewicht zu tragen.

»Ich will alles, bis auf die letzte Patrone …« Gord schritt weiter.

Der Archäologe saß zwischen einem Berg von Rucksäcken und zog die Schnürsenkel von neuen und polierten Armeestiefeln fest.

»Es geht mich nichts an, Sir, aber darf ich Ihnen sagen, wenn Sie weiterhin versuchen, die Männer so herumzustoßen, dann – und das würde mir leid tun – werden sie Ihnen wünschen, daß Sie baden gehen. Nichts für ungut.«

Gord ging an ihm vorbei.

Drei Minuten vor Ende der Stunde hörte Gord den Gesang. Sie kamen aus dem Dorf den Hügel herauf. Es war wie ein Marschlied. Die Kinder waren vor und seitlich neben der Kolonne von Männern. Die Kinder flitzten herum und duckten sich und rannten und hopsten vor und neben der Kolonne. *Schmetterlinge* … Als ob es ein Kinderkarneval wäre … Und um die Männer herum waren Eff und Vee und Zed, die an den Rändern der Kolonne Tempo machten. Er zählte einunddreißig Männer. Hinter der Kolonne, hinter den Schmetterlingen, sah er Jorge. Der junge Mann ging mit Alex Pitt, und der Hund war neben ihr. Er konnte nicht hören, was sie sagte, aber ihre Finger hackten auf Jorges Brust ein, um die Heftigkeit ihres Einwands zu bekräftigen. Hinter der Kolonne, hinter den Schmetterlingen, hinter Jorge und Alex Pitt, trottete eine Schar Frauen. Waffen, von Harpo hinuntergereicht, wurden eingesammelt. Große Pappkartons mit Lebensmitteln und Medikamenten wurden von Groucho verteilt. Metallkisten mit Munition wurden auf Schultern geladen. Gord lenkte sie, hetzte sie herum, trieb zur Eile, seine Uhrzeiger waren bereits über die Stunde hinaus, die er bewilligt hatte, und die Wut stieg in ihm hoch. Sie stand mit den Frauen beim Tor, und ihre Augen schienen ihm zu folgen und ihn anzuklagen.

Sie ließen das Lager hinter sich, und sie ließen die Gefangenen mit den Verwundeten auf dem Exerzierplatz sitzen. Zwischen den Verwundeten aus der Armee waren ihre eigenen.

Sie hatten das erste Feld außerhalb der Lagerumzäunung überquert, als sie ihn einholte. Die Männer an der Spitze des Marsches waren nahe am Waldrand. Sie rannte, sie rutschte im lose umgepflügten Schlamm des Feldes aus, stieß sich hoch und rannte wieder. Sie holte ihn ein, und ihr Haar hing in regennassen Strähnen über ihr Gesicht.

Sie schrie ihn an. »Um Himmels willen, wissen Sie, was Sie da tun?«

»Ich weiß genau, was ich tue.«

»Diese Männer, die Sie gekidnappt haben, sie sind unschuldig …«

Er ging weiter auf den Waldrand zu.

»… Sie führen sie in den Tod.«

Sie hatte sich den Ruß vom Gesicht gewaschen.

»… Haben Sie darüber nachgedacht, was mit den Leuten geschehen wird, die in Playa Grande zurückbleiben …?«

Ihre Oberlippe war aufgeplatzt und geschwollen.

»… Es geht nicht nur um das Leben der Männer, die Sie mitnehmen, es geht um das Leben derer, die sie allein zurücklassen …«

Sie verdrehte den Kopf, während sie ihm ihre Worte entgegenschleuderte, denn ihr linkes Auge war zugeschwollen, und sie konnte es nicht gebrauchen.

»… Gott, ihr Scheißmänner und eure Scheißkriegsspiele. Sie sind Engländer, oder? Sie sind ein verdammter Söldner, oder? Sie machen Geld mit dem Elend dieser einfachen Leute. Gott, Sie und Ihresgleichen machen mich krank …«

Mitten auf ihrer Wange war das Brandmal von einer Zigarette.

»… Alles, was wir hier zu erreichen versuchen, haben Sie kaputtgemacht …«

Sie waren am Waldrand. Die Kolonne vor ihm verschwand langsam, als sie das dumpfige Laubwerk zur Seite bogen, das jeden einzelnen Mann und den Karren und die Schubkarre verschluckte.

»… Erwarten Sie keinen Dank von mir. Ich weiß, ich war praktisch tot, aber ich weiß verdammt genau, daß es nur Glück war, pures Glück, daß Sie mich herausgeholt haben. Das rechtfertigt nicht, was Sie tun. Und wenn Sie diese Leute vernichtet haben, werden Sie vergessen haben, wie sie aussahen, wo sie lebten, wie sie hießen. Ich werde nicht dankbar vor Ihnen kriechen, nicht solange Sie mit Menschenleben jonglieren. Sind Sie zu blöd, um an die Folgen zu denken …?«

Gord sagte ruhig: »Ich hab' ein paar Dinge vergessen, und das war blöd von mir.«

Sie hob die Stimme. »Und ein bißchen spät, um reuevoll die Hände zu ringen …«

»Es macht Sie häßlich, wenn Sie zornig sind, Miss Pitt, also halten Sie bitte den Mund.«

Er sah, wie sie nach Luft schnappte. Das Maschinengewehr runter. Den Rucksack abgeschnallt. Er machte die Deckklappe des Rucksacks auf. Er nahm den Sack Hundefutter und den Blechnapf heraus.

»Blöd von mir …«

Er wühlte tiefer in dem Rucksack. Er zog ihre Handtasche hervor und reichte sie ihr feierlich.

»… Blöd von mir, daß ich sie vergessen habe. Passen Sie auf sich auf, Miss Pitt.«

Er wuchtete den Rucksack hoch und schulterte das Maschinengewehr. Er wandte sich von ihr ab. Seine Lüge ging ihm durch den Kopf. Er hatte ihr gesagt, sie sähe häßlich aus, wenn sie zornig war. Sie sah einfach hinreißend aus, wenn sie zornig war.

Er war in den Bäumen verschwunden.

Er hatte den Vernehmungsbeamten aus dem Stacheldraht befreit.

Er hatte die Stacheln aus dem zerschlissenen Stoff gepickt, wo der junge Mann sich panisch abgemüht hatte.

Er hatte die deutlichen Befehle in Englisch gehört, und er beobachtete, wie die Kolonne aus dem Garnisonslager abzog.

Er war in die Mitte des Exerzierplatzes gegangen, um den Anblick ganz aufzunehmen.

Arturo schaute sich um. Er hielt sich selbst für einen Experten in der Kriegsführung gegen Aufständische und wurde von seinen Vorgesetzten auch so eingestuft. Er kannte den Feind, den die bewaffneten Streitkräfte von Guatemala in den letzten zehn Jahren bekämpft hatten. Dieser Feind war in der Lage, eine Brücke zu sprengen, einen Strommast umzustürzen, einen *finca*-Aufseher zu ermorden, eine kleine Patrouille aus dem Hinterhalt zu überfallen. Der Feind hatte nie zuvor einen verteidigten Militärstützpunkt überrannt und ihn zerstört. Daran war der Engländer schuld …

Nachdem er den Vernehmungsbeamten befreit hatte, war er näher gekrochen. Er hatte gesehen, wie das zerlumpte Rattenpack die Waffenkammer und das Lebensmittellager plünderte und die Kisten mit Medikamenten davontrug, und er hatte gesehen, wie sie spurten, wenn der Engländer bellte. Er hatte gesehen, wie die älteren Männer, die Latinos, sich mit lauten Stimmen als Kommandanten aufgespielt hatten und dann auf die Befehle des Engländers hin den Schwanz einzogen. Er hatte einen jungen Amerikaner gesehen, seine Stimme gehört, an der Art, wie er sein Gewehr trug, erkannt, daß er kein Soldat war, und gesehen, wie er dicht bei dem Engländer blieb, als ob die Nähe zu ihm Sicherheit bedeutete. Er hatte gesehen, wie der jugendliche Anführer die Männer aus dem Dorf brachte, ihnen Mut zusprach, und wie er sich dem Kommando des Engländers beugte. Es war immer der Engländer …

Er erinnerte sich – und sein Gedächtnis war scharf – wie er vor acht Jahren in der Bar der Offiziersmesse beim Oberkommando zwei Offiziere aus Argentinien getroffen hatte, einen von der

Marine und einen von der Artillerie, und beim Whisky hatten sie von der Schlacht auf den Malvinas erzählt, als sie gegen die englischen Fallschirmjäger gekämpft hatten. Ein Schlachtfeld namens Goose Green, und der Whisky war geflossen. Eineinhalbtausend Männer, in Verteidigungsstellungen vergraben und von einer Streitkraft geschlagen, die nur ein Viertel so stark war. Einer hatte sie »Barbaren« genannt, der andere »Schläger«, beide hatten sie »hervorragend« genannt.

Colonel Arturo schaute sich um. Einige Überlebende hoben langsam die Gräber für die Toten aus, einige versuchten aus Zeltplanen einen Schutz für die Verwundeten zu bauen, der dem Wind standhielt, einige liefen unter Schock ziellos umher. Ein Unteroffizier erzählte ihm, daß sie es für eine Notfallübung im Radio gehalten hatten, von dem abgestimmten Angriff mit Raketen, Mörsern und Maschinengewehren bis zu dem Augenblick, in dem der Flammenwerfer das Kommandogebäude erfaßte. Zeit, um zu warten, bis eine Entsatzeinheit in Playa Grande eintraf, Zeit, um über den Engländer nachzudenken. Für Colonel Mario Joaquin Enrique Arturo war klar, daß das Leben des Engländers der Dreh- und Angelpunkt der Rebellion war.

Der Engländer mußte sterben.

Er trieb sie vorwärts, peitschte sie den Anstieg hinauf.

Gord duldete keine Nachzügler.

Sie strebten dem Hochland zu, das von Regen und Nebel verschleiert war.

Gord zeigte kein Mitleid.

Er trieb die Kolonne an, drängte sie wie störrisches Vieh in die Wasserläufe, die ihre Stiefel und Schienbeine umspülten.

Gord fluchte auf sie, wenn sie ausrutschten und die Ladung des Schubkarrens umkippten.

Sie strampelten sich ab, um möglichst weit weg zu kommen, denn er hatte gehört, daß vielleicht noch ein Funkspruch gesendet worden war …

Harpo war neben ihm. »… Ich weiß nicht, inwieweit Sie uns

begreifen. Ich weiß nicht, was Ihre Verpflichtung uns gegenüber ist. Ich will Ihnen von mir selbst erzählen … Können Sie sich das Leben im politischen Exil vorstellen? Ein Leben im Kaffeehaus und das Herumreichen von wochenalten Zeitungen und geflüsterte Gerüchte, die höchstwahrscheinlich keine Grundlage haben. Kein Geld. Wer im Exil lebt, ist der Gefangene des Regimes, das sein Gastgeber ist. Jedes Jahr sinkt für sie unsere Bedeutung. Jedes Jahr müssen wir in schlechtere Unterkünfte ziehen, weil es nicht mehr Geld gibt und die Inflation uns hinaustreibt. Das Zimmer, das ich gemietet habe, ein Zimmer, da waren im Winter Ratten, wenn sie in den ersten Stock hochkamen, um dem Regen zu entfliehen … Man kann sogar Ratten liebgewinnen, wenn man im Exil und allein ist. Zwei Höhepunkte an jedem Tag als Exilierter. Sich vormittags im Kaffeehaus treffen und die alten Zeitungen weitergeben und sich fragen, ob sich irgend jemand von dort, wo du herkamst, noch an dein Gesicht und dein Leben erinnert. In der nassen Jahreszeit am Abend in einem einzelnen Zimmer sitzen und zu den Ratten sprechen … Wir waren alle weicher geworden. Wir redeten davon, zurückzugehen. Wenn er nicht gestorben wäre, wenn der Junge, Jorge, die Aufgabe, die ihm gestellt wurde, nicht angenommen hätte, dann hätten wir so weitergemacht, Jahr für Jahr, matter und schwächer, hätten geträumt, auf den Tod gewartet. Ich bin bereit, mit Ihnen zu marschieren, mich von Ihnen anscheißen zu lassen, damit ich nicht wieder im Exil leben muß.«

»Was wird mit denen passieren, die noch dort sind?«

»Sie sind die Betrogenen. War es je anders? Man hat uns immer erzählt, daß wir die Opfer faschistischer Unterdrückung wären und daß die rote Fahne mit Hammer und Sichel zu unserer Erlösung über uns wehte. Wir stellten uns vor, daß sich die großen Männer im Politbüro jede Woche trafen und einzig über Wege beratschlagten, den Kampf der Unterdrückten in Guatemala zu unterstützen. Kommt Ihnen das lächerlich vor? In der Wohnung von Rodolfo Jorge Ramírez' Vater war ein Foto von Leonid Breschnew an der Wand. Wir glaubten, er sorge sich um unsere Zukunft. Wir wurden betrogen. Im Kreml von Moskau gibt es wahrscheinlich nicht einen einzigen Mann, der sich um das Schicksal des Volkes von Guatemala kümmert. Es ist ein trauriges Gefühl, Mr. Gord Brown, zu wissen, daß man betrogen wurde ...«

»Was wird mit ihnen passieren ...?«

»Wir sollten herausfinden, was zum Teufel sich da bewegt.« Der Geheimdienstmann fror in einem der hinteren Passagiersitze und deckte den Waldrand mit seinem Karabiner ab.

»Klingt für mich nicht gerade wie eine großartige Idee.« Der Chemiker lümmelte im linken Pilotensitz.

Tom sagte: »Rechnet nicht mit mir, ich bleib' hier und nirgendwo sonst.«

Das Licht schwand unter der tiefhängenden Wolke. Vielleicht war es am Morgen sinnvoll herauszufinden, was zum Teufel sich da bewegte, vielleicht sah es am Morgen nach einer großartigen Idee aus. Nicht bei dem schwindenden Licht. Das Funkgerät war nicht in die Brüche gegangen, es war nur nutzlos, dort wo sie waren, auf dem Boden, unterhalb der Gebirgswand der Cuchumatanes, wo ein Funkspruch an die Fernmeldeanlage im Keller der Botschaft ein Ding der Unmöglichkeit war.

»Habt ihr diesen Flammenwerfer gesehen, o Scheiße, das war ein gemeines Ding.«

»Das war eine ernste Sache.«

Tom sagte: »Ich glaube nicht, daß das dort oben als Spiel und Spaß gedacht war ...«

Der Entsatzkonvoi erreichte Playa Grande in der Abenddämmerung, die Scheinwerfer bohrten sich in die Düsternis. Ein rumpelnder Panzerwagen schnaufte durch das Dorf auf die Garnison zu, zwei Lastwagen mit der Infanterie im Schlepptau.

Der kurze und nicht wiederholte Funkspruch war in Barrillas im Westen empfangen worden, aber es gab keine Straße zwischen Barrillas und Playa Grande. Der Inhalt war verfälscht zum regionalen Hauptquartier Süd in Santa Cruz del Quiché weitergeleitet, dann zum Armeehauptquartier in Guatemala City übermittelt worden. Von Guatemala City war die Nachricht nach Cobán im Osten geschickt worden.

Es gab eine armselige Straße zwischen Cobán und Playa Grande, bei sintflutartigem Regen war sie noch schlechter, und zweimal hatte der Konvoi die Truppe absteigen lassen, während sich die Fahrzeuge an einem Felsrutsch vorbeischoben, die Räder messerscharf am Abgrund. Es war ein Notruf gewesen, wirr und unvollständig. Der Offizier, der den Konvoi befehligte, wußte nicht, was er vorfinden würde. Der Panzerwagen lugte in die verlassene Straße. Kein Licht, kein Herdfeuer, kein Rauch, der von den Dachöffnungen hochstieg.

Die Scheinwerfer des Panzerwagens erfaßten die Gestalt im Eingang des Garnisonslagers. Der Mann trug einen schlammverschmierten Kampfanzug mit dem Rangabzeichen eines Colonels auf den Schulterklappen und den Insignien der Kaibiles oben an den Ärmeln des Uniformrocks. Ein junger Zivilist in zerrissener Kleidung saß zu seinen Füßen.

Die Truppe wurde vom Colonel durch die Düsterheit des Lagers geführt. Er zeigte ihnen die Gräber und die Verwundeten und die vom Feuer zerstörten Gebäude und die aufgebrochene Schwingtür des Waffenlagers, in das der Regen trieb. Im Schein der Lichter des Panzerwagens und der beiden Lastwagen schwärmte die Truppe aus, um das Dorf Playa Grande zu durchforsten.

»Was wird mit ihnen passieren …?«

In der ersten Stunde der Dunkelheit war das Gelände offen gewesen, reich an Felsen, aber arm an Bäumen. Er hatte den Marsch härter und weiter vorangetrieben als an jedem anderen Tag, seit sie im Dschungel von Petén gelandet waren.

»Einige werden aus dem Dorf geflohen sein«, sagte Harpo zu ihm.

Sie hatten den Schutz von Bäumen für die Nacht gefunden, und er hatte erlaubt, daß ein Feuer angezündet wurde. Das Feuer brannte nur schwach, aber es war tröstend, und er hatte gestattet, daß sie rauchten.

»Und diejenigen, die nicht weggehen?«

Sie lagen wie die Toten um ihn herum.

»Das haben sie von den Amerikanern gelernt. Man nennt es die ›Psychose des Schreckens‹. Eins können Sie glauben, Mr. Brown, das sind intelligente Männer in der Armee von Guatemala. Es wird einige geben, die Playa Grande nicht verlassen haben werden, die Alten und die Kranken und die Dummköpfe, und sie werden getötet werden. Sie werden die ›Psychose des Schreckens‹ anwenden, um das Gerücht von unserer Anwesenheit unschädlich zu machen. Sie werden jungen Männern Angst einzujagen versuchen, damit sie sich uns nicht anschließen, also werden sie die Alten und die Kranken und die Dummköpfe abschlachten.«

Er dachte an das Mädchen, Alexandra Clementine Pitt, das er zurückgelassen hatte, und an die Kinder, die als Schmetterlinge um die marschierenden Männer geflattert waren, und die Frauen, die hinter ihnen hergetrottet waren.

»Es schien mir wichtig, das zu wissen. Danke.«

Zunächst hatten sie von dem höhergelegenen Gelände hinter der Kirche von Playa Grande die umherstreifenden Scheinwerfer des Panzerwagens und der Lastwagen gesehen. Später verloren sie die Scheinwerfer aus dem Blick, weil die Helligkeit der Feuer sie überstrahlte. Nachdem sie das Dorf und die Feuer nicht mehr sehen konnten, hörten sie die Schüsse. Es war ihnen nicht möglich, in der Dunkelheit zwischen den Bäumen schnell genug zu gehen, um rasch dem Geräusch der Schießerei zu entkommen.

Kinder riefen, schrien, daß sie sich verlaufen hatten. Frauen weinten, weil ihre Männer in der Marschkolonne aus dem Garnisonslager vorausgegangen waren. Es gab durchdringende Pfiffe, alle in Tonhöhe und Takt verschieden, mit denen Männer versuchten, ihre Familien zusammenzuscheuchen. Alex trug ein kleines Mädchen, das strampelte und sie trat und nach ihrer Mutter heulte. Der Regen fiel auf sie herab, und das Geräusch des Gewehrfeuers kam stoßweise, und als die Schießerei und das Dorf hinter ihnen lagen, blieb ein Widerschein des Feuers an der Wolkendecke. Sie wurden von ihrer Angst durch die Nacht getrieben. Und der verdammte Mann hatte ihr anscheinend nicht zugehört. Der verfluchte Mann und seinesgleichen hatten die Katastrophe über diese Menschen gebracht. Der verfluchte Mann war verantwortlich für dieses menschliche Treibgut, das durch die Bäume tappte und stolperte, auf nackten Fels fiel, vor dem Feuerschein und den Schüssen in der Ferne floh.

Später, als sie nicht mehr weitergehen konnten, als das Feuer erloschen war und die Schießerei aufgehört hatte, als sie vom Regen durchweicht waren und sich einfach fallen ließen, als der Hund sich an sie schmiegte und das kleine Mädchen schlief, später erst traf sie der Gedanke wie ein Schlag.

Sie hatte den Hund bei sich, wachsam für jedes Geräusch in ihrer Nähe, und sie hatte das Hundefutter in einem Sack, der oben mit einer Schnur zusammengeknotet und an ihre Hüfte gebunden war, und der Hundenapf war im Sack, und sie hatte ihre Handtasche.

Sie hatte dem verfluchten Mann, der schmutzig und unrasiert und stinkend an dem Todeskarren herumhantierte, nicht für das Leben ihres Hundes gedankt. Sie hatte dem verfluchten Mann, der organisierte und befahl und fluchte, nicht für das Geschenk ihrer Handtasche gedankt. Sie hatte dem verfluchten Mann mit den harten Augen und dem kalten Mund und dem kämpferischen Kinn nicht für ihr Leben gedankt.

Der verfluchte Mann …

Er war in Santa Cruz del Quiché in einen anderen Bus umgestiegen, und der zweite Bus hatte ihn nach Einbruch der Dunkelheit auf der Plaza in Nebaj abgesetzt. Der Feuerwehrmann war durch die Nacht gewandert, Richtung Norden auf der schlammigen, unbefestigten Straße. Es war das Gewicht seiner großen Stiefel, das schließlich seinen Vorwärtsdrang stoppte. Er setzte sich an den Straßenrand, und die breite Krempe seines Hutes schützte sein Gesicht vor dem Regen. Der Feuerwehrmann zweifelte nicht daran, daß es der richtige Ort war, um zu warten, denn jetzt in der Morgendämmerung konnte er weiter vorn auf der Straße und weiter hinten sehen, daß sich kleine Gruppen von Männern versammelt hatten. Einige hatten Macheten mitgebracht, er hatte eine Spitzhacke gesehen, und mehrere hatten die langstieligen Gabeln zum Heuwenden dabei, und zwei hatten alte Flinten.

Er hatte seinen Wagen, den alten Fiat, hinauf durch Chichicastenango gefahren und weiter durch Santa Cruz del Quiché. Durch die vom Regen gewaschene Windschutzscheibe spähend, hatte er die Anhöhe nach Nebaj überquert. Und weiter von Nebaj, auf die Schlaglöcher und Erdrutsche achtend, bis er Chajul erreichte. Er hatte den Wagen in Chajul gelassen, einem Mann zu viel dafür bezahlt, daß er sich um ihn kümmerte und ihn in einer Scheune hinter der Kirche Christus von Golgatha unterbrachte. Nach Mitternacht, als er an die Tür des Postamtes getrommelt hatte, bis ein schlaftrunkenes Gesicht aufgetaucht war, hatte er mit der Hilfe von noch mehr Geld erfahren, wo er ein Packpferd und einen Führer mieten konnte.

Er hatte blauen Flecken und war wund gescheuert. Es war eine Erleichterung gewesen, eine heilige Erleichterung, als das erste Tageslicht kam, und er den Führer ausbezahlt hatte und ihm zusah, wie er davontrottete, das Pferd am Halfter.

Wund und weh saß der Professor am Straßenrand, so wie er andere Männer sitzen und warten gesehen hatte. Er knabberte ein kleines Stück Käse. Er hatte keine Ahnung, wie lange er würde warten müssen, eine Stunde oder einen Tag oder eine Woche. Es war noch mehr Käse in der Tasche seines Regenmantels. Die Wolkendecke hing kaum dreißig Meter über der Straße, aber der Nebel hatte sich genügend gelichtet, daß er den Mann sehen konnte, der dreißig Schritte von ihm entfernt saß. Er konnte die Stiefel erkennen, die der Mann trug. Er rappelte sich hoch und ging hinüber, um den Käse mit dem Feuerwehrmann zu teilen.

Und mit dem Morgengrauen hatte ein Brigadekommandeur aus Cobán Playa Grande erreicht und eine Kompanie Truppen mitgebracht.

Man hatte ihm von einer Mauer des Schweigens erzählt, hinter der sich die Dorfbewohner von Playa Grande verschanzt hatten, diejenigen, die nicht bereits geflohen waren. Man hatte ihm die Leichen von denen gezeigt, die die Mauer des Schweigens nicht gebrochen hatten. Er traf den jungen Offizier, der an der Mauer des Schweigens gescheitert war. Der Brigadekommandeur hatte mit Entschiedenheit behauptet, daß der Stoßtrupp, der für den Angriff auf die Garnison verantwortlich war, nun zur mexikanischen Grenze fliehen würde. Die Grenze war fünf Meilen Luftlinie nördlich. Es gab von Playa Grande bis an die Grenze eine Straße, die dann abdrehte und parallel zu ihr verlief. Der Brigadekommandeur gab Befehl, die Grenze abzuriegeln.

Es war eine logische Entscheidung.

Eine Sperre an der Grenze und weitere Truppen, die ausschwärmten, um sie darauf zuzutreiben. Gewehre und Treiber, die Art, wie sie den Jaguar jagten. Logisch …

Colonel Arturo führte die Männer an, die durch den Schlamm des Feldes schlitterten, niedergedrückt von den Kanistern, einen auf jeder Schulter, mit jeweils fünf Gallonen Flugbenzin. Der junge Offizier, Benedicto, hing hinter ihm zurück. Arturo winkte dem Flieger, sah ihn hinunterspringen und zum Teibstofftank gehen. Der Flieger hielt jede Kanne ruhig, als sie das Benzin hineingossen. Einhundertfünfzig Gallonen mußten eingefüllt werden. Der Flieger sah ihn verwirrt an, und er grinste zurück. Der junge Offizier, Benedicto, schlenderte auf den Hubschrauber zu.

»Starten wir, Gentlemen?« Arturo klatschte in die Hände.

»Woher wußten Sie …?«

»Daß Sie Treibstoff brauchten? Weil ich Augen im Kopf habe, und als wir herunterkamen, hatten Sie keinen Treibstoff.«

»Woher wußten Sie, daß ich das Problem behoben haben würde?«

»Weil Sie Amerikaner sind. Ich nehme an, daß ein Amerikaner, wenn er auch nicht mit Wasser fliegen kann, zumindest einen beschädigten Hubschrauber reparieren kann. Hab' ich recht?«

»Ich habe ihn repariert.«

»Wie ich es von einem Amerikaner erwartet habe.«

Sie maßen sich gegenseitig. Er schaute fest in das Gesicht des Fliegers, forderte ihn heraus, brach den Blickkontakt. Der Flieger schaute an ihm vorbei und zu dem jungen Offizier, Benedicto.

»Wer ist er?«

»Ein Kollege.«

»Ich bin kein Taxi.«

»Und ich bin kein Tankwart. Können wir, bitte, fliegen?«

Der Flieger zuckte mit den Achseln. Es ging um kleine Siege.

»Das Wetter ist beschissen.«

»Sie sind ein amerikanischer Kampfflieger ...«

Er navigierte. Sie hoben ab in die graue Wolkenmasse. Sie hatten eine Bergwand vor sich, die auf über dreitausend Meter anstieg, und eine Maschinenkapazität, die sie auf eine Höhe von nicht ganz dreitausend Metern brachte. Sie konnten nicht hinaufsteigen und darüber hinwegfliegen. Sie flogen eingehüllt in das grau-weiße Tuch um sie herum, sie wurden von den Luftwirbeln erfaßt, die aus Seitentälern auf sie trafen. Arturo versuchte durch die Hiebe der Wischer auf der Vorderscheibe etwas zu sehen, und er konnte nichts sehen, und die Wolkenbarriere schien sich um ihn zu schließen und auf ihn zu drücken. Der schlimmste Flug seines Lebens. Er kritzelte die Berechnungen in wackliger Schrift mit unbeholfenen Zeichen auf den Block auf seinen Knien, Geschwindigkeit, Kompaßrichtung und Höhe. Zweimal, einmal über dem Reserva Natural Cerro Bisís und einmal über der Straße von Uspantán nach San Cristóbal Verapaz, hatte er geschrien. Die Landmasse, die drohend vor dem Cockpitglas auftauchte. Graue Wolken, aufreißende Wolken, ein kurzes Vorbeihuschen von Bäumen, die Felsformation, die das Cockpitfenster ausfüllte. Der Schrei, weil keine Zeit war, um ruhig zu sprechen. Der Schrei, und das ruckartige Abdrehen und Schräglegen des Huey-Vogels. Der Schweiß, der sich in der Bauchfalte über seinem Gürtel sammelte, und das Zittern seiner Hände, so daß er den Bleistift für die Navigationsberechnungen nicht halten konnte. Er dachte, daß die Ruhe des Fliegers außergewöhnlich war. Eine halbe Stunde vor der Landung in La Aurora funkte der Flieger ihre Ankunftszeit, Formsache, keine besondere Angelegenheit. Er konnte nachher, als sie aus der Sierra de Chuacús heraus waren und auf dem Plateau nach Guatemala City flogen, darüber nachdenken, daß das Ausweichmanöver jedesmal schon in Gang war, wenn er geschrien hatte, um vor dem heranrasenden Antlitz der Felsen zu warnen. Sie durchbrachen die Wolkendecke, als sie über dem Flughafenvorfeld waren. Er zerriß die Blätter, die er für Richtung, Höhe und Geschwindigkeit benutzt hatte, und steckte sie in die Tasche. Sie bockten im Wind auf und ab, als sie hinuntergingen. Er spürte, wie die Kufen aufsetzten.

Er saß schlaff da.

In seinem Kopfhörer: »… Ich persönlich würde jetzt lieber scheißen und mich rasieren und duschen, aber als Guatemalteke ziehen Sie es wahrscheinlich vor, den ganzen Tag hier sitzenzubleiben …«

Er nahm seinen Helm ab. Er konnte das leise Weinen des jungen Offiziers, Benedicto, hinter ihm hören. Er fand, daß der Flieger ein Genie war, und sagte es ihm.

»Flieger, Sie sind ein widerlicher Scheißtyp. Sie sind ein unbeholfener, aufsässiger, verstümmelter Scheißtyp mit schlechten Manieren. Sie sind außerdem der beste Pilot, mit dem ich je geflogen bin. Verstehen Sie, ich verteile nicht oft Komplimente … Sie sind der Beste …«

Er glaubte zu sehen, wie sich das grüblerische Gesicht des Fliegers für einen Sekundenbruchteil erhellte.

Er kletterte zu dem wartenden Befehlsfahrzeug hinaus.

Das Oberkommando, das in dem dunklen, holzgetäfelten Büro des Ministers versammelt war, entschied, die Befehle, die vor Ort von dem Brigadekommandeur aus Cobán gegeben worden waren, zu billigen. Ältere korpulente Männer, die durch die Gläser guckten, die sie mittlerweile brauchten, und mißbilligend auf die schmutzige Uniform von Colonel Arturo starrten und ihn bis zum Ende anhörten und ihn entließen.

Drinks wurden eingeschenkt. Die Karten wurden studiert. Kräftige Kreidestriche wurden gezogen. Die Aufständischen würden von Playa Grande nordwärts den wartenden Blockadetruppen in die Arme getrieben werden. Ein weicher Metallnagel zwischen dem Amboß und dem Hammer.

Ein Major, Einsatzstab, begleitete ihn den Korridor hinunter. Der Schlamm an seinen Stiefeln, der nun trocken war, bröckelte auf den Fußboden.

»Was, wenn sie nach Süden gegangen sind?«

»Wirklich, Colonel, warum sollten sie? Wenn sie nach Süden gehen, können sie nur auf größere Garnisonen stoßen, schwerer bewaffnete Verteidigungsanlagen, größere Hindernisse. Nach Süden zu gehen wäre Selbstmord. Nein, Colonel, sie haben zugeschlagen und sie sind nach Norden, Richtung Grenze geflohen. Ich glaube, was Sie brauchen, Colonel, ist Schlaf ...«

»Woher wußten sie es?«

Der Archäologe war gelaufen, um Jorge an der Spitze der Marschkolonne einzuholen. Sie waren aus den Bäumen gekommen und das lose Geröll zur Straßentrasse hochgeklettert. Das Quietschen der Karrenräder war hinter ihm, und das Kratzen des Schubkarrenrads war vor ihm. Sie waren noch keine Meile auf der Straße, und vier Männer waren in einigem Abstand voneinander dagestanden, als die Spitze der Kolonne vorbeizog, und dann hatten sie sich ruhig und ohne Erklärungen angeschlossen. Zwei weitere standen nun da, und der Archäologe sah die schweren Stiefel und die grobe Kleidung des einen und die dunklen, aber gepflegten Hosen, die Schuhe und den Regenmantel des anderen.

»Woher wußten sie es?«

Ein breites Lächeln von Jorge war die Antwort, und vom Ende des Zugs kam auf englisch wieder der Befehl, Tempo zu machen. Die neuen Stiefel hatten die Blasen an den Fersen und Zehen des Archäologen blutig gerieben. Das Marschtempo war schärfer als an den vorangegangenen Tagen, und die rufende Stimme am Ende war unbarmherzig.

Sie waren in einigem Abstand vom Schattenriß der Kirchenfassade, die kein Dach mehr hatte. Sie waren an den wenigen Häusern vorbei, die eine längst vergangene Schlacht überlebt hatten. Sie waren zum alten Friedhof gekommen, hatten das Gestrüpp niedergetrampelt und hörten zu.

Gord stand im Hintergrund, ein wenig abseits. Nur Vee war bei ihm. Er schaute über die im Dunkeln liegenden Köpfe und Schultern der Dorfbewohner, vor denen einzig der kleine Strahl einer Taschenlampe in das Gesicht von Rodolfo Jorge Ramírez leuchtete. Vee sagte ihm, daß Jorge die Sprache des Dreiecks sprach, die Sprache der Ixil-Indianer. Über ihnen, auf dem höhergelegenen Gelände, im feuchten Dunst der Regenwolke, konnte Gord die Lichter über den Blechdächern des neuen Dorfes gelegentlich hin und her schwingen sehen, und noch höher waren die helleren Lichter am Umgrenzungszaun des Armeelagers. Vee sagte zu Gord, daß Jorge am Grab seiner Mutter stand.

Der Regen fiel. Der Wind trieb den Regen in ihre Gesichter.

Vees Stimme klang sanft in sein Ohr, und dahinter war die volle Stimme von Jorge, die durch die Nacht drang, und zwischen den Stimmen waren Husten und gemurmelte Worte, Körper, die unruhig scharrten und zappelten, Kinder, die beruhigt wurden.

Gord hörte gespannt zu.

Er brauchte die Männer.

Ohne die Männer …

»… Ihr habt meine Mutter gekannt, für mich war sie einzig, aber sie hat gelitten, wie eure Mütter gelitten haben. Ihr habt meinen Vater gekannt. Mein Vater versuchte, euch in eine Freiheit jenseits der Gewehre und Panzer und Flugzeuge der Armee zu führen. Mein Vater ist gescheitert. Er starb nicht, wie eure Väter starben, im Feuer der Kirche. Er starb einsam im Exil, der Traum, zurückzukehren, blieb unerfüllt. Ich bin zurückgekehrt. Ich bin nach Acul zurückgekommen, in mein Dorf und in euer Dorf, um für alle Zeiten den Zugriff der Armee auf euer Leben zu brechen. Ihr seid die Mehrheit, und man hört eure Stimme nicht, und so wird es nie mehr sein. Marschiert mit mir …«

Im Licht der Taschenlampe sah Gord, wie die Erregung das Gesicht von Rodolfo Jorge Ramírez rötete.

»… Wir kamen in den Petén. Habt ihr gehört, daß wir eine Schlacht im Petén geschlagen haben? Habt ihr gehört, daß wir die Soldaten mit unserem Angriff aufgerieben haben? Habt ihr es gehört?«

Gord hörte das zustimmende Glucksen, Wellen an einem Kiesstrand.

»… Wir kamen nach Playa Grande. Das ist eine große Garnison, ein riesiges Lager, und es sind viele Soldaten dort. Wir haben das Lager zerstört, wir haben den Willen der Soldaten gebrochen. Wir haben das Lager niedergebrannt, wie die Soldaten einst die Kirche unseres Dorfes niedergebrannt haben, in die eure Väter und Brüder und Männer gesteckt worden waren. Habt ihr gehört, daß wir in Playa Grande gekämpft haben? Habt ihr gehört, daß sie nach einer Barmherzigkeit geschrien haben, die sie gegen eure Väter, Brüder und Männer nie gezeigt hatten? Habt ihr es gehört?«

Die Antwort war wie sturmgepeitschtes Wasser am Ufer eines Loch.

»Wir gehen von hier nach Guatemala City. Wir gehen zum Büro des Präsidenten. Wir gehen in sein Büro, und wir sprechen zu ihm von dem neuen Guatemala, das wir wollen, und er wird zuhören. Wenn ihr von der großen Schlacht im Petén gehört habt und von dem Sieg, den wir in Playa Grande errungen haben, wird er es auch gehört haben. Er wird zuhören … Kommt mit mir, meine Freunde. Ich will euch bei mir haben, wenn ich über die Plaza gehe, die hohen Stufen hinauf, durch das große Tor des

Palacio Nacional. Ich will euch bei mir haben, euch alle, wenn ich unsere Forderungen im Büro des Präsidenten verkünde. Kommt ihr mit …?«

Gemurmel, Gespräche, hastig, aufgeregt, das Rauschen des Sturms in den Kiefern.

»Ich vertraue euch. Ich bin die Nacht über hier. Die ganze Nacht lang bin ich am Grab meiner Mutter. Ich bin hier mit denen, die in der großen Schlacht im Petén kämpften, und die in Playa Grande kämpften. Ihr könnt zu den Soldaten in ihrem Lager gehen, jeder von euch, der vergessen hat, was die Soldaten mit euren Vätern und Brüdern und Männern gemacht haben. Jeder von euch kann mich verraten … Ich bin ein Teil von euch, und ich vertraue euch. Sind welche unter euch, die in das Lager der Soldaten gehen wollen, ihre Augen und ihre Ohren sein wollen, ihnen berichten wollen, daß Rodolfo Jorge Ramírez am Grab seiner Mutter ist? Sind welche unter euch …?«

Keine Bewegung, nur eine regungslose Stille, wie wenn der Sturm über dem Hang von Sidhean Mor erstarb.

»Ich habe einen Mann bei mir, den ihr lieben solltet. Ihr solltet ihn Gaspar nennen. Wir alle aus dem Dreieck kennen die Geschichte von Gaspar. Er ist einer von uns. Sie sehen ihn, und sie trampeln auf ihn, aber er ist nicht da. Sie werfen ihn ins Wasser und drücken ihn mit Stangen hinunter, aber er ist auf der anderen Seite des Flusses. Gaspar ist bei mir. Er ist von weit her gekommen, aber er ist jetzt bei mir. Die Armee wird verlieren, und Gaspar wird überleben. Gaspar hat das Feuer mitgebracht …«

Der Strahl der Lampe ruckte in Jorges Hand, weg von seinem Gesicht und quer über die Reihen der sitzenden und hockenden Dorfbewohner. Er erfaßte den Körper und dann den Kopf. Gord blinzelte ins Licht.

»Gaspar ist bei uns, er ist unser Geist und unsere Seele, er marschiert mit uns, und er bringt Feuer …«

Und das Licht huschte von ihm weg.

Eine schreckliche Traurigkeit.

Er dachte an die junge Frau, an das, was die junge Frau gesagt hatte.

Die Nachricht wurde aus dem Einsatzstab gebracht. Sie wurde von den Offizieren, die tief in ihren Lehnstühlen saßen, ruhig gelesen und von Hand zu Hand weitergereicht. Sie tranken bedächtig von ihren letzten Drinks des Abends, bliesen Kringel von Zigarrenrauch an die Decke und lasen die Nachricht aus Playa Grande. Es hatte keinen Kontakt gegeben. Der Hammer hatte auf den Amboß geschlagen, ein Metallnagel war nicht zermalmt worden.

Der Straßenjunge regte sich. Der Stiefel stieß an seine Rippen. Er war wach. Kein Fleisch, das seine Rippen bedeckte. Er war vom Licht geblendet, das auf ihn herableuchtete. Sein Körper wurde von dem Stiefel herumgewälzt. Er fühlte Panik. Die Brieftasche war unter seinem schmalen Rücken. Er hätte die Brieftasche wegwerfen und nur das Geld und die Reiseschecks nehmen sollen. Ein Schubs, ein Rempler, die Hand, die in die Innentasche der Jacke fuhr, er hatte die Brieftasche des deutschen Touristen erwischt, der mit seiner Frau das Picadilly, Avenida 6 und Calle 11 verließ. Er arbeitete spätabends normalerweise in Zona 1, weil er dort die besten Schnäppchen machte. Sie würden ihn vielleicht schlagen, und vielleicht würden sie ihn erschießen. Der Stiefel des Polizisten hackte wieder auf seinen mageren Körper ein. Er war dreizehn Jahre alt, und seit drei Jahren beackerte er die Restaurants in Zona 1 von Guatemala City. Er hatte die Brieftasche behalten, weil sie aus schwerem, altem Leder gearbeitet war, und er hatte gedacht, daß er für die Brieftasche einen genauso guten Preis bekommen könnte wie für die AmEx-Karte und die Diners-Karte und die Visa-Karte. Er duckte sich von dem Licht weg, und die Brieftasche kniff in seinen Rücken, und seine Hand war unter ihm und umklammerte den Griff seines Messers. Er hatte, als der Stiefel ihn weckte, gerade von den zwei Wunschzielen geträumt, die ihn aufrechthielten. Die Wunschziele waren, eines Tages in dem Flugzeug zu fliegen, das die Touristen und ihre Brieftaschen nach Guatemala City brachte, und eines Tages eine goldene Armbanduhr zu besitzen, wie sie die Touristen trugen. Er wußte, wie man die Brieftaschen klaute, schubsen, rempeln und lange Finger, er wußte noch nicht, wie man eine goldene Armbanduhr klaute ... Seine Freunde waren geschlagen worden, und als er im Kinderheim, dem Casa Alianza, gewohnt hatte, war er in ein frisch gewaschenes Hemd gesteckt und mit Blumen in der Hand auf den Friedhof gebracht worden, zur Beerdigung seines Cousins, von einem Polizisten erschossen. Die Klinge seines Messers war vier Zoll lang und zweischneidig. Man befahl ihm aufzustehen. Die Taschenlampe schien ihm nicht mehr ins Gesicht. Er kniff die Augen zusammen, um etwas zu sehen. Der Polizist hielt den Knüppel bereit, um ihn zu schlagen, und ein breites Grinsen lag auf dem verfetteten Gesicht. Ein zweiter Polizist lehnte entspannt am Streifenwagen. Er kam schnell hoch und schlitzte den Polizisten und hörte den Schrei, und er stach zu und hörte das Aufstöhnen. Er rannte ... Es fielen drei Schüsse, bevor er die Straßenecke erreichte, aber zu hoch und weit daneben. Der Straßenjunge rannte ... Sie hatten alle das Gerücht gehört. Das Gerücht hatte unter den Dieben und Zuhältern und Taschendieben und Straßenräubern die Runde gemacht, bevor sie sich für die abendliche Arbeit trennten, bevor er gegangen war, um in der Nähe des Eingangs zum Picadilly, Avenida 6 und Calle 11, im Schatten zu warten. Er rannte ... Er dachte, wenn er sie fand, würden sie ihm ein Maschinengewehr geben, damit er Polizisten erschießen konnte.

»Das Gerede, von dem ich höre, stimmt das ...?«

Er hatte seine Tür aufgesperrt, er war zum Bett zurückgetorkelt. Tom Schultz saß auf dem Bett und verfluchte den Schmerz in seinem Kopf. Er saß im Pyjama auf seinem Bett, und auf der anderen Seite des Zimmers lag die »beschädigte« Literflasche Glenlivet Malt, zwölf Jahre alt.

Kramer hatte begonnen, in dem engen Zimmer hin und her zu laufen, in seinem Mund steckte die kleine Zigarre.

»Ich will wissen, ob es stimmt.«

Neben der beschädigten Flasche war ein Zettel. »Motto der Kaibiles: WENN ICH VORAUSGEHE, FOLGT MIR. WENN ICH ZURÜCKBLEIBE, TREIBT MICH AN. WENN ICH ZURÜCKWEICHE, TÖTET MICH – aber wir können nicht FLIEGEN! In Bewunderung, Hochachtungsvoll Mario Arturo.«

Der Schaden bestand darin, daß er nahezu die halbe Flasche getrunken hatte.

»Ob was stimmt?«

Kramer zündete die Zigarre an. »Mein Freund sagt, daß ein Engländer die Schlüsselfigur eines Aufstands ist. Der brave Colonel sagt, daß ein Engländer, jung genug, Typ Special Forces, die Show bei ihnen abzieht. Der gute Mann sagt, die Schlafmützen im *estado mayor* müßten erst noch aufwachen. Sie haben ihn gesehen …«

Der Schmerz pochte in seinem Schädel. »Ich hab' einen Kerl gesehen.«

Er hatte den Whisky getrunken, um sich in einen besinnungslosen Schlaf zu versetzen, denn das war der einzige Schlaf, der den Alptraum aussperren, abtöten konnte, den Alptraum von einem abstürzenden Hubschrauber, dem Aufprall auf dem Boden, sich ausbreitendem Feuer und dem panischen Sprung, um der Hitze zu entkommen. Es war der Alptraum, den er vor den Psychologen der DEA verborgen hatte. Ohne den Whisky hätte der Alptraum ihn verzehrt …

»Engländer?«

Wut. »Ich hab' einen Vogel geflogen. Ich bin beschossen worden. Ich habe nicht einen Typ dreißig Meter unter mir nach seinem verdammten Paß gefragt …«

»Könnte er Engländer gewesen sein?«

»Herrgott, ich hab' mich nicht aus der Luke gehängt und geglotzt – er war Europäer. Hören Sie. Er führte die Sache an. Er hatte den Flammenwerfer. Der Flammenwerfer war wohl ihre

Topwaffe. Sie hatten den ganzen Schaden mit dem Flammenwerfer angerichtet. Ich hatte nie zuvor gesehen, was ein Flammenwerfer anstellen kann …«

Kramer war ein gefangenes Tier, das einem Pfad quer über den dünnen Teppich folgte. »Und er hätte Engländer sein können?«

»Haben Sie mich aufgeweckt, nur um zu fragen …?«

»Ich habe Sie geweckt, um zu erfahren, ob Sie bestätigen würden, daß ein Engländer eine Rebellion anführt, denn wenn er es tut, werden die Drähte ohne Zweifel anfangen zu singen.«

»Wofür, zum Teufel, sollte er hier sein?«

»Um nach Guatemala City zu gehen, natürlich. Nicht nur zuschlagen und abhauen. Kommt den ganzen weiten Weg und versucht …«

»Und was hat das mit mir zu tun?«

»Gute Nacht.«

Der Zigarrenrauch hing unter der Decke. Er öffnete das Fenster. Der Regen schnitt in sein Zimmer.

Es war noch dunkel, als sie aufbrachen. Noch immer der Rhythmus des Regens, während die Kolonne sich vorwärts bewegte.

Er wußte, daß Jorge die ganze Nacht am Grab seiner Mutter gesessen war.

Er brauchte eine Woche. Es mußte eine Woche lang regnen. Auf der zusammengefalteten und ausgefransten Karte waren sie einundsechzig Landmeilen vom Stadtrand von Guatemala City entfernt. Er brauchte den Schutz der Wolken und des Regens für die Tage und Nächte einer Woche.

10

Das Gerücht breitete sich schleichend wie eine kriechende Schlange im Hochland der Cuchumatanes-Berge aus. Man hörte das Gerücht in den Dörfern des Ixil-Dreiecks, den Gemeinden, die von den Städten Nebaj, Cotzal und Cajul eingegrenzt wurden, und man erzählte es sich weiter nördlich an dem schlammigen und steinigen Weg, der nach Sotzil, Ilom und Sajsivan führte. Das Gerücht wurde von Männern verbreitet, die sich im strömenden Regen durch die Nacht gekämpft hatten. Es wurde in den Dörfern verbreitet und in den Entwicklungsgebieten, die von der Armee kontrolliert wurden, bis hin zu den Baumfällern im Wald und den Straßenbautrupps, die zusammengedrängt in Baracken saßen und auf besseres Wetter warteten. Wenn das Gerücht in einem Dorf eintraf, entfachte es sich im geheimen, wurde tuschelnd weitergegeben, umging die Häuser der Kollaborateure. In den Dörfern des Dreiecks versammelten sich die Männer vor Morgengrauen in den Häusern der Ältesten. Vee war in einem Dorf und Zed in einem anderen, und Eff scharte eine Straßenbande um sich. Soldaten schliefen, die Männer der Zivilpatrouillen besetzten ahnungslos ihre Sperren. Die Nachricht, die aus dem Dorf Acul gebracht wurde, rief dazu auf, daß Männer, die sich dem Vormarsch anschließen wollten, vor der Morgendämmerung losziehen sollten.

Das Gerücht sprach von Feuer.

Eine anwachsende Kolonne setzte sich in Bewegung.

Die Kolonne steuerte nach Südwesten langsam auf die Garnisonstadt Nebaj zu.

»Ich lehre Mathematik«, sagte der Professor zu Gord. »Ich befasse mich mit einer Welt, die logisch und ziemlich berechenbar ist. In der Welt meiner Studien gibt es keinen Platz für das Mögliche oder das Wahrscheinliche … Werden wir Guatemala City erreichen?«

»Wenn ich das richtige Wetter dazu habe.«

»Ich war Feuerwehrmann in der Stadt.« Gebrochenes Englisch, leise gesprochen, und die schweren Stiefel patschten im Schlamm.

»Ich kenne die Stärke der Armee nicht. Können wir gewinnen?«

»Wenn es das Wetter gut mit uns meint.«

Vom Bodennebel getarnt, kletterten sie rutschend in wildem Durcheinander in die steilen Täler hinab. Es war schwieriger für Gord, weil die Menschenmassen zunahmen und die von ihm geforderte Ordnung verlorenging und die Verschnaufpausen jetzt bei fünf Minuten in der Stunde lagen. Sie blieben am Waldrand, abseits der Straßen und Wege. Jedesmal, wenn der Marsch anhielt, jedesmal, wenn der Regen jäh auf sein Gesicht und seine Schultern prasselte, und jedesmal, wenn er in die Nebeldecke spähte, stieß er einen tiefen Seufzer der Erleichterung aus. Solange es regnete, würden die schlammigen Straßen rutschig sein und die schweren Militärtransporter blockieren. Solange der Nebel ihnen Deckung gewährte, konnten die mit Sprengstoff und Napalm beladenen Militärbomber und die mit Raketen und Maschinengewehren bestückten Hubschrauber nicht fliegen, um sie zu suchen. Er trieb den Marsch vorwärts …

Ein eiliger Funkspruch. Verschlüsselt gesendet. Gekennzeichnet mit: VORRANGIG.

Abwechselnd biß Kramer von seinem Sandwich, nahm einen Zug von seiner Zigarre und einen Schluck von seinem Cola. Er schaute zu, wie die Nachricht über den Fernschreiber tickerte. Er grinste boshaft, da er voraussah, was für einen Aufruhr seine Nachricht verursachen würde, mit hastig anberaumten Besprechungen, der Einberufung einer Guatemalaabteilung und abgeblasenen Terminen. Das Signal wurde von den Dächern der Botschaft zum regionalen Hauptquartier des CIA in Panama City geschickt und dann weiter zu dem Antennenwald, der Langley, jenseits der Umgehungsstraße von Washington, D. C., bediente. Nicht schlecht …

Der Archäologe sah alles. Es passierte in Hörweite, keine zwanzig Meter vor ihm.

Sie waren mehr als zweihundert Männer, und die Kolonne erstreckte sich nach vorne in den Wald hinein, so daß er Jorge, der an der Spitze war, nicht mehr sehen konnte, und wenn er sich umdrehte, konnte er den letzten der Schlange nicht mehr sehen. Das Geräusch der Karrenräder raubte ihm den Verstand. Die ganze Zeit, während er den schweren Karren schob, stieß und zog, zerrte das Geräusch an seinen Nerven. Sie waren auf einem Weg, der wahrscheinlich von Landarbeitern benutzt wurde, um von ihrem Dorf auf die Felder zu gelangen, schmal und kaum festgestampft, nun da der Mais bereits geerntet und eingebracht worden war. Es kam ihm vor, als ob die Karrenräder einen eigenen Willen besäßen, so mühsam, wie sie sich über jeden hervortretenden Stein und jede herausragende Wurzel bewegen ließen.

Die Kolonne antreibend, kam Gord wieder an ihm vorbei, und er versuchte sich kurz an der Last des Karrens, lächelte brüsk und ging wieder nach vorn. Sie bogen um eine Kurve, und Gord knallten von hinten die Düsen und Röhren des Karrens an die Beine. Er wollte sich gerade entschuldigen, als man wieder einen Schrei hörte … Die Entschuldigung blieb ihm im Hals stecken.

Es war ein zerlumptes Bündel.

Es lag mitten im Weg. Der große Mann stand über dem Bündel, und seine Stiefel bearbeiteten es und traten nach ihm. Es war der große Mann mit der Glatze, der vorher auf der Straße von

Sayaxché nach Chinajá den Gefangenen erschossen hatte. Es war derjenige, der das Maschinengewehrfeuer befehligt hatte, das die Torwache in Playa Grande niederstreckte. Der große Mann mit dem Stoppelbart trat wild in das quietschende Bündel. Der Archäologe sah, was Gord auch gesehen hatte. Er sah das ängstliche und trotzige Gesicht unter den Lumpen, und er sah das silberne Funkeln der Messerklinge …

»Was gibt's?« ertönte Gords rauhe Stimme.

»Er ist Abschaum.«

»Was haben Sie mit dem Jungen?« Der große Mann begann wieder zu treten, zu schnell, um mit den Messerhieben sein Bein zu treffen.

»Er ist ein Dieb.«

»Und wenn?«

»Ich will keinen Abschaum …«

Der große Mann hatte das zerlumpte Bündel jetzt am Boden festgenagelt und drückte dem Kind den Lauf seines Gewehrs an die Brust.

»Lassen Sie ihn in Ruhe.«

Der Marsch wurde angehalten. Eine Gruppe von Männern versammelte sich um Gord Brown und den großen Mann und das Lumpenkind.

Der Archäologe sah das nervöse Flackern in den Augen des großen Mannes.

»Wir wollen keinen Abschaum, der stiehlt, wir brauchen so etwas nicht …« Er wollte nach dem Lumpenbündel treten, dort, wo es vom Gewehr festgehalten wurde. Es sollte ein Beweis für die Unabhängigkeit des großen Mannes von Gord Brown sein. Der Stiefel holte aus. Mit einer blitzschnellen Bewegung trat Gord zu, und man sah nur noch, wie der große Mann das Gleichgewicht verlor und umfiel. Es ging blitzschnell. Der große Mann lag auf dem Rücken, und Gord drehte sich um und ging weg, als ob es ihn nicht mehr interessierte, und das Kind trippelte hinter ihm her. Der Marsch wurde wieder fortgesetzt … Der Archäologe sah die Brieftasche, die neben der niedergedrückten Stelle lag, an der das zerlumpte Kind in Schach gehalten worden war. Es war die Brieftasche eines Touristen. Sie war so ähnlich wie die große Brieftasche, die sein Vater in Garden City gehabt hatte. Sie hatte Fächer für Kreditkarten, Bargeld und Reiseschecks. Jeder Freiwillige, der mitmarschieren wollte, wurde durchsucht, bevor er weitergehen durfte.

Spielte es eine Rolle, daß der Junge Brieftaschen von Touristen stahl?

Der Archäologe zerrte an den Karrenrädern, um sie wieder in Bewegung zu setzen.

Der Archäologe stolperte weiter und bemühte sich, mit dem schnellen Tempo Schritt zu halten. Vor ihm ging der große Mann, mürrisch und allein, und weiter vor ihm marschierte Gord Brown unter der Last seines Rucksacks und des Maschinengewehrs und der Munition, die er sich umgehängt hatte, und bei ihm war der Straßenjunge, der ihm nicht von den Fersen wich. Gord brauchte Regen und Wolken in Bodennähe. Es war der erste Tag von Gords Woche. Sie manövrierten den Karren durch die Strömung eines kleinen Flusses. Die Räder bewegten sich zunächst problemlos über die Felsen unter Wasser, doch dann blieben sie wieder stecken. Gord stand auf der anderen Seite am Flußufer, und es sah so aus, als ob er den Straßenjungen am Kragen packte und ohne Anstrengung mitten in die Strömung warf, und der Junge tauchte unter, und als er wieder hochkam, hatte er den Karren zu fassen bekommen und schleppte ihn zusammen mit den anderen weiter. Der Archäologe sah die Aufregung im Gesicht des Jungen und das freudige Grinsen von Gord Brown, und er sah den verbitterten, zornigen Blick des großen Mannes. Er fragte sich, ob sie es eine Woche lang zusammen aushalten konnten.

Am Ende des Tages sahen sie auf die Stadt Nebaj hinunter.

Die Regierungsinspekteure waren da. Sie hatten das entgegengesetzte Ende des Großraumbüros in Besitz genommen und darum gebeten, einen Safe auszuräumen, den sie dann mit einer geänderten Zahlenkombination am Schloß zu ihrem eigenen gemacht hatten. An den drei ihnen zur Verfügung stehenden Tischen arbeiteten sie mit ihren Laptops, ihren Taschenrechnern und den Akten, die sie verlangt hatten. Binnen zwei Stunden nachdem das Flugzeug von Houston auf dem Rollfeld in La Aurora aufgesetzt hatte, saßen sie an den Schreibtischen. Sie lehnten alles ab, machten ihren eigenen Kaffee, gingen selbst runter in die Kantine, um belegte Brote zu holen, und auf dem Weg vom Flughafen zur Botschaft hatten sie ihre Hotelzimmer selbst gebucht. Eine Frau in einem Marinekostüm, das vielleicht ganz schick gewesen wäre, wenn es nicht im engen Flugzeugsitz zerknittert worden wäre, führte das Inspektorenteam an, und zwei Männer krochen untertänig vor ihr. Die Arbeit der DEA in Guatemala City ruhte. Das war immer so, wenn Regierungsinspektoren in einer Außenstation auftauchten. Sie konnten jederzeit aufgerufen werden, Tom oder der Geheimdienstmann, der Chemiker oder der Fiskalbeamte ... Verdammt, und warum auch nicht, dachte Tom Schultz, weil ein Krieg gegen den Drogenimport in ihr großes, geliebtes Heimatland, die Vereinigten Staaten von Amerika, keinesfalls Vorrang vor dem Verbrechen hatte, Büroklammern zu verlieren. Er hatte gut geschlafen, und die Flasche Glenlivet-Whisky lag leer im Abfalleimer seines Zimmers, und dadurch hatte er sich den Alptraum erspart, in dem ein angeschossener Vogel brennend abstürzte. Sie waren in die Büros der Zollbehörde gequetscht, von ihrem Territorium vertrieben. Er teilte sich einen Tisch mit dem Verbindungsoffizier, einem Major, der in seiner Bruyèrepfeife süßen Tabak rauchte.

Er blätterte Papiere durch, und er sah alles nur verschwommen, weil er an den Mann dachte, den er während der Schräglage des Hueys dreißig Meter unter sich gesehen hatte, der hinter einem Karren hockte, auf dem ein Flammenwerfer befestigt war ... Er zupfte an seiner Narbe.

»Das sollten Sie lassen ... Entschuldigung, was zum Teufel geht mich das an?«

»Wenig.«

Der Major bohrte weiter. »War das am Golf, Wüstensturm, ich habe gehört, daß Sie dort waren?«

»Richtig.«

»Ich habe gehört, Sie wurden abgeschossen …«

»Auch richtig.«

»Wo war es?«

Er legte die Papiere beiseite und wünschte, der Major würde den Mund halten. »Über einem Scheißstück Sandwüste.«

»Ich hätte einen Arm geopfert, um dabeigewesen zu sein. Ich war in Bragg die ganze Zeit, eine verdammte Enttäuschung. Hinter unseren Linien oder ihren Linien?«

»Ihren Linien.«

»In was für einer Verfassung müssen Sie gewesen sein, nachdem Sie das abgekriegt haben … Jesus, man fühlt sich schlecht, wenn so etwas schiefgeht. Ich nehme an, Sie sind da nicht einfach rausspaziert. Sind Sie gerettet worden …?«

»Wieder richtig.«

»Das muß ein ziemliches Ding sein. Ich meine, hinter feindlichen Linien gerettet zu werden. Special Forces, diese Jungs sind wahre Helden. Harte Sache, wenn man sein Leben einem Mann oder mehreren zu verdanken hat. Du stehst jeden Morgen auf, gehst zum Scheißen, wäschst dich, ziehst dich an und weißt, daß da irgendwo ein Typ ist, dem du es zu verdanken hast, daß du noch unter den Lebenden weilst. Sehen Sie ihn?«

Geradeheraus: »Nein.«

»Aber Sie schreiben …?«

»Nein.«

»Hey, wenn ich mein Leben einem Mann zu verdanken hätte, würde ich schätzungsweise wissen wollen, wie es ihm geht.«

Tom sagte ruhig: »Ich sehe ihn nicht, ich schreibe ihm nicht. Ich mag es nicht, wenn ich jemandem etwas schuldig bin. Man kommt nicht groß raus, wenn man abgeschossen wird. Es ist nicht gerade eine Auszeichnung. So etwas ist nicht einfach Pech, verstehen Sie, es war wegen eines Fehlers. Der Fehler kostete ein Leben und eine Maschine, und ich lege keinen Wert darauf, daran erinnert zu werden. Deshalb besuche ich niemanden, und ich setze mich nicht hin und schreibe geschwätzige Briefe ... Damit ist das Thema erledigt.«

Drei Besprechungen waren abgesagt worden.

»Mit was, zum Teufel, glauben die Engländer, haben sie es zu tun ...?«

Ausdrucke über Guatemala kamen aus den Computern.

»Ich dachte, das sei eine Oase der Stabilität?«

Ein Ministerialdirektor, ein Mitarbeiter 3. Dienstgrades, der für Mittelamerika verantwortlich war, und zwei mit 5. Dienstgrad, die auf dieses Land spezialisiert waren, nahmen an der Besprechung teil.

»Stellen Sie sich das Chaos vor, wenn das Land kollabiert ...«

Auf dem Tisch stand Kaffee, und der Mitarbeiter 3. Dienstgrades rauchte gegen die Bestimmungen bereits seine vierte Zigarette, und vor ihm war die große Landkarte ausgebreitet.

»Die Engländer haben kein Recht einzugreifen ...«, sagte der ältere Mann mit Dienstgrad 5.

»Untragbar, das könnte in einer Katastrophe für das Gebiet enden ...«, sagte die jüngere Frau mit Dienstgrad 3.

»Sie spielen wieder die gottverdammte Leier vom Ende des Weltreichs, wie eine Platte, die einen Sprung hat, so als ob sie immer noch im Vinylzeitalter wären ...«, sagte der Mitarbeiter 3. Dienstgrades.

»Machen Sie ihnen klar, daß sie sich raushalten sollen. Lassen Sie sich keinen Mist erzählen. Wer ist dieser Trottel? Wie kann man ihm eine Abreibung geben? Treten Sie denen in London in den Arsch ...«, sagte der Ministerialdirektor.

Die Meldung wurde entworfen.

Bei Einbruch der Dunkelheit, als der peitschende Regen im Licht der hohen Umzäunungslampen leuchtete, schlich der Junge sich näher an den Wachposten auf der erhöhten Plattform heran. Der Junge spielte mit Steinen, türmte sie aufeinander, ging weiter, und wenn er wieder welche fand, machte er einen neuen Haufen aus ihnen. Ein Blechdach über der Plattform bot dem Wachposten ein wenig Schutz, aber sie war an den Seiten offen.

Die Stadt Nebaj lag 2000 Meter über dem Meeresspiegel, und die Zahlen hätten dem Wachposten, der weder Lesen noch Schreiben gelernt hatte, wenig bedeutet, aber er spürte die Kälte und Einsamkeit, die zum Wachdienst auf einer Plattform über dem abgezäunten Militärlager von Nebaj gehörten. Alle diensthabenden Wachposten waren von ihrem Sergeanten unterrichtet worden, daß sie wachsam sein müßten. Er hatte gehört, es hätte eine Schlacht in Playa Grande gegeben, aber das war zwei bis drei Tage zu Fuß oder ein paar Busstunden entfernt. Er konnte nur bis zum Rand des Lichts sehen, das von den hohen Lampen flutete, im Lichtschein bewegte sich der Junge lässig auf ihn zu, und jedesmal wenn er anhielt, hatte er seinen Spaß mit den Steinen, die er auf einen Haufen legte. Neben der Plattform war ein Tor, zu dessen Bewachung sie angelegt worden war. Das Tor war höher als der messerscharfe Zaun, und der Holzrahmen war mit Stacheldraht umwickelt. Das Tor war ein Zugang zur Rückseite des Lagers, zwischen den Rollen des messerscharfen Umgrenzungsdrahts. Fröstelnd stampfte der Wachposten von einem Fuß auf den anderen. Seine Stiefel polterten auf der hölzernen Plattform und stießen sein Maschinengewehr hin und her, das geladen und griffbereit auf Stützfüßen ruhte. Der Wachposten hörte ein neues, seltsames Geräusch. Es kam von jenseits der Regenwand und der Nebelwand und der Wand der Finsternis, in die er spähte. Der Junge rief ihn mit leiser, aber aufgeregter Stimme. Er war von den Steintürmen, die er gebaut hatte, weggegangen und befand sich jetzt nahe der vorderen Pflöcke, auf denen die Plattform stand. Hinter dem Regen und den Wolken und der Dunkelheit hörte er das quietschende Geräusch, nicht wie ein junges Schwein, sondern eher wie das Geräusch von Metall auf Metall. Der Junge schien etwas vom Boden vor der Plattform aufgehoben zu haben. Das, was der Junge hochhielt, glänzte hell. Der Wachposten hielt es für einen Ring. Er ging auf seiner Plattform in die Hocke. Der Junge streckte sich und hielt ihm den Ring entgegen. Sein Arm war draußen. Die Finger des Wachpostens berührten die knochige Hand des Jungen. Man hörte, vom Wind herangetragen, das Quietschen der Karrenräder. Er blickte auf, spähte. Wo sich Licht und Dunkelheit mischten, sah er einen sich bewegenden Schatten. Und die Hand packte sein Handgelenk und zog ihn kopfüber von der Plattform. Der Wachmann schlug auf den Boden auf, und die Messerklinge fetzte in sein Gesicht.

Sie waren in vier Gruppen aufgeteilt.

Golf, Oscar, Roger und Delta; Jorges dürftiger Witz ... Golf war der Flammenwerfer und die Mörser. Oscar war das Maschinengewehr und die Raketen, die das Haupttor des Lagers zerstören sollten. Roger sollte sich die Polizeikasernen in der Stadt vornehmen. Delta war für die Plaza vor der Kirche und den Markt zuständig.

Gord führte Golf an, Harpo führte Oscar, Zeppo führte Roger, Jorge führte Delta.

Mit einem schrillen Geräusch rollten die Karrenräder über den gerodeten Grund, und Gord, der Feuerwehrmann und der Professor zogen ihn. Sie stürmten in wilder Jagd vorwärts, und Gord sah, daß die Steinhaufen genauso lagen, wie er es sich vorgestellt hatte. Er winkte Groucho mit den Guerilleros und den Männern von Playa Grande und dem Dorf Acul an sich vorbei und zu den Steinen, um die Mörser aufzustellen. Dem Straßenjungen, der Abschaum, ein Dieb und großartig war, hatte er erklärt, daß er die Steine beim Spielen so aufbauen sollte, daß sie zwei Richtungsschneisen für die Mörser bildeten, eine zum Verwaltungsblock und eine zum größten Unterkunftsgebäude des Lagers. Im Angriff stürmten sie an Groucho vorbei, in Richtung Stacheldrahttor.

Sie hatten das überschwemmte Fußballfeld halb überquert, die Karrenräder bohrten sich in den Boden, und der Archäologe kam keuchend mit der Schubkarre hinterher, und die Mörser waren in der Luft. Die erste Granatenexplosion, kurz vor dem

Kommandogebäude, war das Signal. Das Maschinengewehrfeuer der Oscar-Gruppe auf das Haupttor … die gedämpften Schüsse der Roger-Gruppe und der Delta-Gruppe, weit weg in den Straßen von Nebaj. Leuchtspurgeschosse am Himmel. Er war im Schatten des Latrinengebäudes. Es war so, wie er es durchgesprochen hatte. Es war genau so, wie er es ihnen vorausgesagt hatte.

Er konnte durch die Explosionen und die Schüsse das Geschrei heraushören. Die Offiziere versuchten in dem Durcheinander die Kontrolle zu gewinnen. Er wartete ab und beobachtete das Geschehen. Er war fünfzig Meter vom Kommandogebäude und siebzig Meter von der nächsten Ecke des Gebäudes mit den Schlafräumen entfernt, in dem die Offiziere, während sie in Deckung blieben, angsterfüllte Männer herumkommandierten. Er riß den Hebel hoch. Das Gemisch floß. Komprimiertes Benzin und Öl schossen nach vorne. Gord drückte den Feuerabzug.

Das Feuer strömte nach vorn.

Das Feuer erfaßte Männer, die gerade gegessen oder sich ausgeruht hatten, Männer, die gerade geschlafen oder ihre Ausrüstung gereinigt hatten, und Männer, die gelesen oder sich für den Abend fertiggemacht hatten, um nach dem Markt in die Stadt zu gehen. Gord sah, wie die Männer Feuer fingen, wie es sie festhielt, und er hörte die Schreie der Männer, die von ihm erfaßt wurden und durch das Öl im Brennstoff nicht mehr los wurden. Er setzte sich in Bewegung …

Er lief mit dem Karren zur schützenden Mauer, an der die Fahrzeuge der Garnison geparkt waren. Er blieb stehen. Er schleppte den Karren weiter und spie die schwarze Schlange vor sich her, und das Feuer loderte hinter ihr und sprang auf die Wände, Fenster und Türen des Kommandogebäudes über. Am Fenster sah er die Silhouette eines Mannes, der bei dem Versuch, die stählernen Fensterläden zu schließen, vom Flammenmeer zurückgeworfen wurde. Er besprengte das Kommandogebäude … Er hetzte mit dem Karren weiter, warf sich auf den Boden und zielte mit der Mündung nach vorn, auf den niedrigen Betonbau ohne Fenster, in dem er das Waffenlager vermutete. Vor der Tür stand eine Horde Männer, die hysterisch schrien, und einer von ihnen versuchte im Wettlauf mit dem Feuer, den Schlüssel in das Vorhängeschloß zu stecken. Ein verlorenes Rennen … Er bewegte den Karren weiter, suchte den Schutz der Dunkelheit. Neben ihm war das schrille Lachen des Straßenjungen. Der Professor betete flüsternd. Der Archäologe keuchte pfeifend einen Fluch.

Gord stürmte in eine neue Angriffsposition.

Die zwei Lastwagen brachten Truppen, die ausgewechselt wurden, von Chajul nach Nebaj zurück.

Wären nicht das schlechte Wetter und die miserablen Straßen gewesen, hätten sie schon vier Stunden früher im Garnisonslager sein können. Sie mußten wegen Erdrutschen und Felsstürzen anhalten, und ein umgestürzter, zwölf Meter hoher Nadelbaum war quer über der Straße gelegen.

Die Lastwagen hatten gerade die Plaza überquert, als die erste Granate im Lager explodierte.

Der Priester sah, wie es passierte.

Er war ein Mann mittleren Alters, und er kannte das Dreieck schon lange. Abgesehen von neunzehn Monaten in Italien, als er in Perugia studierte, und sieben Monaten im belgischen Theologiezentrum in Louvain, hatte er die letzten dreißig Jahre in Nebaj verbracht. Er war nach Nebaj gekommen, um einem spanischen Jesuiten zu helfen, der später außerhalb der Stadt, auf der Straße zum Wasserfall, auf seinem Fahrrad erschossen wurde. Er hatte mit einem deutschen Priester zusammengearbeitet, der wegen der Morddrohungen gegen ihn geflüchtet war. Er war der Mann seines Bischofs in der Stadt gewesen, bis der Bischof die Pfarrei geschlossen hatte, weil die kirchliche Arbeit zu gefährlich war. Er hatte dreizehn Frauen, die vom Militär vor den Kirchentreppen erschossen wurden, die letzte Ölung gegeben. Unter denen, die in seiner Kirche beteten, war er als ein Mann ohne

Furcht bekannt. Diesen Abend hatte er eine warme Mahlzeit von den barmherzigen Schwestern des Waisenhauses bekommen, mit ihnen gelacht, und er hatte die Absicht gehabt, später noch einmal zum Garnisonslager zu gehen, um erneut seine Stimme für die Gesundheit der Arbeiter der Kaffee-*finca* zu erheben, die, davon war er überzeugt, durch die Insektizide, die man aus Flugzeugen gesprüht hatte, systematisch vergiftet worden waren. In seiner Unterkunft hatte er einen Aktenordner mit den Morddrohungen, die er bekam, und er zeigte sie gerne den Besuchern aus dem Ausland, den Bischöfen aus Europa und Mitarbeitern von Hilfsorganisationen und Fernsehteams. Der Priester kam aus einer der engen Kopfsteinpflasterstraßen in der Nähe der Plaza.

Die Schüsse peitschten über die Plaza. Marktabend, und man hatte seine Geschäfte gemacht, und das Geld eingesammelt und man trank. Männer und Frauen und Kinder stoben in Panik auseinander. Die Pöbelarmee duckte sich und feuerte, rannte im Zickzack und feuerte. Die Soldaten gingen hinter den großen Rädern ihrer Lastwagen in Deckung.

Sie wollten sich in die Kirche flüchten. Sie liefen von den Buden weg, ließen ihre Getränke stehen und das Essen fallen. Die Marimba-Musik verstummte. In Panik stürmten sie auf die Eingänge der Kirche zu. Von der Ecke der Plaza aus beobachtete der Priester einen Offizier, der die Kirchentreppe hinaufstieg, den Arm hob, um mehr Weite zu erzielen, und zwei Granaten durch die offene Tür warf.

Er hatte es gesehen, die Granaten rollten in die Kirchentür, und die Soldaten waren geflüchtet. Sie waren vom Lager abgeschnitten, sie verteilten sich in der Stadt.

Ein zerrissenes Leintuch war an einen Besenstiel geknotet worden. Das Tuch wurde aus dem Fenster am Ende des Kommandogebäudes geschwenkt.

Gord rief Groucho zu sich. Die Männer sollten aufhören zu schießen, sie sollten unten bleiben und sich nicht zeigen. »Sagen Sie ihnen, daß wir das Zeichen der Kapitulation erkannt haben.

Die Kapitulation ist bedingungslos. Sie sollen unbewaffnet und mit erhobenen Händen herauskommen. Sie sollen auf das Fußballfeld kommen und sich hinsetzen. Es wird ihnen nichts passieren … Sagen Sie ihnen das.«

Zuerst war es ein Tröpfeln und dann ein Schwall. Ein Strom von Männern ging im Regen auf das Fußballfeld, manche wurden gestützt, einige getragen.

Der ranghöchste Offizier war ein großer Mann mit zerzaustem Haar, und er hatte nur einen seidenen Morgenmantel über seine Unterwäsche geworfen, und seine Stiefel waren offen. Vielleicht hatte er gerade duschen wollen, als die ersten Granaten explodierten, oder vielleicht hatte er sich gerade vor dem Abendessen umziehen wollen. Der ranghöchste Offizier beachtete die Männer nicht, die auf das Fußballfeld strömten, während alle Waffen auf sie gerichtet waren, er ging allein auf den dunklen Schatten zu, in dem Gord neben Groucho hockte. Der Offizier stand vor ihnen. Der Schatten seines Körpers wurde vom Licht der Flammen über sie geworfen. Er hatte einen gepflegten Schnurrbart, und eine halbe Brille hing schief auf seiner Nase. Gord dachte, daß der Mann Würde besaß.

Auf Grouchos zögernde Frage antwortete er barsch: »Ja, ich spreche Englisch.«

Gord richtete sich auf. »Die Kapitulation ist bedingungslos, haben Sie das verstanden, Sir?«

»Meine Männer weigern sich, weiterzukämpfen … Sind Sie ein Söldner?«

»Ich habe Sie gefragt, Sir, ob Sie das verstanden haben?«

»Meine Männer wollen nicht mehr gegen das Feuer kämpfen … Sind Sie ein Agent Ihrer Regierung?«

»Sir, haben Sie die Bedingungen der Kapitulation verstanden?«

Der Offizier starrte ihn an. Wenn es nicht so dunkel gewesen wäre, hätte er seine vor Müdigkeit leeren Augen sehen können, die vor Erschöpfung eingefallenen Wangen und die schwarze Ölschmiere auf seinem unrasierten Gesicht.

»Ja, ich habe sie verstanden.«

Immer noch waren die Maschinengewehrsalven aus der Stadt zu hören.

Gord schnauzte die Befehle an Groucho. Die Männer sollten die Gefangenen bewachen, die Sanitäter eskortieren, das Waffenlager aufbrechen und die Lebensmittelvorräte zusammenpacken.

Sie verließen das Lager und gingen an dem Wachhaus neben dem Tor vorbei. Sie gingen durch die alten Straßen, in denen die Fensterläden und Türen der Häuser geschlossen waren, sie gingen durch die Straßen, in denen die Latinos lebten. Der Feuerwehrmann und der Professor zogen den Karren mit dem Flammenwerfer, und die Räder kreischten über das Kopfsteinpflaster, hinter ihnen zog der Straßenjunge die Schubkarre, und der Archäologe war neben ihm.

Eine Menschenmenge drängte sich um ihn herum. Er hörte sie einen Namen murmeln. Frauen in bunten Blusen, Mädchen in leuchtendroten Röcken, Männer mit hoffnungsvollen Gesichtern scharten sich um ihn und befühlten ihn von oben bis unten. Der Name war Gaspar, und das Murmeln wurde zum Schrei. Abseits der Menschenmenge sah er Jorge, der neben der Leiche eines gehängten Offiziers stand und mit reglosem Blick von der Kirchentreppe zu ihm hinunterschaute. Er rief Jorge zu, daß er seine Rede halten und seine Rekruten einziehen sollte. Immer mehr Menschen drängten zu ihm, die ihn zu berühren versuchten, während sie unaufhörlich den Namen Gaspar riefen. Er sah Zeppo, der hilflos im Gewühl eingepfercht war und von ihm mitgerissen wurde, und konnte nichts in seinem Gesicht lesen. Er rief Zeppo zu, daß er schnellstens zum Lager gehen sollte, um beim Ausräumen der Vorräte zu helfen. Er sagte zu Groucho, daß er bis Mitternacht abmarschieren wolle und daß Groucho die Gefangenen und den Offizier vom Hotel zurück ins Lager führen solle. Er war Gaspar, der Geist der Legende. Das Blut pulsierte in ihm. Die Müdigkeit und die Erschöpfung waren wie verflogen. Die Männer reckten sich, um nach seiner Hand zu greifen, die Frauen hoben ihre kleinen Kinder hoch, damit sie ihm ins Gesicht blicken konnten. Er stand in der Nähe einer Wand, und der Name hallte in seinen Ohren. In einem Eingang hinter ihm half der Professor dem Feuerwehrmann, die Röhren des Flammenwerfers neu mit Öl aufzufüllen. Von dem dicken Öl lag ein beißender Geruch in der Luft, und der Luftzylinder zischte jäh. Der Name dröhnte von allen Seiten. Ein Knopf wurde von seinem Waffenrock gerissen, als ob er ein Andenken wäre, und als er auf den Boden fiel, wühlten die Männer, Frauen und Kinder nach der Trophäe … Der Archäologe zog an seinem Ärmel und drängte einen alten, zahnlosen Mann zurück. Schlechter Atem und der gewinselte Ruf »Gaspar«.

»Sie müssen schlafen, Gord.«

»Wir haben keine Zeit zu schlafen.«

»Sie können nicht alles selbst in die Hand nehmen.«

»Wenn ich es nicht tue, tut es niemand.«

»Sie sind überheblich, Gord …«

Er hatte dichtes Haar, das inzwischen fast weiß war.

Er trug einen ordentlich geschnittenen, borstigen Schnauzer.

Percy Martins war für sein Alter gut gebaut. Er hätte die Reisetasche, die Kiste mit der Ausrüstung und die Hülle für die Angelruten leicht selbst tragen können. Einer vom alten Wachpersonal am Empfang folgte Martins den Korridor entlang, um seine Last zu tragen.

Während der Woche einen Tag fischen zu gehen, war jetzt nichts Ungewöhnliches für ihn.

Zwei junge Männer, die ihre Jacken bereits in ihrem Büro abgelegt hatten, verbeugten sich vor ihm, und es war recht so, daß sie ihm Respekt entgegenbrachten. Eine junge Frau, die ein eingepacktes Sandwich und einen geschlossenen Plastikbecher mit Kaffee trug, kam ihm entgegen, blickte ihn finster an, wich ihm aber aus. Wahrscheinlich eine von den neuen Angestellten aus der Provinz, die man mit Bildung zwangsernährt hatte.

Entschlossenen Schrittes ging er in sein Vorzimmer, vorbei an der Eule, die jetzt seine Sekretärin war, aber nicht mehr lange …

schloß die Tür seines kleinen Zimmers auf und lächelte freundlich, als der Mann seine Tasche, die Kiste und seine Angeln in der Ecke verstaute.

Seine Sekretärin gab das Fernschreiben durch, das von der Nordamerikaabteilung weitergeleitet worden war.

... Diese verdammten Leute in Washington. Verdammte Amerikaner.

Sie hatten sich zuviel Scheiße von ihnen bieten lassen, zu lange wie die geschlagenen Hunde die Schwänze eingezogen.

Er griff nach seinem Telefon und wählte die Nummer der Nordamerikaabteilung.

»Sie wissen Bescheid? Fünf hatte einen Namen, richtig? Wir haben Fünf geholfen, richtig? Kein weiterer Handlungsbedarf, richtig? Danke ...«

Percy Martins hätte sich selbst als abgehärtet bezeichnet, wenn es um Auseinandersetzungen zwischen den Abteilungen ging. Er war einer von den wenigen übriggebliebenen Männern des früheren Geheimdienstes. Er hatte den Aussiebeprozeß des neuen Generaldirektors unbeschadet überstanden. Er hatte jetzt keine spezielle Aufgabe und keinen festgelegten Verantwortungsbereich mehr. Sein Büro, das mit Personalakten und Budgetplänen vollgestopft war, lag im vierten Stock des neuen Gebäudes an der Vauxhall Bridge. Wenn er den Hals reckte und die Nase gegen das Fenster drückte, das nicht zu öffnen war, konnte er direkt auf den Fluß sehen. Ab und zu kamen ihm Sachen in die Finger, von denen kein Mensch wußte, wo sie einzuordnen waren, aber nicht zu viele.

So viele hatte man beim Umzug entlassen. Ein Skandal. Zu viele, um sie wenigstens mit einer kurzen Feier zu verabschieden. Ein ausgesprochener Skandal. Gute Männer, mehr als zwanzig Jahre im Dienst, und dann bekommen sie am Freitagnachmittag vom internen Zustellservice einen braunen Brief mit einem Gutschein über fünfzig Pfund für das Kaufhaus mit Militär- und Marinebedarf. Nicht mal eine Uhr, gar nichts, nicht mal eine Sherrykaraffe. So würde Martins, »der Scharfschütze«, nicht enden, o nein, noch nicht ... Die jungen Männer und Frauen, mit ihren guten Schulabschlüssen, beäugten ihn mißtrauisch, wenn sie ihm begegneten, und trotzdem waren sie neidisch, denn man sprach immer noch, wenn auch widerwillig, von seinen Leistungen. Ein Scharfschütze im Beqa'a-Tal im Libanon, einer von Percy Martins' Männern. Die Erschießung eines palästinensischen Attentäters, von Percy Martins organisiert. Ein Hochleistungsgewehr in der Dachgeschoßwohnung eines früheren Premierministers, entschärft vom königlichen Feldzeugkorps, durch Percy Martins präsentiert. Keiner von diesen Hasenfüßen von heute würde die Todesschüsse im Beqa'a-Tal zustande bringen ... Die noch zu bearbeitende Korrespondenz, die seine Sekretärin in der Ablage zurückgelassen hatte, fiel ihm ins Auge. Er blätterte den Stoß durch. Er fand den in Eigeninitiative verfaßten vierseitigen Bericht über die Notwendigkeit besserer Überwachungssysteme der nuklearen Sprengstoffvorräte in der Ukraine, mit seinem Vorschlag, einen Agenten vor Ort einzusetzen. Quer über dem Deckblatt stand der Satz: »Lieber den Satellitenfotografien überlassen«, darunter die spindeligen Initialen der Zentrale für Europa (Ost/ehemalige UDSSR). Unannehmbar ... Drei geheftete Seiten, der Abteilung Naher Osten (Iran) vorgelegt, in denen detailliert die Notwendigkeit aufgezeigt wurde, vom souveränen Stützpunkt in Zypern aus die iranischen Dissidenten, die im Mullah-Land operierten, zu unterstützen und zu bewaffnen und zu führen. »Vielen Dank für Ihr Interesse, wir werden uns bei Bedarf wieder an Sie wenden.« Eine Schande ... Die Rechnungsstelle wollte ihn sprechen, persönlich; seine Ausgaben. Bodenlose Frechheit ... Der stellvertretende Generaldirektor bedauerte, ein voller Terminkalender ließ nicht zu, ein Treffen zu vereinbaren. Eine vielversprechende Zukunft. Dieser Bastard ... Seine Position war gesichert, also versuchten sie, ihn zu schikanieren. Er hatte nicht vor, es ihnen leichtzumachen.

Er ging zu seiner Sekretärin hinaus. Er kaute einen Kaugummi, während er sprach. »Drüben auf Fünf ist ein widerlicher

Kerl namens Hobbes, ich möchte ihn so schnell wie möglich sehen …«

»Brennard, ich hatte eben eine der rechthaberischsten, selbstgefälligsten, zurückgebliebensten Kreaturen von Sechs in diesem Büro, die mich nicht nur zusammenstauchte, sondern regelrecht von oben anpinkelte. Es hat mir gar nicht gefallen. Und warum steh' ich in seiner Pisse? Weil Sie Schlaukopf in der Sache Brown, Gordon Benjamin, ›Kein weiterer Handlungsbedarf‹ geschrieben haben. Brown, Gordon Benjamin, den Sie, glaube ich, einen ›Vollidioten‹ genannt haben, macht gerade eine Revolution in Guatemala, die, wenn sie erfolgreich ist, die Region destabilisieren könnte. Eins mit Stern für Ihr Urteilsvermögen … und die Informationen, die wir über ihn haben, sind lauter Plattheiten.«

»Was wollen wir tun …?«

»Es spielt keine Rolle, was wir wollen, die Amerikaner wollen den Skalp dieses Vollidioten. Wir hätten wahrscheinlich nichts dagegen, ihnen dabei zu helfen … Das Problem ist nur, daß Brown, Gordon Benjamin, unser Mann ist und wir nichts über ihn wissen. So sieht es doch aus?«

»Was soll ich machen, Mister Hobbes?«

»Ich kann mich erinnern, daß Sie, solange Sie im Kindergarten waren, immer zu Mutter gelaufen sind.«

»Das ist nicht fair.«

»Was ist schon fair. Setzen Sie Parker darauf an.«

Unten an der Brücke, hinter Nebaj, stieß die Spitze der Kolonne auf die Flüchtlinge, Treibgut aus Playa Grande. Sie kamen von einem Pfad, der sich neben dem Fluß entlangschlängelte, und Gord sah, wie sie aus dem Wald stolperten und stapften. Kinder, Frauen und ältere Männer, sie waren für ihn unwichtig, weil er immer noch die Befehle erteilte. Manchmal gab er die Befehle durch Jorge weiter, und wenn er Jorge nicht finden konnte, dann krächzte er diese Befehle selbst und ließ Groucho für sich übersetzen. Die Befehle betrafen die Organisation des Marsches, wer vorangehen sollte, um die Lage zu erkunden, wo in der Kolonne die Maschinengewehre getragen werden sollten und wo der Proviant, wo die Mörser und wo die Arzneimittel sein sollten.

Er gab die Befehle bissig, da er bereits gegen Harpo den kürzeren gezogen hatte. Gord hatte gesagt, daß keine Frauen und Kinder aus Nebaj die durch Jorges Rede auf der Kirchentreppe rekrutierten Männer begleiten sollten. Die Frauen und Kinder aus Nebaj würden die Männer begleiten, hatte Harpo gesagt, weil sie andernfalls nicht losmarschieren würden. In der Dunkelheit der frühen Morgenstunden schlängelte sich das Licht ihrer Fackeln an der Brücke flackernd vorwärts. Er hatte nicht geschlafen. Er eilte gerade nach vorn an die Spitze der Kolonne, als er die Gestrandeten aus Playa Grande sah. Er war von dem Feuerwehrmann, dem Professor, dem Archäologen und dem Straßenjungen umringt, die mittlerweile zu seinen Leibwächtern geworden waren. Als er mit Jorge gesprochen hatte, um die Marschroute festzulegen, hatte Jorge geschwiegen, und es war Gords Finger gewesen, der auf der Landkarte herumfuhr und entschied, den Weg durch die 3000 Meter hohen Cuchumantanes-Berge zu nehmen; er war zu müde, um sich Gedanken darüber zu machen, daß er den Anführer erniedrigt hatte. Er ging weiter und trieb die anderen weiterhin wie ein Besessener zur Eile an. Der Wind, der durch die Bäume an der Brücke stürmte, trieb ihm den Regen ins Gesicht. Die Uniform klebte an seinem Körper, den er vor Kälte kaum mehr spürte. Hinter ihm wurde der Karren geschleppt, und hinter dem Karren die Schubkarre geschoben. Er sah sie … Sie ging ganz hinten in der Gruppe. Das Licht einer Taschenlampe streifte ihr Gesicht, und dann war es genau auf sie gerichtet. Ein runzeliger Mann stützte sich auf ihren rechten Arm, und auf dem anderen Arm trug sie ein Kind, das an ihrer Schulter schlief. Der Hund hatte ihn wahrscheinlich gerochen. Mit einem Satz sprang er ihm entgegen. Aufmunternd leckte er ihm mit der Zunge über das grimmige Gesicht. Sie ging zu ihm und ließ den Mann stehen, streckte die Hand aus und zog den

Hund mit voller Kraft von ihm weg, als ob ihm der Hund keine Zuneigung entgegenbringen sollte.

»So, Sie haben also Nebaj erobert?«

»Ja.«

»Und wie viele haben Sie ermordet?«

»Ich weiß nicht.«

»Weil sie Playa Grande erobert haben, ist das Dorf jetzt zerstört. Wollten Sie das gleiche für Nebaj erreichen?«

»Ich brauchte Nebaj.«

»Oh, *ich* …«, äffte sie ihn nach. »Ja, *ich* habe Nebaj niedergebrannt, wie wunderbar. *Ich* habe die Wehrpflichtigen umgebracht. *Mir* war es egal, was mit den Zurückgebliebenen passierte, als ich dem Ganzen meinen schönen Rücken zudrehte …«

Gord sagte ruhig: »Wie ist es Ihnen ergangen?«

Ihre Stimme hob sich. »Spielt das eine Rolle? Spielt es, verdammt noch mal, eine Rolle, daß wir vom Militär gejagt wurden? Haben Sie jemals etwas von Straßensperren gehört? Es spielt wohl kaum eine Rolle, daß wir auf der Flucht waren, uns versteckt haben, den Terror ertragen mußten, wieder auf der Flucht waren, und Wurzeln und Beeren gegessen haben … Wir haben ein Kind beerdigt. Das Kind starb an Unterkühlung. Mit bloßen Händen haben wir ein Grab geschaufelt. Ich erwarte von einem verdammten Helden bestimmt nicht, daß er das für wichtig hält …«

»Sie sollten sich dem Marsch anschließen.«

»Natürlich … Ja, Sir. Richtig, *Sir*. Ich melde mich für die Frauenarbeit … Die Verwundeten versorgen, ohne Medizin. Die Wunden verarzten, ohne Verband. Diener des verdammten Ego der Männer. Warum nicht, *Sir*?«

»Es wird Ihnen gefallen.«

»Begreifen Sie denn nicht, Sie stumpfsinniger, sturer, eingebildeter Mensch … Hören Sie auf, bevor es zu spät ist.«

»Es ist zu spät.«

Er ging weiter, weg von ihr, und die Räder rasselten wie eine Gebetsmühle hinter ihm.

Sie rief ihm hinterher: »Bevor Sie alles zerstören.«

Er murmelte in den Wind und Regen. »Wir müssen weitermachen.«

Der Wachposten am Tor salutierte vor Colonel Arturo. Als er in sein Büro eilte, wartete sein Stab schon auf ihn.

Noch bevor er seinen durchnäßten Mantel ablegte, läutete das Telefon. Er hörte, was ihm erzählt wurde. Der Ort und der Name wurden genannt, und man erzählte ihm von dem Feuer. Ihn schauderte. Dem ringsum versammelten Stab gab er keinerlei Erklärung ab. Er nahm eine weitere Nadel mit einem orangenen Plastikkopf und steckte die Nadel in die Karte an der Wand. Er konnte an den Nadeln genau die Strecke erkennen, die von der Start- und Landebahn zur Straße von Sayaxché nach Chinajá verlief, und über Playa Grande weiter nach Nebaj im Ixil-Dreieck. Er riß seinen Mantel vom Haken hinter der Tür. Er rannte durch den Regen zu seinem Auto. Er raste nach Hause. Der Ort war Nebaj. Der Name war Rodolfo Jorge Ramírez. Das Feuer kam aus einem Flammenwerfer.

Ein Rad drehte sich …

Es schien, als ob er weder die sich im Wind biegenden Bäume der Alleen sehen würde noch den Regen, der über seine Windschutzscheibe strömte, als ob er sie nicht wahrnahm, die Straßenhändler, die in Gruppen zusammenstanden, und die Portiers, die mit Taschen von den Taxis zu den großen Hotels rannten, die Boutiquen und Restaurants, es schien, als ob er das ständige Treiben einer großartigen Stadt, die seine Heimat war, nicht mehr sah.

… In Gedanken sah er, wie sich ein Rad drehte.

Er erinnerte sich an das verblichene, ziemlich zerknitterte Foto eines Mannes, der mit seiner Frau und seinem kleinen Sohn abgebildet war. Er hatte das Foto in der Schlacht bei sich gehabt. Er hatte es mitgenommen, damit er den Hurensohn Ramírez erkannte, wenn er ihn erwischte. Das Rad drehte sich, weil das Kind des Hurensohns zurückgekommen war … Er erinnerte sich an die Männer, die von Gewehrläufen zur Kirche getrieben wurden. Er konnte förmlich die brennende Kirche mit ihren hölzernen Balken und das versengte Fleisch riechen. Das Rad drehte sich, weil ein Flammenwerfer Playa Grande und Nebaj zerstört hatte ... Wie viele Räder drehten sich noch in einem Land, das von namenlosen Gräbern übersät ist ...? Es bestand kein Zweifel, daß die Linien der Nadeln mit den orangenen Plastikköpfen auf seiner Landkarte an der Wand nach Guatemala City führten. Und in Gedanken sah er den Flammenwerfer und die lärmende Horde, und der Flammenwerfer und die lärmende Horde jagten zusammen über die breite, von Bäumen gesäumte Prachtstraße, in der er wohnte.

Er sagte seiner Frau, daß Nebaj gefallen sei, daß das Dreieck außer Kontrolle wäre, daß sie noch diese Nacht ihre Koffer packen und am Morgen mit ihrer gemeinsamen Tochter nach St. Petersburg in Florida fliegen solle.

Es waren wahrscheinlich viele, Offiziere, Verwaltungsbeamte, Vernehmungsbeamte und Politiker, die die Neuigkeiten aus Nebaj und das Wort, das Feuer hieß, hörten und die fürchteten, daß der Tag der Vergeltung gekommen war.

»Sie sind doch intelligent?« Der Archäologe ging neben ihr.

»Wenn Sie meinen.« Alex warf stolz ihren Kopf zurück.

»Haben Sie auf dem College abgeschlossen?«

»Das hätte ich machen können, aber es langweilte mich, deswegen habe ich es gelassen ...«

Sie wußte Bescheid, man hatte Alex Pitt erzählt, daß er Akademiker war und eine Stelle an der Universität in Minnesota hatte. Er fragte sich, warum sie sich anscheinend über ihn lustig machte, warum sie die Gelegenheit wahrnahm, in den Dreck zu ziehen, was ihm wichtig war. Er atmete tief durch, um seinen zunehmenden Widerwillen gegen sie zu unterdrücken.

»Aber Sie sind trotzdem intelligent, wenn Sie auch nicht die Ausbildung haben ...?«

»Es steht Ihnen frei, sich Ihre eigene Meinung zu bilden.«

»Sie sind intelligent, und ich entschuldige mich für meine Grobheit, aber Sie benehmen sich wie ein dummes Weibsstück.«

»Dann bekräftigen Sie Ihre Entschuldigung und gehen woanders.«

Er sah die Röte in ihrem Gesicht hochsteigen. Er ließ nicht ab. Er meinte, es unbedingt sagen zu müssen. »Was Sie als intelligenter Mensch wissen sollten, was Sie begriffen haben sollten, ist, daß diese Sache ohne Gord chancenlos, aussichtslos und unmöglich wäre. Wenn Sie nicht in der wirklichen, großen und schlechten Welt sein wollten, dann hätten Sie woanders hingehen sollen, hätten sich bei Greenpeace engagieren sollen, oder ...«

Er dachte, es hätte sie nachdenklich gestimmt, als sie ruhig sagte: »Wale und Delphine schienen mir nicht so wichtig zu sein wie Menschen.«

»Sie hätten in einem Dorf in Somalia arbeiten können, um den Hungernden zu helfen, was eine schöne und klar umrissene ...«

Sie schüttelte den Kopf, warf ihr blondes Haar zurück. »Und jammern, wenn die Kamerateams zu Besuch kommen, und die Heldin spielen. Mehr als genug stehen Schlange, um diese Rolle zu spielen. Ich habe Sie verstanden. Es schien mir hier alles weniger auffällig, anonymer. Es schien der richtige Ort zu sein. Im Gegensatz zu Ihnen bin ich tatsächlich davon überzeugt, daß Gewaltlosigkeit siegt ...«

»Nicht in diesem Land.«

»Ich glaube an die Kraft der Gewaltlosigkeit, und ich hätte eigentlich gedacht, daß Sie das auch tun. Und ich glaube, daß dieser Marsch nur ein Ausmaß an Leid verursacht, das in keinem Verhältnis zu dem steht, was man damit erreichen wird.«

»Dann hätten Sie aussteigen sollen.«

Sie blieb stehen, drehte sich um, stellte sich ihm in den Weg, und beschimpfte ihn. Sie war außer sich. »Ich kann es nicht, Sie können es nicht, keiner von uns kann aussteigen. Er hat damit angefangen, und er wird weitermachen. Er hat uns in der Falle.«

Der Archäologe versuchte sie zu beschwichtigen. »Er ist die einzige Hoffnung. Ohne ihn würde alles den Bach runtergehen.

Er muß sich mit so vielen Problemen herumschlagen, Alex, auch ohne Ihre Nörgelei, er weiß sich kaum zu retten davor. Was ich sagen will, ist, bitte, schaffen Sie ihm nicht noch eines … Oh, und Sie sollten wissen, Gord findet, daß Sie eine verdammt tolle Frau sind.«

Sie schnaubte wütend. Mit langen Schritten stolzierte sie davon. Er grinste.

Er hörte das leichte Klopfen an seiner Tür. Mit einem Schwung stand er von seinem Stuhl auf. Sie stand im Eingang.

»Bitte kommen Sie herein, Miss Parker.«

Es war länger als sieben Monate her, seit Bren sie das letzte Mal gesehen hatte, und das war im Nebengebäude gewesen, als er einen Gang entlangeilte, während sie an der Kaffeemaschine anstand. Keiner von ihnen sagte etwas, beide lächelten nur ein wenig gezwungen. Es gab nicht viel zu sagen, weil er ohnehin nur mit ihr im Bett gewesen war, als sie vor Streß zusammenklappte. Sie wirkte älter, nicht mehr die junge Frau von damals, mit der er in Irland zusammengearbeitet hatte. Der rotgoldene Glanz ihres Haares war nicht mehr so wie früher, sie war um die Hüften voller, und die gesunde Gesichtsfarbe war verschwunden, jetzt, da sie an den Schreibtisch gefesselt war. Natürlich war es peinlich, er auf der Karriereleiter und sie ohne größere Aufstiegsmöglichkeiten. Sie war nach Hause gekommen, so hatte er jedenfalls gehört, weil getönte Haare, eine neue Frisur, eine Brille und eine Versetzung an einen anderen Ort sie noch lange nicht außer Gefahr gebracht hatten. Er war mit keiner anderen Frau mehr zusammengewesen, seit er sie im Haus des Informanten, in dem der Tod in der Luft lag, verlassen hatte.

Er reichte ihr den Ordner.

Er konnte sie nicht belügen. »Ich habe nicht gerade das Gelbe vom Ei zu bieten. Wir waren dem Kerl auf den Fersen, und ich vermerkte in der Sache ›Kein weiterer Handlungsbedarf‹. Wir müssen viel mehr über ihn erfahren.«

Sie las den Namen auf dem Ordner. »Was muß man über ihn wissen?«

»Soziale Verhältnisse, Charakter, militärische Laufbahn, seine Beweggründe.«

»Wozu?«

»Um die Informationen an Langley weiterzugeben …«

»Warum?«

»Sie können es nach Guatemala City, an ihre Außenstation weiterleiten – alles weitere steht im Ordner. Es könnte ihnen helfen, ihr Problem mit ihm zu bereinigen.«

»Ist es wichtig für uns?«

»Er ist britischer Staatsbürger, und er randaliert vor ihrer Haustür. Ja, es ist wichtig …«

»Was wird gewünscht?«

»Je besser das Persönlichkeitsprofil ist, das sie von ihm haben, um so größer ihre Chance, ihn zu stoppen …«

Für einen kurzen Moment schien es, als sei sie erschüttert, doch dann faßte sie sich sofort wieder.

»… ihn zu stoppen und ihn zu töten«, sagte Bren.

11

Sie kletterten hoch. Sie waren jetzt oberhalb der Baumgrenze. Im Dunst und Regen schlängelte sich die Menschenmenge vorwärts. Gord war hinten in der Kolonne. Er versuchte, die Kämpfer von den Frauen mit ihren Kindern wegzubringen, und er war bereits mit seiner Geduld am Ende.

»Würde mir England gefallen?«

Es war wichtig, die Kämpfer von den Frauen und Kindern zu trennen, doch es mißlang ihm. Er konnte sie nicht auseinanderbringen, konnte keine Ordnung schaffen. Er versuchte, ein schnelleres Tempo anzuschlagen, damit die Kämpfer schneller gehen mußten und somit einen Abstand zu den Müttern herstellten, die sich abmühten, um den Anschluß nicht zu verlieren, und am späten Vormittag gab er sich schließlich geschlagen.

Gord beachtete den Straßenjungen nicht.

Ein Wirrwarr von Menschen umgab ihn, doch am nahesten bei ihm war die Gruppe, die nie von seiner Seite wich. Der Archäologe hinkte, da die neuen Stiefel seine Füße wundscheuerten, und der Professor, der immer noch den alten Regenmantel trug, mühte sich mit dem schweren Karren ab. Der Feuerwehrmann rutschte mit seinen schweren Stiefeln auf den nassen Steinen und hievte die Räder über den harten und zunehmend felsiger werdenden Boden. Der Straßenjunge, der die Schubkarre vorwärts schob, verschwand fast in dem Anorak, den er einem toten Soldaten ausgezogen hatte.

»Sagen Sie, Mister Gord, wie ist es in England?«

Gords England. Er versuchte sich daran zu erinnern, was in der Zeitung gestanden war, die er das letzte Mal gelesen hatte, als er mit dem Zug von seiner Mutter zurückgekommen war. Die neue Arbeitslosenstatistik. Das neue Elend, von den Banken verursacht, die sich ihre Häuser zurückholten. Die neue panische Angst vor den ewigen Schulden. Die neu aufkommende Furcht, durch eine unbeleuchtete Gasse zu gehen. Der neue Schrecken des Rentners hinter einer verbarrikadierten Tür. Die neue Gesellschaft, die die Nerven verlor. Die neue Polizei mit ihrer Panzerung und die Schlägereien in den Pubs, wegen der neuen Sperrstundenregelung, und die neuen …

Gord schnappte nach Luft. »Es ist großartig dort. Ja, vielleicht kommst du eines Tages hin. Ja, es ist schön dort.«

»Nehmen Sie mich mit hin?«

»Tu mir einen Gefallen, und halt den Mund …«

Er konnte nicht bis zur Spitze der Kolonne sehen, wo Jorge war, da sie sich im dichten Nebel verlor, und wenn er sich umdrehte und zurückblickte, sah er nur Massen von Männern mit Gewehren, Munitionskisten und Körben voll Proviant und die Frauen mit ihren Kindern und den Taschen und Koffern, die sie mitgenommen hatten. Sie würden ihn nicht verlassen.

Sie vertrauten ihm.

»Wie lange dauert es noch, bis wir in Guatemala City sind, Mister Gord?«

»Ich hab' gesagt, du sollst still sein.«

»Wie lange noch?«

Er holte tief Luft, aber er schaffte es nicht, seine Lungen zu füllen. »Wenn der Regen anhält, noch fünf Tage.«

»Meinen Sie das wirklich, Mister Gord, fünf Tage noch, und wir werden im Palacio Nacional sein? Fünf Tage …«

Gord schlug nach ihm, doch er verfehlte ihn. »Halt den Mund …«

Es war der zweite Tag von Gords Woche. Der Regen hielt an und prasselte wie Nadelstiche auf sie ein. Die satten Wolken durchtränkten sie.

Er war für die Wüste am Golf ausgebildet, er kannte sich im Dschungel aus, und er kam glänzend in der sanften Hügellandschaft der Provinz Nordirland zurecht. Die Berge waren etwas Neues für ihn. Er hatte keine Erfahrung mit leergepumpten Lungen, die sich mit der dünnen Luft nicht füllen ließen. Er schnappte nach Luft, aber er bekam keine, seine Beine waren schwer wie Blei, und ihm wurde immer übler …

Er dachte, daß es ein Adler gewesen sein mußte. Der Vogel kam dicht vor ihm wie ein Schatten aus dem Nebel, und er stürzte lautlos, mit völliger Kontrolle seiner Bewegungen, in die Tiefe, und als der Vogel die Kolonne von Männern, Frauen und Kindern sah, schlug er mit seinen breiten Schwingen, um sie hinter sich zu lassen. Sie waren im Revier des Vogels. Es mußte ein Adler sein, der sein Territorium verteidigte, da er so groß war wie die Vögel, die hoch oben auf Sidhean Mor brüteten, und mit seinen Schreien protestierte er gegen die Eindringlinge. Er war weg, im trüben Nebel verschwunden …

Der Straßenjunge rief. »Mister Gord, wir hätten ihn erschießen können.«

Er holte nach dem Jungen aus. Diesmal erwischte er ihn. Was Gord kränkte, was ihn wirklich verletzte, war, daß die Indianer des Ixil-Dreiecks anscheinend keinerlei Probleme mit der Gebirgshöhe der Cuchumatanes hatten. Sie drängten um ihn herum nach vorn. Sie waren ruhig, nur manchmal brachen sie in Gelächter aus. Sie bissen sich weiter durch, und zeitweise war die Sicht auf nur zehn Meter beschränkt. Wohin führte er sie in der Wolkendecke, die auf dem Berg lag?

Er durfte keine Schwäche zeigen.

Sie folgten ihm.

Die Karrenräder mahlten hinter ihm, während die Kolonne sich schwerfällig und stockend dahinschleppte.

Von dort, wo Tom Schultz arbeitete, konnte er die Reihe ihrer Lastwagen sehen.

Er kauerte im Cockpit seines Huey-Vogels. Die Inspekteure

schwärmten immer noch durch das Büro der Botschaft, aber, welche Ehre, Tom Schultz von der DEA-Flugstaffel hatte die Erlaubnis bekommen, nach La Aurora hinauszufahren. Man konnte immer Zeit mit der Wartung des Vogels verbringen, und er schätzte, es konnte ihm nichts Besseres passieren, als dem Büroklammerteam den Rücken zu kehren. Für den Rest des Tages würden sie sich mit dem Fiskalbeamten und dem Theater wegen der Bezahlung der V-Männer befassen. Großes Theater, wie immer, und man hätte einen Einstein gebraucht, um das Kosten-Nutzen-Verhältnis zu errechnen … gut, daß er weg war.

Sein Vogel stand abgewandt zur offenen Tür der Flugzeughalle, die dem DEA zugeteilt war.

Ihre eigenen Vögel standen in einer endlos langen Reihe an der Seite des Vorfelds der Flughalle, und hinter der Reihe befand sich die Lastwagenkolonne. Er hatte den Streit beobachtet. Die Piloten weigerten sich zu fliegen, sie hatten nicht mal ihre Kampfanzüge an, schrien gestikulierend auf die Offiziere ein, die mit Jeeps an den Anfang des Lastwagenkonvois gefahren waren.

Als sich der Streit zugespitzt hatte, während der Regen auf das glänzende Vorfeld prasselte, war mindestens eine Kompanie Soldaten zu den schützenden Lastwagen zurückkommandiert worden. Im schnellen Marschschritt waren sie zurückgelaufen, vorbei an den am Abflug gehinderten Vögeln, und sie hatten ein Lied gebrüllt, das sich wie ein Schlachtruf anhörte.

»Ein Kaibil ist eine Tötungsmaschine …«

Widerwärtig aussehende Bastarde. Er konnte es an ihren Gesichtern ablesen.

»Ein Kaibil ist ein Mann …«

Sie versuchten die Piloten anzustacheln. »Ein Kaibil hat die Situation im Griff …«

Hey, Leute, glaubt diese Scheiße nicht … Und die Piloten der abgestellten Vögel glaubten diese Scheiße nicht und liefen zurück in die trockenen Betriebsräume, setzten sich in ihre Sessel und aßen zu Mittag.

Die Truppen des Kaibil-Bataillons kehrten mit ausdruckslosen Gesichtern zu ihren Lastwagen zurück, und ihre Offiziere fluchten und trieben sie an. Sie waren widerwärtig aussehende Bastarde, und sie waren gut ausgerüstet. Sie hatten Maschinengewehre und Mörser und rückstoßfreie Gewehre zwischen ihren Füßen auf dem Boden der Lastwagen, und die Unteroffiziere trugen Macheten, die in polierten Lederhüllen steckten, an ihren Gürteln. Nun, das würde eine Schlacht geben, wenn es zum Kampf kam zwischen diesen widerwärtig aussehenden Bastarden und dem Kerl, von dem sie erzählten, er sei Engländer und habe einen Flammenwerfer. Diese Schlacht würde entscheidend sein …

Er hatte den Kopf unten. Er vermutete, daß etwas mit dem hinteren Positionslicht nicht in Ordnung war, da es zeitweise aussetzte …

»Sie sind der Amerikaner?«

Er schaute auf. Der Offizier hatte das Abzeichen eines Capitán an die Schulterklappen genäht. Er hatte ein hartes Gesicht. Es war das Gesicht eines jungen Mannes, der um vier oder fünf Uhr von seinem Feldbett aufgestanden war und sich auf ein Feuergefecht mitten am Vormittag vorbereitet hatte. Tom nickte.

»Sie sind der amerikanische Pilot, der in Playa Grande war?«

»Das bin ich.«

»Und Sie konnten bei diesem Wetter fliegen?«

»Moment mal, ich konnte …«

Der Hauptmann unterbrach ihn. »Unsere Piloten sind Hosenscheißer. Sie meinen, es sei zu gefährlich zu fliegen.«

»Sie sollten nicht meinen, daß es da oben leicht ist.«

Der Vorwurf. »*Sie* konnten fliegen.«

Tom sagte: »Es schien wichtig, von dort wegzukommen, aber ich war nicht gern da oben … Warum fahren Sie nicht einfach mit den Lastwagen?«

Das gequälte Gesicht des Capitán. »Wir wollen losziehen … Aber wohin? Wir wissen nicht, wo sie sind … Sie waren in Nebaj, haben Sie davon gehört?«

»Nein.«

»Sie haben die Garnisonsstadt Nebaj erobert. Mit dem Feuer ...«

»Hey, Jesus ... Hey, das ist eine ziemlich große Stadt ...« Er versuchte, sich an die Landkarte zu erinnern, versuchte, die Entfernungen zwischen den Namen der Orte, die er von der Landkarte kannte, einzuschätzen. Eine verdammt lange Strecke zu Fuß. Ja, Nebaj war eine ziemlich große Stadt, mit einer ziemlich großen Garnison ... »Ihre Lage wird langsam ernst.«

Der Capitán sagte: »Wir brauchen die Hubschrauber, um sie zu suchen. Wenn die Hubschrauber nicht fliegen, können wir sie nicht finden und nicht stoppen. Was hat es für einen Sinn, wenn wir auf der Straße marschieren, und sie uns umgehen ... Wie lange soll dieses Wetter anhalten?«

Er wollte gute Nachrichten hören. Tom machte seine Hoffnung zunichte. »Könnte zwei, drei Tage dauern. Könnte eine Woche sein. Sozusagen völlig ungewiß ... Könnten sie nach Guatemala City marschieren, wenn sie das richtige Wetter haben?«

Tom schaute in das junge Gesicht.

Der Capitán sagte nüchtern: »Feuer breitet sich aus. Feuer hat seine eigene Logik. Feuer beeindruckt die Bauern. Da draußen, das ist ein Pöbelhaufen, aber das Feuer hat sie zusammengebracht. Wenn wir sie nicht finden und aufhalten können, werden sie das Land zerstören. Es ist kein Land ohne Fehler, aber sind etwa die Vereinigten Staaten von Amerika perfekt? Es ist unser Land, und die Kaibiles werden für ihr Land sterben ... Entschuldigen Sie, daß ich Ihre Zeit in Anspruch genommen habe.«

Er nickte respektvoll und ging weg.

Tom beugte sich wieder hinunter, um die Kabel für das hintere Positionslicht herauszuholen.

Seine Finger waren ungeschickt, und er war mit seinen Gedanken weit weg. Er sah den Mann, über dem sein Hubschrauber in der Kurve gelegen hatte, er sah den Flammenwerfer. Irritiert kratzte er an der verkrusteten Narbe in seinem Gesicht und versuchte, die Kabel zu reparieren.

Vor ihm, in seinem Blickwinkel, die Soldaten, die unter den Planen der Lastwagen vor dem Regen Schutz gesucht hatten. Und die Piloten kamen nicht mehr zurück.

Er taumelte, als ob er betrunken wäre. In den Beinen und in der Brust schmerzte es. Noch vierzig Minuten bis zur nächsten Pause. Das Gewicht des Maschinengewehrs zerrte an seinen Armen, und die Riemen des Rucksacks schnitten in das Fleisch seiner Schultern. Er keuchte schwer und rang nach Luft, und einmal hatte der Straßenjunge die Hand ausgestreckt, um ihm zu helfen, und er hatte sie weggestoßen; und ein anderes Mal hatte der Professor sich erboten, ihm die schwere Last des Maschinengewehrs abzunehmen, und er hatte nur mit der Schulter gezuckt.

Der Regen ergoß sich immer noch aus dem wolkenverhangenen Himmel.

»Leidet der Held?«

»Tun Sie mir einen Gefallen, Miss Pitt, und gehen Sie woanders.«

»Wir sind die Höhe gewohnt. Ich bin jeden Monat eine Woche lang hier in den Bergen ...«

»Woanders, Miss Pitt.«

»Ist der Held zu müde, um zu sprechen?«

Gord knurrte: »Habe ich das Bedürfnis, mich zu unterhalten? Nein. Habe ich das Bedürfnis nach einem munteren Austausch von Lebensgeschichten? Nein. Ich will auf den Gipfel von diesem Steinhaufen und auf der anderen Seite wieder hinunter. Will ich von Ihrem nutzlosen Abschluß in Warwick, Reading, Sussex hören? Nein. Interessiert es mich, daß Sie für irgendeine japanische Bank an der Börse spekulierten und Sie das langweilte? Nein. Will ich hören, daß wieder ein netter, kleiner Maklerjob auf Sie wartet, wenn Sie genug davon haben, vor Mitleid zu triefen? Nein ... Seien Sie so gut, und gehen Sie woanders.«

»Sie sind genau wie alle anderen Männer. Nichts als Klischees.«

Er schaute weg und ging nicht mehr auf ihre Spöttereien ein.

Der Professor verdrehte die Augen. Der Feuerwehrmann lachte, und der Straßenjunge kicherte. Der Archäologe war nicht da. Er wollte schlafen. Er hätte überall schlafen können, sogar am Wegrand. Auf dem Weg schwoll das Regenwasser zu einem Fluß.

»Wie Sie wünschen. Reden Sie, wenn Sie unbedingt müssen.«

»Es ist nur, weil Sie auf meinen Hund aufgepaßt haben …«

Sie ging gut. Das Kind schlief an ihrer Schulter. Der alte Mann stützte sich auf ihren Arm. Er schätzte, daß das Kind mindestens halb so schwer wie sein Rucksack sein mußte, und sie hatte den Sack mit Hundefutter immer noch um ihre Taille gebunden. Es war großartig, wie sie durchhielt. Es war wie damals, als er die gewisse Frau, an der ihm etwas lag, kennenlernte und sie bis an die Grenzen ihrer Kräfte gingen, in Regen und Wind. Diese gewisse Frau war zu ihnen nach Hereford geschickt worden, ein Versuch, zu beweisen, daß die Brecons bei Wind und Regen und ein forciertes Marschtempo nichts für eine Frau sind. Diese Frau hatte mitgehalten, ihr Durchhaltevermögen bewiesen und nicht versagt. Diese Frau hatte eine Wohnung in Battersea und einen Anrufbeantworter gehabt. Er hatte sich gut mit dem Anrufbeantworter unterhalten. Er war an den Golf gegangen, und sie war weggezogen. Nur die Erinnerung an ein langes Wochenende in ihrer sterilen Zweizimmerwohnung, die nichts über sie aussagte, und das Schweigen des Anrufbeantworters, wenn er sie danach angerufen hatte. Ein letzter Brief, neben der Bar am Loch in den Briefkasten gesteckt, kam mit dem Vermerk »Unbekannt verzogen« wieder zurück. Nur ein langes Wochenende erinnerte ihn an die Frau, die auf die Cuchumatanes hätte gehen können, so wie sie auf die Bercons gegangen war.

»Nicht so wichtig …«

»Reden Sie, wenn Sie müssen.«

Alex sagte leise: »Ich dachte, es interessiert Sie.«

»Reden Sie.«

»… Ich habe die Prüfung nach dem ersten Jahr auf dem College nicht gemacht. Meinem Vater wurde beim Wort ›Aussteiger‹ regelmäßig übel. Ich lebte auf der Straße. Sie wissen wahrscheinlich, was das bedeutet, oder? Es hatte keine wirklichen politischen Gründe, kein Protest, aber es schien das Richtige zu sein. Es ist eigentlich ziemlich aufregend, wenn man mit dem Caravan einen Platz zum Übernachten sucht. Man muß einen Platz, dessen Besitzer unbekannt ist, oder ein öffentliches Grundstück finden, denn dann kann die Polizei keinen Räumungsbefehl erlassen. Ich war drei Jahre auf der Straße. Zuerst habe ich meine Mutter noch angerufen, wenn ich wußte, daß mein Vater in der Arbeit war. Dann habe ich es mir abgewöhnt anzurufen ... Auf der Straße triffst du furchtbar aggressive Leute, die Neureichen waren die Schlimmsten, und die Neureichen im Themsetal waren abscheulich, so als ob sie nur menschenleere Gebiete und abgesperrte Zonen haben wollten. Manchmal waren wir nur ein Dutzend Leute mit drei oder vier Wagen, und manchmal waren wir eine große Gruppe. In Wales waren wir eine große Gruppe, und diese fürchterlich blasierten Leute vom Fernsehen waren da, und man sah mich in einer Aufnahme, die gesendet wurde, und dann wurde ich von der Polizei wegen eines defekten Rücklichts vorgeladen, es war einfach nur Schikane. Das Rücklicht war zerbrochen. Das Problem war, daß der Fall in die Zeitung kam, weil ich beweisen konnte, daß das Licht von einem Polizeiknüppel eingeschlagen worden war. Mein Vater sah die Fernsehsendung, und er las die Gerichtsreportage. Er engagierte einen Privatdetektiv, um mich zu suchen. Eines Nachmittags erschienen plötzlich mein Vater und meine Mutter in ihrem BMW. Es war ein ziemliches Ereignis, als die beiden in ihrem dicken Wagen ankamen. Ich glaube, ich hatte sowieso genug. Ich lud ihren Kofferraum mit meinen Sachen voll, setzte mich mit meinem Hund hinten rein und winkte der Bande lange zu und fuhr nach Hause. Gut, ich schäme mich ein bißchen. Ich habe meinen Vater verletzt, aber was mich wirklich aufregte, war, daß mein Tantchen ernsthaft krank gewesen ist, und ich hätte sie besuchen sollen, wußte aber nichts davon. Wir hatten ein richtiges Familientreffen, es war ziemlich schlimm. Sie waren alle auf einer Linie und redeten mir ein, daß ich doch privilegiert sei und etwas aus meinem

Leben machen müsse. Sie würden mich bei allem, was ich machen wollte, unterstützen, solange es etwas Positives sei.

Also ... ging ich zur Friedensbewegung. Ich hatte die Wahl. Ich hätte nach Sri Lanka oder nach Guatemala gehen können. Ich wählte, als Buße für meine Sünden, Guatemala. Mein Vater zahlte den Flug, meine Mutter schickte ein Taschengeld, und mein Onkel gab mir das Geld für den Landrover. Ich nehme an, Sie Held, das paßt in das Bild, das Sie von mir haben – armes, reiches Mädchen, das nicht weiß, was es anfangen soll. Und eines möchte ich Ihnen sagen, Sie Held, wenn Sie mich noch einmal beschuldigen, daß ich vor Mitleid triefe, dann fangen Sie sich eine Ohrfeige ein ...«

Gord schleppte sich mühsam weiter.

»... Nun, Sie wollten es hören ...«

Er schleppte sich weiter, und Schritt für Schritt fiel es ihm schwerer.

»... Jetzt wissen Sie Bescheid ...«

Er rang nach Atem, kämpfte um Luft für seine Lungen.

»Geht es Ihnen nicht gut?«

Sie waren mitten in der Wildnis, vom Nebel eingehüllt, und der Regen klatschte ihnen ins Gesicht.

Mitte des Nachmittags hatte der Priester das Ende der Kolonne erreicht. Er hatte die Sprache der Ixil-Leute gelernt.

Wo würde er den finden, den sie Gaspar nannten, den Geist mit dem Feuer?

Er wurde nach vorn verwiesen. Er eilte an den Frauen und Kindern vorbei. Er strebte vorwärts, um die bewaffneten Männer einzuholen.

Wo würde er den finden, den sie Gaspar nannten, den Anführer?

Er schöpfte Kraft aus seiner Überzeugung. Er überholte die Schubkarre und den Flammenwerfer.

Wo würde er den finden, den sie Gaspar nannten ...?

Auf einem Gebirgskamm, auf der Gipfellinie der Cuchumatanes tagte der Kriegsrat. Die kleine Gruppe saß zusammengekauert, triefend naß und vom Wind gepeitscht. Ein Mann, der einst fett und übergewichtig gewesen war, sah aus, als sei ihm das Fett in Fetzen vom Körper gefallen, und nur die leeren Höhlen im Gesicht und die eingesunkenen Falten am Hals waren geblieben. Ein Mann, dessen Glatze vom Regen glänzte. Ein schmächtiger Mann legte Steine auf die Ecken der Landkarte, die mit einer Plastikfolie bedeckt war. Ein Mann, der noch jung wirkte, preßte seine Finger auf die Landkarte und redete mit eindringlicher Stimme. Ein Mann saß mit dem Rücken zum Priester, der sich ihm, gegen den Wind ankämpfend, näherte, und er hatte einen großen Rucksack geschultert, und sein Oberkörper war mit Munitionsgurten behängt, und seine Hand ruhte auf dem Schaft des Maschinengewehrs.

»Ich bin der Priester von Nebaj ... Wenn die Mehrheit nur herumsteht und zuschaut, kann sich nichts ändern. Ich bitte um ein Gewehr ... Wer ist der Anführer ...?«

Der Mann, der noch jugendlich wirkte, nahm seine Hand von der Landkarte und streckte sie zum Gruß aus.

»... Der, den sie Gaspar nennen?«

Der Priester sah die wutentbrannten Gesichter des glatzköpfigen, des einst fetten und des schmächtigen Mannes, und er verstand nicht, was los war.

»... Ich spreche mit Ihnen, Miss, weil viel Schlechtes über ihn geredet wurde. Ich habe Ihr Wort, daß Sie ihm, Mr. Brown, nicht schaden wollen. Ich habe doch Ihr Wort, versprochen, oder? Er hätte den Orden bekommen sollen. Es gab Schweinehunde, die auf ihren Ärschen hockten, die keine Ahnung hatten, wie man einen Schuß abfeuert, in ihren Büros hatten sie Klimaanlagen und die Hosen gestrichen voll, und die bekamen Orden, die marschierten zu dem beschissenen Palast – Entschuldigung, Miss ... Wir hatten dort draußen, westlich von Bagdad, einen weitreichenden Erkundungsauftrag. Wir hatten das Gebiet für den späteren Vorstoß nach Norden auszukundschaften. Es war eine verdammt beschissene – Entschuldigung, Miss – Gegend, weil es nirgends Deckung gab. Wir hatten einen guten Landrover und jede Menge Benzin, aber wir konnten mit dem Ding tagsüber nicht fahren, wir mußten uns verstecken und versuchen, in den Dünen unterzutauchen. Wir hörten die Nachricht über Funk. Ein Yankee war abgeschossen worden. Er war Hubschrauberpilot. Es war ihre Chose, oder? Sie waren die beschissenen – Entschuldigung, Miss – Drahtzieher. Wir wußten, daß wir in Schwierigkeiten kämen, wenn wir ihn holen würden, denn es war hellichter Tag. Mr. Brown sagte, daß wir es trotzdem versuchen müßten. Mr. Brown sagte, daß er unter keinen Umständen jemanden dort draußen lassen würde – nicht mal einen Yankee, sagte er –, damit die ihn schnappen. Es war wie ein Wettrennen. Die Iraker hatten Fahrzeuge draußen, um zu dem Hubschrauber zu kommen, und wir haben uns die Ärsche aufgerissen – Entschuldigung, Miss –, um schneller zu sein. Wir hatten nur eine halbe Meile Vorsprung vor den Irakern. Sie hatten zwei Lastwagen und dürften etwa zwanzig Mann gewesen sein. Wir hätten die Richtung nicht verfehlen können, man sah schon von weitem die riesige Rauchwolke, und auf der anderen Seite der Rauchwolke sah man den Staub von ihren Lastwagen. Die Yankees trieben sich jeden Tag mit ihren Hubschraubern in der Wüste rum. Hinterher hörten wir, daß sie rein zufällig nichts in der Luft hatten, was schneller war als wir. Es war eine Apache Cobra, ein Kampfhubschrauber. Der Typ an der Waffe war tot, und der Pilot sah nicht gut aus. Er hatte sich beim Aussteigen das Gesicht ziemlich schlimm zerschnitten, er stand unter Schock und war völlig hilflos. Den ganzen Weg lang, bis zu ihm, belegten wir sie mit Maschinengewehrfeuer. Ich glaube kaum, daß Sie viel vom Schießen verstehen, Miss, aber während wir dahinrasten, konnten wir diese Lastwagen nicht in die Schußlinie bekommen, wir hüpften herum wie Schießbudenfiguren. Mr. Brown fuhr den Landrover. Er gab nicht auf, Miss … Entweder wir bekamen den Piloten, oder wir mußten dran glauben. Es hätte schon mein bester Freund sein müssen, damit ich mich in diese Scheiße – Entschuldigung,

Miss – begeben hätte, um den Yankee zu holen. Das war, als es mich erwischt hat, gerade als wir ihn packten. Wir luden ihn auf und fuhren, was das Zeug hielt. Mr. Brown hatte einen Flachmann bei sich, sagte immer, daß er von seinem Vater war, und sein Vater war ein begnadeter Säufer. Ein mordsgroßer Flachmann. Er füllte ihn jeden Tag auf. Ich sage Ihnen, Miss, wir waren alle halb besoffen, bis wir die Lastwagen der Iraker abgehängt hatten. Ein Glück, daß wir da draußen nicht die Kotzerei gekriegt haben. Entschuldigung, Miss, war nur ein Witz … Sehen Sie, Miss, wir wußten, was mit den Gefangenen passierte, wenn diese Schweinehunde sie erwischten. Auf gar keinen Fall hätte Mr. Brown ihnen den Yankee überlassen. In der Nacht schickten sie einen Bergungsvogel, flogen den Yankee und mich raus. Seitdem habe ich Mr. Brown nicht mehr gesehen. Ich habe nur gehört, daß er mit Scheiße beworfen wurde. Ich hätte ihm schreiben sollen, aber ich habe es nicht auf die Reihe gebracht. Wenn er sich etwas in den Kopf gesetzt hat, dann zieht er es durch. Ich nehme nicht an, daß Sie wissen, wo er jetzt ist, Miss …?«

Später, nach dem Tee, hinkte der invalide Corporal an seinem Stock zum Haupttor des Terrassenhauses im Osten Londons, und er schüttelte Cathy Parkers Hand.

»Sie waren sehr freundlich, Francis.«

»Nennen Sie mich einfach Eff, Miss, so hat mich Mr. Brown genannt … Er ist die Sorte Mann, Miss, dem man in die Hölle folgen würde.«

Der Mann von der Zivilpatrouille wußte wenig von dem Leben außerhalb seines Dorfes. Das Dorf lag direkt an der Straße von Sacapulas nach Uspantán. Die beiden Dörfer waren achtzehn Meilen voneinander entfernt, und das Dorf, in dem der Mann wohnte, lag fast genau in der Mitte. Der Mann von der Zivilpatrouille wollte nur überleben. Überleben war die Richtschnur, nach der er jede Handlung in seinem Leben bemaß.

Einmal war ein ausländischer Helfer in das Dorf gekommen,

und in Anwesenheit vieler Männer, die sich um den Fremden scharten, erzählte der Lehrer dem Helfer vom Leben der Dorfbewohner unter dem Militärregime. Der Lehrer hatte gesagt: »Du hebst den Kopf, und sie brechen dir das Genick. Du machst den Mund auf, und sie stopfen ihn dir. Du wagst einen Schritt nach vorn, und sie bringen dich um.« Der Lehrer hatte in der Tat den Kopf erhoben, den Mund aufgemacht und einen Schritt nach vorne gewagt, und am Morgen lag er tot in einem ausgetrockneten Bach. Von diesem Tag an hatte der Mann von der Zivilpatrouille weder den Kopf erhoben, noch den Mund aufgemacht oder einen Schritt nach vorne gewagt. Er wollte überleben.

Zweimal im Jahr ging er mit seinem Bruder, seinem Vetter und ihren Frauen nach Sacapulas, um Salz zu kaufen. Und zweimal im Jahr ging er mit ihnen nach Uspantán, um die von den Frauen genähten *huipiles*-Blusen und die von den Männern geflochtenen Panama-Strohhüte zu verkaufen, und sie legten ihren Ausflug nach Uspantán immer so, daß er mit den Festen zusammenfiel, auf denen sie dann Fleischgerichte und Hühner aßen und Garn besorgten, um noch mehr *huipiles* zu machen.

Alle Männer des kleinen Dorfes an der Straße von Sacapulas nach Uspantán beteiligten sich an der Zivilpatrouille. Eine Woche im Monat waren sie nachts unterwegs und stellten Straßensperren auf. Manchmal, wenn ein Offizier der regulären Armee oder ein Unteroffizier sie begleitete, waren sie aufmerksam und wachsam. Wenn sie jedoch unbeaufsichtigt waren, konnten sie sich neben der Straße einen Unterschlupf aus Palmwedeln bauen und die ganze Nacht lang schlafen.

Es war ein schwieriger Tag für diesen Patrouillenmann gewesen, ein qualvoller Tag. Er brauchte den Baum. Es gab keinen anderen Weg, als aus dem Baum Feuerholz zu machen. Es war ein wundervoller Baum, und er hatte den Baum um Vergebung angefleht. Er hatte den ganzen Vormittag allein den Baum um Verzeihung gebeten, und mittags begann er im Regen mit seiner Axt, dem Leben des Baumes ein Ende zu setzen. Er hackte wild auf den Baumstamm ein, genau so, wie die Soldaten mit den

Klingen ihrer Macheten auf seinen schreienden Vater eingehackt hatten.

Der Patrouillenmann wollte nur überleben.

Er war mit einem alten Repetiergewehr ausgerüstet. In seiner Tasche hatte er getrocknete Tortillas und fünf Ladungen Munition. Die Patrouille würde von keinem Offizier oder Unteroffizier begleitet werden. Man sagte ihnen, wohin sie gehen sollten, und welche Wege zu bewachen waren. Er erhob weder den Kopf, noch machte er den Mund auf oder wagte einen Schritt nach vorn.

Von dort, wo er mit dem alten Gewehr über der Schulter stand und dem Offizier zuhörte, waren es nur ein paar Schritte zu der Stelle, an der sein Vater von den Macheten zerhackt worden war. Flüsternd erzählten sein Bruder und sein Vetter, daß eine Rebellion im Gange war. Gaspar hatte sich erhoben und war mit Feuer gekommen, und viele Soldaten waren gestorben. Sein Bruder und sein Vetter raunten es hinter vorgehaltener Hand, damit die Nachricht, daß die Soldaten von Gaspars Feuer verbrannt worden waren, nicht den Spitzeln zu Ohren kam.

Der Wind zerrte an seinen Kleidern, der Regen tropfte von seiner breiten Hutkrempe, und der Mann von der Zivilpatrouille hoffte, daß der wundervolle Baum sein Flehen um Vergebung erhört hatte.

Tausend Menschen mußten mit Essen versorgt werden.

Es wäre eigentlich Grouchos Arbeit gewesen, aber Groucho war am Ende seiner Kräfte.

Es hätte Zeppos oder Harpos Aufgabe sein sollen, auch der Archäologe oder der Professor hätten helfen können.

Aber es blieb an Gord hängen.

Sie mußten etwas zu essen bekommen.

Aus den Baracken in Nebaj hatten sie Konserven und Kondensmilch mitgenommen. Es gab alte und harte Tortillas, die sie von Playa Grande mitgebracht hatten. Bei dem Sturm und Regen war es unmöglich, ein Feuer zu machen.

Groucho lag am Boden, und Gord versetzte ihm einen Fußtritt. Wo waren die Dosenöffner, wer hatte das Brot, warum hatte er über das Problem mit dem Essen nicht nachgedacht? Frustriert gab er ihm einen Tritt, und Groucho drehte sich einfach weg und verschwand.

Sie waren unten auf der Südseite der langen Gebirgskette der Cuchumatanes. Das Wetter traf sie mit voller Wucht. Die Dunkelheit ringsum durchbohrte das Licht von Taschenlampen und Fackeln, die von den Männern mit dem Körper geschützt wurden. Noch bevor sie die tiefer gelegene Baumgrenze erreicht hatten, war die Dunkelheit hereingebrochen. Tausend Seelen mußten unter freiem Himmel verpflegt werden. Sie würden im Freien übernachten müssen … Alex und der Straßenjunge halfen ihm. Verdammt, er vermißte Eff, Vee und Zed, die nach vorne gegangen waren … Der Priester kam zu ihm, um zu helfen. Eine Stunde nachdem es dunkel geworden war, fand er den Dosenöffner, und zwei Stunden nach Anbruch der Dunkelheit hatte er die sieben Reihen geordnet, in denen sie auf ihr Essen warteten, um damit in die schwarze Nacht zu verschwinden. Sie waren wunderbar, und er fand es großartig, wie geduldig sie waren. Er liebte diese Leute. Jeder Mann, jede Frau und jedes Kind stand in der Schlange an, alle waren zufrieden mit dem, was ihnen gegeben wurde, nickten dankbar und gingen weg. Keiner von ihnen beschwerte sich darüber, daß die Essensration gekürzt worden war.

Während sie in der Schlange warteten, stimmte der Priester mit ihnen Lieder an, und von weitem ertönte eine Gitarre.

Er hatte selbst Hunger …

Und war selbst müde …

Er hatte selbst ein aufbrausendes Temperament … Die Reihen waren geordnet. Das Essen wurde ausgeteilt. Die Lichter flimmerten in der nebeligen Nacht. Er brach zur Spitze der Kolonne auf, und bald hörte er den Gesang und die Gitarre nicht mehr.

Gord fand sie in einer niedrigen Höhle. Er leuchtete mit seiner Fackel in ihre Gesichter. Jorge war ganz hinten in der Höhle, und über seinen Kopf und seine Schulter hatte er eine klamme, nasse Decke als Zelt gestülpt. Harpo hielt die Konservendose in der Hand, und im selben Moment, in dem die Taschenlampe auf sie gerichtet war, steckte Zeppo seine Finger hinein. Groucho fauchte ihn an wie eine Katze, die ihr Territorium verteidigt, und sein Mund war so voll, daß er nichts sagen konnte. Er roch es, es war eine Ewigkeit her, seit er das letzte Mal den Geschmack in seinem Mund und den Geruch an seinen Kleidern gehabt hatte. Harpo schaute in den Strahl der Taschenlampe und hielt Gord herausfordernd die Konservendose hin, damit er sich seinen Anteil nehmen sollte.

Gord sagte: »Gut, es sind ja nur blöde Indianer, oder …?«

Jorge hatte den Kopf gesenkt, schützte ihn mit der Decke und starrte auf seine Knie.

»… Genau, die Indianer sollen selbst schauen, wo sie bleiben. Zuerst kommen die Obermacher, was …?«

Harpo sah ihn an, ohne mit der Wimper zu zucken.

»… Ihr schlagt euch die Bäuche mit Lachs voll. Eine gute Dose Lachs, in der Offiziermesse in Nebaj abgestaubt, nicht für die Allgemeinheit bestimmt, sondern für die großen Tiere reserviert, stimmt's …?« Mit trotziger Miene leckte Zeppo seine Finger ab, dann riß er Harpo die Konservendose aus der Hand, um sich noch mehr zu nehmen.

»… Dort hinten sind sie halb verhungert – aber es sind ja nur Indianer – sie sitzen nicht im Trockenen und warten, bis sie zu essen bekommen – sind ja nur Indianer. Stimmt's …?«

Groucho krümmte sich unbehaglich von ihm weg und schluckte.

»… Ihr seid nicht in der Lage, sie anzuführen, aber was soll's, sind ja bloß Indianer, eh?«

Harpo sagte: »Als ich in Guatemala City lebte, hatten wir ein Hausmädchen. Es war der einzige Luxus, den wir uns leisteten. Wir haben das Hausmädchen angestellt, damit sie die Drecksarbeit erledigte. Sie wohnte in einem Schuppen im Garten hinter dem Haus, weil unser Haus nicht groß genug war, um ihr darin ein Zimmer zu geben. Das Hausmädchen wußte, wo ihr Platz war. Wenn es etwas zu besprechen gab, erwartete sie nicht, an den Familiendebatten teilzunehmen. Sie war mit ihrer Position zufrieden.«

»Ich bin nicht euer verdammtes Hausmädchen.« Er hörte Harpos trockenes Lachen. Er trat zwischen Harpo und Zeppo, und Groucho wich hastig seinen Stiefeln aus, und er ließ sich neben Jorge nieder.

»Können wir die Landkarte haben? Können wir den morgigen Tag planen?«

Jorge zuckte mit den Schultern, als ob es nicht wichtig wäre, und zog lethargisch die Landkarte aus seiner weiten Hosentasche.

Gord tippte mit dem Finger auf die Landkarte. »Hier sind wir, richtig? Wir machen uns früh auf, Abmarsch um sechs. Wir überqueren die Straße von Sacapula nach Uspantán, wir halten nicht an, um ein Bad zu nehmen und Kaffee zu trinken … Wir brauchen einen Einheimischen, der uns über den Rio Negro führt, alle Brücken werden besetzt sein, und ich möchte nicht schon wieder nur wegen einer Brücke kämpfen. Ich möchte, daß sie nicht wissen, wo zum Teufel wir sind … Dann direkt nach Süden … Bevor es Nacht wird, möchte ich in diesem Hochland sein, keine Straßen und keine Dörfer. Wunderbar, und am nächsten Tag kommt Santa Cruz del Quiché dran, in Ordnung? Bezirkshauptstadt, richtig? Alles klar, Jorge?« Aufmunternd knuffte er die nasse Decke, die über Jorges Schultern hing.

»Sie sagen, wir sind weit genug gegangen.«

»Was?« Als ob er die gedämpfte Stimme unter der Decke nicht gehört hätte.

»Sie sagen, daß wir nicht weitergehen können.«

Eine Stille lag über ihnen. Jorge ließ den Kopf hängen. Anscheinend hatte Jorge gegen die Saukerle verloren. Er leuchtete mit der Lampe in ihre Gesichter.

Bedächtig, ruhig. »Wer sagt, daß wir weit genug gegangen sind? Wer sagt, daß wir nicht weitergehen können?«

Groucho sagte: »Sie haben uns zu hart angetrieben, wir sind schon lange am Ende unserer Kräfte angelangt ...«

»Sie sollten einen Bus runter zum Flughafen nehmen und zum Ticketschalter gehen, einmal einfach nach Havanna, in bar.«

Harpo sagte: »Wir sind erschöpft, uns geht's schlecht, wir sind krank. Wir sollten zum Dreieck zurückgehen.«

»Wo sie euch einkreisen und Hackfleisch aus euch machen, wie sie es schon mal getan haben.«

Zeppo sagte: »Wir sollten uns hier behaupten. Wir sollten ihnen sagen, daß wir politische Verhandlungen verlangen, einen Waffenstillstand, wenn sie zu einem Gespräch bereit wären.«

»Sie werden euch auslachen und wissen, daß ihr geschlagen seid.«

Groucho brüllte: »Können Sie nicht begreifen, daß wir keine Kraft mehr haben ...«

Harpo stieß hervor: »Sie haben uns zu sehr gehetzt, uns kaputtgemacht ...«

Zeppo schrie: »Zu kämpfen ist eine Sache, aber in einer Gegend zu sein, die nur für Ziegen geeignet ist, ist eine andere ...«

»Hinter euch sind tausend Menschen. Sie sitzen nicht in einer Höhle. Sie essen keinen Lachs. Sie marschieren nach Guatemala City. Die werden euch etwas von Kraft erzählen, und von Verhandlungen und Rückzug. Geht und fragt sie, sagt ihnen, daß ihr euch nicht gut fühlt und weglaufen und verhandeln möchtet. Es sind nur beschissene Indianer, natürlich. Vielleicht haben sie keine eigene Meinung. Wir können nach Guatemala City kommen, ich verspreche es euch, wenn ...«

»Wenn«, sagte Zeppo mit langgezogener Stimme. »... Wenn das Wetter für uns günstig bleibt ... Warum sind wir auf keine Streitkraft gestoßen, die sich uns entgegenstellt? Weil uns das Wetter zugute kam, sie wissen nicht, wo wir sind. Warum müssen wir den Marsch forcieren? Weil sie nicht glauben, daß wir fähig sind, dieses Gelände in solch einem Tempo zu durchqueren.«

»Wir sollten die Stellung ausbauen.«

»Feiges Geschwätz.«

»Wir sollten verhandeln«, sagte Zeppo.

»Geschwätz eines Versagers.«

»Wir sollten Schluß machen, solange wir noch die Kraft dazu haben«, sagte Groucho.

Gord packte Jorge an den Schultern. Er schüttelte den jungen Mann. Er schüttelte ihn so erbarmungslos, wie es eine Katze mit einer Ratte macht.

»Was sagen Sie?«

Er ließ ihn los. Er packte Jorges Bart. Er zog Jorges Kopf hoch. Die tiefliegenden Augen starrten ihn an. Langsam stieß er die Worte hervor.

»In der Früh … Ich entscheide in der Früh … In der Früh wird Zeit dafür sein …«

»Oh, nein, keine Chance …« Gord zog Jorge hoch. »Sie kommen jetzt mit. Sie gehen jetzt mit mir zurück und werden tausend Scheißindianern und ein paar anderen erklären, daß Sie genug haben. Sie werden den Männern aus Nebaj, Acul und Playa Grande erklären, daß Sie die Sache hinschmeißen. Sie werden ihnen erklären, daß Sie für einen Rückzug oder Verhandlungen sind. Sie werden ihnen sagen, daß sie dorthin zurückgehen sollen, wo das Militär auf sie wartet, nach Playa Grande, Acul oder Nebaj, oder aus welchem verdammten Loch sie auch immer gekrochen sind …«

»Danke«, sagte Jorge heiser.

Gord knurrte: »Gern geschehen.«

Sie gingen zusammen den Berghang hinauf.

»Ich entschuldige mich.«

»Sie müssen sich nicht bei mir entschuldigen, Jorge.«

»Ich entschuldige mich, weil ich Ihnen gegenüber unfair war, Gord, und weil ich die, die mir gefolgt sind, im Stich lassen wollte. Weil es nie wieder vorkommen wird, kann ich mich aufrichtig entschuldigen.«

Erkläre nie etwas und entschuldige dich nie, schärften sie den

Offiziersanwärtern der Sandhurst-Akademie ein, erklärten sie einem im Einführungslehrgang für das Regiment. Seine Wut verrauchte. Er fragte sich, was sie wohl von Rodolfo Jorge Ramírez halten würden, die Lehrer der Akademie, die alles wußten, die Offiziere in Hereford, die alles gesehen hatten. Das Holz, aus dem Führer geschnitzt sind, oder ein Schlappschwanz? Nun, wenn man Gord Brown fragte, würde er ihnen sagen, daß Rodolfo Jorge Ramírez in der Lage wäre, Hunderte von Männern auf einem Wahnsinnstrip in den Schlund der Hölle anzuführen.

Nachdem sich Gord triefend vor Nässe auf die Erde fallen gelassen hatte, beobachtete er, wie sich Jorges Licht zwischen den eng aneinanderkauernden Männern bewegte. Er hörte die leise, ruhige Stimme. Er hörte das glucksende Lachen. Er sah die in eine Decke gehüllte Gestalt nach vorne gleiten, und sich dann wieder niederlassen. Sein Magen knurrte, aber er war zu müde, um nach etwas Eßbarem zu suchen. Er lag auf dem harten Stein auf der Seite, und der Regen peitschte auf ihn herab. Er schlief ein, noch bevor die Lieder verstummt waren.

Im Terminal herrschte ein völliges Chaos.

In der Straße, wo er wohnte, war es noch dunkel gewesen, als Colonel Arturo zum Flughafen losgefahren war.

Er hielt die Flugtickets in der Hand, stellte sich in der Schlange an, und jedesmal, wenn sie sich näher zum Schalter hinbewegte, gab er dem Gepäck einen Tritt nach vorne. Seine Frau und seine Tochter standen hinter ihm, und sie waren so angezogen, als ob sie nach Disneyland fliegen würden, um dort Urlaub zu machen.

Vor ihm in der Reihe war ein General gewesen, und hinter ihm waren zwei Brigadekommandeure. In der Schlange nebenan hatte er einen General gesehen und einen Senator und einen Beamten, der, wie er wußte, einen hohen Rang im Sekretariat des Außenministeriums innehatte.

Rings um ihn Gebrüll, Gedrängel und Gejammer.

Er war an der Reihe. Er knallte die beiden Koffer auf die

Waage. Er warf die Tickets auf den Tisch. Der junge Mann am Abfertigungsschalter schaute ihn verächtlich an, bewegte sich mit einstudierter Überheblichkeit und ließ sich Zeit beim Betrachten der Tickets. Der Flug war ausgebucht. Die Liste der Passagiere war geschlossen. Die Damen Arturo waren ausgeladen worden. Die Tickets sollten für den nächsten Morgen umgebucht werden. Alle anderen Flüge für diesen Tag waren ausgebucht. Er fing an zu brüllen … Er wäre Colonel Mario Arturo … Er wäre ein Colonel der Kaibiles … Er hätte Freunde im Generalstab … Der Angestellte am Abfertigungsschalter wirkte gelangweilt. Man sah ihm an, daß er das an diesem Morgen schon des öfteren gehört hatte, daß er genug von Einfluß und Macht und Position gehört hatte. Jeder redete von seinen Vorrechten, die Reichen tuschelten, daß ein Mob in Richtung Hauptstadt strömte und das Militär in desolatem Zustand sei.

Er kannte die Antwort.

Kein Geschrei mehr, kein wichtigtuerisches Gehabe.

Seine Stimme wurde ruhiger. Seine Hand war an der Brieftasche. Er zahlte die *mordida*. Zuerst bot er hundert amerikanische Dollar als Schmiergeld, die der Angestellte am Abfertigungsschalter einsteckte. Die Tickets lagen immer noch auf dem Tisch. Er legte einen Hundertdollarschein drauf und noch einen dazu … Der Angestellte riß die Ticketseiten heraus, hämmerte seinen Stempel darauf und befestigte die Gepäcketiketten an den Koffergriffen. Die Tickets und die zwei Bordkarten wurden über den Tisch zurückgereicht. Der Angestellte am Schalter schaute an ihm vorbei nach dem nächsten Passagier.

Er sah zu, wie seine Frau und seine Tochter durch die Paßkontrolle gingen.

Er blieb am Flughafen, bis das Flugzeug startete, bis es von der beleuchteten Rollbahn in die niederen Wolken abhob.

Mit großen Schritten bahnte er sich seinen Weg, raus aus der Abflughalle, weg vom üblen Gestank der Niederlage.

12

Der Traum wich von ihm.

Gord wachte auf.

Der Traum handelte von verfaultem Fleisch und Schubkarren, voll mit verwesten Körpern, und Schaufeln, die das Fleisch und die Leichen zusammenscharrten. In dem Traum war ein Feuer, das zischte und brutzelte, als das Fleisch und die Lachskörper von den Schaufeln auf den Scheiterhaufen geworfen wurden. Das Fleisch und die Lachskörper fielen in das mit Petroleum geschürte Feuer, und plötzlich sah er Kinderleichen. Die Fische waren tote Kinder. Die toten Kinder waren Schmetterlinge. Die Schmetterlinge versuchten aus den emporsteigenden Flammen zu entkommen, doch sie waren in ihnen gefangen, und ihre Flügel verdorrten. Die leuchtendbunten Schmetterlingsflügel verschrumpelten in der Hitze des Feuers, und die Kinder schrien gellend, und das Fischfleisch spritzte. Die Schmetterlingskörper fielen zurück in die Feuersbrunst …

Er erwachte.

Er schreckte hoch.

Das trübe, grauweiße Tageslicht stach ihm in die Augen. Es hätte doch noch dunkel sein sollen, es hätte noch Nacht sein sollen. Es hätte noch tiefste Dunkelheit herrschen müssen, man hätte das verschleimte Husten der gerade erwachten Männer hören müssen. Er lag neben dem Weg, in einer einen Meter hohen Einbuchtung eines Felsens, in die er sich zusammengekauert hatte, um sich vor dem Regen zu schützen. Er schaute nach oben zu dem Berghang zurück, von dem sie gekommen waren, und er sah nur den menschenleeren, zertrampelten Pfad. Verdammt noch mal! … Er warf den Kopf herum. Er sah denselben Hang hinunter, und er war genauso leer, bis dorthin, wo er schon bald mit dem nebligen Horizont verschwamm. Ihm war flau … Verdammt noch mal! … Gord Brown, der Einpeitscher, der Antreiber verschläft, wenn aufgeladen und weitermarschiert wird. Eine grauenhafte Stille. Gord Brown mit seiner scharfen, unerbitterlichen Zunge schläft bei der Arbeit … Verdammt noch mal! … Sie saßen oberhalb der Felsausbuchtung.

Sie hatten den Flammenwerfer und die Schubkarre bei sich.

Sie warteten auf ihn.

Der Archäologe saß mit geschlossenen Augen da, als ob er in Gedanken einer fernen Musik lauschte. Der Professor runzelte die Stirn, als ob er etwas im Kopf berechnete und darüber nachgrübelte. Der Feuerwehrmann schürzte seine Lippen, als ob er sich Sorgen machte. Der Straßenjunge starrte auf die Klinge seines Messers, als ob er sich daran erinnerte, wie die Kehle eines Wachposten mit einem Hieb aufgeschlitzt wurde. Eine Stille lag in der Luft. Vor und hinter ihm war auf dem Berghang keine Menschenseele mehr zu sehen.

Langsam richtete er sich auf. Die Last des Rucksacks behinderte seine Bemühung, und er trug das Gewicht des Maschinengewehrs auf seinen Hüften und die Munitionsgurte quer über die Schultern. Er plagte und krümmte sich und fiel nach hinten. Nebelhaft erinnerte er sich, wie er sich in der Dunkelheit an den Wegrand hatte fallenlassen, nicht mehr den Willen hatte, sich aus der Zwangsjacke des Rucksacks zu befreien, und eingeschlafen war, während Jorge sich weiter von ihm weg bewegte …

»Ihr Schweinehunde.«

Der Archäologe sagte: »Sie mußten schlafen.«

Der Professor meinte: »Sie werden sich umbringen, wenn Sie nicht ruhen.«

Der Feuerwehrmann sagte: »Wenn Sie keine Kraft mehr haben, hat keiner von uns Kraft.«

Der Straßenjunge sagte: »Wissen Sie, daß Sie wie ein Schwein schnarchen, wie ein dickes Mutterschwein?«

Er war aufgestanden. Er hatte einen schlechten Geschmack im Mund, seine Beine schmerzten, und seine Lunge tat immer noch weh. Er stützte sich auf den Gewehrlauf, um sich auf den Beinen halten zu können. Gord schaute nach unten, auf den zertrampelten Weg. Seine Kleider trieften vor Nässe. Er kniff die Augen zusammen, um das Bild des Feuers im Traum und den trüben grauweißen Bodennebel nicht mehr sehen zu müssen.

»Wie lange?«

»Vor zwei Stunden sind die Männer losmarschiert«, sagte der Archäologe. Er setzte sich in Bewegung, aber sie waren schneller. Sie kreisten ihn ein. Er sollte essen. Er mußte aufholen. Er mußte essen. Er hatte die verlorene Zeit aufzuholen. Er würde bestimmt essen. Er mußte sich beeilen ... Sie kreisten ihn ein und stellten sich ihm in den Weg. Es war ein Komplott. Er kämpfte und keuchte, aber er konnte sich nicht aus dem Griff des Archäologen und des Professors befreien. Er schlug mit den Füßen um sich, und mit einer flinken Bewegung trat ihm der Straßenjunge ans Schienbein. Der Feuerwehrmann fütterte ihn, als wäre er ein Kind oder ein Patient. Während sie ihn festhielten und der Straßenjunge ihn in Schach hielt, stopfte ihm der Feuerwehrmann die trockenen Tortillastücke in den Rachen. Gord gab sich geschlagen. Eine Handvoll Tortillas auf einmal. Er schluckte und würgte, spuckte sie aus und hatte seinen Mund sofort wieder voll ...

Das Essen füllte das Loch in seinem Magen. Er wußte, wenn er sich wieder sträubte, würde der Junge ihn treten.

Er fühlte ihre Liebe.

»Ihr hättet es nicht zulassen dürfen.«

Er sah es in Gedanken vor sich, wie die lange Kolonne auflud, die Mörser und Bomben und die Maschinengewehre und die Munition und die Abschußvorrichtungen und die Raketen.

»Den Männern war klar, daß Sie schlafen mußten«, sagte der Archäologe.

Er sah es in Gedanken vor sich, wie die Männer in der Dunkelheit, unter der schweren Last auf ihren Schultern, den Berghang hinunterrutschten.

»Die Männer glauben an Sie«, beruhigte ihn der Archäologe.

»Es war Alex, die gesagt hat, daß Sie wie ein Schwein, wie ein dickes Mutterschwein schnarchen«, sagte der Straßenjunge.

Gord wischte sich den Mund ab. Sie hatten ihn losgelassen.

»Macht das noch mal, und ich brech' euch alle Knochen …«

Er dachte daran, daß er ihre Liebe fühlte, und das Blut pulsierte wieder in ihm.

Er ging voran. Sie waren wie Kinder. Sie galoppierten den Gebirgsweg hinunter. Die Räder des Karrens und der Schubkarre sprangen und jagten über das felsige Gestein. Sie waren schnell.

Sie waren brüllende und schreiende Kinder. Sie waren die tanzenden Schmetterlinge. Irgendwie waren sie vergnügt, als ob der Hunger und die Erschöpfung vergessen wären. Ausgelassen rannten sie den holprigen Weg hinunter, den die Kolonne vor ihnen gegangen war. Sie waren vom Nebel eingehüllt, und der Regen klatschte ihnen ins Gesicht und triefte von ihrer Kleidung. Sie waren wild und verrückt. Zweimal überschlug sich der Karren, und einmal kippte die Schubkarre um, und die Benzinkanister und der Luftzylinder fielen herunter … Es war der dritte Tag von Gords Woche.

Er war der Überlebenskünstler, und er allein hielt stand.

Das Gewehr mit den fünf Schuß Munition lag neben seinen Füßen am Boden.

Der Mann von der Zivilpatrouille hob seine aufgerissenen und schwieligen Hände, bis sie hoch über seinem Kopf waren.

Das Echo der Gewehrschüsse dröhnte in seinen Ohren.

Die anderen an der Straßensperre waren weggerannt. Er wußte sehr genau, was passiert war. Er war aus dem Gebüsch am Rande des Weges gekommen, der zu dem vom Nebel verhüllten Gebirgskamm führte. Er hatte immer noch Stengel von dem Grasbüschel in der Hand, mit dem er sich den Hintern abgewischt hatte. Er hatte die ersten Männer, die den Abhang hinunterliefen, gesehen. Das Seil zusammengeknotet, das seine Hose auf der Hüfte hielt, das letzte Gras an seiner Hose, am Oberschenkel, abgewischt und warnend zu den anderen hinüber geflüstert, die immer noch im Schutz der hohen Bäume schliefen. Er hatte eine Fata Morgana von Männern gesehen, bärtig und dreckig, die wie Jagdhunde auf ihn zuliefen. Die aus dem Nebel kamen, vom strömenden Regen verschleiert, und er hatte geschrien. Ein endloser Zug von Männern, die wie aus dem Nichts aus der Wolkenwand auftauchten, und er hatte gebrüllt und war dann erstarrt. Ein schwärmender Haufen, der sich immer näher wälzte, und hinter ihnen keine Lücke in der Schar nachrieselnder Männer abzusehen. Fünf weitere Männer an der Straßensperre, die den Schlaf noch in den Augen hatten und losrannten. Die Gewehrsalven, rechts und links an ihm vorbei. Das Krachen der Schüsse rings um ihn.

Er bewegte sich nicht, und er unterdrückte das Zittern seiner Beine. Er fragte sich, ob er auch erschossen würde und ob es weh tun würde, erschossen zu werden, und er fragte sich, ob das eine Strafe sei, weil er den Baum, der so schön war, getötet hatte.

Er hörte eine Stimme. Er dachte, daß es die Stimme des Geistes sei, von dem ihm sein Bruder und sein Vetter erzählt hatten. Des Geistes, den man Gaspar nannte. Er sah einen Mann, der hellheutiger war als die Latinos, die ihn umringten, der ein schweres Maschinengewehr trug und mit Munitionsgurten behängt war, und hinter ihm wurden ein Karren und eine Schubkarre gezogen. Er glaubte, daß ihn die Stimme des Geistes Gaspar vor den Gewehren am Anfang der Kolonne gerettet hatte.

So weit er sehen konnte, wimmelte hinter der Stimme des Geistes der Berg von Männern, die aus der Wolkenwand auftauchten.

Die Fragen wurden ihm entgegengebellt.

Natürlich würde er sich anschließen. Natürlich würde er ihnen den Weg zeigen.

Man erlaubte ihm, die Arme herunterzunehmen.

Er konnte jetzt nach hinten sehen. Er konnte die Leichen der

Männer seines Dorfes an der Straße von Sacapulas nach Uspantán sehen. Er hatte jeden von ihnen sein ganzes Leben lang gekannt. Er hatte die Maisfelder mit ihnen bestellt, war mit ihnen auf den Lastwagen zur Arbeit in die Zucker-*fincas* hinuntergefahren, hatte mit ihnen auf den Festen bis zur Bewußtlosigkeit *atol* getrunken, hatte mit ihnen die Ermordung seines Vaters durch das Militär erlebt und hatte mit ihnen getanzt …

Natürlich würde sich der Mann von der Zivilpatrouille der Kolonne anschließen, ihnen den Weg zeigen und am Leben bleiben.

»Sie sind wie gelähmt. Es ist ungehörig von mir, so etwas zu sagen, aber ich kann nicht anders.«

Mario Arturo nahm sich diese Freiheit heraus. Er hatte sich heute schon die vierte Zigarette angezündet, und der Raum roch nach abgestandenem Whisky. Unaufhörlich schlug der Regen gegen die Fenster.

»Ungehörig, ja.«

»Wir müssen aktiv werden. Es ist zu spät, um nur zu reagieren. Wir müssen da reingehen und sie holen. Wenn wir defensiv bleiben, uns einigeln, werden wir verlieren. Dann ist es, als ob wir uns fürchten.«

»Eine grobe Ungehörigkeit.«

Der General hatte ihn auf der Escuela Politecnica unterrichtet. Der General war auf Brigadeebene sein Vorgesetzter bei der Operation »Firmness '83« und bei den vernichtenden Schlägen gegen die Umstürzler während der Operation »National Stability '85« gewesen. Der General war neun Jahre zuvor auf Mario Arturos Seite gestanden, als er das siebenseitige Schriftstück »Belize: Konsequenz der Intervention«, verfaßt hatte, in dem er Niederlage und Demütigung prophezeite, falls die guatemaltekischen Streitkräfte den Befehl erhielten, die Grenze nach Belize zu überschreiten und sich britischen Truppen und britischen Kampfflugzeugen entgegenzustellen. Es war kein populäres Schriftstück, eher ein Schriftstück, das manche Stabsoffiziere eine Beleidigung für die Armee nannten. Ein Schriftstück, das viele Truppenbefehlshaber defätistisch nannten. Der General hatte ihn geschützt.

»Wenn wir nichts unternehmen, werden wir besiegt werden ...«

Den ganzen Vortag war Colonel Arturo nicht an seinem Schreibtisch gewesen, sondern in den Gängen herumgewandert, in Vorzimmer geschlichen und hatte Stabsoffiziere umschmeichelt, um Zutritt zu erhalten. Er war abgewiesen worden. Von den Generälen wurde er nicht beachtet, von den Brigadekommandeuren kühl abgefertigt, von den Colonels abgewiesen. Sie hasteten von einer Besprechung zur nächsten, vom Konferenzraum des *estado mayor* zur Kommandozentrale im Garnisonslager Mariscal Zavala. Nicht beachtet, kühl abgefertigt, abgewiesen, aus Minuten wurden Stunden, aus Stunden ein Tag, er war nur abgewiesen worden. Er trug jetzt seine beste Uniform. Er hatte seine Orden für den Militärdienst und seine Tapferkeitsmedaille angesteckt. Von sieben Uhr morgens an war er vor dem *estado mayor* gewesen und hatte den für die Logistik zuständigen General, der das Kommando über G-4 hatte, zu fassen bekommen, als er mit dem Stabswagen vorfuhr. Er setzte sich gegen einen Adjutanten durch, und er hatte einem Militärpolizisten mit seinem Offiziersstöckchen kurz auf die ausgestreckte Hand geschlagen. Er hatte sich Zutritt verschafft.

»Wenn wir besiegt werden und hierbleiben, werden wir an den Laternenpfählen baumeln. Wenn wir besiegt werden und uns davonmachen, werden wir in den Hotels von Miami Geschirr spülen. Wenn ...«

Er hielt inne. Das Telefon läutete. Der junge Adjutant hob ab. Der Adjutant hörte zu, wobei er den Hörer so fest umklammerte, daß seine Faust weiß wurde, und er biß sich auf die Lippen. Der General würde hängen, und zwar hoch oben, der General war in dem Gebiet nahe des Südweststreifens der mexikanischen Grenze als der »Schlächter von Jacaltenango« bekannt. Der Adjutant legte behutsam den Hörer auf die Gabel und sagte dem General etwas ins Ohr. Ein kaltes Lächeln lag auf dem Gesicht des Generals, und er zupfte zornig an seinem Schnauzen.

»Wenn Sie keine Entscheidung treffen, wenn Sie diesem Pöbel nicht an die Gurgel gehen, wenn Sie sie nicht jetzt zermalmen ...«

Der General winkte ab. Er sah die alten Venen auf der von Altersflecken gezeichneten Hand.

Eine ruhige Stimme, zu keiner Leidenschaft mehr fähig. »Ich habe gefordert, die Artillerie aus Escuintla, die 75 mm und 105 mm, zum Einsatz zu bringen, aber mir wurde gesagt, daß sich zu viele Männer in der Ausbildung befänden, um wirkungsvoll Paroli zu bieten. Ich habe gefordert, motorisierte Infanterie, M-113er und V-150er, von Huehuetenango aufzufahren, und mir wurde gesagt, daß sich die Truppentransporter in der jährlichen Wartung befänden. Ich habe das Garnisonsbataillon in Jalapa aufgefordert, leichte Panzer, M-41A3er, zu schicken, aber es wurde mir gesagt, daß die Straßen unterspült seien. Mein lieber Freund, wir sind eine politische Armee, und wir sind in den Händen von politischen Offizieren, und politische Offiziere geben sich damit zufrieden, so lange zu warten, bis sie sehen, wie die Würfel fallen. Es ist die Zeit der Ausflüchte von Pragmatikern ... Was wollen Sie?«

Er zögerte nicht. Colonel Arturo stellte sich auf die Zehenspitzen. Er fühlte seine Macht.

»Ich möchte das Kommando über das Kaibilbataillon.«

»Er ist mein Neffe.«

»Unumschränkte Befehlsgewalt.«

»Er ist mit der Schwester des Cousins vom Minister verheiratet.«

»Unumschränkte Unterstützung.«

»Der Offizier, den Sie ersetzen würden, hat Beziehungen, um Sie zu vernichten.«

»Unumschränkte Befehlsgewalt, unumschränkte Unterstützung. Lassen Sie es ihn versuchen.«

»Sie verlangen viel ...«

»Oder Sie werden an einem Laternenpfahl vor dem Palacio Nacional hängen. Oder werden den Rest Ihrer Tage mit Geschirrspülen in einer Hotelküche verbringen.«

Er spürte die Feindseligkeit des Adjutanten. Er fragte sich, wer der Onkel und der Schwiegervater des Adjutanten waren. Er schuldete niemandem etwas. Er hatte keine *finca* im Franja Transversal del Norte, wohin sich die Militärkommandeure eilig zurückgezogen hatten, um kostenlos Land zu bekommen. Er hatte keine Beziehungen zu einer Baufirma, die für das Ministerium arbeitete. Er hatte keine Villa am Ufer des Sees Atitlán, keine Hotelanteile, keine Kapitalanlage in Wagenparks, kein Abkommen mit der Bank der Armee. Er kannte keinen der ausländischen Geschäftsmänner der amerikanischen Handelskammer, keinen der japanischen Autoimporteure, keinen der taiwanesischen Unternehmer. Er war von keinem Menschen abhängig.

»Wenn Sie versagen, werden Sie nirgendwo untertauchen können.«

»Ich will das Kommando über das Kaibil-Bataillon.«

Sie hatten das Hochland verlassen und waren wieder unter den großen Ceibabäumen und Pinien, kamen über Wege, bedeckt von leuchtenden Tamborilla-Blüten, die der Regen von den Bäumen geschüttelt hatte. Sie gingen an einem Dorf entlang, sie vermieden Lichtungen. Gords Lungen konnten wieder Atem schöpfen. Die Wildnis der Berge lag hinter ihm. Sie hatten die Straße von Sacapulas nach Uspantán überquert, und weiter vorn war ein anwachsendes Tosen zu hören. Er hatte sie nicht gezählt, es hatte keine Formalitäten gegeben, weil die jagende Geschwindigkeit nochmals erhöht worden war, aber er hatte geschätzt, daß es an die hundert Männer waren, die am Straßenrand auf sie gewartet hatten. Da waren Dorfbewohner mit Beilen und Heugabeln und Vorschlaghämmern gewesen. Patrouillemänner mit veralteten Repetiergewehren, zerlumpte Guerilleros, die im Licht des offenen Geländes zu blinzeln schienen, ein Polizist in triefend nasser Uniform und noch mehr Frauen und noch mehr Kinder, und alle rannten, um das Ende der auseinandergezogenen Kolonne zu erreichen. Gord konnte mit dem Tempo der Kolonne gerade noch mithalten … Kurz vor der Straße von Sacapulas nach Uspantán hatte er sich von der Kolonne abgesetzt, war ins Gebüsch verschwunden, machte die Gürtelschnalle auf und zog seine Kampfhose herunter. Er hockte sich hin. Das erste Mal seit zwei Tagen, und schon pfiff das Essen, das sie in ihn hineingezwängt hatten, durch seinen Darm. Von dem Papier war nicht mehr viel übrig, und er hatte keine Kraft, das Latrinenloch zu graben, von dem er im Petén immer gepredigt hatte. Er hatte seine Hose hinaufgezogen, schaute hinunter und sah weiße Parasitenwürmer … Jetzt konnte er mit der Marschgeschwindigkeit mithalten, aber nur, weil ihm der Straßenjunge das schwere Maschinengewehr abnahm.

Das Tosen war in seinen Ohren.

Es war möglicherweise die Übelkeit oder die Müdigkeit, oder es war eine Folge der Parasitenwürmer oder der Höhe, in der sie sich befanden.

Er ging weiter, in die Richtung, aus der das Tosen kam, und seine Füße stampften wie die eines Roboters. Er dachte an seinen Vater und was er einmal betrunken zu ihm gesagt hatte, über Fußstapfen, die man auf seinem Lebensweg hinterließ. Hey, Alter, hey, TeeJay – verdammt große Fußstapfen hier. Ihn schauderte, wenn er an die Gelegenheiten dachte, die ein Sohn und ein Trinker verpaßt hatten. Der alte Mann TeeJay war tot, und die Totenrede war eine gelallte Ermahnung, daß ein Sohn Fußabdrücke hinterlassen sollte. Heh, TeeJay, wenn du zuschaust, ich bete zu Gott, daß du zuschaust, das sind höllisch große Fußabdrücke. Alle Gelegenheiten verpaßt. TeeJay Brown war nicht zur Abschlußparade in Sandhurst erschienen – weil ein Verfahren beim Schwurgericht noch einen Tag länger dauerte. TeeJay hatte während seines Kurzurlaubs gefehlt, damals, als er heimkam, nachdem er in das Regiment aufgenommen worden war – weil ein Detective von der Sitte in Ruhestand ging und es ein Besäufnis gab. TeeJay Brown hatte sonntags das Mittagessen ausfallen lassen, als er nach seiner ersten Irlandtour in die Vorstädte hinausgefahren war – weil die Redaktion eine Überarbeitung des Berichts verlangt hatte. Er fragte sich, ob wohl noch einer von den alten Schreiberlingen übrig war, die Witze über TeeJay Brown erzählten und Fußspuren erkannten. Er dachte an seinen Vater, in einem Zustand, den er für eine Art Delirium hielt, und in seinen Gedanken sah er Detectives mit blutunterlaufenen Augen in der Kirche und Schreiberlinge, die schluchzten. Zu viel verpaßt ...

Sie kamen an den Río Negro. Die Reihe der großen Kiefern führte bis zum Rand der Schlucht. Fünfundzwanzig, dreißig Meter unter ihnen krachten, schäumten und brachen die Wogen des Flusses über die Felsblöcke. Auf der Landkarte war eine Brücke, sieben Meilen stromaufwärts, eingezeichnet, und eine Brücke konnte von einem Dutzend Männer gehalten werden und würde auch gehalten werden. Neun Meilen stromabwärts war auf der Landkarte ebenfalls eine Brücke eingezeichnet ... Die hohen Kiefern lasteten über ihm, und die Wolken fingen sich in den obersten Ästen, und unter ihm hing der Sprühregen über der tosenden Gewalt des Flusses. Er sank zu Boden. Er kannte die Antwort nicht.

Jorge suchte ihn.

Es war ein Reflex.

Er suchte immer nach Gord. Gord wußte stets eine Lösung, Gord hatte immer eine Idee.

Er saß zusammengekrümmt. Seine kleine Gruppe war bei ihm. Er saß auf dem Boden, die Augen geschlossen, den Kopf gesenkt.

Es war nun an Jorge, eine Entscheidung zu treffen ...

Nach seinem Frühstück, zwei Rühreier, Orangensaft und guter Kaffee, entdeckte der Kanadier, was sie mit den Reifen des Shogun mit Vierradantrieb gemacht hatten. Es war ein guter Jeep, der beste, den er auf seinen drei Besuchen in Guatemala hatte mieten können. Er tobte nicht, und er fluchte nicht, und er schrie nicht, weil es sein dritter Besuch in Guatemala war, und er hatte gelernt, auf die harte Art, daß er mit Wut und Fluchen und Schreien nichts erreichte. Die vier Reifen und der Ersatzreifen waren aufgeschlitzt worden. Sie waren nicht durchlöchert, so daß sie zu reparieren gewesen wären, sondern sie waren in Fetzen gerissen, wie wenn man sie mit breiten Messerklingen bearbeitet hätte, und man konnte nirgendwo in Chichicastenango fünf neue Reifen für einen Shogun mit Vierradantrieb bekommen. Es wäre der Geburtstag des Jungen gewesen … Er wäre am Ende des Wegs gewesen … Es wäre der Tag gewesen, an dem sie am Friedhof das Grab ausgehoben hätten. Sie hätten alle neben dem Jeep auf ihn warten sollen, bis er mit dem Frühstück fertig war, die Männer, die graben wollten, und der Gerichtsmediziner aus Santa Cruz del Quiché und der Anwalt aus Guatemala City. Es war seine dritte Reise in dieses Land, die Reise, auf der er glaubte, es sei ihm endlich gelungen, das Grab seines Enkels aufzuspüren. Selbst wenn der Junge dumm war, selbst wenn er seine mögliche Karriere verpfuscht hatte, selbst wenn sich der Junge in Mittelamerika herumgetrieben hatte, war er immer noch sein Enkel. Er war zwar ein Dummkopf, einer, der immer Mist baute, und ein Rumtreiber, aber trotzdem hatte er etwas Besseres verdient, als auf einem Polizeirevier zu sterben und in einem geheimen Grab beerdigt zu werden. Niemand hatte neben dem Shogun mit Vierradantrieb gewartet, als er von seinem Frühstück in dem kleinen Speiseraum des Posada Santa Marta kam, aber die Männer in Zivil vom Zoll waren auf der anderen Straßenseite, standen im Regen herum und beobachteten ihn. Es war die gottverdammte Angst …

Er kannte die Angst in dem gottverdammten Guatemala … Die Männer, die er angeheuert hatte, um zu graben, und für die er am Abend zuvor Maisschnaps gekauft hatte, hatten wahrscheinlich die zerschlitzten Reifen gesehen und waren nach Hause gegangen. Der Gerichtsmediziner, mit dem er einen Monat lang den Papierkrieg für die Exhumierung bewältigt und den er gut geschmiert hatte, hatte bestimmt die Reifen gesehen und war auf die regennasse Straße zurück nach Santa Cruz del Quiché gefahren. Der Anwalt, den er seit drei Jahren von Treffen und Briefen kannte und der letzte Woche in seinem Briefkasten eine scharfe Gewehrkugel gefunden hatte, hatte mit seinem Wagen umgedreht, um zurück in die Hauptstadt zu fahren. Es bestand keine Chance, ein Auslandsgespräch vom Hotel aus zu führen, es war schon schwer genug, eine Verbindung in Guatemala City zu bekommen, und selbst dann mußte man brüllen, um verstanden zu werden; es war aussichtslos, eine Verbindung nach Kingston, Ontario, zu bekommen. Und was für ein bedrückender Anruf wäre es gewesen, besser, er ließ seine Frau in Unwissenheit ... Hinter dem irischen Pub in Kingston, das zurückversetzt von der Frontseite des Yachthafens lag, befand sich ein Bungalow mit einem Zimmer, das immer noch so aussah, wie es der Junge verlassen hatte. In dem Zimmer waren die Kuschelbären, der Modellflugzeugsatz und die Eishockeyfotos und die Schulbücher, und seine Frau war vermutlich an diesem Morgen drinnen gewesen und hatte das gleiche Gebet gesprochen wie immer, wenn sie auf dem Bett des Jungen saß ... Nein, er hatte nicht gewußt, wo Guatemala lag, als er vor drei Jahren das erste Mal ins Reisebüro hinuntergegangen war, um ein Ticket zu buchen. Ja, jetzt kannte er Guatemala. Sein Sohn, der Vater des Jungen, sein Sohn sagte, daß das Leben weitergehen muß. Sein Sohn kümmerte sich nicht darum, weil er geschieden und Ingenieur auf einem Frachter war, und lange zuvor hatte er es versäumt, dem Jungen ein Zuhause zu bieten, und er gab die Elternrolle an die Großeltern des Jungen weiter. Sein Sohn war der Meinung, daß der Junge ohnehin tot wäre, und er fand es Verschwendung, Geld hinauszuwerfen, um ein Grab zu finden. Er hatte sein einundsiebzigstes Lebensjahr erreicht, und er nahm jetzt, das erste Mal in elf Jahren, eine Hypothek auf den Bungalow auf, und das Geld ermöglichte es, einen Privatdetektiv, Anwälte, die Briefe und drei Reisen runter nach Guatemala zu bezahlen. Das Geld von der Hypothek hatte es ihm ermöglicht, die Spuren der

Reise des Jungen, seines Enkels, zu verfolgen, über die mexikanische Grenze und den Posten La Mesilla nach Guaremala. Das Geld von der Hypothek hatte es ermöglicht, die indianische Frau zu finden, die sich daran erinnerte, den Jungen rauchend in San Rafael Petzal gesehen zu haben, und den Ladenbesitzer zu finden, der sich daran erinnerte, den Jungen betrunken in San Cristóbal Totonicapán gesehen zu haben, und das Geld hatte es ermöglicht, den Priester zu finden, der sich daran erinnerte, den Jungen mittellos mit den Bettlern vor der Kirche in Nahualá gesehen zu haben. Und viel Geld, für diesen Schweinehund ein Jahresgehalt, mußte er dem Polizisten geben, der sich daran erinnerte, daß er den Jungen zugekifft, betrunken und mittellos vor den Soldaten in Chichicastenango davonlaufen sah. Es gab eine Polizeistation in Chichicastenango, auf der man den Jungen wahrscheinlich umgebracht hatte. In jenem Jahr wurden viele umgebracht, und auf der Straße nach Santa Cruz del Quiché war ein Friedhof, dessen namenlose Gräber mit Gras zugewachsen waren und auf dem der Junge wahrscheinlich begraben wurde. Er wäre diesen Morgen mit den Totengräbern und dem Gerichtsmediziner und dem Anwalt auf den Friedhof hinausgefahren, wenn die Reifen des vierradgetriebenen Shogun nicht aufgeschlitzt gewesen wären … Es war das Mädchen, das die Gläser in der Bar spülte, das hübsche, kleine Indianermädchen ohne Schuhe, das ihm, als es die Polizisten in Zivil auf der anderen Straßenseite nicht sehen konnten, von dem Gerücht erzählte, von dem Geist, der das Feuer gebracht hatte.

»Wo sind sie?« Die Faust des Generals, der außer sich vor Wut war, krachte auf den Tisch.

»Wir haben keine präzise Position von ihnen.«

»Was heißt *präzise*? Heißt *präzise*, daß Sie es nicht wissen?«

Er war mit dem G-2-Offizier zusammen in die Schule gegangen. Er spielte mit ihm Bridge. Ihre Frauen gingen zusammen reiten.

»Es ist das Wetter …«

»Sie wissen also nicht, wo sich ein Pöbelhaufen von Analphabeten, Vagabunden und Bauern herumtreibt ...?«

Der G-2-Offizier wurde rot. »Sie müssen die Umstände bedenken. Es gibt Schwierigkeiten mit dem Transport und Probleme mit der Verständigung. Es ist unmöglich, zuverlässige Leute dort zu bekommen, wo man sie braucht. Es gibt Meldungen, unbestätigte Meldungen, daß es zu einem Zwischenfall nahe der Straße von Sacapulas nach Uspantán gekommen sei, man sagt, es seien einige Patrouillenleute umgebracht worden – es gab entsprechende Spuren. Vielleicht waren sie es, vielleicht waren es auch weniger Männer ... im ganzen Gebiet um das Ixil-Dreieck herum ... überall sieht man Bauern, die in Bewegung sind ... wenn sie es sind, dann werden sie auf ihrem Weg auf den Río Negro stoßen. Dort sind Brücken, und die werden verteidigt. Der Fluß führt Hochwasser.«

»Was wollen Sie mir erzählen?«

»Wenn sie nach Süden, Richtung Santa Cruz del Quiché gehen wollen und wir mit einem ganzen Bataillon dort sind, dann müssen sie eine Brücke stürmen und so ihre Position zu erkennen geben.«

Der General musterte den G-2-Offizier. Er konnte Männer antreiben, sie jagen. Seine Stabsoffiziere standen hinter ihm und hingen an seinen Lippen. Er hatte Männer vorwärts getrieben, sie gejagt, in den Tagen, als es schlimme Verluste bei »Victory '82« gab. »Sie können also den Río Negro nur auf einer Brücke überqueren, an der sie gestellt werden. Geben Sie mir Ihr Wort darauf?«

Keiner sagte etwas. Der Stabsoffizier im Zimmer malte sich den Preis für dieses Wort aus. Es wurde gemunkelt, jedoch nie bestätigt, daß der General einmal persönlich den Kommandanten einer Kompanie erschossen hätte, welcher beschuldigt wurde, eine Straßenkreuzung dem Ejercito Guerillero de los Pobres überlassen zu haben. Angeblich hatte er ihm zuerst in die Hoden und dann in den Kopf geschossen.

Die Stille wurde von einem tiefen und langen Atemzug des Offiziers durchbrochen.

»Sie können den Fluß nur auf einer Brücke überqueren, und die Brücken sind bewacht ...«

Äxte und Macheten hatten die hohen Kiefern abgeholzt.

Wie zwei Ameisenhaufen von Männern, die ihre Äxte schwangen und mit ihren Macheten hackten, hatten sie die zwei großen Kiefernstämme niedergestreckt, die ein Jahrhundert zuvor ihre Wurzeln am Rande der Schlucht über den sich windenden, reißenden Fluß geschlagen hatten.

Jeder Mann schwang seine Axt und hackte mit seiner Machete so lange, bis seine Kraft erschöpft war und er wegtaumelte, dann nahm ein anderer seinen Platz ein und setzte die Attacke fort.

Jammervolle Gebete, als das Harz das Leben der großen Pinien ausblutete, ein Schrei um Vergebung bei jedem Schlag, der traf. Es war Jorges Entscheidung gewesen. Sie konnte sehen, wie er zwischen den Männern umhergewandert war, mit neuer Zuversicht eindringlich auf sie einredete und flüsternd die verzweifelten Anstrengungen ermutigte.

Die hohen Kiefern hatten gestöhnt, gekracht, gewimmert. Zuerst waren sie langsam gefallen, und dann stürzten sie zusammen, quer über die Breite der Schlucht, so daß die Männer, auf die sie zu stürzen drohten, auseinanderstoben. Ein Gewühl von Männern war darauf zu den Kiefern gelaufen, und während sie sich über dem Tosen des reißenden Wassers vorwärts bewegten, schlugen sie die vorderen Äste ab.

Die Brücke war fertig.

Der Ansturm begann.

Ein Mann stürzte ab. Sein Schrei ging in den schäumenden Wellen unter. Ein zweiter Mann stürzte ab und fiel mit ausgebreiteten Armen und Beinen in das weiße Wasser hinunter, doch der Schwarm stürmte los, klammerte sich fest, rutschte und fand sicheren Halt.

Sie würde zum Schluß mit den Frauen und Kindern hinübergehen. Alex Pitt beobachtete, wie sich die Massen von Männern über die große Pinienbrücke wanden, wie sie Äste und Zweige, die ihnen die Sicht nahmen, abschnitten; es war, als ob sich Maden vorwärtsbewegten. Wieder stürzte ein Mann ab, der sich wie eine Spirale drehte, bevor er auf die vom Wasser umspülten Steine aufschlug, und die Lücke, die er hinterließ, wurde geschlossen.

Sie sah, daß Gord jetzt allein stand, da die Männer, die immer bei ihm waren, mit dem Karren und der Schubkarre hinübergegangen waren. Der Schwarm lockerte sich auf.

Er ging vorwärts. Langsam und mit müden, wie betrunkenen Schritten bewegte er sich auf die Schlucht zu. Sie hätte schreien können und wäre von niemandem gehört worden. Der Menschenstrom wurde immer schmäler, da die meisten bereits hinübergegangen waren. Sie hätte ihm zurufen können, daß er warten solle und mit den Frauen und Kindern hinübergehen könne. Sie schaute auf die andere Seite. Der Professor und der Archäologe standen da, das waren gute Menschen, und sie unterhielt sich gerne mit ihnen. Vor ihnen stand der Feuerwehrmann mit dem Straßenjungen, und er hatte seine Hand auf die Schulter des Jungen gestützt, wie ein Vater bei seinem Sohn, der nur Unsinn im Kopf hat. Der Mann von der Zivilpatrouille war bei ihnen, der Mann, der keine Gefühlsregung gezeigt hatte, als seine Freunde niedergeschossen worden waren. Sie hätte ihm eine Warnung zurufen können, die nicht gehört worden wäre. Der fette Mann, der Latino, war trotz seines Gewichts wendig, der bullige Mann hatte die Hälfte der Strecke hinter sich. Gord ging als nächster, er schaukelte an den Ästen und Zweigen, schwankte, als wäre er eine Vogelscheuche im Winde. Der glatzköpfige Mann, der Latino, hielt seinen glänzenden Kopf aufrecht, zog die Schultern ein und trat zuversichtlich und selbstsicher auf die Brücke.

Der fette Mann ging langsam wie eine Schildkröte und der glatzköpfige Mann schnell wie eine Krabbe.

Die Hälfte war geschafft.

Gord war zwischen dem fetten Latino und dem glatzköpfigen Latino eingepfercht.

Sie wußte, wie sehr sie sich gegenseitig verabscheuten. Der Archäologe hatte ihr von den gehässigen Streitereien in der Kerngruppe um den jungen Anführer erzählt. Gord schaute auf und sah den fetten Mann. Er wirkte unschlüssig. Er war im Wind gefangen, vom Regen gepeitscht, ein Fuß glitt in den heimtückischen Wust von Kiefernzweigen. Sie fragte sich, wie tief der Abscheu war. Sie konnte im Tosen des Flusses nichts hören, aber sie konnte die Mundbewegungen des fetten Mannes sehen, der sich zu Gord umdrehte und ihm den Weg versperrte. Sie hatte drei Männer fallen gesehen. Er schien höhnisch zu lächeln und spöttische Bemerkungen zu machen. Er war mit dem Fuß abgerutscht, und sie sah, wie Gord sich anstrengte, um ihn wieder hinaufzuziehen, und er zog an einem Ast, und der Ast brach in seiner Hand ab. Er stürzte. Er lag quer über der riesigen Brücke. Er mußte nun hinunterschauen, hinunter auf den Fluß, der sich in schwindelndem Tempo wand, hinunter auf die glatten Steine und die reißende Strömung.

Ein Name wurde geschrien.

Der Schrei schwoll so laut an, wie der Fluß toste.

Sie hörte die Schreie. »Gaspar ... Gaspar ... Gaspar ...«

Mehr als tausend Stimmen zwangen ihn weiter. »Gaspar ... Gaspar ... Gaspar ...«

Der fette Mann war drüben, er stieg auf den Rand der Schlucht, ohne sich umzusehen.

Gord kroch vorwärts.

»Gaspar ... Gaspar ... Gaspar ...«

Der Schrei trug ihn hinüber und erstarb, und sie hörte nur noch das donnernde Geräusch des Flusses.

Der glatzköpfige Mann war drüben.

Sie rückte das Kind höher auf ihre Schulter. Sie ging auf die Brücke zu. Vor ihr, auf der anderen Seite der Schlucht, setzte sich die Kolonne schon wieder in Bewegung. Mit neuem Tempo und neuer Energie verschwand der Marsch in den Nebelschwaden zwischen den hohen Kiefern.

Sie wußte, daß es ihr etwas ausgemacht hätte.

»Er ist mit der Tochter meines Cousins verheiratet.«

Der General sagte: »Ich möchte, daß Arturo das Kommando über das Kaibilbataillon übernimmt.«

»Das ist ein Affront gegen den Schwiegersohn meines Cousins«, sagte der Minister.

»Ich sag' Ihnen mal zwei Dinge ... G-2 hat mir sein Wort gegeben, daß der Pöbelhaufen von Ramírez jetzt hinter dem Río Negro festsitzt. Sie müssen eine Brücke finden und sie stürmen, sie müssen nach dieser Brücke suchen, und wenn sie sie angreifen, haben wir sie ausfindig gemacht ... Wenn sie ausfindig gemacht sind, muß das Kaibilbataillon sie erwarten ... Arturo hat den Mumm für diese Aufgabe ...«

»Wie lange habe ich Zeit, um den Schwiegersohn meines Cousins von diesem Affront in Kenntnis zu setzen?«

Der General sah, daß der Minister, der Zivilist, zitterte. »Bis morgen, denn das ist die Frist, die uns der Río Negro eingebracht hat ... Verstehen Sie mich, die Empfindlichkeiten des Schwiegersohns ihres Cousins interessieren mich nicht. Wenn Ihnen nicht klar ist, Herr Minister, welche Konsequenzen es hat, daß wir die gewonnene Zeit nicht genutzt haben, dann sollten Sie nach La Aurora fahren und versuchen, ein Ticket zu kaufen, um das Land zu verlassen ... Ich muß Arturo haben.«

»Es war widerlich, was mit ihm geschehen ist. Wenn Sie versuchen, es richtigzustellen, wie Sie sagen, dann ist es ein bißchen spät dafür. Okay, okay, ich weiß, wo Sie anfangen wollen. Es war ein großes Wagnis, zu dem Yankeeflieger zu fahren, und einer von uns wurde verwundet, und am Abend mußten wir beide ausfliegen. Wir sind dann raus wie die Verrückten, weil die Iraker aufgescheucht waren. Wir hatten noch ein Rendezvous mit einem Vogel, der uns mit Benzin, Munition und Fressalien vollpackte und uns ein neues Funkgerät mitbrachte, weil unseres geflimmert hatte. Wir waren mutterseelenallein, nachdem uns der Nachschubvogel verlassen hatte ... Unser Job war eher, Bericht zu erstatten, als zuzuschlagen. Wir sollten nicht bemerkt werden, wir sollten nur in der Gegend herumstöbern, wo später der Vorstoß nach Norden über die Bühne gehen sollte, und über Verteidigung, Artilleriepositionen und Panzerbewegungen Bericht erstatten. Es ging also weniger um Tod oder Ehre … Sie werden keine Abhandlung über den Krieg hören wollen. Der Vorstoß kam. Die Iraker sind nicht stehengeblieben und haben gekämpft. Sie sind gelaufen und haben in die Hosen geschissen, haben in die Hosen geschissen und sind gelaufen. Wir waren vor dem Stoßtrupp und kamen nach Karbala hinunter. Der Ort war in Aufruhr. Ich weiß nicht, ob Sie Karbala kennen, Ma'am, aber in der Shia-Religion hat es eine große Bedeutung. Die irakische Armee räumte schleunigst das Feld, so schnell, wie sie ihre Füße trugen. Alle Radiosender, BBC, Stimme Amerikas, Saudi Radio, alle erzählten den Shia-Leuten, daß es Zeit wäre, sich von ihren Ärschen zu erheben und die Sache zu erledigen. Die Radiosender haben den Leuten in Karbala erzählt, daß Onkel Saddam am Ende sei.

… Dann kam der Waffenstillstand. Die großen Politiker und die großen Generäle paukten Onkel Saddam heraus, und Mr. Brown war außer sich, er schrie, fluchte, wetterte, weil wir postwendend die Nachricht erhielten, daß die irakischen Panzer immer noch intakt wären und nach Karbala zurückkämen. Das waren gute Leute dort, Mr. Brown wurde zu einer Art Held in dieser Stadt, wahrscheinlich, weil wir die einzige Befreiungstruppe waren, die sie zu sehen bekamen. Wir wußten, was sie zu erwarten hatten. Sie hatten uns die Sicherheitszellen der Polizei gezeigt. Haben Sie jemals Fleischerhaken gesehen, die an der Decke befestigt sind, Ma'am? Haben Sie jemals eine Folterkammer gesehen? Sie hatten gewissermaßen ihre Boote in Brand gesteckt, weil sie jeden von Onkel Saddams Dreckspack, den sie in die Hände bekamen, aufhängten. Falls die Panzer zurückkamen, sah es schlecht für sie aus … Sie waren verraten und verkauft. Nach dem, was ihnen im Radio erzählt wurde, glaubten sie, daß die Yankees kommen würden, oder die Briten oder Franzosen, daß sie schnurstracks nach Karbala kommen würden …

Mr. Brown tat für sie, was er konnte. Innerhalb von etwa drei Tagen mußte er eine Armee ausbilden. Sie hatten nur Gewehre. Sie hatten keine Panzerabwehr, sie hatten keine rückstoßfreien Waffen, sie hatten keine Minen. Mr. Brown versuchte, ihnen zu zeigen, wie man eine Straße blockiert, wie man Molotows macht, wo die Panzer ungeschützt sind. Sie glaubten an ihn. Drei Tage lang arbeitete er täglich zwanzig Stunden, und das alles, während die verdammten Panzer immer näher kamen … Ich möchte nicht behaupten, daß es den geringsten Unterschied gemacht hätte, wenn fünf von uns geblieben wären. Das Hundsgemeine war, daß sie uns vertrauten und zugleich all die verdammten Lügen vom Radio glaubten. Wir hatten Panzer, Geschütze, nur ein paar Meilen weiter oben an der Straße, und in der Nacht, bevor die irakischen Panzer in Karbala einfielen, war Mr. Brown im Radio zu hören. Zuerst redete er halbwegs ruhig, ziemlich abgebrüht, aber das hat nicht lange gedauert. Zum Schluß schrie er nur noch … Wir wurden herausbeordert. Sie sagten ihm, daß es einer Desertation gleichkäme, wenn wir nicht rauskommen würden. Es war ein direkter Befehl, und du kannst dich einem direkten Befehl nicht widersetzen. Ich vermute, daß die Saukerle ihn für einen Wilden hielten. Die ganze Nacht davor konnten wir an den vorderen Barrikaden hören, wie sich die irakischen Panzer warmliefen. Wir wußten, daß sie bei Tagesanbruch kommen würden. Er hat in dieser Nacht nicht viel gesprochen, aber er ging rundum, zu allen Barrikaden, und er versuchte ihnen Mut zu machen … Wir wußten, was mit ihnen passieren würde … Er sagte, wir sollten den Landrover zurücklassen. Alles, was wir nahmen, waren unsere Gewehre, wir überließen ihnen unsere Maschinengewehre, gaben ihnen alle Munitionsgurte und alle Granaten. Wir zertrümmerten das Funkgerät und verließen sie. Was weh tat, war, daß sie alle sagten, sie würden es verstehen. Etwa eine Stunde bevor der erste Angriff am anderen Ende der Stadt begann, verließen wir Karbala … Er war ziemlich verbittert, er nahm es persönlich, als wäre es seine Schuld …«

Der ehemalige Panzersoldat des Regiments begleitete Cathy

Parker zum Eingang der Baustelle. Er ließ einen Stoß Ziegelsteine zurück, die er zu mauern hatte. Das bürgerliche Leben hatte ihn hart erwischt.

»Ich bin Ihnen wirklich dankbar für Ihre Zeit und Ihre Hilfe, Vernon.«

»Nennen Sie mich einfach Vee, er sagte mir, das wäre mein Name … Ich hatte mir den Magen verdorben, ich wurde von einem französischen Vogel mitgenommen, in dem nur einer Platz hatte. Sie kamen später raus. Ich will Ihnen erzählen, was das letzte war, das er zu mir sagte. Mr. Brown sagte, daß er nie wieder davongehen würde, wenn ihn irgendein armer Bettler zur Hilfe ruft.«

»Ich nehme noch einen …«

»Hey, Tom, laß es sein, Mann, du hast dein Quantum«, plapperte der Geheimdienstmann.

»Ich hab' gesagt, ich nehm' noch einen …«

»Du brauchst jetzt nicht gleich in die Luft zu gehen, Tom, aber du bist bereits dicht«, lallte der Fiskalbeamte.

»Was ist los mit euch Kerlen …?«

»Wir haben unsere Kleine zu Hause, und du säufst, weil du keine hast«, seufzte der Chemiker.

Tom überschrie die Musik. »Hey, Barmann, komm her, du Knilch. Barmann, einen doppelten Whisky … Wir sehen uns dann in der Früh …«

»Es gibt Arbeit in der Früh, Tom.« Der Geheimdienstmann versuchte Tom hochzuziehen, aber er wurde abgeschüttelt.

»Es gibt immer Scheißarbeit in der Früh … Verpißt euch!«

Das taten sie. Sie legten, für ihren Teil der Zeche, einen Haufen Quetzalscheine auf den Tisch und ließen ihn zurück … Das Büroklammerteam war mit der Abendmaschine abgereist, und die Jungs waren in die Bars gegangen. Er nahm an, daß das Büroklammerteam die DEA in Guatemala gründlich und knallhart durchleuchtet hatte. Das mußte man ihnen lassen, dem Boß, dem Geheimdienstmann, dem Chemiker und dem Fiskalbeamten. Sie hatten es gut gemanagt, sich das Büroklammerteam vom Leib zu halten. Schnurstracks waren sie nach Guatemala City gekommen und schnurstracks flogen sie nach Washington, D. C., zurück, und nichts, woran sie etwas auszusetzen hatten. Grund zu feiern, Grund, seine Kleine daheim zu lassen, Grund, sich in diesem scheußlichen Guatemala City vollaufen zu lassen. Erst ins La Quinta, mehr was für Opas, weiter ins La Zocala, lauter Kids, die sich in Pose warfen, schließlich im Las Vegas gelandet, wo die Musik hämmerte und die Huren an den Tischen den Typ, der jetzt allein war, beobachteten. Sein Whisky wurde gebracht. Das, Mann, war aber ein verdammt dünner Doppelter. Er schob dem Barmann die Geldscheine hin, konnte nicht mehr zählen. Er kippte den Whisky hinunter. Scheißkneipe, nichts los, er wollte ein bißchen Rambazamba, er brauchte eine Kleine daheim, Scheiße … Er ging hinaus in den Regen, auf die Straße hinter dem Bahnhof. Dort war eine Bar, in der ihm ein Zwergmädchen den Oberschenkel kraulte, sie war potthäßlich, und nach zwei Drinks ging er wieder. Er kam in eine Spelunke mit einer Indianerin, fett und alt wie seine Mutter, sie versuchte ihm an die Eier zu fassen, ein Drink, und weg war er. Er brauchte eine Kleine daheim, Scheiße … Er brauchte Liebe, so wie sie der Geheimdienstmann und der Chemiker und der Fiskalbeamte bekamen. Sie schoben ihn aus der Spelunke hinaus und schnappten sich die Quetzalscheine, die auf dem Tisch lagen. Der Regen rann ihm übers Gesicht. Die anderen Typen würden alle mit ihrer Kleinen im Bett liegen. Scheiße … Es war weit und breit kein Taxi zu sehen. Er ging zu Fuß. Er dachte, er wüßte, wo die Botschaft war. Überall waren Bars und Kinder und Huren. Er wurde langsam nüchtern. Er war nur ein Kerl, der einen Drink wollte … Scheiße …

Es ging gar nicht schnell, aber sein Gehirn arbeitete schon ein bißchen langsam. Es ging so, daß er nicht mitkriegte, wann es anfing.

Ein paar Kinder folgten ihm, und eines war vor ihm, und noch mehr Kinder kreisten ihn ein. Ihre Gesichter waren kalt.

Die Musik von ein Dutzend Bars hallte auf die Straße, und die Huren zogen an ihm, grinsten ihn anzüglich an und drückten ihre dick geschminkten Lippen und ihre angemalten Gesichter an ihn.

Das letzte Mal war er betrunken gewesen, als er vom Militär entlassen worden war. Das letzte Mal war er in der Nacht vor dem Tag betrunken gewesen, an dem er die Formulare unterschrieben hatte und die Montur und die Uniformen abgab. Das letzte Mal war er in der Nacht betrunken gewesen, in der er sich nach ein paar neuen Piloten umsah, die keine Kleine daheim hatten und mit ihm die Einsamkeit von Leuten teilen würden, die nicht mehr dazugehörten. Ein Kind hatte eine Hand in seiner hinteren Hosentasche. Er hatte seine Gloch-Automatik nicht dabei. Seine Brieftasche war in der hinteren Hosentasche. Eine Hand griff nach ihr, eine Schulter rempelte ihn an, er sah die Gesichter, und Tom Schultz war nüchtern.

Er schlug um sich und drehte sich mit einem Ruck herum. Er erwischte das Handgelenk von dem Kind, das in seine Tasche gegriffen hatte, und die Brieftasche fiel herunter.

Die Brieftasche lag im Regen auf dem aufgerissenen Pflaster. Sie war halb in einer Pfütze versunken.

Er bückte sich nach ihr. Er nahm sie in die Hand. Der erste Stiefel traf ihn.

Tom Schultz umklammerte die Brieftasche. Fäuste schlugen auf ihn ein, und er wurde von Stiefeln getreten. Wie ein Sandsack und ein Fußball wurde er bearbeitet. Der Schmerz arbeitete sich durch den Alkohol. Er nahm seine ganze Kraft zusammen. Es war die Kraft, die ihn aus der Apache Cobra befreit hatte, als das Feuer um sich griff. Er stemmte sich hoch. Er sah ein Messer, und er sah einen kleinen Knüppel mit einem Nagel darauf. Er drosch um sich. Er kannte diese Scheiße vom Fernsehen, die Idioten, die in Mexiko im Stadion um einen Stier herumrennen und mit Messern und Speeren nach ihm stechen.

Benommen drehte er sich im Kreis und schlug wild um sich.

Tom hatte sie abgewehrt. Sie kreisten ihn ein. Sie bombardierten ihn mit höhnischen Bemerkungen.

»Hey, Gringo, hey, Scheißyanqui, geh nach Hause … Bleib mit deiner Scheiße draußen aus Guatemala, Gringo … Es ist vorbei mit dir, Scheißyanqui … Sie kommen von den Bergen, Gringo, sie kommen mit Feuer, um dich zu verbrennen …«

Er drehte sich und verlor das Gleichgewicht, und ringsum ballten sie die Fäuste, und die Messer kamen immer näher auf ihn zu.

»Hey, Gringo, das Feuer holt dich … Magst du Feuer, Yanquibastard? … Runter von unseren Straßen, verschwindet von hier … Warte, Gringo, bis das Feuer dich und die ganzen fetten Schweinehunde holt …«

Der Kreis um ihn wurde enger, der Knüppel traf seine Hand, und der Nagel riß ihm die Haut auf. Er drehte und drehte sich, und ihm wurde schwindlig. Er sah, wie sie ihn dreist anblickten, aus den Bars kam laute Musik, und der Beat von Michael Jackson hämmerte in seinen Ohren. Eine Hand packte ihn im Nacken. Ein Stück entfernt von dem Kreis stand eine Gruppe älterer Männer, die teilnahmslos zuschauten. Ein Stiefel traf die Sehne am Fußgelenk. Er krümmte sich. Die Kinder hatten keine Angst vor ihm. Er ging zu Boden. Wenn er zu Boden ging …

Auf einmal knallten Schüsse.

Es krachte in seiner Nähe.

Er war allein auf dem Bürgersteig.

Er war auf den Knien.

Er blickte in das offene Fenster eines Wagens und auf eine Pistole und in das Gesicht von Arturo.

Vorsichtig bewegen. Er steckte die Brieftasche wieder in seine Hose zurück. Vorsichtig bewegen. Er wickelte ein durchnäßtes Taschentuch um den Schnitt in seiner Hand. Vorsichtig bewegen. Er ging um den Wagen herum, öffnete die Tür und sank auf den Beifahrersitz. Der Wagen fuhr los.

»Soll ich Sie fragen …?«

»Nein.«

»Soll ich Sie fragen, was ein angesehener Pilot der DEA im Rotlichtviertel unserer Hauptstadt macht?«

»Danke ...«

»Es ist eine Abkürzung für mich, mein Freund. Es ist der kürzeste Weg von der Bibliothek mit den G-2-Akten zu mir nach Hause.«

»Danke. Ich wäre erledigt gewesen.«

»Würden Sie nachts allein im Südwesten von Los Angeles spazierengehen?«

»Ich sag' es noch mal. Danke. Können wir diese Scheiße jetzt lassen?«

»Oder betrachten wir es andersherum. Ich bin im Südwesten von Los Angeles, ich habe jemanden beschattet. Ich habe Ärger. Ein Mann, den ich als meinen Freund bezeichne, ein Mann, den ich bewundere, fährt vorbei. Hätte ich nicht das Recht, zu erwarten, daß er anhält, einzugreifen versucht, seine eigene Sicherheit aufs Spiel setzt ...?«

»Er schließt die Fenster, verriegelt die Türen und gibt Gas.«

Arturo verzog das Gesicht. »Ein Freund, ein Mann, den Sie bewundern – würden Sie ihn im Stich lassen?«

»Vergessen Sie es. Und glauben Sie nicht, daß ich gegenüber Leuten, die mir aus der Patsche geholfen haben, vor Dankbarkeit ersterbe. Wenn Sie mir das jetzt unter die Nase reiben wollen, dann laufen Sie doch herum und prahlen damit, daß ich in Ihrer Schuld stehe. Ich sagte danke, und damit hat sich die Sache.«

»Wie Sie wünschen ...«

»Was haben sie da gesagt – daß das Feuer nach Guatemala City kommt. Sie sagten, das Feuer würde von den Bergen nach Guatemala City kommen.«

Arturo fuhr gemächlich. Er hatte nur eine Hand am Steuerrad. Der Regen schälte sich von der Windschutzscheibe. Lässig zündete er sich eine Zigarette an. »Sie haben unseren Abschaum gesehen. Das steht auf dem Spiel. Der Abschaum glaubt, daß das Rattenpack kommt. Auf dem Land, in den Bergen bewegt sich das Rattenpack wie in der Kanalisation und versteckt sich vor uns. Wir haben ein einigermaßen kultiviertes Land, und unser Land wird zerstört, wenn das Rattenpack siegt und den

Abschaum frei herumlaufen läßt ... Ich hätte nicht erwartet, ausgerechnet hier einen angesehenen Piloten der DEA anzutreffen ...«

»Stecken Sie mich nicht in eine Schublade.«

»Ich wollte nur meine Verwunderung darüber ausdrücken.«

»Ich bin nicht Ihr typischer Amerikaner. Ich bin nicht hinter einer weißgestrichenen Palisade aufgewachsen. Meine Mutter verbrachte mehr Zeit damit herumzuvögeln, als Apfelkuchen zu backen. Mein Vater verbrachte mehr Zeit damit, getürkte Versicherungen zu verkaufen, als mit mir Fischen zu gehen. Ich bin nicht aufgewachsen wie in Disneyland. Es macht mir keinen Spaß, aufzuspringen, weil ›Gott segne Amerika‹ gesungen wird, weil die gottverdammte Fahne gehißt wird. Ich gehe meinen eigenen Weg. Ich möchte große Vögel fliegen, und das ist das Beste, was ich kenne ...«

Sie waren an der Botschaft angekommen. Die Flutlichter schienen in den Wagen. Arturo beugte sich über ihn und wischte mit dem Taschentuch, das er herausgezogen hatte, den Dreck vom Bürgersteig aus Toms verschmiertem Gesicht. Tom trug einen guten Anzug, vierhundert Dollar, und jetzt war er schmutzig und klatschnaß.

Als er aus dem warmen Wagen stieg, prasselte der Regen auf die Straße und spritzte wieder nach oben. Auf Arturos Gesicht lag kein Lächeln mehr.

»Ist es möglich, bei diesen Bedingungen zu fliegen?«

»Danke ... Nur wenn man muß.«

»Aber möglich ...?«

Er ging durch das Tor. Der Wagen fuhr weg. Er hatte den Eindruck, daß ihn der makellos gekleidete Marineinfanterist am Empfang ansah, als ob er ein Stück Scheiße wäre.

13

Er hatte einen Tisch, den ihm der Angestellte zugewiesen hatte, und nur in Gesellschaft des Angestellten, der zwischen den Aktenablagen auf seinem steifen Bein hin und her schlurfte, arbeitete er sich durch die vergilbten Unterlagen, die zusammengetragen worden waren, als der Hurensohn Ramírez die Rebellion im Dreieck angezettelt hatte. Zwei Jahre lang war die Akte über den Hurensohn Ramírez und die Männer, die sich ihm angeschlossen hatten, fett geworden, und vor ihm waren die Fotos von einer Beerdigung mit Tesafilm an der Wand befestigt. Es war das erste Mal, daß Arturo im Aktenarchiv, im Keller des G-2-Gebäudes war, und er hatte gedacht, er könnte aufgehalten werden, und so hatte er sich seinen Weg gebahnt und hatte den Pistolenhalfter offen an seinem Gürtel getragen. Man hatte ihm gegeben, was er wollte, man war nicht gerade erbaut darüber, aber er bekam es, und je mehr Stunden vergangen waren, um so öfter kam der Angestellte herein. Der Angestellte kam mit weiteren Akten, klappte sie auf, zeigte auf etwas und ging weg.

Er war seit Tagesanbruch dort gewesen.

Da fand sich ein Professor für Geschichte von der Universität San Carlos, Spezialist für die Zeit der Eroberung des Landes durch Pedro de Alvarado, der Guatemala von 1524 bis zu seinem Tod im Jahre 1541 beherrscht hatte ... Einer war ein Ingenieur aus Guatemala City, ein Latino, einer aus der Mittelklasse, er war vermutlich ein Anhänger der Regierung gewesen, bis sein Sohn sich dem Rattenpack anschloß und Kommandeur einer Terroristenzelle wurde, er wurde gefangengenommen und kam um. Der Ingenieur hatte sich dem Hurensohn Ramírez angeschlossen ... Ein gutsituierter Anwalt aus Puerto Barrios, spezialisiert auf Unternehmensrecht, war dabei. Er hatte keinen Grund gehabt, sich in subversive Aktionen zu verstricken, und er war vor Gericht erschienen, um bessere Löhne für die Dockarbeiter zu erkämpfen, was für ein Schwachsinn. Eine Morddrohung, genauso Schwachsinn, und der eigensinnige Mann war abgesprungen, um sich dem Hurensohn Ramírez anzuschließen ... Natürlich gab es auch noch andere, die zu Ramírez' Umgebung gehörten und ihren Einfluß geltend machten. Die Akten listeten sie auf. Der eine, der in der Kirche von Acul verbrannt worden war, der eine, der nahe der mexikanischen Grenze zur Strecke gebracht und auf der Flucht erschossen wurde, der eine, der in einer konspirativen Wohnung in Zona 5 von Guatemala City gefangengenommen wurde; sie alle waren jetzt tot ... Er studierte die Fotos. Er kniff die Augen zusammen und beugte sich über sie. Ein Mann im Talar auf einer Abschlußfeier, ein Mann lehnte sich hemdsärmelig gegen eine Heizturbine, ein Mann im Abendanzug warf sich mit seiner Frau in Pose.

Er blätterte in den einschlägigen Berichten der G-2 und der Finanzpolizei und des Kriminalamts und der Mobilen Militärpolizei und der Spezialeinsatzbrigade der Staatspolizei. Die Tochter eines Professors, die in Guatemala City für eine Abfüllfirma arbeitete. Der Bruder eines Ingenieurs, der die Zuckerrohrbahn von Escuintla nach Champerico an der Pazifikküste fuhr. Die Mutter eines Anwalts, die ihren Lebensabend in einer Villa nahe der rostigen Kräne auf der Seeseite von Puerto Barrios verbrachte. Er legte die Akten beiseite, die Akten eines Professors, eines Ingenieurs und eines Anwalts, die Akten einer Tochter, eines Bruders und einer Mutter. Er hatte die Fotos aus den alten Akten. Er hatte den Bericht über das Verhör eines Indianers im Petén, und der Indianer hatte die Landung eines Flugzeugs beobachtet. Er hatte die Fotos von Trauernden am Rand eines Grabs.

Er fügte alles zusammen.

Krieg war in Guatemala immer schon eine dreckige Sache gewesen.

Er hatte keine Angst vor dem dreckigen Krieg in Guatemala.

Colonel Arturo war der Meinung, Dreck konnte man immer wegwaschen. Neben dem Tisch des Angestellten stand klar und deutlich geschrieben, daß Akten oder Fotos nicht mitgenommen werden durften. Er nahm mit, was er brauchte.

Er fuhr vom G-2-Gebäude weg.

Er fuhr zum anderen Ende der Stadt. Er fragte sich, wie es seiner Frau und seiner Tochter heute morgen ging. Letzte Nacht hatte er eine schlechte Verbindung gehabt, und es gab wenig zu erzählen, sie hatten ihm gesagt, daß man in Florida in den Zeitungen nichts über Probleme in Guatemala lesen könne, auch höre man nichts im Radio darüber oder in den CNN-Kurznachrichten. Andererseits war auch auf keinem der Radiosender etwas gekommen, die er beim Anziehen, Essen und Autofahren gehört hatte. Es herrschte ein Informationsvakuum, abgesehen von der kurzen Meldung des *estado mayor*, daß während der nächsten Woche weiträumig militärische Übungen stattfinden würden. Das Gerücht pflanzte sich im Vakuum fort, und seine Verbreitung war mit bloßem Auge zu sehen. Es war mitten am Vormittag, und die Straßenbanden standen an den Kreuzungen herum, ohne daß die Polizei sie aufgelöst hätte. Es war mitten am Vormittag, und vor den Bäckereien und Metzgereien und Supermärkten bildeten sich schon Schlangen. Es war mitten am Vormittag, und Männer und Frauen gingen eilig die Kirchentreppen hinauf. Er konnte nicht sagen, wie tief das Geschwür saß, das sich vom Gerücht des Feuers nährte.

Er kam im Guatemala Club an. Es waren weniger Autos als gewöhnlich da. Seine Frau hatte ihn letztes Jahr zweimal aufgefordert, eine Familienmitgliedschaft für den Guatemala Club zu besorgen. Kleine Gruppen von Männern saßen in der Bar, schauten auf die aufgeweichten Plätze und abgebauten Netze, tranken und machten düstere Gesichter. Seine Tochter war beleidigt, weil alle ihre Freunde Mitglieder im Guatemala Club seien, ob er das nicht wüßte? Man hatte ihm gesagt, daß er den Leutnant mit dem Decknamen Benedicto dort finden würde. Er haßte sie. Selbstgefällig. Fett. Sie verdauten die Gerüchte, schütteten ihren Gin und ihren Scotch hinunter, spielten, während das Feuer näher rückte. Er ging durch die Bar, den langen Gang hinunter, vorbei an den Vitrinen mit den Trophäen und den Tafeln mit den Ehrungen. Er drückte die beiden Türen auf, die in die Halle führten. Ein Ballwechsel war im Gange. Ein dunkelhaariges Mädchen, das vielleicht attraktiv gewesen wäre, wenn es abgenommen hätte, erwischte einen Rückhandlob mit dem Schlägerrahmen. Der Ball schoß nach oben. Er stellte sich neben das Netz. Er fing den Ball mit einer Hand auf, warf ihn zu dem Mädchen zurück und winkte dem Leutnant, ihm zu folgen. Er entschuldigte sich nicht. Der Leutnant trottete hinter ihm vom Hallenplatz des Guatemala Club. Er gab keine Erklärung ab.

Im Auto warf Arturo die Akten aus seinem Koffer auf den Schoß des Leutnants.

Er sagte: »Entweder wir kämpfen mit den niederträchtigsten Mitteln, oder wir verlieren … Wir müssen nach einem Schwachpunkt im Umfeld des Feuers suchen. Es gibt immer einen Schwachpunkt.«

Sie gingen schweigend und im Marschtempo. Sie waren westlich von San Bartolomé Jocotenago und östlich von Tzujil gegangen. Sie waren in den Wäldern gewesen. Das Stampfen ihrer Schritte war von einem Piniennadelteppich gedämpft worden. Sie waren westlich von Santa Rosa Chujuyub und östlich von San Pedro Jocopilas vorbeigezogen. Sie hatten Flüsse durchquert, die ein Rinnsal gewesen sein mußten, bevor der Regen gekommen war, und sie hatten sich an Seile geklammert und gegen die Gewalt der Strömung angekämpft. Sie waren Abhänge hinunter in die Täler gestürmt, rasend und rennend und stürzend. Sie hatten sich Berghänge hinaufgekämpft, die Pfade der wilden Ziegen benutzt, und die Kolonne war weit auseinandergezogen worden. Das Tempo wurde von Jorge bestimmt.

Sie kletterten wieder hinauf. Sie standen rittlings auf dem hohen Kamm, der 2700 Meter über dem Meeresspiegel der Karibik lag. Jorge hatte ihnen gesagt, es wäre das letzte Mal, daß sie auf Gebirgshöhe steigen würden. Man konnte in der Nebeldecke des Kamms keine paar Meter weit sehen.

Jorge führte, und um ihn herum waren die Männer, die mit seinem Vater aus dem Exil gekommen waren.

Gord war hinten.

Die Gruppe mit Gord markierte das Ende der Kolonne, zwischen den Kämpfern und den Frauen und Kindern. Es war, als ob er das Schwert weitergereicht hätte. Als ob das Licht um ihn schwände. Die Gruppe war dicht bei ihm und half ihm, und er ging mit schwerfälligem Schritt in ihrer Mitte. Sie waren die Männer, die jetzt immer bei ihm waren. Mit keuchendem Atem sprach der Archäologe in der dünnen Luft dem Professor Mut zu. Der Feuerwehrmann war für den Karren zuständig, und er schob ihn, zog ihn, verfluchte ihn, und der Priester half ihm dabei. Der Mann von der Zivilpatrouille, der nichts sagte, hatte die Schubkarre in Beschlag genommen. Der Straßenjunge, immer noch zu Dummheiten aufgelegt, hatte das schwere Maschinengewehr auf seinen Schultern.

Sie waren immer um ihn herum.

Die Kolonne schlängelte sich vom Kamm hinunter.

Die Gruppe hielt an, machte ihre fünf Minuten Pause.

Der Professor stand neben Gord, und er hatte nichts dagegen, daß Gord den Arm auf seine Schulter stützte. Er hatte bereits das Gewicht von fünf Mörserbomben, zwei Kisten mit Maschinengewehrmunition auf Gürteln und einem Korb mit Essen auf den Schultern. Er blickte voller Verehrung auf den jungen Mann, den er als Gord kannte. Als man seinen Studenten hatte verschwinden lassen, hatte er, bevor man die Leiche fand, die Privatnummer des amerikanischen Botschafters angerufen. Die Frau des Botschafters hatte sich gemeldet. Er konnte sich noch an die bedrückenden Stunden an diesem Morgen erinnern, als er in seiner Verzweiflung telefoniert hatte. Er hatte die Privatnummer des Botschafters gehabt, weil er einmal zum Abendessen in die Residenz eingeladen worden war, und später hatte man ihn gefragt, ob er nicht dem Sohn des Botschafters in den Ferien, in der Sommerhitze, elementare Mathematik einbleuen könnte, damit er in dem Internat daheim in Vermont nicht eine Klasse wiederholen mußte … Er hatte alles, was er wußte, brühwarm der Frau des Botschafters erzählt und gehofft und gebetet, daß das Leben eines Studenten gerettet werden könnte … Er war auf der Beerdigung gewesen. Er wußte nicht und würde es wohl auch nie erfahren, ob der Botschafter die Nachricht von seiner Frau erhalten hatte, eingeschritten war, abgewiesen worden war. Er war auf der Beerdigung eines verschwundenen Jungen gewesen, Er dachte, während er sich unter Gords Gewicht krümmte, daß der Engländer der einzige Mann sei, dem er sein Leben anvertrauen würde. Den ganzen Tag, während der Auf- und Abstiege und während dieses letzten Aufstiegs zu dem letzten Kamm in höheren Lagen, fraß eine schwere Sorge an seiner Seele.

Wenn der Engländer nicht weitergehen könnte …

Er wünschte, Gord hätte diesen Lieblingsstudenten gekannt, der auf Demonstrationen mitmarschiert war, den sie geholt, gefoltert und umgebracht hatten.

Sie gingen wieder hinunter.

Der Weg war zu steil für ihn und auch für alle anderen, um Gord beim Hinuntergehen stützen zu können.

Der Mann brauchte eine Pause, hatte sich zu sehr verausgabt. Es würde keine Pause geben. Wenn sie von dem Gebirgshang hinunterkamen, würden sie Santa Cruz del Quiché überfallen, Nachtangriff, sie würden das Feuer in die Garnisonsstadt bringen, die Bezirkshauptstadt war. Und er hatte Gord wie im Fieber murmeln hören, daß es der vierte Tag seiner Woche sei.

Wenn sie von dem Hang hinunterkamen, waren sie vier Meilen von Santa Cruz del Quiché entfernt.

Er schwor sich, daß er die ganze Nacht bei Gord bleiben würde, so wie er in der Schlacht um Nebaj bei Gord gewesen war.

Nur wenn er bei Gord war, würde er nicht die panische Angst in der Schlacht spüren.

Sie kletterten und rutschten den Hang hinunter …

Er schüttelte den Kopf und tat, als sei er erstaunt.

»Sie haben nichts von London bekommen …?«

Der Mitarbeiter 3. Dienstgrades sagte: »Einer von ihren Leuten richtet da unten ein Chaos an, und sie haben nicht mal die Höflichkeit, eine Antwort zu geben.«

Der Ministerialdirektor sagte giftig: »Man bekommt einen feuchten Scheißdreck von ihnen, außer es paßt ihnen gerade. Ich will wissen, wer er ist, wie er scheißt und mit welcher Hand er sich den Arsch abwischt. Ich will über diesen Idioten Bescheid wissen. Ich will, daß er gestoppt wird, bevor der Schaden nicht mehr zu begrenzen ist. Fragen Sie kein zweites Mal, fordern Sie. Unternehmen Sie etwas …«

Die moderne Stadt Santa Cruz del Quiché wurde neben der früheren Hauptstadt der Quiché-Indianer errichtet, die Pedro Alvarado 1524 zerstört hatte.

Die Bevölkerung der Stadt war an diesem Tag angeschwollen, zu den achttausend Seelen kamen zusätzlich die indianischen Kollaborateure und die Latinos, die hinter dem Garnisonszaun Schutz suchten. Auf der Plaza vor der Kirche, von den Dominikanern aus Steinen der Hauptstadt der Quiché gebaut, drängelten sich die Flüchtlinge, die vor dem Gerücht über das Feuer flohen.

Viele hatten Grund zur Angst, da die Stadt Santa Cruz del Quiché ein Jahrzehnt vorher ein Jagdgebiet für die Soldaten, die Folterer und die Sonderpolizei gewesen war. Das Gerücht sprach davon, daß das Feuer käme, und das Gerücht erzählte außerdem, das Feuer wäre jenseits des Río Negro aufgehalten worden. Die Stadt, zum Bersten gefüllt, wartete auf Neuigkeiten, die nicht nur ein Gerücht waren.

»... Wir kamen in einem amerikanischen Transporthubschrauber heraus, Miss Parker, einem CH-47, das ist ein Chinook, falls Sie es nicht wissen sollten. Wir waren vier Männer, weil einer geborgen wurde, und einer hatte Magenbeschwerden. Wir waren sie losgeworden, und wir mußten noch ein paar Tage gehen, bis irgend jemand Zeit fand, uns abzuholen. Wir wußten, was in Karbala passiert war, als wir abgeholt wurden, wir hörten es im Transistorradio. Wir wußten, daß die irakischen Panzer in den Ort eingefallen waren. Vermutlich so wie ein Messer durch Butter geht, weil sie nichts hatten, womit sie sich schützen konnten, nichts, was sie vor den Panzern schützte. Wir hatten gesehen, was die Iraker vorher mit den Shia-Leuten gemacht hatten, wir waren in den Polizeikasernen gewesen, wo sie die Exekutionen und Folterungen vornahmen. Ich würde nicht behaupten, daß irgendeinem von uns wohl bei dem war, was wir hörten, aber Mr. Brown hat es schwerer genommen als der Rest von uns. An diesem letzten Tag, als wir bei der Landezone auf den Hubschrauber warteten, war er sehr ruhig ... Wir wurden abgeholt. In dem Chinook fühlten sie sich alle als große Amerikaner, und für sie war es in großer Sieg gewesen. Mr. Brown sah es nicht so wie sie, sie haben ihn richtig angekotzt, weil sie in dem Hubschrauber herumgeblödelt haben. Es war nicht ihre Schuld, sie waren einfach Kinder, aber sie sind ihm wirklich auf die Nerven gegangen. Wir flogen nach Dhahran. Sie müssen wissen, Miss Parker, daß wir mehr als sechs Wochen unterwegs gewesen waren. Sechs Wochen lang hatten wir uns nicht richtig gewaschen, unsere Kampfanzüge nicht gewechselt, uns nicht rasiert. Wir müssen ausgesehen haben, als ob wir gerade aus der Arche kämen. Das nur, damit Sie besser verstehen können, was passierte. Wir landeten auf der Basis in Dhahran. Beim Aussteigen gab es unter den Amerikanern ein Gedrängel, ich schätzte, daß einige von ihnen mindestens achtundvierzig Stunden draußen in der Wüste gewesen waren, und sie schienen das für eine echte Überlebensleistung zu halten. Ein Brigadegeneral war da, um sie zu begrüßen. Sie paradierten an ihm vorbei, ziemlich sentimental, dachte ich, aber das war so üblich, und er schüttelte jedem die Hand. Es war alles eitel Sonnenschein, und der Krieg war vorbei, und jeder ging nach Hause, und der Job war erledigt. Soll ich fortfahren, Miss Parker? Im Hubschrauber hatte er nichts gesagt. Er brütete nur vor sich hin ... Gott weiß, wie wir ausgesehen haben, als wir aus dem Chinook ausgestiegen sind. Wir waren dreckig, wir stanken, und wir dachten, wir hätten versagt. Er stieg als letzter aus. Der Brigadegeneral sah uns, und es wird ihn gejuckt haben, daß er ein paar Leuten von den Special Forces gegenüberstand. Er war von keiner Spezialeinheit, nein ... Er könnte für den Transport verantwortlich gewesen sein, er war für die Überholung der Panzer zuständig, oder dafür, daß die Duschelemente für die Basislager hinter der Frontlinie installiert wurden. Er sah aus, als hätte er keine wichtigere Entscheidung im Krieg getroffen als die, ob er Brathuhn oder gekochtes Huhn zum Tee essen sollte. Er war richtig schick hergerichtet, mit all den ordentlichen Bügelfalten, und an der Hüfte hatte er eine kleine Pistole, wie sie eine Frau in ihre Handtasche stecken würde. Mr. Brown kam aus dem Chinook, und der Rest von uns stürmte zum Bus. Es war Mr. Brown, den sich der Brigadegeneral griff. Eigentlich, Miss Parker, war es wirklich ziemlich komisch ...

Und so ist es passiert ...

Der Brigadegeneral rief: ›Gut gemacht, Soldat, Sie haben zur Vernichtung der Tyrannei beigetragen ...‹ Irgend so einen Mist.

Mr. Brown schaute ihn von oben bis unten an, als ob er Dreck wäre. Mr. Brown sagte: ›Bullshit ...‹ Direkt in sein Gesicht.

Mr. Brown ging weiter. Der Brigadegeneral, krebsrot, nicht etwa von der Sonne, brüllte hinter ihm her, befahl ihm zurückzukommen und stillzustehen, und sagte zu ihm, er wäre ein Schandfleck. Mr. Brown sagte kein einziges Wort mehr, er ignorierte ihn einfach. Der Brigadegeneral hätte es vergessen können, aber er tat es nicht. Mr. Brown hätte sich entschuldigen können, aber er tat es nicht. Der Brigadegeneral rannte hinter ihm her, und die Türen vom Bus schlossen sich, und der Typ trommelte an die Fensterscheiben. Inzwischen war der Bus an dem großen Gebäude, in dem die Militärpolizei saß. Keine Chance, daß er sich entschuldigte, und auch keine Chance, daß der Brigadegeneral die Sache auf sich beruhen ließ, der wollte Blut sehen. Innerhalb einer Stunde wußte man im ganzen Lager, daß ein Brite zu einem amerikanischen Brigadegeneral gesagt hatte, er würde Bullshit erzählen … Es hätte nicht sein müssen, Miss Parker, aber mein Mr. Brown ist ein verdammt sturer Mensch … Er hätte sich entschuldigen können, aber er tat es nicht. Es ist eine Art Selbstzerstörung. Sie machten ihn fertig für diese verdammte Sturheit …«

Der ehemalige Sergeant begleitete Cathy Parker aus seinem kleinen Büro, das hinter dem Gebäude einer Firma lag, die auf landwirtschaftliche Sicherheitsvorsorge für Eigentümer von Jagdheideland und Fischgewässer spezialisiert war. Sie blieben auf dem Gehsteig der Londoner Straße stehen.

»Es tut mir leid, daß ich Ihre Zeit in Anspruch genommen habe, Zachary, ich bin Ihnen für Ihre Hilfe dankbar.«

»Bitte, sagen Sie Zed, so wie er mich immer genannt hat … Hat er sich einer anderen Gruppe von Hoffnungslosen angeschlossen? Sie würden es mir nicht erzählen, oder?

Auf Wiedersehen, Miss Parker.«

Der Colonel machte in seinem Jeep eine Tour durch die Stadt. Sein Fahrer bahnte sich vorsichtig seinen Weg durch die engen und überfüllten Straßen von Santa Cruz del Quiché, er hupte und zwang die Massen von Flüchtlingen, den Weg frei zu machen. Er hatte das Kommando über eine Infanterieeinheit in Bataillonsstärke, die mit schweren Mörsern, rückstoßfreien Gewehren und Panzerkampfwagen ausgerüstet war. Er konnte die Angst in den Straßen spüren, und er konnte ebenso den Groll von vielen Quiché-Leuten fühlen. Die Angst in den Gesichtern der Latinos, und den Groll in den Gesichtern der Indianer. Er fuhr durch die Stadt, um die Standorte der Mörser und der rückstoßfreien Waffen und die Schußfelder für die Maschinengewehre, die Zugstellungen und die Zuständigkeiten der einzelnen Einheiten zu kontrollieren. Der Colonel konnte nicht wissen, wie seine Männer kämpfen würden … Der Colonel konnte keine Verstärkung erwarten, hatte man ihm über Funk erklärt, andererseits hatte ihm die Aufklärung gemeldet, ein Angriff stünde noch nicht bevor. Die Aufklärung sprach vom Hindernis des Río Negro, und über Funk wurde von großen Bäumen berichtet, die quer über den Straßen von Joyabai, Sacapulas, Momostenango und Guatemala City lägen. Er hatte gehört, daß der Angriff, wenn er kam, von Feuer angeführt würde.

»Nun, Sie werden ihnen einfach sagen müssen, Mr. Martin, daß sie warten müssen. Sie mögen es nicht gewohnt sein, warten zu müssen, aber sie werden es lernen müssen …«

Hobbes kochte während des Telefongesprächs. Er konnte sich den überheblichen, selbstzufriedenen Versager Percy Martins vorstellen, wie er in diesem monströsen Gebäude an der Themse saß und auf jeden Huster von den verfluchten Amerikanern aufsprang. Und arrogant waren alle von Sechs, seit sie in dieses Monstrum umgezogen waren, es war grün wie Götterspeise und gelb wie Vanillepudding, ungefähr wie der Sonntagspudding, den seine Mutter machte. Ein Monstrum, das nach Hobbes' Meinung geeignet war, diese Monster an Inkompetenz zu beherbergen.

»… Wir beschäftigen uns bei Fünf noch mit anderen Dingen, mit ganz anderen Angelegenheiten als den Aktivitäten eines einzelnen Mannes auf der anderen Seite der Welt. Ich habe eine sehr gute junge Lady darauf angesetzt … Ja, eine junge Lady. Wir beschäftigen junge Ladys bei Fünf, vielleicht sind Sie bei Sechs noch nicht darauf gekommen. Versuchen Sie es mal. Sie haben ein Paar Titten und einen Hintern, und sie arbeiten recht gut, falls Sie das nicht wußten … Wenn sie ihren Bericht vollständig hat, kriegen sie ihn zugeschickt. Also, sagen Sie Ihren verfluchten Amerikanern, daß sie uns nicht auf den Wecker fallen sollen, bitte.«

Er knallte den Hörer auf die Gabel.

Sein Tag fing schlecht und ärgerlich an. Dieser Anruf würde

ihm den ganzen Tag vermiesen. Er wußte, woher seine Wut kam. Es war eine Lüge, daß er viel zu tun hatte. So zu tun, als ob sein Schreibtisch mit Angelegenheiten von größerer Wichtigkeit überhäuft sei, war bestenfalls die halbe Wahrheit. Er war von Irland weg. Das neue Regime von Fünf hatte in der Irlandabteilung gründlich aufgeräumt. Es hatte nicht viel zu tun, und die wachsende Sorge, eine unproduktive Kraft könnte so eben mal für die anstehenden Zwangsentlassungen ausgewählt und an die Luft gesetzt, gefeuert werden, diese Sorge lag wie ein Schatten über so vielen von ihnen … Fliss war in Guatemala gewesen. Kurz nachdem sie geheiratet hatten, bevor die Kinder kamen, war seine Frau mit einer Freundin nach Guatemala gereist. Sie war mit einem Magen-Darm-Katarrh zurückgekommen, der sie drei Wochen lang außer Gefecht gesetzt hatte, und sie war mit Geschichten, die ihr von Helfern und Priestern erzählt wurden, zurückgekommen, bei denen einem schon vom Zuhören schlecht wurde.

Er könnte heute abend gegen seine eigene Hausordnung verstoßen und beim Abendessen seiner Fliss über einen Mann erzählen, der eine Revolte im Hochland von Guatemala angeführt hatte … Er war Beamter. Er war Regierungsmann. Er kannte sich mit Ferienplänen und dem Rentensystem aus, mit Spesenrechnungen und verdeckten Aktionen im Namen der Regierung. Falls das Entlassungsschreiben kam, würde er sich kaum in der freien Wirtschaft über Wasser halten können, dafür gab es nicht genügend Betätigungsfelder für Experten in verdeckten Aktionen. Er dankte Gott, oder wer auch immer auf ihn herablächelte, daß er darauf bestanden hatte, der furchtbare »Bren« solle in seiner eigenen sauberen Handschrift »Kein weiterer Handlungsbedarf« auf den Bericht schreiben, der Brown, Gordon Benjamin, betraf. Während er in dem stillen Zimmer auf den leeren Schreibtisch starrte, dachte er an den Mann, der die Revolution in Guatemala angezettelt hatte … Der Kerl hatte Glück.

Es war eine Stadt mit den Gesichtern von Fremden. Eine Stadt voll unbekannter Männer. Eine Stadt der geflüsterten, heimlichen Parolen, die von den *orejas*, den Spitzeln, nicht belauscht werden konnten. Eine Stadt, in der bei Einbruch der Dunkelheit Messer an Steinen geschliffen und Äxte aus den Verstecken in den Dächern der Baracken geholt wurden, eine Stadt, in der Flaschen mit Benzin gefüllt und mit Stoff verkorkt wurden. Eine Stadt, die den Geist der Rache atmete. Eine Stadt, in der der Sohn des Ramírez unerkannt unter einer Zeltplane zwischen den Flüchtlingen auf der Plaza kauerte. Eine Stadt, die auf ein Zeichen wartete.

Feuerstöße und der dumpfe Einschlag der Bomben aus den Mörsern, das grelle Licht der Leuchtspurgeschosse und die Feuerschlange aus dem Flammenwerfer.

Gords Müdigkeit war verschwunden.

In der Stadt Santa Cruz del Quiché herrschte Chaos. Ein Inferno von schreienden und in Panik flüchtenden Leuten. Oscar wurde von Eff geführt, Roger wurde von Vee geleitet. Delta wurde der Weg von Zed gewiesen. Die Dunkelheit, die Gord eingehüllt und geschützt hatte, wurde von der Flamme erhellt, die hinter der Benzinkaskade herjagte.

Die Dämmerung hatte eingesetzt, als sie auf Eff, Vee und Zed gestoßen waren, die geduldig am Wegrand warteten, und sie hielten eine rasche Lagebesprechung über die Situation in der Stadt und die Ausstattung der Verteidigungsanlagen. Sie lachten gellend, hingen sich an Gords Hals, kicherten aufgeregt und wollten gelobt werden.

Gott allein wußte, wie sehr ein Lob ihnen zugestanden hätte … Eine Stadt, die zu groß für eine sichere Rundumverteidigung war, eine Stadt, in deren Umgebung die Straßen gesperrt und von gefällten Bäumen blockiert waren, eine Stadt, in die ein Feind geführt werden konnte.

Sie hatte ihren Hund mitgebracht. Er hatte nicht widersprochen, die Erwartung des Kampfes brandete in ihm. Sie hatte sich seiner Gruppe angeschlossen, und sie hatte den verdammten Hund dabei.

Sie hatten die Stadt infiltriert. Sie waren im schwindenden Licht ein Teil der flüchtenden Massen geworden, die der Stadt zustrebten, um sich in Sicherheit zu bringen. Sie hatten nicht die Straßen genommen, die von Joyabai, Sacapulas, Momostenango und Guatemala City in die Stadt führten, sie kamen durch die Häuser, umgingen die Absperrungen, näherten sich auf den engen Schlammwegen zwischen den Hütten und vermieden die Kontrollpunkte.

Das Zeichen war gegeben worden …

Oscar hatte die Villa und den Bürokomplex des Militärgouverneurs isoliert, den Kugelhagel auf die Gebäude so lange aufrechterhalten, bis Gord sie mit dem Feuer erreicht und das Herzstück der Verteidigung ausgebrannt hatte. Roger hatte die alte Fassade des Polizeipräsidiums aus der spanischen Kolonialzeit erreicht und den von Heckenschützen gedeckten Rückzug der Kommandeure, Vernehmungsbeamten und Kriminalbeamten festgenagelt, bis Gord mit dem Feuer angerückt war und ihnen die Hölle heiß machte. Delta hatte zwei Maschinengewehrstellungen ausfindig gemacht, eine unter der großen Glocke im Turm der Kirche und die andere auf dem flachen Dach des Schulgebäudes, und die beiden Maschinengewehre waren unter Beschuß genommen worden, bis Gord mit dem Feuer gekommen war, um sie herunterzupeitschen. Sie liefen dorthin, wo die Schüsse am heftigsten waren. Sie rannten durch dunkle und enge Straßen, in denen die Lampen heruntergeschossen worden waren, und nur der Feuerschwall des Flammenwerfers auf dem Karren warf seine Schatten. Die Gruppe war bei ihm. Eine Heiterkeit überkam ihn. Die Flammen holten sich nicht Menschen, sondern Objekte. Nicht Männer wurden von den Flammen vernichtet, sondern Ziele. Er war ein Mann, der von der Droge des Tötens und dem Rausch des Vorwärtsstürmens emporgetragen wurde. Die Feuerzungen waren überall, arbeiteten und leckten an den Dächern und wüteten in dem alten Holz. Die Stadt war erobert.

Eine gewaltige Menschenwoge drängte zu dem Zaun und dem Wachhaus der Garnisonskaserne. Es war die Gewalt, die die Flamme aus dem Karren entfesselt hatte, rasender Haß. Er war vom Mob, der ihn mitriß, eingekeilt, und der Professor zog ihn am Arm, um ihn zurückzuhalten, und der Feuerwehrmann schrie ihm etwas zu. Er drehte sich um. Sie war hinter ihm, der angeleinte Hund zerrte sie mit. Er drehte sich um, und der Feuerwehrmann schrie und deutete nach unten auf den Karren, während die Menschenmassen über sie hereinbrachen. Sie mußten die Tanks auffüllen. Sie mußten den komprimierten Ölbrennstoff in zwei von drei Tanks ersetzen. Der Mob bewegte sich vorwärts, und der Professor wurde an ihm vorbeigetrieben. Der Archäologe schob, und der Priester zog den Karren in eine Einfahrt zwischen zwei Gebäuden aus flechtenbedecktem Stein, und der Mann von der Zivilpatrouille kam mit der Schubkarre hinter ihm her.

In der Einfahrt lag eine Leiche.

Gord sah die Leiche und die Streifen eines Corporals am Arm seiner Uniform. Er beobachtete den Feuerwehrmann, den Archäologen, den Straßenjungen und den Mann von der Zivilpatrouille, wie sie abseits des reißenden Gedränges fieberhaft mit den Röhren, dem Luftzylinder und den großen Benzinkanistern hantierten.

Der Zylinder zischte.

Ihr steckte der Atem.

Das Zischen … Das Keuchen.

Der Uniformarm der Leiche hatte die Pistole gezogen und sie auf ihn gerichtet. Die Pistole schwankte. Gord sah die Brandnarbe im Gesicht des Mannes. Der Körper war halb aufgerichtet, und die verkohlte Brust, von der das Uniformhemd weggesengt war, war vor ihm. Die Pistole zielte auf ihn.

Sie kam so plötzlich, die Müdigkeit. Seine Füße waren bleischwer.

Die auf ihn gerichtete Pistole schwankte und richtete sich erneut auf ihn.

Die Müdigkeit nahm ihm seine Antriebskraft.

Alex sprang nach vorn. Sie kam von hinten, ihr Ellbogen traf ihn und stieß ihn zur Seite. Sie warf sich nach vorn. Ihre Hand griff mit aller Kraft nach dem Arm mit der Pistole, und die Pistole flog in hohem Bogen davon und knallte gegen die Wand und dann auf das Kopfsteinpflaster der Einfahrt. Der Mann schrie gellend auf, als ihr Gewicht ihn traf. Gord sah nicht mehr das Gesicht mit der Brandnarbe vor sich. Gord sah ihre Raserei. Sie packte den Kopf des Mannes mit beiden Händen, krallte sich in den Haaren fest, und der Hund schnappte eines seiner Beine. Sie schlug den Kopf auf das Pflaster, immer und immer wieder, bis der Schrei verstummte.

Sie löste sich von dem Körper, schälte sich von ihm herunter.

Sie lehnte ihr Gesicht an die Wand und weinte. Man hörte die gemurmelten Gebete des Priesters. Der Hund hielt den Fuß des leblosen Körpers fest.

Als alle Röhren am Karren aufgefüllt waren, schlossen sie sich der Horde an, die auf die Garnisonskaserne zusteuerte.

Es war ein saumäßiger Tag für Colonel Mario Arturo gewesen, und der Abend war noch schlimmer.

Stockend fuhr er mit dem Jeep vorwärts. Der Leutnant, Codename Benedicto, war hinter ihm, stand steif gegen den Überrollbügel gelehnt und umklammerte eine Uzi.

Die Straße war bis Sumpango gut gewesen, bis Chimaltenango schwierig, und dann begannen die Probleme. Zwischen Chimaltenango und Zaragoza war die Straße überschwemmt, weshalb sie gezwungen gewesen waren, anzuhalten und sich zu erkundigen, welche Strecke sie statt dessen nehmen sollten. Was sie zwei Stunden kostete. Zwischen Zaragoza und Tecpán Guatemala war ein Erdrutsch gewesen, und er hatte in ein Dorf gehen und die Männer mit vorgehaltener Pistole dazu bringen müssen, ihm mit ihren Spaten den Weg freizumachen. Zwei weitere Stunden verloren. Nach der Überschwemmung und dem Erdrutsch, hinter Tecapán Guatemala, stießen sie auf die erste Straßensperre, einen gefällten Baum. Ein kleiner Konvoi von vier Lastwagen, voll mit Wehrpflichtigen, die von einem Offizier ohne Mumm in den Knochen geführt wurden, hatte kurz vor dem umgestürzten Baum verängstigt haltgemacht. Wieder mußte er schreien, brüllen, daß sie sich bewegen sollten, wieder Befehle geben, und schließlich war der Baum zur Seite geschleppt worden.

Zwei weitere Bäume über der Straße bis Agua Escondida. Weitere Konvois, die aufgehalten worden waren, weitere Staus. Es lief immer nach demselben Schema ab. Jedesmal, wenn Arturo zwischen Tecapán und Agua Escondida auf einen gefällten Baum stieß, der die Straße blockierte, war hohes, bewaldetes Gelände oberhalb der Straße. Jedesmal mußte er mit einem Offizier zanken, damit er seine Männer, verängstigte Wehrpflichtige, ausschwärmen ließ, um den Wald über ihnen nach einem Hinterhalt zu durchkämmen, und erst wenn von der Anhöhe gemeldet wurde, daß alles in Ordnung war, konnte er weitere Männer und die Fahrzeuge nach vorn schicken, um die Sperre beiseite zu räumen. Vier Stunden auf der Straße von Tecapán nach Agua Escondida verloren.

Das Licht verlor sich im grauen Nebel, als sie sich im Schneckentempo auf die Kreuzung Los Encuentros zubewegten, und dort wurden sie die drei Lastwagenkonvois los, die nach Quetzaltenango und Huehuetenango fuhren. Sie waren Richtung Norden gefahren, hatten die Straße nach Santa Cruz del Quiché genommen.

Noch ein gefällter Baum, drei Meilen vor Chichicastenango, und er hatte sie genötigt, haarscharf an einen Abgrund zu fahren, die Steine waren von den Rädern hinuntergewirbelt worden, als sie ihn umgingen.

Ein anderer Mann wäre vielleicht umgekehrt, ein anderer Mann hätte vielleicht eine wichtige abendliche Besprechung mit dem Generalkommandeur von G-4 (Logistik) vorgeschoben. Er hatte weitergedrängt. Er beschleunigte das Tempo bei der Fahrt durch Chichicastenango, jagte die schweigenden Menschenansammlungen in den dunklen Straßen auseinander, raste durch die Stadt und Richtung Santa Cruz del Quiché. Es war seine Art, sich immer selbst anzutreiben.

Sie waren am Kontrollpunkt.

Der Kontrollpunkt war drei Meilen südlich von seinem Bestimmungsort, Santa Cruz del Quiché.

Er wurde von dem Strom von Auto- und LKW-Scheinwerfern geblendet, die auf ihn zukamen.

Es war eine Fluchtkolonne.

Und zwischen den Autos und Lastwagen sah er die Massen von Menschen, die sich verzweifelt abkämpften, Frauen, die Kinderwagen schoben, in denen Koffer gestapelt waren, Männer, die Kinder und Bündel trugen, Jungen und Mädchen, die ein kostbares Schwein oder eine Ziege mitschleiften. In der Masse waren auch Soldaten. Soldaten liefen neben den Autos und Lastwagen her, manche ohne Waffen, andere noch bewaffnet.

Der Sergeant am Kontrollpunkt schrie. »Sie sind in die Stadt gekommen, sie sind mit dem Feuer gekommen.«

Im Scheinwerferlicht seines Jeeps sah er das Gewühl der näher kommenden Soldaten. »Halten Sie sie an.«

Nur Hohn auf dem Gesicht des Sergeanten. Es war Flucht, es war Furcht. Das Feuer war hinter ihnen her. Der Sergeant wandte sich ab. Der Sergeant machte deutlich, daß in der Dunkelheit und dem Regen seine Sorge dahin ging, den Stau am Kontrollpunkt aufzulösen. Der Sergeant ignorierte einen ranghöheren Colonel, einen Narren und Idioten.

Arturo hatte nach seiner Uzi gegriffen. Er hätte auf die rennenden, von Panik getriebenen Soldaten gefeuert, aber eine Hand hinter ihm hatte seinen Arm gepackt und den kurzen Lauf nach oben geschleudert. Die Salve donnerte hoch in die Nacht. Die Soldaten waren an ihm vorbei, von der Kühlerhaube des Jeeps in zwei Ströme geteilt, und sie rannten. Sie hätten nicht angehalten, außer wenn er sie niedergeschossen hätte, noch der letzte von ihnen wäre weitergelaufen, bis man ihn erschossen hätte. Er warf die Uzi auf den Sitz des Jeeps und drehte sich um, und der Leutnant löste den Griff um seinen Arm. Der Staudamm war gebrochen. Ein ziviler Lastwagen löste sich. Im Licht des nachfolgenden Autos sah Arturo die Ladefläche, als der Lastwagen an ihm vorbeifuhr. Nur für einen Moment, aber er sah die Verwundeten hinten auf dem Lastwagen. Er sah die verbrannten Gesichter und die verbrannten Körper. Er schauderte.

Er sagte ruhig: »Sie wissen, was Sie zu tun haben?«

Das Gesicht des Leutnants war ruhig. »Ich weiß es.«

Der Leutnant schnallte sich den Rucksack mit dem Funkgerät auf den Rücken.

Arturo sagte: »Wohin Sie mich auch rufen, ich komme.«

Er sah den Leutnant gehen. Eine große, aber schlanke Gestalt, schwarz gekleidet, die in die vorrückende Masse der Fliehenden eintauchte und verschwand.

Er fuhr zurück nach Guatemala City. Er hatte die Angst gesehen, die das Feuer mit sich führte.

Als die Schießerei begonnen hatte, als das Feuer gekommen war, war der Kanadier ohne Eile aus dem Bett geschlüpft, auf dem er sich ausruhte, und daruntergekrochen. Das Bett in dem Zimmer im ersten Stock des Posada Calle Real stand in der Ecke gegenüber dem Fenster, und der Kanadier hatte sich auf dem gefliesten Boden dicht an der Wand niedergelassen. Er hielt das für den sichersten Platz, bis die Schießerei aufhörte. Der Kanadier stand im einundsiebzigsten Lebensjahr, und es war beinahe ein halbes Jahrhundert her, seit er zuletzt ein Nahkampfgefecht erlebt hatte.

Als die Schießerei in diesem Teil der Stadt, nahe bei der Plaza, zu Ende war, schlüpfte er in seine Windjacke und setzte die Schottenmustermütze auf, die er immer trug, wenn es kalt oder naß war, und er ging die Treppe des Posada Calle Real hinunter und hinaus auf die Straße. Wenn er zu Hause, in Kingston, Ontario, mit seiner Frau den Labrador ausführte, benützte er einen Stock, der das Gehen für seine alten Hüftgelenke erträglicher machte. Er hatte jetzt keinen Stock, und er humpelte die Straßen entlang und rollte bei jedem Schritt ab, um den Schmerz zu vermindern.

Er wollte niemandem lästig sein …

Drei Besuche in Guatemala, und er konnte die Sprache gut genug, um sich verständlich zu machen.

Eine halbe Stunde nachdem er das Posada Calle Real verlassen hatte, hatte er den Engländer gefunden.

Er war zu der Stelle, wo er den Engländer fand, gewiesen, gezerrt und gezogen worden. Er hatte einen Militär erwartet, eine gute Uniform. Er hatte erwartet, daß er einen Mann antreffen würde, der von einem Stab umgeben war und über Funkverkehr eine Schlacht koordinierte. Er hatte gedacht, er würde Ordnung und Kontrolle vorfinden … Der Mann sah aus, als ob er aus der Gosse gekommen wäre. In der Kappe seines rechten Stiefels war ein klaffendes Loch, und die Socken waren durchgewetzt, und man konnte die nackten Zehen sehen. Die Hose war an beiden Knien gleichermaßen zerrissen. Die Uniformjacke unter einem gefütterten Anorak war auf der Brust blutbespritzt. Der Mann war unrasiert, und Regen und Schlamm verschmierten seinen Bart. Der Mann saß auf einem Benzinkanister in der Nähe des Eingangs zur Garnisonskaserne, eine Gruppe war um ihn herum, und in der Gruppe war eine junge Frau, die einem großen Hund die Schulter tätschelte. Im Kreis der Gruppe, neben dem sitzenden Mann, standen ein Flammenwerfer auf einem Karren und eine Schubkarre mit einem Luftzylinder und großen Benzinkanistern. Weiß Gott nicht das, was er erwartet hatte …

»Verzeihung, Sir, entschuldigen Sie die Störung … Sind Sie der Mann mit dem Feuer?«

Eine leise, müde Stimme. »Ja.«

»Sind Sie der Anführer?«

Ein Zögern. »Nein.«

Tiefes Luftholen. Ein kurzes Zucken des Schmerzens in seiner Hüfte. »Wo kann ich mich melden?«

Ein leises, freundliches Lächeln brach durch den Bart und den Schmutz. »Sind Sie ganz sicher …?«

Das Zucken des Schmerzes in seiner Hüfte war schuld daran, daß er rot wurde. Er hätte sich letzten Herbst operieren lassen sollen, aber das Geld für den Hüftersatz war zusammen mit dem Geld von der Hypothek für die Flugkosten draufgegangen. »Verdammt, welches Recht haben Sie, mir zu unterstellen …«

»Haben Sie Kampferfahrung?«

»Cameron Highlanders of Ottawa, wir haben die Lücke von Falaise geschlossen, das war Kampferfahrung.«

Das Lächeln wurde breiter. »Wann war denn das?«

»Sir, das war am 11. August 1944 …«

Ein Lachen, aber nicht belustigt. »Oh, also gestern … Warum?«

»Weil mein Enkel, Sir, in dieses von Gott verlassene Land herunterkam, ein Hippie, der Junge, ein Aussteiger, aber das war kein Grund, ihn abzuschlachten. Ich bin hier, um ein Grab zu finden und einem dummen Jungen ein anständiges christliches Begräbnis zu verschaffen, und ich werde auf Schritt und Tritt behindert … Es wäre mir eine Ehre, Sir …«

Ein Schatten in Bewegung. Eine dunkle Gestalt, die in Hauseingänge und Gassen huschte. Feuer und Dunkelheit wechselten in der Schwärze und dem Licht der Straßen von Santa Cruz del Quiché. Ein Jäger, der suchend sein Revier durchstreifte.

Tom Schultz hatte den ganzen Tag und den ganzen Abend bis in die Nacht hinein auf seinem Bett gelegen und sich geschämt. Sein verdreckter und nasser Anzug, vierhundert Dollar teuer und sein bester, lag in einem Haufen bei der Tür. Angesichts der blauen Flecke und der Schmerzen schämte er sich zu Recht. Zweimal hatte das Telefon geläutet, und er hatte es läuten lassen, und das Klingeln hatte seinen Schädel wie mit Nadeln durchbohrt. Als das Zimmermädchen anklopfte, hatte er es wieder weggeschickt. Sie bezahlten Saukerle in Quastico, die die Rekruten nach Leuten durchsiebten, denen »schlechtes Benehmen« attestiert wurde. Hatten einen übersehen. Hätten ihn, Tom Schultz, damals rausfischen sollen … Er schämte sich, weil er einem Fremden vorgewimmert hatte, daß sein Vater getürkte Versicherungen verkaufte und seine Mutter herumvögelte. Ja, so war es, sie pickten immer die Jungs mit »schlechtem Benehmen« in Quantico oder während der einjährigen Probezeit heraus.

Er hatte das Klassenziel nicht geschafft. Der Geheimdienstmann hatte es geschafft und der Fiskalbeamte und der Chemiker, und der Attaché hatte mit »Gut« bestanden. Mit »Gut« bestehen wie der Attaché bedeutete eine Wand voll Dienstauszeichnungen und die gerahmten Kopien von Lokalzeitungen, die die großen Treffer aufzählten, und signierte Fotos mit dem Präsidenten oder dem Vize oder dem Direktor.

Er war erledigt, und sein Kopf bewies es ihm; und die blauen Flecken und das zugeschwollene Auge und die Scham. Er lag auf seinem feuchten Bett und starrte an die Decke. Er war verunsichert. Sein Level war der minderschwere Drogenhandel in St. Louis, waren zwischenstaatliche Verstöße gegen das Betäubungsmittelgesetz, Paragraph 21, war es, seine Zeit mit der Überwachung zweiten Grades von Gammlern zu vertrödeln. Er rang mit der Scham und wurde von ihr besiegt …

Sie hatte rote Augen. Sie hatte nicht geredet. Zweimal hatte Gord gesehen, wie der Priester zu Alex gegangen war und seine Hand auf ihren Arm gelegt hatte, und jedesmal hatte sie sie abgeschüttelt. Sie folgte ihm, eine verlorene Seele.

Sein Name wurde gerufen.

Weiter vorn wurde wieder gefeuert.

Er ging vor, dem Ruf folgend, und der Karren quietschte hinter ihm drein. Sie rannten ihm nach.

»He, wo ist …?«

Er sah die Gesichter im Schein der Flammen, er sah den Archäologen und den Feuerwehrmann und den Straßenjungen und den Priester und den neuen Mann, der sich abmühte, Schritt zu halten, er sah Alex.

Gord fauchte: »Ich sagte, wir bleiben zusammen, immer.«

Der Ruf nach ihm weiter vorn wurde lauter, der Ruf nach dem Feuer.

Er hatte es ihnen gesagt, sie sollten immer zusammenbleiben … Sie wollten das Feuer, um einen Heckenschützen auszuräuchern, den letzten Widerstand.

»Sie haben das Kaibilbataillon …«

Er salutierte vor dem Generalkommandeur G-4 (Logistik). Sie waren draußen auf einem Korridor des *estado major*. Es war nach zwei Uhr morgens. Über den Korridor eilten die Füße uniformierter Stabsoffiziere. Der General hatte ihm erzählt, daß er persönlich den letzten Funkverkehr vor der Kapitulation aus Santa Cruz del Quiché gehört hatte, bevor die Verbindung abgebrochen war. Er fühlte sich benommen, was selten bei ihm vorkam, weil er kampflos das Kommando über die Eliteeinheit der Armee erhalten hatte, der er achtzehn Jahre lang gedient hatte. Es war der Gipfel seiner Ambitionen, es war sein Ziel gewesen, seit er als einundzwanzigjähriger Leutnant frisch von der Escuela Politecnica ins Trainingslager der Kaibiles in La Polvora im Petén gekommen war. Mario Arturo wandte sich zum Gehen. Er hörte, wie ihm nachgerufen wurde.

»… Wenn Sie versagen, werfe ich Sie persönlich den Hunden auf der Müllkippe vor.«

Er verließ das Inferno dieses Irrenhauses.

Er fuhr weg von dem Gebäude, in dem auf jeder Etage Lichter brannten. Er konnte sich die Erschütterung im *estado major* vorstellen, als die Generale und Brigadekommandeure und Colonels unter den Lautsprechern, welche von der Decke der Kommandozentrale hingen, den abgehackten Meldungen lauschten, die mit wachsender Panik immer unzusammenhängender geworden sein dürften; den Meldungen darüber, wie die Rundumverteidigung der Garnisonskaserne in Santa Cruz del Quiché zerbröckelte, als das Feuer näher kam. Er konnte sich das tote Knistern, die leblose statische Elektrizität und die Stille in der Kommandozentrale vorstellen, als die Verbindung abgerissen war. Er hatte keine Angst davor, als Leiche auf der Müllkippe zu enden, an der die Hunde zerrten und die Geier pickten und die die Kinder umdrehten, um zu sehen, ob noch ein Ring daran war ... Er fuhr zur amerikanischen Botschaft, dem Betonbunker hinter der hohen Umzäunung, von wo sich am Morgen die Schlangen für die Visaformulare weit in die 7a Calle hinunter erstreckten.

Er ließ den Mann aus dem Bett holen.

Kramer blinzelte in das helle Licht der Eingangshalle.

»Steht es so schlimm? ... Scheiße ...«

Kramer stand in Hausschuhen und Pyjama da und hielt einen kalten Zigarrenstummel wie zur Beruhigung in der Hand.

»... Ich weiß nicht, wieso Sie zu mir gekommen sind ...«

Kramer trug einen wollenen Morgenmantel mit dem Schriftzug der Cincinatti Tigers auf dem Rücken, den er eng um sich gewickelt hatte, um warm zu bleiben.

»... Wollen Sie Leute vom Kommando Süd hier? Tut mir leid, vergessen Sie's ... Wollen Sie Marines aus Honduras? Tut mir leid. Können Sie vergessen.«

»Ich will den Flieger«, sagte Arturo.

Der letzte Scharfschütze hatte eine Stellung auf dem Friedhof bezogen. Er hatte ein Hochleistungsgewehr benutzt, aber kein Zielfernrohr bei sich gehabt. Er hatte Ziele anvisiert, wenn ihre Umrisse im Schein der Brände rund um den Acker der Steinkreuze und Marmorjungfrauen auftauchten. Der Flammenwerfer hatte ihn ausgeräuchert, hatte ihn von dem Grabgewölbe neben dem großen Stein weggescheucht, das in den Farbtönen Koschenillerot und Indigo an die Familie eines Latino-Kaufmanns aus dem 19. Jahrhundert erinnerte. Als der Scharfschütze vor den Flammenstrahlen davongerannt war, hatte ihn der Kugelhagel aus den Maschinengewehren niedergemäht.

Gord sah ihn fallen.

Jorge war neben ihm. »Erledigt.«

Er hörte das Vibrieren, die Erregung in dem Wort. Gord sagte kalt: »Erledigt? Natürlich ist es nicht erledigt, es ist im Palacio Nacional erledigt ... Sie müssen sich mit Ihrer Rede beeilen. Also, halten Sie sich bloß nicht lange damit auf, Mann. Wir brauchen noch die Lebensmittel, wir brauchen das Arsenal, wir brauchen die neuen Männer, wir müssen weiterziehen ...«

Erstaunen. »Gord, begreifen Sie denn nicht?«

»Wir müssen weiterziehen, raus von hier ...«

»Begreifen Sie nicht, was in der Stadt vor sich geht?«

»Wir müssen den Schwung aufrechterhalten.«

Jorge brauste auf. »Wir sind dem großen Mann sehr dankbar, der uns immer sagen kann, was wir zu tun haben. Nun sage ich Ihnen was. Ich gehe schlafen. Ich werde in einem Bett schlafen. Am Morgen, wenn ich ausgeschlafen habe, reden wir darüber, wie wir weitermarschieren ...«

»Eine Blockade von ihnen zur richtigen Zeit, am richtigen Ort, und es ist vorbei. Sie müssen das Tempo beibehalten.«

Rufe in die Regennacht hinter Jorges Rücken. Er wandte sich der Gruppe um ihn herum zu, suchte nach Unterstützung und fand sie nicht beim Archäologen und dem Feuerwehrmann und dem Straßenjungen und dem Mann von der Zivilpatrouille und dem Priester und dem Kanadier, und nicht bei Alex Pitt. Sein Blick überflog noch einmal die Gesichter, und plötzlich wurde ihm bewußt, daß sie ein Geheimnis hatten, das sie vor ihm verbargen. Seine Blicke peitschten die Gesichter und forderten eine Erklärung. Sie waren die Gruppe, sie waren zusammen, es gab keine Geheimnisse. Sie waren eine Stunde am Friedhof gewesen, bis die Position des Scharfschützen ausfindig gemacht worden war, bis das Feuer ihn aus seiner Stellung vertrieben hatte. Er verlangte, es zu erfahren ... Sie führten ihn. Die Gruppe schwieg düster, und das Geheimnis wurde gewahrt, aber sie nahmen ihn mit und zeigten es ihm. Er kannte das Geheimnis, bevor sie zu der Stelle kamen. Die mittlere Düse des Flammenwerfers hatte blockiert, und der Mann, dessen Aufgabe es war, den Flammenwerfer instandzuhalten, war nicht dagewesen, um sie frei zu machen. Es gab eine Verzögerung, Gord hatte geflucht, der Archäologe und der Feuerwehrmann hatten versucht, die Arbeit zu tun, die nicht ihre war, und das Geheimnis gehütet, während Gord schimpfte ... Sie führten ihn zu der kleinen, mit Sandsäcken bewahrten Redoute. Sie war nahe beim Tor der Garnisonskaserne, die Redoute war angelegt worden, um ein Schußfeld über offenes Gelände zur Hauptstraße, die Richtung Süden nach Chichicastenango führte, zu gewährleisten. Er war ein guter, liebenswerter Mann gewesen, dachte Gord. Er trug die gleichen Schuhe wie damals, als sie ihn am Straßenrand sitzend vorfanden, an der Straße, die von Playa Grande hinauf in die Cuchumatanes-Berge führte. Er trug den gleichen Regenmantel, und die gleiche Baskenmütze lag im glitzernden Schlamm neben dem blutverschmierten Gesicht. Er kannte seinen Namen nicht, er wußte nur, daß er Professor an der Universität San Carlos in Guatemala City gewesen war. Es war ihr Geheimnis gewesen, während er sie beschimpft und auf sie geflucht hatte und während er das Feuer ausströmen ließ, um den Scharfschützen herauszuscheuchen. Ein großer, schlimmer, persönlicher Schmerz. Er betrachtete den zerfetzten Körper des Professors. Er dachte flüchtig, daß die Kraft der Gruppe gebrochen war.

Er ging.

Er ging hinaus in die dunkle, regentriefende Scheißnacht, hinaus auf das offene Gelände zwischen der sandsackbewehrten Redoute und der Straße nach Chichicastenango.

Sie folgte ihm, und der Hund war bei ihr.

Die Verantwortung höhlte ihn aus, der Tod eines guten, liebenswerten Mannes, der bei einer Kampfkolonne, die im Eiltempo marschierte, nichts verloren hatte.

Er setzte sich in den Schlamm auf dem gepflügten Feld.

Sie kniete sich neben ihn.

Er zitterte vor Schwäche. Er trieb sie alle vorwärts. Ihm war, als ob er sie alle zu seinen Opfern machte.

Sie nahm seinen Kopf in ihre Hände, er spürte ihre Finger auf seinem Gesicht.

Er hatte den Glauben in ihr zerstört, den Glauben an Gewaltlosigkeit, und sie hatte einen Mann getötet, damit er leben sollte. Sie hatte den Kopf eines Mannes auf die Pflastersteine geschmettert, damit er leben sollte.

Sie küßte ihn.

14

Sie küßte ihn, und sie stieß ihn von sich weg, in den gepflügten Schlamm hinunter. Sie hockte sich rittlings über ihn, saß auf ihm, und ihre Hände hörten auf, seinen Kopf zu halten, der in den Schlamm sank, und sie fing an, seinen Oberkörper zu entkleiden.

Unterwegs, auf ihren Reisen, war sie für die Männer das »Fahrrad« gewesen; das wußte sie.

Ein Gürtel Maschinengewehrmunition war über seine rechte Schulter und unter seine linke Achselhöhle geschlungen. Sie machte ihn los und schleuderte ihn in die Dunkelheit. Sie nahm den Gürtel MG-Munition, der über der linken Schulter und unter der rechten Achsel war, zerrte ihn von seinem Körper und legte ihn weg; und dann den Gürtel, der kürzer war und der über beiden Schultern gehangen und zu seiner Taille heruntergefallen war. Die ganze Zeit, die sie ihn kannte, seit sie ihn zum ersten Mal auf dem Exerzierplatz in Playa Grande gesehen hatte, war er in die Gürtel mit Maschinengewehrmunition gewickelt gewesen, und sie befreite ihn.

Unterwegs, als sie mit den New-Age-Leuten herumzog, sich des sozialen Netzes bediente, fest eingebunden in die Gemeinschaft, war sie leicht zu haben gewesen. Da hatte es Johnny the Music gegeben, der auf der Laute spielte, selbst geschnitzt und besaitet, was ihr wunderschön erschien …

Sie nahm die Handgranaten, die an die Knöpfe auf seinen Uniformtaschen geschnallt waren, sie waren kalt und feucht in ihren

Handflächen, und schleuderte sie hinter sich. Sie öffnete seinen Gürtel und mühte sich, die geflochtenen Riemen zu lösen, an denen seine Wasserflasche und sein Eßgeschirr und sein zweischneidiges Hiebmesser hingen; und die Patronentasche, in der die zwei Magazine mit den Kugeln für die Kalaschnikow aufbewahrt waren. Er schien sich nicht zu bewegen und nicht auf das Ziehen und Reißen und Zerren ihrer Finger zu reagieren. Sie konnte sein Gesicht nicht sehen, aber jedesmal, wenn sie einen MG-Gürtel oder eine Handgranate oder einen Riemen losgeworden war, beugte sie sich hinunter und fand seinen Mund und küßte Leben in ihn, ihr Leben.

Da war Johnny the Music gewesen und Deke the Pony, dessen Haarzöpfe, die er im Nacken mit einem Gummiband zusammenhielt, bis zu seinem kleinen Hintern reichten. Deke the Pony, der den Farmer mit der Reitpeitsche in den Fluß geworfen hatte …

Sie nahm den schweren Anorak mit den Blutflecken von seinen Schultern, und sie zerrte an den Knöpfen seines Hemds, und sie schob sein Unterhemd über seine Brustwarzen hoch. Sie wußte, daß sie das alles für ihn tun würde, denn das war der Weg, das Leben in ihn zurückzubringen. Der Schlamm war um sie herum, und der Regen war über ihr, und der Wind blies ihr ins Gesicht. Sie strich ihm mit den Handflächen über die ganze Brust. Wie eine Salbe verteilte sich der Schlamm auf ihm. Sie hätte gern sein Gesicht gesehen, aber die Dunkelheit ließ es nicht zu, und sie konnte nur sein Gesicht berühren und dessen neue Umrisse kennenlernen, indem sie mit ihren Lippen und ihrer Zunge über die Ohren und die Augen und die Nase und den Mund des Mannes strich, dem sie neues Leben zu geben versuchte.

Da waren Johnny the Music und Deke the Pony gewesen; und der Van Man, der sich aus Holz und Wellblech ein Heim gebaut hatte, das auf den hinteren Teil seines Pickup-Rover genietet war.

Und da waren andere gewesen, die in den Nächten zu ihrem Fahrzeug kamen, und andere, zu denen sie ging, denn sie war zu haben …

Sie zog die Hose von seinem eingefallenen Bauch. Sie führte seine Hände unter das Futter ihrer Jacke und unter ihren dicken Sweater und unter das enge, ausdünstende T-Shirt und auf ihre lose fallenden Brüste. Kalte Hände, bis jetzt noch ohne Leben, die scheu ihre hängenden Brüste hielten. Sie dachte, er brauchte das Leben, das sie ihm geben konnte. Und der Körper unter ihr zitterte vor Nässe und Nacktheit wie in einem Krampf. Sie gebrauchte ihre Finger und die Nägel, an denen sie biß, um sie kurz zu halten, um das Leben in den Mann zurückzubringen. Sie war über ihm und ließ sich auf ihn fallen und führte ihn und küßte den Regen von seinen Ohren und seiner Nase und seinen Augen und seinem Mund.

Als ihre Mutter und ihr Vater sie in dem großen BMW nach Hause geholt hatten, hatten sie sie noch am gleichen Tag zum Arzt gebracht. Es sei nur eine Vorsichtsmaßnahme, hatte ihre Mutter gesagt. Es sei verdammt notwendig, hatte ihr Vater gesagt. Sie war immer noch folgsam gewesen und hatte den Tests auf »antisoziale Krankheiten«, wie ihre Mutter es umschrieb, und »verdammtes AIDS« und Schwangerschaft, wie ihr Vater sagte, zugestimmt. Sie war seitdem mit keinem Mann zusammengewesen …

Sie liebte das Leben in ihn zurück. Mit ihren Fingern und dann mit ihren Muskeln entfachte sie das Leben wieder in ihm. Es kümmerte sie nicht, daß sie kein Verhütungsmittel hatte. Sie nahm seine Nacktheit in sich auf. Das Leben kam zurück.

Seine Wärme war in ihr, seine Hände waren auf ihren Brüsten.

Sein Stoßen war in ihrem Körper.

Seine Zunge war in ihrem Mund.

Es war das Feuer, das sie verführte. Sie war mit keinem Mann zusammengewesen und hatte keinen Drang danach verspürt, seit sie nicht mehr auf der Straße lebte, und nun erfaßte sie das Feuer. Sie war über ihm und hämmerte auf ihn hinunter, und das Feuer war in ihrem Kopf, das Feuer, das kroch und raste und ergriff und zerstörte. Die Kraft des Feuers war in ihr, und das Brennen. Sie klammerte sich an ihn. Sie sank auf ihn.

Als es vorbei war, zu schnell für sie, und es machte ihr nichts aus, als sie fühlte, wie der Griff der Hand auf ihren Brüsten nachließ, als das Feuer in ihrem Kopf starb, rollte sie von ihm herunter.

Der Regen fiel auf ihn.

Der Schlamm klebte dick an ihm.

Sie hatte Johnny the Music nicht geliebt, auch nicht Deke the Pony oder den Van Man, noch die anderen …

Aber sie glaubte, daß sie Gord Brown liebte.

Sie hörte das Zischen und Spucken von frischem Holz, das auf ein Feuer geworfen wurde. Der Schein des aufgeschichteten Feuers leuchtete zu ihr herüber. Er lag neben ihr, und seine Augen waren geschlossen, und er atmete ruhig unter seiner hellen Brust. Sie glaubte, daß sie ihm wieder Leben eingeflößt hatte, ihr Leben. Der Feuerschein ließ die Nässe auf seinem Körper glänzen und beleuchtete die Schlammspuren auf seiner Haut. Sie nahm seine Hände von ihren Brüsten, und sie zog ihre Jeans wieder hoch und schnallte den Gürtel zu, und sie fühlte die alte Kälte wieder. Sie drehte sich zum Feuer um. Sie saßen dort, um das Feuer herum. Sie waren dreißig Schritte von ihr entfernt. Die Gruppe wachte über ihn, und sie konnte die Umrisse des Karrens und der Schubkarre vor dem Feuer sehen. Sie blickte herausfordernd zurück. Sie saßen zusammengekauert um das Feuer und beobachteten ihn, wie um ihn zu beschützen, und ihr Hund war bei der Gruppe, und sie hörte ihn nach ihr winseln.

Sie sagte sanft zu Gord: »Wenn wir nach Guatemala City kommen …«

Der Mann, den sie liebte, schlief und war nackt und wurde vom Regen bespritzt.

Sie standen vor Tom, während er sich anzog.

Sie gaben ihm keine Erklärung.

Sie hatten die Sachen, die er tragen würde, von den Kleiderbügeln im Schrank und aus den Fächern in der Kommode genommen.

Er zwängte sich unbeholfen in seinen Kampfanzug. Den Attaché machte seine Langsamkeit ungeduldig genug, um sich zu bücken und die Stiefel zu binden, und Kramer überprüfte das Magazin in seiner Gloch-Automatikpistole.

Sie führten ihn hinaus, als ob er ein Gefangener unter strenger Bewachung wäre, und Kramer stieß die Zimmertür hinter ihnen zu. Er war gerade aus dem langen Schlaf und der großen Schande erwacht, und sein rechtes Auge war halb zugeschwollen, und am Kinn hatte er Abschürfungen. Tom schleppte sich zwischen ihnen durch den Korridor und das Treppenhaus hinunter.

In Wind und Regen eilten sie über den Gehweg zwischen den Blumenbeeten.

Ein bewaffneter Marinesoldat ließ sie durch den Haupteingang der Residenz.

Der Botschafter wartete in der Eingangshalle der Residenz auf sie. Er hatte die Ausdrucke in der Hand und seine Ansprache vorbereitet. Tom sah den ausgedrückten Zigarrenstummel in dem Kristallaschenbecher neben dem Blumenstrauß auf dem Tisch. Es war dieselbe Zigarrengröße wie die, die sich Kramer jetzt anzündete. Sie waren vor ihm schon dagewesen, um die Sache abzuwickeln. Er dachte, daß nun der große Anschiß käme, ein Regierungsbeamter betrunken, ein DEA-Mann, der im Rotlichtviertel herumhing, ein Bundesbeamter, der vor einem Einheimischen auskotzte, daß sein Vater mit getürkten Versicherungen handelte und seine Mutter herumvögelte.

Der Botschafter begann: »Schön, Sie zu sehen, Schultz. Tut mir leid wegen der Uhrzeit, aber ein Krisenfall kommt selten gelegen ... Guatemala bricht zusammen, und zwar schnell. Santa Cruz del Quiché ist verloren. Ich will es kurz machen. Was zwischen diesem Pöbelhaufen und Guatemala City steht, ist das Kaibilbataillon. Wir wollen, daß die Kaibiles gewinnen. Wir wollen, daß dieser Pöbelhaufen besiegt, zum Rückzug gezwungen und so zerschlagen wird, daß sie nie mehr in der Lage sind, sich neu zu formieren. Die Tatsache, daß ein bedauernswerter Kongreß daheim die Regierung von Guatemala bei jeder Gelegenheit schlechtmacht, hindert mich daran, diesen Leuten in der Stunde der Not zu helfen, aber – und ich betone es – den Interessen der Vereinigten Staaten ist am besten mit dem Überleben der Regierung gedient. Jeder, der glaubt, daß dieser Pöbel den Weg zu einer besseren Gesellschaft weist, ist komplett übergeschnappt. Soweit ich die Dinge überblicke, ist der Erfolg des Kaibilbataillons für uns entscheidend. Das Bataillon hat einen neuen Kommandeur, und er hat eine Bitte an uns gerichtet. Er hat um Sie gebeten. Sie sind unter sein Kommando gestellt. Langsam, Schultz, fauchen Sie mich nicht gleich an, die Sache ist mit dem Außenministerium und der DEA abgesprochen. Sie wollen Sie, und wir geben Sie ihnen. Je schneller sie erledigt werden, desto besser. Kapiert, Schultz …?«

Er wankte. »Und wenn ich …?«

Der Attaché murmelte: »Dann sitzen Sie im nächsten Bus Richtung Norden, auf dem Pan America Highway, und haben keine Zukunft vor sich.«

Kramer sagte: »Sie sind ein Diener des amerikanischen Volkes. Das amerikanische Volk wünscht Stabilität in diesem Scheißhinterhof.«

Der Attaché murmelte wieder: »Sie werden in unserer Schuld stehen, diese Schweinekerle hier, und wir werden sie melken, was Dankbarkeit und Kooperation betrifft, solange ich lebe.«

Kramer sagte: »Helfen Sie uns, diesen Mörder mit dem Flammenwerfer wegzupusten.«

»Gehen Sie an die Arbeit, Schultz, und arbeiten Sie gut.« Der Botschafter reckte sich zu voller Größe.

»… Ich weiß nicht, was ihm passiert war, Cathy – Sie haben nichts dagegen, wenn ich Sie Cathy nenne? – ich weiß es nicht, weil er sich nie die Mühe gemacht hat, es mir zu erzählen, aber als er hier raufkam, war er ein Mann, der Probleme hatte. Er war bei der Army, oder? Er war in einem von diesen Vereinen mit den Abzeichen, oder? Er war Offizier, stimmt's? Er kam mit Problemen … Ich hab' mich gefragt, was macht ein Fallschirmjäger oder was immer in diesem beschissenen Ort. Ich hab' ihn oft genug gefragt, und ich hab's nie erfahren. Sah aus, als ob es privater Ärger wäre und keinen was anginge. Er arbeitete auf der Farm, als ob es lebenswichtig wäre. Natürlich war es nicht wichtig. Ich arbeite hart, Cathy, aber gegen ihn wirkte ich wie ein Faulenzer. Er hatte Probleme am Hals und ein aufbrausendes Temperament. Man sollte sich nicht mit ihm anlegen, nicht wenn er schlechter Laune ist ... Diese drei Kanaken sind wegen ihm gekommen, mit diesen ganzen Fotos von Leichen und aufgeschlitzten Kindern, und ich hab' sie verarscht, ich hab' so getan, als ob ich er wäre, ein Mordsspaß, und als er genug gehabt hat von dem Spaß, hat er einfach nur zu mir gesagt, daß ich abhauen soll. Hab' ich gemacht. Sehen Sie, Cathy, ich bin um ein ganzes Stück stärker als Gord, ich kann auf mich aufpassen. Ich bin fromm wie ein Lämmchen gegangen. Man kommt ihm besser nicht in die Quere, nicht wenn er schlechter Laune ist ... Drei Burschen sind ihm mal in die Quere gekommen. Sie waren von Tyneside, und sie sind hier raufgekommen, um das Adlernest auf dem Sidhean Mor auszurauben. Für Gord war es die einzige Entspannung, rauszugehen, wo es wild war, und zu klettern und auf der Lauer liegen. War wahrscheinlich sein Training, das Nest beobachten, schauen, wie es den Eiern ging. Hat sie nie gestört, kam nie näher als ein paar hundert Meter heran, und er ging immer im Morgengrauen hinauf und kam in der Abenddämmerung zurück. Ich schätze, diese Riesenviecher haben gewußt, daß er da war, haben verdammt gute Augen, aber er war keine Bedrohung für sie. Diese drei Burschen sind wegen den Eiern gekommen. Ich hab' von der Bezirkskrankenschwester gehört, was passiert ist, weil es ihr einer von den drei Burschen erzählt hat. Sie sind in der Nähe vom Nest raufgekommen, und sie müssen fast über ihn drübergestiegen sein. Man kriegt einen guten Preis für Adlereier, und die drei Burschen hatten nicht vor, zurückzustecken, nur weil da oben zwischen den Felsen so ein Witzbold zu ihnen sagt, sie sollen besser umkehren und verschwinden. Sie waren zu dritt und müssen sich gute Chancen ausgerechnet haben. Typisch für ihn, Cathy, er hat ihnen runtergeholfen. Er mußte ihnen runterhelfen, weil einer von ihnen eine ausgerenkte Schulter hatte, und einer hatte eine gebrochene Nase und eine Gehirnerschütterung, und der letzte hatte Eier so groß wie Orangen, nach den Prügeln, die sie gekriegt haben. Soweit ich weiß, war es das einzige Mal, Cathy, daß ihm die Sicherungen durchgebrannt sind … Ich kann nicht so gut reden, was erklären. Ich will's mal so sagen. Der Mann wirkte völlig verloren, als er hier war, wie ein Mann, der nach etwas sucht. Hört sich das wie geschwollenes Zeug an, Cathy? Er hat nichts gefunden, außer wenn er im Sidhean Mor oben war, bei diesen Riesenvögeln, bis diese drei Kanaken wegen ihm gekommen sind. Ich schätze, er ist nur ziellos rumgerannt, bis sie wegen ihm kamen, und als sie da waren, hat er aufgehört rumzurennen … Die Fotos, die sie mitgebracht haben, Cathy, die hätten jeden harten Mann umgestimmt …«

Der Lachsfarmarbeiter griff nach seiner Brieftasche und dem schmäler werdenden Bündel Geldscheine, die er für Gord Browns Wagen bekommen hatte. Sie schüttelte den Kopf, und Cathy Parkers Goldhaar schimmerte in dem matten Licht der Hotelbar. Sie entschuldigte sich, sagte, sie würde in der Nacht zurück nach London fahren. Bevor sie die Bar verließ, blieb sie stehen und schaute zu der ausgestopften Majestät eines Adlers hinauf, dann zog sie den Kopf ein und trat in eine stille und klare Nacht hinaus. Rocky brachte sie zum Auto.

»… Vermutlich ist er dorthin gegangen, natürlich. Vermutlich macht er ziemlichen Wirbel dort. Ich habe gesagt, daß er nur rumgerannt ist, aber ich glaube nicht, daß er nach diesen Fotos von Blut und Leichen und aufgeschlitzten Kindern noch weiter rumrennen will. Bevor er nicht gewonnen hat, geht er von dort nicht weg. Hat mich gefreut, Sie kennenzulernen, Cathy.«

Vor der Botschaft bildeten sich bereits die Schlangen, die auf die Öffnung der Visaabteilung warteten, das gedämpfte Licht wurde heller, und die Männer, die mit alten Schreibmaschinen ihre

Dienste anboten, bauten unter hohen Regenschirmen ihre Stände auf.

Das Tor wurde Tom von einem Marinesoldaten aufgeschoben.

Der Jeep war an der Bordsteinkante geparkt.

Der Colonel saß teilnahmslos neben seinem Fahrer.

Tom schwang seinen Kleidersack hinten in den Jeep und kletterte hinterdrein. Er wurde hart auf den Sitz geworfen, als der Jeep losbrauste.

Der Jeep fuhr durch die grau beleuchtete Stadt. Der Colonel beobachtete ihn nicht, studierte einen Berg Papiere, die durch Cellophanhüllen vor dem Regen geschützt waren.

Eine Schranke wurde für sie gehoben.

Der Jeep parkte vor dem Militärkrankenhaus, und Arturo bedeutete Tom mit einer Daumenbewegung, ihm zu folgen. Sie liefen an zwei Armeelastwagen mit Tarnanstrich vorbei, die mit einem Schlauch bespritzt und saubergeschrubbt wurden.

Die Station war voll. Jedes Bett war belegt. Im Mittelgang waren Matratzen ausgelegt. Von einem Bett kam ein Schrei, von einem anderen ein Stöhnen, von einer Matratze ein schluchzender Schrei. Die Schwestern eilten auf leisen Gummisohlen umher, und die Ärzte standen an Betten und Matratzen, und ihre herabhängenden weißen Mäntel waren blutbefleckt und wiesen dunkle Flecken von verkohlten Brandwunden auf. Tom blieb zögernd an der Tür der Station stehen, neben dem großen Haufen stinkender Uniformen, und von der Mitte des Ganges winkte Arturo Tom ungeduldig, ihm zu folgen. Die Schwestern und Ärzte waren überall, mit den Kochsalzinfusionen und den Tupfern und den Morphiumspritzen. Er zwang sich dazu, hinzusehen. Er sah die ruhigen Hundeaugen von Männern, die vor Schmerz unter Schock standen, und das Zittern der Arme von Männern, die vor Angst unter Schock standen, und die Augen waren Diamanten in der Schwärze eines versengten Gesichts, und die Arme waren dunkle Stümpfe, auf denen die Haut von der Hitze Blasen geworfen hatte. Der Schrei wurde zu einem Röcheln, und das Röcheln erstarb, und ein Tuch wurde über den Kopf eines Mannes gezogen, und die Schwestern schoben das Bett auf seinen Rädern durch die Schwingtür am anderen Ende der Station hinaus. Er zwang sich dazu hinzusehen. Arturo lief die ganze Länge der Station ab, sprach weder mit einem Arzt oder einer Schwester noch mit einem verbrannten Soldaten. Seine Stiefel klatschten den langen Gang zurück. Tom folgte ihm hinaus.

Er begriff, was das Feuer war.

Er kannte die Wunden, die das Feuer verursachte, und das Entsetzen, das es verbreitete.

Er spürte die Kälte des Regens und des Windes, als sie zum Jeep zurückgingen. Es ging um eine Familie. Eine Familie war das, wonach er suchte. Er hatte die Familie in dem DEA-Team, das von der Botschaft in Guatemala City aus operierte, nicht gefunden, denn dort war er nur der Fährmann, der sie irgendwo hinbrachte. Und er hatte die Familie nicht beim Militär gefunden, wo Kumpanei und das Kriechen um Beförderungen herrschten und ihn erstickten. Er hatte die Familie auch nicht dort gefunden, wo einst sein Zuhause gewesen war. Es hatte vor langer Zeit einen Lehrer gegeben, der am ehesten so etwas wie Familie für ihn gewesen war. Der Lehrer hatte ihn durch die Klassenstufen zum College getrieben und war zur Stelle gewesen, um ihn durch die Prüfungen für die Militärlaufbahn zu pauken. Der Lehrer war tot, Lungenkrebs. Der Lehrer war in dem Monat gestorben, in dem er nach Fort Wolters fuhr. Er nahm an, es lag daran, daß er nie eine gekannt hatte, warum es ihm so wichtig war, eine Familie zu finden. Und er fragte sich, ob er möglicherweise ausgerechnet auf einer Station für Verbrennungsopfer eine Familie finden würde …

Tom packte Arturo an der Schulter. Die Wut brannte in ihm. »Es war nicht nötig, es mir zu zeigen. Es war nicht nötig, mir eine Show zu bieten. Meine Befehle lauten, Ihnen zu helfen, ihn zu jagen und zu töten, den Mann mit dem Feuer …«

Mit dem ersten Tageslicht nagte der Hunger in den Eingeweiden des Mannes von der Zivilpatrouille. Die ganze Nacht, während er über Gaspar, den Geist, und die Frau, die zu ihm gegangen war, gewacht hatte, hatte sein Magen geknurrt. Er konnte den weißen Körper von Gaspar, dem Geist, sehen, und er sah die Frau, die dicht bei ihm saß, und sie wurden gut genug bewacht von dem Feuerwehrmann und den Gringos aus Amerika und Kanada und dem Priester und dem Straßenjungen aus Guatemala City. Er flüsterte, daß er ginge, um etwas zu essen zu suchen. Was er zu finden hoffte, wovon er im Halbschlaf während der Nacht geträumt hatte, waren frische Tortillas mit Bohnen und Chili und vielleicht etwas Reis, und noch besser wäre es, wenn er das Kratzen in seinem Hals mit *atol* fortspülen könnte, und nicht schlecht, wenn er warmes Coca-Cola fände. Der Traum von dem Essen kam ihm reichlich phantastisch vor, das Essen, das er an den wenigen Tagen im Jahr aß, wenn er zu den Festen in Uspantán und Sacapulas ging. Der Traum handelte von Enchiladas und Guacamole mit zerstampften Avocados und *ceviche*, mariniertem rohem Fisch. Er sagte den Männern in der Gruppe, daß er ginge, etwas zu essen zu suchen, und er schätzte, daß jeder von ihnen Hunger verspürte. Er nahm das Gewehr mit, das man ihm gegeben hatte, und machte sich auf den Weg zurück in die Stadt. Er sah den Schatten nicht. Er schrie nicht auf, als sich der Schatten an ihn heranmachte, ihn faßte. Die Gedanken an Tortillas und warmes Coca-Cola wurden aus seinem Bewußtsein gerissen. Er schrie nicht, als er das Messer an seiner Kehle fühlte und den schlechten Atem roch, weil er glaubte, daß ein Schrei seine Chance zu überleben verringert hätte.

Die Älteren hatten ihn noch gekannt.

Die älteren Unteroffiziere und einige von den Offizieren auf Zug- oder Kompanieebene konnten sich von »Victory '82« und »Firmness '83« noch an Mario Arturo erinnern. Er suchte unter den Gesichtern nach denjenigen, die mit ihm im Dreieck oder im Ixcán gewesen waren, und nach denen, die am Tag der Armee mit ihm auf dem Campo de Marte paradiert hatten, bevor er weggegangen war, um an der Escuela Politecnica zu lehren, bevor er zum Stab an das *estado major* gegangen war, vor dem Scheißjob als Verbindungsoffizier für die Drogenjäger. Sie waren die Besten, er war stolz.

»Was ißt ein Kaibil? FLEISCH ...«

Er stand auf einer umgedrehten Orangenkiste. Er ließ den dröhnenden Sprechchor über sich hereinfluten.

»Was für Fleisch? MENSCHENFLEISCH ...

Der Amerikaner war hinter ihm. Die Offiziere des Bataillons waren unter ihm. Der Sprechchor war für ihn.

»Was für Menschenfleisch? KOMMUNISTENFLEISCH ...«

Sie standen vor ihm. Ihre Stiefel schlugen die hämmernde Begleitung zu dem Sprechchor.

»Was trinkt ein Kaibil? BLUT ...«

Der Regen prasselte in sein Gesicht und rann auf den Umhang, in den er gehüllt war, und tropfte vom Lauf der Uzi, die an einem Schulterriemen hing.

»Was für Blut? MENSCHENBLUT ...«

Er schaute über ihre strahlenden Gesichter und ihre straffen Körper und in die Entschlossenheit ihrer Augen.

»Was für Menschenblut? KOMMUNISTENBLUT ...«

Er ließ sie schweigen, und dann rief er sie nach vorn. Die Männer drängten sich um die umgedrehte Orangenkiste. Er erzählte ihnen von Santa Cruz del Quiché und Nebaj und Playa Grande. Er erzählte ihnen, daß einige Armee-Einheiten sich ergeben hatten und daß einige davongelaufen waren und daß einige sich geweigert hatten, zu marschieren. Er erzählte ihnen von dem Feuer und von dem Öl-Benzin-Gemisch, damit es besser auf einem Arm oder Oberkörper oder Gesicht haftete, der Cocktail, der hängenblieb. Er erzählte ihnen von dem Krankenhaus, wo die Verbrannten und Verstümmelten im Sterben lagen. Er erzählte ihnen von einem Pöbelhaufen, der auf Guatemala City zukam. Er stand aufrecht auf der umgedrehten Orangenkiste, und er mußte nicht schreien, weil sie schweigend an seinen Lippen hingen.

»... Es sind die Kaibiles, die zwischen unserem geliebten Vaterland und dem finsteren Zeitalter des Verderbens stehen.

Und das ist mein Versprechen. Wir werden den Pöbelhaufen finden, wir werden sie stoppen, wenn wir sie gestoppt haben, werden wir sie zurückjagen, wenn wir sie zurückgejagt haben, werden wir sie vernichten. Das verspreche ich. Wir werden sie finden, und wir werden sie töten …«

Sie ließen ihn hochleben, sie riefen seinen Namen. Er stieg herunter.

Er ging zu dem Amerikaner.

Er sah das komische, spöttische Lächeln. »Starke Worte.«

»Sie sollten sich bereit halten zu fliegen.«

»Wohin?«

»Wohin ich Ihnen sage und wann ich es Ihnen sage.«

»Wie Sie meinen, Colonel …«

Er schaute in den Himmel, in die bleifarbene Wolkenmasse. »… Lassen Sie mich Ihnen erzählen, was der britische Militärattaché bei einem Besuch aus Panama zu mir gesagt hat. Es ging um die Situation in Irland, die Rebellen versuchten, die britische Regierung durch einen Bombenanschlag zu liquidieren, und es klappte nicht. Nachher veröffentlichten die Rebellen ein Statement. Ihr müßt jedesmal Glück haben, wir müssen nur einmal Glück haben. Das Hurenbaby Ramírez und der Engländer müssen jedesmal Glück haben, wir müssen nur einmal Glück haben. Wir müssen sie nur einmal stoppen, nur einmal gegen sie kämpfen, sie nur einmal besiegen, und sie sind geschlagen.«

»Nach meiner Erfahrung will Glück verdient sein …«

Das Messer war in Höhe des Steißbeins des Mannes von der Zivilpatrouille, unter seinem Mantel. Die Spitze des Messers drückte neben dem kräftigen Rückgrat in seinen Körper. Er hatte das Gesicht des Mannes nicht gesehen, der seinen Arm wie in einem Schraubstock verdreht unter dem Mantel hielt, das Handgelenk nahe der Stelle, wo das Messer ihn piekte. Er hatte nie eine Schule von innen gesehen, war nie in den Genuß von Bildung gekommen. Aber der Mann von der Zivilpatrouille war geübt darin, mit einer langstieligen Axt oder einer beidhändigen

Säge Bäume zu fällen und ein Maisfeld zu pflügen und das Zuckerrohr zu schneiden, wenn er zur Erntesaison auf dem offenen Lastwagen zu der *finca* bei Puerto San José gebracht wurde, und er hatte Erfahrung im Überleben. Der Messerspitze neben dem Lebensmark seines Rückgrats setzte er keinen Widerstand entgegen. Sie verließen die Stadt durch das Barackenviertel. Sie waren nur zwei Betrunkene mehr, die nach der chaotisch durchfeierten Nacht nebeneinander einherschwankten und sich gegenseitig stützten. Als die Sonne aufging, wurde der Mann von der Zivilpatrouille aus Santa Cruz del Quiché hinausgebracht, über die Felder und zwischen die Bäume geführt, von denen das Regenwasser tropfte.

Die Feuer wurden gelöscht. Wolkenschleier hingen über der Stadt. Rauchspiralen kräuselten sich in den Straßen und Gassen. Die Flammen der Nacht verloschen in verkohlten Wohnhäusern und niedergebrannten Kaufhäusern.

Gord ging zwischen Gebäuden umher, die das Dach eingebüßt hatten, Gebäuden, die von Einschüssen übersät waren, und Gebäuden, die von Raketen und Granaten durchlöchert waren. überall um ihn war der Geruch von kaltem Feuer, das der Regen gelöscht hatte; die Zerstörung war um ihn, und der Tod. Hinter Gord schob der Feuerwehrmann den Karren, und der Straßenjunge half ihm, und der Priester steuerte die Schubkarre, und der Archäologe und der Kanadier deckten die Eingänge und Fenster und Seitengassen mit ihren Gewehren ab. Sein Zorn war verflogen.

Er war zornig gewesen, als er nach der langen Regennacht durchgefroren war, als er die nassen Sachen wieder angezogen hatte, als die Morgenstunden ungenutzt dahintrieben. Er war zornig gewesen, als er Zeppo gefunden hatte und ihn anschrie, daß keine Zeit zu verlieren sei, als er Harpo über den Weg lief und in die Luft ging, weil das Waffenlager nicht leergeräumt war und die Rekruten nicht gemustert waren, und als er Groucho gefunden hatte und erfuhr, daß die Lebensmittel nicht eingesammelt waren. Der Zorn verflog, als er durch die Straßen von Santa Cruz del Quiché ging.

Der Zorn war verschwunden und mit ihm der Friede von Alex' Liebe. Die Kälte hatte ihn wieder.

Er ging an dem Haushaltswarengeschäft vorbei, wo der Latino-Besitzer, ein alter Mann mit weißem Haar, versucht hatte, seine Besitztümer, Öllampen, Kochtöpfe, Messer und flache Porzellanteller, zu schützen, und zwei Plünderer waren tot vor dem Laden liegengeblieben, bevor der Besitzer mit seiner Flinte überwältigt worden war. Er sah den blutüberströmten Kopf und das Blut in den weißen Haaren des Besitzers, und die Regale waren bereits leer. Es gab nichts mehr zu stehlen.

Vorbei an dem Körner- und Samenladen, wo eine Latino-Frau im Eingang auf der Seite lag, mit klaffenden Schnittwunden an ihren Armen, und vor Schmerz stöhnte; und die Säcke im Innern waren aufgeschnitten und ausgeleert.

Um die Ecke auf den Platz vor der Kirche, wo die Leichen von drei Polizisten lagen; und einer hatte die Hände starr vor dem Gesicht, als ob er den letzten, tödlichen Hieb mit der Machete nicht hatte sehen wollen; und ein anderer bedeckte im Tod seine Leistengegend; und der letzte, der gefallen war, hatte die Arme ausgestreckt, als hätte er im letzten Moment noch um Gnade gefleht.

Vorbei an der zertrümmerten Ladenfront, wo am Nachmittag zuvor Alkohol verkauft worden war. Ein Mann rannte aus dem Laden, und in jeder Tasche hatte er Bierflaschen stecken, und weitere fünf drückte er gegen seine Brust, und er hüpfte über die Leiche des Ladeninhabers und wandte sich um, als spiele er mit dem Gedanken, den leblosen Körper zu treten. Bier- und Schnapsflaschen lagen zerbrochen auf dem Gehsteig, an Ort und Stelle geleert, als der Laden gestürmt und die Tür eingetreten und der Rolladen wie in Raserei weggefetzt worden war. Der Mann, der mit den Bierflaschen davonlief, war wohl der letzte, der Alkohol in dem Laden fand.

Vorbei an dem Auto, das auf dem Dach lag und ausgebrannt

war, die Fenster eingeschlagen und das Benzin darin verspritzt, und an den schwarzverkohlten Leichen eines geflüchteten Mannes und seiner Frau und der zwei Kinder.

Vorbei an der evangelischen Kirche, der Kirche vom Kleinen Berg von Carmel, einst sauber mit rosa gestrichenen Brettern und weiß gestrichenen Dachblechen gebaut. Die Wände waren feuergeschwärzt, und die Dachbleche waren heruntergestürzt, nachdem sie sich im Feuer gewölbt hatten. Der Missionsprediger, eins achtzig groß und zweihundert Pfund schwer, war am Eingang der Kirche, die er mit einem Spazierstock zu verteidigen versucht hatte, niedergestreckt worden, und die Unterseite seiner Lederstiefel und seine Wranglerjeans und sein kariertes Cowboyhemd waren vom Feuer weggesengt worden.

Vorbei an Laternenpfählen, von denen Leichen hingen. Kinder spielten unter den Laternenpfählen, und das Spiel bestand darin, hochzuspringen und die Fersen der gehenkten Männer so zu drehen, daß die Leichen an den verzwirbelten Seilen rotierten, die aus dem Haushaltswarenladen stammten. Die Leichen waren *orejas*, Spitzel, und waren verstümmelt.

Vorbei an den Leichen auf der Straße.

Das hatte er angerichtet.

Vorbei an den Betrunkenen, die ihre Räusche von dem geplünderten Alkohol ausschliefen.

Es war sein Werk.

Vorbei an den sich drehenden Leichen und den Kindern …

Er war betäubt. Er fror. Es war der fünfte Tag von Gords Woche, und der fünfte Tag war schon halb um, und die Kolonne hatte sich nicht bewegt. Er ging die Hoteltreppe hinauf, stieg über schlafende und schnarchende Männer. Er ging an den Männern vorbei, die die geschlossene Tür zu dem Zimmer im ersten Stock bewachten. Jorge war nackt. Er war nackt und gewaschen. Er schlief. Er schlief friedlich wie ein Baby. Der fünfte Tag war verloren.

Gord schloß die Tür und ging wieder hinunter.

Er ging, um sich noch einmal zu vergewissern, daß die Soldaten, die sich ergeben hatten, in der Kaserne der Garnison in Sicherheit waren.

Er wollte nur wieder bei seinem Bruder und seinem Vetter in seinem Dorf an der Straße zwischen Sacapulas und Uspantán sein. Der Mann von der Zivilpatrouille sehnte sich nur danach, daheim in dem Dorf zu sein, wo sein Vater begraben war. Er wollte überleben. Immer war die Stimme hinter ihm. Alles, was er von dem Mann sah, war das schwarze Tuch an einem Arm und eine Hand mit sauberen Nägeln und schlanken Fingern. Er saß mit dem Rücken zum Fuß des Baumes am Rand einer Lichtung, auf der einst Mais angebaut worden war und nun hohes Gras wucherte, und seine Arme waren mit einer Schnur um den Baum gebunden. Er dachte nicht daran, sich zu opfern … Die Stimme war widerwärtig süß, süß wie die Äpfel, die im Dreieck wuchsen, oder die Orangen von der Küste, die nach der Regenzeit reiften … Er dachte nur ans Überleben. Er sah sich die Fotos an. Die Fotos, die auf seinen Schoß gelegt worden waren, zeigten den kleinen Mann, der eine einzelne Blume in der Hand hielt, und den Mann, der sich mit einem Taschentuch über die Stirn wischte, und den Mann, der die Hand des jungen Führers schüttelte … Die Stimme war von zuckersüßer Freundlichkeit, und er bekam einen kleinen Riegel Schokolade, aus dem Papier gepellt, und die Hand steckte ihn zwischen seine Zähne … Er sagte, daß der junge Führer immer von Leuten umgeben war, daß der Mann auf dem Foto, der dem jungen Führer die Hand schüttelte, immer bei ihm in einem Kreis von bewaffneten Männern sei, daß der Mann auf dem Foto, der das Taschentuch in der Hand hielt, in der Mitte der Kolonne bei den Maschinengewehren und Mörsern marschierte … Er hatte die Schokolade geschluckt, und die zuckersüße Freundlichkeit der Stimme soufflierte ihm … Der Mann, der auf dem Foto die einzelne Blume hielt, bewegte sich zwischen Vorhut und Nachhut der Marschkolonne hin und her, war für das Essen verantwortlich und hatte keine bewaffnete Eskorte. An den Baum festgebunden, redete der Mann von der Zivilpatrouille und hoffte, sein Überleben zu sichern.

»Soll ich einen Anzug oder eine Militäruniform tragen, wenn ich in den Palacio Nacional einziehe …?«

Gord saß auf dem Boden des Raums, der einmal die Offiziersmesse der Kaserne gewesen war. Der Dreck war auf ihm festgebacken. Er schaute hinüber zu Jorge, auf das gewaschene Gesicht und die geschrubbten Hände und das glattgekämmte Haar.

»… Ich glaube, es ist wichtig, sich zu überlegen, welchen Eindruck ich auf das ausländische diplomatische Korps mache. Castro war immer in Uniform, Ortega auch, und ich meine, das war falsch …«

Jorge lümmelte im Sessel, und Groucho rauchte eine Zigarre, und Harpo schenkte aus einer Flasche Scotch ein, und Zeppo leerte sein Glas, um es nachfüllen zu lassen. Gord saß zusammengekauert auf dem Boden, und das Gewicht der Gürtel mit der Maschinengewehrmunition lastete auf seinen Schultern, und die Granaten zogen an seinem Hemd.

»… Ich will nicht nur als Kämpfer erscheinen, ich möchte die Stimme des Volkes verkörpern. Die einfachen Leute ächzen unter der Militarisierung Guatemalas. Wir müssen den Wechsel deutlich machen. Ich denke, es sollte ein Zivilanzug sein. Als ich heute abend gesprochen habe, habe ich versucht, diese Gewichtsverlagerung anzudeuten …«

Es war eine Rede im Licht von Taschenlampen gewesen. Jorge von flackerndem Feuer beleuchtet. Er hatte im Quichédialekt geredet, die geballte Faust in die Luft gereckt, und von der ganzen Plaza war ihm Beifall entgegengebrandet.

»… Ich denke, ich habe gut gesprochen und gesagt, was die einfachen Leute hören wollten. Ich brauche euren Rat, von euch allen, Anzug oder Uniform … Ich glaube, ich sollte zuerst mit den Amerikanern allein reden und mich dann an das allgemeine diplomatische Korps wenden … Gord, wann kommen wir nach Guatemala City?«

Er hob nicht den Kopf. Gords Kopf war gesenkt. »Sie entscheiden, wann wir den Marsch wiederaufnehmen.«

»Gord, Sie enttäuschen mich. Sie haben keinen Grund zu schmollen, Gord. Sie glauben doch nicht im Ernst, daß wir gestern nacht von hier hätten wegziehen können. Wir gehen am Morgen.«

»Vor dem Morgengrauen.«

Jorge lächelte. »Wenn wir fertig sind. Bitte, Gord, es macht Sie häßlich, wenn Sie schmollen.«

Gord sagte es leichthin. »Wenn wir mit der Kleiderfrage fertig sind, könnten wir dann jetzt die Route besprechen …?«

Er konnte die Seife an Jorge riechen und die Lotion auf Harpos und Zeppos rasierten Wangen und Grouchos Körperpuder.

Die Karte wurde ausgebreitet. Gord kroch über den Boden. Die Karte war jetzt schon ziemlich ramponiert und am Falz eingerissen. Sie würden die Stadt Chichicastenango und die Dörfer Saquitacaj und San José Poaquil und Quimal umgehen. Die Höhenlinien zeigten eine enge Schlucht westlich von Jilotepeque, östlich von Comalapa, an. Es waren zwanzig Meilen bis zur Schlucht. Gord sagte ihnen, daß sie die Schlucht am nächsten Tag vor der Dunkelheit erreichen mußten …

»Einverstanden.« Jorge wandte sich von der Karte ab.

Groucho faltete die Karte vorsichtig zusammen.

Gord ging hinaus in die Nacht. Ein ganzer Tag verloren, der fünfte Tag seiner Woche, ein Tag mit dem Schutz der Wolken und des Regens. Verloren …

15

»Wie oft muß ich es noch sagen, die Gruppe muß zusammenbleiben. Wo ist …?«

Sie fluteten weg von den Barackensiedlungen am Stadtrand. Sie verließen die Ruinen und den Rauch. Sie marschierten fort von den Kirchtürmen, die in die tiefhängenden Wolken ragten. Sie gingen zur Baumgrenze. Die Armee auf dem Marsch und ihr Troß zottelten endlich aus Santa Cruz del Quiché heraus. Gord war hinten bei der Nachhut der Kombattanten.

Zwei Männer rangen neben dem Weg um den Besitz eines elektrischen Ventilators. Scheiße … Ein elektrischer Ventilator, und sie waren Dörfler aus dem Quiché, und er hatte nichts von Elektrizität in den Dörfern der Cuchumatanberge bemerkt, und es war so kalt, so feucht, daß der Bedarf nach einem kühlenden Luftzug gleich null war. Scheiße … Glaubten sie, sie könnten einen elektrischen Ventilator den ganzen Weg nach Guatemala City tragen, in den Palacio Nacional, und dann damit in ein Dorf zurückmarschieren, das keine gottverdammte Elektrizität hatte? Er holte mit der Faust aus, und der eine Mann ließ los und duckte sich, und der andere rannte mit dem elektrischen Ventilator auf und davon.

Der Archäologe sagte: »Vielleicht ist er weiter vorn.«

Der Kanadier sagte: »Vielleicht spielt es keine Rolle, wo zum Teufel er ist.«

Gord trieb die Männer vor ihm an, weiter, weiter. Ein Indianer fiel zurück, er wurde von dem massigen Saatgutsack auf seiner Schulter niedergedrückt, und Gord zog sein Messer aus der

Scheide an seinem Gurt, schlitzte den Sack auf und schüttete die Saat auf den Pfad. Weiter, weiter … Zwei Männer kämpften um eine halbleere Whiskyflasche und taumelten in ihrer Wut aufeinander zu und verfehlten sich mit ihren Schwingern, und Gord entwand ihnen die Flasche und schleuderte sie krachend und Schnaps verspritzend in das üppige Grün des Dickichts. Weiter, weiter … Ein Mann vor ihm taumelte aus der Kolonne und beugte sich vor und erbrach den Alkohol von der Nacht ins nasse Gras. Ein Mann zeigte einem anderen den Diamantring, den er in der Nacht erbeutet hatte, er hielt ihn vorsichtig, damit er ihm nicht weggeschnappt wurde. Gord dachte, wenn Alex neben ihm ginge, würde sie ihn von seiner Wut ablenken, aber sie war hinter ihm beim Troß, und er würde sie bis zum Abend, bis zur Schlucht nicht sehen. Es hätte ihn auch ablenken können, wenn er das Gezwitscher und die Wärme von Eff und Vee und Zed um sich gehabt hätte, aber sie waren vorausgegangen, um den Weg zur Schlucht zu erkunden … Murrend und elend, verkatert und überfressen, weit auseinandergezogen und torkelnd, trieb die Pöbelarmee nach Süden.

Der Feuerwehrmann, der den Karren vor sich herschob, schweißüberströmt vor Anstrengung, war unmittelbar hinter Gord. Sie hatten eine unbefestigte Straße überquert, die sich zu beiden Seiten menschenleer in den dichten Nebel erstreckte.

»Sie müssen es selbst wollen, Sie können nicht alles für sie machen.«

Gord fluchte. »Himmel noch mal … Wenn ihr keine Disziplin habt …«

»Wir können es schaffen, nach Guatemala City?«

»Wir haben einen Tag verloren …«

»Was wartet da auf Sie, falls wir nach Guatemala City kommen?«

Gord lächelte, bitter. »Ein Bad und eine Flasche und ein Flugzeug nach draußen.«

Er hörte die Verwirrung in der Stimme des Feuerwehrmannes. »Sie bleiben nicht?«

»Wozu?«

»Ist es wahr, daß Sie kein Geld genommen haben? Man sagt es ... Wollen Sie nicht helfen, die neue Nation aufzubauen?«

»Ich weiß nicht viel darüber, wie man die Kanalisation freihält und die Busse dazu bringt, pünktlich zu fahren.«

Der Feuerwehrmann schüttelte verwundert den Kopf. »Man sagt, daß viele Sie gefragt haben, warum Sie hier sind, und daß Sie nicht geantwortet haben. Ich bin ein einfacher Mann, aber ich weiß, warum ich hier bin. Ich will helfen, ein neues Guatemala aufzubauen. Mein ganzes Leben ist dieses Land von Soldaten regiert worden. Sie können alles mit uns machen, sie können sich nehmen, was sie möchten, sie können umbringen, wen sie wollen. Die Armee ist nicht dafür ausgebildet, die heiligen Grenzen meines Landes zu verteidigen, sie ist ausgebildet, ihr eigenes Volk zu töten, Krieg gegen ihre Brüder und Väter und Neffen und Söhne zu führen. Ich möchte der Bürger eines Landes sein, in dem es nicht die Aufgabe eines Feuerwehrmannes ist, am Morgen rauszugehen und die Leichen aus den Gräben aufzusammeln, Bürger eines Landes, in dem es keine Leichen mehr zu finden gibt für einen Feuerwehrmann. Ich möchte ein Land, in dem mein Kind Bildung erhält und meine Frau medizinische Versorgung, wo ich die Freiheit habe, zu jedermann meine Meinung zu äußern, ohne Angst vor den Todesschwadronen. Wenn Sie gekommen sind, um mir zu helfen, dieses Land aufzubauen, dann danke ich Ihnen ...«

Gord sagte rauh: »Ich will Sie nur nach Guatemala City bringen.«

Der Feuerwehrmann fiel zurück. Die Räder des Karrens bohrten sich hinter Gord in den Boden. Er rief wieder, trieb und stieß die Kolonne schneller an. Ein Tag war verloren worden. Es war der sechste Tag von Gords Woche. Wenn er nach oben blickte, suchte er die bleigraue Wolkendecke nach Rissen und Löchern und dünnen Stellen ab. Wenn das Wetter sich änderte ... und ein Tag war verloren worden.

Sie war die Sekretärin des Produktionschefs einer Abfüllfirma auf einem Industriegelände, das gegenüber des Parque Aurora auf der anderen Seite der Eisenbahngleise an der Straße zur Universität lag. Es war eine gute Stellung. Der Job brachte ihr genug ein, um sich einen sieben Jahre alten Renault 5 zu leisten. Sie fuhr jeden Morgen von dem alten Haus ihrer Familie zur Abfüllfirma und nahm immer die gleiche Strecke, weil sie keinen Grund hatte, sich nicht an tägliche Gewohnheiten zu halten. Sie hielt es für ihr persönliches Geheimnis, das im Lauf der Jahre in Vergessenheit geraten war. Sie war zwölf gewesen, als ihr Vater gegangen war. Der überstürzte Anruf, der ihre Mutter vom Schreibtisch ihres Vaters in der Universität erreicht hatte, die hastig vorbereitete Tasche und sein Verschwinden. Die Polizei war natürlich gekommen und hatte das Haus durchsucht und ihre Mutter geschlagen, aber das war elf Jahre her. Sein Name wurde in dem alten Haus ihrer Familie nicht erwähnt, denn ihre Mutter ertrug es nicht, den Namen ihres Vaters zu hören. Sie war zur Frau herangewachsen, sie hatte studiert, sie war von den Behörden nicht beachtet worden. Und nie ein Wort von ihrem Vater … Sie wußte von dem Aufstand. Die ganze Abfüllfirma wußte vom Ausmaß der Revolte, hatte es gewußt, seit der Verkaufsmanager an einem Kontrollpunkt an der Straße nach Quetzaltenango zurückgeschickt worden war, weil es zu gefährlich sei, weiterzufahren. Zufällig war der Leutnant am Kontrollpunkt der Neffe des Nachbarn vom Verkaufsmanager gewesen, und der Leutnant hatte dem Nachbarn seines Onkels erzählt, daß das Pack, das in den Cuchumatanes wütete, von Rodolfo Jorge Ramírez geführt wurde … Sie hatte gezittert, sie, die ihr Geheimnis tief in ihrem Innern verbarg. Nichts war in den Zeitungen zu lesen, nichts war im Radio zu hören, aber sie hatte gezittert, denn sie wußte, daß der Sohn des Anführers, an dessen Seite ihr Vater gekämpft hatte, in die Berge zurückgekehrt war … Das Geheimnis hatte in den vergangenen zwei Tagen an ihr gezehrt. An diesen beiden letzten Tagen war ihr Papierkorb voll weggeworfener Blätter gewesen, die mit ihren Schreibfehlern übersät waren … Es ging so schnell.

Der Lieferwagen mit den abgedunkelten Seitenscheiben fuhr an ihr vorbei und schwenkte dann herüber, schnitt sie. Sie bremste instinktiv, während die Männer vom Lieferwagen auf sie zurannten.

Er verfolgte die Kolonne.

Benedicto blieb auf der Anhöhe. Er stieg zu dem Gelände oberhalb der Kolonne hinauf, kroch dann mit seinen Ferngläsern zu einer Böschung oder zu einer Lücke, wo die großen Bäume von den Stürmen gekappt worden waren, und beobachtete den Zug. Er suchte nach dem einen Mann.

Er hatte den Anführer, das Hurenbaby Ramírez, inmitten einer Menge von Männern sitzen sehen, als die Kolonne Rast machte, hatte sein Gesicht einmal und nur flüchtig gesehen. Er hatte den Mann gesehen, der auf der Fotografie seine Stirn abwischte, und den Mann, der auf einem anderen Foto dem Hurenbaby die Hand schüttelte.

Mitten am Vormittag, während er weiterging und den Schwachsinnigen mitschleppte, hatte er den Engländer mit dem Feuerkarren gesehen. Er war kein Heckenschütze, hatte kein Präzisionsgewehr, und der Engländer war so plötzlich aufgetaucht, daß auch ein ausgebildeter Scharfschütze keine Chance gehabt hätte. Er verfolgte die Kolonne und suchte nach dem Mann, der auf dem Foto eine einzelne Blume hielt.

Er schleifte den Schwachsinnigen hinter sich her. Er hatte den Schwachsinnigen fest geknebelt, und er hatte seine Hände gebunden, geknotet, und er zog ihn an einem Stück Seil.

Rührend, der Schwachsinnige, denn er versuchte immer nett zu sein …

Es gab eine Stelle, wo Benedicto fünfundzwanzig Männer der Kolonne sehen konnte. Es war, wie Arturo ihm gesagt hatte und wie er es in Playa Grande gesehen hatte. Ein Pöbelhaufen von Männern, die im Schlamm dahinrutschten und Gewehre und Maschinenwaffen trugen, und manche waren mit Mörserbomben beladen und manche mit Raketenwerfern, die sie auf ihre Schultern geschnallt hatten. Das Glucksen neben ihm. Ein Pöbelhaufen, der ohne Ordnung und Disziplin vorwärts drängelte. Das kehlige Gekrächze neben ihm. Die Augen des Schwachsinnigen bettelten mitleiderregend … Er sah den Mann. Der Schwachsinnige hatte den Mann identifiziert. Der Mann war aus der Kolonne ausgeschert, und seine Hände rissen bereits an seinem Gürtel, und der Mann bahnte sich seinen Weg ins Gebüsch.

Benedicto sah den Kopf des Mannes, der auf dem Foto eine einzelne Blume hielt.

Er drehte sich zu dem Schwachsinnigen um, und mit einem Lächeln zeigte er ihm seine Dankbarkeit, denn er wollte ihn nicht erschrecken.

Mit zwei Hieben durchschnitt er die Kehle des Schwachsinnigen, der keinen weiteren Nutzen für ihn hatte.

Benedicto eilte von der Anhöhe oberhalb der Kolonne herunter.

Sie hatten Sirloinsteaks, 340-g-Stücke, aus dem gekühlten Speiseschrank der Offiziersküche in der Garnisonskaserne »organisiert«. Üppiges Fleisch, das sie sich in der Altstadt von Havanna nie hatten leisten können. Er hatte die Hose um seine Knöchel. Er stützte sich gegen einen Baum. Er war durch Gebüsch vom Pfad abgeschirmt. Seine Därme explodierten. Die Luft entwich. Der Tritt des Stiefels traf ihn mitten ins Kreuz, und er stürzte vornüber, und der Körper war über ihm, und die Hand war auf seinem Mund, und das Messer war an seiner Kehle.

»Los …«

Er war von dem Jeep mit der Fernmeldeausrüstung über das Hallenvorfeld zu dem Huey-Vogel gerannt, mit den gekritzelten Koordinaten in der Hand.

»Sie haben die Position, Sie haben die Frequenz. Los …«

Immer das gleiche mit den verdammten Fliegern. Arturo war so schnell wie ihn seine kurzen Beine trugen vom Jeep zum Hubschrauber gerannt, und der Flieger zog erst einmal einen neuen

Streifen Kaugummi heraus und las dann bedächtig das Papier, das er ihm zugesteckt hatte. Es waren Israelis, die den Empfänger für das Signal des Leitstrahlsenders im Hubschrauber des Amerikaners installiert hatten. Die Israelis waren die Besten, meinte Arturo. Die Israelis waren die Besten, weil sie ohne Wenn und Aber und mit Engagement halfen. Der Flieger schien erneut die mit Bleistift geschriebenen Zahlen auf dem Papier zu prüfen, dann zuckte er die Achseln und zog eine Karte aus der Tasche oberhalb seines rechten Knies. Arturo tippte mit dem Finger auf die Karte.

»Östlich von Xecoxol, westlich vom Fluß. Los ...«

Der Flieger steckte die Karte in seine Tasche zurück, schmiß das Einwickelpapier weg und spuckte den neuen Kaugummi aus. Der Flieger nahm seine Pistole aus dem Halfter und überprüfte das Magazin. Arturo konnte nicht sagen, ob es pure Unverschämtheit oder die übliche Routine eines Fliegers war. Der Flieger winkte ihn zurück und stieg locker auf den rechten Pilotensitz.

Die Rotoren droschen los.

Arturo trat zurück. Der Hubschrauber flog.

Der Regen schlug ihm ins Gesicht. Er schaute zu, wie der Hubschrauber mit der Wolkenmasse verschmolz und dann verschwand.

»Die Leute müssen essen, und das Essen muß geordnet verteilt werden ...«

Gord sah Jorge finster an.

»... Es ist sein Job, sich um das Essen zu kümmern.«

Jorge trat verlegen von einem Bein aufs andere. Harpo und Zeppo kauerten neben dem Pfad und aßen ihre eigenen Rationen. Keinen Lachs, Himmel, nein, wenn es Lachs gewesen wäre, hätte er ihnen die Dose aus der Hand gekickt.

»Ich weiß nicht, wo er ist.«

»Sollten Sie aber. Und falls Sie es nicht wußten, dahinten herrscht das blanke Chaos, weil das Essen nicht geordnet verteilt wird ...«

Jorge zuckte mit den Schultern.

»... Ohne Ordnung verlieren wir Zeit. Also, wenn Sie ihn finden, richten Sie ihm bitte aus, daß es sein Job ist, die Leute zu verpflegen, und daß er sich nicht einfach mit einem Kater verdrücken kann, ja?«

Gord stapfte den Weg zurück. Der Karren und die Schubkarre wurden hinter ihm hergeschoben. Verdammt noch mal nicht sein Job, die Essensausgabe bei der Mittagsrast zu organisieren. Auf dem ganzen Weg kratzten fluchende Haufen von Männern an den Lebensmittelkisten. Wenn sie keine Ordnung kannten ... Er war an der Hälfte der Kolonne vorüber, wobei er den Männern zubrüllte, Schlangen für die Essensverteilung zu bilden, als der Hubschrauber über sie wegflog. Gord sah den Hubschrauber nicht, hörte nur den Donner in der Wolkendecke nachhallen, als er über ihn hinwegbrauste.

Es war ein gutes Gerät, das die israelischen Techniker in seinen Huey-Vogel gebaut hatten. Es war gutes Gerät, weil es *Made in the United States of America* war, neuester Stand. Es war besseres Gerät als in seinem Apache, mit dem er am Golf geflogen war. Wie sie immer sagten, die Piloten von der Army, das gute Zeug ging zuerst nach Israel. Die konnten sich die Rosinen herauspicken. Die beschissenen Israelis standen ganz oben auf der Liste, wenn es um gutes Gerät ging, und was *Made in USA* war, ging erst an zweiter Stelle an die eigenen Streitkräfte. Und wie bezahlten die beschissenen Israelis für das gute Gerät? Sie bezahlten mit dem, was sie bekamen, Dollars, *Made in the United States of America.*

Er steuerte sein Ziel automatisch an, orientierte sich an dem anwachsenden Heulen des Leitstrahlsignals in seinem Ohr. Tom konnte den Boden nicht sehen, konnte weder die verdammten Berge noch die verdammten Bäume sehen, doch der Leitstrahl zog ihn vorwärts. Als das Heulen des Leitstrahls kontinuierlich und durchdringend war, als das gute Gerät ihm sagte, daß er genau über dem Signal war, begann er herunterzuflattern. Langsam, Meter für Meter, in der Wolkenhülle nach Bäumen und Felsen Ausschau haltend.

Der Schleier um ihn riß auf. Das gute Gerät hatte ihn zwischen den Bäumen hindurch auf eine freie Fläche von hundert Metern Durchmesser gebracht.

Die Kufen stießen auf Fels. Er sah die Leiche. Eine rote Schnittwunde war an der Kehle der Leiche. Er sah den Knebel im Mund und die Fessel um die Handgelenke. Der Kasten für das Leitstrahlsignal, klein und schwarz bemalt, mit einer kurzen Chromantenne, stand neben der Leiche. Er ließ die Rotorblärter laufen, er schaute rasch herum, in die Richtung, wo der Tote lag, und dann bemerkte er das entfernte Knarren der Luke hinter ihm. Sie kamen schnell herein.

Er sah die schemenhafte, schwarzgekleidete Gestalt, die das Seil hinter sich herzog, und dann kam die unbeholfene Bewegung des gefesselten Mannes. Tom verrenkte sich in seinem Sitz, den Gurt bis zum äußersten gespannt, und sah die Angst des gefesselten Mannes. Der Mann hatte ein europäisches Aussehen, und er hatte sich vor kurzem rasiert, vielleicht am Tag zuvor, aber die Stoppeln in seinem Gesicht waren grau. Angst in den Augen über dem engen Knebel in seinem Mund, eine gewaschene Uniform aus einer Armeekaserne, mit abgeschnittenen Rangabzeichen, das müde Stolpern, um sich durch die Luke zu hebeln, vom Seil gezogen. Er sah die Krähenfüße an den Augenrändern, Erschöpfung. Er sah den dünnen, knochigen Hals, Strapazen. Er erinnerte sich an die Krankenstation. Man mußte sich an die brandverletzten Soldaten erinnern, die er in der Krankenstation gesehen hatte. Tom fühlte kein Mitleid mit dem Feind, der seiner Stärke beraubt war. Er erinnerte sich an den Flammenwerfer …

Tom zog den Huey-Vogel von der Lichtung hoch. Er dachte, daß der Gefangene, gefesselt und geknebelt und voller Angst, keinen Anspruch auf sein Mitgefühl hatte.

Die meisten waren verpflegt worden, einige nicht. Die Kolonne hatte eine Stunde Tageslicht verloren. Gord trieb sie weiter.

Die Wahrheit war, Percy Martins genoß es, in dem neuen Gebäude einzutreffen, bevor das erste Tageslicht durch das Dunkel über der Themse brach. Natürlich brachte ihn ein Wagen aus den südwestlichen Vororten von London hin. Es gab ihm ein Gefühl von Macht und ein Gefühl dazuzugehören und ein Gefühl von Wichtigkeit, wenn seine eisenbeschlagenen Schuhspitzen über die leeren Korridore klapperten. Ein paar Lichter brannten in den Büros von Angestellten, die Nachtschicht hatten, aber bevor die Masse zur Arbeit kam, konnte er sich in seinem Schreibtischsessel niederlassen und davon träumen, wie es früher gewesen war … Eine unbedeutende Abteilung nun, die Sechs, und sie verlor immer mehr Zuwendungen aus der Staatskasse an die neuen Leute von Fünf. Ein bedauernswerter Ort, wo die Computer dominierten und die praktische Arbeit vor Ort ausstarb. Wie er immer zu seiner Frau sagte, wenn er die Alte dazu brachte, sich mit ihrer Näharbeit hinzusetzen und zuzuhören: Wenn sie mehr Außendienstarbeit und weniger Computerarbeit für Bagdad aufgewandt hätten, wenn sie Percy Martins den Laden da unten hätten schmeißen lassen, dann wären sie nicht mit heruntergelassener Hose erwischt worden, als der kleine Johnny Saddam in Kuwait einmarschiert war … Sie hörte nicht sehr gut zu, seine Alte.

Einer von den Empfangsleuten brachte sie in sein Büro.

»Kaffee, ja? Seien Sie ein guter Junge, zwei richtige Kaffee, nicht diese Brühe aus der Maschine …«

Er hatte das Gefühl, daß der Mann vom Empfang ihn respektierte.

Sie war eine gutaussehende junge Frau, nur verdammt müde. Die Leute am Empfang respektierten ihn, weil er einen gewissen Stil hatte, und das reichte bei der neuen Sechs schon. Eine großartig aussehende junge Frau, und sie war die ganze Nacht von Schottland hergefahren, um zu dem Termin zu kommen. Hobbes, der schmierige Arschkriecher von Fünf, mußte von SW 1 durch die Nacht fahren, zwei Meilen höchstens, und kam zu spät. Hobbes, der Saukerl … Er arbeitete gern mit jungen Leuten.

»Ich heiße Parker.«

»Aber ich heiße Percy, und ich bin sicher, Sie haben noch einen Namen, oder ist ein lockerer Stil heutzutage bei Fünf verpönt?«

»Ich heiße Cathy …«

Er spielte seinen altmodischen Charme aus. Er schob ihr einen Sessel zurecht. Er hängte ihren Anorak auf und sah die kräftigen Muskeln, die sich unter den kurzen Ärmeln ihrer Bluse wölbten.

»Ich nehme an, Cathy, daß Sie nicht Ihre ganze Laufbahn lang bei Fünf Papiere auf einem Schreibtisch hin und her geschoben haben …«

Natürlich nicht. »Nordirland. Informanten betreut. Sie sagten, ich wäre gefährdet, haben mich heimgeschippert.«

»Außendienst?«

»Gräben, Hecken, Verstecke, den ganzen Blödsinn …«

Bis der Kaffee kam, machten sie Small-talk über Straßenarbeiten auf der M6 und M40, was sie auf ihrem Weg nach Süden alles aufgehalten hatte. Scheußlicher Kaffee aus der Maschine, und ein Grinsen des Mannes vom Empfang, das eine glatte Frechheit war.

Die Tür wurde geschlossen. Er hatte ein leeres Papier vor sich und einen gespitzten Bleistift.

»Also, Cathy, gehen wir's an. Brown, Gordon Benjamin. Ich brauche Informationen über ihn.«

Er mußte sich anstrengen, um ihre Stimme zu hören. »Um sie nach Langley weiterzugeben?«

»Richtig, an den CIA.«

»Damit sie ihn besser erledigen können?«

»Richtig.«

»Und wir wollen das?«

Percy Martins lehnte sich in seinem Sessel zurück. Ihre Augen blickten ihn an. Sehr entschlossene Augen, dachte er. Gott, was hätte er für eine Tochter wie diese prächtige, junge Frau gegeben, jederzeit hätte er sie gegen das schlappe, kleine Geschöpf, seinen Sohn, eingetauscht, der immer noch Biochemie für seinen Doktortitel studierte, sich immer noch vor der Arbeit drückte.

»Spielt eigentlich keine Rolle, was wir wollen. Wichtig ist, was die Amerikaner wollen. Wir sitzen immer noch am Tisch der Reichen und Mächtigen, gerade noch, hängen mit den Fingernägeln am Tisch. Worin liegt unsere größte Chance, dort zu bleiben? Jede Verrenkung auszuführen, die die Amerikaner von uns verlangen. Wie kriechen im Dreck, und sie werfen Brotkrumen. Es gefällt mir nicht, aber ich weiß, wann ich mit dem Kopf nicken muß. Wir haben einen verschwindend geringen Einfluß in der modernen Welt. Die ›besondere Beziehung‹ zwischen unseren beiden Ländern ist eine wirklichkeitsfremde Vorstellung von der eigenen Wichtigkeit, die sich unsere Politiker erträumen, sie zählt nichts auf der anderen Seite des Teichs, wir sind nicht gleichberechtigte Partner, und wir tun, was man uns sagt. Auf die Weise kriegen wir die Krumen zugeworfen … Und jetzt gerade, als Preis für die Krumen, wollen die Amerikaner Informationen, die ihnen helfen, Brown, Gordon Benjamin, zu *töten*, damit sie dieses ziemlich abartige Regime in Guatemala besser beschützen können. Das ist ihr konkretes politisches Ziel, und wir werden ihnen helfen, es zu erreichen. Können wir anfangen?«

Sie redete. Er schrieb ausführlich mit. Sie sprach von einem Landrover, der hinter den feindlichen Linien und tief im Irak operierte, vom Kommandeur einer Einheit, der das Leben der Männer unter seinem Kommando riskierte, damit ein amerikanischer Hubschrauberpilot gerettet werden konnte. Er hatte nie Stenographie gelernt, er schrieb schnell. Sie sprach von Karbala, der Stadt der Shia, die sich zum Aufstand gegen das Regime in Bagdad erhoben hatte und die nun den Gegenschlag erwartete, weil sie so töricht gewesen war, den Politikern des Bündnisses zu glauben, und von dem Kommandeur der Einheit, der versucht hatte, eine Verteidigungsanlage für sie zu bauen. Er unterbrach sie nicht. Sie sprach von dem Funkspruch, der den Kommandeur aus Karbala wegbeordert hatte, und von seiner störrischen Wut und seiner Schande. Vor den geschlossenen Fenstern seines Büros wurde es hell, und man hörte den Lärm von Stimmen im Korridor, als sich das Gebäude belebte. Sie sprach von dem Zorn des Kommandeurs und von der Auseinandersetzung mit einem ranghohen amerikanischen Offizier, »Bullshit ...«. Er platzte laut heraus, lachte aus vollem Hals, aber er sah kein Zeichen von Belustigung auf ihrem Gesicht, sie war so ernst. Sie sprach von der Sturheit des Kommandeurs und seiner Weigerung, sich zu entschuldigen, von der eingereichten Beschwerde und wie sich der Virus der Beleidigung weiter nach oben in der Befehlskette ausbreitete und der Kommandeur den Laufpaß erhielt. Er brummte, daß er begriff, die Teile des Puzzles paßten zusammen. Sie sprach von einer Lachsfarm, die zum Verkauf stand und von einem Mann, der allein war, der nach einem Sinn im Leben suchte, sich danach sehnte, irgendwo dazuzugehören. Er blätterte das vierte Blatt in seinem Notizblock auf. Sie sprach über die Ankunft von drei Indianern aus Guatemala in einem Hotel an einem schottischen Loch, von den Fotografien und dem Ende des Suchens und Wollens und Sehnens.

»Fassen Sie bitte zusammen.«

»Ich will nicht, daß es sich wie ein Comic strip anhört ...«

Ein kurzes, mattes Lächeln. Sie blinzelte. Er schätzte, es fiel ihr schwer, wach zu bleiben. Eine ziemlich ernste junge Frau.

»... Ich will nicht oberflächlich klingen. Er ist der Typ ›Elefant im Porzellanladen‹. Er setzt sich was in den Kopf und geht auf etwas los. Man kann ihn nicht kaufen, weil er kompromißlos ist. Verstehen Sie, es ist seine Sturheit, er weiß nicht, wann er nachgeben muß. Er hat sich Guatemala City in den Kopf gesetzt, und sie werden dort dicke Mauern brauchen, um ihn aufzuhalten. Wenn es lächerlich wird, wenn die Karre feststeckt, geht er weiter. Wenn er an etwas glaubt, ist er völlig davon besessen. Seine Taktik ist der Angriff. Läßt ihn ein bißchen wie einen Idioten erscheinen, aber das ist er nicht ...«

Percy Martins spürte die Kühle des Morgens. »Ich glaube, ich habe ein Bild von ihm.«

»War das dann alles?«

Sie stand auf.

»Sie waren eine große Hilfe ...«

Er half ihr in den Anorak und begleitete sie zur Tür. »... Wollen hoffen, daß unsere amerikanischen Freunde aufrichtig dankbar sind, wenn sie da runtergehen, um ihn abzuschießen. Ich denke, Sie haben mir geholfen, mich in ihn zu versetzen ...«

Sie sah ihn an. Sie wirkte auf Percy Martins plötzlich verletzlich wie ein kleines Mädchen. »Ich sollte mich in ihn versetzen können, ich hab' früher mit ihm geschlafen.«

Er würgte. »Es tut mir leid.«

»Kein Grund, sich zu entschuldigen. Er war beim Regiment, als ich das erste Mal in Belfast war. Er befehligte meine Sicherheitseskorte. Ich vermute, er fühlte sich als mein Beschützer, und ich fühlte mich wahrscheinlich von ihm abhängig. Er kam und wohnte in meinem Appartement in London, nachdem wir dort fertig waren, aber nicht lange. Ich warf ihn raus. Meine Telefonnummer, ich stelle mir vor, Sie machen es genauso, ich ließ alle Anrufe vom Anrufbeantworter entgegennehmen. Ich rief ihn nie zurück, und ich schickte seine Briefe ungeöffnet zurück. Sie finden das bestimmt ziemlich gemein. Dort, wo ich arbeite, sind sie der Meinung, daß emotionale Verstrickungen dem verfluchten Job im Weg stehen.«

»Wollen Sie, daß ich Sie wissen lasse, was daraus wird?«

»Das wäre sehr nett.« Sie lachte, dann war das Leben aus ihren Augen verschwunden. »Ja, ich sollte wissen, ob ich geholfen habe, ihn zu töten oder nicht ... Der verfluchte Job gewinnt immer, oder?«

Percy Martins brachte sie zum Lift und begleitete sie hinunter in die Eingangshalle und unterschrieb den Ausgangsvermerk. Er war froh, daß Hobbes verschlafen und den Termin verpaßt hatte. Es war ein frischer Morgen. In der Zeitzone von Guatemala war es jetzt finstere Nacht, und er fragte sich, wie das Wetter dort war, ob es Brown, Gordon Benjamin, half. Er spürte den Luftzug von der Themse, als sie durch die Schwingtür ging.

Er fuhr mit dem Lift in sein Stockwerk zurück. Seine Sekretärin würde innerhalb einer Viertelstunde dasein, um anständigen

Kaffee zu machen (so ziemlich alles, was sie konnte), und dann würde er sich an den Bericht für Langley setzen.

Er würde mit allen Mitteln kämpfen. Mit allen Mitteln, die erforderlich waren, um sicherzustellen, daß er oben ankam, welcher Berg Scheiße auch bezwungen werden mußte. Er würde ganz bestimmt keinem Häufchen Dreck erlauben, zwischen ihm und der städtischen Müllkippe zu liegen. Das Dröhnen des Hubschraubers erfüllte den kleinen Raum hinter dem Hangar und übertönte das Wimmern der Schlampe. Der Vogel setzte auf, machte einen Ruck, stabilisierte sich, kam zum Stillstand. Colonel Arturo preßte seine Nase gegen den Schmutz auf der Fensterscheibe. Die Luke des Vogels wurde aufgezogen. Seine Sicht war durch die Regenbäche auf der Scheibe verzerrt. Er strengte seine Augen an, um etwas zu sehen. Der Leutnant sprang herunter. Es war die Strategie, auf die er seine Karriere und sein Leben gegründet hatte. Die Schlampe hinter ihm schrie auf, und er hörte den Schlag klatschen, der sie zum Schweigen brachte. Der Leutnant zog die Gestalt herunter. Er sah die schlurfende Kreatur.

Eine kurze Geste, ein Augenblick, Arturo boxte in die Luft.

Wie eine Kreatur, die aus der Dunkelheit der Tiefsee geholt worden war, sah er aus, der gefesselte und geknebelte Mann. Wie eine Kreatur, die aus einer Grube hervorgekommen war, wo es immer Nacht war. Der Mann wurde an einem Seil zum Gebäude geführt. Ein ausgemergeltes Gesicht, tiefliegende Augen und ein eingesunkener Hals … Es war lächerlich. Nicht zu glauben, daß ein Mann wie der, an einem Seil gezogen, das Überleben des Staates bedrohen konnte.

Er ging zum Eingang und küßte den Leutnant, Codename Benedicto, auf beide Wangen.

Die Kreatur wurde in den Raum gezerrt.

Die Schlampe war mit den Fußgelenken an dem Eisenträger, der quer über die Decke lief, aufgehängt. Ihr geblümtes Kleid hing herunter und bedeckte ihre Brust. Die Spitzen der Zöpfe ihres kastanienbraunen Haares fielen bis knapp über den Boden. Die Schlampe stöhnte.

Der Leutnant nahm beiläufig das Gewehr eines Soldaten. Er hielt den Lauf fest in beiden Händen. Mit einem kurzen, hakenartigen Schwung, bei dem er seine ganze Kraft einsetzte, schlug er der Kreatur mit dem Gewehrkolben auf den Knöchel. Die Kreatur schrie auf und sank auf den Fußboden.

Arturo sagte vergnügt: »Willkommen, mein Freund, willkommen daheim in Guatemala City. Elf Jahre ist es her, glaube ich. Hatten Sie eine angenehme Reise? Ausgezeichnet, daß Sie am Ende fliegen konnten, nach so vielen Tagen Fußmarsch. Eine Überraschung, mein Freund … Vielleicht erkennen Sie sie nach elf Jahren nicht mehr, Ihre Tochter …«

Eine Viertelstunde später war der Huey-Vogel wieder in der Luft.

Percy Martins brachte die Nachricht zum Chiffrieren und Übermitteln ins Kellergeschoß.

»Vorrang? Ja, ich denke schon. Setzen Sie einen Erste-Klasse-Stempel drauf …«

Secret Intelligence Service an Central Intelligence Service. Kleiner Bruder an großen Bruder. Armer Verwandter an reichen Verwandten. Wie stoppt man einen guten Mann und tötet einen guten Mann? Natürlich hatte es Vorrang, verdammt.

Gord schaute irritiert auf seine Uhr. Es war eine Stunde und fünfundzwanzig Minuten her, seit er den Hubschrauber zuerst gehört hatte, und wieder war nichts von ihm zu sehen. Der Motorenlärm schien hoch über ihm vorbeizuziehen, und die Wolke sorgte dafür, daß das Gedröhne verebbte. Es war, als ob die Sicherheit seines Reviers verletzt würde, so wie ein Tier im Regenwald zittern mochte, wenn es zum ersten Mal vor dem Gekreische der Kettensägen davonstürmte. Sie kamen nun gut voran. Sie hatten einen guten Pfad und genügend Platz, daß ein Mann marschieren und dabei seine Arme waagrecht zur Seite ausstrecken konnte.

Es ging bergauf und bergab, aber der Pfad hatte einen soliden Felsuntergrund. Er dachte, daß die Zeit knapp wurde …

Groucho kam an ihm vorbei.

Groucho ging schnell und humpelte und stützte sich mit der Linken auf einen roh gehauenen Stock.

Gord packte Groucho an der Schulter.

»Wo, zum Teufel, waren Sie?«

Groucho zog den Kopf ein und wandte sein Gesicht von Gord ab. »Ich bin gestürzt.«

»Die Essensverteilung am Mittag war ein Desaster.«

Eine gemurmelte Antwort. »Ich war zum Scheißen zwischen den Felsen und bin ausgerutscht.«

Der Archäologe lachte, der Straßenjunge kicherte, und der Feuerwehrmann grinste. Der Kanadier stützte Groucho, und der Priester kniete sich neben Groucho nieder und zog das Hosenbein hoch und schob den Socken herunter. Gord sah die blau angelaufene Schwellung und die aufgeplatzte Haut.

Gord sagte: »Es tut mir leid. Ich entschuldige mich … Soll man Sie tragen?«

»Nein.«

»Ich kann Sie von ein paar Leuten tragen lassen …«

»Ich schaff's allein.«

Sie zogen weiter. Groucho war vor ihnen und entfernte sich stolpernd, schleppte sich an die Spitze der Kolonne. Er dachte, der Mann hatte Mumm. Er achtete ihn. Groucho war zu weit voraus, um ihn hören zu können. Sinnlos, ihn zu rufen. Nur eine Stunde zuvor hatte Alex ihm erzählt, daß ein Kind auf dem Marsch geboren worden war. Hinten, zwischen den Frauen und den Kindern, wo Alex Pitt marschierte, gab es nun ein gewickeltes Kind, das noch keinen halben Tag lebte, und eine Mutter auf einer Trage. Er hätte es Groucho gern erzählt … es war Groucho gewesen, der ihm das Gedicht vorgetragen hatte:

... und sehe
am Ende des Wegs
glückliche Kinder!
Nur glückliche!
Sie steigen auf
zur Sonne,
wie Schmetterlinge
nach dem Sturm.

Er erinnerte sich an das Gedicht.

Der Archäologe sagte zu Gord: »Hey, wissen Sie, was anders ist? Was sich geändert hat? Es regnet nicht mehr ...«

Es war wie ein Faustschlag in die Magengrube. Er begriff. Die Pfütze vor ihnen auf dem Pfad war glatt und ruhig.

Der Kanadier sagte: »Stimmt, ja, und Teufel, ich hab's gar nicht bemerkt, war schon wie ein altes Hemd, an das man sich gewöhnt hat. Gord, der Regen hat aufgehört ...«

Gord drängte vorwärts, schnalzte mit der Zunge, um die vor ihm anzutreiben, schneller.

»Ich mach' es auf meine Art.«

Tom sah den Colonel an.

Arturo sagte: »Sie sagen Ihnen, daß sie aufhören sollen, mich zu verscheißern und sich zu beschweren, und tun sollen, wofür sie bezahlt werden.«

»Fliegermannschaften, das werden Sie noch merken, reagieren nicht auf Beleidigungen und auch nicht auf patriotisches Fahnenschwingen und solchen Mist ... sie wollen gefragt werden, ob es möglich ist ...«

»Bringen Sie sie einfach in die Luft ...«

Tom sagte: »Auf meine Art, und Sie halten Ihre Klappe.«

Tom ging voran. In den Bereitschaftsraum der Hubschrauberpiloten. Ein halbes Dutzend von ihnen war da. Sie trugen gutgeschnittene Fliegeranzüge, überschüssige Bestände *Made in the United States of America*, aber sie hatten ihre eigenen Schulterklappen angenäht, einen Adler im Beuteanflug, den gekrümmten Schnabel und die Klauen ausgestreckt. Er ging durch den Vorhang von Zigarettenrauch. Einige blätterten Illustrierte durch, beachteten ihn nicht. Einige nippten an ihren Kaffeebechern, beachteten ihn nicht. Er ging zur rückwärtigen Wand und setzte sich locker an den Tisch mit den Illustrierten und der Kaffeemaschine. Arturo stand mit verschränkten Armen ihm gegenüber an der Tür und beobachtete ihn.

»Hallo, ich möchte mich vorstellen. Ich bin Schultz. Ich bin der ständige DEA-Flieger hier. Ich bin vom Fluggeschwader der DEA. Es ist die Sorte von Kacke, die ich immer auf mich ziehe, aber meine Regierung hat mich dazu auserkoren. Für die Dauer dieses Notfalls stehe ich unter Marios Kommando. Ohne Scheiß jetzt, ich bin auch nur ein Flieger. Ich bin nicht supertoll, ich bin einfach ein Flieger, der es geschafft hat, sich über dem Irak abschießen zu lassen. Kapiert? Ein Typ ist nicht supertoll, wenn er sich in einer Apache Cobra von einer schultergestützten SAM-7 treffen läßt. Schaut euch das an, schaut euch mein Gesicht an, das passierte, als der Apache-Vogel Feuer fing. Ich kenn' mich im Kampf aus, aber ich bin nicht irgendein verrückter Rambo, der zum Spaß ins Flakfeuer fliegt. Ich leg' es darauf an, diesen Zusatzjob zu überleben, ich hab' vor, danach wieder meinen alten Vogel für die DEA zu fliegen ... Also, habt ihr Jungs den letzten Wetterbericht schon angeschaut? Der Wetterbericht sagt mir, daß für die Schweinehunde da draußen schlechte Zeiten anbrechen. Ich war heute zweimal dort oben, es ist nicht gerade toll zu fliegen, aber es ist auch nicht glatter Irrsinn. Ich würde es gern mit euch durchsprechen. Ich brauch' ein bißchen Hilfe, Jungs ...«

Ein Kaffeebecher wurde geleert, dann Richtung Abfalleimer geschnappt. Eine Illustrierte wurde zugeschlagen und auf den Tisch geworfen, auf dem er saß. Eine Zigarette wurde in einen vollen Aschenbecher gedrückt. Die Piloten scharten sich um Tom, und er winkte Arturo nach vorn, und die Karte wurde ausgebreitet. Sein Finger lag über den enggezogenen Höhenlinien, die eine Schlucht westlich von San Martin Jilotepeque und östlich von Comalapa bezeichneten.

»Ich möchte ein paar von Marios häßlichen Scheißkerlen vor heute abend da reinbringen und würd' mich über ein bißchen Hilfe freuen ...«

Weil er den Hubschrauber zweimal gehört hatte und weil der Regen aufgehört und nicht wieder angefangen hatte, war Gord zur Spitze der Kolonne gegangen.

Er schätzte, daß die Schlucht knapp zwei Meilen lang war.

Die Sohle der Schlucht war ein reißender Regenwasser-Sturzbach. Es gab einen Pfad oberhalb des Wildbachs, auf der linken Seite der Felswand. Der Pfad war nicht mehr als einen ganzen Schritt breit, aber besser als viele, die sie benutzt hatten. Der Pfad war glitschig vom Regen und von der Feuchtigkeit, die sich in der tiefliegenden Wolke hielt. Er wußte aus der Karte, daß sie am anderen Ende der Schlucht die offene Hochebene finden würden, die sich direkt bis zu den äußersten Rändern von Guatemala City erstreckte. Noch ein Streit in der Dämmerung. Zeppo und Harpo hatten am Anfang der Schlucht haltmachen wollen, bevor sie in die Kluft zwischen den glatten Steinwänden hineingingen. Jorge war unentschlossen. Groucho schwieg. Gord wollte die Schlucht hinter sich bringen, bevor sie lagerten. Dauernd, jeden Tag, jede Nacht, gab es diese kleinen Reibereien, vergeudete Energie, blankliegende Nerven. Einfach verdammt überflüssig. Er hatte sich durchgesetzt. Er hatte Jorge auf seine Seite gezogen. Am Anfang der Schlucht, wo sie sich verengte, hatten sie den Schutt einer kleinen Feuerstelle aus Steinen gefunden, kein anderer Hinweis auf die Anwesenheit von Menschen. Sie drängten vorwärts. Das Licht schwand. Es war seine, Gords, Entscheidung gewesen, aber die Verzögerung durch den Streit, die lautstarke Auseinandersetzung zwischen ihm und Harpo und das höhnische Grinsen von Zeppo sorgten todsicher dafür, daß der Schwanz der Kolonne sich auf dem Pfad würde entlangkämpfen müssen, nachdem das letzte Licht schon lange geschwunden war. Die

Frauen würden in der Dunkelheit auf dem Pfad sein und die Kinder … Er würde sich davonmachen, worauf sie sich verlassen konnten, mit dem ersten verdammten Flugzeug, das Guatemala City verließ, und nicht dort herumhängen, um zu sehen, was für einen Anzug Jorge trug, nicht darauf warten, welcher verdammte Botschafter sich als erster auf den Stufen des Palacio Nacional blicken ließ, weg. Weg mit Miss Alex Pitt … Sie waren fast am Ende der Schlucht. Er konnte das Ende der Schlucht sehen, weil die Wolke dünner wurde, und Wind war aufgekommen und blies die Wolke stoßweise von den Felswänden. Es gab Blumen im Fels, hübsche purpurne …

Eine Kaskade von Geschützfeuer war vor ihnen.

Das Krachen des Geschützfeuers fing sich in den engen Felswänden der Schlucht.

Er erstarrte. Er strengte sich an, um in das schwache Leuchten der Dämmerung zu blicken, in die Tiefe des Nebels. Leuchtspurgeschosse, rote Leuchtkäfer, die im Dunst verschwammen.

Gestalten in der grauen Masse vor ihnen, und das Feuer folgte ihnen.

Gord drückte Jorge nach unten, ließ ihn sich flach auf den Boden legen, und er zischte Zeppo und Harpo und Groucho zu, sich fallen zu lassen. Kein Platz auf dem Pfad, um hinter den Karren zurückzugehen. Er war bereit. Seine Hände hielten stramm den Hebel und den Knopf des Flammenwerfers. Eine Gestalt war gefallen und wurde von einer anderen Gestalt hochgehoben, und noch eine Gestalt ging zu Boden. Die Umrisse verschmolzen wieder. Ein Mann wurde gezogen, und ein Mann wurde getragen. Das Schießen hörte auf.

Er erkannte sie.

Seine Hände lösten sich vom Hebel und vom Knopf des Flammenwerfers.

Zed trug Eff und zog Vee.

Sie waren in der Schlucht, sie saßen in der Falle zwischen einer glatten Felswand und der tosenden Gewalt des Flusses unter ihnen. Er fühlte die Verzweiflung.

Zed erreichte ihn, an seiner Brust war Blut. Eine dünne sprudelnde Stimme. »Der Weg ist blockiert. Es sind die Kaibiles.«

Sie lauschte der Stimme, die wahrscheinlich beim Telefonieren immer schrie.

»Ich sagte ja, ich würde Sie anrufen. War ein gutes Treffen, und ich bin Ihnen für Ihre Hilfe sehr dankbar. Kann mich nicht daran gewöhnen, auf diese Dinger zu sprechen. Ihr Herr und Meister Hobbes war so gnädig, anzurufen und zu katzbuckeln, irgendeine abwegige Ausrede, daß seine Kinder am Wecker herumgespielt hätten. Hat mich einigermaßen überrascht, zu erfahren, daß er zeugungsfähig ist ... Ah ja, das Neueste. Brown, Gordon Benjamin, letzte Ortung zwei oder drei Tagesmärsche von Guatemala City entfernt. Ich halte Ihre ekelhafte Maschine auf dem laufenden ...«

Dreimal hatte sie von Curzon Street angerufen, um den Anrufbeantworter in ihrer Wohnung abzufragen. Dreimal hatte sie sich die Nachricht angehört.

Cathy Parker ging zum Lunch.

Er war allein vorne gewesen.

Er zog es vor, allein zu sein. Anschleichen wie ein Leopard, dann halten, dann lauschen, dann sondieren. Es war eine gute Truppe, fast lautlos. Er hatte sich bis auf ein Dutzend Meter ihrer Vorhut genähert.

Gord kam zurück.

Gord sagte zu Jorge: »Es ist das Kaibilbataillon, und sie versperren uns den Weg. Sie haben Maschinengewehre und Geschütze. Sie halten den Ausgang besetzt. Sie wissen genau, wo wir sind ...«

»Wir sollten uns durchschlagen.«

»Ich zweifle, ob das möglich ist, Jorge.«

»Wir sollten uns durchbrennen.«

»Ich zweifle, ob das geht.«

»Was dann ...?«

»Herrgott noch mal, junger Mann, ich muß nicht jede Entscheidung treffen.«

Er kam sich vor wie jemand, der Blumen aus dem Garten einer alten Dame stahl, wie jemand, der einem Kind Süßigkeiten stibitzte, wie jemand, der einen kampfunfähigen Gegner trat. Er übernahm die Verantwortung, übernahm sie persönlich, aber er konnte nicht zu Kreuze kriechen, nur um für Jorge die Erkenntnis des Scheiterns erträglicher zu machen. Er machte sich nicht die Mühe, an den Aufruhr im Innern des jungen Mannes zu denken.

Er drängte in der Dunkelheit auf dem Pfad an Jorge vorbei. Gott, und er wollte nur essen, und er wollte nur schlafen. Der Wettlauf war verloren, verdammt noch mal …

Verloren.

Der Feuerwehrmann tauchte vor ihm auf. Der Feuerwehrmann streckte die Armc aus, ergriff Gords Hände und umarmte ihn.

»Ich muß mich um meine Familie kümmern, Mr. Gord. Weil Ihnen der Weg versperrt ist, braucht mich jetzt meine Familie. Ich schäme mich, aber ich glaube, Sie werden die Not meiner Familie verstehen. Wenn wir nicht vorwärts gehen können, sind wir geschlagen. Wenn wir geschlagen sind, ist das schlecht für unsere Familien. Verzeihen Sie mir, Mr. Gord …«

Eine geisterhafte Gestalt, die den Pfad zurückging, in der Dunkelheit über dem Brüllen des herabstürzenden Wassers verschwand.

16

Nirgendwo sonst war es besser.

Sie waren auf dem Pfad, und die Felswand war über ihnen und der Sturzbach unter ihnen. Gord saß und Jorge kauerte und Zeppo und Harpo und Groucho standen über ihnen. Zed drückte sich unsicher in ihrer Nähe herum. Nirgendwo sonst konnte es getan werden. Sie saßen auf dem Pfad in der Falle. Sie konnten nicht vorwärts zum Ende der Schlucht gehen, und sie konnten nicht zurückgehen, weil die ganze Breite des Pfades von Männern und Ausrüstung verstopft war. In der Dunkelheit vor ihnen war die Vorhut des Kaibilbataillons. In der Dunkelheit hinter ihnen waren zweitausend Männer und fünfhundert Frauen ... Gord saß und hörte zu. Er hatte Jorge nicht mit nach vorn genommen. Er glaubte nicht, daß Jorge die Geschicklichkeit besaß, bei Nacht dicht an die vordersten Truppen heranzukriechen. Er hatte ihm von den Stolperdrähten erzählt, die, mit Leuchtbomben und Granaten verbunden, am Ausgang der Schlucht ausgelegt waren, und von den Feuergarben der Maschinengewehre. Gord hatte gesagt, daß sie die Entscheidung treffen mußten, ihre Entscheidung, und er saß und hörte zu.

Zeppo sagte: »Wenn wir nicht vorwärts gehen können, müssen wir zurückgehen. Wenn wir nicht vorwärts können, dann bleibt uns nichts übrig, als uns zurückzuziehen. Jorge, es gibt keine andere Möglichkeit.«

Eine leise Stimme, wie aus der Ferne: »Rückzug heißt Niederlage.«

Harpo sagte: »Wenn wir hier nicht gegen sie kämpfen können, wenn wir nicht durchbrechen können, dann müssen wir uns zurückziehen und einen besseren Platz finden, um gegen sie zu kämpfen. Wir können nicht einfach hier stehenbleiben, wir müssen umkehren.«

»Wenn wir umkehren, sind wir geschlagen.«

Groucho sagte: »Es war gut, und es war mutig, Jorge, und es ist schiefgegangen. Sie haben jetzt die Trümpfe in der Hand, wir können die Kaibiles nicht schlagen. Es ist vorbei, Jorge, und wir haben verloren.«

Nicht seine Sache, diese Auseinandersetzung, nicht Gords Sache. Seine Gedanken waren auf dem Sprung und nicht bei dem, was um ihn herum gesagt wurde. Wo war Alex, wo auf dem Pfad war sie zwischen der Felswand und dem Tosen des Wassers? Wo war Eff, der die Kopfwunde hatte, und wo war Vee, dem die Kniescheibe weggeschossen worden war?

Zeppo sagte: »Du mußt vernünftig sein, Jorge.«

Harpo sagte: »Du mußt dich in das Unvermeidliche fügen, Jorge.«

Er schwieg weiter, und die Gedanken rasten wild. Und der alte TeeJay hatte davon gesprochen, daß man Fußspuren hinterlassen mußte …

Schöne Fußspuren, mitten in einem Debakel … Und es gab ein Baby, das die erste Nacht seines Lebens vor sich hatte … Schönes Leben … Versuchen, aus der Schlinge der Verantwortung zu entkommen, versuchen, das Bleigewicht der Rechenschaft abzuwerfen … Verdammte Schlinge, verdammtes Gewicht.

Zeppo sagte: »Kehr um, Jorge.«

Groucho sagte: »Akzeptiere es, Jorge.«

Vielleicht war es für zehn Männer möglich, sich durchzuschlagen. Jedesmal, wenn er vorher seinen Standpunkt vertreten hatte, egal, um was es ging, hatte er sich durchgesetzt. Keine Chance, daß hundert Männer es schaffen würden, aus der Schlucht auszubrechen. Er schwieg weiter. Keine Chance, daß tausend Männer die zugeschnappte Falle aufstemmen konnten. Er hörte nur widerwillig, was sie sagten, denn es war die Wahrheit.

Harpo sagte: »Du brauchst dich nicht zu schämen, Jorge.«

Groucho sagte: »Kehr um, Jorge, solange es noch Zeit ist …«

Der Ausbruch von Jorges Seelenqual. Der große Schmerzensschrei. Der Mann schrie gegen die Pfeile und Nägel und Dornen an.

»… Wohin …?«

Gord hatte keinen Trost für ihn.

»… Wohin …?«

Gord litt. Er schämte sich, weil er nicht die Kraft hatte, den jungen Mann zu halten, nicht die Kraft hatte, seinen Schmerz zu teilen.

»… Wohin?«

Zeppo sagte: »Überall ist es besser als hier.«

Harpo sagte: »Zurück nach Hause, wo wir herkamen, zurück nach Havanna.«

Groucho sagte: »Wo wir um Gnade bitten können.«

Gord stand auf. Er sprach energisch. »Wir müssen an die Arbeit. Wir sollten in einer Stunde losziehen. Wir müssen bis zum Morgengrauen von hier weg sein, zurück unter die Bäume. Fragt mich nicht, ob es mir gefällt, die Antwort dürfte klar sein. Man muß es ihnen sagen. Sie müssen erfahren, warum wir umkehren …«

Es war gut, daß niemand sein Gesicht sah. Es war der Moment, in dem die Wolke aufriß. Der Wolkenvorhang teilte sich, und das Mondlicht schien auf sie herunter. Es war nach Mitternacht, der siebte Tag von Gords Woche begann. Wenn sie nicht einen Tag verloren hätten, wären sie jetzt auf der Hochebene gewesen und hätten unter sich die Lichter von Guatemala City gesehen … Nachträglich jammern war beschissen. Er spürte die Feuchtigkeit auf seinem Gesicht. Im Mondlicht konnte er Jorges gebeugte Gestalt sehen. Ihm fiel nichts ein, was noch zu sagen gewesen wäre.

Die Nachricht wurde in Langley, Virginia, von den großen Computern entschlüsselt. Aus dem wirren Durcheinander von Ziffern entstand der klar ausgedruckte Name BROWN, GORDON BENJAMIN. Der Offizier der Nachtschicht, Abteilung Mittelamerika, las schnell den Hintergrundbericht durch, der dem Namen beigefügt war. Er chiffrierte die Nachricht wieder, mit dem CIA-internen Code, zur Weiterleitung an den Außendienstposten, Guatemala City. Er wußte, daß die Nachricht aus London sehnsüchtig erwartet wurde. Er rief den Stabsoffizier, Abteilung Mittelamerika, an, weckte ihn in seiner Wohnung in Georgetown und weckte seine Frau, denn er konnte sie durch die Leitung murren hören, und weckte seine Bälger, denn er konnte sie durch die Leitung brüllen hören.

»Wir haben den Namen von diesem Briten in Guatemala. Wir haben seinen Lebenslauf. Er ist nur ein kleiner Widerling, der schmollt. Hat ›Desert Storm‹ nicht gut verkraftet. Nur ein aufgeblasener Scheißer mit einem Riesenkomplex ... Ich dachte, es würde Sie interessieren.«

Sie waren aus der Schlucht heraus. Das Ende der Kolonne drängte zwischen die Bäume.

Der Priester hatte die Arbeit des Feuerwehrmanns übernommen, er schob den Karren. Gord war vor ihm, ging schweigend an der Seite der jungen Frau. Sein Credo: Wenn Gottes Arbeit leicht wäre, würden die meisten sich ihr eifrig widmen. Er begriff die Tragweite der Entscheidung, umzukehren. Seinem eigenen, selbstsüchtigen Gefühl nach hätte er es vielleicht vorgezogen, gegen die Sperre anzurennen, den Karren zu schieben oder über das offene Visier einer Kalaschnikow zu schießen. Dieses Gefühl war zu selbstsüchtig, um es gutzuheißen. Sein Glaube war eine Religion des Erduldens. Er hatte seiner Herde, den Quiché-Indianern der Cuchumatanes, oft genug gesagt, daß Größe im Erdulden lag. Er hatte seiner Herde oft genug nicht gesagt, daß verdammt wenig Würde im Erdulden lag. Erdulden war Schmerz ... Er war siebzehn gewesen, ein guter Schüler in der High-School von Zona 4, als er im amerikanischen Radio von der Konferenz der Bischöfe in Medellin, im krisengeschüttelten Kolumbien, gehört hatte. Ihren Überlegungen verdankte er seine Berufung. Die Aufgabe war, die *comunidades eclesiásticas de base* zu sein, die Kirche auf dem Land, die Bibel im Dorf, das Gebet mit den Ärmsten. Es war, was die kühnsten Theologen dieser Zeit die Theologie der Befreiung nannten. Das Buch Genesis lehrte durch die Schöpfungsgeschichte die Würde des Menschen, und die kühnsten Priester setzten die politische Folter von Menschen mit einem Verstoß gegen diese gottgegebene Würde gleich. Wer aufbegehrte, seine Stimme erhob, zog Leiden und Schmerz auf sich. Genug Leiden und genug Schmerz für seinen Bischof, um einmal den Pfarrbezirk schließen zu lassen, sich bei seinem Erzbischof zu beschweren, daß die kirchliche Arbeit zu gefährlich sei, um weitergeführt werden zu können ... Der Pfarrbezirk in den Cuchumatanes hatte wieder aufgemacht. Die Priester waren zurückgekehrt, und das Töten war weitergegangen. Die Sprache des Gerüchts war die Sprache der Angst, und das Gerücht erzählte von den Morden und der Folter in seiner Pfarrei und dem Schicksal der »verschwundenen« Männer. Er wußte von den Todesschwadronen und von der *capucha* und von den heimlichen Friedhöfen, und er dachte jedesmal an sie, wenn er nachts mit seinem Fahrrad über die unbefestigten Straßen seiner Gemeinde fuhr.

Da waren diejenigen gewesen, die wußten, daß er sich dem Marsch angeschlossen hatte. Da hatte es die gegeben, die dem jungen Führer, Rodolfo Jorge Ramírez, vor der Kirche in Nebaj zugejubelt hatten, die wußten, daß er mit der Kolonne gegangen war. Sie würden nicht schwer zu finden sein für die G-2, die Judasse in Nebaj. Da die Kolonne kehrtgemacht hatte, würde es eine Zeit des Leidens in den Dörfern der Cuchumatanes geben. Es war die Pflicht der Kirche, am Leiden der Herde teilzuhaben, und teilzuhaben hieß, den Schmerz zu fühlen.

Er schob den Karren hinter Gord und hinter der jungen Frau, und das Licht zwischen den Bäumen wurde heller.

Kramer, aus dem Schlaf gerüttelt, wertete die Nachricht aus. Er las den Namen. BROWN, GORDON BENJAMIN. Er las den Lebenslauf. Er murmelte glücklich vor sich hin. »Na, Mr. Brown, haben Sie schon die Beine in die Hand genommen? Das sollten Sie nämlich, denn Ihr Feuer wird Ihnen bald den eigenen Arsch versengen. Sie nehmen die Beine in die Hand, aber Sie werden feststellen, daß es keinen Winkel gibt, wo Sie hinlaufen könnten ... Verrückter Kerl.«

Sie bewegten sich vorsichtig und lautlos. Sie sprinteten hinter jede Felsdeckung. Arturo hatte ein Dutzend Männer mit hinauf in die Schlucht genommen. An jeder Biegung, jeder Windung der Schlucht gingen sie in Deckung und lauschten und rannten dann auf dem engen Pfad vorwärts. Es ging über sein Begriffsvermögen. Der Pfad war platt wie der blanke Boden. Nicht ein Grashalm hatte überlebt, nicht ein Stückchen des Flechtenbewuchses. Der Pfad war vom Tritt so vieler Füße geglättet worden. Er sah die Sandalenabdrücke, die Abdrücke nackter Füße, die Schuhabdrücke und die Stiefelabdrücke. Sie waren in der Nacht dagewesen, und sie waren in der Nacht gegangen. Er konnte es nicht fassen, daß so eine große Marschkolonne auf einem Pfad von dieser Breite kehrtmachen und sich der Falle, die er gestellt hatte, entziehen konnte. Die Morgensonne schien auf ihn. Am anderen Ende der Schlucht, wo das morgendliche Licht schräg auf die weiße Gischt des Flusses fiel, drehte er um. Er verfolgte seine Schritte zurück zum Ausgang der Schlucht und zur Funkanlage des Bataillons.

Wo die Bäume ausgedünnt waren, kam die Sonne durch und beschien sie. Sie waren im Kiefernwald verstreut.

Es war Rückzug, und bevor sie umkehrten, waren Harpo und Zeppo und Groucho auf dem Schlangenpfad in der Schlucht die Reihen entlang zurückgegangen und hatten behauptet, daß sie einen neuen Weg nach vorn finden müßten.

Rückzug.

Es gab verdammt noch mal kein anderes Wort dafür.

Harpo und Zeppo und Groucho konnten von »Strategischer Zurücknahme« reden und von »Neuformierung« und von »Taktischer Neugliederung«, und die Männer, die ihnen aus dem Dschungel und der Urwaldgemeinde und aus Playa Grande und Nebaj und Santa Cruz del Quiché gefolgt waren, wußten, daß sie Scheiße redeten. Es war Rückzug.

Er schätzte, der Hubschrauber würde bald oben sein und nach ihnen suchen. Die Indianer verstanden »Strategische Rücknahme« und »Neuformierung« und »Taktische Neugliederung« nicht, aber sie verstanden Rückzug. Es war augenfällig für Gord, daß sie verstanden. Düster blickende Männer, die ihre Antriebskraft verloren hatten. Angstvoll blickende Frauen, die auf der Spur dahineilten, die sie hinterließen. Die Kolonne ging schnell, aber getrieben von Angst, nicht von freudiger Erwartung. Der Beweis, daß sie verstanden hatten, waren die Taschen, die neben dem Pfad liegengelassen wurden, Besitztümer und Kleidung, die für den Einzug in Guatemala City mitgebracht worden waren, und Munitionskisten, die ungeöffnet waren, und Berge von Mörserbomben, die schwer zu tragen waren, und Lebensmittelkartons. Koffer und Kisten und Schachteln, neben dem Weg abgeladen, um das Geschäft des Rückzugs zu erleichtern. Gord sah die düsteren Gesichter und die angstvollen Gesichter.

Eine Schlägerei bei der ersten Essensrast.

Erbitterter Streit über die Verteilung, und Groucho war durch einen Tritt zu Boden gegangen, und Zeppo hatte in die Luft gefeuert, und Harpo hatte einen Mann k.o. geschlagen.

Alex ging neben Gord. Er war ihr während der Essenspause zur Seite gestanden, und er hatte, als sie den Hund fütterte, gesehen, daß noch Futter für zwei weitere Tage übrig war. In ihrem Blick hatte er die Frage gesehen, wo das Futter für den Hund nach zwei weiteren Tagen herkommen sollte. Die Frauen und Kinder waren nicht mehr am Ende der Kolonne, wie während ihres Vormarsches, sie konnten nicht mehr am Ende sein, für den Fall, daß sie verfolgt würden und der Rückzug gestört wurde. Da

Gord mit Alex marschierte, war er zwischen den Frauen und Kindern.

Es war der Priester, der damit anfing.

Der Priester rüttelte sie wach, brachte wieder Leben in sie. Der Priester holte die Gitarre hinter seinem Rücken hervor und klimperte die Akkorde, während er marschierte. Der Archäologe sagte, daß der Priester das Lied von Tecún Umán sang, dem Held des Quiché, der gegen die *conquistadores* unter Pedro de Alvarado kämpfte und aus der großen Stadt Utatlán kam, nahe dem heutigen Santa Cruz del Quiché. Sie überquerten einen Feldstreifen. Die Sonne brannte auf sie hinunter. Die Kolonne floh in wilder Panik. In der Ferne war das Brummen eines Hubschraubers zu hören. Der Priester lief, und er sang vor dem quietschenden Schlingern des Karrens und dem Kreischen der Schubkarre. Die Kinder waren bei ihm. Im Sonnenlicht war der Priester eine bewegliche Insel in einem Meer von Kindern. Nur die Kinder hatten Zuversicht und wußten nichts von Rückzug. Die Kinder sangen mit dem Priester, brüllten das Lied von Tecún Umán. Die Kinder tanzten, sangen, hüpften auf den Saum des Waldes zu, der Schutz vor dem näher kommenden Hubschrauber bot. Sie besaßen Schönheit für Gord, die Kinder. Er sah das Lachen auf ihren Gesichtern und das Glück. Sie waren die Zukunft, sie waren, was Groucho ihm gesagt hatte, die tanzenden und singenden und hüpfenden Schmetterlinge … und es hatte tanzende, singende und hüpfende Kinder in den staubtrockenen Straßen von Karbala gegeben.

Er rief nach hinten zu dem Archäologen, der den Karren zog. »Dieser Tecún Umán, was ist mit ihm passiert?«

»Er kämpfte Mann gegen Mann mit Alvarado …«

»Was ist mit ihm passiert?«

»Sie wollen es wissen?«

»Ich will es wissen.«

Der Archäologe rezitierte, als ob er es gelernt hätte wie ein Papagei. Es sei, erklärte er, aus der niedergeschriebenen Geschichte der Quiché-Indianer. »… ›Erhob sich in die Luft, denn er war in einen Adler verwandelt worden, bedeckt mit Federn, die aus ihm selbst herauswuchsen ... Er hatte Schwingen, die ebenfalls aus seinem Körper sprossen, und er trug drei Kronen, eine aus Gold, eine aus Perlen und eine aus Diamanten und Smaragden. Capitán Tecún griff an‹ ...«

»Was ist mit ihm passiert?«

»Alvarado durchbohrte Tecún Umáns Eingeweide mit einem Speer, tötete ihn. Dann ging er und verbrannte die ganzen hohen Tiere von Tecún Umán bei lebendigem Leib. Dann schlachtete er das ganze Volk von Tecún Umán ab ... Sie wollten es wissen.«

Gord lachte grimmig. »Und das ist ein Lied wert?«

Der Archäologe sagte: »Es ist ein Lied wert, weil diese Leute glauben, daß Tecún Umán eines Tages zurückkehren wird. Das sind einfache Leute, Gord, sie glauben, er wird zurückkommen, genau wie sie glauben, daß Gaspar, der Geist, nicht von der Armee getötet werden kann ... Verstehen Sie nicht, Gord, womit Sie da gespielt haben, wieviel Vertrauen sie Ihnen geschenkt haben ...?«

Er ließ den Priester mit den Kindern vorausgehen, ließ sie weit genug gehen, daß der Gesang und der Klang der Gitarre vom Wald verschluckt wurden.

Er hatte einen Plan. Er wies die Männer um ihn herum an, Holz zu suchen, das brannte.

Sie waren zu spät in der Luft, weil die Ausrüstung versagt hatte. Das Gerät im Huey-Vogel hatte nur ein unterbrochenes Signal empfangen, kein konstantes. Sie waren zu spät dran, weil die Techniker der israelischen Militärmission in Guatemala City zum Vorposten hinaufgeflogen werden mußten. Tom hatte die Schönheit Guatemalas aus der Luft bisher nicht gesehen. Praller Sonnenschein ließ den Reichtum der grünen Wälder erglänzen, und die Berge, die durch vereinzelte Wolken brachen, und das Leuchten gewundener Flüsse und die Einschnitte lehmgelber Straßen. Vor ihnen, im Sonnenlicht gleißend, waren die Wellblechdächer der ›Neuen Modelldörfer‹ eines ›Entwicklungspools‹. Er spürte die Freiheit … Arturo war neben ihm. Er beachtete den Kaibil-Colonel nicht. Er war allein mit dem Machtgefühl des Fliegens. Die Kopfhörer und der Helm dämpften das Dreschen des Rotors, und er hörte nur das schwache und unterbrochene Signal des Senders auf der Erde an den Empfänger, den die Techniker wieder auf dem Boden vor dem Steuerknüppel und längs des linken Richtungskontrollpedals festgeschraubt hatten. Er steuerte automatisch nach dem schwachen Signal, hörte, wie es gelegentlich intensiver wurde. Er flog hoch. Nicht so wie seinerzeit, als er den Apache Cobra geflogen hatte, tief über der flachen Wüste, sondern in großer Höhe, wo kein Maschinengewehrfeuer ihn hätte erreichen können.

Arturo sah den Rauch.

Es war das Fliegen, wofür er lebte und was ihn glücklich machte.

Arturo zupfte an Toms Ärmel, deutete voraus und nach rechts.

Er spürte die Herrlichkeit des Landes unter ihm und die vom Regen gereinigte Luft um ihn, ein Bastard war dieses Land gewesen, als ihn das Wetter am Boden gehalten hatte, und er konnte weiter in die Erinnerung zurückgehen. Die langen, endlosen drei Jahre, als er vom DEA-Büro in St. Louis aus gearbeitet hatte, drei Jahre gedarbt, bevor er zum Fluggeschwader gehen konnte. Der Typ an der Flugschule, dem die Huey 1H-B gehörte und der ihm hohe Mieten berechnete, weil der Vogel dem Typ viel wert war, und der ihm jedesmal eine Lektion über sicheres Fliegen hielt, wenn der Vogel vermietet wurde, als würde er mit einem Teenager über Kondome und Safer Sex sprechen. Drei Jahre Scheiße von einem Kerl, der nichts über sicheres Fliegen im Kampfgebiet wußte. Das war Tom Schultz' Lebensinhalt, und der Vogel drehte, wenn er den Steuerknüppel berührte und schaukelte im Gegenwind … Das Signal war nicht stark genug. Die Rauchspiralen stiegen an fünf Stellen durch das Blätterdach empor.

Arturos erregte Stimme brach in das Signal, das nicht stark genug war, und lärmte in Toms Ohr.

»Ich kann die Cessnas herholen. Wir haben eine Staffel, A-

37Bs, ich kann sie herholen und die Schweinehunde bombardieren, mit Napalm ausräuchern …«

Tom sagte: »Und ich schätze, Sie würden Ihre Zeit vergeuden.«

»Das ist zuviel Feuer für Holzfäller …«

Tom schüttelte den Kopf. »Vergessen Sie's.«

»… Das sind keine Waldarbeiter, das sind sie.«

»Sorry, daß ich den Spielverderber machen muß.«

Tom schnallte den Helm ab und machte Arturo Zeichen, seinen Helm abzunehmen. Tom stülpte seinen eigenen Helm über Arturos Kopf. Er ließ ihn lauschen. Er nahm seinen Helm wieder an sich, drückte ihn auf seinen Skalp.

»Wir sind nicht über dem Signal, noch nicht, das Signal ist weiter vorn und Richtung Osten … Es ist der älteste Trick der Welt. Tut mir leid, wenn das Ei klüger sein will als die Henne … In Vietnam haben der Vietkong und die Nordvietnamesische Armee immer Wasser erhitzt und ihre Essensbecher damit gefüllt, schönes, heißes Wasser. Wir hatten Geräte, um Körperwärme aus der Luft zu orten. Die B-52-Bomber kamen von der Insel Guam und pusteten Löcher in den Dschungel, wo die Hitze war. Der 'Kong und die NVA waren verschwunden. Alles, was wir ausgerichtet haben, war, den Affen das Leben schwerzumachen. Was ich sagen will: Sie gehen da runter, und was Sie finden werden, sind ein Haufen heruntergebrannter Feuer, keine Leichen … Es geht um Herrschaft. Man beherrscht sie, belastet sie tausendmal mehr, wenn man ihnen folgt, sie beschattet, als wenn man auf Teufel komm raus Bomben wirft, wo sie nicht sind. Können Sie mir folgen, bei der Sache mit dem Beherrschen …?«

Sie schwebten, sie flogen weiter. Sie überquerten die Rauchspiralen. Sie flogen Kreise. Sie folgten der Spur des Signals.

Gord sprach zerstreut mit Jorge.

»Wir gewinnen Zeit damit. Sie werden einen Erkundungstrupp haben, der uns nachspürt. Das läßt sich nicht ändern. Wir können nichts dagegen machen, nicht bei Tageslicht, wenn sie uns folgen können. Bei Dunkelheit ja, aber nicht am Tag. Sie haben einen Hubschrauber da oben, stimmt's …?«

Der Hubschrauber war da, in der Ferne, aber immer da.

»Sie werden den Rauch gesehen haben. Sie werden einen Luftangriff auf den Rauch inszenieren …«

Er ließ einhundert Männer mit ihren Macheten hauen. Hundert Männer hieben wie besessen die unteren Äste von den Baumstämmen um sie herum.

»… Wenn die Flugzeuge anrücken, müssen sie den Erkundungstrupp zurückhalten, sonst würde es ihnen bei ihrem Job zu warm werden. Wir gewinnen da hinten Zeit, und wir gewinnen hier Zeit. Ich versuche, sie abzuhängen, Jorge.«

Hundert Männer machten Pfähle aus den Ästen und spitzten sie an den Enden scharf zu und rannten aus dem Schutz der Bäume und vergruben die Pfähle so tief, daß die zugespitzten Enden knapp unter den wogenden Spitzen der hohen, trocknenden Graswedel auf der Lichtung waren. Und er trieb sie hart an und schrie, daß die Feuer gezündet werden sollten, und brüllte Jorge an, ob er sich endlich verpissen und die Kolonne nach Westen schwenken lassen würde.

»Und in ein, zwei Tagen drehen wir um und kämpfen gegen sie.«

»Ja, Jorge.«

»Kämpfen und schlagen sie, marschieren wieder auf Guatemala City.«

»Ja …«

Die ganze Zeit hörte er hinter den Hieben der Macheten das gleichmäßige, ferne Donnern des Hubschraubers.

Es überraschte ihn, daß sie sich mit den Bombern so lange Zeit gelassen hatten.

Er schätzte es auf fünf Meilen nach den ersten Rauchspiralen. Zwei weitere weißgraue Säulen von brennendem feuchtem Holz. Tom drehte mit den Fingern leicht am Empfänger. Ein bißchen nach rechts und weniger nach links. Er hatte das Signal. Er deutete auf den neuen Rauch. Er schüttelte den Kopf, verzog das Gesicht. Arturo lehnte am Fenster und schaute auf den Waldteppich und den Rauch hinunter und in das Grün der Lichtung, und leuchtend scharlachrote Blumen wuchsen zwischen dem Gras.

Er hörte Arturos Stimme, verzerrt. »Es ist jetzt Zeit, daß sie essen müssen, sie können nicht ohne Essen weitergehen. Man kann so eine große Zahl von Leuten nicht im Gehen verpflegen. Sie geben Essen aus, und wir könnten die Vögel reinbringen. Wir haben gutes Gelände zum Landen, Nahkampf mit den Kaibiles, und sie brechen zusammen ...«

»Wünschen Sie eine weitere Lektion von der Henne und dem Ei?«

»Zum Teufel mit Ihnen, Schultz ...«

»Ich bring' Sie runter ... Verschlucken Sie das Ei nicht, Sie könnten dran ersticken ...«

Er drückte den Steuerknüppel. Tat es schnell, heftig. Sie tauchten ab. Arturo fuchtelte mit den Armen vor sich herum, um irgend etwas zu fassen und sich festzuhalten. Nichts da. Sie fielen. Arturos Hände schmierten über das Seitenfenster, als ob das ihn halten könnte. Das Laubdach sauste auf sie zu, und die Lichtung stieg zu ihnen hoch. Gutes Fliegen, großartiges Fliegen, den Huey aus 1000 Metern auf die Baumkronen hinunterzujagen. Er stabilisierte den Vogel. Er glitt vom Sinkflug in den Schwebeflug. Er war über dem Gras der Lichtung. Er rückte die letzten paar Meter hinunter. Schaute nicht zu Arturo. Ließ den Mann selbst schauen. Er war über dem Gras, legte es platt. Und über den scharlachroten Blumen, verwüstete sie durch die Druckkraft der Rotoren. Er blieb im Schwebeflug. Er sah hinunter auf die Pfähle mit den scharfen Spitzen, die aufrecht in dem niedergedrückt Gras und den scharlachroten Blumen standen.

Tom zog den Steuerknüppel zurück.

»Das ist der zweitälteste ... seit dem 'Kong und der NVA ... hoffe, Sie haben sich nicht verschluckt ... Du lockst eine Hubschraubermannschaft an, und wenn sie aufsetzen, sind sie mitten zwischen scharfen Pfählen, und da muß die Infanterie dann draufspringen, und es richtet höllisch was am Fahrwerk der Vögel an. Wenn Sie Ihre häßlichen Scheißkerle da reingesetzt hätten, dann hätten Sie Verluste hinnehmen müssen, und Sie hätten vielleicht einen Vogel verloren, und dann sind Sie vorsichtig und versuchen es beim nächsten Mal nicht mehr. Wie ich schon sagte, es geht darum, wer wen beherrscht.«

Er stieg wieder auf Reisehöhe.

Tom kicherte.

Das Signal lenkte ihn nach Westen. Die Richtung des Marsches hatte gewechselt. Es war ein Spiel für ihn, und das Spiel war bequem für Tom Schultz.

»Meine aufrichtigen und herzlichen Glückwünsche, Mario.«

Er aalte sich. Er stand bei seinem Jeep. Es gab eine Lautsprecherverbindung zur Funkanlage. Er war umringt von Offizieren und Unteroffizieren. Sie waren auf der Straße, die von Zaculeu zum Knoten Los Encuentros führte, elf Meilen genau südlich von Santa Cruz del Quiché. Vor ihm erstreckte sich die bläuliche Bergkette im Nachmittagslicht scharf über dem Wald, und weiter weg und blässer sah man die Cuchumatanes.

»Sie sind auf dem Rückzug, ganz eindeutig.«

Die Stimme des Generalkommandeurs G-4 (Logistik) dröhnte über die Straße. »Sie führen den tödlichen Stoß, Mario.«

»Es ist wie mit einer Traube, die von einem Weinstock fällt. Die Traube fällt auf den Boden. Das Fleisch der Frucht verrottet. Was bleibt, ist der Samen. Es ist der Samen, den ich suche. Ich werde mit der geballten Kraft des Kaibilbataillons auf den Samen treten, ihn spalten, zerbrechen, vernichten. Der Samen wird niemals wieder Früchte erzeugen, wenn das Kaibilbatailion auf ihn getreten ist. O ja, ich führe den tödlichen Stoß …«

Er unterbrach die Funkverbindung. Zwei Hubschrauber waren im Anflug auf die Straße. Der Hubschrauber des Amerikaners war aufgetankt, und der Motor lief. Weitere Truppen quollen aus den Hubschraubern, die gelandet waren. Er schleuderte den Kopfhörer weg. Der Amerikaner war in der Luft. Er schaute in die grinsenden Gesichter seiner Offiziere und Unteroffiziere.

»Sie werden davonlaufen, und sie können sich nirgendwo verstecken. Sie werden ausweichen, und sie können nirgendwo hin. Sie sind das zuckende Huhn ohne Kopf. Nein, ich werde sie nicht angreifen, solange sie noch in der Lage sind zu kämpfen, ich werde keinen von euch für eine Geste opfern. Aber, und ich verspreche es euch, ihr werdet keinen Grund zur Ungeduld haben. Es werden die Kaibiles sein, die sie vernichten, das Hurenbaby Ramírez und den Engländer mit dem Feuer, ihr habt mein Wort ...«

Der Hubschrauber des Amerikaners war ein verschwindender Fleck vor der Majestät der Berge. Sie waren da, nicht sichtbar, aber aufgespürt.

Es war wie das süße Brummen einer Biene. Sie waren nach Westen gegangen, wie er befohlen hatte, und der Hubschrauber war bei ihnen gewesen, hoch oben und verborgen vom Geflecht der Äste. Sie waren nach Norden gegangen, und er hatte gewagt zu hoffen. Sie waren in der Stille nach Norden gegangen. Der Hubschrauber war wieder bei ihnen. Manchmal war er hinter ihnen, manchmal umkreiste er sie, und manchmal hörten sie das tiefere Grollen der Motoren, wenn er vor ihnen schwebte. Sie gingen nun nach Osten. Nur der eine Vogel, ein Albatros, der mit ihnen flog. Die Flugzeuge waren nicht gekommen und hatten hinter ihnen Bomben geworfen, wie er es versprochen hatte. Keine Hubschrauberstaffel war gekommen, um zwischen den Pfählen zu landen und Truppen in die Falle auszuspeien, wie er es versprochen hatte. Das Brummen des unsichtbaren Vogels, der Biene, zerrte an den Nerven der Männer.

Ein Guerillero, einer von denen, die fast seit Beginn dabei waren, hatte sein Maschinengewehr zu dem Baldachin hochgerissen, zielte nach dem verborgenen Peiniger, feuerte, es regnete Zapfen und Nadeln auf ihn.

Ein Mann aus Playa Grande, der bei dem Angriff auf das Kasernentor in Santa Cruz del Quiché gut gekämpft hatte, hatte sich die Uniform heruntergerissen, die er so stolz getragen hatte, und stand in Unterhosen über eine Plastiktüte gebeugt, in der er nach seinen eigenen Kleidern wühlte.

Ein Mann aus Nebaj, der Achtung genoß, dem andere folgten, nahm soviel Essen, wie er tragen konnte, aus einem stehengelassenen Sack, zuckte zu Gord gewandt die Achseln, schien ihm alles Gute zu wünschen und schlüpfte vom Pfad und davon zwischen die Bäume.

Immer war der Hubschrauber bei ihnen. So müde. Gord trug nun zwei Maschinengewehre und die Munitionsgürtel für beide, und er hatte das Gewicht seines Rucksacks, und die Riemen schnitten in seinen Rücken. Die Geschwindigkeit des Marsches wurde durch die sich ausbreitende Angst erhöht. Der Archäologe schob den Karren, und der Straßenjunge war mit der Schubkarre neben ihm, und der Kanadier hinkte hinterdrein, und sein Gesicht war von Schmerz verzerrt, den er nicht zugeben wollte. Gord wartete auf ihn, wo sie einen kleinen Fluß durchwaten mußten. Das Wasser war hüfthoch, und ein Mann rutschte aus und warf die Munitionskiste, die er trug, hinunter, verlor sie im Wasser, und er durchquerte den Fluß und ließ sie liegen.

Mit weit aufgerissenen Augen keuchte Jorge: »Wir kehren um, nicht wahr? Wir sind weit genug zurückgegangen …«

Über ihnen war der Lärm der höheren Drehzahl, mit der sich der Vogel in die Kurve legte.

»Umkehren wohin, Jorge?«

Zeppo war da, die Arme verschränkt. Harpo lehnte an einem Baum und stocherte den Schmutz unter seinen Nägeln hervor. Groucho saß, den Kopf zwischen den Knien.

»Wir kehren um, wir finden einen neuen Weg. Wir marschieren auf Guatemala City.«

Die Kolonne platschte aus dem Wasser, zog an ihnen vorbei.

»Hast du sie gefragt? Hast du gefragt, wie viele dir folgen werden?«

Jorge hatte Gord fest umklammert.

»Was tun wir?«

Seine Fäuste krallten sich in die zusammengewickelten Munitionsgürtel der Maschinengewehre und den Stoff des Uniformhemds. Er atmete schwer. Pures Mitleid, rein wie Wasser, wallte in Gord auf.

»Ich sage dir nicht, was du tun mußt.«

»Wir waten wieder in unserem eigenen Blut. Zurückgehen heißt die Hoffnung verlieren … Ich hatte meine Rede auswendig gelernt. Ich könnte dir erzählen, was ich gesagt hätte, wenn ich auf den Stufen des Palacio Nacional gestanden wäre, und ich könnte dir erzählen, was ich zum Botschafter der Vereinigten Staaten gesagt hätte. Kennst du Hochmut, Gord? Weißt du, wie er dich vernichten kann? Wir sollten umkehren, Gord, unseren Mann stehen und kämpfen …«

»Ich bringe euch nach Hause«, sagte Gord.

Sie hatte die Nacht und den größten Teil des Vormittags in einem geschlossenen Lieferwagen verbracht, der dort geparkt war, wo man durch die Gucklöcher die Reihe der Einzelgaragen hinter dem Block einsehen konnte. Eine vergeudete Nacht und ein vergeudeter Vormittag, denn der Ire war nicht gekommen. Der Mann mit dem Teleskop und der Kamera, der mit ihr im Lieferwagen war, haßte sie, denn in Gegenwart einer Frau war er zu schüchtern, der langweilige Trottel, den Eimer hinten in der Ecke des Lieferwagens zu benutzen. Nachdem der Lieferwagen im Fuhrpark abgegeben war, nachdem der Mann zur U-Bahn gelaufen war, um heimzufahren, fand sie eine Telefonzelle und wählte ihren Anrufbeantworter an.

»Das verdammte Ding schon wieder … Es tut mir leid, aber die Nachrichten sind nicht so großartig … Offene Linien und so … Sie standen angriffsbereit zum letzten Schlag, aber das ist vorbei. Sie wurden blockiert und haben kehrtgemacht. Es hätte nur funktioniert, wenn sie den Schlag geführt hätten. Zeit zum Rückzug. Mehr, wenn ich Genaueres weiß …«

Cathy Parker schaute zu, wie der Abfall im Rinnstein einer Londoner Straße trieb.

Der Priester hatte alle um sich versammelt, die aus Nebaj gekommen waren. Die Männer und die Frauen und die Kinder, und die Gitarre war auf seinem Rücken. Die Waffen der Männer waren sorgfältig zusammengestellt, Wigwams aus Gewehren, um die Munitionskisten und Mörserbomben herum geformt. Der Priester lächelte drollig. Er mußte nichts erklären … Gord verstand. Der Hubschrauber war noch immer bei ihnen, quälend mit seiner Anwesenheit, schwebend nach Aas Ausschau haltend. Er fragte sich, ob sie mit Raketen angegriffen würden oder im Tiefflug oder mit explodierenden Napalmbomben. Er schüttelte die Hand des Priesters, und der Griff war hart wie Granit. Die Leute aus Nebaj und der Priester verließen die Kolonne, weg in die zunehmende Dunkelheit, weg von der untergehenden Sonne, die Scherben von Licht durch die Bäume warf.

Sie gingen einen anderen Pfad, sie gingen nach Westen.

Erst als die Dunkelheit kam, erst als die Kolonne in der Nacht im Wald herumtappte, wurden sie den Hubschrauber los.

Gord ging mit Alex, und er hielt ihre Hand beim Gehen, und in seinen Gedanken war ein Gebet für den Priester.

Die Scheinwerfer des großen Kombis trafen sie. Kramer fuhr an den Lastwagen und den gepanzerten Mannschaftswagen vorbei und vorbei an den Männern, die am Straßenrand schliefen, und vorbei an den Feuern der Kochstellen und vorbei an den Männern, die ihre Waffen reinigten, um sie für den Vormarsch bereit zu haben. Er wich von der Straße ab, um zu den schweigenden Hubschraubern zu kommen. Die Scheinwerfer seines Wagens fanden Arturo. Der Colonel stand neben dem Fernmeldewagen und brüllte in ein Funkgerät. Er meinte, den Flieger auf der anderen Seite des Fahrzeugs im Schatten zu sehen. Eine höllische Fahrt im Dunkeln, und keine Eskorte, und an jeder Straßensperre hatte es ein Gezeter gegeben. Viereinhalb Stunden hatte er gebraucht, aber unter keinen Umständen hätte Kramer das Dossier mit dem Lebenslauf aus seiner liebevollen Obhut gegeben. Es war ein großer Gefallen, ein mordsmäßig großer Gefallen …

aber Colonel Mario Arturo, Befehlshaber des Kaibilbataillons, war ein Mann mit Zukunft, und seine Zukunft würde noch viel schneller kommen, wenn es wahr war, was er gehört hatte: daß die Scheißkolonne zur Umkehr gezwungen worden war. Und für einen großen Gefallen würde irgendwann eine Gegenleistung fällig werden. Dieses Jahr, nächstes Jahr, irgendwann würde Colonel Arturo vom CIA um die Begleichung der Rechnung gebeten werden ... Kramer eilte hin. Er wartete nicht, bis Arturo vom Funkgerät wegging. Es war eine CIA-Angelegenheit, und CIA-Angelegenheiten hatten Vorrang.

»Colonel, ich glaube, wir haben, was Sie wollten. Wir mußten schon sämtliche Hebel in Bewegung setzen, aber wir haben es ...«

Arturo war vom Funkgerät weggegangen. Kramer öffnete den Aktenkoffer, der mit einer dünnen Kette an seinem Handgelenk befestigt war. Er zog die Papiere in einer Cellophanhülle heraus.

»... Sein Name ist Brown. Er ist der mit dem Flammenwerfer. Einfach ein Verrückter. Brite. Er war bei einem Sonderkommando unten am Golf und sollte einen Orden bekommen, weil er einen unserer Piloten aus einem abgeschossenen Hubschrauber gerettet hat, aber er ist ausgeflippt. Er hat sich mit irgendeiner Widerstandsgruppe verbrüdert, und als er rauskam, beleidigte er, wirklich in übelster Weise, einen unserer führenden Offiziere. Wahnsinnig sturer Typ. Wollte sich einfach nicht entschuldigen, also wurde Gordon Benjamin Brown plattgemacht. Colonel, es ist alles da drin, um Ihnen zu helfen, ihn zu kriegen ...«

Der Flieger war um den Fernmeldewagen herumgekommen. Kramer reichte Arturo das Dossier. O ja, er würde ihn an die Kandare nehmen, wenn's soweit war. Ja, er hatte Mario Arturo in der Hand.

Der Flieger sagte: » Sorry, ich hab's nicht mitbekommen . Wie war sein Name?«

»Brown. Verrücktes Arschloch. Gordon Benjamin Brown.«

17

»Brown. Verrücktes Arschloch. Gordon Benjamin Brown.«

Ein abgeschossener Pilot, der Auslöser und eine Explosion. Die Beleidigung eines höheren amerikanischen Offiziers. Plattgemacht.

Drei Auslöser, drei Explosionen.

»Es tut mir leid, halten Sie mich nicht für taub. Es tut mir leid, Mario, daß ich störe«, sagte Tom. Er war dicht neben Kramer, und er störte wirklich, und der Colonel runzelte die Stirn, und man bedeutete ihm mit einer Geste, still zu sein. Er drängte: »Könnten Sie, bitte, diesen Namen noch mal sagen …?«

»Brown. Gordon Benjamin Brown …« Kramer lachte. »Sie können sich selbst einlesen, sich ein Bild von ihm machen und ihn kennenlernen, Colonel …«

Es war nie ein Nachname benutzt worden. Der Vorname war abgekürzt worden. Special Forces, und natürlich trugen sie nicht ihre Namen auf dem Kampfanzug. Der eine, den er für den ranghöchsten Unteroffizier gehalten hatte, hatte den Namen »Gord« gebraucht. Kein Austausch von Namen, nachdem sie ihn neben der abgeschossenen Apache Cobra aufgesammelt hatten, keine Zeit dafür, weil die Iraker näher kamen, und das große Maschinengewehr, das auf den Überrollbügel des Landrover montiert war, hatte gehämmert, um ihr Vordringen zu unterbinden. Kein Austausch von Höflichkeiten, nur den Piloten aufgesammelt und der Körper des zweiten Mannes, der immer noch in seinem

Cockpitsitz festgeschnallt war und zurückgelassen wurde. Der Offizier, »Gord«, war am Steuer des Landrover gewesen und mit Karacho davongebraust, und einer von ihren eigenen Jungs war getroffen worden, und der höllische Krach von dem Geschützfeuer. Er war zwischen ihren Beinen und der Reserveausrüstung und den Sandsäcken im offenen Heck des Landrover gelegen, und sie hatten mit ihrem eigenen Verwundeten alle Hände voll zu tun gehabt. Keine Zeit für Höflichkeiten und Geplauder und Sichvorstellen. Sie hatten ihm eine Spritze gegeben, und er war weg gewesen. Sie hatten ihn »Gord« genannt, und das war der erste Zünder.

»... Was wir aus den Informationen der Briten folgern können, ist, daß er bei den Rädelsführern bleiben wird. Er ist nicht der Mann, der sie im Stich läßt, um seine eigene Haut zu retten. Wenn ich an seiner Stelle wäre, ich würde die toten Hosen stehenlassen und auf eigene Faust Richtung Grenze marschieren ...«

Was immer es gewesen war, wahrscheinlich Morphium, es hatte ihn ziemlich umgehauen. Und nachdem er ins Leben zurückgekehrt war, war er der Passagier gewesen und konnte nichts machen, und der eine, den sie »Gord« nannten, war mit Fahren beschäftigt und hatte sie in losen Sand gesteuert, war durch alle Gänge mit niedriger Übersetzung gefahren, dorthin, wo die Iraker mit ihren Lastwagen nicht folgen konnten. Was ihn wirklich wieder ins Leben zurückgebracht hatte, war das Dröhnen des Hubschraubers in der Dunkelheit gewesen, der zur Bergung heranflog. Die Jungs waren mehr um ihren eigenen Mann bemüht, aber sie hatten sich kurz die Hände geschüttelt, bevor die faltbare Segeltuchtrage in die Luke gehievt wurde. Kurzes Händeschütteln, bevor der Mann an der Winde in seinem Vogel ihn hereingezogen hatte. Er hatte es von einem Sanitäter im Feldlazarett gehört, und überall auf dem Stützpunkt in Dhahran wußte man davon, daß ein Brite von einem Sonderkommando einen hohen Brigadegeneral beleidigt und sich selbst in die Scheiße gesetzt hatte. Das war der zweite Zünder.

»… Er wird bei ihnen sein, glauben die Briten, und wenn er bei ihnen ist, wird er sich ihrem Tempo anpassen. Sie werden keine Hilfe bekommen, nicht, nachdem sich in jedem Dorf, in jeder Gemeinde herumgesprochen hat, daß sie schlechte Gesellschaft sind – mehr noch, daß sie *Versager* sind. Ihre Chance, es bis zur mexikanischen Grenze zu schaffen, ist gleich Null, nicht jetzt, wo das Wetter umgeschlagen ist …«

Ein General hatte ihn besucht. Es hatte wenig genug Verletzte gegeben, so wenige, daß jeder Mann und jede Frau im Feldlazarett mit ranghohem Besuch rechnen konnte. Wie er vorankam? Gut … War er zufrieden damit, wie er verpflegt wurde? Großartig … Brauchte er irgend etwas? Nein … Hatte man ihm das Telefon gebracht, damit er daheim anrufen konnte? Niemand da zum Anrufen … Halt, warten Sie, Sir, nur eins, er würde gern persönlich dem Offizier des Sonderkommandos danken, der ihn gerettet hatte, tapferer Mann. Vergessen Sie es, Soldat … Süßigkeiten von zu Hause, das war in Ordnung. Briefe, in krakliger Kinderschrift, von Klassen in West Virginia und Arkansas, das war in Ordnung. Keine Möglichkeit, dem Offizier persönlich zu danken, der ihn gerettet hatte. Vergessen Sie es, Soldat … Und der Sanitäter hatte ihm nachher erzählt, was er auf dem Stützpunkt so gehört hatte, daß der Brite vom Sonderkommando unter offenem Arrest stand und auf das Verfahren wartete, verdammt aggressiv und nicht imstande, die notwendige Entschuldigung vorzubringen. Das war der dritte Zünder.

»… Ich hoffe, das Material ist nützlich für Sie, Colonel …«

Er hätte schreiben sollen, und er war auf dem Weg der Besserung. Er hatte den Namen nicht, und er wurde zur Genesung nach Hause verschifft. Er hatte den Namen nicht, und er hatte keine Adresse, und er genas daheim auf dem Stützpunkt Fort Rucker, Alabama. Er hatte nie geschrieben und versucht, eine Adresse ausfindig zu machen, hatte nie seine Dankesschuld beglichen.

»… Hey, Tom, Sie waren doch unten am Golf. Haben Sie nie von diesem Verrückten gehört?«

Er hatte es versäumt, Briefe zu schreiben, Adressen zu finden, sich zu bedanken.

»Da waren eine halbe Million unten. Ich hab' nicht jeden von ihnen kennengelernt ...«

Es war einfach zu lügen, so wie es einfach gewesen war, nicht zu schreiben und zu suchen und zu danken.

Tom Schultz sagte, er ginge zu Bett, haute sich in die Falle. Im Huey war ein Schlafsack verstaut, und er würde die ganze Fläche der Luke haben, um sich auszustrecken. Er wollte es versuchen, aber er bezweifelte, daß er schlafen würde ...

Er wollte wieder in Garden City bei Ames sein.

Er wollte zu Hause auf dem Campus der Universität von Minnesota sein.

Er wollte weg, weil er die Angst nicht mehr unter Kontrolle hatte. Die Angst war neu für den Archäologen, eine schleichende und wachsende Lähmung. Die Angst kam, weil der Mut sie verließ. Garden City bei Ames war ein schrumpfender Traum. Garden City, das waren weiße Wände und die ausgerichteten Reihen der Apfelgärten und das große Getreidesilo und das beste Farmland auf Gottes Erde, und es war Sicherheit, es war außerhalb seiner Reichweite, und es rückte immer ferner. Die Kolonne schlängelte sich dahin, mal nach Westen, mal nach Osten und wieder zurück, und sie wateten in den seltener kommenden Strudeln der Flüsse, um die Spur, die sie mit ihren Füßen getreten hatten, zu vermischen. Er glaubte, der Marsch ging nirgendwohin, nicht zurück nach Garden City bei Ames. Und der Campus von Minnesota, noch ein Traum, trieb weiter in die Ferne, verschwamm. Der Campus, das war eine Dienstwohnung und eine gute Frau, die er fast liebte, und die Gesellschaft von Kollegen, die er genoß. Der Campus war Heimat, und er war Sicherheit.

Nun, da sie nicht vorwärts marschierten ...

Es war das Gefühl der Hilflosigkeit, das die Angst schürte. Der Hubschrauber war bei ihnen. Sie waren die Nacht durchmarschiert und hatten nur drei Stunden Rast gemacht, während die

Dämmerung kam, während die Vögel in ihrem glänzenden Gefieder im Chor die aufgehende Sonne begrüßten, und sie waren wieder weitergezogen, tiefer in den Wald, unter den hohen Baldachin großer Bäume, und der Hubschrauber war gekommen und hatte sie gefunden und sie umkreist. Der Hubschrauber war die Flamme in der Angst, fachte die Angst an und nährte sie. Der Hubschrauber raubte ihm den Mut und war der Grund für seine Angst. Sie konnten sich nicht wehren, und daher kam die Hilflosigkeit. Solange sie vorwärts gegangen waren, hatte er sich unbesiegbar gefühlt, sicher vor jedem Feuer, das über sie hereinbrach; jetzt, da sie zurückgingen und von dem unsichtbaren Hubschrauber über dem Blätterdach der Bäume gehetzt wurden, ging er vor der Angst in die Knie. Nicht ihre Zeit und nicht ihr Ort. Ihre Bestimmung war ein Hinterhalt. Ihre Bestimmung war ein Kugelhagel. Ihre Bestimmung war der Tod, wie für den Professor.

Er glaubte nicht, daß er weitergehen konnte.

Der Archäologe wußte nicht, wie er die Kraft finden sollte, es Gord zu sagen. Er zog den Karren, und der Straßenjunge war mit der Schubkarre neben ihm. Er ging nirgendwohin, weg von Garden City bei Ames und dem Campus in Minnesota, er ging mit dem Hubschrauber, er ging in den Tod …

Die Kolonne verlor an Stärke.

Die Waffen wurden fallen gelassen. Die Uniformen, die sie aus Lagern und Stützpunkten und Kasernen mitgenommen hatten, wurden abgestreift. Es gab welche, die zu Jorge gingen, bevor sie die Kolonne verließen und ihn küßten oder vor ihm strammstanden oder ihn umarmten. Einige kamen zuerst zu Gord. Es gab manche, die Alex' Hand umklammerten und weinten. Es gab welche, die den Marsch ohne eine Geste der Freundschaft verließen, einfach vom Weg huschten. Es war der Hubschrauber, der sie zerbrach … immer war der Hubschrauber bei ihnen. Die Frauen waren mit den Kindern gegangen. Kein frisches Lachen mehr im Marsch, kein Rufen von schrillen, kleinen

Stimmen. Keine bunten Gewänder der Frauen mehr und kein Tanzen von Schmetterlingen im tiefen Schatten der großen Bäume.

Die Kolonne kämpfte sich weiter vor, den hohen Bergketten der Cuchumatanes entgegen.

»Ich habe es einmal gesehen«, sagte Arturo ins Helmmikrophon. »Ich hab' es einmal in den Docks von Puerto Barrios gesehen. Ich glaube, mein Vater war wegen irgend etwas, das mit seiner Arbeit zu tun hatte, hingefahren, und es waren Schulferien. Vielleicht machte ich meiner Mutter Scherereien, vielleicht sollte ich beschäftigt werden. Ich fuhr mit meinem Vater nach Puerto Barrios. Ich hatte Zeit, zu den Docks hinunterzugehen und zuzusehen, wie die Schiffe entladen wurden und wie die Kräne arbeiteten. Die Ratten kamen an den Tauen eines kleinen Trampschiffs herunter. Es war eins von den Schiffen, die Zucker in den Golf von Mexiko hinauffuhren und Getreide zurückbrachten. Das Schiff war mit dem Getreide aus Galveston in Texas gekommen und entladen worden. Vielleicht gab es nichts, was die Ratten hielt, vielleicht wollten sie nicht zurück nach Galveston segeln und den ganzen Weg nur Zucker fressen. Die Ratten kamen an den Tauen herunter, mit denen das Schiff an den Docks festgemacht war. Was man immer hört, ist, daß Ratten ein Schiff verlassen, das dem Untergang geweiht ist. Ich habe mich lange gefragt, nachdem ich die Ratten gesehen hatte, ob es das Schiff je zurück nach Galveston geschafft hat. Ich meine, man muß Ratten einen gewissen Grad an Intelligenz zugestehen. Halten Sie es für möglich, daß Ratten wissen könnten, ob ein Schiff sinken wird? Kann sein, kann nicht sein, vielleicht mögen Ratten einfach nur keinen Zucker ...«

Sie schlingerten im Gegenwind, der sich gegen den Flug des Huey stemmte. Er sah hinunter. Da war eine lange Baumreihe und dann die breite, erdbraune Narbe, wo der Wald vom Holzschlag gelichtet war. Er blickte auf die sich langsam bewegende Kolonne von Menschen unter ihm, und wenn er nach vorn und am Helm des Amerikaners vorbeisah, konnte er noch eine Kolonne sehen. Vorhin, als sie das erste Mal über der erdigen Narbung der Rodung waren, hatte er zwei weitere Kolonnen gesehen.

»Es ist, wie Sie sagten. Es geht um Herrschaft. Wir haben ihre Nerven zerfranst. Wir haben ihren Mut gebrochen. Die Kolonne zerfällt, weil Sie bei ihnen sind. Es sind nur Ratten, die jetzt versuchen, einen sicheren Platz in den Lagerhäusern der Docks zu finden. Selbst Ratten, einfältige, primitive Ratten, haben den Instinkt zu überleben …«

Während des ganzen Flugs, seit der Zeit, da sie sich wieder in das Leitstrahlsignal eingeklinkt hatten, war der Zerfall der Kolonne unter ihnen deutlich zu sehen gewesen. Er hatte ein Fernglas, in Deutschland hergestellt, 6 x 30, und er konnte die Gesichter der Männer und Frauen unter ihm sehen und die Kinder. Er sah keine einzige Waffe und keinen Mann in Uniform. Er sah die abgefallenen Kolonnen von der Saat der Rebellion abrücken.

»… Ich glaube, morgen wird der richtige Zeitpunkt sein. Ihr Amerikaner, traut ihr uns Gespür zu? Intelligenz? Wir sind nur Guatemalteken … Ich hätte sie gestern angreifen können, mit der geballten Kraft der Kaibiles. Die Ratte in der Ecke kämpft verbissen, aber die Ratte, die eine Fluchtmöglichkeit hat, läuft davon. Ich hätte Opfer hinnehmen müssen, wenn ich sie gestern angegriffen hätte, und ich hätte Märtyrer aus dem Pack gemacht. Ich kann die entflohenen Ratten einsammeln, wann immer ich will, mit Gift, mit Gas, mit Terriern, mit einer alten Flinte. Ich kann eine Woche oder einen Monat oder ein Jahr warten, um die entkommenen Ratten zu jagen. Das ist Gespür, oder? Das ist Intelligenz, nicht …?«

Der Flieger sprach die ganze Zeit nicht. Der Flieger konzentrierte sich auf seine Kontrollanzeigen und hielt den Vogel ruhig gegen den Wind.

Als er den Flieger im Morgengrauen gesehen hatte, bevor der Helm sein Gesicht maskierte, hatte er geglaubt, eine große Müdigkeit zu sehen, so als ob der Mann nicht geschlafen hätte.

»… Wir holen sie uns morgen, was noch von ihnen übrig ist. Wir holen uns das Hurenbaby Ramírez und den Pöbel, der noch bei ihm ist, und den Engländer, der mit ihnen gekommen ist, morgen.«

Sie flogen weiter. Sie kurvten über die vollendete Schönheit seines Landes. Die Ratten schauten niemals zu dem Hubschrauber über ihnen hinauf, sie gingen zu der Straße, die sie nach Santa Cruz del Quiché und Nebaj und Playa Grande führen würde, und zu den Dörfern in den Bergen und den Gemeinden im Dschungel.

Welch ein Friede unter ihm.

Er rief Gord zu sich nach hinten.

Er schob den Karren neben Gord her.

Der Archäologe aus Garden City bei Ames erzählte Gord von dem alten Ehepaar in dem weiß gestrichenen Haus, das nach hinten an die Apfelgärten grenzte und vorn auf die Getreidesilos blickte, und er erzählte Gord von dem Mädchen auf dem Campus der Universität von Minnesota.

»Ich will diese alten Leute wiedersehen. Wir werden wie Schafe zur Schlachtbank geführt. Ich will dieses Mädchen wiedersehen und mit ihr leben. Wir werden in einen Schlachthof gestoßen. Es ist nicht meine normale Ausdrucksweise, Gord, aber wir sind im Arsch. Gord, Sie schaffen es niemals bis zur Grenze, und das ist nicht nur meine Meinung. Als wir umgekehrt sind, hatten wir fast dreitausend Leute. Herrgott, Mann, wir haben keine dreißig mehr … Ich will nicht auf diesem Schlachthof landen. Ich habe gehört, was Sie zu Jorge gesagt haben, und ich glaube, er ist ein großartiger und naiver junger Mann, und Sie haben gesagt, daß Sie ihn nach Hause bringen. Gord, das war Scheiße, erstklassige. Ich gehe auf eigene Faust, und glauben Sie nicht, daß ich es mir nicht überlegt hätte, weil ich mir so die größte Chance ausrechne, Garden City jemals wiederzusehen, jemals wieder auf dem Campus zu sein. Ich bewundere Ihr Verantwortungsgefühl, und ich bewundere, was Sie erreicht haben. Ich bin nicht mutig, und ich bin kein Held. Es tut mir leid, aber jetzt zähle nur noch ich, und ich will raus …«

Den ganzen Morgen hatte der Archäologe gebraucht, um all seinen Mut zusammenzunehmen, und dann widersprach der Mann gar nicht. Er fühlte sich schlapp, feig. Er riß sich den Kampfanzug herunter. Er zog die Bluejeans und ein rotes Hemd an und die alten, zerrissenen Turnschuhe.

»Viel Glück.«

»Falls ich nach Hause komme, erzähle ich den Leuten …«

Die Faust lag ruhig auf seinem Ärmel, eine aufgerissene und blau geschlagene und schwielige Hand.

»Tun Sie ein bißchen mehr für mich.«

»Spucken Sie's aus …«

Gord ging zu Jorge. Gord nahm die Karte. Gord brachte die Karte zu ihm. Gord zeigte darauf. Gord nahm das Notizbuch aus seinem Hemd und schrieb auf das Papier, das durchnäßt gewesen und nun steifgetrocknet war. Gord riß das Blatt aus dem Notizbuch. Gord faltete das Papier methodisch bis zur Größe einer Briefmarke. Gord nahm seine Hand und hielt sie fest.

»Noch mal, viel Glück …«

Er hatte auf der Karte gesehen, wo die Straße war. Er wollte Alex küssen, und sie wandte ihren Mund ab, als ob seine Lippen den schlechten Geschmack der Niederlage verströmten, und sein Mund streifte ihre Wange und ihr Ohrläppchen. Er schätzte, es waren gut zwei Meilen bis zur Straße.

Er berührte den Karren, sah hinunter auf die Röhren. Wo die alte Farbe abgeblättert war, nagte der Rost an dem Karren. Er war zerbeult und verbogen und zerkratzt. Das rechte Achsengehäuse würde nicht mehr lange halten, und wenn es zu Bruch ging, konnte das das Ende des Karrens sein. Wenn er es je zurück nach Garden City bei Ames schaffte, oder zum Campus in Minnesota, dann würde er seinen Eltern und seinem Mädchen erzählen, daß er den verdammten, widerspenstigen Karren durch halb Guatemala geschoben hatte, und er würde ihnen erzählen, daß der fünfte Tag von der Woche eines Mannes verloren worden war …

Er ging entschlossen davon. Allein, auf dem Weg zur Straße, fühlte er sich von der Angst befreit. Der Archäologe schaute nicht zurück.

Sie gingen langsam.

Die Müdigkeit zehrte an ihnen.

Der Hubschrauber war bei ihnen.

Gord hatte den Karren genommen. Er zog den Karren, und er hatte die zwei Maschinengewehre und die Munition und seinen Rucksack und die Granaten. Er wußte nicht, wofür der Karren weiter gut war, aber er brachte es nicht fertig, ihn stehenzulassen. Es war, als ob er mit der Flamme des Karrens verschmolzen wäre, als ob der Karren nun ein Teil seines Wesens wäre. Er hatte den Karren hergebracht, und er würde den Karren mit hinausnehmen. Der Karren war er selbst ... Sie kamen zu einer breiten, unbefestigten Straße, und sie warteten und horchten, und sie waren alle auf den trocknenden und dampfenden Waldboden hingeplumpst. Sie beobachteten den leeren Abschnitt der Straße und waren hinter dem Streifen, der gerodet worden war.

Er fühlte mit Jorge. Jorge war die Wunde in ihm.

Gord hatte all die großartigen Worte von Jorge am Grab seiner Mutter und auf der Plaza von Nebaj und vor der Fassade der Kirche in Santa Cruz del Quiché gehört. Großartige Worte, die nichts vermochten. Die Bemühungen des jungen Mannes waren gescheitert.

Er lag neben Jorge, und hinter ihnen, über ihnen war das Hämmern des Hubschraubers, das die Stille brach.

»Wir werden die ganze Nacht gehen. Wir schütteln den Bastard heute nacht ab. Ich bringe dich raus, Jorge, ich verspreche es. Wir kapitulieren, wir laufen davon, wir geben auf, aber du mußt rauskommen. Es gefällt mir überhaupt nicht, niemand kapituliert gern und läuft davon und gibt auf, aber dir bleibt nichts anderes übrig. Du mußt ihnen die Befriedigung verwehren, dich zu fangen und zu töten. Das ist die einzige Geste, die uns noch bleibt. Du kannst ihnen diesen kleinen Sieg verwehren, dich zu fangen und zu töten. Wenn du eine Trophäe sein willst, ein Kopf an der Wand im Ministerium, dann kehr um und tritt ihnen entgegen. Du solltest ihnen nicht das letzte Vergnügen bereiten, sich am Anblick deines Kopfes zu weiden.«

Das bittere Gemurmel: »Und du rettest dich selbst …«

»Ich bringe euch raus, dich und alle andern.«

Sie überquerten die Straße. Sie rannten. Sie wählten den Moment, in dem sie glaubten, der Hubschrauber habe abgedreht. Der Karren blieb im Abflußgraben neben der Straße stecken, und Gord zerrte und schimpfte und fluchte und wuchtete ihn aus dem Graben und über den gelichteten Seitenstreifen. Er ging zurück, um dem Straßenjungen mit der Schubkarre zu helfen, und alle beide mußten anpacken, um die Schubkarre über den Graben zu heben, und er ging noch mal zurück, um dem Kanadier zu helfen, der seine Hand abschüttelte, fluchte und aus der Tiefe des Grabens kroch … Die Hubschraubergeräusche waren weiter entfernt, gerieten langsam außer Hörweite. Sie würden das Scheißding loswerden, weil er es versprochen hatte … Sie kamen über die Straße, alle. Alex mit ihrem Hund, der nun bei Fuß blieb, und Zeppo, der sich den verwundeten Eff auf den Rücken geladen hatte, und Harpo, der den Arm des hinkenden Vee um die Schulter geschlungen hatte, und Zed, dessen Brustwunde nahe seiner linken Achselhöhle schmerzte, und Groucho.

Das Verschwinden des Hubschraubers war wie eine Befreiung und spornte sie an.

Er ging mit Groucho. Groucho schleppte den letzten RPG-7-Raketenwerfer und den letzten Mörser und die Raketen und Bomben, und er trug die Last der letzten Lebensmittel. Sie gingen wieder schneller und verstreut, und Gord war mit Groucho am Ende des Marsches.

Es lag soviel Qual auf Grouchos Gesicht, und sein Kopf war traurig gesenkt.

»Es ist nicht Ihre Schuld …«

Er versuchte, den Schmerz zu brechen. »… Es ist niemandes Schuld …«

Er versuchte, den Schmerz zu zertrümmern. »… Wir haben es versucht.«

Qual und Trauer wandten sich Gord zu.

Groucho schniefte. »Sie verstehen es nicht. Sie verstehen gar nichts. Sie verstehen ihre Macht nicht. Sie verstehen nichts von ihrer Grausamkeit. Sie haben ein Land des Terrors aufgebaut. Sie verstehen den Terror nicht, der einen Mann dazu bringt, sich gegen seine Freunde zu wenden, gegen seine Familie, gegen seinen Gott. Sie verstehen nichts …«

Das Leitstrahlsignal wurde schwächer.

Er hatte auf seine Uhr getippt und auf die Nadel des Treibstoffanzeigers gewiesen, und der Colonel hatte genickt. Sie hatten abgedreht.

Tom nahm den neuen Kurs. Er navigierte nach der Karte in der Klarsichttasche über seinem Knie. Das Rendezvous für die Treibstoffaufnahme war auf der Karte markiert, auf halbem Weg zwischen Chichicastenango und Santa Cruz del Quiché, ein rotes Kreidekreuz, wo der Tankwagen sein würde. Arturo war über seine eigene Karte gebeugt und hatte seine eigene Funkverbindung. Arturos Aufmerksamkeit war von den abgehackten Anweisungen gefangen, die er über Funk für die Bewegungen des Bataillons gab, und von den Lageberichten, die er erhielt.

Die zwei Gesichter waren in Toms Gehirn eingebrannt.

Es war leicht zu fliegen, ein strahlender Nachmittag und Sicht bis zum Horizont.

Das war das Gesicht des Mannes, das er neben dem Bergungshubschrauber gesehen hatte, glattrasiert, das komische Lächeln und das nichtssagende Gemurmel: »… Bis irgendwann. Man weiß nie, die Welt ist klein. Mach's gut.« Das Gesicht des Mannes, der Gord war …

Er sah die einsame Gestalt auf der Teerstraße.

… Da war das Gesicht des Mannes, das er aus dreißig Metern, durch den Schmutz auf dem Cockpitfenster, in der Mitte des Exerzierplatzes in Playa Grande gesehen hatte, das Gesicht mit dem wilden Bart des Mannes hinter dem Flammenwerfer, der Feuer auf das Kommandogebäude spie. Das Gesicht des Mannes, der Gordon Benjamin Brown war.

Eine einsame Gestalt, was sie in der DEA-Sprache IC1 nannten, Mitteleuropäer, weiß, männlich, Bluejeans und rotes Hemd, mittelgroß, schlank. Und er winkte, winkte wie verrückt.

Tom stupste Arturo am Ellbogen, und Arturo gab gerade die Koordinaten für die Truppenbewegungen durch, brachte die Einsatzkräfte für die Absperrung am Morgen herauf, und weil er unterbrochen und abgelenkt worden war, mußte Arturo die letzten Koordinaten noch mal durchsagen ... Der Mann winkte. Verdammt frecher Kerl, winkte und zeigte auf die Teerstraße vor ihm, als ob er ein Taxi anhalten würde. Die Gesichter verloren sich. Die Gesichter von Gord und Gordon Benjamin Brown verblaßten. Eine unglaubliche Unverschämtheit von dem Kerl, ihn vom Himmel zu winken, als wäre er ein Yellow Cab und es würde regnen und er müßte nach Hause zum Abendessen und hätte sich verspätet. Er sagte zu Arturo, es würde keine Probleme mit dem Treibstoff geben und sie nicht aufhalten. Er brachte den Vogel zur Straße runter.

Er schwebte über dem Kerl.

Der Bursche war Anfang oder Mitte Dreißig und mager, so daß das rote Hemd um ihn flatterte. Er hatte eine große Brille, die verdreht und verbogen in seinem Gesicht saß. Er sah den Kerl an, und der Gedanke schoß ihm durch den Kopf, daß das da unten kein guter Platz für einen schutzlosen Mann war. Entweder schnell runter und ihn mitnehmen, oder schnell weg ohne ihn. Er setzte den Huey auf die Kufen.

Guter Junge, brachte ihn nicht in Verlegenheit. Rannte schnell zur Luke und zog sie auf und war drin und knallte die Luke zu.

Tom schraubte den Vogel hoch, zog den Knüppel zurück. Er brachte sie auf Reisehöhe, dann drehte er sich um und zeigte auf den Kopfhörer, der an dem Spant hinter ihm hing, und als der Bursche ihn aufhatte, zeigte Tom an seinem eigenen Kopfhörer auf den Mikrophonknopf. Der Kerl sah fertig aus, völlig ausgepowert … Er zeigte Arturo, was er machte, und drückte die Schalter, die den Colonel und seine Bodenkommunikation ausblendeten.

»Sie sahen aus, als wären Sie scharf auf einen Flug.«

»Dankbar, ich bin Ihnen sehr dankbar …«

»Amerikaner?«

»Archäologe, von der Universität von Minnesota. Es ist wirklich wahnsinnig nett von Ihnen. Sind Sie von der Botschaft …«

»So ähnlich.«

»Ich wußte nicht, daß wir Berater hier unten haben. Dachte, hier wäre ›Eintritt verboten‹.«

»DEA. Es ist kompliziert … Und, wo kommen Sie her?«

»Eine archäologische Stätte, eine Grabungsstätte.«

»Wo ist die?«

Die Stimme in Toms Ohr. »Die Straße hinauf.«

»Wo?«

»Ein bißchen die Straße hinauf.«

»Wo die Straße hinauf?«

Die Pause in Toms Ohr. Ein Zögern. »Ein paar Meilen die Straße hinauf. Eine Grabungsstätte.«

»Wie lang sind Sie gegangen?«

»Ein paar Tage.«

»Scheiße, Mann, ich dachte, Sie sind seit dem Morgen unterwegs … Wie viele Tage?«

»Nur ein paar Tage …«

»Verstehen Sie mich nicht falsch, aber das ist nicht gerade die Gegend für einen Wanderurlaub. Was bringt Sie dazu, ein paar Tage mitten in dieser beschissenen Gegend herumzulaufen?«

Eine längere Pause in Toms Ohr. Ein längeres Zögern. »Ich habe auf diesem Gelände gearbeitet. Ich wurde angegriffen. Ich habe die Artefakte studiert. Ich katalogisiere sie, ganz legal. Ich wurde von Dieben überfallen. Diese Dinge verkaufen sich bestens in New York … Ich versuchte wegzukommen.«

»Und Sie sind nur gegangen …?«

»Wie ich schon sagte.«

»Von ›ein bißchen die Straße hinauf‹ und ›nur ein paar Tage lang‹? Sie sind ja wirklich mächtig gesprächig. Wo wollen Sie hin?«

»Ich versuche rauszukommen. Ich will nach La Aurora. Können Sie mir helfen, dorthin zu kommen?«

»Wissen Sie, was in diesem Land vor sich geht, ›ein bißchen die Straße hinauf‹?«

»Nein, weiß ich nicht.«

»Sie wissen, was passiert ist, ›nur ein paar Tage lang‹?«

»Nein, weiß ich nicht.«

Tom sagte hart: »Ein bißchen eine Rebellion, nur ein Aufstand … Sie haben nichts davon mitgekriegt?«

»Nein.«

Tom sah unter sich den Tankwagen, winzig klein, und Jeeps und Lastwagen um ihn herum. Er schaltete sein Mikrophon ab. Er ging hinunter. Er konzentrierte sich. Es gab Telefonleitungen entlang der Straße. Er kam in den Dreckwirbel hinunter. Der Sog der Rotoren schleuderte Schlamm und Steine über die Straße, gegen den Tankwagen und die Laster. Sie setzten auf. Es war eine jämmerliche Landung. Es war die Art Landung, die ihm eine Standpauke von einem Ausbilder für Anfänger an der Army Primary Helicopter School eingebracht hätte. Er stellte den Motor ab.

Er sagte zu dem Archäologen: »Steigen Sie aus, gehen Sie da rüber …«

Er zeigte hinter die Lastwagen.

Er überwachte das Auftanken.

Tom beobachtete den Burschen. Der Bursche ging von den Jeeps zu den Lastwagen und zuletzt zum Fahrer des Tankwagens.

Tom ging schnell vom Hubschrauber weg und um die andere Seite des Tankwagens herum. Das Geld wechselte den Besitzer. Richtiges Geld, Dollars, *Made in the United States of America*. Der Fahrer nahm das Geld. Tom duckte sich weg.

Er stand neben dem Hubschrauber.

Der Bursche kam zu ihm.

»Ich wollte mich nur bedanken.«

»Schon gut. Wann wollen Sie fliegen?«

»Mit der ersten Maschine, die rausgeht.«

Dann, leichthin, im Plauderton: »Wie geht's ihm, wie geht es Gord?«

»Wem?«

Tom sah dem Burschen in die Augen, und sie flackerten, und er senkte den Blick. »Wie geht es Gordon Benjamin Brown?«

»Ich weiß nicht, wovon Sie …«

»Darf ich Ihnen eins sagen … Sie sind der lausigste Geschichtenerzähler, dem ich je begegnet bin. Sie haben eine gute Entscheidung getroffen, auszurücken. Gord wird morgen mausetot sein, Gordon Benjamin Brown. Freund, Sie haben den richtigen Zug gemacht. Schönen Flug, und grüßen Sie Minnesota von mir …«

Als der Vogel aufgetankt war, unmittelbar bevor er zum letzten Fischzug des Nachmittags aufstieg, um das Leitstrahlsignal einzuholen, sah er zu, wie der Tankwagen nach Guatemala City und dem militärischen Teil von La Aurora davonfuhr. Er winkte dem Burschen, der sagte, er sei Archäologe, dem Burschen, der Gord, dem Mann, der ihm das Leben gerettet hatte, davonlief, demselben Gordon Benjamin Brown, der am Morgen aus dem Hinterhalt angegriffen und getötet würde.

»Sind Sie nie da? … Oder lassen Sie ihn einfach an, auch wenn Sie da sind? … Wir haben einen Mann aus Panama eingeflogen, wo unser Stab sitzt … Scheint das Gras wachsen zu hören … Zeit für Desertion, die Hasenfüße laufen in Scharen davon. Die Militärs rechnen damit, sie morgen zu kassieren. Die Einheit, die das erledigen soll, wird das Kaibilbataillon genannt. Man sagt mir, wir sollten Respekt vor ihnen haben, man erwartet gute Arbeit von ihnen. Es ist nur noch eine kleine Gruppe übrig, und es wird wahrscheinlich ziemlich drastisch … Tut mir leid …«

Sie saß allein auf dem Bett in ihrem Appartement. Cathy Parker trank aus der Flasche.

Sie hätten ihm nicht mehr Hilfe bieten können.

Er war auf die abgeschirmte Seite von La Aurora geraten, in ein Gewühl militärischer Aktivitäten. Die Cessnas wurden unter Beleuchtung aufgetankt und armiert. Hubschrauber beförderten Gruppen von Männern und ihre Gefechtswaffen in die Dunkelheit einer stillen und sternenklaren Nacht. Ein Sergeant brachte den Archäologen vom Flugtreibstofflager, wo ihn der Tankwagenfahrer abgesetzt hatte, zu einem Offizier. Der Fahrer des Tankwagens hatte ihm den Namen von Colonel Mario Arturo gegeben, und er war mit dem Namen mühelos durchgekommen.

Der Offizier fuhr ihn zum zivilen Terminal. Der Archäologe konnte sehen, daß sie gewonnen hatten.

Das Militär regierte, und das zivile Personal kuschte. Der Offizier brachte ihn zum Anfang der Schlange für den Kontinentalflug nach Houston. Er zahlte mit AmEx-Karte. Laut seinen Auskünften war er der Freund von Colonel Mario Arturo, und der Offizier eskortierte ihn vom Ticketschalter zur Paßkontrolle. Er zog seinen Paß hervor, der von der Gesäßtasche in die Form seiner Arschbacke gepreßt worden war, durchgenäßt vom Dschungelregen und nun steifgetrocknet. Der Zustand seines Passes wurde nicht beanstandet, weil er den Offizier bei sich hatte und der Freund von Colonel Mario Arturo war.

Er ging durch, nachdem er dem Offizier gedankt und seine Hand geschüttelt und ein dankbares Lächeln zustande gebracht hatte. Der Offizier salutierte.

Als die Maschine aus Houston landete, beobachtete der Archäologe, wie die Leute herausquollen. Sie kamen zurück in ihre Welt. Die Frauen und die Kinder schwärmten von den Gangwaystufen über das flutlichthelle Vorfeld. Er dachte an die Mayafrauen und ihre Kinder, die Gord »Schmetterlinge« genannt hatte. Die Frauen aus dem Flugzeug trugen ihre Pelzmäntel und Seidenschals und ihre Designerkostüme. Er dachte an die Mayafrauen und ihre Kinder, die sich jetzt querfeldein zu ihren Dörfern zurückschleppten. Die Frauen aus dem Flugzeug trugen ihre Schmucketuis und ihre Pariser Taschen. Er dachte an die

Mayafrauen und ihre Kinder, die stoisch in ihre Dörfer zurückgingen, um den Gegenschlag und die Vergeltung zu erwarten. Die Frauen aus dem Flugzeug hatten dicken Lippenstift und grellen Puder aufgetragen, und ihre Kinder trugen die Geschenke, die sie in den Einkaufszentren von Houston gekauft hatten. Er dachte an die Mayafrauen und ihre Kinder, die in ihre Dörfer zurückkehrten und der Rache entgegensahen, die ihr Schicksal war, seit der Speer Alvarados in die Eingeweide von Tecún Umán gedrungen war. Die Frauen aus dem Flugzeug und ihre Kinder wurden von einem Strom von Generälen und Politikern und Brigadekommandeuren und Staatsbeamten und Colonels und Industriekapitänen empfangen ... Die Schweine hatten gewonnen.

Er stand an dem Panoramafenster. Sieben Stunden nachdem er die Kolonne verlassen hatte, Gord, die junge Frau und ihren Hund und Jorge und seinen Haufen, wurde der Kontinentalflug aufgerufen. In seinen Gedanken war das Feuer von dem Karren, der rostig und verbogen und verbeult war. Sein Atem beschlug das Glas.

Er sprach es laut aus, aber flüsternd: »Laß sie brennen, Gord, laß sie lichterloh brennen ...«

Der Archäologe konnte sich nicht beherrschen. Er weinte, als er zum Flugzeug ging.

Sie wichen nicht links und nicht rechts ab. Sie nahmen die Kompaßlinie. Sie schwenkten nicht nach Osten oder Westen. Genau geradeaus, nach der Leuchtspur der Kompaßnadel. Gord hatte ihnen erzählt, worauf er hoffte. Wie bei Ertrinkenden, die um sich schlagen, flutete die Energie in sie zurück. Wie Männer und Frauen, die bis zur Erschöpfung mit den Armen auf ein treibendes Floß zurudern, torkelten sie auf dem Pfad, der ihnen von der Kompaßnadel vorgegeben wurde. Der Name des Ortes am Ende des Pfades war Canillá. Er war zwei volle Tagesmärsche entfernt. Sie quälten sich ab, wenn es eine Steigung hinaufging, sie liefen, wenn sie bergab gingen. Gord hatte den Karren, und Alex war bei ihm. Der Hund knurrte vor Hunger, und der Straßenjunge keuchte, während er sich abmühte, die Schubkarre vorwärts zu treiben. Sie half ihm, wenn sie konnte. Sie zwang das stachelige Gestrüpp zurück, wenn sich die Dornen in seiner Kleidung verfingen und wenn es sich um den Karren wickelte …

Kein Zorn in ihrer Stimme. »Wir enttäuschen das Vertrauen der Leute.«

»Wir sind gekommen, und wir haben es versucht …«

»Sie sind schlimmer dran, als sie es waren, bevor du kamst.«

»Wir kommen vielleicht nicht raus. Wir müssen ganz schön durch die Scheiße. Hinter uns ist ein Kaibilbataillon her und treibt uns in die Enge. Das ist nicht wie wenn man einen Bus, Linie 9, nimmt … ›Sagen Sie mir bitte Bescheid, wenn wir am Trafalgar Square sind.‹ Es ist eine kleine Chance. Die Alternative ist, daß du und ich, wir alle, durch Santa Cruz del Quiché und Nebaj und Playa Grande geschleift werden, Zeit für Sadismus, Zeit für einen langsamen Tod. Daß du und ich, wir alle, bitten, flehen, getötet zu werden. Wir gehen, und wir lassen etwas zurück, wir lassen Hoffnung zurück. Wir lassen die Erinnerung daran zurück. In den Dörfern können sie die Erinnerung lebendig halten. Wenn wir tot sind, werden wir vergessen.«

Die Beschämung in ihrer Stimme. »Ich glaube nicht, daß ich damit leben könnte. Daß ich in Sicherheit bin, und die Leute, die uns gefolgt sind, im Stich gelassen habe.«

»Wir haben es versucht … Du bist eine Spätbekehrte. Wir haben es mit dem einzigen Weg versucht, durch den sich Dinge ändern. Dein Weg ändert nichts. Dein Weg ist es, gemütlich Umschläge mit Appellen zuzukleben und Rundschreiben zu tippen, Politiker zu beeinflussen und absolut nichts zu erreichen …«

Die Schärfe in ihrer Stimme: »Du Saukerl.«

»Wir haben es versucht …«

Das Zittern in ihrer Stimme. »Woher wissen sie es? Warum sind sie dauernd bei uns, mit dem Hubschrauber?«

»Ich müßte mich hinsetzen, und ich habe nicht die Zeit dazu. Ich müßte es analysieren. Ich müßte nachdenken. Ich habe die Zeit nicht. Ich weiß es nicht.«

Die Angst in ihrer Stimme. »Wann werden sie zuschlagen?«

»Sie sind sich im klaren darüber, daß wir wenige sind. Sie werden aus der Luft die ganzen Leute gesehen haben, die uns verlassen haben. Vielleicht werden sie morgen meinen, daß wir reif sind …«

Sie half ihm, den Karren zu schieben, und er schloß seine starke Faust um ihre Hand.

18

Der Schlafsack lag immer noch auf dem Boden innerhalb der Luke. Es gab keine Matratze, nur die Wattierung des Schlafsacks schützte einen schlafenden Mann vor den Nieten und Rillen im Boden. Arturo kam zum Hubschrauber. Er hatte seinerseits ein Faltbett in einem Zweimannzelt benutzt und gut geschlafen. Er aß ein Fleischsandwich und hielt einen Styroporbecher voll starkem Kaffee in der Hand. Er gähnte, und er streckte sich. Er fühlte sich gut. Um ihn herum war das Geklapper des erwachenden Lagers, das neben der breiten Straße lag. Er aß den Rest des Sandwichs und spülte den Kaffee hinunter. Um ihn herum war man damit beschäftigt, in Windeseile das Lager abzubauen und die Lastwagen zu beladen. Er begann neben dem Hubschrauber mit seinen gewohnheitsmäßigen Morgenübungen, Kniebeugen und Schattenboxen und dann rasantes Sprinten auf der Stelle. Kleine Gruppen von Männern, diejenigen, die vorausgeflogen und in die Hinterhaltstellungen gebracht wurden, erhielten Instruktionen von ihren Offizieren, so wie er die Offiziere instruiert hatte, bevor er in sein Zelt gekrochen war. Der Schweiß rann ihm herunter. Die Männer, die den Instruktionen zuhörten und um die Karten hockten, wiegten die Waffen, die sie einsetzen würden; es würde Nahkampf geben, ein Gefecht aus nächster Nähe … Er sah den Flieger. Der Flieger ging auf ihn zu und trug einen Klappspaten für Schützengräben und eine Rolle Klopapier, ein kleines Handtuch und ein Einweg-Rasiermesser aus Plastik. Er sah die graue Müdigkeit im Gesicht des Fliegers, und an seinem Hals waren geronnene Schnitte, und an seiner Wange, nahe der Narbe, war ein Fleck, wo das Rasiermesser einen verheilenden Moskitostich aufgerissen hatte. Der Flieger kam an ihm vorbei, grüßte nicht und packte sein Zeug in den Hubschrauber. Die Morgensonne schien schräg auf sie, beleuchtete das Grau im Gesicht des Fliegers.

Arturo gab dem Pilot einen Klaps auf den Rücken.

»Mir geht es gut. Geht es Ihnen auch gut, Mr. USA?«

Abweisend. »Wunderbar ...«

»Haben Sie was gegessen?«

»Nein.«

»Sollten Sie nicht etwas essen?«

Der Flieger sah ihn aus müden Augen an. »Wenn ich etwas zu essen will, dann werde ich etwas zu essen finden.«

Leck mich. Wenn er nicht essen wollte, würde man ihn nicht zwangsernähren, wenn er mit leerem Magen fliegen wollte, würde man ihn nicht anflehen zu essen. Ein Zug Soldaten, dreißig Mann, ging an Arturo vorbei, ging auf den ersten Hubschrauber zu, der den Motor gestartet hatte, auf das langsam anschwellende Kreisen des Rotors. Da war der junge Offizier, dessen Vater Arturo als frischgebackenen Offizier im Trainingslager der Kaibiles in La Polvora ausgebildet hatte. Da war der Sergeant, der mit ihm im ersten Zug gewesen war, der die Verteidigungsanlagen von Acul beim »Institutional Re-encounter '84« durchbrochen hatte. Diejenigen, die eine Hand frei hatten, salutierten ihm, die meisten waren zu bepackt mit ihren Waffen und Tornistern. Gierige kleine Bastarde und bereit zu kämpfen, bereit zu töten, die Besten ... Und was Arturo besonders gefiel, sie trugen keine Helme, sie trugen stolz die kastanienbraunen Barette des Kaibilbataillons, und sie lehnten die plumpen und hinderlichen kugelsicheren Westen ab. Die Besten ...

»Arschgesichter, ich will sie lebend ... Wenn ich sie nicht lebend haben kann, dann will ich sie tot ... Versaut mir nichts, keiner darf entkommen. Sie haben gegen Idioten gekämpft, als sie in

Playa Grande und Nebaj und Santa Cruz del Quiché waren. Jetzt haben sie die Kaibiles vor sich. Ich will sie, damit sie, am besten lebend, ansonsten tot, durch jedes Rattennest von Dorf im Quiché-Bezirk geschleppt werden können. Ich will, daß jeder Mann und jede Frau und jedes Kind in jedem Dorf sieht, was mit diesen subversiven Kräften passiert ist, als sie auf die Kaibiles trafen. Ich will den Geist der Rebellion aus jedem Mann und jeder Frau und jedem Kind in jedem Dorf geprügelt sehen. Gott stehe euch bei ...«

Der Zug, der mit dem Hubschrauber flog, sollte in vier Abteilungen aufgeteilt werden. Vier Richtungen sollten abgesperrt werden. Die Lastwagen würden die nachfolgenden Streitkräfte transportieren, die die Kolonne verfolgen würden, aber es würde eine der vier Abteilungen sein, die seinen Feind angriff. Die Abteilungen würden Stellung beziehen, und er würde oben sein, von wo er kommandieren und den Überblick behalten und den Befehl zur »Feindberührung« geben konnte. Es war notwendig, die Abteilungen früh hereinzubringen, weit vor der Kolonne, wegen des Überraschungseffekts. Er hatte es genossen, den Plan zu entwickeln.

Arturo peitschte sie auf. »Wer wird mir das Hurenbaby Ramírez bringen? Abteilung Alpha oder Bravo oder Charlie oder Delta? Wer wird mir den Engländer mit dem Feuer bringen? Wer ...?«

Sie entfernten sich im Laufschritt und stampften mit ihren Stiefeln über die Straße zu den Hubschraubern.

Er wandte sich zum Flieger.

»Wir fliegen in dreißig Minuten, in Ordnung? Was haben Sie für ein Problem ...?«

Er schaute wieder in die glanzlosen, eingesunkenen Augen.

»... Doch nicht dieser liberale Mist? Finden wir das etwa unappetitlich? Sind wir verdammt noch mal zimperlich? Sie haben versucht, das Land zu zerstören, mein Land. Okay, ich sage Ihnen was, Mr. USA, das Ihnen vielleicht hilft, Ihre liberale Scheiße abzuführen ... Es wird hier nie wieder so sein wie vorher. Zu viele Offiziere haben sich bedeckt gehalten. Ein paar Dinge werden in Ordnung gebracht werden müssen, wenn das hier vorbei ist. Zu viele in der Armee haben gezögert. Für mich kommt mein Land an erster Stelle, aber es wird ein neues Land sein, wo die alten Militärs in Rente geschickt werden, weil sie den Hintern nicht hochkriegten. Sie sind in dreißig Minuten fertig?«

»Fertig.«

»Und heute abend werden Sie zurück bei Ihren eigenen Leuten sein, die ohne Zweifel mit Ihnen fühlen, die Ihr Unbehagen, mit Guatemalteken arbeiten zu müssen, teilen ...«

»Wenn Sie mich entschuldigen wollen, ich möchte mit meinen Flugchecks weitermachen.«

Seine Vorfreude auf den Angriff war ausgehöhlt. Er wußte nicht, warum der Flieger ihn wie den letzten Dreck behandelte.

Er war letzter Mann.

Der Kanadier blieb hinter der Kolonne zurück. Er hielt den Anschluß, gerade noch. Die meiste Zeit konnte er sie vor sich sehen, manchmal verschwanden sie zwischen den Bäumen, und er verlor sie aus den Augen. Er glaubte nicht, daß sie beschlossen hatten, er solle letzter Mann sein, aber es hatte sich so ergeben. Gord war an der Spitze. Der Plan war ihm in der Nacht zuvor erklärt worden, und, bei Gott, er hatte buchstäblich alles vergessen, was ihm gesagt worden war. Bei Gott, er war im einundsiebzigsten Lebensjahr, und sein Gedächtnis ließ nach, wenn er müde war. Müde? Völlig erschöpft. Die Hüfte schmerzte. Er hätte gern mehr angepackt, und er hatte Gord eines von den beiden Maschinengewehren abgenommen, und es mußten zweihundertfünfzig Schuß Gürtelmunition, Kugeln und Leuchtspurgeschosse, um seinen Körper gewickelt sein. Hätte das Tempo ohne Stock nicht halten können. Den Stock in der rechten Hand und das Maschinengewehr über der linken Schulter. Sie hatten den Plan erklärt, und alles, woran sich der Kanadier erinnern konnte, war, daß er diesen Tag und noch einen Tag durchmarschieren mußte, und er war sich nicht sicher, verdammt, ob er durchhalten konnte ... Er blieb in den Ruhepausen nicht stehen. Die Ruhepausen waren auf drei Minuten alle sechzig Minuten gekürzt worden. Er holte sie jede Stunde bei der Ruhepause ein, und wenn er sie einholte, waren sie zum Weitermarsch bereit. O nein, auf keinen Fall würde er sie aufhalten ... Seine Gedanken schweiften ab. Es gab einen guten Legionsclub in Kingston, in einer Seitenstraße, die vom See wegging. Er würde vielleicht gerade noch dazu kommen, den Jungs ein bißchen davon zu erzählen, was einem gewissen Veteran der Cameron Highlanders von Ottawa passiert war. Konnte es nur Dave und Bill und Duggie und Hamish erzählen, denn sie würde es wohl interessieren, weil sie dabeigewesen waren, als die Lücke von Falaise am 11. August 1944 geschlossen wurde. Würde es sonst keinem erzählen. Nicht den Jungs von der 3. Infanterie oder der 4. Panzerdivision, nicht den Jungs von Totalise und Goodwood und Atlantic; aber er würde seinen guten Freunden, die bei der Operation »Tractable« und dem Schließen der Lücke dabeigewesen waren, erzählen, was ihm in Guatemala passiert war. Würde ein hartes Stück Arbeit werden, sie dazu zu bringen, ihm zu glauben ... Würde es Miriam nicht erzählen. Nein, mußte Miriam nicht wissen. Er würde Dave und Bill und Duggie und Hamish von dem Engländer mit dem Flammenwerfer erzählen ... Diese Hüfte tat aber schon verflucht weh, und jetzt war kein Geld für die Operation da. Seine Gedanken schweiften weiter. Halt, Moment mal, da war noch die kleine Sache mit dem Pförtchen auf der Rückseite vom Hof. Bevor er das erste Mal in die Legionsbar runterging, würde er das Pförtchen für Miriam streichen.

Sie zog ihm womöglich das Fell über die Ohren, wenn ...

»Würden Sie freundlicherweise hier entlang kommen, Sir?«

Die Höflichkeit war ein Hohn.

Er folgte dem Zollbeamten. Der Archäologe hatte einen verwilderten Bart, kein Gepäck vom Karussell geholt, und sein Paß sah aus, als ob er mit ihm in der Badewanne gewesen wäre, und auf dem wasserfleckigen Foto war er glatt rasiert.

»Dürfte nicht zu lange dauern, Sir. Wenn wir den Flug abgefertigt haben, kommen wir zu Ihnen zurück.«

Sie waren in einem Vorzimmer. Hinter ihm war eine Zollbeamtin, schwarz und groß.

Er krächzte: »Wie lange?«

Der Zollbeamte hatte den Paß und die AmEx-Karte. »Das ist eine Routinemaßnahme, wenn ein Passagier keine Ähnlichkeit mit dem Paßbild hat, wenn der Paß beschädigt ist, wenn der Passagier ohne Gepäck ins Land einreist. Ich werde Ihren Paß überprüfen, Sir, ich werde bei American Express nachfragen, ich werde bei der Universität von Minnesota rückfragen, wenn der Flug abgefertigt ist.«

»Darf ich bitte das Telefon benutzen?«

»Nein, Sir.«

Die äußere Tür wurde geschlossen. Er ging auf und ab. Die Zollbeamtin stand vor der äußeren Tür ... Drei Stunden? Fünf Stunden? Vielleicht gab sie ihn an die nächste Schicht weiter ... Das gefaltete Papier, Gords Papier, war in seiner Brusttasche und brannte ein Loch hinein. Er hatte auf dem Flug nicht geschlafen, gegenüber vom Gang hatte ein Baby von Guatemala City bis Houston ununterbrochen geschrien. Die Tür zum Büro stand halb offen, und da war ein Schreibtisch und ein Telefon darauf ... »Tun Sie ein bißchen mehr für mich ...« Er hatte nichts getan. Er sah das abgespannte Gesicht und die Erschöpfung und das Vertrauen. »Tun Sie ein bißchen mehr für mich.« ... Er ging auf und ab. Sie hatte einen furchterregenden Schlagstock und die Muskeln, ihn zu benutzen, aber sie hatte keine Pistole. Er ging auf und ab.

Er ging an der Bürotür vorbei. Er flitzte hinein.

Der Archäologe knallte die Tür vor ihr zu.

Er drehte den Schlüssel herum, und ihre Schulter rammte die Tür. Er schob den Riegel vor. Die Tür erzitterte, aber hielt.

Der Archäologe grabschte nach dem Telefon, und es fiel vom

Schreibtisch und knallte auf den dünnen, billigen regierungseigenen Teppich. Er zog das Papier aus der Tasche. Sie schrie, und sie schlug wieder gegen die Tür.

Er wählte die aufgeschriebenen Zahlen, sobald er das Freizeichen hatte. Er kniete auf dem Boden und hämmerte die Nummern. Auslandsnummer, Vorwahl, Ortsnummer, und zwei Schultern rammten die Tür, und sie schrien nach ihm. Es läutete ... Eine klare Frauenstimme ... der Piepton eines Anrufbeantworters, zuletzt der lange Ton ... Panik ...

Das erste Splittern der Tür. Er versuchte, ruhig zu bleiben, und las, was Gord geschrieben hatte. Die obere Türangel brach heraus. Das Datum und die Zeit und die Ortskoordinaten. »Sie haben eine gute Entscheidung getroffen, zu türmen. Gord wird morgen mausetot sein, Gordon Benjamin Brown.« Ich bete zu Gott, du kommst durch, Gord. Er gab es nochmals durch, Datum, Uhrzeit, Ortskoordinaten.

Die Nachricht, die über das Telefon wiederholt wurde, war »27 – 05 – 1509/9052«

Die Tür kam auf ihn zu. Er hatte das Papier im Mund und würgte. Die Zollbeamtin zog das Telefonkabel aus der Wanddose. Er schluckte. Der Zollbeamte hatte einen Revolver auf ihn gerichtet.

Er wurde mit Handschellen gefesselt.

Der Zollbeamte sagte fröhlich: »Du Arschloch steckst jetzt echt in der Scheiße.«

Tom Schultz blieb kalt.

So kalt wie damals, als der Bordschütze den Truppentransporter mit der zweiten TOW-Granate getroffen hatte, einen Tag bevor sie abgeschossen wurden, und da hatte einer halb aus der oberen Luke geschaut und ein grau-weißes Taschentuch geschwungen, als die zweite TOW einschlug. So kalt wie damals, als er aus dem Krankenhaus gekommen war, um der Witwe des Bordschützen die zusammengefaltete Fahne auf dem kleinen Friedhof zu übergeben, und den Kindern des Bordschützen die Hand zu schütteln. So kalt wie damals, als sein Vater ihm unter Tränen erzählt hatte, daß er, wenn der Fiskus ihn je an den Haken bekäme, in das Bundesgefängnis in Marion, Illinois, wandern würde. So kalt wie damals, als er ohne Ankündigung nach Hause kam, nach Tacoma, in der Nähe von Seattle, wo es sie hinverschlagen hatte, und seine Mutter dabei antraf, wie sie von dem Schlitzauge von der Tankstelle heftig durchgevögelt wurde, und die Dollarscheine beliefen sich auf einhundert und lagen fein säuberlich auf dem Tisch im Flur. Kalt bleiben war damit leben. Kalt bleiben war überleben.

Die hochstehende Sonne brannte durch das Plexiglas des Cockpitschirms. Er war durch die Wüste gekommen, Gord, und hatte Leben und Überleben riskiert, Gordon Benjamin Brown, um einen abgeschossenen Piloten herauszuholen. Er fühlte nichts von der üppigen Wärme, blieb kalt. Ein ganz normaler Flug an noch einem Scheißtag …

Arturo sagte ins Mikrophon: »… Kennung Bravo. Es gehört euch. Nach eurer eigenen Zeit. Sie gehören euch, Bravo. Los …«

… Ein Mann mußte immer zuerst feuern. Ein Mann feuerte, und das war das Zeichen, und die anderen folgten …

Sie waren zwischen alten, glatten Felsen, die von Flechten bedeckt und von Moos umhüllt waren. Es war der fehlende Vogelgesang, der ihn wachsam gemacht hatte. Die großen Bäume klammerten sich mit dünnen Wurzeln an den Boden zwischen den Felsen. Sie stiegen bergan, und das Dröhnen des Hubschraubers war hinter sie zurückgefallen. Er war auf der Hut, weil die Fröhlichkeit der leuchtend gefiederten Vögel aus dem Wald verschwunden war. Er hatte dem Zug hinter ihm signalisiert, daß sie aufpassen, vorsichtig sein mußten. Kein Gesang der Vögel, nur das Kreischen der Karrenräder und das Quietschen der Schubkarre … Ein Mann mußte immer zuerst feuern, das Gesetz des Hinterhalts …

Gord kannte das Geräusch. Es war das Geräusch des Mannes, der zuerst feuerte. Das metallische Klicken, die plötzliche Bewegung nach vorn, das metallische Kratzen. Das Abdrücken, die Verschlußhemmung, das Zurückziehen des Verschlusses. Der Mann, der zuerst schoß, war immer der Mann mit dem besten Moment und dem besten Ziel und der besten Gelegenheit, und er hatte Ladehemmung gehabt. Eine Sekunde gewonnen, zwei Sekunden, drei Sekunden. Er nutzte die drei Sekunden, warf sich hinter den Karren und hoffte, betete, schrie, daß die Männer hinter ihm die drei Sekunden nutzen würden …

Die Verschlußhemmung und das Neuladen der Uzi-Maschinenpistole, einer Waffe für Nahkampf und kürzeste Entfernung, war Signal genug.

Die Schießerei brach rund um Gord los.

Das Hämmern des Artilleriefeuers. Das Krachen der Einschläge. Das Heulen der Querschläger, die von den alten, glatten Felsen absprangen.

Durch drei Sekunden war das Überraschungsmoment verlorengegangen.

Er ging den Ablauf durch, den er gelernt hatte, und die Kugeln flogen über ihn weg und an ihm vorbei. Das Feuern vor ihm und Feuern aus den Maschinengewehren hinter ihm. Den Feuerungshebel hochziehen. Flach auf dem Bauch liegend, langte er nach oben, faßte die verrosteten Arme des Karrens und drehte und rüttelte sie, so daß die Düsen breit über die Felsen streuten und zwischen die rauhen Baumstämme. Schwarzes Öl wurde wahllos vor ihm verspritzt. Gord riß hart am Zünder. Das Feuer strömte.

Das Feuer kroch. Das Feuer züngelte zwischen den Felsen empor und verweilte auf ihnen, dann schoß es vorwärts. Das Feuer brandete um die breiten Stämme der Bäume, ohne sie zu versengen, und stieß weiter vor.

Sattes Feuer und schwarzer Rauch tanzten vor ihm auf und ab.

Eine Wand aus Feuer und Rauch vor ihm.

Ein Schrecken der Hölle vor ihm, ein Inferno aus Rauch und Feuer, und die ganze Zeit hämmerten die Maschinenpistolen und die Automatikgewehre hinter ihm.

Vor ihm hatten sie kein Ziel.

Sie waren inmitten des Feuers und des Rauchs, und das Feuer griff nach ihnen, und der Rauch erstickte sie. Ein Soldat rannte, vor Rauch würgend, schreiend, vom Feuer erfaßt auf sie zu. Das Geschützfeuer traf ihn. Gord hatte seinen Arm oben und winkte sie nach vorn. Es war sein Training. Wenn der Hinterhalt geknackt war, dann mußte der Hinterhalt angegriffen werden. Das Feuer und der Schrecken des Feuers hatten ein Loch in die Frontlinie des Hinterhalts geschlagen. Wertvolle Sekunden, die durch das Feuer gewonnen wurden. Er war hinter den Karren gebeugt, und er drückte mit der Kraft seiner Beine, um das Biest vorwärts zu schieben, und er schwenkte den Griff des Karrens, so daß das Öl und die Flammen, der Rauch und das Feuer, über neue Felsen und neue Baumstämme spielten.

Gord führte den Angriff.

Er drehte sich einmal rasch um. Sie stolperten und jagten hinter ihm her. Er sah Jorge ... Der Straßenjunge hatte die Schubkarre ... Er sah Zeppo und Harpo und Groucho ... Eff und Vee und Zed ... Alex mit dem Hund ... Er saß fest. Der linke Reifen war von einem feuerversengten Felsbrocken und einer verdrehten Wurzel blockiert. Er drehte den Feuerhebel ab und die Flamme starb und das Öl tröpfelte. Er bekam den Karren frei.

Er rannte durch den Rauch und durch das verbrannte Gestrüpp, und er hörte die panische Flucht hinter sich.

Gord schrie. »Bewegt euch. Sie werden gleich hinter uns sein ... uns verfolgen. Wir haben sie zersprengt, sie werden sich neu formieren, uns verfolgen ... Beeilt euch, schnell ...«

Gord rannte, trieb den Karren vorwärts, bis seine Lungen nach einem Halt ächzten.

Er konnte nicht rennen. Seine Hüfte erlaubte ihm nicht zu rennen. Der Kanadier hatte das Maschinengewehr unter seinen Arm geklemmt und das Gewicht auf den abgewinkelten Ellbogen gelegt, und er stemmte sich auf dem Stock vorwärts. Er ging durch den sich legenden Rauch. Er sah das Gesicht des Soldaten, und es war die Leiche des Soldaten, der verbrannt war, und es war ein junges Gesicht. Er hatte schon früher die Gesichter von toten jungen Männern gesehen, die unversehrt waren, nur vom Schrecken gezeichnet. Der Boden um ihn herum war ein Teppich aus schwelendem Feuer, und es schien, daß es die Zapfen der hohen Föhren waren, die am längsten brannten. Er sah einen Soldaten, der aussah, als ob er mit Kleber an einen Baumstamm geklebt wäre, als ob er gegen den Stamm gerannt wäre, und dann hatte das Feuer sie zusammen erwischt und festgehalten. Er konnte sie weiter vorn nicht mehr hören. Er konnte nicht laufen, und sie waren zu weit voraus. Er war jenseits des Feuers, und der Rauch war hinter ihm. Er wußte, was er tun würde. Er wankte vorwärts, ging weiter, folgte den dünnen Räderspuren des Karrens und dem breiten Profil des Schubkarrens, denn er hatte den Platz, nach dem er suchte, noch nicht gefunden. Er hörte nicht mehr so gut, und nach dem Geschützfeuer war es schlimmer, aber er hatte deutlich genug gehört, was Gord gerufen hatte … Der Feind war zersprengt, würde sich neu formieren, würde folgen … Er konnte nicht laufen, und was Gord gesagt hatte, war deutlich genug, verdammt noch mal.

Es gab eine Stelle, wo zwei Felsen dicht beisammen waren, große Felsen, höher als er selbst, solide Granitfelsen. Er ging durch den Spalt zwischen den Felsen und ließ sich auf die Knie sinken. Es war eine himmlische Wohltat, die Belastung von der Hüfte zu nehmen. Er warf den Stock hinter sich und klappte die beiden Stützbeine unter dem Maschinengewehrlauf aus. Die Felsen boten ihm eine gute Deckung, und er hatte eine Lage gewählt, von der er eine ausgezeichnete Sicht hügelabwärts bis zu dem Rauch und den kleinen Feuern hatte. Er schnallte die Gürtel und Kugeln, Blei- und Leuchtspurgeschosse ab und lud die Waffe. Es wäre besser gewesen, wenn er den Straßenjungen dabeigehabt hätte, um den Gürtel zu füttern, aber er würde es auch allein schaffen.

Er wartete, daß sich die versprengte Truppe neu sammelte und nachkam.

Der Kanadier dachte an den Legionsclub. Er fragte sich, was

sie wohl hören würden, Dave und Bill und Duggie und Hamish. Er wäre gern noch ein letztes Mal in der Bar gesessen und hätte sich Lagerbier vom Steward servieren lassen. Ein letztes Mal wäre er gern noch unter den gemalten Reproduktionen des Lancasterbombers und des Hurricanejägers gesessen. Ein letztes Mal hätte er gern in die Wandschränke geschaut, in denen die alten Feldzugmedaillen und die verblichenen Ordensbänder aufbewahrt waren. Ein letztes Mal hätte er gern noch mit Dave und Bill und Duggie und Hamish Cribbage gespielt.

Er sah den ersten Soldaten den Anstieg heraufkommen. Er zielte über Kimme und Korn den Lauf hinunter ... Gord brauchte die Zeit ... Er hätte Dave und Bill und Duggie und Hamish gern von dem Engländer mit dem Flammenwerfer erzählt und von der jungen Frau mit dem Hund und von ... Es waren jetzt drei von ihnen, die langsam näher kamen. Der Kolben des Maschinengewehrs war fest gegen seine Schulter gedrückt, und der Finger war dicht am Abzug, so wie damals, als die Cameron Highlanders von Ottawa die Lücke von Falaise geschlossen hatten, am 11. August 1944. Natürlich würden sie ihn umgehen und von hinten kommen, aber noch nicht sofort.

Der Kanadier feuerte.

Es wäre gut, wenn Miriam seine Medaillen dem Sekretär des Legionsclubs geben würde, damit sie in die Wandschränke kamen, wo Dave und Bill und Duggie und Hamish sie sehen konnten.

Er sah den roten Strahl des Leuchtspurgeschosses, eine Kugel von vieren.

Sie liefen immer noch. Sie keuchten immer noch. Sie hielten das Tempo.

Weit hinten war das Knattern des schweren Maschinengewehrs.

Das Feuer war schwach, weit entfernt. Es waren kurze Stöße, wie es einem die Ausbilder auf dem Schießstand beibrachten. Disziplinierte kurze Stöße, nicht panisches Drauflosfeuern.

Sie waren alle zusammen. Gord sah sie an, schaute in ihre Gesichter. Er war mit dem Karren gerannt. Er war nicht stehengeblieben, er hatte nicht aufgepaßt. Er war um sein Leben gerannt. Er fuhr sie an.

»Habt ihr nicht auf ihn achtgegeben?«

Jorge sagte: »Wir haben alle gekämpft, Gord, nicht nur du.«

»Habt ihr ihm nicht geholfen?«

Alex sagte: »Es tut uns allen weh, Gord, wir sind alle verantwortlich.«

Er nahm die Griffe des Karrens und schob ihn vorwärts, weg von dem schwächer werdenden Geräusch der kurzen Stöße aus dem schweren Maschinengewehr.

Sie kam durch die Eingangstür ihrer Wohnung und hängte den Anorak an den Haken hinter der Tür. Sie ging zum Anrufbeantworter. Sie schaltete ihn auf »Play«.

Sie ging in die Küche. Sie haßte es, für sich selbst zu kochen. Sie nahm Margarine aus dem Kühlschrank und aufgeschnittenes Brot und ein Eck Käse.

»... Hallo, alter Freund, ich werde deine Mikrochipkonversation schwer vermissen ... Da unten herrscht ein Durcheinander. Es hat ein Gefecht gegeben, es gibt Tote, es wird noch weitergehen ... Mein Kumpel hat sich ziemlich angestrengt, um so viel rauszukriegen ... Könnte alles vorbei sein, andererseits auch wieder nicht ... Kann Ihnen nicht erzählen, was ich nicht weiß ... Wagen Sie es nicht, mich zu zitieren, aber ich drücke Ihrem Mann fest die Daumen ...«

Im Kühlschrank war eine Tomate, verschrumpelt wie ein altes Gesicht. Ein Sandwich mit Käse, Tomate und Diätmargarine würde Cathy Parkers Abendessen sein. Sie schnitt die Tomate.

»... Scheiße, ein Anrufbeantworter ... Sind Sie nicht da? Ich war gestern mit Gord zusammen. Ein übler Winkel von Guatemala ... Seine Nachricht ... Es ist lebenswichtig für ihn. Er braucht ein Flugzeug. Die Kubaner haben ihn reingebracht, sie müssen ihn wieder rausbringen. Sie sollen es arrangieren. Datum ist der 27., Zeit: 05-00, Ortszeit. Ort ist 1509 Schrägstrich 9052. Jesus, ich weiß nicht, wie Sie das machen, aber holen Sie ihn raus. Wiederhole 27 Bindestrich 5 Bindestrich 1509 Schrägstrich 9052 …«

Sie hörte das entstellte Poltern, dann wurde das Gespräch unterbrochen.

Sie schrieb es auf. 27 – 5 – 1509/9052.

Sie ließ die Tomate und den Käse und die Packung Margarine und das aufgeschnittene Brot auf dem Küchentisch liegen. Sie ließ die Wohnungstür weit offenstehen. Sie rannte zur Treppe.

Sie brauchten drei Tragen aus dem Wald zu der gerodeten Fläche, wo die Hubschrauber gelandet waren.

Hinter der Trägermannschaft zogen zwei Soldaten eine Leiche.

Es war über Funk durchgesagt worden, daß ein Gringo bei dem Gefecht getötet worden war.

Er konnte nur die Beine der Leiche sehen, die durch das hohe Gras geschleift wurde, und die schweren Stiefel.

Es paßte zusammen. Das Leitstrahlsignal war weit von dem Ort entfernt, wo sie gelandet waren, sechs Meilen vor ihnen, vielleicht sogar mehr. Was er dem Briefing durch Kramer entnommen hatte, ergab für Tom einen Sinn. Zwei Stunden Zeit waren gewonnen worden. Brown, Gordon Benjamin, hätte versucht, Zeit zu gewinnen. Er wußte, sie hatten das Feuer eingesetzt, und er hatte die panischen Schreie über Funk gehört, aber dann war das Feuer vorbei gewesen. Es machte Sinn, daß sie den Flammenwerfer abgestellt hatten. Aber der Bursche hatte ein Maschinengewehr gehabt, und er hatte Granaten gehabt. Brown, Gordon Benjamin, wäre zurückgeblieben. Sie hatten alles über Funk gehört, während sie kreisten. Abteilung Alpha schloß sich dem an, was von Abteilung Bravo noch übrig war, dann Abteilung Delta, dann Abteilung Charlie. Dann verband sich Zug 1 mit Zug 3 und vereinigte sich mit den Abteilungen von Zug 2. Ein beschissenes Feuergefecht, zwei Stunden lang, unter dem Baldachin der Bäume da unten, per Funk zu ihnen übertragen. Ein Maschinengewehr und so viele Granaten, wie ein Mann hatte tragen können, und erst ein Zug gebunden und dann drei Züge aufgehalten. Und die ganze Zeit hatte Arturo gebrüllt, ihn von der Flanke her zu nehmen, den Schweinehund wegzublasen. Er fragte sich, ob er ihn erkennen würde. Vom Briefing her paßte es.

Auf Arturos Gesicht lag ein bubenhaftes Lächeln, und Tom versuchte, kalt zu bleiben.

Das Briefing sagte aus, daß Gord nicht weggelaufen wäre.

Tom folgte Arturo zu den Soldaten, die die Leiche zogen.

Das Briefing sagte aus, daß Gordon Benjamin Brown gewartet hätte.

Sie kamen zu der Leiche. Die Soldaten ließen die Fußgelenke der Leiche fallen, als ob sie Angst vor ihrem Kommandeur hätten. Tom sah Arturo wanken. Er sah, wie ihm das Grinsen verging. Er blickte über Arturos Schulter und schaute hinunter in das lange Gras, durch das Blau und das Gold der Wiesenblumen. Ein großer Mann und ein alter Mann. Ein Mann, der sein Leben gelebt hatte. Der Körper war von vielen Schüssen aus einer Automatikwaffe getroffen worden, und er war von Narben in dem unregelmäßigen Muster von Granatsplittern bedeckt. Leuchtendgrünes Gras hing in dem schneeweißen Haar des Toten. Er hatte den Mann, der jetzt als Leiche vor ihm lag, lebend nie gesehen, nicht als er aus der Wüste in den Landrover gezogen wurde, nicht als er seine Hand geschüttelt hatte und in den Bergungshubschrauber verfrachtet worden war. Die rechte Hand des Toten war zu einer festen Faust geballt, und Arturo bückte sich und stemmte sie auf, und das gefaltete Stoffabzeichen fiel heraus, und Tom sah das Abzeichen, das vom Blazer eines Veteranen stammen mochte.

Tom blieb kalt.

Nur das eine Mal hatte Arturo gewankt. Er fluchte nicht, und er stampfte nicht auf.

Arturo sagte ruhig: »Fliegen wir wieder …«

»Können wir es nicht tun?«

»Ganz sicher nicht.«

»Wir haben Leute in Belize, könnten einen Hubschrauber reinbringen.«

»Und einen Krieg anfangen, nein …«

Cathy Parker blitzte vor Zorn. »Sie haben Scheißkerle für alles andere …«

Er hatte gerade nach Hause gehen wollen. Es gab ein nettes kleines Revier am Wylye, das auf Percy Martins wartete, wenn er am Morgen nach Wiltshire hinunterfuhr, und er brauchte den Abend, um seine Fliegen vorzubereiten und seine Leinen zu wachsen. Er war schon im Mantel gewesen, als von der Anmeldung oben angerufen wurde, und er hatte gesagt, er würde gleich selbst kommen. Sie mochte den ganzen Weg von Battersea und über die Brücke gelaufen sein. Er nahm sie am Arm und schob sie durch die Schwingtür hinaus. Sie standen auf dem Gehsteig.

»Was soll ich für Sie tun? Möchten Sie mir einen Slip von Ihnen geben? Soll ich ihn als Einschreiben an die Royal Air Force, Belize, schicken? Sollen sie ihn an die Funkantenne von einem Luchs voller Desperados vom Special Air Service binden? Sollen wir in den guatemaltekischen Luftraum eindringen und Cathys Slip-Krieg beginnen? … Wir werden tun, um was er uns gebeten hat, und das, junge Frau, ist schon verdammt riskant.«

Er winkte ein Taxi heran.

War der Taxler ein kompletter Idiot? Wußte nicht jeder Taxifahrer in London die neue Adresse der kubanischen Gesandtschaft im Norden Londons, wo sie im letzten Jahr von Belgravia hingezogen war, wegen der leidigen Sache mit der Mittelkürzung? Er hielt sie für eine ziemlich nette junge Frau. Er schätzte, wenn sie in Belize wäre, mit oder ohne Slip, hätte sie einen verdammten Luchs entführt, und Gott gnade der Wache, die versucht hätte, sie aufzuhalten. Ziemlich nett und ziemlich liebevoll … Er wußte, wie sie ihn im fünften Stock nannten, er hatte es durch die Tür gehört, die kleinen Kriecher aus ihren Backsteincolleges nannten ihn »dieses aufgeblasene Arschloch« …

Er würde nicht aufgeblasen gegenüber Cathy Parker sein, die ziemlich nett war, kein Arschloch gegenüber Cathy Parker, die ziemlich liebevoll war. Er fühlte sich ein bißchen jünger, so jung wie damals, als er dem früheren Premierminister ein Scharfschützengewehr präsentierte und davon sprach, einen Palästinenser im Schlupfwinkel des Beqa'a-Tals im östlichen Libanon wegzuputzen. Und er würde sich auch jünger fühlen, wenn in den keimfreien und plastikbeschichteten Korridoren in der Vauxhall Bridge Road durchsickerte, daß Percy Martins den Yankees eine Nase gedreht, eine Falle in Guatemala aufgebrochen und einen ziemlich nützlichen jungen Mann wieder herausgeholt hatte.

Er wandte sich zu ihr. Direkt. »Würde er mir gefallen?«

Sie versuchte zu lächeln. »Er ist nicht einfach.«

»Worüber würde ich mit ihm sprechen?«

»Er kennt keinen Small talk.«

»Angenommen, er und ich sitzen in einem Abteil, im Zug von King's Cross nach Edinburgh?«

»Sie würden ein gutes Buch brauchen oder einen Packen Zeitungen. Er würde den Mund nicht aufmachen.«

Er ließ nicht locker. »Könnte ich ihn zum Fischen mitnehmen, nach Twickenham?«

»Wenn er fischen ginge, dann allein. Er glaubt, gemeinsamer Zeitvertreib ist etwas für Versager.«

»Hobbys …? Ist er ein heimlicher Schellacksammler? Ein Künstler auf der Oboe?«

Ein aufrichtiges Lächeln, aber traurig. »Eigentlich gibt es nichts.«

»Verzeihen Sie, meine Liebe, aber was zum Teufel war dann die Basis Ihrer Beziehung, wenn die Frage nicht zu indiskret ist?«

»Gefahr. Das gemeinsame Band war Lebensgefahr, die bedrohliche Lage, der ganze Mist. Ich fühlte mich immer so sicher, wenn er auf mich achtgab. Worüber haben wir gesprochen? Nicht viel. Gut, wir haben rein Technisches besprochen, der Job, Selbstschutz.« Ihre Finger spielten mit einem kleinen leinenden

Taschentuch. »Es liegt ihm nicht besonders, zu reden, andere zu beeindrucken, interessiert ihn auch nicht.«

»Und als die Gefahr vorbei war, wirkte er ziemlich langweilig, und Sie haben ihm den Laufpaß …«

»So in der Art. Ich nehme an, er war nützlich für mich, als es paßte, und nutzlos, als es nicht mehr paßte.«

»Ich glaube, meine Liebe, der alte Rudyard hat es erfaßt …«

Ich ging mal in ne Kneipe rein und wollte bloß ein Bier,
der Wirt guckt scheel und sagt. »Rotröcke mögen wir nicht hier.«
Die Mädels hinterm Tresen kichern, machen sich nen Spaß,
da geh ich wieder raus und sag mir draußen, auf der Straß:
Es heißt Tommy dies und Tommy das und »Tommy, Kerl, verschwind«;
aber »Danke, Mister Atkins«, wenn erst die Musik beginnt –
wenn die Musik beginnt, my boys, wenn die Musik beginnt,
dann heißt's »Danke, Mister Atkins«, wenn die Musik beginnt.

»… Die meisten Leute sagen, daß ich absolut nichts von Menschen verstehe, ein Vorurteil und absolut falsch. Nun, sehen wir alles nicht so schwarz.«

Sie hielten. Es war eine unschöne Straße. Eine abblätternde Fassade, nicht genug Farbe auf den Fensterrahmen, und das Messingtürschild hatte eine kräftige Politur nötig. Nicht, daß es Absicht gewesen wäre, aber sie war schneller an ihrem Täschchen als er an seiner Brieftasche.

Sie bezahlte das Taxi.

Er gab ihr einen Namen.

»Das ist der Mann, den Sie brauchen. Versteckt sich im Büro des Militärattachés, untere Charge, aber er ist der Geheimdienstguru … Nein, nein, ich komm' nicht mit, nein. Sorry, aber das ist Ihr Bier.« Er hatte die Hand vor dem Gesicht. Der Job brachte es mit sich, daß er wußte, hinter welchem Fenster über dem italienischen Restaurant, unten auf der anderen Straßenseite, die ferngesteuerte Kamera von Fünf untergebracht war, die den Eingang der Kubaner überwachte. Er ging aus dem Blickfeld der Kamera. Keine einzige Frau hatte sich je ins Zeug gelegt, um Percy Martins' Hals zu retten, und keine Frau würde es je tun. Besser, man ließ ihr ihren eigenen Kopf, aber er konnte sich nicht vorstellen, daß selbst die Kubaner so dumm sein würden, nach Guatemala in ein aufgescheuchtes Hornissennest zu fliegen. Nein, nicht einmal die bescheuerten Kubaner … Aber es war galanter, ihr ihren eigenen Willen zu lassen.

Das Dröhnen der Maschine. Sie hörte, wie der Hubschrauber sich näherte.

Sie hörte es, und alle hörten es. Der Hubschrauber steuerte von hinten auf sie zu.

Sie war hinten, und alle waren stehengeblieben, und alle hatten sich umgedreht. Alle Gesichter schauten in ihre Richtung, Schock und Wut und Verzweiflung, sie schauten an ihr vorbei nach dem Geräusch des Hubschraubers … Verfluchte Männer, nutzlose … Sie hatten gerade einen Fluß überquert. Wenn es geregnet hätte, wäre es nicht möglich gewesen, ihn zu durchqueren, aber das Wasser war zurückgegangen. Sie waren alle durchnäßt bis zur Hüfte und dampften in der Tageshitze. Sie hatte den Fluß mit Gord durchquert, ihm geholfen, den Karren hinüberzubringen, und dann war sie zurückgegangen, um dem Straßenjungen mit der Schubkarre zu helfen. Nach dem Gefecht war er ruhig, seit der Kanadier nicht mehr da war, schien es, als hätte ihn seine Energie verlassen. Er schien jetzt in Verzweiflung zu versinken.

Verfluchte Männer. Er hatte gesagt, er könne nicht denken. Er hatte gesagt, er sei zu müde, um zu denken. Verfluchte Männer, Idioten.

Sie sah es auf allen Gesichtern, Schock und Wut und Verzweiflung, während der Hubschrauber den Luftraum über ihnen durchstreifte, sich an sie heranarbeitete. Verfluchte, dumme Männer …

Sie rempelte an ihnen vorbei. Sie stand vor ihnen. Der Hund saß neben ihrem Bein.

Alex fuhr sie an: »Schaut her.«

Sie zog ihre Steppjacke aus. Sie zog ihren Sweater aus und ließ ihn neben die Steppjacke fallen. Sie zog das vormals weiße T-Shirt aus, und es fiel auf den Sweater und die Steppjacke.

»Idioten, schaut her.«

Sie band ihre Stiefel auf und schleuderte sie von den Füßen. Sie bückte sich und streifte ihre Socken ab und warf sie hin. Sie öffnete den Gürtel ihrer Jeans und zog den Reißverschluß hinunter und zog die Jeans über ihre Schenkel und Schienbeine. Sie sah ihnen fest in die Augen. Sie standen da wie angewurzelt. Sie schob den Slip hinunter und nestelte ihn von den Knöcheln.

»Ihr Narren, schaut her.«

Sie stand nackt vor ihnen.

»... Und ich bin sauber, und einer von euch ist es nicht.«

Nur das Geräusch des näher kommenden Hubschraubers.

Sie zeigte auf Gord. Es war ein Befehl. Das Maschinengewehr von der Schulter, die Gurtmunition von der Brust, die Tarnjacke vom Körper und das Hemd und das Unterhemd. Die Stiefel weg und die Hose und die Socken und die Unterhose. Sie sah die Blässe seines Körpers und die Entzündungen von den Insektenstichen und die Narben von den Dornenkratzern und den nackten, flachen Bauch.

»Sauber ...« Sie zeigte auf Jorge. »Du, ausziehen ...« Sie faßte den Straßenjungen ins Auge. »Du, mach weiter ...« Zu den Indianern. »Du und du und du. So gut es geht, helft euch ...«

Und der, den Gord Zeppo nannte, und der, den Gord Harpo nannte. Sie sah dem ins Gesicht, den Gord Groucho nannte. Sie sah das Flehen. Alle taten, wie sie geheißen, verfluchte Männer. Die Kleidungsstücke stapelten sich, die Waffen türmten sich. Der Hubschrauber kurvte direkt über ihnen. Sie hatte die Kraft, und sie wußte, was sie finden würde. Sie ging zwischen ihnen herum, und einige wurden rot, und einige drehten sich weg. Gord begriff, und es wurde verdammt noch mal Zeit, daß er begriff ...

Der Mann, den Gord Groucho nannte, war der letzte.

Zitternde Hände an den Jackenknöpfen. Zuckende Finger an seiner Hose.

Die Männer hatten sich um ihn versammelt. Sie standen nackt in einem Kreis um Groucho. Es gab kein Entrinnen für ihn. Die Form zeichnete sich auf seinem Bauch unter dem Unterhemd ab. Sie spürte den leisen Windhauch auf ihren Brüsten und die Wärme der Sonne auf ihrem Bauch. Die Tränen rannen Groucho übers Gesicht. Seine Hose rutschte auf die Knie. Der Hubschrauber schwebte über ihnen. Er zog das Unterhemd so langsam bis zu den Achseln hoch. Es lag bloß. Der dünne Riemen, der über einer alten Blinddarmnarbe lag, hatte eine grausame Strieme in seine Haut geschnitten. Der Riemen hielt ein kleines, schwarzes Kästchen von der Größe einer Zigarettenschachtel.

Ein Gewühl von nackten Körpern beugte sich über Groucho. Sie wandte sich von dem Wogen der Hintern über Groucho ab, weg von den trommelnden Fäusten.

Gord zog sich an, düster und schweigend.

Alex übergab sich.

19

Wie das Äffchen eines Scherenschleifers führten sie Groucho an einer Leine mit. Die Leine war an seinen gefesselten Handgelenken befestigt, und ein zweites Stück Leine war um jeden Fußknöchel gebunden, gerade viel genug, daß Groucho schnelle, kurze Schritte machen konnte, wie ein angeketteter Zirkusbär. Vor der Ruhepause waren sie eine halbe Stunde vorausgegangen, als Gord die Gruppe einholte. Alex schob den Karren, und der Straßenjunge hatte die Schubkarre. Vor Alex und dem Straßenjungen waren Zeppo und Harpo und Groucho, und Harpo hielt die Leine. Eff und Vee und Zed hielten das Tempo und sie würden es nicht mehr allzu weit schaffen und sie unterstützten sich gegenseitig. Jorge, der führte, gab das Marschtempo an. Gord holte sie ein und übernahm den Karren.

Sie würden es nicht ohne ihn machen.

Als er sich ihnen wieder angeschlossen hatte, als er die Karrengriffe von Alex übernahm, hatte Groucho sich umgedreht.

Gord hatte Grouchos Gesicht gesehen. Er hatte die aufgesprungene Lippe gesehen und die Zahnlücke und das zugeschwollene blaue Auge, und dann war Groucho von der Leine nach vorn gezerrt worden. Sie wußten alle, was zu tun war, und sie würden es nicht ohne Gord tun.

Groucho war eins mit ihnen gewesen, er hatte mit ihnen geteilt und mit ihnen gekämpft, und er gehörte zu ihnen … Gord wußte, sie alle wußten es, daß Teilen und Kämpfen und Dazugehören nicht Gnade bedeuten konnte … Groucho hatte das Datum und die Uhrzeit und den Ort erfahren, er konnte nicht freigelassen werden. Sie marschierten vorwärts. Gord schaute auf die Uhr und sah die Minuten, die noch bis zur nächsten Ruhepause blieben ... Groucho hatte, während die Vergeltungsschläge von Harpo und Zeppo seine Lippe aufplatzen und seinen Zahn herausbrechen und sein Auge zuschwellen ließen, den Grund gewinselt. Für eine Tochter, die er seit elf Jahren nicht gesehen hatte, für eine junge Frau, die an den Fußgelenken von einem Deckenträger hing, hatte er den Marsch sabotiert, den Traum zerstört. Gord verlor keinen Gedanken an Gnade.

Die Bäume wurden spärlicher. Weniger Hindernisse, die ihr Tempo bremsten.

Einmal hatte er in Irland einen Mann erschossen.

Sie mußten gerodete Felder umgehen, wo das Land nackt und umgepflügt war und auf das erste Sprießen der Maisaussaat wartete. Sie gingen um die Felder herum, und sie umgingen das Dorf. Hunde bellten im Dorf, und Alex hatte das Gewicht des Maschinengewehrs, das sie trug, verlagert, damit sie ihre Hand beruhigend auf den Nacken ihres Hundes legen konnte. Die Bäume standen spärlicher, weil es ein Teil des Waldes war, in den die Dorfleute zum Holzsammeln kamen und wo ihre Schweine das Unterholz auf der Suche nach Nahrung aufgewühlt hatten.

Einmal hatte Gord in Irland einen Mann erschossen. Beim geheimen Waffenversteck. In stockdunkler Nacht, nachdem er zweiundvierzig Stunden auf ihn gewartet hatte. Das Licht der Leuchtkugel über dem Mann, der sich über die ausgehobene Erde des Fuchsbaus beugte, wo die RPG-7 gelagert war. Ein Mann, vor Schreck erstarrt, als die Leuchtkugel über ihm aufflammte. Um sich zu retten, hatte der Mann instinktiv die Pistole fallen lassen. Gord hatte ihn die Pistole wegwerfen sehen. Gord hatte ihn getötet, drei gezielte Schüsse, drei Treffer. Gord hatte, mit Rückendeckung durch seinen Corporal, den Ermittlungsbeamten der Armee und den Detectives der Polizei erzählt, daß die Pistole dem Mann aus der Hand geflogen sei, als die erste

Kugel ihn getroffen hatte. Was er den Detectives und den Ermittlungsbeamten erzählt hatte, war in die Aussage eingegangen, die sie für ihn vorbereitet hatten, die er unterschrieben hatte. Er hatte danach nichts gefühlt und einen Becher gezuckerten Tee genommen, und er war zurück in sein Quartier in der Lisburn-Kaserne gegangen und hatte gut geschlafen.

Er konnte einen Mann erschießen, wenn es von ihm erwartet wurde, und nichts fühlen. Gord befahl zu halten.

Sie saßen zwischen den ausgedünnten Bäumen. Er konnte einen Mann erschießen, der geteilt und gekämpft und dazugehört und der den Traum zerstört hatte.

Jorge sah Groucho, der der Freund seines Vaters gewesen war, nicht an. Jorge saß mit dem Rücken zu Groucho, und Harpo hatte den Strick losgelassen und sich zu Jorge und Zeppo gesellt. Die Indianer gingen zwischen die Bäume und bildeten ihre eigene Gruppe, und den Straßenjungen nahmen sie mit.

Gord kauerte auf einer Seite von Groucho, und Alex war auf der anderen Seite des Verurteilten. Drei Minuten würde die Pause dauern.

Groucho sprach.

»Ein verpfuschtes Leben, überflüssig. Ich weiß nicht, was überflüssiger war; das Leben vor Ramírez; oder das Leben mit Ramírez im Dreieck; oder das Leben im Exil; oder das Leben, als ich daran glaubte, daß wir gegen sie gewinnen könnten. Verstehen Sie, Gord, es war eine furchtbare Arroganz, die dieses Leben überflüssig machte. Es war die Arroganz, zu glauben, daß ein kleiner, ältlicher Mann, ein furchtsamer Mann, seine Spur in der Welt hinterlassen könnte. Ich hinterlasse keine Spur, ich hinterlasse kein Zeichen meiner Existenz. Im entscheidenden Augenblick, als ich gefordert war, war ich nichts als der kleine, ältliche und furchtsame Mann, und ich zerbrach, und die Illusion von Größe, die ich gehegt hatte, wurde zertrümmert. Ich war, was ich immer gewesen war, ein Nichts ...«

Der Sekundenzeiger seiner Uhr raste, der Minutenzeiger sprang vor.

Gord hatte den Arm um Grouchos Schulter und drückte den spitzen Knochen.

»... Und niemanden kümmert es, Gord. Mir, der ich klein und ältlich und furchtsam bin, blieb es überlassen, in die Nacht zu rufen, daß Ungerechtigkeit und Unheil in meinem Land herrschen. Warum kümmert es sie nicht, Gord? Wo sind die, die es kümmern sollte? Warum muß ich, der ich schwach bin, versuchen zu rufen, und die, die Macht haben, kümmert es nicht? Die Männer, die Macht haben, wie können sie ruhig schlafen und wissen, daß Ungerechtigkeit nicht bestraft wird, daß dem Verbrechen nicht Einhalt geboten wird? Die großen Männer in Washington und Moskau haben uns im Stich gelassen. Die großen Männer in Mexico City und London und Madrid und Paris haben uns verraten. Wie kann es Hoffnung geben, wenn die großen Männer sich abwenden, ihre Hände in Unschuld waschen, sich nicht verantwortlich fühlen? Es ist nicht recht, daß nur die kleinen und ältlichen und furchtsamen die Bürde der Verantwortung tragen sollen. Für sie wäre es so leicht, für uns ist es so schwer ...«

Der Sekundenzeiger lief, und der Minutenzeiger rückte vor. Alex barg Grouchos Kopf in den Armen und hielt seine Wange an ihre Brust und gab ihm Liebe.

»... Ich fühle keine Angst mehr, Gord. Die Angst ist verschwunden. Ich werfe ihnen nicht vor, daß sie mich geschlagen haben. Sie haben mich geschlagen, weil sie dasselbe getan hätten wie ich, es war nur natürlich, daß sie mich schlugen. Ich mache nur den großen Männern einen Vorwurf, denen es egal ist. Es war nicht mehr unsere Zeit, Gord. Die neue Welt der großen Männer ist eine Welt der Selbstsucht, es ist eine Welt, in der der kleine und ältliche und furchtsame Mann, der Mann, der keine Macht hat, bedeutungslos ist. Ich stamme aus der alten Welt, wo der Kampf des Menschen um Freiheit edel ist und die Unterdrückung dieser Freiheit eine Ketzerei. Vielleicht will ich nicht länger in der neuen Welt der großen Männer leben ... Mein Schrei in die Nacht war nur leise und wurde nicht gehört. Laß sie nicht ruhig schlafen. Weck die großen Männer in ihren Betten, Gord …«

Der Sekundenzeiger war gerast, der Minutenzeiger war vorgerückt.

Gord verkündete das Ende der Rast.

Er ging zu Jorge, und Jorge reichte ihm die Kalaschnikow. Er erinnerte sich an das Geblödel im Landrover, Frank und Vernon und Zachary. Immer das Witzereißen, Galgenhumor, wenn es hart herging. Er hatte bei den Witzeleien von »Eff« und »Vee« und »Zed« nie mitgemacht. Zachary, »Zed«, hatte dieses alte Buch gehabt, mit Eselsohren und Schmutzflecken, hatte es, bis es auseinanderfiel, aber bis dahin konnten sie die Scherze auswendig. Das Witzereißen hatte sie immer aufgebaut, wenn es am schlimmsten war.

»Ich würde nie einem Club beitreten, der mich als Mitglied aufnehmen würde.«

Gord lud die Waffe durch.

Groucho senkte den Kopf, bot seinen Hinterkopf dar, und seine Augen waren offen.

»Ein Mann ist nur so alt wie die Frau, mit der er was hat.«

Gord war nahe bei ihm.

Alex schob den Karren weg, folgte Jorge und der Gruppe.

»Meine Mutter liebte Kinder – sie hätte alles dafür gegeben, wenn ich eins gewesen wäre.« Danke, Groucho. Danke, Mr. Marx. Danke, Francis und Vernon und Zachary für die Scheißwitze, wenn es am schlimmsten war.

Gord feuerte den einzelnen Schuß ab.

Ein Fasan schrie rasselnd in panischer Flucht …

Tom war gefragt worden, und er hatte den Rat gegeben.

»Sie sagen ihnen, sie sollen hinten bleiben, sollen einfach hinten bleiben.«

Und das war der Befehl, den Arturo weitergegeben hatte, sie sollten hinten bleiben, einfach hinten bleiben.

Tom konnte erst in mehr als einer Meile Entfernung von der

Stelle aufsetzen. Dort war nur spärliches Gestrüpp gewesen, und die Truppe hatte eine Landezone für sie gerodet. Sie waren eine Meile von dem Punkt entfernt, von dem der Leitstrahl ausgesandt wurde. Sie wurden von der Landezone durch den Wald geleitet. Er fand, daß Arturo sich gut gehalten hatte. Unten am Golf hatte es Kommandeure gegeben, die übergeschnappt, ausgerastet waren, wenn alles den Bach runterging. Daheim in St. Louis hatte der Boß einer Observierungsgruppe, die einen Dealer aus einem anderen Bundesstaat beobachtete, sich die Kugel gegeben, als die Gruppe versagte. Es gab immer Gewinner und Verlierer und nach Mama zu plärren machte aus Verlierern keine Gewinner. Arturo hatte die Verfolgung aus der Luft gut koordiniert, nachdem sie den alten Knaben mit dem Wimpel in der Hand weggeschafft hatten. Schwer für Arturo, sich nicht zu erschießen oder überzuschnappen, als der Hinterhalt fehlgeschlagen war. Er hatte es gut gemacht … Sie erreichten die Stelle.

So friedlich und so ruhig und so still.

Die Truppe war gut und diszipliniert. Eine schlechte Truppe wäre voll hineingerannt.

Es baumelte von einem Ast. Der Riemen war um den Ast geschlungen, und das Kästchen für den Leitstrahl hing darunter. Zu friedlich und zu ruhig und zu still. Sie hatten alle den Lehrgang »Flucht und Entkommen« absolviert. Ein Jahr und neun Monate bevor er an den Golf kam, war er auf dem einwöchigen Lehrgang gewesen. Nur an einem halben Tag der Woche war es um »Entkommen (Hinhalten)« gegangen. Ein halber Tag für die Taktik, nachsetzende Streitkräfte auf feindlichem Territorium aufzuhalten. Er zeigte auf die Uzi des Colonels und streckte die Hand danach aus. Arturo gab sie ihm. Er machte sie scharf. Er winkte ihnen allen, sich auf den Boden zu legen, und er lag auf dem Bauch und zielte nach dem schwarz angemalten Kästchen. Er feuerte … Scheiße, daneben. Das Echo des Schusses erstarb zwischen den Bäumen. Rings um ihn auf dem Boden kicherten die Soldaten, als ob es ein guter Scherz von einem Gringo gewesen wäre. Tom war fünfundzwanzig Schritte vom Baum entfernt.

Er feuerte noch einmal und schoß wieder daneben. Arturo nahm die Waffe. Arturo gab den Schuß ab. Es war, als ob das Kästchen einen Tritt bekommen hätte. Das Kästchen platzte auf, hüpfte hoch, fiel herab und schaukelte. So friedlich. Das Gekicher wieder um ihn herum. So still. Er hatte die Hand auf Arturos Schulter, daß er sich nicht bewegen sollte. So ruhig. Er zählte.

Die Explosion kam von der anderen Seite des Pfads.

Die Druckwelle traf auf ihre Ohren.

Die Schrapnelle pfiffen über sie hinweg.

Guter Trick von Gord, wie er es von Gordon Benjamin Brown nicht anders erwartet hatte. Der dünne Faden war von dem Kästchen aus gelegt worden und dann dicht am Riemen entlang zum Ast hinauf und am Baumstamm herunter zu einem Stein, der den Faden beschwerte, bevor er zur Granate lief. Es kam dem ziemlich nahe, was sie an dem halben Tag mit dem Thema »Entkommen (Hinhalten)« gelernt hatten … Er beobachtete Arturo. Arturo war auf Händen und Knien und kroch entlang der schwachen Linien der Karrenspur nach.

Es war ein Stück Kletterpflanze.

Die Kletterpflanze war vierzig Meter, nahe genug, von dem Ort entfernt, wo das Kästchen gehangen hatte. Von dort, wo Tom war, sah es aus, als läge die Kletterpflanze zufällig über den Karrenspuren. Erst als er nahe dran war, konnte er sehen, daß der Faden um das Stück der Kletterpflanze geflochten war. Er schauderte. Kein Kichern diesmal von den Soldaten, keine Scherze mehr über die Gringospielchen, als wüßten sie, daß es verdammt ernst war …

Tom verlangte ein Stück Seil, und als es ihm gebracht wurde, band er das Ende des Seils um die Kletterpflanze. Er kroch zurück, wobei er das Seil abrollte, ohne daß es je Spannung hatte. Er sah, daß sie alle auf dem Bauch lagen. Er riß am Seil.

Die Detonation der Granate meißelte geharzte Löcher in den Baum auf der anderen Seite des Pfades, in der Höhe, wo der Bauch eines Mannes gewesen wäre.

Es war gute Arbeit: »Entkommen (Hinhalten)«, von einem Fachmann ausgeführt, der keine halben Sachen machte.

Sie gingen langsam.

Sie fanden die Leiche.

Die Dämmerung senkte sich über den Wald. Gords Gegenwart machte ihn frösteln. Es war kein Ort, an dem man sich in der Dunkelheit wohl fühlte. Er spürte die Kraft von Gordon Benjamin Brown. Er dachte an den Faden, der um den Riemen gewickelt worden war, und an den Faden, der um ein Stück Kletterpflanze gewoben war. Er erinnerte sich an das Gesicht des Toten, angsterfüllt, als der Mann in den Hubschrauber gezogen wurde … Benjamin Gordon Brown, das Mörderschwein … Er war ein Teil davon, war in Gordons Krieg hineingezogen worden. Er konnte sich nicht davor verstecken.

Er zitterte. Er sah die Radspuren des Flammenwerfers, die sich zwischen die Bäume schlängelten. Er dachte, daß er die Fronten gewechselt hatte. Auf der Suche nach einer neuen Familie hatte er irgendwie die Seiten gewechselt, es gab neue Verpflichtungen für ihn.

»Verdammt noch mal, laßt uns hier verschwinden.«

Arturo sagte: »Haben Sie Angst vor ihm?«

»Wir schnappen uns den Scheißkerl am Morgen und geben's ihm.«

Er wollte bei ihr sein, in ihrer Nähe.

Der Hund war zwischen ihnen, und die Schultern und Ohren des Hundes streiften ihre Beine.

Er mußte es wissen.

»Du warst wundervoll zu ihm. Du hast ihm die Kraft gegeben. Dank dir ging er ruhig und mit Stolz. Es war deine Kraft, Alex …«

Ihre Hand sank auf den Kopf des Hundes. Ihre Finger krallten sich in das Fell des Hundenackens. Er glaubte, daß es sie im Hals würgte. Es wäre gut für sie gewesen, wenn sie geweint hätte.

»… Wo kam die Kraft her, Alex?«

Und wieder warf sie den Kopf zurück, und das Haar flog aus ihrer Stirn, und sie blinzelte und tat, als ob sie husten müßte. Er dachte, daß sie die Tränen heruntergeschluckt hatte.

Sie sagte es geradeheraus. »Ich war dreizehn, bemuttert von Mummy, vergöttert von Daddy, eine verzogene Göre. Geschicklichkeitsreiten und Pony Clubs. Ich hatte diesen kleinen Schecken, sehr ruhig. Dort wo wir wohnten, in Somerset, war rundherum jede Menge sicheres Gelände zum Reiten, abseits von der Straße. Ich zog immer allein los, Sturzhelm und Jacke und Bluse und Reithose, sah wie eine komplette Idiotin aus. Kannst du folgen? Wahrscheinlich war es ein Kaninchenbau. Im leichten Galopp. Winston brach sich ein Bein. Wir waren in einer Hartholzpflanzung. Erst als es dunkel wurde, bekam meine Mutter Panik. Es war schon fünf Stunden dunkel, als ich gefunden wurde ...«

Er ging neben ihr und nahm ihre Hand.

»Mir fehlte nichts, nur ein paar blaue Flecken. Fünf Stunden hielt ich Winstons Kopf, bis die Taschenlampen kamen und die Rufe. Sie schienen nicht so sehr um Winston besorgt, und sie wollten mich wegbringen, weil es sehr lange dauern würde, einen Tierarzt zu holen, um das Notwendige zu tun. Ich schrie sie an, jedes dreckige Wort, das sie aus dem Mund ihrer süßen, kleinen Tochter, dreizehn Jahre alt, niemals erwartet hätten. Ich war absolut hysterisch, aber sie gaben nach ...«

Sein Kopf war gesenkt. Sie gingen langsam zusammen. »Ich blieb, bis der Tierarzt kam und dieses süße Tier von seinen Schmerzen befreite ... Ein bißchen jung, findest du nicht, seine Kindheit mit dreizehn zu verlieren, oder? Ich habe dieses Pferd mehr geliebt als meine Mutter oder meinen Vater ... Tja, eine lustige kleine Geschichte, nicht wahr?«

»Danke, daß du sie mir erzählt hast.«

Alex lachte schrill. »Das Klischee des Tages. Man kann Stärke erwerben, aber der Preis ist verdammt hoch.«

Die Funkmeldung erreichte den Stützpunkt, als die Sonne tief über dem Meer stand und schräg auf die flachen Inseln der Cayería las Cayamas, die auf den ruhigen Wellen schwebten, fiel.

Der Stützpunktkommandeur las die Meldung, die aus dem

Fernschreiber kam, und verzog überrascht das Gesicht. Er rief das Ministerium an, verlangte, persönlich mit einem Major der Luftaufklärung zu sprechen, um eine unwiderlegbare Bestätigung des Befehls zu erhalten, den die Meldung enthielt.

Es waren die Hundstage des Regimes. Es war die Zeit, da das Regime sich den Umständen der neuen Ordnung beugte. Es wurde ihm knapp erklärt … Die Konfrontation war vorbei, die Unabhängigkeit verloren, das Knie gebeugt … ein letzter Wurf. Der Stützpunktkommandeur befahl seiner Ordonnanz, ihm den Piloten zu bringen. Niemals wieder, hatte der Major gesagt, würde man sich danach auf solch einen Wahnsinn einlassen. Der Flug war von höchster Regierungsebene angeordnet. Die letzte große Verrücktheit des »Alten« …

Nach Einbruch der Dunkelheit, als die Sonne in den Golf von Batabanó versunken war, meldete die Ordonnanz dem Stützpunktkommandeur, daß der Pilot nicht zu finden sei, er wäre beim Fischen.

Sie lagerten am Strudel eines sauberen Beckens im Fluß.

Gord sagte, sie sollten alle schlafen.

Sie hatten kein Essen.

Gord sagte, daß er die Wache übernehmen würde.

Er begann, allein die Röhren des Flammenwerfers aufzufüllen.

Zeppo kam und stellte sich dicht neben ihn, groß und unbeholfen. Harpo drückte sich hinter Zeppo herum.

Zeppo sagte unterwürfig: »Ich hätte es nicht gekonnt, wir hätten es nicht gekonnt. Er war unser Freund …«

Gord blickte finster, half ihnen nicht.

»… Ich kannte ihn, wir kannten ihn, wie einen Bruder. Ich schäme mich, wir beide schämen uns, weil wir ihn getreten und geschlagen haben, als er entlarvt wurde. Das haben wir unserem Freund, unserem Bruder angetan. Sie haben ihm Liebe gegeben, und wir haben ihm nichts gegeben …«

Gord blickte sie an, brutal und kalt.

»… An seiner Stelle hätte ich sein können, hätten wir sein können. Wir wissen das, und wir schämen uns … Wir schämen uns um so mehr, wegen dem, was wir zu Ihnen gesagt haben, weil wir Ihnen nicht geholfen haben. Sie haben versprochen, uns rauszubringen, und wir vertrauen Ihnen. Wir vertrauen Ihnen, weil wir wissen, daß Sie unsere einzige Überlebenschance sind …«

Gord begann mechanisch die Röhrenteile des Luftzylinders im Schubkarren zu ordnen.

»… Der Vater von Rodolfo Jorge Ramírez hatte wahrlich recht, als er sagte, wir sollten einen Krieger mitnehmen … Ich bitte um Verzeihung, wir bitten um Verzeihung.«

Gord befestigte die Röhren.

Sie verließen ihn, tapsig und lärmend, während sich die Abenddämmerung in die Bäume senkte.

Die Vögel waren es, die den Straßenjungen weckten.

Die Vögel lärmten und schrien in den Bäumen über ihm. Er sah die Affen herumjagen, die die Vögel gestört hatten. Er haßte den Ort, und er hatte nicht so geschlafen wie auf dem Pflaster in der Nähe der großen Hotels von Guatemala City. Die Straßen und die Bürgersteige und seine Freunde, das war seine Freiheit. Der Wald war sein Gefängnis. Er wollte die Freiheit wieder spüren … Er hatte in der Nacht davon geträumt, bei seinen Freunden zu sein und die Touristen zu umkreisen und auf eine Gelegenheit zu spähen, und er hatte von der Erregung geträumt, wenn er in die dunklen Gassen hinter den Hotels rannte, wenn die Polizeiautos vorbeikreuzten, und immer entkam er in seinem Traum der Polizei … Sie behandelten ihn wie ein Kind. Der Straßenjunge glaubte nicht, daß er ein Kind war. Sie behandelten ihn wie ein Kind, und sie hatten ihm die Augen zugehalten, als der Mann erschossen wurde. Er schob die Schubkarre, er stand seinen Mann, sie hatten kein Recht, ihn wie ein Kind zu behandeln. Er hatte gehört, wie sie von einer Rückkehr nach Havanna geredet hatten, falls das Flugzeug kam … Er dachte, Havanna wäre Scheiße. Nach allem, was sie sagten, gab es nichts für ihn in

Havanna, keine Touristen und keine Uhren und Brieftaschen, keine AmEx- und Diners-Club-Karten und keine Reiseschecks. Er sehnte die Erregung wieder herbei, wenn er mit seinen Freunden auf dem Pflaster von Guatemala City Beute suchte, und er hatte keine Erregung gespürt, als er mit der Schubkarre durch den Hinterhalt geflohen war ... Keine Erregung, nur Schrecken, und er hatte seine Hose naß gemacht, als er gerannt war, und er glaubte, Gord wußte, daß er sich naß gemacht hatte ... Sie hätten den Mann nicht erschießen sollen. Der Mann war nett zu ihm gewesen, der Mann hatte ihm Bonbons und Schokolade aus dem Lager in Nebaj und der Kaserne in Santa Cruz del Quiché gegeben. Er würde seinen Freunden auf den Bürgersteigen von Guatemala City viel zu erzählen haben. Er beobachtete Gord. Er war nicht sicher, ob Gord wach war oder ob er schlief. Er hätte Gord gern nach Guatemala City mitgenommen ... Sie würden ihn bei Tag nicht gehen lassen, aber seit dem Traum hatte er beschlossen, aus dem Gefängnis auszubrechen, das der Wald für ihn war. Sie würden ihn nicht gehen lassen, weil er den Ort kannte, wo das Flugzeug landen würde, und die Zeit. Der Mann, der ihm die Bonbons und die Schokolade gegeben hatte, hatte den Ort und die Zeit gewußt, und der Mann war wegen seines Wissens erschossen worden. Er würde am Ende des Tages gehen ... und er würde die Kalaschnikow mit der umklappbaren Schulterstütze mitnehmen. Wenn er zurück auf den Bürgersteigen von Guatemala City war, würde er seinen Freunden die Kalaschnikow zeigen, und sie würden wissen, daß er die Wahrheit sagte.

Mann, mit einer Kalaschnikow wäre er der King unter seinen Freunden ...

Sie fanden den Piloten beim ersten Tageslicht am Strand.

Er hatte zwischen Steinen, die vom Meer rundgeschliffen waren, ein Feuer gemacht. Der beste Fisch, den er in der Nacht gefangen hatte, an einer Handleine mit Federn, war der Barracuda. Er hatte den Spieß in der Werkstatt hinter seinem Haus selbst gebaut, und er drehte den ausgeweideten Fisch langsam über dem Holzfeuer und dem Rauch. Er machte das immer, wenn er nachts zum Fischen ging, nahm den besten und grillte ihn für sich selbst und aß ihn, bevor er mit dem Rest seines Fangs nach Hause ging. Es war der schönste Platz für ihn, allein im Boot und draußen auf dem Meer, weg von den Phantasieerfolgen von Havanna, dieser Abfallstadt.

Er nahm die Nachricht entgegen.

Er sollte sich sofort beim Stützpunktkommandeur melden.

Er drehte den Fisch, bis sich die tote Haut abgeschält hatte und zischend ins Feuer gefallen war. Er aß das nahrhafte, ölige Fleisch des Fisches, bis er gesättigt war. Er warf das, was vom Fisch übrig war, den mutigsten Möwen zu, die nahe an ihn heranstolziert waren. Er trat das Feuer aus. Er überprüfte die Leinen, mit denen das Boot am Strand festgemacht war, dann ging er heim und gab seiner Frau den Fisch, der zwischen seinem eigenen Haushalt und seiner Mutter und ihrer Mutter geteilt wurde. Seine Frau erzählte ihm, daß sie von einem Laden in der Altstadt, der Abfallstadt, gehört hätte, wo es Seife gab. Der Pilot fuhr seine Frau zu dem Laden und ließ sie in der Schlange zurück, die sich gebildet hatte.

Er meldete sich bei seinem Stützpunktkommandeur.

Er wurde nicht gefragt, es war ihm nicht erlaubt, die Erfolgschancen abzuwägen, es war ein Befehl.

Der Tag war morgen. Die Zeit war 05-00 Ortszeit. Die Ortskoordinaten waren 1509/9052.

Man suchte es für ihn auf der Karte, 1509/9052, bei Canillá. Man wußte nicht, was dort sein würde … Landelichter? Eine Graspiste? Truppen? Wie viele Leute mußte er aufsammeln? Er erhielt keine Antwort, ein ahnungsloses Achselzucken, aber den Befehl. Der Stützpunktkommandeur war Parteimitglied. Der Vater des Kommandeurs hatte mit dem »Alten« in den Bergen der Sierra Maestra gekämpft, und der Onkel des Kommandeurs war zusammen mit dem »Alten« beim Angriff auf die Moncada-Kaserne in Santiago de Cuba dabeigewesen. Es wäre dem Piloten nicht gut bekommen, einen fürchterlich beschissenen Befehl in Frage zu stellen. Der Pilot sagte, daß er keinen Navigator bräuchte, der mit ihm flog, und das war seine Art, seine Meinung über einen fürchterlich beschissenen Befehl auszudrücken.

Er ging zum Hangar.

Sie war nicht neu gestrichen worden, seit er sie zurückgebracht hatte. Er ging in dem verdunkelten Hangar um die Echo Foxtrott herum. Sie war immer noch in Schwarz gehüllt und namenlos, ohne Hoheitszeichen. Eine Schönheit in ihrer schauerlichen Häßlichkeit. Er wies den Vorarbeiter des Wartungsteams an, sich um die Maschine zu kümmern, und er verlangte zusätzliche Treibstofftanks, und er sagte ihnen, bis wann die Arbeiten abgeschlossen sein mußten.

Er fuhr wieder heim, um zu schlafen. Seine Frau war noch nicht von der Seifenschlange in der alten Abfallstadt zurück. Der Pilot würde ihr, wenn sie zurückkam, nicht sagen, daß er durch die Nacht nach Guatemala fliegen würde.

Er spielte gutes Tennis. Er kam von der Grundlinie ans Netz, und er war rechtzeitig zurück, um ihren Lob zu erwischen, mit dem sie seinen Schmetterball zurückschlug. Er hetzte sie zu Tode. Wenn er am besten Tennis spielte, früh am Morgen, nach einer Nacht, in der er getötet hatte, mußte er sich etwas einfallen lassen, um ihr am Ende die Gelegenheit zu geben, daß sie gewann.

Der Leutnant, Deckname Benedicto, der in der Nacht eine junge Frau mit einem Schuß in die Schläfe getötet hatte, simulierte einen verstauchten Knöchel, um glaubhaft zu verlieren. Erst als er verlor, als der Glanz aus seinem Spiel gewichen war, begann die Menge, die sich angesammelt hatte, sich zu verlaufen. Viele hatten zugesehen, aber nun waren auch viel mehr wieder zurück und im Club als in der Woche davor, zurück aus Miami und Orlando, zurück aus Houston, zurück aus Los Angeles.

Die Angst, daß das Rattenpack die Straßen der Hauptstadt überschwemmte, war begraben, und er hatte seine Rolle bei dem Begräbnis gespielt.

Als sie gewonnen hatte, ging er zu seiner Verlobten, und ein warmes Lächeln spielte um seinen Mund, und er schüttelte ihr ehrerbietig die Hand. Das sahen ihr Vater und ihre Mutter gerne, während sie ihr Frühstück hinter dem Spiegelfenster über dem Court einnahmen. Jetzt mußte der Sack nur noch zugemacht werden. Die junge Frau war für das gestorben, was sie gewußt und was sie gesehen hatte, und für das, was sie hätte sagen können. Im Krieg des Leutnants gab es keine überlebenden Zeugen. Bevor er duschte, ging er in den Frühstücksraum und trank ein Glas Orangensaft mit den Eltern seiner Verlobten, und er fragte ihren Vater höflich nach dem Preis für Rindfleisch im Norden, im Burgerhandel.

Später würde er zu den Kellerakten im G-2, Aufklärung, zurückgehen, und er würde ein bißchen schmökern, damit er den Sack besser zumachen konnte.

Sie lagen ausgestreckt auf dem Rücken. Er nahm an, daß keiner von ihnen gut geschlafen hatte. Er nahm an, daß jeder von ihnen in der Stille der Nacht der Erinnerung an Groucho und Grouchos Ermordung nachgehangen war. Kein Essen für sie. Wieder nahm Gord die Bürde auf sich.

Sie starteten neben dem Fluß. Gord führte, und sie folgten. Er leitete sie volle hundert Schritte am Flußufer aufwärts, und er lenkte den Karren durch schlammigen Untergrund, wo es vom vergangenen Regen noch feucht war. Der Karren hinterließ eine gut sichtbare Spur zu beiden Seiten ihrer Stiefelabdrücke.

Er watete ins Wasser. Der Wasserstand des Flusses lag zwischen seinen Knöcheln und seinen Knien, und das Wasser umspülte die Achse des Karrens. Er winkte dem Straßenjungen, ihm zu folgen, und die Schubkarre schwamm wie ein Boot, leicht zu steuern. Sie kamen hinter ihm hinein. Sie wagten nicht, ihn zu fragen. Er sah es ihren Gesichtern an. Jorge bezweifelte, daß sie den Karren brauchten, Harpo zweifelte an dem Nutzen der Schubkarre mit dem Druckluftzylinder und dem Brennstoff, Zeppo fragte sich spöttisch, wozu sie das Feuer noch brauchten … und sie wagten nicht, es auszusprechen. Der Karren gehörte ihm. Der Karren war Macht.

Er stand im Wasser, und sie plantschten um ihn herum, und der Hund jagte nach einem treibenden Blatt.

»Ich brauche eine große Anstrengung. Heute, in der nächsten Stunde, werden wir sie entweder los, oder wir scheitern. Ohne eine große Anstrengung geht es nicht. Ich habe nicht die Zeit, ich habe nicht die Geduld, alles zu erklären, was wir tun werden … Ich habe gesagt, daß ich euch zu einer Landebahn bringen werde, und wenn ihr mir die große Anstrengung liefert, dann werde ich das schaffen … Ich kann nur hoffen, daß das Flugzeug zu der Landebahn kommen wird, aber wir werden da sein. Wenn das Flugzeug kommt, werdet ihr hier rauskommen. Es ist mir egal, ob ihr nach dem heutigen Tag je wieder einen Meter geht oder rennt, aber heute werdet ihr gehen, und heute werdet ihr rennen. Es ist mir egal, ob ihr jemals wieder etwas hebt, das schwerer ist als ein Bierglas, aber heute werdet ihr Lasten heben. Ich gebe euch ein Versprechen … Wenn ihr heute nicht rennen oder Lasten heben wollt, dann geht ans Ufer und setzt euch hin und wartet, bis die Kaibiles kommen. Und ich verspreche euch, binnen zwölf Stunden, nachdem sie gekommen sind und euch geholt haben, werdet ihr darum winseln, gehen und rennen und Lasten heben zu können. Einen Tag müssen wir sie noch abhängen, wenn nicht, dann …«

Sie waren von ihm abhängig. Gord war der Strohhalm, an den sie sich klammerten. Sie würden ihm folgen.

Er zog die Räder des Karrens über das Flußgestein, und Zeppo half ihm, und Harpo trug Gords Maschinengewehr und das von Zeppo, und Jorge lenkte die schwimmende Schubkarre, und Alex trug Eff, und Zed half Vee. Er brachte den Karren flußabwärts, und sie waren hinter ihm verstreut. Wo sie am Ufer entlang stromaufwärts gegangen waren, wateten sie nun stromabwärts im Fluß herunter.

Sie waren seit einer Stunde im Fluß.

Gord verkündete die Ruhepause.

Sie standen im Wasser und rangen nach Luft, und jeder von ihnen war gestürzt, und jeder von ihnen hatte sich an dem kalten Fels aufgeschürft. Jorge war in der Nähe von Alex. Er sagte etwas zu ihr, und auf seinem Gesicht lag ein ruhiges Lächeln, und sie lachte freundlich zurück. Er konnte nicht hören, was gesprochen wurde, was sie zum Lachen gebracht hatte. Wann hatte er zuletzt das ruhige Lächeln von Jorge gesehen? Wann hatte er jemals Alex freundlich lachen hören? Sie waren der hübsche junge Mann und die schöne junge Frau. Er war sofort da, der stechende Schmerz der Eifersucht ... Alex hatte ihn geliebt, und Alex hatte nie mit ihm gelacht ... Es war nur für einen Augenblick. Er pumpte Luft in seine Lungen. Das Wasser war tief. Es war eine Stelle, an der ein Felsvorsprung in die Flußströmung ragte, eine Stromschnelle bildete. Er hatte es auf den Felsen abgesehen. Mit seiner ganzen Kraft manövrierte er den Karren aus der Strömung und zog ihn hinauf auf den Felsvorsprung, und noch einmal war Gords ganze Kraft nötig, um dem Straßenjungen und Jorge zu helfen, die Schubkarre auf die rutschige Oberfläche des Felsens zu hieven. Er sagte knapp zu Alex, daß sie erst den Indianer auf den Felsen schaffen müßte, und dann mußte sie den Hund hinaufheben, die Klauen des Hundes durften nicht im Schlamm neben dem Felsvorsprung scharren. Sie waren bedenklich zusammengedrängt auf dem Felsen, und er bellte ihnen die Anweisungen zu.

Er würde führen, und nun würde er Eff tragen. Wo er seinen Fuß aufsetzte, sollten sie ihre Füße aufsetzen, genau wo sein Fuß war.

Alex sollte ihren Hund tragen. Die Pfoten des Hundes durften den Boden nicht berühren.

Jorge und Zeppo und Harpo mußten den Karren tragen, 370 Pfund schwer. Die Räder des Karrens durften keine Spuren hinterlassen.

Der Straßenjunge und Zed mußten die Schubkarre tragen. Vee sollte am Schluß bleiben und alle Spuren beseitigen, die sie hinterließen.

»Fragen …?«

Jorge fragte unsicher: »Wann wissen wir, ob wir sie abgeschüttelt haben?«

Gords unbarmherzige Antwort: »Wenn das Flugzeug gelandet ist, wenn es keine Bodenartillerie gibt, wenn keine Hubschrauber da sind, wenn das Flugzeug abgehoben hat, dann werden wir wissen, daß wir sie abgeschüttelt haben.«

Er lockerte die Gurte seines Rucksacks, so daß er tief unten über seinem Gesäß hing. Er hätte den Feldverband wechseln sollen, und das Gesicht von Eff wurde grau, und der Atem ging langsamer, und die Fliegen schwärmten um die Wunde. Er hievte ihn hoch, so daß sein Bauch quer auf dem Rucksack lag, und er hakte seine Arme unter die Schulter und die Leiste des Mannes. Der Mann, der die Aktentasche mit den Fotografien in die Bar am Loch gebracht hatte. Der Mann, der ihm den K.-o.-Schlag versetzt hatte. »Was ist der Preis der Freiheit? Wieviel kostet die Ehre?« Gord schwankte. Er machte den ersten Schritt vorwärts. Auf einen Stein. Er torkelte. Auf dünnes Moos. Auf festen Untergrund. Gord wankte. Auf einen heruntergefallenen Ast, der nicht brechen würde. Sie folgten ihm … Er sah den Schmerz auf ihren Gesichtern, als sie das Gewicht des Karrens verfluchten … Von Stein zu Moos zu festem Untergrund zu Ast zu Stein … Er schaute zurück. Vee hockte auf dem Felsvorsprung, ein gesundes Bein, der Teufel wußte, welcher Wundbrand sich in einem kranken Bein breitmachte, und wischte den Stein mit einem Tuch trocken, als ob er eine alte Frau wäre, die eine Haustürstufe putzte.

Es ging langsam, und es ging vorwärts, und er blickte sich wieder um und schaute an ihnen vorbei und sah, daß Vee Laub über jeden Fußabdruck streute.

Ein Hubschrauber war über ihnen, streifend und suchend, aber nicht der Jagdhund, der einer Witterung folgte. Der Hubschrauber hatte keine Spur, der er folgen konnte.

Es war alles, was Gord zu bieten hatte.

»Ich habe sie verloren.«

Arturo sagte es in das Helmmikrophon.

Tom starrte hinunter auf den Baumbaldachin. Arturo hatte es knapp ausgesprochen. Es gab keine Entschuldigungen und keine Erklärungen. Tom suchte das ausgedehnte Blätterdach mit den Augen ab und sah nichts.

Die verzerrte Stimme: »Warten Sie ab.«

Die Kaibiles hatten die Stelle gefunden, wo die Gruppe geschlafen hatte, und sie hatten die Spur des Karrens, der den Flammenwerfer trug, und die anderen Fuß- und Reifenspuren.

Die Kaibiles waren dem Zug entlang des Flußufers zu der Stelle gefolgt, wo sie ins Wasser hinuntergegangen waren, und dort hatten sie die Gruppe verloren.

Unter ihm, unter den Bäumen und im Gestrüpp, unsichtbar aus der Luft, waren drei Kompanien des Kaibilbataillons. Unter ihm, aus der Luft nicht zu sehen, war die verzweifelt kämpfende und fliehende Gruppe ... Er dachte an die Leute im Büro des Attachés. Er fragte sich, ob sie wohl darum gebeten hatten, daß ein weiterer Flieger hergeschickt wurde. Er stellte sie sich vor, den Geheimdienstmann und den Fiskalbeamten und den Chemiker und den Verbindungsoffizier vom Kommando Süd, wie sie mit ihrem Kaffee in den niedrigen Sesseln im Zimmer des Attachés saßen. Und auf dem niedrigen Tisch vor ihren Knien waren Etatbewertungen und abgehörte Satellitentelefonate und Mitschriften von Funksprüchen und die großen Karten mit den Landebahnen auf den *fincas*, die rot eingekreist waren und die man für Umschlagplätze hielt ... Sie waren belanglos für Tom Schultz. Er wendete den Vogel. Er flog zurück über Gelände, das sie bereits durchstreift hatten. Nur sein Huey-Vogel in der Luft. Als ob er sie zu seinem Territorium gemacht hätte. Besser so. Wenn andere Vögel oben gewesen wären, hätte sich die Suche verzettelt, und auf die Weise wäre wahrscheinlich Verwirrung entstanden. Er hatte die Quadrate auf der Karte eingezeichnet, und er arbeitete sich durch jedes von ihnen ... Sie bedeuteten ihm nicht einen Furz, der Attaché und der Geheimdienstmann und der

Fiskalbeamte und der Chemiker und der Verbindungsoffizier vom Kommando Süd. Er hatte versucht dazuzugehören, und er war gescheitert …

Das Funkgerät gellte in seinem Ohr.

»Sie haben sie also verloren, Arturo, gratuliere, nicht zu fassen. Lauter Scheißversprechen, lauter Scheißgerede. Sie haben um Befehlsgewalt gebeten, Sie haben Befehlsgewalt erhalten, und Sie haben sie entwischen lassen … Sie sind nichts wie Scheiße, Arturo. Soll ich schon wieder das Kommando über das Bataillon auswechseln, Arturo? Ich muß zum Generalstabschef, soll ich ihm sagen, Arturo ist Scheiße, soll ich ihm sagen, daß es ein Irrtum war, Sie zu empfehlen? Soll ich …?«

Neben ihm knipste Arturo den Schalter aus, unterbrach die Übertragung.

… Er war gescheitert. Sie waren belanglos für ihn, weil es ihn nicht kümmerte, ob Mutter Amerika von Heroin, Koks oder Crack überschwemmt wurde. Er hatte keine Lust, einen verlorenen Krieg gegen die Dealer und Pusher und Händler von Heroin, Marihuana, Kokain zu führen …

Arturo sagte leise in sein Ohr: »Können Sie denken wie er? Ich kann es nicht …«

Er wollte nur den Mann treffen. Er haßte den Mann. Jeden Morgen, wenn er aufwachte, einem neuen Tag entgegensah, dachte er an den Mann. Der Mann ließ ihn baumeln. Der Mann führte ihn an einer Schnur. Es war dieselbe Schnur, die vom Handgelenk der Leiche baumelte, die er gesehen hatte. Der Mann hatte Macht über ihn, der Mann hatte ihn gerettet. Er haßte den Mann, weil die Schuld nicht beglichen war, nicht einmal mit einem Dankesbrief.

»… denken wie er. Was würde er tun?«

Er haßte den Mann, an den er jeden Morgen beim Aufwachen dachte.

Die Kompanien Victoria und Defensa wurden vom Fluß aufgehalten. Zug 1 und Zug 3 warteten am Fluß. Abteilung Alpha von

Zug 2 ging flußaufwärts am Ostufer des Flusses, und Abteilung Bravo ging flußaufwärts am Westufer. Abteilung Charlie bewegte sich flußabwärts am Westufer, und Abteilung Delta war flußabwärts am Ostufer unterwegs. Die Männer in jeder Abteilung krochen auf ihren Ellbogen und Knien.

Sie bewegten sich so, wie ihr Offizier aus dem Hubschrauber es befohlen hatte. Ihre Köpfe waren Zentimeter über dem Boden. Sie mußten jedes lose Blatt aufheben. Ihre Augen waren vor Konzentration zusammengekniffen. Sie mußten jeden heruntergefallenen Ast prüfen. Sie suchten auf zwanzig Meter Breite zu jeder Seite des Flusses, flußaufwärts und flußabwärts, Ostufer und Westufer.

Da war ein Stein. Neben dem kleinen Stein, unter den Blättern, die verstreut worden waren, war der Abdruck von einem halben Schuhabsatz. Ein breites Grinsen erschien auf dem schlammverschmierten Gesicht des Soldaten. Er rief. Der Corporal kam zu ihm. Der Corporal rief nach dem Sergeant von Sektion Delta. Der Sergeant von Sektion Delta rief nach dem Offizier von Zug 2. Der Offizier rannte quer durch den Fluß. Arturo hörte zu, und zuerst lächelte er, und dann versiegte das Lächeln.

»Es ist nur ein Abdruck. Ein halber Schuhabsatz. Es sind Indianer bei ihnen, das Pack trägt immer Schuhe. Aber es ist nur ein Abdruck, sie können sonst nichts finden ...«

Die Sonne stand hinter ihnen. Tom blieb kalt. Die Sonne senkte sich über dem Volcáno de Fuego und dem Volcáno de Agua herab. Er haßte den Mann, kalter Haß jeden Morgen, wenn er aufwachte, er haßte den Mann, der den Quittungsabschnitt für seine Schuld hatte.

»Haben Sie keine Hunde? Können Sie keine Hunde herbeischaffen? Mit Hunden können Sie ihnen die Nacht hindurch folgen.«

»Hat es Ihnen etwas ausgemacht, hierher zu kommen?« fragte Percy Martins.

Sie zuckte die Achseln. »Ich bin da.«

»Ich bin nicht sehr beliebt in diesem Gebäude.« Er machte eine Pause. »Das ist nicht mehr meine Zeit, wissen Sie. Na ja, es ist wohl nicht die passende Gelegenheit, um Mitgefühl zu bitten. Was ich sagen will, und das kommt bei mir bemerkenswert selten vor, ich mache mir Sorgen um Ihren Mann ...«

Er führte sie vom Empfangsschalter weg, weg von den Männern, die ihm den scheußlichen Kaffee aus der Maschine brachten, vorbei an den Kaugummi kauenden Sicherheitstypen in ihren Lederjacken. Sie spazierten auf die Brücke, und die Masse eiliger Büroangestellter und Verkäuferinnen strömte ihnen entgegen.

»... Ich habe es nicht mehr ertragen, ständig zu diesem blöden Gerät zu sprechen. Sie wollen wissen, meine Liebe, was es Neues gibt. Es gibt eine gute und eine schlechte Nachricht. Sinnlos, etwas zu beschönigen, zu spät dafür, und Sie haben es verdient, die ungeschminkte Wahrheit zu erfahren ...«

Sie lachte kalt. Ihr Körper wurde stocksteif. »Bringen wir erst die gute Nachricht hinter uns.«

Er klemmte seine behandschuhte Hand in ihre Ellenbeuge, als wäre sie seine Nichte. Es war ihr egal. Sie konnte die aromatische Orangenmarmelade in seinem Atem riechen, und in der Bürste seines Schnauzbarts hingen Toastbrösel.

»Ihre Nachricht kam durch. Bemerkenswert, aber sie haben ihren Schlüssel seit drei Jahren nicht geändert, macht uns überhaupt keine Probleme. Ging Wort für Wort durch ... Ich kann nicht sagen, was sie am anderen Ende damit anfangen werden, in Havanna, aber sie ist einwandfrei bei uns abgegangen, verstehen Sie ...?«

Er versuchte, einen kleinen Scherz daraus zu machen, und sie dachte, er würde einen schlechten Scherz nicht einmal erkennen, wenn er drüber stolpern würde. Sie spürte den Griff seiner Finger auf ihrem Arm. Das traurige dabei war, daß sie den alten Knacker brauchte ... Ihrer Meinung nach war es reine Schau, wie er die Spitze seines eingerollten Regenschirms auf das Pflaster knallte. Sie holte tief Luft.

»Und die schlechte Nachricht?«

Er rasselte es herunter. »Sie wurden aus dem Hinterhalt überfallen. Sie waren nur noch eine kleine Gruppe, als wir zuletzt von ihnen hörten. Sie wurden von Truppen des Kaibilbataillons aus dem Hinterhalt angegriffen. Sie haben sich ihren Weg freigebrannt. Er hat einen Flammenwerfer, das ist eine gräßliche Waffe, und er sengte einen Pfad durch den Hinterhalt ... Ich habe einen sehr guten Mann, der mich informiert, hervorragende Kontakte ... Er sagt, es gibt eine Untersuchung auf höchster Ebene im Oberkommando, wie Ihr Mann den Hinterhalt durchbrechen konnte. Aber das ist eigentlich nicht der Punkt, oder?«

Sie schaute in das abgespannte Gesicht von Percy Martins, in die Augen mit dem Verschwörerblick. Der Wind vom Fluß erfaßte seine Haare. »Was ist der Punkt?«

»Das Kaibilbataillon hat sie aufgespürt, und nun wird es ihnen dicht auf den Fersen bleiben. Sie werden sie bis zur Landepiste hautnah verfolgen. Damit bleiben sie in Gefahr. Habe ich mich deutlich ausgedrückt, Miss Parker?«

Sie schauderte. Sie nahm die Hand von ihrem Arm, löste den Griff. Sie ging mit energischen Schritten weg von ihm.

»Bleiben Sie morgen in der Nähe Ihres Telefons, es gibt da ein liebes Mädchen ...« Seine Stimme verlor sich hinter ihr, starb ab.

Sie ging durch die Straßen, und einmal rannte sie gegen einen Abfalleimer, der an einen Laternenpfosten geschraubt war ... hautnahe Verfolgung.

Sie überquerte Straßen, und zweimal bellte eine Taxihupe, und sie hörte das langgezogene Kreischen von Bremsen ... in Gefahr.

Sie zeigte dem Sicherheitspersonal ihre Kennkarte.

Sie nahm den Lift nach oben.

Sie erinnerte sich an ihn. Schüchtern, nicht locker bei ihr. Langsamer Liebhaber, nicht selbstbewußt bei ihr. Sie würde nie wieder so verdammt blöd sein. Sie dachte an ihn in Irland. Das junge Mädchen von Fünf, das sich einen Namen machte und einen Spieler zähmte und ein Gespann mit dem Mann vom Regiment bildete, der eigentlich die Aufgabe zu haben schien, für ihren Schutz im Dienst zu sorgen. Ihr Gord, um ihren kleinen Finger gewickelt. Die Tour beendet, nach Hause gefahren, wieder Papiere hin und her geschoben, bis Mr. Hobbes entschied, daß sie reif war, wieder über das Wasser geschickt zu werden. Gord, auf Kurzurlaub, hatte angerufen, und sie hatte ihn in die Wohnung in Battersea eingeladen. Nicht mehr so wie in Irland, weil es keine Gefahr in einer Wohnung in Battersea gab, keine Bedrohung, keine Notwendigkeit, hinter ihm Schutz zu suchen, wenn die heimliche Angst sie erfaßte. Sie würde nie wieder so gottverdammt blöd sein … Warf ihn raus. Nicht zurückgerufen, die Handschrift auf den Kuverts erkannt und sie zurückgeschickt … Zurück nach Irland gegangen, die zweite Tour, ausgedehnter diesmal, ihn aus dem Gedächtnis verbannt, denn das war das Credo bei Fünf … Es gab andere Karrierefrauen bei Fünf, höllisch gute Karrieren, die die Tür zu dem Herrenclub einfach eintraten und den Job um ein ganzes Eck besser machten … und kein Mann und keine Liebe und keine Babys …

Sie saß still an ihrem Schreibtisch, und das Großraumbüro wogte um sie herum. Sie bemerkte es nicht.

Er konnte das Dorf sehen, das hinter dem anderen Ende der Landepiste lag.

Sie saßen in dem Buschgestrüpp, von wo sie die Öllampen und das große Feuer sehen konnten, das in der Mitte des Dorfes am anderen Ende der Landebahn brannte.

Der Straßenjunge stand einen Moment schüchtern vor Gord und schaute zu, wie Gord den Feldverband auf der Wunde erneuerte. Er hatte das Gewehr, das er wollte, und zwei geladene Magazine dafür und vier Handgranaten.

Er sagte, daß er auf die Suche nach Äpfeln, irgendwas Eßbarem, ginge, und niemand schien ihn zu beachten.

Der Straßenjunge verließ sie.

20

Sie hörten den hämmernden Beat der Marimba-Musik, den honigsüßen Rhythmus der gedämpften Klöppel auf den Metallröhren.

Sie saßen in der Dunkelheit, und sie lauschten, und sie beobachteten.

Sie sahen die tanzenden Gestalten, hell beleuchtet vor dem großen Feuer, das in der Mitte des Dorfes brannte.

Sie saßen in der Dunkelheit am anderen Ende der Landepiste und froren in der Kälte des Nachttaus, und der Hunger nagte in ihren Mägen. Als der Wind auffrischte und von Westen über die Landepiste kam, konnten sie die Marimba-Musik besser hören, aber Gord verfluchte den Wind, denn er trug den Duft des Schweins herüber, das über dem Feuer zubereitet worden war. Keiner von ihnen hatte seit der panischen Flucht durch den Hinterhalt etwas gegessen, seit sie alles abgeworfen hatten, was sie hätte aufhalten können. Auch der Hund knurrte nach Futter.

Zed sagte, es sei der Stiertanz. Vee sagte zu Gord, daß der Stier heilig sei und für seine Kraft und seine Würde gepriesen wurde, und Zed kicherte und sagte, daß der Stier für den Reichtum geschätzt wurde, den er tief unter seinen Hinterbacken trug. Die Figur des tanzenden Stiers hob sich gegen das Feuer ab, ein riesiger Kopf aus Stoff und bemaltem Holz war für ihn gemacht worden, und er sprang hoch und stürmte los, und dann drehte er vor den Kindern um. Gord beobachtete die Kinder. Die Kinder waren für die Fiesta herausgeputzt, leuchtende Hemden und bunte Röcke, und ihre Glücksschreie wehten mit dem Wind zu ihm herüber. In einem Scheißwinkel eines Scheißlandes stoben die Kinder, vor Vergnügen quietschend, vor dem Ansturm des Stiers auseinander, und fluteten zurück, wenn sich der Stier zurückzog. Er sah die fließende Bewegung der spottenden Schmetterlinge um den Stier … Wenn das Flugzeug kam, wenn, und wenn sie aus dem Land flogen und wenn dem Militär bekannt war, welche Piste sie benutzt hatten, dann würde das Dorf den Vergeltungsschlag zu spüren bekommen. Die Häuser, in denen die Kinder zu Hause waren, würden niedergebrannt, die Mütter der Kinder verstreut und die Väter der Kinder erschossen werden … Gord schaute zu, wie die Schmetterlinge um den Stier tanzten, und er hörte die Zurufe der Mütter und Väter, wenn die Kinder wieder vor dem Angriff des Stiers davonrannten, und die Musik pulsierte heftiger.

Gord saß für sich allein. Er lehnte sich mit dem Rücken gegen den Karren und spürte die harten Streben des Rahmens an seiner Wirbelsäule. Er hatte die Röhren geladen, langsam, aber er hatte es geschafft, und der Brennstoff, den sie in der Schubkarre gefahren hatten, war nun erschöpft, und er hatte keine weitere Verwendung für den Druckluftzylinder. Er saß für sich allein, aber sie sprachen Englisch mit ihm, so daß er dazugehörte. Sie war wundervoll, Alex, und sie kauerte in dem niederen Gestrüpp vor der gerodeten Fläche, die bis zu der von Ziegen abgegrasten Piste reichte, und sie barg Effs Kopf im Schoß, und Gord hielt sie für so resolut wie Stacheldraht. Er hörte die sanften und flüsternden Stimmen von Jorge und Harpo und Zeppo. Es tat ihm leid, daß der Straßenjunge gegangen war … Der Tanz war zu Ende. Die Marimba-Musik war aus. Die Stimmen der Kinder wurden schwächer. Der Stier war verschwunden. Das große Feuer in der Mitte des Dorfes erlosch.

Blieben nur die leisen, flüsternden Stimmen als Gesellschaft.

Später, wenn das Dorf schlief, wenn die Schmetterlinge ruhten, würde er die Feuerhaufen entlang der Piste aufschichten, um das Flugzeug zu leiten, falls es kam.

Jorge sprach schnell. »… Gehe nach Europa. Italien wäre am besten. Meine Schwester ist dort, ihr Mann würde sich freuen, ihre Kinder werden mich kennenlernen wollen. Ich könnte bei ihr wohnen, bis ich auf eigenen Beinen stehe. Am liebsten würde ich als Autohändler arbeiten. Italien ist am besten, dann könnte ich Ferraris verkaufen. Es ist vierzehn Jahre her, seit ich meine Schwester zuletzt gesehen habe. Ich würde den Ferrari 512 TR verkaufen. Denkt nur an die Kommission … Er kostet 200 000 US-Dollar. Wenn man ihn verkauft, dann darf man ihn fahren. Wißt ihr, daß er 311 km/h Höchstgeschwindigkeit hat, von null auf hundert in 4,8 Sekunden, das ist einfach unglaublich … Ich glaube, ich gehe nach Italien, und ich glaube, ich verkaufe den Ferrari …«

Und welchen Anzug er im Palacio Nacional tragen würde – vergessen. Und ob der amerikanische Botschafter der erste sein würde – vergessen. Und Gords Zukunft …?

Harpo sagte: »… Und ich nach Kanada. Der alte Knabe hat gesagt, Kanada wäre gut. Er hat gesagt, sie haben da ein großes Programm für Flüchtlinge, und sie geben ihnen gutes Geld. Es ist höllisch kalt dort, aber sie leben damit, dann kann ich auch damit leben. Im Westen Kanadas kann man im Boot hinausfahren und den großen Pazifiklachs fangen, wunderbarer Fisch. Es ist nicht übel, wenn sie einem Geld zahlen, so daß man jeden Tag im Pazifik Lachs fangen kann. Ich glaube, Kanada würde mir gefallen …«

Und der Angriff mit dem Maschinengewehr auf das Tor des Lagers in Playa Grande – vergessen. Und Gords Zukunft …?

Zeppo sagte: »… Schätze, ich würde versuchen, nach Miami zu kommen, aber der Saukerl macht einem bestimmt einen Strich durch die Rechnung. Ich weiß nicht, ob ich die Überfahrt schaffen könnte, das offene Boot, üble Strömungen. Vielleicht lassen sie mich von Havanna aus gehen. Ich hätte gern ein kleines Café in Miami. Es wird sein wie in Havanna, es gibt so viele Flüchtlinge im Exil in Miami, und sie brauchen einen Platz, wo sie Kaffee trinken und die alten Zeitungen lesen können. Und starken Kaffee kochen und das Geld kassieren …«

Und Gords Zukunft …?

Und Alex' Zukunft …?

Die leisen, flüsternden Stimmen des Ferrariverkäufers und des Lachsfischers und des Cafébesitzers plätscherten in sein Ohr. Das Dorf war still, und die Lichter waren aus. Eine schmale Mondsichel hing über der Landepiste. Er sah auf seine Uhr. Noch eine Stunde totzuschlagen, bis er sicher sein konnte, daß das Dorf zur Ruhe gekommen war, bis er losgehen und die Feuerhaufen aufschichten konnte, die das Flugzeug leiten würden, falls es kam.

Und Gords Zukunft …?

Der Pilot schritt die ganze Reihe ab, und er schüttelte jedem Offizier des Stützpunkts die Hand.

Es war drei Minuten vor Mitternacht, drei Minuten vor der Abflugszeit.

Das Vorfeld vor dem Hangar war von den hohen Flutlichtmasten hell erleuchtet. Er trug eine fest über den Kopf gezogene Wollmütze und eine dicke, pelzgefütterte Fliegerjacke über seinem Overall und wärmedämmende lange Hosen und schwere Stiefel, die vor der Kälte in der gottverdammten Antonov schützten. Er lächelte trocken, denn alle Offiziere vom Majorsrang aufwärts waren den ganzen Abend und bis in die Nacht auf dem Stützpunkt geblieben und bildeten nun eine Reihe, damit er ihnen die Hand schütteln konnte … als ob keiner von den verfluchten Hundesöhnen erwarten würde, ihn je wieder zu sehen. Der Stützpunktkommandeur war der letzte in der Reihe. Der Pilot salutierte salopp und schüttelte flüchtig die Hand des Stützpunktkommandeurs, und dann gab er ihm sein Taschentuch und das lose Wechselgeld in seiner Tasche und die Luftwaffenkennmarke und seine Eingangskarte zum Tor, und er gab ihm seine Brieftasche mit den Banknoten und dem Foto seiner Frau … als Kommentar zu einem fürchterlich beschissenen Befehl.

Er kletterte in das Cockpit der Antonov. Er stülpte den Fliegerhelm vorsichtig über die Wollmütze. Er zog den Schal vom

Hals herauf, um die untere Gesichtshälfte zu bedecken. Er gab das Zeichen. Die Bremskeile wurden von den Rädern weggezogen. Er drehte den Schlüssel, löste die Zündung aus. Um ihn herum schwoll der dröhnende Lärm an. Die Propeller drehten sich.

Der Pilot brachte die Antonov zum Ende der Startbahn hinaus. Sie schien zu laufen wie ein Uhrwerk.

Er konnte die Reihe der Offiziere sehen, die zuschauten und warteten, und hinter den Offizieren, im offenen Maul des Hangars, standen die Bodenmechaniker, die an den Maschinen gearbeitet hatten. Der Pilot fuhr die Leistung hoch.

Die Antonov rumpelte die Startbahn hinunter, an der Bahn der flammenden Lichter entlang, und hob ab.

Er flog sie auf das Meer hinaus.

Er brachte sie auf Kurs.

Er stand auf einem Stuhl. Percy Martins drehte an den Zeigern der Wanduhr, stellte sie zurück auf mittelamerikanische Zeit. Er verglich mit seiner Armbanduhr und nahm die genaue Einstellung vor. Es war sieben Minuten nach Mitternacht, mittelamerikanische Zeit. Er stieg vom Stuhl und trat ans Fenster und zog die Jalousie hoch. Ein angenehmer Tagesbeginn in London. Er reckte den Hals, drückte seine Nase gegen die Scheibe und sah einen Schlepper, der einen Konvoi von Kähnen mit Müll auf dem Fluß zog. Er hatte ziemlich gut geschlafen, weil der Sessel in seinem Büro teuer und bequem war, eine Vergünstigung, die er bei der Inventarstelle durchgeboxt hatte. Er rasierte sich mit dem Elektrorasierer aus dem Duty Free Shop in Athen, den er als Ausgabe berechnet hatte und der nun Gegenstand einer pingeligen Überprüfung der Rechnungsabteilung war. Er nahm an, daß er um einiges besser geschlafen hatte als diese großartige junge Frau, die sich wahrscheinlich in einer Reisedecke auf einem Sofa zusammengerollt hatte. Er lief ruhelos und aufgeregt auf und ab. So wie immer, wenn eine Mission im Gange war … Er hätte natürlich nicht herumrennen sollen, er hatte verdammt noch mal keine Erlaubnis, sich so weit aus dem Fenster zu hängen, aber es gab herzlich wenige Leute in der Vauxhall Bridge Road, in den oberen Bürosuiten des Gebäudes, die es wagen würden, Percy Martins, den Heckenschützen, hart anzufassen, der dem Premier den Kopf eines palästinensischen Killers auf den Tisch gelegt hatte … Und genau die richtige Zeit, endlich einzugreifen.

Es war nie gut, wenn man den Leuten zu viel Zeit ließ, bei einer kleinen Bitte Nachforschungen anzustellen. Zu viel Zeit bedeutete zu viele Zweifel, und die Folge war zuviel Pfusch. Er wählte. Er schätzte, daß der Mann vom Nachtdienst im Verteidigungsministerium (Aufklärung) innerhalb der nächsten Stunde mit seiner Schicht fertig war, er würde die Nachricht schnell genug durchgeben, um sicherzugehen, daß er nicht zu spät nach Hause kam.

»Percy hier … Nein, ich bin noch nicht tot und begraben … Ja, ich lebe und bin fest am Strampeln. Kleine Gefälligkeit, Belize … Ja, Belize … Möglicherweise kommt in dreieinhalb bis vier Stunden ein Flug durch den Luftraum von Belize. Hat kein Licht, hat kein Hoheitszeichen, wird nicht auf die Luftüberwachung von Belize reagieren … Zwei Gefälligkeiten, eigentlich. Schlagt keinen Alarm deswegen, laßt die Harriers am Boden, weil der Flieger mit dem Treibstoff auf der Kippe sein wird, und Ausweichen kostet unnötig Treibstoff. Zweitens, informiert unsere Yankee-Brüder nicht über diesen Flug, unbedingt erforderlich, daß ihr das nicht tut … Schickt es rasch los, da ist ein guter Kumpel … Ich danke vielmals.«

Das war alles, war er tun konnte, mehr, als er hätte tun sollen. Er dachte an die junge Frau mit dem Anrufbeantworter, die in Fünf verheizt wurde. Er dachte an den jungen Mann, den sie zu lieben schien, Glückspilz, und es gab Arbeit für ihn in Sechs. Wenn der Geheimdienst je wieder Zeichen setzen, ein Zipfelchen Unabhängigkeit von den Yankee-Brüdern erringen sollte, dann auf dem Rücken von solchen jungen Frauen und Männern, die natürlich bei ihren Operationen von Martins gesteuert würden. Nur der Bursche, nur das Ticket, sinnierte er, Miss Parkers Gord, um an den Umzäunungen der ukrainischen Stützpunkte mit den nuklearen Gefechtsköpfen herumzuschnüffeln. Die richtige Sorte Mann für die türkisch-iranische Grenze, um das Chaos im Land der Mullahs zu überwachen. Er würde sie in das Büro des stellvertretenden Generaldirektors führen – feiger Wicht, glaubte, daß es ernsthafte Arbeit war, entweder an einem Schreibtisch zu sitzen und mit einem Vergrößerungsglas Luftaufnahmen zu studieren oder mit einem Taschenrechner Haushalte auszugleichen – und sie vorstellen. Er wäre wieder im Geschirr ... Aus seinem Geist gelöscht, unerwünscht und ungewollt, war der Gedanke von hautnaher Verfolgung und von einem Flugzeug, das, verwundbar, auf eine Landepiste herunterkam. Scheiß drauf, vergiß es ... Er glaubte, er saß sicher im Sattel, egal, welchen Aufruhr er in den Bürosuiten in der obersten Etage der Vauxhall Bridge Road auslöste. Die Alternative war zwangsweise Freistellung, der Verrechnungsscheck im braunen Kuvert, der Ruhestand in Motspur Park, und die Frau, die ihn nicht beachtete, und der Sohn, der ihn ablehnte. Es würde ihm nicht leichtfallen zu gehen ... Es war der Traum, wieder Operationen vor Ort zu steuern, der Percy Martins aufrecht hielt.

Er rief zum Empfang hinunter. Kaffee, schnellstens, richtigen Kaffee.

Die Hunde hatten die Witterung.

Sie stemmten sich in die Fährte, sabberten und lechzten, jagten der Witterung nach.

Das Paar Bluthunde war am frühen Abend von der Brigada de Investigaciones Especiales y Narcóticas eingeflogen worden, riesige Bestien, ein Geschenk der spanischen Guardia Civil, schwarz und gelbbraun gefleckte Bestien. Zwei Hündinnen, jede über neunzig Pfund schwer, jede in der Lage, einer Witterung zu folgen, die älter als hundert Stunden war.

Sie waren über den Fluß gekommen. Sie waren zu der Stelle gebracht worden, an der der Abdruck eines halben Schuhabsatzes gefunden worden war. Die Soldaten hatten Abstand gehalten.

Die Abrichter hatten die Hunde die Stelle umkreisen lassen. Die Witterung war gefunden worden.

Die Hundeführer, erfahrene Männer, hielten die Hunde an langen Leinen und ließen sie führen. Die Witterung stammte von Männern, die stark geschwitzt hatten, und hinterließ eine gute Spur, der die Hunde folgen konnten. Und es war leicht für die Hunde, denn der Weg, den die Männer gegangen waren, lag abseits der Pfade, die von den Dorfbewohnern oder den Leuten im Wald benutzt wurden. Sie mußten nur einer Schweißfährte folgen, die nicht verfälscht war. Die zwei Bluthunde waren die Besten, der Stolz ihrer Abrichter, junge und starke Hunde, und begierig darauf, zu gehorchen. Die Abrichter steckten den Hunden Happen getrockneten Fleisches zu, und die Hunde führten sie und zerrten an den straff gespannten Leinen. Sie hatten ein schlecht entwickeltes Sehvermögen. Ihre Welt war ein farbloses Durcheinander von Schatten. Sie fanden sich in der Schwärze des Waldes mit ihren Nasen zurecht, die über den Boden schwebten, auf dem Männer sich mit schweren Lasten abgeplagt hatten.

Hinter den Hundeführern kamen die Truppen des Kaibilbataillons. Sie gingen langsam durch den nächtlichen Wald, und die Hunde wurden zurückgehalten, damit die Truppen ihnen folgen konnten. Es war zwei Uhr vorbei. Sie benutzten einen Kompaß, um die Richtung zu melden, in die die Hunde sie führten.

Der Generator versorgte die Lampe über der Karte mit Licht.

Jedesmal, wenn die Durchsage kam, jedesmal, wenn sie die Position angaben, nur annäherungsweise, weil sie in der Nacht keine Orientierungspunkte hatten, auf die sie sich beziehen konnten, machte Arturo ein Kreidezeichen auf die durchsichtige Cellophanfolie über der Karte.

Die Linie verlief nicht gerade. Sie machte eine Schleife um ein Dorf und zog sich an einer Felsformation entlang und umging gerodete Felder, aber die Linie riß nicht ab. Er zog mit seiner Kreide die Spur der Linie nach, verband die einzelnen Punkte.

Banges Warten. Das Lager am Straßenrand ruhte. Ein Soldat

hustete, ein Funkgerät kreischte in atmosphärischen Störungen, ein Soldat trat scheppernd auf ein Gewehr und fluchte, ein Jeep kam und fuhr wieder. Sie warteten alle, und für ihn war das das Schlimmste. Drei Uhr vorbei … Er würde sie kriegen, sie finden, wenn der Tag anbrach, falls die Hunde die Witterung nicht verloren.

Am Rand der Landepiste, auf der Seite, die von dem schlafenden Dorf abgewandt lag, sammelte Gord Gestrüpp, das er geschnitten hatte, und leichte, heruntergefallene Zweige. Das Licht der Mondsichel reichte gerade aus, damit er weit genug nach vorn und nach hinten sehen konnte, um zu wissen, wo er den letzten Haufen mit Zweigen und Gestrüpp aufgeschichtet hatte, und unter jeden Haufen stopfte er soviel trockenes Gras, wie er ertasten konnte.

Er näherte sich dem hinteren Ende der Startbahn, hatte noch zwei Haufen zu machen, als sie zu ihm kam.

Sie kam lautlos aus der Dunkelheit und war dicht an ihn herangekommen, bevor er aufschreckte. Sie war direkt bei ihm, und der Hund war an ihrer Seite.

»Kann ich helfen?«

Er war brüsk. »Alles, was trocken aussieht, Gestrüpp und Zweige und Laub und verdorrtes Gras …«

»Für das Flugzeug?«

»Ein Londoner Stadtbus wird kaum vorbeikommen … Himmel, tut mir leid … Ja, um das Flugzeug zu leiten, falls es kommt.«

»Du mußt dich nicht entschuldigen, nach allem, was du für uns getan hast.«

»Schmieden sie immer noch Zukunftspläne?«

»Es ist nur Gerede.«

»Verdammt seichtes Gerede. In Ordnung, gut, ich hab' mich in ihnen getäuscht. Ich dachte, sie hätten mehr Format …«

»Das ist nicht fair. Es ist alles, was sie haben. Es ist alles, was ihnen geblieben ist … An der Sperre hätte Jorge angegriffen. Du hast ihn umgestimmt. Du hast groß dahergeredet, ›leere Gesten‹ und ›kleine Siege‹. Er hätte sie angegriffen. Du mußt fair sein, Gord ... Du mußt Nachsicht mit denen haben, die nicht so stark, so entschlossen sind wie du. Er ist offen und gut und tapfer, Jorge, was macht es schon aus, wenn er seicht ist? Was bleibt ihm, was bleibt jedem von uns? Bitte, Gord, versuch, fair zu sein ...«

Er bückte sich, und seine Finger tasteten nach losem Holz und Gestrüpp, und seine Hände fegten das Laub zusammen, das von Wind und Regen zu Boden geweht worden war, und unter dem Gestrüpp und dem Laub griff er nach trockenem Gras. Er raffte einen großen Armvoll zusammen und trug ihn zu der Reihe zurück, die er aufgeschichtet hatte. Er setzte seinen Stiefel auf den neuen Haufen und drückte ihn vorsichtig nach unten und spürte, wie er nachgab, nicht so fest, daß die Zweige brachen und Lärm machten. Er berührte ihr Handgelenk. Seine rauhen Finger fanden ihre kleineren, kurzen Finger.

»Danke. Danke, daß du bei uns bist.«

Sie sagte leichthin: »Hatte ich die Wahl?«

»Danke für deine Güte und deine Freundlichkeit und deine Liebe.«

»Solche Reden machen alles kaputt, du dummer Junge. Ich brauche keine Reden.«

»Als sie dich hatten ...«

»Hör auf, Gord.«

»Als du in Playa Grande warst ...«

»Bitte, nicht.«

»Als sie dich in Playa Grande festhielten, als dich der Vernehmungsbeamte verhörte ...«

»Es ist vorbei, es liegt hinter mir. Ich hab' es überlebt.«

»Was hast du über den Vernehmungsbeamten erfahren?«

Er hörte, wie sie scharf die Luft einsog. Ihre Finger umklammerten fest seine Hand.

»Spielt es eine Rolle, was früher passierte ...? Es war übel. Es war böse, weil er es nicht im Zorn tat. Wenn du jemandem weh tust und du bleibst kalt dabei, wenn es nur Arbeit und Routine ist, jemandem weh zu tun und dann zu töten, das ist für mich böse. Ich konnte ihn zuerst nicht sehen, weil das Licht immer in mein Gesicht schien, und er war hinter dem Licht. Er hatte eine wunderschöne Stimme. Eine wohlklingende und freundliche Stimme. Eine beruhigende Stimme, wirklich hübsch, und jedesmal, wenn er Luft holte, schlug er mich. Das war das Böse, die Schönheit der Stimme, und die Art, wie er mich schlug. Als der Angriff begann, als sie kamen und nach ihm riefen, als sie die Zellentüre öffneten, da sah ich sein Gesicht. Es war ein Fehler von ihnen, daß ich sein Gesicht sah. Er war ein junger Mann, jünger als du. Er hatte blaugrüne, tiefe Augen. Er hatte mich geschlagen und getreten, und nicht ein Haar auf seinem Kopf war in Unordnung, und er hatte einen Schnurrbart, der mit einem einzigen Pinselstrich hätte gezogen sein können. Bevor sie die Tür zur Zelle öffneten, bevor das Licht auf ihn fiel, riefen sie im Gang seinen Namen … Man hat von mir erwartet, daß ich Leuten in Gefahr Mut zuspreche. Ich selbst hatte keinen Mut. Er zerbrach meinen Mut. Wenn du nicht gekommen wärst, Gord, hätte ich ihm alles gesagt, was er wissen wollte, ich hätte die Leute verraten, die ich liebte … Du hast ihn Groucho genannt, komischer Name, komischer Mann, und er versuchte, dir von der Angst zu erzählen, und du hast ihn erschossen, weil er sich der Angst beugte, wie ich mich der Angst gebeugt hätte. Hättest du mich erschossen, Gord …? Hättest du mich erschossen, und es als notwendig gerechtfertigt? Denk an die, Gord, die den Mut hatten, sich dir anzuschließen, und dann den Mut, dich zu verlassen und heimzugehen, um bei ihrer Familie zu sein, wie der Feuerwehrmann; um bei ihren Leuten zu sein, wie der Priester; um bei ihren Freunden zu sein, wie der kleine Straßenjunge. Er wird sie sich holen, Gord, mit seiner süßen, seidenen Stimme … Ich will nie mehr darüber reden … Sie haben seinen Namen gerufen, sein Name war Benedicto … Wo nichts Böses ist, wenn es so einen Ort gibt, dann möchte ich ihn finden …«

Er küßte sie sanft, strich ihr mit den Lippen über die Stirn.

Es war nach vier. Er kraulte den Nacken ihres Hundes.

Gord schichtete den letzten Haufen aus Gestrüpp und Zweigen und trockenem Gras auf.

Die Antonov kam direkt über den Cays herein.

Wenn seine Navigation stimmte, dann flog er über Long Coco Cay. Der Pilot glaubte, er hätte die weiße Brandung von Gladden Spit im Mondschatten gesehen, aber es war schwer, sicher zu sein, da er Echo Foxtrott allein navigierte und allein flog. Wenn er richtig lag, dann war das Blinklicht vor ihm der Leuchtturm auf den Bugle Cays, und hinter den Bugle Cays wäre Harvest Cay und dann die Küstenlinie von Belize, nördlich von Rocky Point South. Es war ein Risiko, wenn er Belize überflog, aber es sparte Treibstoff. Es war ein Risiko, denn sie hatten die Harrier-Jets in Belize, und sie hatten die großen Radarschüsseln, und sie hatten die Verbindungen zu den beschissenen *yanquis*. Er flog tief über dem Wasser, und wenn er am Leuchtfeuer der Bugle Cays vorbeikam, dann würde er auf gleicher Höhe mit der Spitze des Turmes sein. Wenn er die Piste fand, wenn er landen konnte, wenn es kein Bodenfeuer gab, wenn sie da waren, dann würde der Rückflug einfacher werden, weil er annahm, daß ihm der Engländer bei der Navigation helfen würde.

Nach seiner Schätzung lag der Pilot im Zeitplan.

Der Funkspruch war durch. Die Funkverbindung war gestört. Schwer für Arturo, bei dem Hämmern des Generators die Meldung des Standorts zu hören.

So müde. Er schrieb die Meldung auf. Die Müdigkeit schmerzte in seinen Knochen. Die Karte vor ihm verschwamm. Er hätte schlafen sollen, ein Leutnant hätte das Funkgerät überwachen sollen, aber ein Leutnant hätte ihn womöglich schlafen lassen. Er starrte auf die Karte. Die Symbole auf der Karte und die Höhenlinien verschwammen vor seinen Augen und waren wieder da. Er bohrte seine Fingernägel in die Handflächen. Er rieb die Müdigkeit aus seinen Augen. Er machte die Markierung.

Er zog die Linie.

Die Linie, die Arturo zog, halbierte die Strecke zwischen dem Dorf Tzimatzatz und dem Dorf Chuchucá. Wenn man die Linie verlängerte, würde sie das Dorf Canillá erreichen. Das Symbol mit dem roten Kreis neben der Beschriftung Canillá wirbelte davon und kam zurück. Er sah es, und er verlor es. Er zitterte. Die Kälte erfaßte ihn trotz seiner schweren Tarnjacke und seinem dicken Uniformhemd. Die Kälte schnitt ihm ins Fleisch. Das Symbol mit dem roten Kreis war eine Flugpiste.

Er schrie ins Funkgerät.

Wie weit vom Dorf Canillá? Sechs Meilen.

Wann konnten sie das Dorf Canillá erreichen? Nicht vor 06.30, möglicherweise nicht vor 07.00.

Um welche Zeit wurde es hell in dieser Scheißgegend? Ungefähr um 05.00.

Die Kälte griff nach ihm. Er starrte auf das Symbol mit dem roten Kreis, das eine Flugpiste war. Arturo rannte los. Er lief im Zickzack die Straße hinunter, zwischen den Zelten und den geparkten Jeeps hindurch, vorbei an den schlafenden Soldaten, vorbei an den gepanzerten Truppentransportern.

Er rannte zum Hubschrauber.

Er riß die Tür der Luke auf. Er tastete hinein. Er spürte den Schlafsack. Er rüttelte wie wild den Körper im Schlafsack.

»Was zum …?«

»Wir müssen los … Sofort … Wir müssen fliegen.«

Die gedehnte Stimme. »Scheiße … Wohin fliegen?«

»Einfach fliegen. Ich sage Ihnen wohin. Bitte …«

Und der Flieger kletterte aus der Luke und streckte sich und gähnte und rülpste und ging zum Graben und bückte sich und spritzte Wasser über sein Gesicht und streckte sich nochmals. Und der Flieger nahm seine Taschenlampe und leuchtete damit auf den Heckrotor und dann auf das Triebwerk der Hauptrotoren. Arturo stand Höllenqualen aus, während bei dem langsamen, penibel durchgeführten Flugcheck die Minuten verrannen.

Im Osten war der erste Schimmer der Dämmerung zu sehen.

Er hörte es, bevor er es sah.

Am Horizont hinter den Bäumen formte eine hellere Schattierung von Grau einen messergeraden Streifen über die Dunkelheit.

Gord rollte den Karren ans Ende der Reihe von Feuerhaufen, die er aufgeschichtet hatte.

Vogelrufe waren nun zu hören, und ein Hund hatte im Dorf auf der anderen Seite der Landepiste zu bellen angefangen. Als er zu ihnen kam, schliefen sie alle. Er bewegte sich ruhig, und er weckte jeden einzelnen. Er ging zum letzten Mal zwischen ihnen umher. Er rüttelte jeden und hielt seine Hand bereit, um sie, falls jemand aufschrie, demjenigen auf den Mund zu klatschen. Jorge, der Ferraris verkaufen wollte, und Harpo, der vor der Küste von Vancouver Lachs fangen wollte, und Zeppo, der ein Café in Miamis Klein-Havanna eröffnen wollte, und Alex, die vor dem Bösen davonlaufen wollte, und Eff, der dringend einen Arzt brauchte, und Vee, der schnell eine Operation brauchte, bevor der Wundbrand einsetzte, und Zed, der … Er weckte sie alle der Reihe nach. Gute Männer und eine gute Frau … Er hatte es versucht für sie, und er war für sie gescheitert.

Es war kein Moskito.

Gord horchte angestrengt über den Vogelchor hinweg.

Auch keine Biene.

Er mühte sich, das Geräusch vom Bellen des Hundes im Dorf zu trennen. Er kannte das Geräusch, das Pochen des alten Motors.

Es kam langsam, und es kam tief, nicht zu sehen, aber es kam … Sie alle hörten es. Sie umringten ihn, und Harpo nahm Gords Gesicht zwischen die Hände und küßte ihn auf die Wangen, und Zeppo schüttelte seine Hand wie eine Pumpe, und das Lachen ließ Tränen in Jorges Augen treten. Er versuchte, schroff zu sein, zischte, sie sollten ruhig sein. Sie sollten dort warten, wo sie standen. Keine Bewegung bis zur Landung, und dann der Spurt auf die Rollbahn. Sie sollten Eff in die Schubkarre heben und Vee helfen. Er bellte seine Anweisungen ... Sie alle sahen es.

Ein schwarzer Schatten vor dem grauen Dämmerlicht.

Gord spurtete los.

Die Maschinen dröhnten laut, während das Flugzeug auf der Suche nach der Landebahn kurvte.

Für einen Augenblick sah er das Flugzeug wieder, dann verlor er es aus den Augen.

Runter hinter den Karren. Am Hebel reißen. Der Brennstoff strömte. Der schwarze Sturzbach ergoß sich in die Dunkelheit. Er drückte auf den Zünder, und das Feuer sprang hinter dem Sturzbach her. Ein Korridor von Feuer erfaßte die Reihe der Haufen, die er aus Gestrüpp und Zweigen und Gras aufgeschichtet hatte. Die Reihe flammte auf.

Er stand auf. Seine Hände ruhten auf dem Griff des Karrens, und er hörte, wie die Maschinenleistung für die Landung anstieg.

Sie kam schnell herein, fast über ihm. Sie schwankte über dem Ende der Landepiste und sank.

Gord schaute zu.

Sie traf auf und sprang hoch und schien wieder zu fliegen, dann setzte sie auf. Sie raste und holperte die Piste hinunter, bis der Hammer des Gegenschubs sie einfing. Sie rannten auf das Flugzeug zu, brüllend in ihrer Aufregung, und Harpo führte, und Alex hatte die Schubkarre, in die Eff geplumpst war, und der Hund hüpfte neben ihr. Das Flugzeug, schwarz wie die Nacht, wurde langsamer und blieb stehen und begann schwerfällig zu wenden, nahe bei den Bäumen. Kein Nachlassen der Maschinenleistung. Er konnte den Pilot sehen, das Gesicht dicht am Cockpitfenster, und er sah die behandschuhte Faust heftig winken, daß sie schneller kommen sollten.

Gord wußte, was er wollte.

Die Tür wurde aufgezogen. Die Schubkarre wurde hineingehoben. Jorge kletterte hinein. Der Hund sprang. Alle drängten und schoben sie, um in das Flugzeug zu kommen. Alex winkte wie verrückt aus der Luke, daß er kommen sollte. Er stand am anderen Ende der Piste, und seine Hand ruhte leicht auf dem Griff des Karrens.

Gord sah den Hubschrauber.

Es war die Flamme, die ihn leitete.

Arturo brüllte, aber er schien ihn nicht zu hören.

Tom wurde zu der Flammenlinie gezogen, dem Leitfeuer einer Landebahn.

Er war dicht über dem Baldachin der Bäume, und es war beschissen gewesen zu fliegen, ohne Instrumente in der Dunkelheit dorthin zu kommen, bis er die Feuerlinie gesehen hatte. Er verlangsamte die Geschwindigkeit und ging tiefer.

Arturo brüllte nicht mehr, Arturo deutete.

Es hatte gelernt, Flugzeuge zu erkennen, und er hatte die ausgebrannte Hülle desselben Flugzeugtyps bei der Landebahn südöstlich der *finca* Santa Amelia gesehen. Antonov, An-1, genannt »Colt«.

Kalt bleiben.

Es gab einen Dreh, wie man ein unbewaffnetes Flugzeug daran hinderte, in die Luft zu kommen.

Kalt bleiben.

Er würde den Schuldschein zerreißen, seiner Schuld entrinnen, die ihm jeden gottverdammten Morgen zu schaffen machte, wenn er aufwachte.

Sie waren alle in der Antonov, und der große Vogel setzte sich in Bewegung, und die Tür war offen, und er glaubte, eine Frau in der Luke gesehen zu haben, das blonde Haar einer Frau. Das normale Vorgehen gegen ein unbewaffnetes Flugzeug war verdammt einfach. Tom jagte den Vogel tief über die Bäume und über die gelichtete Fläche, bis er über der Rollbahn saß … Arturo, schwer von Begriff, kapierte es endlich, Arturo verstand. Kein Pilot würde mitten durch einen Hubschrauber abheben, der über ihm schwebte, der seinen Steigwinkel blockierte.

Arturo kreischte vor Glück, und er hüpfte in seinem Sitz und boxte in die Cockpitluft.

Die Antonov kam in Schlangenlinien heran, so als ob der Pilot unsicher wäre, als ob er die Botschaft verstanden hätte. Er fuhr nirgendwohin, und zwar schnell. Er glaubte, war sich aber nicht sicher, während er über der Piste hing, daß der Pilot der Antonov schwer im Zweifel war, kneifen würde. Sie würden alle herumbrüllen im Flugzeug, in wildem Durcheinander.

Er würde Gord nichts schulden. Jetzt würde er den Schuldschein von Gordon Benjamin Brown zerreißen. Seine Art von Freiheit.

Offenbar verlangsamte die Antonov ihre Startanfahrt.

Die Cockpitscheibe beschlug.

Ein Schleier legte sich auf die Cockpitscheibe.

Verschwommen sah Tom durch den Film auf der Scheibe, wie das Feuer zu ihm hinaufgepumpt wurde, steigend, zurückfallend, höher steigend. Das Feuer griff nach ihm, tastete nach dem Film auf der Cockpitscheibe.

Er trat in das linke Fußpedal. Er zog den Steuerknüppel bis in seine Magengrube. Leistung gewinnen ... Es spürte, wie der Vogel bebte, als die Antonov an ihnen vorbeiflog, in der Luft schwebte.

Er drehte seinen Vogel ab.

Er stieg außer Reichweite der tastenden Flamme. Die Schuld war bezahlt, vergessen.

Er fühlte sich klein und elend.

Sie hielten sie in der Luke fest.

Sie wäre hinausgefallen.

Die Antonov ging über den Bäumen in eine Kurve. Jorge hatte beide Arme um ihre Taille, und seine Hände waren vor ihrem Bauch verschränkt. Sie wehrte sich nicht. Harpo hatte einen von ihren Armen, und Vee hing an ihrem Schenkel. Sie sah ihn neben dem Karren am Ende der Rollbahn stehen, er eine Puppe und der Karren ein Spielzeug.

Er stand mit verschränkten Armen locker da und beobachtete, wie sie wegflogen.

Er, die Puppe, drehte sich um. Er ging auf den Waldrand zu.

Der Karren, das Spielzeug, stand deutlich sichtbar im Gras am Ende der Piste.

Das Flugzeug ging in die Gerade, um den Kurs zu finden, und sie wurde hart nach hinten auf den Boden des Rumpfs geworfen.

Sie saß auf dem Boden, und sie hielt ihren Hund umklammert.

Das donnernde Dröhnen der Motoren umgab sie.

Epilog

Sie standen zwischen den Steinen.

Einige der Steine waren zerbrochen, und einige waren in den Hurrikans umgestürzt, die die Insel fast jedes Jahr heimsuchten, und der Friedhof war ein Ort der Vergangenheit, der alten Träume, und wurde nicht gepflegt. Es kümmerte die Behörden nicht, ob Steine zerbrochen oder umgefallen waren oder ob das Unkraut zwischen den Steinen wucherte.

Jorge stand vor dem Grab seines Vaters.

Es war das fünfte Mal seit ihrer Rückkehr, daß sie sich auf dem Friedhof versammelten: am zweiten Freitag in jedem Monat.

Einer von ihnen, ein Freund seines Vaters, hielt die ausgebleichte Fahne Guatemalas, die leblos herunterhing, weil kein Wind ging. Einer von ihnen, ein Freund seines Vaters, hatte den kleinen Blumenstrauß in der Hand, der auf die aufgeworfene Erde gelegt werden würde, bevor sie gingen und die Blumen vom letzten Monat tot auf den Weg geworfen wurden.

Im ersten Monat waren mehr da gewesen, die seinen Vater gekannt hatten. Die letzten zwei Monate war es nur der Kern der Gruppe gewesen, diejenigen, die den Flug hin und den Flug zurück mitgemacht hatten. Jorge sagte ein paar Worte, sagte, daß man den Glauben bewahren müsse, etwas über Hoffnung, etwas über eine Rückkehr. Die zwei Männer, die nun dicker und schwerer waren, die am Hals Fett angesetzt hatten, standen rechts und links neben ihm, und hinter ihm waren die drei Indianer. Nur am zweiten Freitag jeden Monats konnte er sich in dem großen Hotel im Ferienort Varadero freinehmen, in das die Transfer-Busse die Touristen brachten, die er im Restaurant bediente.

Er legte die Blumen nieder, die innerhalb einer Woche verwelkt sein würden, und tot, wenn er das nächste Mal ans Grab kam.

Sie paßte nicht dazu. Der Wachtmeister dachte, daß sie nicht die graue Blässe wie der Rest der Saubande hatte. Alle Polizisten trugen ihre Staatsschutzausrüstung. Sie trugen die Helme mit den Visieren, hielten Schilde und Schlagstöcke in der Hand und hatten die Beinschützer umgeschnallt. Zuviel Farbe in ihrem Gesicht, zu wettergegerbt ihre Wangen, um dazuzupassen, und ihre Haare waren zu einem weichen Weizenton gebleicht. Sie brüllte der anrückenden Polizei und den Vollstreckungsbeamten trotzig entgegen.

»Kaibiles … Kaibilesschweine …«

Der Wachtmeister brummte dem Kollegen neben ihm zu: »Blöde Tussi, privilegierte Kuh, sollte ihren Arsch hochkriegen und was aus ihrem Leben machen, was leisten. Was hat sie überhaupt?«

»Das weiß nur Gott, und das ist schön für ihn.«

Sie eskortierten die Vollzugsbeamten zu dem Trümmerhaufen aus alten Wohnmobilen und kaputten Autos und Transits und Wohnanhängern. Der Farmer war beim Tor zu dem Feld und drängte sie, die Mistkerle von seinem Grund und Boden zu schaffen. Ein Hund, ein großer ausgewachsener Schäfer, bellte und tobte im Innern des verrosteten Landrover hinter ihr.

»Kaibiles … Scheißkaibiles …«

Sie war volle zweihundert Meter vom Nest entfernt, aber sie hatte die guten Ferngläser aus der Arbeit mit.

Näher konnte Cathy Parker ihm nirgendwo sein, seine Berührung spüren. Die zwei Jungvögel, die im späten Frühjahr geschlüpft und fünf Monate alt waren, schlugen bei ihrem ersten Flug wild mit den Flügeln. Sie beobachtete sie. Hier wäre er jetzt gewesen, hier wäre sein Herz gewesen. Die Vögel flatterten und schrien und fielen und wurden vom Wind aufgefangen, der von Westen auf den obersten Felshang des Sidhean Mor blies. Sie wußte nicht, ob er tot oder am Leben war, gefangen oder frei, auf ihrem Anrufbeantworter war keine Nachricht für sie. Sie spürte, daß sie bei ihm war.

Hoch über ihr, von wo sie sie sehen konnten, segelten und kreisten die Elternvögel.

Er stand im Hintergrund, hinter der Reihe der hohen Offiziere.

Die Sonne brannte auf ihn nieder, und es gab keinen Schatten auf dem Paradeplatz im Garnisonslager. Der Schweiß rann in die Mulde seiner Narbe. Er ließ den Schweiß in der Narbe und stand stramm, während der Jeep mit dem Sarg langsam an ihm vorbeifuhr. Tom stand still, und die hohen Offiziere, die in ihrer besten Ausgehuniform glänzten, mit Orden, die das Licht einfingen, salutierten vor dem Sarg. Es war ein großer Sarg, wertvolles dunkles Holz. Er konnte ihn zwischen den Schultern der hohen Offiziere sehen und zwischen den aufrecht und langsam marschierenden Soldaten des Bataillons, die den langsamen Jeep flankierten. Es war nicht komisch, alles andere als komisch, aber er mußte die Backenmuskeln anspannen, um sein Grinsen zu verbergen. Ein wahnsinnig großer Sarg, und ein wahnsinnig kleiner Leichnam, der darin lag. Nach dem, was er von den Botschaftsleuten gehört hatte, die die Ermittler der Brigada de Investigaciones Especiales y Narcóticas beraten hatten, waren nur herzlich wenige Stücke, kleine Stücke, übriggeblieben, um in den Sarg zu wandern. Drei Pfund Militärsprengstoff, ein Quecksilberkippschalter, ein batteriegespeister Stromkreis, eine verdrahtete Armbanduhr für die Schaltverbindung, ein Magnet, der an eine Plastikbox geschnallt war, unter der Fahrerseite des Wagens … nach allem, was er gehört hatte, blieben nur wenige, kleine Stücke übrig. Die Kapelle spielte langsam. Der Sarg mit der Fahne darauf fuhr an ihm vorbei, und auf der Fahne lag das kastanienbraune Barrett des Bataillons.

Er löste sich aus der Habachtstellung. Anschließend eine Beisetzung in aller Stille. Er würde sich verabschieden, sobald es der Anstand zuließ. Der Attaché wartete in der Botschaft auf ihn und würde unbedingt mit ihm nach Flores, oben im Petén, fliegen wollen. Es ging langsam hinaus aus dem Stützpunkt, und er wurde in der Schlange der Kommandofahrzeuge aufgehalten, während die Militärpolizisten riefen und auf ihren Pfeifen bliesen und mit ihren weißen Handschuhhänden winkten, um die hohen Offiziere als erste in den Verkehrsfluß einzuweisen. Vor den Toren des Stützpunkts hatte sich eine kleine Menschenmenge versammelt. Die Menge stand mit ausdruckslosen Gesichtern da. Er hatte sein Fenster heruntergekurbelt, um die leichte kühle Brise in das backofenheiße Innere des Kombis zu lassen. Es war nur eine Lumpenmenge aus der Barackensiedlung neben der Mülldeponie. Es war zunächst nur ein Grollen von einem Schrei. Er sah einen Mann in der beigen Uniform eines Feuerwehrmannes. Der Schrei konnte von ihm gekommen sein. Der Schrei wuchs an, verhöhnte und verspottete die geschlossenen Wagen der hohen Offiziere. Er sah einen Bengel von Straßenjungen. Der anschwellende Schrei war der Name.

»Gord, Gaspar … Gord, Gaspar … Gord, Gaspar …«

Er stieß die Wagentür auf. Er drängte sich in die Menge. Der Name hämmerte in seinen Ohren. Das Gesicht hinter dem Namen stand riesengroß vor seinen Augen, das, was er von dem Gesicht unter ihm gesehen hatte, als es sich wegdrehte und zwischen den Bäumen verschwand. Er bekam die Uniformjacke des Feuerwehrmannes zu fassen. Das Gesicht vergaß er nie. Die Menge war überall um ihn herum. Der Name war jeden Morgen da, wenn er erwachte. Der Straßenjunge starrte ihn an.

Er schrie. »Er hat mich gerettet, ich habe ihn gerettet. Glaubt ja nicht, ich hätte ihn nicht kriegen können. Er verdankt alles mir. Ich habe meine Schuld bezahlt. Ich schulde Gord nichts. Wir sind quitt, ich und Gordon Benjamin Brown. Ich habe abgedreht. Ohne meine Hilfe wäre er so gut wie tot gewesen. Glaubt mir, bitte, ihr müßt mir glauben. Ich habe abgedreht, um ihn zu retten. Ich habe meine Schuld bezahlt …«

Er schrie in das Schweigen um ihn herum, während die Militärpolizei ihn von der Menge wegzog.

Er konnte den Feuerwehrmann und den Straßenjungen nirgends mehr entdecken.

Erst als Tom Schultz La Aurora erreicht und den Attaché getroffen hatte, als er seine Fliegerkluft anzog, stellte er fest, daß sein Geldbeutel aus der Innentasche seines Anzugs verschwunden war.

Er schlug schnell auf, ein As, und sie streckte sich und war geschlagen. Der Leutnant, Codename Benedicto, hatte jetzt mehr Zeit für Tennis. Das Spiel lief noch nicht so lange, daß er seine Niederlage türken mußte, es war noch der erste Satz. Er sah ihre schmollende Enttäuschung, weil sie noch nicht zu ihrem Schlag ausgeholt hatte, als der Ball sie passiert hatte. Er ging zum Fangnetz, um einen Ball aufzunehmen, um erneut aufzuschlagen. Der Platz grenzte an den Parkplatz, der mit Bäumen und Sträuchern bestanden war. Er konnte sein eigenes Auto sehen, einen mitternachtblauen Peugeot 205 GTI. Ihr Vater hatte ihm den Wagen geschenkt. Das Auto leuchtete in der Morgensonne. Er bückte sich, um den Ball aufzuheben, und als er sich aufrichtete, sah er die Gestalt eines Mannes neben seinem Wagen, den Rücken eines Mannes, und der Mann entfernte sich, und der Leutnant sah sein Gesicht nicht.

Nachdem sie am Grab gewesen waren, gingen sie jeden zweiten Freitag im Monat in das Café im Campecheviertel am Südende der Altstadt, und das Radio spielte Südstaatenjazz.

Sie sprachen für gewöhnlich vom Krieg und von dem Marsch und von den Schlachten in Playa Grande und Nebaj und Santa Cruz del Quiché. Nur die drei, sie redeten und klopften mit den Füßen und trommelten mit den Fingern zur Jazzmusik. Die Indianer kamen nicht mit in das Café im Campecheviertel. Er wurde nicht erwähnt, wenn sie vom Krieg und von dem Marsch und von den Schlachten sprachen. Sie hatten nicht das Bedürfnis, über ihn zu sprechen; so als ob er nie unter ihnen gewesen wäre. Es war guter Kaffee, und sie saßen ewig lange davor, bis der Bodensatz eiskalt war, und dann fingerten sie immer in ihren Taschen nach Kleingeld und blieben bei einer zweiten Tasse sitzen, bis es Mittag war und der Tisch für das Essen gebraucht wurde.

Wenn die Nachrichten kamen, nach der Jazzmusik, war es Zeit für sie zu gehen. Als die Kurznachrichten anfingen, stand der Besitzer des Cafés hinter ihnen, ohne jede Achtung, und bellte sie an zu verschwinden. Sie standen auf und leerten endgültig ihre Tassen. Es war nach den Zahlen über die Zuckerernte und nach dem Bericht über die Rekordzahl von Touristen aus Mexiko. Jorge hörte den Namen. Das Radio war immer laut aufgedreht, um den Höllenlärm der keuchenden alten Busse auf der Straße zu übertönen. Er hörte den Namen des Colonel, und er hörte die Einzelheiten über das Begräbnis. Er trennte sich von ihnen. Er wollte jetzt nur in die düstere Einsamkeit der Wohnung zurückkehren, die er mit seinem Vater geteilt hatte. Das Radio erzählte vom Besuch des polnischen Handelsministers in Havanna, und seinem Versprechen, mehr Bananen zu kaufen …

Sie gingen auseinander.

Der eine fuhr Taxi und schätzte sich glücklich, diese Arbeit zu haben, und der andere wischte die Böden in einem Krankenhaus.

Er würde sie in einem Monat wieder treffen.

Jorge überquerte die Straße und stieg die Treppe hinauf. Er ging in die Wohnung. Er schaltete den Ventilator an und schob die Teller vom Frühstück und vom Abendessen am Vortag auf dem Tisch zur Seite … seine Augen verschwammen.

Eine Schabe huschte über den gefliesten Boden.

Seine Augen waren voller Tränen … Er dachte an den Mann, über den nie gesprochen wurde, so als wäre er nie bei ihnen gewesen.

Eine Schabe nahm vor ihm Reißaus und wurde nicht beachtet.

Jorge ging in das Schlafzimmer und kniete nieder. Er kniete neben dem großen Bett mit dem Eisenrahmen und der durchgelegenen Matratze, die nicht bezogen war. Er kniete unter dem Zeitschriftenfoto von dem strengen, hängebackigen Gesicht von Leonid Breschnew, und sein Arm stieß an den flachen Tisch, auf dem das Foto der lächelnden jungen Männer stand, die die Automatikgewehre hielten.

»... Ich werde über dich wachen. Feuer gegen Feuer ... Nimm einen Krieger ...«

Band 12535

Gordon Thomas

Der Plan

Eine spektakuläre Erfindung soll China zur Weltmacht Nummer eins machen

David Morton und seine neue Geheimdienstcrew, die von der UNO nach dem Bosnienkrieg ins Leben gerufen wurde, erfahren von einem gefährlichen Plan.
Für 50 Millionen Dollar hat China den russischen Wissenschaftler Igor Tamasara gekauft, der eine revolutionäre Erfindung gemacht hat, mit der er menschliche Gehirne manipulieren kann. Er hat sich zum Ziel gesetzt, den Präsidenten der USA bei seinem Besuch in China dahin zu bringen, daß er Japan den Krieg erklärt. Dies könnte für beide Mächte das Aus bedeuten – und China wäre die Supermacht des 21. Jahrhunderts...

BASTEI LÜBBE